湖北省学术著作 出版专项资金
Hubei Special Funds for
Academic Publications

中国学术档案大系

主编　陈文新

二十世纪《诗经》学档案

韩高年　靳婷婷　编著

WUHAN UNIVERSITY PRESS
武汉大学出版社

图书在版编目(CIP)数据

二十世纪《诗经》学档案/韩高年,靳婷婷编著.—武汉:武汉大学出版社,2020.12
中国学术档案大系/陈文新主编
湖北省学术著作出版专项资金资助项目
ISBN 978-7-307-21618-1

Ⅰ.二… Ⅱ.①韩… ②靳… Ⅲ.《诗经》—诗歌研究 Ⅳ.I207.222

中国版本图书馆 CIP 数据核字(2020)第 113491 号

责任编辑:蒋培卓 责任校对:李孟潇 版式设计:马 佳

出版发行:**武汉大学出版社** (430072 武昌 珞珈山)
(电子邮箱:cbs22@ whu.edu.cn 网址:www.wdp.com.cn)
印刷:湖北恒泰印务有限公司
开本:720×1000 1/16 印张:34 字数:504 千字 插页:1
版次:2020 年 12 月第 1 版 2020 年 12 月第 1 次印刷
ISBN 978-7-307-21618-1 定价:119.00 元

出 版 说 明

　　本书遴选多位学者在二十世纪关于《诗经》学的研究文章，后附评介，并以此为主体内容。审读加工中，对于所选录的《诗经》学研究文章，均在末尾标注版本出处，并注重保持其原貌，尊重其成文时代的语言表达习惯。对于所选录文章的句读及标点符号，依据最新的出版规范，进行了校正和优化；对讹误进行了修订；对现今不宜采用的表达方式进行了修改。虽尽力审校，然难免有疏漏之处，敬请读者和方家指正。

前　言

韩高年

　　自清末"西学"传入中国起，中国传统学术的现代转型即已拉开序幕。① 于是，"中"与"西"的"体""用"关系问题也就自然成为学界关注的焦点。就文学研究而言，有的学者认为清后期"中学""西学"关系大体呈现为三种类型，即"'中体西用'、'西体中用'和'中西融合'。这三种类型，从纵向看呈现出一个否定之否定的历史发展过程，从横向看却始终是三种并存的思维方式，不仅并存于每一个历史时期，甚至并存于许多研究家的研究实践中。这种错综复杂的局面，构成清后期文学研究的独特风貌"②。这种局面是二十世纪中国学术发展的前提。

　　二十世纪是中国传统学术完成现代转型的世纪，期间伴随着封建帝制的终结与民主革命的兴起而来的，是传统经学的式微与西学的输入，以及马克思主义学说的接受。二十世纪的《诗经》研究史也是属

---

　　① 汤志钧《戊戌变法前的维新思想》言："冯桂芬（一八〇九——一八七四）是林则徐的门生……谓'魏氏源论驭夷，其曰以夷攻夷，以夷款夷……愚则以为不能自强，徒逞谲诡，适足取败而已，独师夷长技以制夷一误为得之'；但是还需'始则师而法之，继则比而齐之，终则驾而上之'。他的思想比魏源发展了一步，他虽然一心向往西洋，但因为能'自造、自修、自用'，所以认为'师夷长技'要成功，仍必须建立在'求诸己'，或'道在反求'上，也即是求其'能用西人而不为西人所用'；主张'以中国之伦常名教为原本，辅以诸国富强之术。'"收入汤志钧《戊戌变法史论丛》，湖北人民出版社 1957 年版，第 50~70 页。

　　② 郭英德、谢思炜、尚学锋、于翠玲：《中国古典文学研究史》，中华书局 1995 年版，第 675 页。

于此期中国学术的一部分，它所呈现出来的发展脉络与阶段性特征，也与中国学术的整体有高度的内在一致性。也正由于这个原因，回顾二十世纪《诗》学研究的历史，就显得意义非凡。

二十世纪中国学术思想发展的自然脉络，是与马克思主义思想、中国传统学术、西方学术思想三种学术资源的整合过程密切相关的。具体说，"马""中""西"三方在二十世纪经历了由并立而错综、由错综而融合、由融合而疏离、由疏离而再度融合的过程。基于此，可以将二十世纪百年的《诗》学研究分为具有明显阶段性特征的四个时期。以下试以传统《诗》学的现代转型及其展开、回落及复兴为序，依次概述四个时期的《诗》学研究特点，以及它们与马、中、西三种思想形成的特殊格局之间的互动关系，以期为二十一世纪的《诗》学研究创新寻找切实可行的路径和方向。

一 "马""中""西"并立错综与
传统《诗》学的现代转型

传统《诗经》学的现代转型，是在二十世纪的前三十多年完成的。在这一时期，受清末学术思潮的影响和时代新思想的鼓动，思想界的基本格局是"中学""西学"并立，并由"体""用"之争逐渐走向"中西融合"。马克思主义学说刚刚传入中国，对学术和思想的影响也初步显现出来。学术上则是"国粹派""学衡派"与"西化派"及"马克思主义中国古典文学研究派"的并立共存。① 几个学派虽表面不同，但要求变革传统学术的主张则是相同的。在此背景下，《诗经》研究也完成了由传统的经学研究向文学研究的转变。

---

① 赵敏俐：《现代化过程中的学术演进——论二十世纪对中国传统文学的三次价值重估》，《江海学刊》1997 年第 2 期，第 142~150 页。

五四文学革命之前的近二十年里，学者们致力于"保存国粹"①，以此"区别夷夏"，并"鼓动种性"，倡导革命。此期学者们对《诗经》的研究，大多是"由小学而经学，由经学而文学"，既注重文本校勘与名物训诂，也注重文本的义理阐发与社会功能的揭示。表面上看，基本上还是清代经学的延续，实际上具有"借学论政"的目的。如被时代称为"东亚一卢梭"的刘师培，出自经学世家，有深厚的中国传统学术积淀，既受"西学"的影响，也是最早译介马克思主义学说的学人。他的《毛诗札记》《毛诗词例举要》已初显突破传统《诗》学研究的端倪。其《毛诗札记》以训释诗义为主，多就本书，触类旁通，以正注疏之失。《毛诗词例举要》旨在总结毛诗训释义例，总结归纳连类并称、举类为释、增字为释等三十一种义例。刘氏还有《广释颂》一文，专论颂诗，言其兼备乐舞、祀神二用，指出"诗之有颂，所以形容古人之往迹而记之者也。颂列为舞，所以本歌诗所言之事而演之者也"②。这篇讨论"颂"起源的文章与《文学出于巫祝之官说》《文章学史序》等探讨中国文学起源和流传的著作一样，在传统考据学和文字音韵训诂方法的基础上，采纳了"西学"中的神话学与文化学的理论方法。

刘氏在学术上主张"中体西用"，虽然运用"西学"来研究中国传统文化，但骨子里仍然是传统的。他还曾著《群经大义相通论》数篇，其中《〈公羊〉〈齐诗〉相通论》《〈毛诗〉〈荀子〉相通论》属于《诗经》学

---

① 国粹的概念来自日本，国粹派的代表人物是邓实、黄节、章太炎、刘师培等，他们以《国粹学报》为阵地，主张保存国粹。龚书铎先生认为："国粹派的主要人物章太炎曾受无政府主义的影响，他的一些作品有着浓厚的无政府主义色彩。另一个主要人物刘师培更为突出，他既大力宣传国粹，又狂热鼓吹无政府主义。从资产阶级民主革命的任务来衡量，刘师培既很保守，又很激进。换句话说，既是偏右，又极左。这种现象，在近代中国并不罕见。""国粹思潮是清末有影响的社会思潮之一。"说见其《〈晚清国粹派——文化思想研究〉序》，收入作者《中国近代文化探索》（增订本），北京师范大学出版社 1997 年版，第 314~315 页。

② 刘师培：《广释颂》，收入宁武南氏校印《刘申叔先生遗书》，江苏古籍出版社 1997 年影印本，第 120 页。

史范畴，指出《齐诗》与《公羊》学可以相互发明，《毛诗》出于荀况一系，均言之有据。因为刘氏出自三代传经的世家，于古文经学及小学造诣极深，又特别注意总结晚清以来之学术得失，因而其《诗经》研究虽然从问题到结论都未出清儒藩篱，然而因其学术理念上借鉴"西学"，因而能自出新意。

刘师培旅日期间接触到马克思主义思想，曾组织翻译《共产党宣言》，不仅完全认同其思想，而且认为《共产党宣言》"对于史学发明之功甚巨"。他的政论文中，这种倾向十分突出。其中涉及《诗经》的文字，往往能跳出经学和文学的框框，超越特定的时代，大处着眼，立论高远，富于启发。其政论文中也有多处论《诗》文字，也很有启发意义。如其《悲佃篇》历述从先秦至明清的土地制度，是从学理上为同盟会"平均地权"之纲领寻找历史的合理性，其中运用《诗经》的材料以证历史。这种方法和思路，在当时并未引起多少关注，但与后来郭沫若、傅斯年等学者将《诗经》视为史料十分相似。据说青年时代的郭沫若喜欢读《国粹学报》等刊物，① 刘师培的学术思想或通过这种渠道影响了后者。

此期另一位代表人物章太炎，少从俞樾学经史，是著名的朴学大师。章氏倡导革命，受新思想影响，其论学虽取中国传统方法，但也努力借鉴"西学"；其论《诗》虽也是从经学的角度，然亦采"西学"理念。如章氏《国学论衡·原学》运用英国学者亨利·托马斯·布尔克等人的"地理环境决定论"讨论中国学术文化产生的原因；《訄书·序种姓》运用西方图腾制度理论来研究上古帝王的感生神话，等等。② 其《经学略说》《国学讲演录》中涉及《诗》之训诂、题旨和《诗》学史的条目，因为有"西学"学理的渗入，因而大多自出机杼，发前儒之未发。前人概括其学术思想，以为其既立足于中国传统学术思想，也不

---

① 参照何崝：《郭沫若先生小传》，收入其主编《中国现代学术经典·郭沫若卷》，河北教育出版社 1996 年版，第 5 页。

② 郭英德、谢思炜、尚学锋、于翠玲：《中国古典文学研究史》，中华书局 1995 年版，第 678~679 页。

排斥西方学术的新思想。可谓中肯之论。以刘、章二人为代表，可以说是这一阶段的"中体西用派"。刘师培虽然后来转向"复古"，又反对五四新文学运动，但其前期学术思想上追求变革传统经学的积极作用不能被抹杀。

十九世纪和二十世纪之交，西学东渐，其势甚炽，当时中国学者多受其影响，大多是站在改变国民性的角度来接受新思想的。① 同时，因为受二十世纪初考古发现的刺激，中外学界形成了对远东及中国文史之学的共同关注。其特点是"中西融合"。这一思潮也波及《诗经》研究。这其中王国维可谓杰出代表。王氏早年受西方学术影响很深，1910 年前后涉足甲骨金文和西陲简牍，以证古史，提倡"二重证据法"。1911 年 2 月，为罗振玉创办的《国学丛刊》作《序》，提出"学无新旧、无中西、无有用无用"之说。此后潜心于出土文献与古器物及古史研究，1916 年撰成《乐诗考略》（含《释乐次》《周大武乐章考》《说勺舞象舞》《说周颂》《说商颂》《汉以后所传周乐考》）。王国维与刘师培、章太炎不同，他不但深通旧学，而且精通外语，全面深入接触西学。在学术思想上，他追求中西融通，尝试打通西方哲学、美学和中国固有的学术范畴和理论方法，他的《诗》学论著，不拘泥于注疏，已经完全跳出了传统《诗经》学的小圈子，解决了诸如诗乐关系、《周颂》与礼乐制度的关系等重要的问题，也打开了《诗经》研究的新局面。

从 1919 年五四运动到 1937 年抗战爆发的 18 年，是"马""中""西"三种思想资源相互关系发生深刻变化的时期。在当时，倡导"整

---

① 这方面的代表人物是梁启超。张君劢指出："作为近代中国伟大的自由主义者，梁启超劝国人研究西方科学、哲学及政治制度，并尽可能客观地观察儒家传统。他希望中国人能够思想开放，接受各种学说及具体实现的思想观念。因此，大家都承认他是奠定西方思想传入中国及以现代生活眼光重估中国传统价值之基础的先驱者。如果我们说，没有梁启超，中国人就不会那样早的接受改变，也决非是夸大之词。"说见《新儒家思想史》，台北弘文馆出版社 1986 年版，第 598 页。

理国故"者有之，宣扬马克思主义者有之①，主张"用西变中"者亦有
之。错综的局面既存在于整个时代，也存在于同一学者的不同时期。
受其影响，一些学者，由西方学术中的科学精神而受到启发，主张在
学术研究上"用西变中"；也有一些学者的研究明显受到马克思的历
史唯物主义的影响，具有"以马观中"的特点。1923 年出现的为期六
个月的"科玄论战"中，科学的、理性的人生观得到广大青年的支持
而胜出，而之后又以马克思主义的唯物史观对科学主义和玄学派的再
批判而收场。② 这次论战的代表人物有张君劢、丁文江、胡适、陈独
秀等人，其中张代表的是儒家"反求诸己"的思想与康德的先验主义，
丁文江、胡适则主张英美经验主义与实证主义，陈独秀、瞿秋白则是
马克思主义历史唯物观的提倡者。

　　上述思想界的状况，反映在此期的学术上，使持不同立场的学者
们有一个共同的特点，就是从质疑经学话语体系下的传统《诗经》学
入手，提出重估《诗经》的文学性，主张用文学的眼光研究它。这方
面的代表有谢无量、胡适、顾颉刚等，其中较早提出这一主张的是谢
无量。谢无量与胡适同时代，其《诗经研究》初版于 1923 年，与顾颉
刚《〈诗经〉的厄运与幸运》（连刊于《小说月报》1923 年 3 月 10 日到 5
月 10 日第 3 期到第 5 期）几乎同时，而比胡适《谈谈〈诗经〉》（发表于
1925 年 10 月 16 日、17 日《时事新报》"学灯"副刊。1931 年收入顾颉

---

　　① 李泽厚：《试谈马克思主义在中国》一文指出："1918 年至 1919 年初，
李大钊连续发表了《法俄革命之比较观》《庶民的胜利》《Bolshevism 的胜利》，表
示了对俄国十月革命的赞赏、支持。1919 年 5 月李大钊发表了《我的马克思主义
观》，这可说是第一篇真正介绍马克思主义学说的长文，也标志着中国最早一批
进步知识分子对马克思主义的接受和理解。从这篇文章中可以看出，十月革命
的成功和河上肇等日本人的第二手的翻译著作，便足以使中国这些知识分子抓
住马克思主义的某些基本要点，迅速和果断地接受了它，成为中国第一批马克
思主义者。之所以如此，首先是近现代救亡主题的急迫现实要求所造成，同时
也是中国传统的实用理性的展现，即要求有一种理性的信仰来作为行动的指针。
马克思主义的基本理论和十月革命的实践效果使这种潜在的可能变为现实。"收
入李泽厚《中国现代思想史论》，东方出版社 1987 年版，第 145 页。

　　② 李泽厚：《记中国现代三次学术论战》，原载《走向未来》1986 年第 2
期。后收入李泽厚《中国现代思想史论》，东方出版社 1987 年版，第 50~87 页。

刚主编的《古史辨》第三册）早两年多。应当是最早的提倡用西方现代学术观念、方法研究《诗经》的著作之一。

他们的《诗经》研究有如下特点：第一，依据《诗》本文解说诗旨，完全或较少依循《诗序》或汉唐以来的旧注旧疏；第二，将《诗》文本同时视为史料，并以此为论据推论周代当时的社会和思想；第三，注重以《诗》中诗篇的作者之社会地位归属为准讨论诗的题旨，这已经有历史唯物主义的阶级分析法的萌芽。

此外，还应当注意的是，法国社会学家格拉耐所著《中国古代的祭礼与歌谣》一书于1919年出版。该书是西方汉学界第一部深入研究《诗经》的专著，作者是著名社会学家，以独特的视角审视和评价《诗经·国风》，书中的观点和方法极富新意，具有文学、社会学、民俗学、民族学、神话学等综合研究的性质，是后来盛行的文化人类学《诗经》研究的肇始。虽然其时尚未见有中译本，但其研究当已为中国学者所了解。谢晋青《诗经之女性的研究》，在1924年由商务印书馆出版。其间应当存在着一定的联系。

胡朴安、傅斯年、陆侃如、冯沅君、刘大白、蒋善国等人的《诗经》研究，或取以上倾向中的一者或二者，或兼而有之，总体来说，也属于这个时期。

二　"马""中""西"由错综而融合与《诗》学研究的展开

经过二十世纪三十年代初的中国社会性质论战，"有着一整套完备埋论义能切实行动的马克思主义不仅没有因1927年共产党的失败而淹没退缩，刚好相反，它在青年一代中反而更加热烈地被接受被传播被欢迎。反射到思想学术领域，从历史学、经济学、哲学到文学艺术，马克思主义的影响和声势从二十年代末到三十年代，愈益扩大。"①在此基础上，从1937年抗战爆发，到1966年"文革"开始前，

---

① 李泽厚：《记中国现代三次学术论战》，原载《走向未来》1986年第2期。后收入李泽厚《中国现代思想史论》，东方出版社1987年版，第71页。

是马克思主义理论、中国传统学术思想和西方学术思想由错综交织而渐趋以马克思主义理论为主导的融合的时期。这一时期的时间跨度约三十年。期间发生的几个重大政治和历史事件对当时的中国学术，包括《诗经》研究产生了巨大的影响。以 1949 年为界，前十二年是一个阶段，后十七年是另一个阶段。前十二年中，重大的事件有抗日救亡运动，西南联大迁至云南，中央研究院史语所迁至重庆郊外之李庄等。抗日救亡的现实需要激发也改变了《诗经》的研究格局，使学者们更关注现实。之后，1949 年中华人民共和国成立，马克思主义唯物史观影响下的文学观和社会历史观成为主导性的学术思想和方法。《诗经》研究因此而面貌为之一变。

抗战背景下的二十世纪三四十年代，在救亡图存的新形势下，中国的马克思主义有了新的转变，二十世纪二十年代末由瞿秋白从苏联介绍来的"辩证唯物论"成为宇宙观和方法论。马克思主义的唯物论和辩证法结合中国实际(农民革命战争)和传统(兵家辩证法)而中国化了。① 马克思主义在政治领域的中国化的这一变化，对当时的学术也产生了深刻而广泛的影响，《诗经》研究也不例外。这方面的代表人物是郭沫若、朱自清和闻一多。他们的《诗》学研究都体现了以马克思主义为主导，借鉴西方学术理念和方法对《诗》学问题的全新阐释。虽然都是"马""中""西"三方的融合，但在具体操作的层面，又表现出不同的样貌来。

郭沫若的研究最具鲜明的马克思主义主导倾向。此前，他的《中国古代社会研究》于 1930 年出版。1938 年 11 月，言行出版社出版了郭沫若翻译的《德意志意识形态》，同年 12 月 23 日，郭沫若在桂林写下《复兴民族的真谛》，其中说："现在是我们民族复兴的时候，我们的民族精神渐渐地苏活转来了。我们应该尽量地发挥我们的创造力、同化力和反侵略性。"1944 年，郭沫若的《由农事诗说到周代社会》，由农事诗中的材料讨论周代社会性质，是 1929 年发表在《东方

---

① 参照李泽厚：《试谈马克思主义在中国》，见氏著《中国现代思想史论》，第 172 页。

杂志》上的《〈诗〉〈书〉时代的社会变革与其思想上之反映》的延续。①
开了用唯物史观研究《诗经》的风气，引起学界的热烈响应。马克思
的唯物史观在"五四"时就已经传入中国，但真正产生影响是在二十
世纪三十年代初的社会史讨论中。至郭沫若将其运用于《诗经》研究，
方波及文学。刘大杰的《中国文学发展史》（1939）也是运用唯物史观
考察文学发展的著作，其中对《诗经》的论述，就是结合当时的生产
发展、社会制度、政治思想等展开的。这种研究模式不仅影响了二十
世纪五六十年代的《诗经》研究，而且也对当时整个中国文学的研究
产生了决定性的影响。

　　朱自清受"五四"思想影响，二十世纪三十年代留学欧洲，擅长
中国传统学术而兼收"西学"，他的《诗》学研究最重融会贯通。他发
表的《诗教》（载《人文科学学报》1943年第二卷1期），渗透着早期中
国马克思主义的实用主义色彩与中国传统的"诗教"思想融而为一的
气息，而其研究方法，则得力于西方的逻辑学的归纳法。其《诗言志
辨》，于1947年由开明书店出版。该著是二十世纪《诗》学建构期的
经典之作。作者重视民间歌谣的价值，曾整理歌谣，将《诗经》及有
关问题置于中国诗歌史（包括歌谣）的大背景下予以历史的审视，虽
然所论皆由具体问题入手，但往往能见微知著，将《诗》学的问题上
升到"诗史"的高度，总结出有益于中国诗歌批评史的规律。

　　闻一多受马克思主义思想的影响，又长于中国传统的文字音韵训
诂之学与西方文化人类学，故其《诗》学研究有明显的"求新"色彩。
其《风诗类钞》（1932—1936）、《诗经通义》（1937）、《诗经新义》
（1937）在充分吸收利用传统注疏的基础上，博采甲骨文、青铜器铭
文，所以常有新义，被称为新训诂学。他在诗义的解说上于"二重证
据法"之外，又能因地制宜，借鉴西方兴起的民俗学、人类学的理
论，遍搜民族学、人类学调查所得之田野材料，试图打通古今，揭开
《诗经》诗篇的本来面目。其《诗经的性欲观》《〈诗·新台〉"鸿"字说》
《匡斋尺牍》《歌与诗》《姜嫄履大人迹考》《说鱼》等，都能在此前学者

---

　　①　参照何崝：《郭沫若先生学术年表》，收入其主编《中国现代学术经典·
郭沫若卷》，河北教育出版社1996年版，第737~743页。

研究基础上提出新说。此后孙作云的《诗经恋歌发微》是对闻一多《诗》学研究方法的继承和发展。

抗战前后参与《诗经》研究的还有刘大杰、朱东润、张西堂、于省吾等学者。刘大杰的《中国文学发展史》出版于 1941 年，第二章"周诗发展的趋势及其艺术特征"完全接受郭沫若的观点，认为"西周是奴隶制社会的继续和发展。……在这种情况下，成熟的哲学与文学，适应当代的物质生产与社会生活而出现的事，是一种合理的现象。在文学上作为这一个时代的代表的，是三百零五篇的《诗经》"①。作者从排比秦汉以来的《诗》学材料入手，结合周代历史背景，分析《颂》《雅》《风》的大体年代，探讨了《诗》文本与乐舞的关系，提出"社会诗"的概念，其观点都有可取之处。是运用马克思主义理论研究《诗经》的典范。朱东润的情形与上述"主流"稍有不同。骆玉明认为这和他早年留学国外，治学既不全尊西方，也不泥守传统的学术思想有关。② 张西堂的《诗经六论》与胡适等人有相似之处，完全否定《诗序》和旧注旧疏。于省吾为章黄学派传人，他的研究则与闻一多相似，在"二重证据法"的运用上有重要的示范性。

1949 年至 1966 年的十七年，是马克思主义理论在政治领域和学术领域都渐趋主导地位的时期。平心而论，此期学者在《诗经》研究中运用唯物史观的方法，从《诗经》所处时代的经济、政治、思想的背景入手揭示诗篇产生的社会基础，不但从整体上说明了《诗经》诗篇的思想内容，而且也在一定程度上提示了周代诗歌发展的历史文化根源。如杨公骥的《中国文学》第一分册，是作者在 1947 年开始撰写的大学讲义的基础上，历经十年，七易其稿而成。学界认为，该书较好地运用马克思列宁主义的方法论处理先秦文学研究中的重要问题。

---

① 刘大杰：《中国文学发展史》，上海古籍出版社 1983 年新版，第 34 页。该书新版据 1957 年版。在 1957 年版的序言中，作者说："《中国文学发展史》是我的旧作。上卷成于 1939 年，下卷成于 1943 年，先后交由中华书局印行。上卷是 1941 年出版的；下卷因书局种种原因，迟至 1949 年 1 月才出版。……这次印出来的，只在文字上作了些改动，体制内容，仍如旧书。"

② 朱东润：《诗三百篇探故》"弁言"，云南人民出版社 2007 年重印版，第 3~4 页。

著者从历史唯物主义观点出发，在前人研究的基础上，突破《诗经》一书的框架，将诗篇分置于不同的历史时期和相应的宗教文化背景之下，概要性地展现了周代诗歌起源和发展的大致轮廓，在当时来说极富创见。另外，书中还结合甲骨卜辞和考古发现重新讨论《商颂》创作时间问题，认为《商颂》为周代以来所传之商诗，也很有启发性。另如中国社会科学院文学所主编的《中国文学史》（三卷），第一册《诗经》部分由余冠英总负责，胡念贻、曹道衡、刘建邦共同完成。书中对《诗经》的编集、应用和流传，以及《诗经》诗篇的艺术特点和影响等问题均提出了比较客观的看法。尤其是分西周前期、西周后期、东周时代三个阶段对《诗经》时代诗的演变进行了初步的分期，极富参考价值。① 此外，还有夏承焘的《采诗与赋诗》、高亨的《诗经引论》等，还有余冠英的《诗经选译》（《诗经选》）与陈子展、金启华等学者的《诗经》选译本，金开诚概说《诗经》等普及读物。这其中余冠英的《诗经选》多次重印，影响最大，堪称这一时期的代表作。上述成果有一个共同点，就是强调揭示人民性、思想性和进步性，由此形成了一种操作性很强，与现实政治相呼应的研究模式，在推动《诗》学研究转型方面自有其积极的时代意义。

然而，一种进步的社会政治学说并不完全等同于文学理论，当时有许多学者将唯物史观极端化和教条主义化，所以在实际运用中也产生了许多偏差。赵沛霖先生曾总结说："由于对唯物史观的片面理解，认为经济基础直接决定文学的发生和发展，分析方法流于简单化，把文学分析变成了经济基础的形象解说，导致了《诗经》研究的路越来越窄：《诗经》研究被缩小为思想内容研究，而思想内容研究又被缩小为那些反映社会黑暗、人民痛苦和反抗，也就是具有阶级斗争意义的作品的研究。……对唯物史观的片面理解和庸俗社会学的研究方法的盛行，完全否定了《诗经》的多方面的价值，否定了《诗经》

---

① 卷首"编写说明"说："我们编写这一部分的时候，力图遵循马克思列宁主义的观点，比较系统地介绍中国古代文学的发展过程，并给古代作家和作品以较为恰当的评价。"见中国社会科学院文学研究所中国文学史编写组《中国文学史》第一卷，人民文学出版社1962年版，第1页。

创作个性、艺术形式和审美特征的研究，最后只能是取消文学和文学研究，走向文学虚无主义，其教训是十分深刻的。"①整体对照观察和总结二十世纪五六十年代的《诗经》注本、研究论著，赵沛霖的总结是全面的，也是公允的。

三 "马""中""西"深度融合与《诗》学的复兴

1966 年"文革"爆发，在此之后的十年之中，《诗经》学研究几乎陷入停滞状态。马克思主义与中国传统学术和"西学"疏离。1978 年，借着真理标准问题大讨论，学术界也对其在"文革"中存在的问题进行了深刻的反思。古典文学，包括《诗经》学开始向立足中国学术传统的学科本位复归。《诗经》学获得了新生。真正的马克思主义思想又一次在中国学术发展的关键时期起到了正本清源的主导作用，将学术研究引领到既立足中国学术传统，又广泛吸收西方先进的学术思想和学术理念的正确道路上。

从"文革"结束到二十世纪末，是马克思主义思想、中国传统学术与西方学术思想再度融合的时期，也是《诗》学研究复兴而走向多元化的时期，其时间跨度大约二十年。这二十年，又可以分为以十年为界的两个时期。

先论第一个十年。进入二十世纪八十年代，国家在政治上的拨乱反正，经济上的改革开放，促进了文化上的理性反思。由此形成一股持续近十年的"文化热"，在这场关于文化的讨论中，学界关注的问题，首先是文化主体性反思，即对中国传统文化优长与现代价值的反思；其次是对评价和借鉴西方文化的反思。这些反思的目的，就是在现代化语境下，如何实现中国文化的新生或重建。汤一介评价这一时期的"文化热"的影响时认为其"或者可以说是二十世纪中国学术文化发展的又一取得重要成果的时期，无疑它打破了多年来的教条主义极左思潮独领风骚的局面，实际上推动着中国文化朝着适应世界文化多

---

① 赵沛霖：《现代学术文化思潮与诗经研究——二十世纪诗经研究史》，学苑出版社 2006 年版，第 111~112 页。

元化发展的总趋势方向发展"①。这一评价是中肯的。

在上述"马""中""西"再度融合的文化和学术背景下，《诗经》研究也发生了根本性的转向。主要取得了以下几个方面的成绩：

一是重新审视和评价传统《诗经》学，以及二十世纪八十年代以前的《诗经》研究得失。这方面的代表作有胡念贻的《论汉代和宋代的诗经研究及其在清代的继承和发展》(《文学评论》1981年第6期)，夏传才的《诗经研究史概要》(中州书画社1982年版)，程俊英、蒋见元的《诗经研究史鸟瞰》(《江海学刊》1988年第1期)，赵沛霖的《诗经研究反思》(天津教育出版社1989年版)等。这一倾向与二十世纪初颇为相似，但因其有高度的文化主体性和理性自觉而具有完全不同的内容。如夏传才曾说："《诗经》是中华文化的元典，又是被称为与希腊史诗、莎士比亚戏剧鼎足而立的人类三大古代文学典籍之一。它是中国文学和世界文学的杰作，我们当然应该学习和研究，从而弘扬中华文化，加强国际学术交流，并吸取其优良的成分，发展建设中国现代的新文化。"②这番话在当时的研究中具有代表性。

二是重估《诗经》的文化和文学价值。这是对宋代《诗》学及"五四"时期《诗》学研究的文学本位倾向的继承与发扬，也是四十年代文艺"大众化"主张的延续。如周满江的《诗经》(上海古籍出版社1980年版)，程俊英的《诗经漫话》(上海文艺出版社1983年版)，袁宝泉、陈智贤的《诗经探微》(花城出版社1987年版)，段熙仲《诗三百与显学争鸣、经师异义》(《文学遗产》1983年第1期)。这类著作对《诗经》普及有积极意义。

三是运用新理论新方法，从语言学、考古学、历史学、美学、民俗学、人类学等多学科、多角度入手，多方面地探索和研究《诗经》，出现了多元化的研究格局。代表作如钱锺书的《管锥编》第一册《毛诗正义六十则》(中华书局1979年版)，王力的《诗经韵读》(上海古籍出

① 汤一介：《古今东西之争与中国现代文化的发展》，《江淮论坛》1994年第6期，第15页。
② 夏传才：《关于〈诗经〉再评价的几个问题》，《社会科学战线》2001年第2期，第105页。

版社 1980 年版），骆宾基的《诗经新解与古史新论》（山西人民出版社 1985 年版），宫玉海的《诗经新论》（吉林人民出版社 1985 年版），向熹的《诗经语言研究》（四川人民出版社 1987 年版），徐华龙的《国风与民俗研究》（中国民间文艺出版社 1988 年版），胡平生、韩自强的《阜阳汉简诗经研究》（上海古籍出版社 1988 年版），等等。其中王力的研究体现了西方语言学与中国传统小学的有机融合。被学者评为"说理透彻，深入浅出；分析细致，有俾实用"①。胡平生、韩自强的研究则是"二重证据法"的一个显例。

四是出现了许多《诗经》的新注本。如高亨的《诗经今注》（上海古籍出版社 1980 年版），陈子展的《诗经直解》（复旦大学出版社 1983 年版），程俊英的《诗经译注》（上海古籍出版社 1985 年版），袁梅的《诗经译注》（齐鲁书社 1980 年版），等等。这类成果有一个共同的特点，即都是积累多年而成书，对《诗经》文本的解说较之前推进了一大步。但也因此而带有二十世纪六七十年代《诗》学研究的局限性。如高亨《诗经今注》是作者多年来遍读先秦古籍、竭泽而渔式地对《诗经》词语作考证式的注释的著作，道人所未道，使读者耳目一新，深受启迪。但因为囿于阶级分析法，书中说《硕鼠》"是佃农对地主残酷剥削的控诉"，《羔羊》为讽刺衙门里的官吏为毒蛇等，就显得有失偏颇。

五是影印和点校出版了汉代以来重要的《诗经》研究著作，学科资料的汇辑整理迈上新台阶，为研究者提供了文献资料方面的便利。朱熹《诗集传》、马瑞辰《毛诗传笺通释》、方玉润《诗经原始》、王先谦《诗三家义集疏》、陈奂《诗毛氏传疏》等重要的传统《诗》学著作几乎都是在这一时期点校出版的。

进入二十世纪九十年代，中国的改革开放全面铺开，成效卓著，这为马克思主义理论提供了宝贵的"中国经验"。在其主导下，思想界、学术界也出现了"马""中""西"的深度融合。虽然关于文化的讨论已经退去了热度，但随着中国经济的持续发展和全球化浪潮对发展中国家和地区的裹挟，民族文化传统及地方性知识和齐一化的矛盾越来越突出，并激发出强烈的文化主体意识。于是，中国社会悄然兴起

---

① 洪湛侯：《诗经学史》，中华书局 2002 年版，第 788 页。

了"国学热"和"阅读经典热"。学界也摒弃此前文化上的激进主义、保守主义和自由主义之争，立足中国社会实际，在世界文化多元发展的大格局下重估经典的价值，思考中国文化的未来走向。在这个背景下，《诗》的经典地位得到进一步加强，关于《诗经》的研究成果丰富多样，新意迭出，形成了研究方法、学术观念等多元化共存的可喜局面。这个时期《诗》学研究在量与质两个方面，都远超此前的任何一个时期。与之前相比，九十年代的《诗经》研究更加表现出"专门之学"的气象。具体而言，有如下几个特点：

首先，研究队伍不断壮大，参与研究的人数大大增加。在老一辈学者如夏传才、董治安、程俊英、蒋见元、顾易生、张松如、郭晋稀、聂石樵、褚斌杰、张启成、向熹等的引领下，一大批中年学者如赵逵夫、李炳海、陈戍国、赵敏俐、姚小鸥、王洲明、傅道彬、刘毓庆、鲁洪生、叶舒宪等学者成为主力军，青年学者廖群、王长华、陈桐生、李寅生、雒启坤、李山、张祝平、李笑野、刘怀荣、扬之水等，成果也很丰富。最为可喜的是，还有很多年富力强的博士生、研究生也加入《诗经》研究队伍，他们中的李山、马银琴、贾海生、邵炳军等都以《诗经》为博士学位论文选题，获得了博士学位，并发表了高质量的研《诗》论著，在学界崭露头角。

其次，在夏传才先生和学界的共同努力下，成立了《诗经》学会，组织召开了多次学术研讨会，出版《诗经研究丛刊》汇聚研究成果，促进了中外学者、学术团体的交流，学术界和地方政府的互动合作，使《诗经》学在国际和国内都产生了更大的影响。

再次，这十年间产生了一大批《诗经》研究的名著和力作，据寇淑慧《二十世纪诗经研究文献目录》统计，共有著作百余部，论文近千篇。这些成果在《诗经》文本校刊、诗旨解说、诗歌美学、《诗经》的礼乐文化内涵、《诗经》学史、《诗经》名物、《诗经》的海外传播、域外《诗经》学等方面，都取得了突破性进展，切实推进了《诗经》学的纵深发展。

最后，通过不断反思和总结历代《诗经》研究的得失，摒弃了古今、东西之争，确立了《诗经》的经典地位，在学术方法和理念上多元并存，兼收并蓄，形成了自觉的学科意识。不仅欧美、东南亚等地区的《诗经》研究成果被译介，港澳台地区的成果也到大陆出版交流。

进入二十一世纪的二十年来，《诗经》研究取得了前所未有的成就，最有代表性的是一批集大成的《诗》学著作，如夏传才、王长华《诗经学大辞典》，王晓平《日藏诗经古写本刻本汇编》，鲁洪生《诗经集校集注集评》等。这些成就的取得，是对二十世纪《诗经》研究的补充，也与二十世纪最后二十年的学术积累有着直接的关系。

结　　语

清代大儒阮元曾说："学术盛衰，当于百年前后论升降焉。"（《十驾斋养新录·序》）立足二十一世纪，回顾二十世纪的《诗》学研究发展历程，其在马克思主义唯物史观和西方科学精神的推动下，完成了现代转型。之后，"马克思主义《诗》学研究派"在二十世纪三十、四十、五十年代都主导和推动着《诗》学研究向前发展。虽然在"文革"时教条主义与庸俗社会学思想泛滥，但在"文革"结束后的八九十年代，随着真正的唯物史观的回归，《诗经》学最终回归"中学"本位与"西学"之科学精神，并在世纪末走向多元并举的繁荣局面。

从古典文学自身发展的学术史的角度观察，《诗经》学的现代转型与发展繁荣是以十九世纪末"西学"传入与1900年前后甲骨、简牍、敦煌文书等轰动世界的考古学新材料的发现而开启的，又以二十世纪末的"国学热"与郭店楚简、上海博物馆藏战国竹简《孔子诗论》等诗学研究新材料的出现而告一段落。而从思想史的角度观察，二十世纪《诗》学研究史则是马克思主义理论、中国传统学术思想与西方学术思想三种思想由并立、错综、融合而形成的合力共同作用的结果。其中马克思主义理论，尤其是历史唯物主义思想方法论，一直贯穿始终，并且总是在关键时期起着确立学术主体性和调和中西学术理念的主导作用。

回顾过去，是为了展望未来。新时代，新征程，新使命！在实现中华民族伟大复兴的征程中，凝聚着中国礼乐文化内涵的《诗经》，其思想上、艺术上的经典性、民族性会愈加凸显出来，惟愿《诗经》研究以及整个古典文学研究在未来焕发新的生机。

目　录

二十世纪《诗经》研究经典论著评介

经学略说（节选）

章太炎

"经"之训"常"，乃后起之义。《韩非·内外储》首冠"经"名，其意殆如后之目录，并无"常"义。今人书册用纸，贯之以线。古代无纸，以青丝绳贯竹简为之。用绳贯穿，故谓之"经"。经者，今所谓线装书矣。《仪礼·聘礼》："百名以上书于策，不及百名书于方。"《礼记·中庸》云："文武之政，布在方策。"盖字少者书于方，字多者编简而书之。方不贯以绳，而简则贯以绳。以其用绳故曰编，以其用竹故曰篇。方，版牍也。古者师徒讲习，亦用方誊写。《尔雅》："大版谓之业。"故曰肄业、受业矣。《管子》云："修业不息版。""修业"云者，修习其版上之所书也。竹简繁重，非别版书写，不易肄习。二尺四寸之简（《后汉书·周磐传》：编二尺四寸简写《尧典》），据刘向校古文《尚书》，每简或二十五字，或二十二字，知一字约占简一寸。二十五自乘为六百二十五。令简策纵横皆二十四寸，仅得六百二十五字。《尚书》每篇字数无几，多者不及千余。《周礼》六篇，每篇少则二三千，多至五千。《仪礼·乡射》有六千字，《大射仪》有六千八百字。如横布《大射》《乡射》之简于地，占地须二丈四尺，合之今尺，一丈六尺，倘师徒十余人对面讲诵，便非 室所能容。由是可知讲授时决不用原书，必也移书于版，然后便捷。故称肄业、受业，而不曰肄策、受策也。帛，绢也，古时少用。《汉书·艺文志》六艺略、诸子略、诗赋略、兵书略，每书皆云篇；数术、方技，则皆称卷。数术、方技，乃秦汉时书，古代所无。六艺、诸子、诗赋、兵书，汉人亦多有作。所以不称卷者，以刘向《叙录》，皆用竹简杀青缮写，数术、方技，或不用竹简也。惟图不称篇而称卷，盖帛书矣（《孙子兵法》皆附图）。由今观之，篇繁重而卷简便，然古代质厚，用简者多。

《庄子》云："惠施多方，其书五车。"五车之书，如为帛书，乃可称多；如非帛书，而为竹简，则亦未可云多。秦皇衡石程书，一日须尽一石。如为帛书，则一石之数太多，非一人一日之力所能尽(古一石当今三十斤，如为帛书，准之于今，当亦有一二百本)。古称奏牍，牍即方版，故一日一石不为多耳。

周代《诗》《书》《礼》《乐》皆官书。《春秋》史官所掌，《易》藏太卜，亦官书。官书用二尺四寸之简书之。郑康成谓六经二尺四寸，《孝经》半之，《论语》又半之，是也。《汉书》称律曰"三尺法"，又曰"二尺四寸之律"。律亦经类，故亦用二尺四寸之简。惟六经为周之官书，汉律乃汉之官书耳。寻常之书，非经又非律者，《论衡》谓之"短书"。此所谓短，非理之短，乃策之短也。西汉用竹简者尚多，东汉以后即不用。《后汉书》称董卓移都之乱，缣帛图书，大则连为帷盖，小乃制为縢囊，可知东汉官书已非竹简本矣。帛书可卷可舒，较之竹简，自然轻易，然犹不及今之用纸。纸之起源，人皆谓始于蔡伦，然《汉书·外戚传》已称"赫蹄"，则西汉时已有纸，但不通用耳。正惟古人之不用纸，作书不易；北地少竹，得之甚难；代以缣帛，价值又贵：故非熟读强记不为功也。竹简书之以漆，刘向校书可证；方版亦然。至于缣帛，则不可漆书，必当用墨。《庄子》云：宋元君将画图，众史舐笔和墨。则此所谓图，当是缣素。又《仪礼》"铭旌用帛"，《论语》"子张书绅"。绅以帛为之，皆非用墨不能书。惟经典皆用漆书简，学生讲习，则用版以求方便耳。以上论经之形式及质料。

《庄子·天下篇》："《诗》以道志，《书》以道事，《礼》以道行，《乐》以道和，《易》以道阴阳，《春秋》以道名分。"列举六经，而不称之曰"经"。然则六经之名，孰定之耶？曰：孔子耳。孔子之前，《诗》《书》《礼》《乐》已备。学校教授，即此四种。孔子教人，亦曰："兴于《诗》，立于《礼》，成于《乐》。"又曰："《诗》《书》执礼，皆雅言也。"可见《诗》《书》《礼》《乐》，乃周代通行之课本。至于《春秋》，国史秘密，非可公布；《易》为卜筮之书，事异恒常，非当务之急，故均不以教人。自孔子赞《周易》、修《春秋》，然后《易》与《春秋》同列六经。以是知六经之名，定于孔子也。

五礼著吉、凶、宾、军、嘉之称，今《仪礼》十七篇，只有吉、凶、宾、嘉，而不及军礼。不但十七篇无军礼，即《汉书》所谓五十六篇《古经》者亦无之。《艺文志》以《司马法》二百余篇入"礼"类（今残本不多），此军礼之遗，而不在六经之内。孔子曰："军旅之事，未之学也。"盖孔子不喜言兵，故无取焉。又古律亦官书，汉以来有《汉律》。汉以前据《周礼》所称，五刑有二千五百条，《吕刑》则云三千条。当时必著简册，然孔子不编入六经，至今无只字之遗。盖律者，在官之人所当共知，不必以之教士。若谓古人尚德不尚刑，语涉迂阔，无有是处。且《周礼·地官》之属，州长、党正，有读法之举，是百姓均须知律。孔子不以入六经者，当以刑律代有改变，不可为典要故尔。

六经今存五经，《乐经》汉时已亡。其实，六经须作六类之经书解，非六部之经书也。礼，今存《周礼》《仪礼》。或谓《周礼》与《礼》不同，名曰《周官》，疑非礼类。然《孝经》称"安上治民莫善于礼"，《左传》亦云"礼，经国家、定社稷、序人民、利后嗣"。由《孝经》《左传》之言观之，则《周官》之设官分职、体国经野，正是礼类。安得谓与礼不同哉？春秋时人引《逸周书》皆称《周书》，《艺文志》称《逸周书》乃孔子所删百篇之余。因为孔子所删，故不入六经。又《连山》《归藏》，汉时尚存（桓谭《新论》云：或藏兰台），与《周易》本为同类。以孔子不赞，故亦不入六经。实则《逸周书》与《书》为一类，三《易》同为一类，均宜称之曰经也。

今所传之十三经，其中《礼记》《左传》《公羊》《穀梁》均传记也。《论语》《孝经》，《艺文志》与《诗》《书》《易》《礼》《春秋》同入六艺，实亦传记耳。《孟子》应入子部，《尔雅》乃当时释经之书，亦不与经同。严格论之，六经无十三部也。

……

《虞书》曰："诗言志，歌永言，声依永，律和声。"先有志而后有诗。诗者，志之所发也。然有志亦可发为文。诗之异于文者，以其可歌也。所谓"歌永言"，即诗与文不同之处。永者，延长其音也。延长其音，而有高下洪纤之别，遂生宫、商、角、徵、羽之名。律者，所以定声音也。既须永言，又须依永，于是不得不有韵（急语无收声，收声即有韵，前后句收声相同即韵也）。诗之有韵，即由"歌永言"来。

《虞书》载"元首明哉！股肱良哉！庶事康哉！""元首丛脞哉！股肱惰哉！万事堕哉！"二歌。可见尧、舜时已有诗。《尚书大传》有《卿云之歌》。汉初人语未必可信。《乐记》云："舜作五弦之琴以歌南风。"今所传《南风歌》出王肃《家语》，他无所见，亦不可信。唐、虞之诗，要以二《典》所载为可信耳。郑康成《诗谱序》云："有夏承之，篇章泯弃，靡有孑遗。"而今《尚书》载《五子之歌》，可知其为晋人伪造也。《诗谱序》又云："降及商王，不风不雅。"此谓商但有《颂》，《风》《雅》不可见矣。《周礼·太师》："教六诗：曰风、曰赋、曰比、曰兴、曰雅、曰颂。"赋、比、兴与风、雅、颂并列，则为诗体无疑。今《毛传》言兴者甚多，恐非赋、比、兴之兴耳。赋体后世盛行。《毛传》以升高能赋为九能之一，谓之德音。周末屈原、荀卿俱有赋。赋既在风、雅、颂之外，比、兴当亦若是。惟孔子删诗，存风、雅、颂而去赋、比、兴。《郑志》答张逸问，赋、比、兴，吴札观诗已不歌。盖不歌而诵谓之赋。赋不可歌，与风、雅、颂异，故季札不得闻也（比、兴不知如何）。赋、比、兴之外，又有《九德之歌》，《左传》郤缺曰："九功之德，皆可歌也，谓之九歌。六府三事，谓之九功。水、火、金、木、土、谷，谓之六府；正德、利用、厚生谓之三事。"合之为十五种。今《诗》仅存风、雅、颂三种。

《诗大序》："风，风也"，"雅，正也"，"颂者，美盛德之形容，以其成功告于神明者也"。风有讽谕之义，雅之训正，读若《尔雅》之雅，然风、雅、颂之雅，恐本不训正。《说文》："疋，古文以为《诗·大雅》字。"一曰，疋，记也。疋即今疏字。然则诗之称疋，纪事之谓，亦犹后世称杜工部诗曰诗史。故《大雅》《小雅》无非纪事之诗，或谓雅即雅乌。孔子曰："乌，盱，呼也。"李斯《谏逐客书》："击瓮叩缶，弹筝搏髀，而歌呼呜呜快耳者，真秦之声也。"杨恽《报孙会宗书》："家本秦也，能为秦声"，"仰天抚缶而呼呜呜"。秦本周地，故大、小《雅》皆以"雅"名（所谓乌乌秦声者，即今之梆子腔也）。此亦可备一说。余意《说文》训疋为记，乃雅之正义，以其性质言也；雅、乌可为雅之别一义，以其声调言也。至正之一训，乃后起之义。盖以雅为正调，故释之曰正耳。

诗以四言为主，取其可歌，然亦有二言、三言以至九言者，惟不多见耳。今按"肇禋"，二言也；"洞酌彼行潦，挹彼注兹"，九言也。一言太短，不可以歌，故《三百篇》无一言之诗。然梁鸿《五噫歌》曰："陟彼北芒兮，噫！顾览帝京兮，噫！宫室崔嵬兮，噫！人之劬劳兮，噫！辽辽未央兮，噫！"则一言未始不可成句，或者《三百篇》中偶然无一言之句耳，非一言之句必不可歌也。

《诗经》而后，四言渐少。汉世五言盛行，唐则七言为多。八言、九言，偶一为之，三言唯汉《郊祀歌》用之。六言亦不多见。《汉书》所录汉人四言之作，有韦孟《谏诗》一首，《在邹诗》一首，韦玄成《自责诗》一首、《戒子孙诗》一首，西汉所作，传于世者，尽于此矣。魏武帝作《短歌》，犹用四言，虽格调有异《诗经》，然犹有霸气。至《文选》所录魏、晋间四言之作，语多迂腐。自是之后，四言衰歇，五言盛行。李白谓"兴寄深微，五言不如四言，七言尤其靡也"。然所作《雪谗诗》讥刺杨妃，有乖敦厚之义，或故为大言以欺人耳。又杂言一体，《诗经》所有。汉乐府往往用之，唐人歌行亦用之。夫抒写性情，贵在自由，不宜过于拘束，如必句句字数相同，或不能发挥尽致。故杂言之作，未为不可。今人创新体诗，以杂言为主，可也，但无韵终不成诗耳。（以上论《诗》之大概。）

太史公谓古诗三千余篇，盖合六诗、《九德之歌》言之。孔子删《诗》，仅取三百余篇。盖以古诗过多，不能全读，故删之尔，未必其余皆不足观也。或谓孔子删《诗》与昭明之作《文选》有异。余意不然。《文选》为总集，《诗经》亦总集，性质正复相似，所谓"自卫反鲁，然后乐正，《雅》《颂》各得其所"，决非未正以前，《雅》入《颂》、《颂》入《雅》也。《雅》主记事，篇幅舒长；《颂》主赞美，章节简短。但观形式，已易辨别。且其声调又不同，何至相乱，或次序颠倒、孔子更定之耳。

《风》《雅》有正、变(盛周为正，衰周为变)，《颂》无正、变。因《风》《雅》有美有刺，《颂》则有美无刺也。《鲁语》闵马父之言口："昔正考父校商之名颂十二篇于周太师，以《那》为首。"今《商颂》仅存五篇，其余七篇，或孔子时而已佚矣。据今《商颂》，有商初所作，亦有武丁时所作，而《周颂》皆成王时诗，后则无有。《孟子》曰："由汤至于武丁，贤圣之君六七作。"故颂声未息，周则成王以后无贤圣也。或以《鲁颂》为僭天子之礼。若然，孔子当屏而不录。孔子录之，将何以说？案，《周官·籥章》："吹豳诗以逆暑迎寒，吹豳雅以乐田畯，吹豳颂以息老物。"同为《七月》之诗，而风、雅、颂异名者，歌诗之时，其声调三变尔。《豳风》非天子之诗，而可称"颂"，则《鲁颂》称"颂"而孔子录之，无可怪也。今观《泮水》《閟宫》之属，体制近雅而不近颂，若以雅为称，则无可讥矣。

《史记·孔子世家》称："三百五篇，孔子皆弦歌之，以求合《韶》《武》《雅》《颂》之音。"然则，今之《诗经》在孔子时无一不可歌也。《汉书·礼乐志》云："河间献王献雅乐，天子下大乐官常存肄之。"是其乐谱尚在。后则可歌者，惟《鹿鸣》《伐檀》等十二篇耳。近人以《鹿鸣》《伐檀》等谱一字一声，无抑扬高下之音，疑为唐人所作。然一定一声，不但《诗经》为然，宋词亦然。姜夔、张炎之谱可证也。一字之谱多声，始于元曲，古人未必如是，孔子曰："放郑声。"又曰："恶郑声之乱雅乐。"汉儒解"郑声"以为烦手踯躅之声。张仲景《伤寒论》云："实则谵语，虚则郑声。郑声者，重语也。"可见汉人皆读"郑"为郑重之"郑"。"郑声"即一字而谱多声之谓。唐人所重十二诗之谱，一字一声，正是雅乐，无可致疑。（以上论《诗》之可歌。）

《诗》以口诵，至秦未焚。汉兴有齐、鲁、毛、韩四家。齐、鲁、韩三家无笙诗，为三百五篇。毛有笙诗，为三百十一篇。笙诗有其义而亡其辞，则四家篇数本相同也（笙诗六篇，殆如今之乐曲，有声音节奏而无文词）。所不同者，《小雅》"彼都人士，狐裘黄黄。其容不改，出言有章，行归于周，万民所望"数句，三家所无，而毛独有，此其最著者也。其余文字虽有异同，不如《尚书》今古文之甚。以《诗》为口诵，故无形近之讹耳。

《鲁诗》出自浮丘伯，申公传之。鲁人所传，故曰《鲁诗》。《齐诗》传自辕固生，齐人所传，故曰《齐诗》。《韩诗》传自韩婴，据姓为称，故曰《韩诗》。齐、韩二家，当汉景帝时，在《鲁诗》之后。《毛诗》者，毛公所传，故曰《毛诗》。相传毛公之学出自子夏，三国时吴徐整谓子夏授高行子，高行子授薛仓子，薛仓子授帛妙子，帛妙子授河间人大毛公，毛公为《诗故训传》于家，授赵人小毛公，小毛公为河间献王博士。而陆玑则谓子夏传曾申，申传魏人李克，李克传鲁人孟仲子，孟仲子传根牟子，根牟子传赵人孙卿子，孙卿子传鲁人大毛公。由徐整之说，则子夏五传而至大毛公；由陆玑之说，则子夏七传而至大毛公。所以参差者，二家之言，互有详略耳（大毛公名亨，小毛公名苌，今之《诗传》乃大毛公所作，当称《毛亨诗传》，而世皆误以为毛苌，不可不正也）。

《毛诗·丝衣序》引高子曰："灵星之尸也。"《维天之命》传引孟仲子曰："大哉天命之无极，而美周之礼也。"《閟宫》传引孟仲子曰："是禖宫也。"高子、孟仲子并见《孟子》七篇中。或疑高子即高行子。高行子为子夏弟子，不当与孟子同时，然赵岐注云："高子年长，或高叟即高行子矣。"赵注又云："孟仲子，孟子之从昆弟，学于孟子者也。"然则孟子长于《诗》《书》，故高子、孟仲子之说皆为毛公所引。

《汉书·艺文志》谓齐、鲁、韩三家，咸非《诗》之本义，与不得已，鲁最为近之。又云：毛公之学，自谓子夏所传。据此，知向、歆父子不信三家诗说。歆让太常博士，欲以《毛诗》立学官，而《七略》不称《毛诗》之优。今观四家之异同，其优劣可得而言。太史公言《关雎》之乱以为《风》始，《鹿鸣》为《小雅》始，《文王》为《大雅》始，《清庙》为《颂》始。其言与《诗大序》"《关雎》，风之始也"语同。《诗大序》但举《雅》《颂》之名，而不言《鹿鸣》为《小雅》始、《文王》为《大雅》始、《清庙》为《颂》始，但云"是谓四始，《诗》之至也"者，盖由"《关雎》，《风》之始也"一语，可以类推其余耳。郑康成云："始者，王道兴衰之所由。"余谓毛意同史公，史公所引，多本《鲁诗》，《毛诗》传至荀子，《鲁诗》亦传自荀子，此其所以符合也。

《齐诗》与《鲁》《毛》全异，萧望之、翼奉、匡衡同事后苍，治《齐诗》。翼奉有五际、六情之语，不及四始。《诗纬·泛历枢》称四始有水、木、火、金之语。谓《大明》水始，《四牡》木始，《嘉鱼》火始，《鸿雁》金始，其言甚不可解，恐东汉人所造，非《齐诗》本义。匡衡上书称孔子论《诗》以《关雎》为始，此言与《毛传》相同，并无水、木、火、金之语。可知《泛历枢》为后人臆说也。衡奏议平正，奉则有怪诞之语，虽与衡同师，而别有发明矣。如以水、木、火、金说四始，则《齐诗》竟是神话。四始为《诗》之大义，而《齐诗》之说如此,以此知齐之不逮毛、鲁远也。然匡衡说《诗》,亦有胜于鲁、韩者。《鲁诗》说周道缺,诗人本之衽席,《关雎》作。《齐诗》亦谓周康王后佩玉晏鸣,《关雎》叹之。匡衡上书,乃谓《周南》《召南》,被贤圣之化深,故笃于行,而廉于色,此非以《关雎》为刺诗矣。盖《齐诗》由辕固数传而至后苍。苍本传《礼》。《乡饮酒礼》:"合乐《周南·关雎》《葛覃》《卷耳》。"《燕礼》:"歌乡乐《周南·关雎》《葛覃》《卷耳》。"《仪礼》,周公所定,已有《周南·关雎》,知《关雎》非康王时所作。匡衡师事后苍,故其说《诗》,长于鲁、韩也。

齐、鲁、韩三家诗序不传,而毛序全存。如《左传》隐三年:"卫庄公娶于齐东宫得臣之妹,曰庄姜,美而无子,卫人所为赋《硕人》也。"闵二年:"郑人恶高克,使帅师次于河上,久而弗召,师溃而归,高克奔陈,郑人为之赋《清人》。"文六年:"秦伯任好卒,以子车氏之三子奄息、仲行、鍼虎为殉,皆秦之良也,国人哀之,为之赋《黄鸟》。"《毛序》所云,皆与《左传》符合,此毛之优于三家者也。又三家诗,皆有怪诞之语,毛则无有。即如"履帝武敏歆",《尔雅》已有"敏,拇也"之训,而三家说皆谓姜嫄出野见巨人迹,践之身动如孕,而生后稷。《毛传》则以疾训敏,以帝为高辛氏之帝,从于帝而见于天,将事齐敏,不信感生之说。又如:"赫赫姜嫄,其德不回,上帝是依。"若用感生之说,必谓上帝依姜嫄之身,降之精气,而《传》则谓上帝依其子孙。又如:"文王在上,于昭于天;文王陟降,在帝左右。"《毛传》之前,《墨子·明鬼》已引此诗,谓若鬼神无有,则文王既死,岂能在帝之左右哉!而《毛传》则谓文王在民上,文王升接天、下接人,一扫向来神怪之说。盖自荀子作《天论》,谓圣人不求知天,神话于是摧破。《毛诗》为荀卿所传,即此可征。

《大序》,相传子夏所作;《小序》,毛公所作。郑康成之意,谓《小序》发端句,子夏作,其下则后人所益,或毛公作也。今按,《序》引高子曰:"灵星之尸也。"此语自当出子夏之后矣。《卫宏传》有"作诗序"语,故《释文》或云《小序》是东海卫敬仲所作。然卫宏先康成仅百年,如《小序》果为宏作,康成不容不知。由今思之,殆宏别为《毛诗序》,不与此同,而不传于后。或宏撰次诗序于每篇之首,亦通谓之作耳。汉人专说《毛诗》者,今存《郑笺》一种。马融《毛诗传》散佚已久，今可见者，惟《生民篇》正义所引言帝喾事为最详耳。（以上论三家诗与毛之不同。）

朱晦庵误解"郑声淫"一语，以为郑风皆淫。于是刺忽之诗，皆释为淫奔之作。陈止斋笑晦庵以彤管为行淫之具，城阙为偷期之所，今《集传》中无此语，盖晦庵自觉其非而删之矣。凡《小序》言刺者，晦庵一概目为淫人自道之词。自来淫人自道之词未尝无有，如六朝歌谣之类，恐未可以例《国风》。若《郑风》而为淫人自道之词，显背无邪之旨，孔子何以取之？昔昭明编辑《文选》，于六朝狎邪之诗，摈而不录。《高唐》《神女》《洛神》之属，别有托意，故录之（见《菿汉闲话》）。昭明作《陶渊明集序》，谓《闲情》一赋，白璧微瑕。昭明尚然，何况孔子？晦庵之言，亦无知而妄作尔。

自晦庵作《集传》，说《诗》之风大变。清陈启源作《毛诗稽古编》，反驳晦庵，其功不可没（吕东莱作《读诗记》，不以晦庵为然。晦庵好胜，谓东莱为毛、郑之佞臣）。后之治《毛诗》者，桐城马瑞辰作《毛诗传笺通释》，泾县胡承珙作《毛诗后笺》，长洲陈奂作《诗毛氏传疏》。马氏并重《传》《笺》，胡氏从《传》而不甚从《笺》，陈氏则全依《毛传》。治三家诗者（《齐诗》亡于三国；《鲁诗》亡于永嘉之乱；《韩诗》唐代犹存，今但存《外传》而已。三家至宋全亡，如三家诗不亡，晦庵作《集传》当不至荒谬如此），王应麟后，清有陈寿祺、乔枞父子。乔枞好为牵附，谓《仪礼》引《诗》，皆《齐诗》说；又谓《尔雅》为《鲁诗》之学，恐皆未然。要之，陈氏父子，虽识见未足，然网罗放失之功，亦不可没。其后，魏源作《诗古微》，全主三家。三家无序，其说流传又少，合之不过三十篇，谓之"古微"，其实逞臆之谈耳。

今治《诗经》，不得不依《毛传》，以其序之完全无缺也。诗若无序，则作诗之本意已不明，更无可说。三家诗序存者无几，无从求其大义矣。戴东原作《毛郑诗考证》，东原长于训诂之学，而信服晦庵，故考证未能全备。东原之外，治诗者皆宗《毛传》，陈氏父子，不过网罗放失而已。

（载《章太炎全集》之《诂经札记》，上海人民出版社 2014 年版）

【评　介】

　　章太炎（1869—1936），浙江余杭人，中国近代著名的资产阶级革命家、思想家和经学家。名炳麟，字枚叔，太炎为其号，后慕顾炎武之为人，于是改名绛。1890年入杭州诂经精舍，师事俞樾问学凡七年，接受了极其严格的传统学术训练，其涉猎范围极广，独步当时，凡小学、历史、哲学、政治等，无所不窥。之后因不满现实，受新思想影响，主张排满反清，投身政治活动，创办《经世报》等，宣传维新变法。被通缉流亡日本，结识孙中山。后回国在上海张园当众剪辫，立志革命。不久因苏报案入狱，出狱次年发起组织光复会。后再赴日本，参加同盟会，主编《民报》。同时，重组光复会，任会长。辛亥革命后回国，历任中华民国联合会会长、孙中山临时大总统府枢密顾问、东北三省筹边使、广东护法军政府秘书长等职。1913年宋教仁被刺后策动讨伐袁世凯，被袁软禁，至袁倒台死后获释。晚年讲学于苏州，潜心于著述。其学于哲学、文学、史学、语言学等均有贡献，而尤以阐发国粹以"保存种族"而闻名，强调史学对于国家和民族独立的重要性。人称"有学问的革命家"，或"有革命业绩的学问家"。在《中国哲学史大纲·导言》中，胡适高度评价章太炎"发明诸子学"且能"融会贯通"，并称《原名》《明见》《齐物论释》三篇，更为空前的著作"。平生著作众多，今人汇为《章太炎全集》行世。他对中国近代政治、思想、学术诸领域都产生了巨大的影响。

　　章太炎学识渊博，治学范围极广，他的《诗》学专论虽不多，但都是有心得之论。《国粹学报》中收《六诗说》《小疋大疋说》，《膏兰室札记》中24条与《诗》相关的札记，《诂经札记》中有"《邶风·燕燕篇》鲁诗说""束矢解"两条。此外，后期论《诗》观点尚见于《国学讲演录》《国故论衡》《经学略说》等著作中。

　　《膏兰室札记》《诂经札记》是章太炎早期治学著作，实为治学笔记，他年少时即师从古文经学大师俞樾学习训诂学，自言"余始治经，独求通训诂、知典礼而已。及从俞先生游，转益精审，然终未窥大体"。他的治学方法虽是传统的考据训诂之法，但在具体内容方面已经有突破传统的倾向。

首先，章太炎治学特重诸子之学，这使他在处理《诗》的训诂问题时充盈着批判精神。其《膏兰室札记》共 494 条，其中论及六经者不过 80 余条，与《诗经》相关的也只有 24 条；其《诂经札记》论诸子者有 350 余条，而其中论《诗》者只有 2 条，显然《诗经》不是他治学关注的重点。虽然如此，其考《诗》文字取材之广，考证之精实非一般学者所能企及。其中的批判精神一如治诸子学。如"无酒酤我"条：

> 《小雅·伐木》：无酒酤我。《传》：酤，一宿酒也。《笺》云：酤，买也。王无酒酤买之。《正义》曰：既有一宿之酒，不应谓之无酒。《论语》云：酤酒市脯。是古买酒为酤酒，故《笺》易为酤买也。蒙案：毛于《烈祖》训酤为酒，彼言清酤，自是酒名。此上文言：有酒湑我，《传》云：湑，茜之也。若酤为酒名，则上下语相参差。许氏专治《毛诗》，而酤下云：一曰买酒也。盖亦疑《传》误矣。以酤为买，必出于三家，郑说非独创矣。曾氏钊谓王者不当酤酒。案：《夏官·羊人》：若牧人无牲，则受布于司马，使其贾买牲而共之。牲得买，酒独不得买乎？且酤酒非王自亲之也，亦必酒正使贾买之，未尝损威重，何云非理？又天子树瓜华，不敛臧之种也。此谓不储物以夺民利，则凡饮食当沽者自多，何止一酒哉？《酒诰》述文王之诰，毖曰：越小大邦用丧，亦罔非酒惟辜。是知文王不敢湎酒，故官造之酒甚少，因至无酒而酤于民也。①

此条论"酤"字之义，驳曾氏钊"王者不当酤酒"之说，综取《夏官·羊人》《酒诰》之记载以证诗，分析精辟。其他如"周行"条、"谓之尹吉"条、"抑若扬兮"条、"删诗申义"条、"兴迷乱于政"条所论亦都发人所未发，十分精彩。"蹶劫"条借俗语解诗，结论也很新颖。此外，《诂经札记》中的"束矢解"一条，以史载典章为据，严密分析，合理论证，是一段颇具逻辑实证精神的精彩论述。这些札记取材广博，考证精实，多有得当精彩之论说。作者被赞为"小学世擘"，是

---

① 《章太炎全集·诂经札记》，上海人民出版社 2014 年版，第 278 页。

古文学派的最后一位考据学大师。这从上述论《诗》札记也可见一斑。

其次，章太炎论《诗》，已初具历史演变之眼光。章氏除对具体诗篇的考订外，在《诗经》学研究方面，还涉及诗的起源与《诗》学范畴等问题。如《经学略说》中说：

> 《虞书》曰："诗言志，歌永言，声依永，律和声。"先有志而后有诗。诗者，志之所发也。然有志亦可发为文。诗之异于文者，以其可歌也。所谓"歌永言"，即诗与文不同之处。永者，延长其音也。延长其音，而有高下洪纤之别，遂生宫、商、角、徵、羽之名。律者，所以定声音也。既须永言，又须依永，于是不得不有韵（急语无收声，收声即有韵，前后句收声相同即韵也）。诗之有韵，即由歌永言来。
>
> 《虞书》载"元首明哉！股肱良哉！庶事康哉！""元首丛脞哉！股肱惰哉！万事堕哉！"二歌。可见尧、舜时已有诗。

这显然已经是跳出《诗三百》的范围，探讨诗的起源问题了。这种理念已颇具现代色彩了。此外，他还叙述了《诗》之后，四言体的演变与衰落，又历述汉代四家诗说异同，《诗》宋学、清学之异同，以及《诗序》论诗之优劣等，具有历史的眼光。这对传统《诗经》学向现代转型而言，是一种有力的推动。

再次，章太炎论《诗》"六义"，突破了传统经学的范畴。他的《六诗说》与《小㱇大㱇说（上、下）》二文也颇有影响。《六诗说》（1910年）中，章太炎根据《周礼·春官·大师》"教六诗：曰风、曰赋、曰比、曰兴、曰雅、曰颂"及《郑志》"张逸问：'何诗近于比、赋、兴？'答曰：'比、赋、兴，吴札观《诗》，已不歌也。'"等材料，考订赋、比、兴与风、雅、颂性质一样，都是诗体，力驳传统的"三经三纬"之说，并进一步指出，古诗三千余篇，在孔子编诗时，为使诗"归于礼义，合之正声"，于是删去了"广博德华，不宜声乐"的赋、比、兴。后人凡持"六诗"为六种诗体论者，如朱自清、郭绍虞等学者都受他影响。

《小㱇大㱇说》（1910年）一文则就雅、颂本义及得名缘起立意进行探讨，云："记录称疋，取义于足迹，今字作疏。大小疋者，《诗序》曰：'言天下之事，形四方之风，谓之雅；颂者，美盛德之形容，以其成功告于神明。'颂本颂皃字，襃美则曰形颂，纪事则曰足迹。是故疋、颂相待为名。"其言"为雅、为夏，皆与疋同声"，"雅、乌古同声……大小疋者，其初秦声乌乌"，又引郑司农"雅状如漆筒而弇口"，以证"雅"本乐器名而后为乐调之名。由字义训释入手，从多种角度对雅、颂之本义作出了新诠释，令人耳目一新。

最后，章太炎继章学诚后重新提倡"六经皆史"的观念，视《诗经》为历史研究的文献资料，这与后来的《诗经》研究的"社会历史派"有异曲同工之处。他认为："《诗经》大半部是为国事而作（《国风》是歌咏各国的事，《雅》《颂》是讽咏王室的），像歌谣一般的，夹入很少，也可以说是史。"（《国学概论》）章氏的《国学讲演录》《经学略说》等著作都旨在弘扬国粹，力图"用国粹激动种姓，增进爱国的热肠"。章太炎之所以这样做，是出于爱国救亡的理念，希望人们能了解自己的民族历史、国情，以激发民族自信和自尊，书中对《诗经》研究外围的一些基本问题如"六义""删诗"等都予以简要说明，都是持平之论。

总之，作为清季民初民族危亡时代的知识分子，章太炎这一代学人深感"国家兴亡，匹夫有责"，在学术上既追求"求是"，也主张"致用"。因此，能够自觉担负起救亡图存的使命，因为他们肩上所承担的任务是从整个传统文化中，寻找能与时代相适应的存在价值和能鼓舞民族的精神动力。故其研究也常以此为出发点，具有浓重的时代色彩。太炎先生对于《诗经》的研究虽未全面展开，但他具有深厚的旧学功力和敏锐的学术思考能力。他在现代学术思路的指导下进行有益尝试，用"求是"与"致用"相结合的学术准则，其"审名实、重佐证、戒妄牵、守凡例、断情感、汰华辞"的"治经狱法"，其"必以古经说为客体，新思想为主观"的研究思路，都对日后的《诗经》研究，乃至整个20世纪的学术研究产生了重大的影响，具有重要的开创意义。

章太炎《诗经》学论著：

上海人民出版社编，《章太炎全集》中论《诗》部分，上海人民出版社 1982 年版。

　　章太炎讲演，诸祖耿、王謇、王乘六等记录，《章太炎国学讲演录》有关《诗》的部分，中华书局 2013 年版。

释"四诗"名义

梁启超

相传有一副对子，"三才天地人"，以为再不会有人对的，后来有人对个"四诗风雅颂"，公认为古今绝对，三件东西而占有四个数码，恐怕谁也不说是合理罢。四诗变成三诗起自何时？《史记·孔子世家》说："《关雎》之乱以为《风》始，《鹿鸣》为《小雅》始，《文王》为《大雅》始，《清庙》为《颂》始。"把大小《雅》分而为二，以凑足四数，伪《毛序》因袭其说，又把风、雅、颂、赋、比、兴列为六义，越发闹得支离，其实《诗经》分明摆着四个名字，有《周》《召》二"南"，有邶至豳十三"风"，有小、大二"雅"，有《周》《鲁》《商》三"颂"，后人一定把"南"踢开硬编在"风"里头，因为和四数不合，又把"雅"劈而为二，这是何苦来呢。

我以为"南""风""雅""颂"是四种诗体。四体的异同，是要从音乐节奏上才分得出来，后世乐谱失传，无从分别。于是望文生义，造出许多牵强的解释，乃至连四诗的数目也毁掉了一个，真是怪事！今请把我所搜集的证据——虽然很贫薄——重新释其名义如下：

一　释　南

伪《毛序》说："南，言王化自北而南也。"朱熹因此说了许多"南国被文王之化"，煞是可笑。二《南》是否文王时代的诗，已经是问题，（三家《诗》都说不是）。就算是文王德化大行，亦只能说自西而东，那里会自北而南？就令自北而南，也没有把"南"字做诗名的道理，明是卫宏不得其解，胡说乱诌罢了。《诗·鼓钟》篇"以雅以南"，"南"与"雅"对举，"雅"既为诗之一体，"南"自然也是诗之一体，

《礼记·文王世子》说"胥鼓南",《左传》说"象箾南籥",都是一种音乐的名,都是指这一种诗歌。

这种诗歌何以名为"南",颇难臆断,据《鼓钟》篇毛传说,"南方乐曰南",或因此得名亦未可知,但此说纵令不错,也不能当南北的南字解,因为这个"南"字本是译音。《周礼·旄人》郑注、《公羊》昭二十五年何注,皆作"南方之乐曰任",与北方之"昧"、西方之"侏离"并举。"南""任"同音,恐是一字两译,因此我又连带想到两个字,汉魏乐府有所谓"盐"者——如《昔昔盐》《黄帝盐》《鹊盐》《突厥盐》之类,六朝唐乐府及宋词有所谓"艳"者——如《三妇艳》《罗敷艳》《鞍子艳》之类。皆诗词中一体之专名。"南""任""盐""艳"同音,或者其间有多少连络关系也未可定,但没有得充分证据以前,我还不敢武断。总之"南"是一种音乐,音乐之何以得名,本来许多是无从考据的。

这种音乐和《雅》《颂》不同之点在哪里呢?乐谱既已失传,我们自无从悬断,但从古书中也可以想象一二。据《仪礼·乡饮酒礼》《燕礼》所载的音乐程序单,都是于工歌间歌笙奏之后,最末一套名曰"合乐"。合乐所歌是周南的《关雎》《葛覃》《卷耳》,《召南》的《鹊巢》《采蘩》《采𬞟》。《论语》亦说:"《关雎》之乱,洋洋乎盈耳哉!"凡曲终所歌,名曰"乱"。把这些资料综合起来,"南"或者是一种合唱的音乐,到乐终时才唱,唱者并不限于乐工,满场都齐声助兴,所以把孔老先生喜欢得手舞足蹈,说道"洋洋乎盈耳"了。

二 释 风

伪《毛序》说:"风,风也,教也。风以动之,教以化之。"又说:"上以风化下,下以风刺上,主文而谲谏,言之者无罪,闻之者足以戒,故曰风。"又说:"以一国之事,系一人之本,谓之风。"据他的意思,则风有两义:一是讽刺之义,一是风俗之义,两义截然不相蒙。何以一首诗或一类诗中能兼备两种资格?《毛序》专以"美刺"解诗,把诗的真性情完全丧掉,都因这文字魔而来,依我看"风"即"讽"字(古书"风"读作"讽"者甚多,不可枚举),但要训讽诵之"讽",不是训讽刺之"讽"。《周礼·大司乐》注"倍文曰讽"，瞽矇疏引作"背文曰风"。然则背诵文词，实"风"之本义。

从《邶风》的《柏舟》到《豳风》的《狼跋》这几十篇诗，为什么叫做"风"呢？我想，《南》《雅》《颂》都是用音乐合起来唱的，《风》是只能讽诵的，所以举它的特色，名这一体诗为"风"。《汉书·艺文志》："不歌而诵谓之赋。""风""赋"一音之转或者原是一字也未可定。《仪礼》《周礼》《礼记》里头所举入乐的诗，没有一篇在十三《风》内的，《左传》记当时士大夫宴享之断章赋诗，却十有九在十三《风》内，可见这一体诗是"不歌而诵"的。

或问曰："《左传》季札观乐，偏歌各国《风》。《乐记》说：'爱者宜歌《商》，温良而能断者宜歌《齐》。'《齐》即十三《风》之一。何以见得'风'不能歌呢？"答曰《季札观乐》一篇，本来可疑，前人多已说过，但姑且不论。歌本来也有两种，一是合乐之歌，二是徒歌。《说文》："谣，徒歌也。"《左传》僖五年传疏："徒歌谓之谣，言无乐而空歌，其声逍遥然也。""风"即谣类，宜于徒歌。《诗·北山》"或出入风议"，郑笺云："风犹放也。"《论衡·明雩》篇引《论语》"风乎舞雩"，释之曰"风，放歌也"，不受音乐节奏所束缚，自由放歌，则谓之谣，亦谓之风。风诗和南、雅、颂的分别，大概在此。

但这是孔子以前的话，《史记·孔子世家》说："《诗》三百篇，孔子皆弦而歌之以求合《韶》《武》《雅》《颂》之音。"然则孔子已经把这几十篇风谣都制出谱来。自此以后，风诗已经不是"不歌而诵"的赋，也不是"徒歌"的谣了。

三 释 雅

伪《毛序》说："雅者，正也。"这个解释大致不错，但下文又申说几句道："言王政之所由废兴也。政有小大，故有《小雅》焉，有《大雅》焉。"从正字搭到政字上去，把《小雅》《大雅》变成小政、大政，却真不通了。依我看，小、大《雅》所合的音乐，当时谓之正声，故名曰雅。《仪礼·乡饮酒礼》："工歌《鹿鸣》《四牡》《皇皇者华》，笙《南陔》《白华》《华黍》；乃间歌《鱼丽》，笙《由庚》；歌《南有嘉鱼》，笙《崇丘》；歌《南田有台》，笙《由仪》……工告于乐正曰：'正乐备。'……"《左传》说："歌《彤弓》之三，歌《鹿鸣》之三。"凡此所歌，皆大、小《雅》之篇，说"正乐备"，可见公认这是正声了。

然则正声为什么叫做"雅"呢？"雅"与"夏"古字相通，《荀子·荣辱》篇："越人安越，楚人安楚，君子安雅。"《儒效》篇则云："居楚而楚，居越而越，居夏而夏。"可见"安雅"之雅即夏字，荀氏《申鉴》、左氏《三都赋》皆云："音有楚夏"，说的是音有楚音、夏音之别，然则风雅之"雅"，其本字当作"夏"无疑。《说文》："夏，中国之人也。"雅音即夏音，犹言中原正声云尔。

四 释 颂

伪《毛序》说："颂者美盛德之形容。"这话大致是对的。可惜没有引申发明，《说文》："颂，皃也。从页公声，籀文作頌。"皃即面貌，页人面也，故从之。这字本来读作"容"，《汉书·儒林传》："鲁徐生善为颂。"苏林注："颂貌威仪。"颜师古注："颂读与容同。"可见颂即容之本字，指容貌威仪言。

然则《周颂》《商颂》《鲁颂》等诗何故名为"颂"呢？依我看，《南》《雅》皆唯歌，《颂》则以歌而兼舞。《乐记》说，"舞，动其容也"，舞之所重在"颂貌威仪"。这一类诗举其所重者以为专名，所以叫做"颂"。

何以见得这类诗是舞诗呢？舞分文武舞，所舞皆在颂中。《礼记·内则》："十三舞勺，成童舞象。"勺和象是什么呢？郑注云："谓先学'勺'，后学'象'，文武之次，勺即《周颂·酌》（于铄王师章），象即《周颂·维清》（维清缉熙章），奏象舞也。"是《酌》与《维清》皆舞诗之证。《礼记·文王世子》："登歌清庙，（于穆清庙章）下管象。"郑注："象，周武王伐纣之乐也，以管播其声，又为之舞。"（《明堂位》《祭统》《仲尼燕居》皆有"升歌清庙下管象"语）玩其文义，似是在堂上歌《清庙》之章，同时在堂下舞《维清》之章而以管为之节。两诗节奏或相应，亦未可知。《礼记·郊特牲》："朱干设锡冕而舞大武。"《明堂位》："朱干玉戚冕而舞大武。"大武又是什么呢，《周颂》有

《武》一章(于皇武王章),《毛序》云:"武舞,大武也。"郑笺云:"大武,周公作乐所为舞也。"《左氏·宣十二年》传云:"武王克商作《武》,其首章曰'耆定尔功',(今《武》篇文)其三曰'铺时绎思,我徂维求定',(今《赉》篇文)其六曰'绥万邦,屡丰年'(今《桓》篇文)……""然则《大武》不止一章",今本《赉》《桓》两篇皆《武》之一部分。且最少还应有三篇才合成全套的《大武》。那三篇不知是何篇,总之不出《周颂》各篇之外罢了。《大武》怎样舞法呢?《乐记》说:"大武,先鼓以警戒,三步以见方,再始以著往,复乱以饬归。"又说:"总干而山立,武王之事也。发扬蹈厉,太公之志也。武乱皆坐,周召之治也。"又说:"夫《武》,始而北出。再成而灭商,三成而南,四成而南国是疆,五成而分周公左、召公右,六成复缀以崇天子。"以上几段把《大武》的舞颂——即舞容大概传出了。可见三《颂》之诗,都是古代跳舞的音乐,与《雅》《南》之唯歌者有异,与《风》之不歌而诵者更异也。

总而论之,"风"是民谣,"南""雅"是乐府歌辞。"颂"是跳舞乐或剧本。因为各自成体不能相混,所以全部《诗经》分为这四类,这样解"四诗",像是很妥当。

我这种解释,唯"释颂"一项本诸阮元《揅经室集》而小有异同,其余都是自己以意揣度的,或者古人曾说过亦未可知,说得对不对,还盼望好古之士下批评。

(载《梁启超全集》(第8册),北京出版社1999年版)

【评　介】

一

梁启超(1873—1929),中国近代思想家、政治家、教育家、史学家和文学家。字卓如,一字任甫,号任公,又号饮冰室主人,广东兴会人。幼长于一个耕读之家,以聪慧闻名乡里。后入学海堂习乾嘉之学及科举之业,十七岁时参加广东乡试,以第八名的成绩考中举人。1891年,始受业广州万木草堂从康有为习《春秋公羊传》及西书译本。康有为著《新学伪经考》成，任校勘；《孔子改制考》，分任纂述；受《大同书》。1895 年，《马关条约》签订的消息传来，引起了民众的强烈不满，民众爱国热情高涨。梁启超作为康有为的得力助手，发起组织了著名的"公车上书"，鼓吹变法图强。同年任《万国公报》主笔。1896 年，由京赴沪，任《时务报》主笔，发表《变法通议》《西学书目表》等文，声名鹊起，时人以"康梁"并称。1898 年，光绪帝"戊戌变法"终因守旧势力的阻挠而失败，梁启超流亡日本，积极宣传西方立宪和民权学说，介绍西方资产阶级启蒙思想。稍后又发起在晚清影响甚巨的四大学界革命，即"诗界革命""文界革命""史界革命"和"小说界革命"，一时被奉为当时知识界的启蒙大师和精神领袖。1912 年由日本回国后，一度出任北洋政府司法总长。此后的几年，他还游历过美国、澳大利亚、加拿大等西方先进国家，逐渐认识到学术是兴国之利器。因此把主要精力放在学术研究上，提倡"新学术"，目的是以此培养"新民"。指出"苟有新民，何患无新制度，无新政府，无新国家"。1925 年受聘为清华大学国学研究院导师，直至辞世。梁启超是百科全书式的学者，其学术研究涉及领域十分宽广，几乎涉及人文社会科学的全部领域，而且在每个领域都有十分厚重的学术成果。其全部著作合编为《饮冰室合集》，计 148 卷。

曹聚仁在《中国学术思想史随笔》中说："过去半个世纪的知识分子都受了他的影响。"以往学者们大多注重其政治思想，而对其学术影响相对关注不够。具体到文学研究，更是鲜有详论。梁氏在各领域中的研究对今天的学术研究仍有许多有益的启示，因此有必要就此进行梳理和概括。

二

梁启超研究《诗经》之初，因受康有为学说的影响，自称是"对于'今文学派'为猛烈的宣传运动者"（《要籍解题及其读法》）。维新变法失败后，梁启超的思想发生了很大的转变，其学术思想也为之一变。具体来说就是视野更开阔、更全面。所以治《诗》不再拘泥于今文经说，而是努力跳出学派之争，力争从客观的角度来研究《诗经》。梁启超虽无治《诗》的专书，但他的著作和与友人论学的书信中有相当多的地方对《诗经》进行了富有新意的论述和研究，其中有些观点比较独到，今天看来，仍旧颇能启迪后人。

梁启超认为《诗经》有文学的、应用的、作为古代史料的三种读法。读法（视角）不同，所得也不同。他在《要籍解题及其读法》中对上述三种《诗经》读法作了系统阐述。三种读法之中，他最重视《诗经》的文学读法。他认为《诗经》为我国最古老、最优美的诗歌作品集，"其中'颂'之一类，盖出于专门文学家音乐家所制，最为典重斋皇。'雅'之一类，亦似有一部分出专门家之手。'南'与'风'则纯粹的平民文学也……其表现情感之法，有极缠绵而极蕴藉者"。所以，"治《诗》者宜以全诗作文学品读，专从其抒写情感处注意赏玩之，则诗之真价值乃见也"。这种还《诗》以文学真面目的读法，开"五四"时期《诗经》研究中文学本位主义研究思潮之先河。

梁启超指出，他所说的对《诗经》的应用的读法古已有之，并非新创。早在《左传》所记载的春秋时代，为数甚多的"赋诗断章"的解《诗》活动中就开始了，这也是《诗经》的最基本的解读方法。此种解《诗》方法，一直从先秦延续到汉代。梁启超归纳出的所谓"应用"读法，更关注的是《诗》作为经典对人们道德心智、情感的潜移默化式影响，而并非主要指《诗》的政治功用。从这一意义上说，它与传统的"经学"的读法虽有关联，但又有一定的区别。这是梁氏意欲以文艺改变世道人心，改造国民性的思想在《诗》学研究中的体现。从郭沫若、鲁迅、朱自清等20世纪初期学者文人的著述中可以看到梁启超的巨大影响。

三是作为古代史料的读法。梁启超非常重视《诗经》的史料价值，认为《诗经》"可以为古代史料或史料尺度"。因为在《诗经》产生之前的年代以及《诗经》产生的年代，并没有出现正史，"传记谶纬所记古事又多糅杂不可究诘"，而《诗经》里的诗篇虽然不是为记事而作，但它"未经后人窜乱"，因而"全部字字可信"。他推重《诗经》史料具有未经审改的真实性，几年后他又作补充修正，认为《诗经》具体史料不可尽信，因为毕竟是文学作品，"盖文人之言华而不实者多也"。用作史料又必须注意它的艺术夸饰。这是梁氏独具史识的地方。后来胡适作《中国哲学史大纲》，认为《诗经》是公元前八世纪、七世纪最重要的史料；郭沫若著《中国古代社会研究》也以《诗经》为可靠的史料。从中又可看出梁启超提倡的"新史学"以及其卓越史识等对现代社会史研究的决定性影响。

梁启超提出的《诗经》的三种读法，重视《诗经》文本构成的复杂性和作品来源的多样性，强调对《诗经》作多维度解释，在当时和后世都可谓卓然一家。

三

梁启超治学，特别擅长从大处着眼而从小处入手，对研究对象进行宏观把握。他的《诗经》研究也是如此。如对"四诗"问题即是立足《诗三百》而涉及先秦诗歌的整体。对"风""颂""雅""南"等"四诗"的解说，一直是《诗经》研究中分歧较大的一个问题。这个问题不解决，对于具体诗篇创作背景、动机、主题和创作手法的揭示就会有很大的障碍。梁任公先生在此问题上的创新，主要在于对"四诗"本义的重新解释，虽然他的观点并没有得到学术界的普遍认可。

他搜集了大量的《诗经》内部和外部的有关材料，否定了传统的"风""大雅""小雅""颂"的诗体分类观念，认为"风""颂""雅""南"为四体。他引《诗经·鼓钟》"以雅以南"、《礼记·文王世子》"胥鼓南"、《左传·襄公二十九年》"象箾南籥"等材料为证，否定了《毛诗序》关于《鼓钟》之"南"为"言王化自北而南"之说，认为"南"是与"雅"对举的一种诗体，是"一种音乐之名，其节奏盖自为一体，与'雅''颂'等不同"。他还据《仪礼·乡饮酒礼》《燕礼》皆"于工歌间歌笙奏之后"终以"合乐"为《周南》诸篇的材料记载，推测"'南'或者是一种合唱的音乐，到乐终时才唱"。对"风""雅""颂"三种诗体的性质与特征，他也列举大量材料，从诗与音乐的关系上予以说明，认为"风"是"只能讽诵而不能歌者"，"雅"则为周代最通行之乐，颂"则歌而兼舞"。《诗经》的分类和入乐不入乐的问题在学术界争论颇多，梁启超揭示了"南""雅""颂"与音乐的关系，并由此出发去探求其本义，是较早涉及这一重要问题的学者。他认为"南""雅""颂"为合乐的诗，而"风"诗为徒歌，与前三类不同，没有专门的音乐伴奏。

梁启超的学术思想虽然有明显的趋新特点，但也十分重视对中国学术传统，尤其是乾嘉朴学传统的继承。梁启超谈到清代《诗经》学的主要成绩，在于训诂和名物考据给后人的研究提供了"不少的便利"，特别肯定清代学人"纯用归纳法""纯用科学"（《清代学术概论》）的考证精神。《诗经》研究和其他经典的研究一样，首先要对《诗经》名物进行正确的训释，在这方面，梁氏主要是通过对清儒的《诗》名物笺释的充分吸取来达成的。对诗旨的揭示，则主要是从《左传》《论语》《孟子》《礼记》《汉书》等典籍中引证材料来予以说明。他自己在研究《诗经》时，就非常重视传统的训诂方法和对典籍材料的搜集与归纳分类。另一方面，梁启超还指出清代《诗经》学由于"《毛序》束缚太过"，故存在"诗旨方面却不能满意"（《中国近三百年学术史》）的缺点，他批评《诗序》对各篇诗的题解不尽合其义旨。因此，在《中国近三年学术史》中他特别推重能超越汉宋今古之争，独立解诗的姚际恒、崔述、方玉润等人，赞扬他们超越各派成见，涵泳本文而探求诗义，表达了他对《诗经》传统阐释学的批评和期许。

四

在研究《诗经》诗歌的基础上，梁启超还对中国古代诗歌的抒情方式及其特点进行了理论总结。其《中国韵文里头所表现的情感》（1922年）归纳中国古代诗歌表现情感的方法与特点，将其大致分为"奔迸的表情法""回荡的表情法""蕴藉的表情法"三类。这种归纳从观点到研究方法，都表现出一种强烈的"理论自觉"。

梁氏论及此题，每讲一法，起首均引《诗经》相关诗句为例来分析说明，实际上是将总结出的理论具体运用到《诗经》诗作的分析当中去。梁启超将"奔迸的表情法"置于最高的地位，因为这类情感表现最真，它的特点是，毫不隐瞒和修饰，"照那情感的原样子，崩裂到字句上"。他举了《诗经》中的《蓼莪》《黄鸟》等诗篇来说明。这种方法虽然很好，但他认为这类情感表现方法不是中国上古诗歌的主流，这种方法主要见于西方文学作品中，中国文学崇尚含蓄，后世对此运用较少。

第二类是"回荡的表情法"，这类情感表达的特点是将"一种浓厚的情感蟠结在胸中，像春蚕抽丝一般，把他抽出来"。他用归纳分类的方法，将这类表情法又分为螺旋式、引曼式、堆垒式、吞咽式四种，认为在中国古代文学作品特别是《诗经》中表现最多最完美。他以《诗经》中的《豳风·鸱鸮》《小雅·小弁》《王风·黍离》等作品为范例进行分析，揭示所谓回荡的表情法的本质特点是回环往复、一咏三叹。并说"《诗经》中这类表情法，真是无体不备，像这样好的还很多，《小雅》十有九皆是。真所谓'温柔敦厚'，放在我们心坎里头是暖的。《诗经》这部书所表示的，正是我们民族情感最健全的状态"，"那情感的丰富和醇厚，真可以代表'纯中华民族文学'的美点"。

第三类是"含蓄蕴藉的表情法"，梁氏认为这正是"中华民族特性最真的表现"。他将这第三类表情法又细分为四种类型：第一类是"情感正在很强的时候，他却用很有节制的样子去表现他……这类作品，自然以《三百篇》为绝唱"；第二类是，"不直写自己的情感，乃用环境或别人的情感烘托出来"，如《诗经》中的《魏风·陟岵》和《豳风·东山》；第三类是"索性把情感完全藏起来不露，专写眼前实景（或是虚构之景），把情感从实景上浮现出来"，他仅举《豳风·七月》的诗句为例以说明。最后一类是"虽然把情感本身照原样写出，却把所感的对象隐藏过去，另外拿一事物来作象征"。这类表情法在《诗经》中虽然是极少见的，但很有特点。

梁启超借助对《诗经》作品的归纳分析，对中国古代诗歌情感表现方式进行研究，是在受到西方诗学理论的影响下自觉的理论探索，有其值得重视与肯定的方面。首先，他受西方文学理论和研究方法的影响，用归纳分类的方法，对《诗经》和中国古代诗歌的情感表现作了系统的归纳和分类研究，这在《诗经》学史和中国古代诗学史上都是具有开拓性的。其次，他研究的目的在于比较中西文学之短长，从而发挥中国文学之长，开拓文学表现的新境界，这也是富有启示性的。再次，他谈到"回荡的表情法""含蓄蕴藉的表情法"时，与"温柔敦厚"的诗教说联系起来，充分注意到它与《诗》的情感表现的关系，并强调《诗经》是中华民族情感最健全的状态、民族特性最真的表现。这与他主张从"新民"入手而达到"新国"的目标相一致，也是值得重视的理论见解。因为对"温柔敦厚"的诗教说，学术界常常只从政治教化方面来认识而普遍忽视了它与情感及人格涵养方面的关系，梁启超此说有助于我们认识诗教说在诗学史上的价值。

　　总而言之，在梁启超所处的时代，《诗经》研究处在从经学向文学过渡的阶段。他的《诗经》研究，总体上取思想家借"诗教"以"新民"的视角，目的在于"淬厉其所本有而新之"。而其强调《诗经》的文学研究，更关注《诗经》在中国文学史和诗学史上的价值和地位，关注《诗经》作为中国文学的发端，对后世文化心理和审美趣味的影响和作用。他思想敏锐、学术视野开阔，善于吸收西方的新思想和新方法，再加上深厚的国学功底，论述虽无严密之系统，但仍为现代《诗经》学带来了许多方法和观念上的启示。

梁启超《诗经》学论著：

　　梁启超著，《〈诗经〉解题及其读法》，见《要籍解题及其读法》，岳麓书社 2010 年版。

　　梁启超著，《中国韵文里头所表现的情感》，见《梁启超古典文学论著》，上海书店出版社 2013 年版。

说　商　颂

王国维

上

　　《商颂》诸诗作于何时？毛、韩说异。《毛诗序》谓微子至于戴公，其间礼乐废坏。有正考父者，得《商颂》十二篇于周之大师，以《那》为首，是毛以《商颂》为商诗也。《史记·宋世家》："襄公之时，修行仁义，欲为盟主。其大夫正考父美之，故追道契、汤、高宗，殷所以兴，作《商颂》。"《集解》骃案："《韩诗章句》亦美襄公。"案：《集解》虽但引薛汉《章句》，疑是韩婴旧说，史迁从之。杨子《法言·学行》篇："正考父尝晞尹吉甫矣，公子奚斯尝晞正考父矣。"亦以《商颂》为考父作。皆在薛汉前后。汉曹褒及刻石之文，亦皆从韩说。是韩以《商颂》为宋诗也。襄公、考父，时代不同，韩说固误。然以为考父所作，则固与《毛诗》同本《鲁语》，未可以臆定其是非也。《鲁语》："闵马父谓正考父校商之名颂十二篇于周大师，以《那》为首。"考汉以前初无校书之说，即令校字作校理解，亦必考父自有一本，然后取周大师之本以校之，不得言"得"，是《毛诗序》改校为得，已失《鲁语》之意矣。余疑《鲁语》校字当读为"效"，效者献也，谓正考父献此十二篇于周大师。韩说本之。若如《毛诗序》说，则所得之本自有次弟，不得复云以《那》为首也。且以正考父时代考之，亦以献诗之说为长。《左氏》昭七年传"及正考父，佐戴、武、宣"，《世本》"正考父生孔父嘉"，《诗商颂正义》引。《潜夫论·氏姓志》亦云："考孔父之卒，在宋殇公十年。"自是上推之，则殇公十年，穆公九年，宣公十九年，武公十八年，戴公三十四年，自孔父之卒，上距戴公之立，凡九十年。孔父佐穆、殇二公，则其父恐不必逮事戴公。即令早与政事，亦当在戴公暮年。而戴公之三十年，平王东迁，其时宗周既灭，文物随之，宋在东土，未有亡国之祸，先代礼乐，自当无恙，故献之周太师，以备四代之乐。较之《毛诗序》说，于事实为近也。然则《商颂》为考父所献，即为考父所作欤？曰：否。《鲁语》引《那》之诗，而曰："先圣王之传恭，犹不敢专，称曰'自古'，古曰'在昔'，昔曰'先民'。"可知闵马父以《那》为先圣王之诗，而非考父自作也。《韩诗》以为考父所作，盖无所据矣。

下

然则《商颂》果为商人之诗与？曰：否。《殷武》之卒章曰："陟彼景山，松柏丸丸。"毛、郑于"景山"均无说。《鲁颂》拟此章则云："徂徕之松，新甫之柏。"则古自以景山为山名，不当如《鄘风·定之方中》传"大山"之说也。案：《左氏传》，商汤有景亳之命。《水经注·济水》篇：黄沟枝流"北径已氏县故城西，又北径景山东"。此山离汤所都之北亳不远，商邱蒙亳以北，惟有此山，《商颂》所咏，当即是矣。而商自盘庚至于帝乙居殷虚，纣居朝歌，皆在河北，则造高宗寝庙，不得远伐河南景山之木。惟宋居商邱，距景山仅百数十里，又周围数百里内别无名山，则伐景山之木以造宗庙，于事为宜。此《商颂》当为宋诗，不为商诗之一证也。又自其文辞观之，则殷虚卜辞所纪祭礼与制度文物，于《商颂》中无一可寻，其所见之人、地名，与殷时之称不类，而反与周时之称相类，所用之成语，并不与周初类，而与宗周中叶以后相类，此凡不可不察也。卜辞称国都曰商不曰殷，而《颂》则殷、商错出。卜辞称汤曰大乙不曰汤，而《颂》则曰汤、曰烈祖、曰武王，此称名之异也。其语句中亦多与周诗相袭，如《那》之"猗那"，即《桧风·苌楚》之"阿傩"、《小雅·湿桑》之"阿难"、《石鼓文》之"亚箬"也。《长发》之"昭假迟迟"，即《云汉》之"昭假无赢"、《烝民》之"昭假于下"也。《殷武》之"有截其所"，即《常武》之"截彼淮浦，王师之所"也。又如《烈祖》之"时靡有争"，与《江汉》句同；"约軝错衡，八鸾鸧鸧"，与《采芑》句同。凡所同者，皆宗周中叶以后之诗。而《烝民》《江汉》《常武》,《序》皆以为尹吉甫所作。扬雄谓"正考父晞尹吉甫",或非无据矣。顾此数者,其为《商颂》袭《风》《雅》,抑《风》《雅》袭《商颂》,或二者均不相袭而同用当时之成语,皆不可知。然《鲁颂》之袭《商颂》,则灼然事实。夫鲁之于周,亲则同姓,尊则王朝,乃其作《颂》,不摹《周颂》而摹《商颂》,盖以与宋同为列国,同用天子之礼乐,且《商颂》之作,时代较近,易于摹拟故也。由是言之,则《商颂》盖宗周中叶宋人所作以祀其先王,正考父献之于周太师,而太师次之于《周颂》之后,逮《鲁颂》既作,又次之于鲁后。若果为商人作,则当如《尚书》例,在《周颂》前,不当次《鲁颂》后矣。然则《韩诗》以《商颂》为宋人所作,虽与《鲁语》闵马父之说不尽合,然由《商颂》之诗证之,固长于毛说远矣。

(载《观堂集林外二种》(上),河北教育出版社 2001 年版)

【评　介】

王国维(1877—1927),字静安,号观堂。其学术生涯大体可分为两个阶段:第一个阶段是 1911 年随罗振玉再次东渡日本之前,重点研究西方哲学和文学;第二个阶段是 1911 年东渡日本之后至其去世,此期王氏转治经史,成就卓著。生前自辑主要文史研究成果为《观堂集林》二十卷。1925 年任清华大学国学研究院导师,讲授经学与小学,1927 年投昆明湖自杀。他的治学成就是多方面的,总体上说是开一代风气的学术大师,他的《诗经》学著述对现代《诗经》学产生过重要影响,具体来说有以下几个方面:

一、开创了《诗经》研究和文学研究的西方美学新视角

王国维曾言:"今日之时代已入研究自由之时代,而非教权专制之时代。……今即不论西洋哲学自己之价值,而欲完全知此土之哲学,势不可不研究彼土之哲学,异日发明光大我国之学术者,必在兼通世界学术之人,而不在一孔之陋儒,固可决也。"(《奏定经学科大学文学科大学章程书后》)在清末民初的特殊社会文化背景下,经学

失去往日的至尊地位，褪去了"经"之光环的《诗三百》作为"诗"的价值被凸显出来，意欲"兼通世界学术"的王国维尝试着运用美学理论对《诗经》进行审美观照，拉开了古典文学研究现代化的序幕。

王国维第一个把西方文学理论体系和美学思想引入中国文学研究，开启了中国文学研究的现代化之路。《红楼梦评论》《宋元戏曲史》《人间词话》以及论《诗经》四则，都体现了他中西融会贯通，初具现代性的研究方法。在《诗经》研究方面，表现为运用美学理论评论诗篇的审美特征。王国维曾言：

> 《诗·蒹葭》一篇最得风人深致。晏同叔之"昨夜西风凋碧树，独上高楼，望尽天涯路"，意颇近之。但一洒落，一悲壮耳。

运用"洒落""悲壮"评价《蒹葭》及晏殊词，指出其美学风格，令人耳目一新。再如评论《郑风·风雨》一诗说：

> "风雨如晦，鸡鸣不已。""山峻高以蔽日兮，下幽晦以多雨。霰雪纷其无垠兮，云霏霏而承宇。""树树皆秋色，山山尽落晖。""可堪孤馆闭春寒，杜鹃声里斜阳暮。"气象皆相似。
>
> "我瞻四方，蹙蹙靡所骋。"诗人之忧生也。"昨夜西风凋碧树。独上高楼，望尽天涯路"似之。

王国维将《诗经》与唐诗宋词并举排列，揭示其"气象"上的继承关系。这也是现代《诗》学与传统《诗》学的差异所在。另外，王国维屡言二者间的"似"，是他在《人间词话》一以贯之的研究诗词"境界"的方法。作为中国现代美学的创始者和奠基者，以独特的美学观点来审视《诗经》中的作品，王国维是第一人。王国维所言的"洒落"和"悲壮"实与西方美学中的"优美"和"壮美"相契合。由此可见他对传统的阐释已经融入了现代的方法，力求实现中西理论的汇通，批评话语可以说是新型的、独到的，有的已在很大程度上实现了传统批评的现代转型。

王国维接受的是西方的主观唯心论美学，他也曾提倡所谓"纯文学"。在 20 世纪初，其重要性不在理论本身，而在于他的开放心态和努力把西方新观念与中国传统文学的批评理论相融合，这一新观念和新方法架起了通向现代文学理论批评的"一座重要桥梁"。他关于《诗经》作品的赏评并不多，但重要的不在数量的多少，而在于他用现代文学和美学观念结合传统文论对《诗经》作品作了最早的审美观照，开辟了《诗经》艺术评赏的新路。

二、乐诗和《颂》诗研究

王国维四十岁以前的学术活动是研究中国文学，四十岁后治经学，研究古史、古器物、古文字，并致力考释甲骨文、金文、石经、简牍。他的史学研究主要集中在商周史，侧重于礼乐制度，也涉及《诗经》研究。这方面的论文有《释乐次》《周〈大武〉乐章考》《说〈勺〉舞〈象〉舞》《汉以后所传周乐考》《说周颂》《说商颂》《肃霜涤场说》及《与友人论〈诗〉〈书〉中成语书》六篇，后来合成《乐诗考略》一书。

王国维的研究勾画出了一部简括的周代乐诗流变史。《释乐次》是对文献记载周代乐诗演述场面的还原和对乐舞制度的描述，文末附"天子诸侯大夫士用乐表"，归纳总结了天子、诸侯、士大夫在各种礼仪使用乐诗的情况，以及规模、乐器、间歌、合舞乃至篇目。这一分析考察，弄清了《诗经》歌诗的生成机制与使用情况。在这一组考释文章中，影响最为深远的是《周〈大武〉乐章考》一文。文章考订了西周初年《大武》乐章的六篇乐诗，指出其篇目及次第为：《武夙夜》（即《昊天有成命》）、《武》、《酌》、《桓》、《赉》、《般》。进而考索这六篇诗的名称、舞容、所象之事，文末亦附表说明。《说〈勺〉舞〈象〉舞》考证认为《大武》乐章是大舞，《勺》《象》是小舞，《维清》一篇即是象舞。王国维根据古文献考释出《大武》乐章的篇目、内容以及有大舞、小舞之分，不但对研究《诗经》有价值，也是研究中国音乐史和舞蹈史的重要成果。八十年来，学者们在王国维的基础上对《大武》乐章六篇的篇名和篇次继续进行研究，结论略有出入，然王发轫之功，昭然具在。《汉以后所传周乐考》则是对汉代流传的周代乐诗传承状况的研究。

《说周颂》认为"《颂》之所以异于《风》《雅》者，虽不可得而知，今就其著者言之，则《颂》之声较《风》《雅》为缓也"。随后，举四例以证之。王国维指出，《风》《雅》多有韵，分章且叠章，而《颂》多无韵，不分章多简短，不迭句且声缓。所以《颂》不同于《风》《雅》，"在声而不在容"。《颂》《雅》的区别在于所用乐调的不同，不在合舞与否。所论信而有征，论证严谨，为学术界普遍接受。

《说商颂》上、下篇，考释《商颂》制作时代。关于《商颂》五篇的制作时代，有商诗与春秋宋诗两种观点，两千年来纷争不已。《说商颂》篇云《国语·鲁语》载"正考父校商之名颂十二篇于周太师"一句，王国维释"校"为"效"的借字，是"献"的意思，谓正考父将这十二篇商之名颂献给周太师。他又据《殷武》一诗中的"景山"作历史地理考证，认为诗中几个名词不是殷商时代而是周代的称谓，连同前人各说，论断《商颂》是宗周中叶以后的作品，为春秋时代宋国所制作。这个结论在二十世纪二三十年代几乎成为定论。但从五十年代起，王国维的这个论点又被重新讨论。

三、《诗经》研究中"二重证据法"的运用

传统的经史考据至乾嘉而极盛，但"考信于六艺""以史证经""以经证经"的模式与规范却终究未能突破传世经典的范围。王国维在继承乾嘉学派无征不信传统的基础上，吸收了西方的实证研究方法，同时吸收考古学、金文、甲骨文等学科的成果，构建了一套面向现代的考据体系。王国维在其《古史新证·总论》中写道："吾辈生于今日，幸于纸上之材料外，更得地下之新材料。由此种材料，我辈固得据以补正纸上之材料，亦得证明古书之某部分全为实录，即百家不雅训之言亦不无表示一面之事实。此二重证据法，惟在今日始得为之。虽古书之未得证明者，不能加以否定，而其已得证明者，不能加以肯定，可断言也。""二重证据法"开启了整个二十世纪文史考据研究的新风气，他将这种方法用在《诗经》语言研究上，也是一个重要的创新。

《与友人论〈诗〉〈书〉中成语书》一文，举出《诗经》中成语十余条，说明《传》《笺》以来训诂的失误。如释"不淑""陟降"，从《礼记》《左传》《庄子》《墨子》等取证。还利用金文材料，"旁见彝器者，亦得比校而定其意义"。如《桧风·羔裘》"舍命不渝",《笺》云"是子处命不变,谓死守善道,见危授命之等",其说未安,王氏据克鼎铭、毛公鼎铭,"谓如晋解扬之致其君命,非处命之谓也"。又如《大雅·文王》"永言配命,自求多福"的"配命"、《商颂·殷武》"天命降监,下民有严"中"有严"等,都注意用金文材料来考释旧注的误释,这是"二重证据法"在《诗经》语言训诂上的应用。

《肃霜涤场说》一文,认为《七月》中"九月肃霜,十月涤场"与"一之日觱发,二之日栗烈"同例,肃霜、涤场二词互为双声,是古代的连绵字,"肃霜"犹言肃爽,"涤场"犹言涤荡,二句意谓九月秋高气爽,十月秋风肃杀、万物摇落。此篇为王国维见北方九十月间天气有感而作,于书中证据又兼及自然天气之实证,合情合理。

《说商颂》一文利用甲骨卜辞有关材料作为《商颂》为宋诗的证据。指出"殷墟卜辞所纪祭礼与制度文物,于《商颂》中无一可寻,其所见之人、地名,与殷时之称不类,而反与周时之称相类。所用之成语,并不与周初类,而与宗周中叶以后相类,此尤不可不察也",故而《商颂》为宋人作。在此文中,王国维或由传统的通假音训获解,或取地志、殷俗综合考证,或"取地下之实物与纸之遗文互相释证",充分展示了"二重证据法"的实效。

在学术史上,王国维的研究标志着中国传统学术的终结和学术新时期的开始,他宽广的研究视野,兼容并取的治学态度,为《诗经》学开辟了新的道路。他借鉴西方理论,以文学与美学的眼光观照《诗经》诗篇,特别是利用新材料、新方法实践了他的"二重证据法",实为后来的治《诗》者之先导。

王国维《诗经》学论著:

王国维著,《说商颂》《周〈大武〉乐章考》等,见《观堂集林》第一册,中华书局 1959 年版。

《毛诗·邶风·静女》底讨论(节选)

刘大白

（A）瞎子断扁的一例——《静女》

顾颉刚

崔述在《考信录提要》中曾经举了一个老笑话来说明他所以要做考信的工作的缘故。原文道：

> 有二人皆患近视而各矜其目力不相下。适村中富人将以明日悬扁于门，乃约于次日同至其门，读扁上字以验之。然皆自恐弗见，甲先于暮夜使人刺得其字，乙并刺得其旁小字。暨至门，甲先以手指门上曰："大字某某。"乙亦用手指门上曰："小字某某。"甲不信乙之能见小字也，延主人出，指而问之曰："所言字误否？"主人曰："误则不误，但扁尚未悬，门上虚无物，不知两君所指者何也？"嗟乎，数尺之扁，有无不能知也；况于数分之字，安能知之！闻人言为云云而遂云云，乃其所以为大误也。《史记·乐毅传》云："毅留徇齐五岁。下齐七十余城，唯独莒即墨未服。"是毅自燕王归国以后，日攻齐城，积渐克之，五载之中，共下七十余城，唯此两城尚未下也。此本常事，无足异者；而夏侯太初乃谓毅下七十余城之后，辍兵五年不攻，欲以仁义服之：以此为毅之贤。苏子瞻则又谓毅不当以仁义服齐，辍兵五年不攻，以致前功尽弃：以此为毅之罪。至方正学则又以二子所论皆非是，毅初未曾欲以仁义服齐，乃下七十余城之后，恃胜而骄，是以顿兵两城之下，五年而不拔耳。凡其所论，皆似有理；

然而毅初无此事也。是何异门上并无一物，而指之曰"大字某某，小字某某"者哉！大抵文人学士多好议论古人得失，而不考其事之虚实。余独谓虚实明而后得失或可不爽。故今为《考信录》，专以辨其虚实为先务，而论得失者次之，亦正本清源之意也。

他这一番话确是很有趣，可惜这个譬喻还未能密合他所要证明的事实。两个近视眼固然空指著没有上扁的门楣，但他们毕竟是请人先去刺探过的，所指的地位也没有错，只要扁挂上去时，他们所说的话原是很正确的。至于夏侯太初们批评乐毅的话，简直是逞臆的瞎说。他们并未请人刺探过，也未指准上扁的门，只以为我的想像如此，事实便非如此不可。这比了近视眼的笑话还要胡闹；要把这种情形加上一个题目，可以叫作"瞎子断扁"（断读如包公断案之断）。

这种的例非常多，我现在试举一个。

《诗经·邶风》中有一首诗，唤做《静女》，很明白的是一首情诗。他的原文是：

> 静女其姝，俟我于城隅。
> 爱而不见，搔首踟蹰。

> 静女其娈，贻我彤管。
> 彤管有炜，说怿女美。

> 自牧归荑，洵美且异！
> 匪女之为美，美人之贻！

这几句诗并不算得古奥，所难懂的，只是"彤管"和"荑"两件东西，因为这是古人日用的东西，时代变了，不容易明白它们的用处了。我们现在可以加上说明的，彤是丹漆，所以《左传》上有"彤弓一，彤矢百"的话，而宋城者讥笑华元的弃甲，亦曰"丹漆若何"。弓矢甲都用丹漆，可见"彤"并不是很贵重的漆色。"牧"是郊野，从郊野里拿来的荑，是一种植物。《硕人》诗中有"手如柔荑"的话，可见荑是柔软可爱的。这个静女把丹漆的管子送给所爱，又把柔软的荑送与他，原是一件很寻常的事。

如果看了以上的话还不十分明了这诗的意义，我再把它试译成白话(惭愧我没有诗才，不能译得像一首诗)：

> 幽静的女子美好呵，她在城角里等候著我。
> 我爱她，但见不到(或寻不见)她，使得我搔著头，好没主意。

> 幽静的女子柔婉呵，她送给我朱漆的管子。
> 这个朱漆的管子好光亮，我真是欢喜你(指管)的美丽。

> 从野里带回来的荑草，实在的好看而且特别。
> 但这原不是你(指荑)的好呵，好只好在是美人送给我的。

这种的翻译固然是徒劳无功，但究竟还算得文从字顺。我说出这一句话来，并不是要自夸，实在二千多年中的经学家太可怜了！

汉朝的经师不知道为什么会得这样的异想天开！《毛诗故训传》对于这诗下的注解道：

> "静"，贞静也。女德贞静而有法度，乃可说也。"姝"，美色也。"俟"，待也。"城隅"，以示高而不可逾。"爱而不见，搔首踟蹰"，言志往而行止。"静女其娈，贻我彤管"，言既有静德，又有美色，又能遗我以古人之法，可以配人君也。古时后夫人必有女史彤管之法。史不记过，其罪杀之。后妃群妾以礼御于君所，女史书其日月，授之以环，以进退之。生子、月辰，则以金环退之。当御者，以银环进之，著于左手；既御，著于右手。事无大小，记以成法。"炜"，赤貌。"彤管"，以赤心正人也。"牧"，田官也。"荑"，茅之始生也。本之于荑，取其有始有终。"匪女之为美，美人之贻"，言非为徒说美色而已，美其人能遗

我法则。(依段玉裁《毛诗故训传》定本)

讲得巧呵，讲得妙呵，一首儿女的情诗竟讲到宫庭的仪式，古人的法度上去了！

我若是依了他的说话来翻译这诗，便成了下列的数行：

贞静而有法度的女子这等美色，她等候我在高而不可逾的城隅。

我爱她，我想去看她，但是我的脚步却停住了，这使得我搔首踟蹰呢。

贞静而有法度的女子这等美色，她送给我赤心正人的女史的彤管，这是可以匹配人君的古人的法度。(古时宫中有女史，她是管著后妃群妾在君王那边住宿的事的。她把银环套在那些后妃群妾的左手上，她们便可住到君王那边去，由她记著日子；住过了，便把银环改套在右手。她们有了孕了，就换套金环。这唤做女史彤管之法。无论什么事，她都应依了老例写。倘是她失职，她就犯了死罪。)

彤管的颜色很红……("说怿女美"句他没有释。)

从田官那里拿来的始生的茅，是取它的有始有终。……

我不是单欢喜你的美色呵，实在是欢喜那人送给我的古人的法则。

我翻译完了之后，自己看著也是莫明其妙。这位女子既然有贞静之德与古人之法度，为什么要去"思凡"呢？(或许我误解了，《毛传》既没有说明所等待的是男子，哪知道不是她的同性？只因他也没有说明是同性，所以我仍作男子解。)她等待男子也罢，为什么偏要等待在高而不可逾的地方呢？诗中的"我"，他既经爱而"志往"了，为什么又要"行止"呢？行止，既经冤了这位静女的等待，那你自己也不必怨得搔首踟蹰了。女史的彤管，匹配人君的古人的法度，送给所等待的男子做什么用呢？难道是教他看看样子，也记著"进御"和"月辰"的日子吗？始生的荑，如何又成了有始有终的象征呢？这种问题，使得我奇怪，使得我疑惑。

这是西汉时的说法。到了东汉之初，有一位卫宏出来做《毛诗序》。他是把"正""变"来分别诗篇的：正的必好，变的必坏。《邶风》是派在"变风"中的，所以他认定这是生活于恶君主下的人民的呼声。他作《静女》的《序》道：

> 《静女》，刺时也。卫君无道，夫人无德。

这更使人摸不著头路了。一首情诗，它若好得成为匹配人君的法则固然可怪，但也何至于成为君夫人的无道无德的刺诗呢？

东汉末年出了一位郑玄，他是解经最有名的，一千七百年来的读经的人们谁不崇拜他。从前有一句学术界的谚语，叫做"宁定周孔误，讳说服郑非"。这就是说批评周公与孔子还不要紧，但服虔与郑玄是决不能错的。我们只要看经师的别号，不是郑斋，便是郑盦，再不然便是师郑，就可见他的偶像是怎样伟大了。他作《毛诗笺》时，先替卫宏的《序》加上注解道：

> 以君及夫人无道德，故陈静女遗我以彤管之法。德如是，可以易之为人君之配。

这就是说，卫国的诗人忧心国家，要这位无道的君主回心转意，所以陈说了静女的许多好处，盼望他寻得了她，换去了原来的无德的夫人。倘使这一天，这位静女可以用了她的擅长的彤管之法来辅佐卫君，这位无道之君岂不就变成了有道的吗（以上的话都本于唐孔颖达《毛诗疏》的《释笺》的话，不是我的深文周纳）？

他又为《毛传》作《笺》道：

> 女德"贞静"，然后可畜；"美色"，然后可安；又能服从，待礼而动，自防如"城隅"，故可爱也。"志往"，谓跙踟。"行

止”，谓爱之而不往见。“彤管”，笔赤管也。“说怿”，当作说释。赤管炜炜然，女史以之说释妃妾之德，美之。“洵”，信也。“荑”，洁白之物也。自牧田归荑，其信美而异者可以共祭祀，犹贞女在窈窕之处，媒氏达之，可以配人君。“遗我”者，遗我以贤妃也。

照他这样说法，这首白话诗又得改过了：

　　静德和美色兼备的女子，她正等候著媒妁聘好之礼而后行动，她自己防守像城隅一般的高峻。
　　我虽是心中想去，以至于搔首踟蹰；但我爱她这样可爱的自防，我终究不去。

　　静德和美色兼备的女子，她送给我女史用的笔赤管。这个赤管光彩很好，它给女史用了登记妃妾们进御退御的日月，又做了书说来解释它，可以成就妃妾们的美德。(此句兼用《疏》说。)

　　从牧田里带回来的洁白的茅荑，其中特别美好的可以供祭祀的用处。(这仿佛贞女在深邃之处，只要媒人能够把她表显出来，她就可以做人君的匹配。)
　　咦，我哪里是称赞这个女子呢，我只称赞这个把贤妃送给我的人！

　　啊哟哟，我写到末句才知道，原来这首诗是人君自己做的(或者诗人代人君立言的)。他本来希望别人送给他一个贤妃，所以开出的条件：(1)要自防如城隅的贞女；(2)要等著媒妁聘好之礼而后行的贤女。这首诗乃是人君的《凤求凰》曲呢。
　　写到这里，我实在没有勇气再写下去了。可怜，可怜，我们有了理性，只是不能对著他们用！
　　我熬不住有一句话要正告读者们：我们现在抨击汉代的经学，并不是要自命不凡，标新立异，也不是为时势所趋，“疑经蔑古，即成通人"；实因我们有眼睛而他们没有眼睛，我们有理性而他们没有理性，所以他们可以盲目盲心的随意乱断，而我们不能如此。

但是，我们是宅心平恕的，我们不愿意尽量地责斥他们，我们深知道他们所处的时代是"通经致用"的时代，是"以《三百篇》当谏书"的时代，所以他们的说诗宗旨总要委曲宛转地说到君主的身上，所以有了"彤管"就是女史，有了"静女"就是贤妃，有了"城隅"就是自防，有了"牧荑"就是祭祀。他们说经的大目的，只是给君主们以警诫劝导。我们现在骂他们穿凿附会，他们九泉有知，亦当首肯；然而这原是他们的苦心呵！

但是我们虽可原谅汉代的经师，却不能原谅汉代以后的经师。汉代以后，时势变了，学问不专为君主致用了，这个附会的桎梏，是可以自己除去了。拨清前人的曲解，回复经书的真面目，乃是当然应有的事情。欧阳修、郑樵、朱熹们起来改变旧说，原是他们的理性逼迫著他们担负的责任。然而八百年来，他们的理性依然受着汉人曲说的压抑，在学术界中永远站在下风的地位。这实在是很使人抱不平的。即如"彤管"一名，朱熹在《诗集传》中说"未详何物，盖相赠以结殷勤之意耳"，原是极谨慎确当的说法。但是当时陈傅良就用《毛诗》义的大帽子来压他道："以千七百年女史之彤管为淫奔之具，窃有所未安。"这句话一向为经学家所乐道，直到前数年章太炎先生在上海演说时还引用。(见《国学概论》)这种事看来似小，其实关系却大。因为这是把信古的成见压服自己的固有的理性；有了这种成见，古代学术界的毒焰便永远留存，纯粹的科学研究是提倡不起来的了。

十五，二，十一。

(B) 关于《瞎子断匾的一例——〈静女〉》的异议

大白

颉刚先生：

从《现代评论》六十三期上，看到你底《瞎子断匾的一例——〈静女〉》，我对于你攻击经师们底异想天开，完全同意。但是我对于你底解释彤管和荑，却有一点不以为然。我以为与其把彤管和荑解成两物，不如把它们解成一物。你把彤字说成丹漆，还难免拘泥于古训。我以为彤就是红色，彤管就是一个红色的管子。这个红色的管子，就是第三章"自牧归荑"的荑。《毛传》说："荑，茅之始生者。"咱们不妨把这荑认为茅草底嫩苗儿。《左传》："尔贡包茅不入，王祭不共，无以缩酒。"茅既可以缩酒，可见茅是有管的。宋梅尧臣诗"丹茅苦竹深幽幽"，晋郭璞《游仙诗》"临源挹清波，陵冈掇丹荑"，可见茅有丹茅，荑有丹荑。所以这个彤管，我以为只是那位静女从牧场上采回来的一杆红色的嫩茅苗儿。因为初生的嫩茅，鲜红而有光，所以那位静女，采回来赠给她底爱人。因此，第二章底彤管，就是第三章底荑；第二章"贻我彤管"的贻，就是第三章"美人之贻"的贻；第二章"说怿女美"的女，就是第三章"匪女之为美"的女；第二章"说怿女美"的美，就是第三章"洵美且异"的美，也就是"匪女之为美"的美；而"洵美且异"，就是指"彤管有炜"的有炜而言。这样，二三两章相承，脉络贯通，便更觉得"文从字顺"了。不知你底意见以为何如？

你底原文，现登在《现代评论》上，在理，我这信也应该投到现代评论社去才是。但是我总觉得拿我这几句废话，去占《现代评论》宝贵的篇幅，不如占《语丝》篇幅为妙，所以投向语丝社里去了，请你恕我！盼你答复！

一九二六年二月二十八日，大白。

(C)《邶风·静女》篇的讨论

顾颉刚

大白先生：

从语丝社转到来书，高兴极了。先生把郭璞诗的"陵冈掇丹荑"和梅尧臣诗的"丹茅苦竹深幽幽"来证明《静女》篇中的"荑"就是"彤管"，确当之至。我见不及此，所以虽有攻击谬说的心，终给谬说迷蒙住了。二千余年的曲解，一朝揭破，大快，大快！

用了先生的话再来译这一首诗，应成以下的数行：

> 幽静的女子美好呵，
> 她在城角里等候著我。
> 我爱她但寻不著她，
> 使得我搔著头，好没主意。

> 幽静的女子柔婉呵，
> 她送给我这根红管子。
> 红管子呵，你好光亮，
> 我真欢喜你底美丽。

> 你，就是她从野里带回来的荑草，
> 实在是美丽而且特别。
> 咦，哪里是你底美丽呢，
> 只为你是美人送给我的！

这个译文，未知有误否？再请教正。

三月二十八日。

（D）再谈《静女》

大 白

颉刚先生：

从《语丝》七十四期，看到先生底复信，知道我对于《静女》篇中"彤管和荑是一非二"的见解，已被采纳，并且把原诗重新改译一道了。但是我对于原诗一二两章底首句和一章底末句，还有一点意见要说。

一，我以为"静女其姝"和"静女其娈"的两个其字，合《竹竿》篇底"巧笑之瑳"和"佩玉之傩"的两个之字一样，都是前置介字。在散文中，本应该说"姝其静女"和"娈其静女"，"瑳之巧笑"和"儺之佩玉"，合《桃夭》篇底"灼灼其华"，《殷其靁》篇底"殷其靁"，《隰有长楚》篇底"猗傩其枝"，《扬之水》篇底"扬之水"，《杕杜》篇底"有杕之杜"，《渐渐之石》篇底"渐渐之石"一样。但是在韵文中，因为协韵的缘故，所以颠倒了（大约古代原有这样颠倒的文法）。此类文法，不但《毛诗》，在韵文的《楚辞》中，也是很多〔案"之其"两字，古代常常通用。领位代名词、介词、形容词语尾和副词语尾四种作用，"之其"两字都同样地具备的。后来之字底一系，转变而成现在国语中的这（领位代名词，也作者字）、底（介词）、的（形尾）和地（副尾）；其字底一系，转变而成东南（江浙一带）语系中的个（领位代名词）、格（介词和形尾）、价和教（两字都是副尾）。关于这一点，我颇想写一篇《之其二字古通今变考》〕。所以"静女其姝"和"静女其娈"，译成现代国语，应该作"庄姝的静女"或"美好的静女"，"婉娈的静女"或"柔婉的静女"。

二，踟蹰合蹢躅、踌躇，都是彳亍二字底转变。彳训小步，亍训步止，所以都是行不进或徘徊之意。其实《庄子》中"吾行却曲"底"却曲"，也是此意，不过由舌音敛为喉音罢了。所以"搔首踟蹰"，就是搔著头皮在那里徘徊，不必译作"好没主意"。

这两点先生以为何如？

至于原诗底律声（rhythm）是很细密的。如一章底姝、隅和蹰，二章底娈和管，炜和美，三章底荑和美，异和贻，都是停尾韵（就是句尾韵）。以及搔首同纽，踟蹰同纽，有炜同纽，说怿同纽，归荑同韵，之贻同韵，都是很显明的。

还有：一章底俟和搔，二章底贻和说，都是停头纽（就是句头纽）；一章底女和而，三章底牧和美（次句），女和人，都是停身纽（就是句身纽）；三章底自和匪，是停头韵（就是句头韵）：却都是向来未曾注意的，所以我也趁便指出。

一九二六年，四月二十四日，刘大白在上海江湾。

（载《白屋说诗》，岳麓书社 2012 年版）

【评　介】

刘大白(1880—1932)，浙江绍兴人，著名的文学史家、文艺批评家、诗人。原姓金，名庆棪，字伯贞，号清斋。三岁时祖父教他读书识字，九岁时学作诗。后师承陈莲远习试帖律赋之类。他求学勤奋，旧学功底扎实，曾膺拔贡入京揭选。时适逢父丧，遂罢。曾任绍兴师范学堂及山会小学堂教员。辛亥革命后主编《绍兴公报》，因反对袁世凯而被迫流亡日本、南洋。1916年回国留居杭州，住皮市巷三号，门上题写"白屋"。曾任浙江省议会秘书长。1918年，浙江省立第一师范学校(以下简称"浙江一师"或"一师")校长经亨颐提倡新文化，选用进步教师，特邀刘大白为国文教员。五四运动前后，刘大白兼任浙江省教育会总干事，与陈望道、夏丏尊、沈仲九并称"浙江四杰"。他们鼎力协助经亨颐，倡导白话文，传播新文化，支持并指导学生投身五四爱国运动，使浙江一师成为浙江新文化运动的中心。1920年2月，浙江省当局为阻挠新文化运动，反对教育革新，强行更换一师校长并解除"四杰"教职，激起全校师生的强烈反对，爆发了"留经运动"。这次学潮持续了一个多月，经校长未曾留下，刘大白等也相继辞去教职。从1921年4月起，刘大白往返于杭州、萧山、绍兴等地，在宗文、安定、春晖等中学先后任教。时为上海《民国日报》社社员，除在副刊《觉悟》上经常发表新诗外，还积极撰写鼓吹新文化运动的时评文章。1924年，刘大白受聘于上海复旦大学，1929年任国民政府教育部常任次长，为"五四"白话诗提倡者之一。其间，先后出版《旧梦》《邮吻》等新诗集和《白屋文话》《白屋说诗》《旧诗新话》《文字学概论》《中国文学史》等专著。1930年底，刘大白辞官而归，开始闭门写作《故事的坛子》《中诗外形律详说》，1932年2月13日病逝于杭州。

刘大白在"五四"以后中国新诗的创作上和中国古典诗歌的启蒙研究上做过许多贡献。《白屋说诗》完稿于任教复旦时期，是一本解说《诗经》的论文集，作者在《自序》中称：

这《白屋说诗》的名称，是一九二六年秋冬间在上海复旦大学的时候，给《复旦周刊》写本书第一部分《说毛诗》十节的时候所用。那时候我底朋友徐蔚南先生担任著《复旦周刊》底编辑，他要我写一点关于文学研究的东西，以充篇幅，我就用了这个名称，随手把对于《毛诗》的见解，瞎说一番，陆续写出了十节。后来学校放寒假了，《复旦周刊》休刊了，就没有再继续地写下去。

1929 年七月十日，《白屋说诗》由上海开明书店出版，该集除收《说毛诗》的十篇外，还收杂文九篇和为《龙山梦痕》《旦歌》等书作的序四篇。

《说毛诗》是这部书的主体。《六义》一文专说"赋比兴"而以"兴"为中心，认为"兴就是起一个头"，但是他没有提到起兴与声音的关系。书中对《绿衣》《葛生》《鸡鸣》等十篇诗歌的题旨作出新释，否定《毛诗序》(尤其是《小序》)旧说，并在诠释中注意文学的特点。如《绿衣》是针对《小序》中把它说成是"卫庄姜自伤失位的诗"而立论的，指出这是"一篇悼亡诗或念旧诗"；《葛生》，《小序》中说是"讽刺晋献公"的，刘大白指出它也是一首悼亡诗。又如否定《小序》关于《关雎》的"后妃之德"说和近人"结婚歌"之说，认为它是写男女的单恋，四、五章是"辗转反侧"之后产生的幻觉，"只注意到'辗转反侧'一句，就不会误解作结婚歌了"。除此之外，刘大白认为《卷耳》是一首思妇思念外出的丈夫的诗，首章写因思念而产生幻觉，下面三章都是从这思念的幻觉开出。《陟岵》以他思写己思的写法是"绝妙的艺术手段"。刘大白还运用民俗学材料解诗，如用"闹洞房"这一民俗来训释《绸缪》。

书中还收录作者和古史辨派的十余位学者投入极大热情的关于《静女》篇的大讨论。1926 年 2 月顾颉刚发表了《瞎子断匾的一例——〈静女〉》，指出《静女》是情诗，以自己的眼睛和理性，以及汉人的理解译出该诗，叹汉人说《诗》之可怜。此文发表后引起了学者们的高度关注，由此引发的讨论迅速展开，先后发表文章十二篇。《白屋说

诗》收录了这场讨论的九篇文章，包括上面提及的顾颉刚文。刘大白
《关于瞎子断匾的一例——〈静女〉的异议》，认为"彤管"和"荑"是一
物，如此二、三两章脉络贯通。顾颉刚撰《〈邶风·静女〉篇的讨论》，
采纳刘大白的建议，重译《静女》。刘大白又撰《再谈〈静女〉》（《黎
明》第 25 期），认为诗中的"静女其姝"，其实应该是"姝其静女"，译
作"美好的静女"，又谈及"搔首踟蹰"的翻译。郭全和撰《读〈邶风·
静女〉的讨论》，认为诗中"彤管"的"管"字应作"菅"，"菅"和"荑"
是两样东西。魏建功《〈邶风·静女〉的讨论》也认为标点会影响到对
《静女》的理解，《静女》三章是想念情人的三首诗，"管"是乐器。刘
大白对此又发表《三谈〈静女〉》，批评魏建功的断句将二二式转韵换
成三一式是有问题的，此外二三章两章"女"作两解亦不能成立。在
此基础上，刘大白又发表了《四谈〈静女〉》，指出"爱而不见"的"而"
是一个副词语尾，相当于"然"，"爱而不见"，就是仿佛不见。董作
宾也发表了《〈邶风·静女〉篇"荑"的讨论》，考证"荑"就是白茅的嫩
芽，认为此诗是乡间小女子的恋爱故事。

　　针对《诗经》中的一首诗，学者们各抒己见，讨论文章之密集，
反映之迅速都是之前的《诗经》研究所未曾有过的。这表面是针对《静
女》的大讨论，实则反映了当时学者们对古典文学，尤其是像《诗经》
这样过去被视为"经"的文学作品的研究方法的新思考与新尝试。果
然，学者们的讨论后来也逐渐涉及《诗经》中的其他诗篇，如《野有死
麇》《褰裳》《鸡鸣》等。这充分反映了这一时期《诗经》研究自由平等、
畅所欲言的优良学风。

　　《白屋说诗》是现代《诗经》学创始期有一定影响力的著作，该书
对前人旧说不泥不迷，而是立足文本，揆诸作诗者的本心而提出新的
解说，大多言之有据，富于新见。刘大白的解诗观点与俞平伯基本相
近，其解诗特色注重诗篇的文学特点，常以后代的诗歌与《诗经》作
比，以此来揭示《诗经》的文学性，并注意结合作品的起兴、比喻、
双声叠韵等艺术手法来解释诗义。此外也较多地运用民俗学材料，揭
示《国风》诗篇的创作背景和主体内涵，所论皆富于现代意味，发人
所未发。当然，今天看来，其新见里也有未当之处，但刘大白力主从

文学角度说《诗》仍功不可没。

刘大白《诗经》学论著：

刘大白著，《白屋说诗》，作家出版社 1958 年版。

毛诗词例举要（略本）

刘师培

倒文例：

《邶风·日月》篇："逝不相好"，传云："不及我以相好。"首章"逝不古处"，传云："逝，逮；古，故也。"

《大雅·文王》篇："永言配命"，传云："永，长；言，我也。我长配天命而行。"

《大雅·生民》篇："以归肇祀"，传云："始归郊祀也。"

《鄘风·君子偕老》篇："子之不淑，云如之何？"传云："有子若是，可谓不善乎？"

《魏风·园有桃》篇："彼人是哉，子曰何其。"传云："夫人谓我欲何为乎？"

《大雅·云汉》篇："靡人不周，无不能止。"传云："周，救也。无不能止，言无止不能也。"

《邶风·终风》篇："莫往莫来"，传云："人无子道以来事己，己亦不得以母道往加之。"

《小雅·四月》篇："六月徂暑"，传云："徂，往也。六月火星中，暑盛而往矣。"

错序例：

《桧风·羔裘》篇："羔裘如膏，日出有曜。"传云："日出照曜，然后知其如膏。"

《小雅·巧言》篇："乱之初生，僭始既涵；乱之又生，君了信谗。"传云："僭数涵容也。"疏引王肃云："乱之初生，谗人数缘事始自入，尽得容其谗言。"

《大雅·云汉》篇："胡不相畏，先祖于摧。"传云："摧，至也。"

疏云："先祖之文宜在胡不之上，但下之与于摧共句。"

《齐风·猗嗟》篇："猗嗟名兮，美目清兮。"传云："目上为名，目下为清。"

《鲁颂·閟宫》篇："朱英绿縢，二矛重弓。"传云："朱英，矛饰也。縢，绳也。"

又案《豳风·七月》篇："七月在野，八月在宇，九月在户，十月蟋蟀入我床下。"郑笺云："自七月在野至十月入我床下皆谓蟋蟀也。"此亦倒序例。

省文例：

《邶风·绿衣》篇："心之忧矣，曷维其已。"传云："忧虽欲自止，何时能止也。"

《鲁颂·有駜》篇："自今以始，岁其有。"传云："岁其有，丰年也。"

《王风·丘中有麻》篇："将其来食"，传云："子国复来，我乃得食。"

《小雅·节南山》篇："无小人殆"，传云："无以小人之言至于危殆也。"

《小雅·楚茨》篇："笑语卒获"，传云："获，得时也。"

《齐风·南山》篇："必告父母"，传云："必告父母庙。"

互词见意例：

《周南·关雎》篇："琴瑟友之"，传云："宜以琴瑟友乐之。"下章钟鼓乐之。

《王风·丘中有麻》篇："丘中有麻，彼留子嗟。"传云："丘中墝埆之处，尽有麻麦草木，用彼子嗟之所治。"次章丘中有麦，三章丘中有李。

互省例：

《小雅·采芑》篇："钲人伐鼓"，传云："伐，击也。钲以静之，鼓以动之。"笺云："钲也鼓也，各有其人焉，言钲人伐鼓，互言耳。"

《小雅·楚茨》篇："楚楚者茨，言抽其棘。"传云："楚楚，刺棘貌。抽，除也。"笺云："刺言楚楚，棘言抽，互辞也。"

反词若正例：

《小雅·鹤鸣》篇："乐彼之园，其下维蘀。"传云："何乐于彼园之观乎？蘀，落也。尚有树檀而下其蘀。"

《小雅·白驹》篇："尔公尔侯，逸豫无期。"传云："尔公尔侯耶，何为逸乐无期以反也。"

《郑风·扬之水》篇："扬之水，不流束楚。"传云："激扬之水，可谓不能流漂束楚乎。"

《大雅·思齐》篇："肆戎疾不殄"，传云："故今大疾害人者不绝之而自绝也。"亦省乎字例。

上下文同义异例：

《召南·采蘩》篇："于以采蘩，于沼于沚。"传云："蘩，皤蒿也。于，於。沼，池。沚，渚也。"传明上于字不训于。

《大雅·皇矣》篇："爰整其旅，以遏徂旅。"传云："旅，师。遏，止。旅，地名也。"

《齐风·猗嗟》篇："抑若扬兮"，传云："抑，美色。扬，广扬。"又"美目扬兮"传云："好目扬眉。"

《豳风·东山》篇："烝在桑野"，传云："烝，寘也。"又下章"烝在栗薪"，传云："烝，众也。"

《召南·殷其靁》篇："何斯违斯，莫敢或遑。"传云："何此君子也，斯，此。违，去。遑，暇也。"

《周南·卷耳》篇："采采卷耳"，传云："采采事采之也。"

上下文异义同例：

《邶风·匏有苦叶》篇："招招舟子，人涉卬否。卬须我友。"传云："卬，我也。"

《大雅·大明》篇："缵女维莘，长子维行。"传云："长子，长女也。"

《小雅·杕杜》篇："会言近止，征夫迩止。"传云："迩，近也。"

《大雅·抑》篇："谨尔侯度，用戒不虞。"传云："不虞，非度也。"

《周南·关雎》篇："参差荇菜，左右流之。窈窕淑女，寤寐求之。"传云："流，求也。"

《小雅·巧言》篇："君子如怒，乱庶遄沮。君子如祉，乱庶遄已。"传云："沮，止也。"

又案毛诗文异义同尚有三例《大雅·卷阿》篇"亦集爰止"，《板》篇"不实于亶"（传云："亶，诚也。"），《桑柔》篇"云徂何往"，均以同意之字上下异文，其例一；《小雅·小弁》篇"何辜于天，我罪伊何"，《頍弁》篇"岂伊异人，兄弟匪他"，均上下二句同意，其例二；《王风·中谷有蓷》篇"遇人之艰难矣"（传云："艰亦难也。"），《魏风·汾沮洳》篇"殊异乎公路"，均叠用同意之字，其例三。

虚词同字异义例：

以二句对文、同句并文二例为限。此与文平义侧例互明。

《小雅·无羊》篇："众维鱼矣，实维丰年，旐维旟矣，室家溱溱。"传云："阴阳和则鱼众多矣，溱溱，众也。旐旟，所以聚众也。"

《大雅·皇矣》篇："不大声以色，不长夏以革。"传云："不大声见于色。革，更也。不以长大有所更。"

《小雅·吉日》篇："既伯既祷"，传云："伯，马祖也。重物慎微必先为之祷其祖。祷，祷获也。"

《小雅·节南山》篇："式夷式已"，传云："式，用；夷，平也。用平则已。"

《大雅·卷阿》篇："有冯有翼"，传云："道可冯依以为辅翼也。"

《小雅·信南山》篇："是剥是菹"，传云："剥瓜为菹也。"

《大雅·常武》篇："匪绍匪游"，传云："不敢继以遨游也。"

又案《周颂·维清》篇"文王之德之纯"，传云："纯，大也。两之并列亦文平义侧。"

又案《小雅·棠棣》篇"是究是图"（传云："究，深也。图，谋。"），《周颂·我将》篇"我将我享"（传云："将，大。享，献也。"），下字均为句中间字，与《小雅·伐木》篇"神之听之"上之字例同。此与间词例互明。

虚词异字同义例：

以同句并文为限。

《邶风·日月》篇："日居月诸，照临下土。"传云："日乎月乎，照临之也。"

《鄘风·柏舟》篇："母也天只，不谅人只。"传云："母也天也，尚不信我。"

《召南·何彼襛矣》篇："维丝伊缗"，传云："伊，维。缗，纶也。"

附《小雅·桑扈》篇"彼交匪敖"，《左传·襄二十七年》引作"匪交"。

句法似同实异例：

《鄘风·载驰》篇："载驰载驱"，传云："载，辞也。"又《小雅·菁菁者莪》篇"载沉载浮"，传云："载沉亦浮，载浮亦浮。"

《小雅·湛露》篇："湛湛露斯，匪阳不晞。"传云："露虽湛湛，然见阳则乾。"又《邶风·旄丘》篇"匪车不东"，传云："不东，言不来东也。"笺申传云："女非有戎车乎，何不来东也。"

两篇同文异义例：

《邶风·泉水》篇："遄臻于卫，不瑕有害。"传云："瑕，远也。"疏引王肃云："言愿疾至于卫，不远礼义之害。"又《二子乘舟》篇"愿言思子，不瑕有害"，传云：言二子之不远害。"

《周南·卷耳》篇："嗟我怀人，置彼周行。"传云："怀，思；置，置行列也。思君子官贤人置周之列位。"又《小雅·鹿鸣》篇"示我周行"，传云："周至行道也。"疏引王肃云："示我至美之道。"

后章不与前章同义例：

《周南·桃夭》篇首章"之子于归，宜其室家"，传云："宜以有室家。"二章"宜其家室"，传云："家室，犹室家也。"又三章"宜其家人"，传云："一家之人，尽以为宜。"

《召南·鹊巢》篇首章"百两御之"，传云："诸侯之子嫁与诸侯，送御皆百乘。"二章"百两将之"，传云："将，送也。"又三章"百两成之"，传云："能成百两之礼也。"

两句似异实同例：

《周南·葛覃》篇："薄汙我私，薄澣我衣，害澣害否，归宁父母。"传云："私，燕服也。"又云："私服宜澣，公服宜否？"

《大雅·思齐》篇："雍雍在宫，肃肃在庙。"《采蘩》传云："宫，庙也。"

连类并称例：

《小雅·信南山》篇："南东其亩"，传云："或南或东。"

《大雅·绵》篇："矜鼓弗胜"，传云："或矜或鼓，言劝事乐功也。"

举此见彼例：

《郑风·大叔于田》篇："执辔如组，两骖如舞。"传云："骖之与服，和谐中节。"疏云："此经止云两骖，不言两服，知骖与服和谐中节者，以下二章于此二句皆说两服两骖。则知此经亦总骖服，故知如舞之言，兼言服亦中节也。"

《小雅·车攻》篇："选徒嚣嚣"，传云："维数车徒者为有声也。"

《小雅·楚茨》篇："以绥后禄"，传云："安然后受福禄也。"

因此及彼例：

《召南·羔羊》篇："羔羊之皮"，传云："小曰羔，大曰羊。大夫羔裘以居。"

《大雅·绵》篇："堇荼如饴"，传云："堇，菜也；荼，苦菜也。"

二句连读例：

《邶风·柏舟》篇："微我无酒，以敖以游。"传云："非我无酒可以敖游忘忧也。"

《大雅·常武》篇："王命卿士，南仲太祖。"传云："王命南仲于太祖。"

文平义侧例（谓似偶非偶也）：

《小雅·常棣》篇："原隰裒矣，兄弟求矣。"传云："裒，聚也。求矣言求兄弟也。"

《大雅·思齐》篇："不显亦临，无射亦保。"传云："以显临之，保安无厌也。"

《周颂·良耜》篇："其镈伊黍，其笠伊纠，其镈斯赵。"传云："笠所以御暑雨也。赵，刺也。"

《小雅·小旻》篇："维迩言是听，维迩言是争。"传云："争为近言。"

偶语错文例：

《大雅·瞻卬》篇："天何以刺，何神不富。"传云："刺，责；富，福。"·

《大雅·桑柔》篇："四牡骙骙，旟旐有翩。"传云："骙骙，不息也。翩翩，在路不息也。"

《小雅·小弁》篇："菀彼柳斯，鸣蜩嘒嘒，有漼者渊，萑苇淠淠。"传云："漼，深貌。"

《小雅·大东》篇："或以其酒，不以其浆。"传云："或醉于酒，或不得浆。"

《小雅·正月》篇："天夭是椓"，传云："君夭之，在位椓之。"

实词活用例：

《小雅·桑扈》篇："有莺其羽"，传云："莺然有文章。"

《周颂·载芟》篇："有椒其馨"，传云："椒，犹馓也。"

《大雅·文王有声》篇："文王烝哉"，传云："烝，君也。"

《商颂》"於赫汤孙"，传云："盛矣，汤为人子孙也。"

动词静词实用例：

《小雅·吉日》篇："其祁孔有"，传云："祁，大也。"

《小雅·节南山》篇："有实其猗"，传云："实，满；猗，长也。"

《小雅·正月》篇："有菀其特"，传云："言朝廷曾无桀臣。"

《豳风·七月》篇："以伐远扬"，传云："远，枝远也；扬，條扬也。"又"十月陨萚"，传云："萚，落也。"

《周颂·时迈》篇："肆于时夏"，传云："夏，大也。"

单词状物等于重言例：

《邶风·柏舟》篇："汎彼柏舟，亦汎其流。"传云："汎汎流貌，柏木所以宜为舟也。亦汎汎其流不以济度也。"

《邶风·谷风》篇："有洸有溃"，传云："洸洸，武也；溃溃，怒也。"

《桧风·匪风》篇："匪风发兮，匪车偈兮。"传云："发发飘风非有道之风，偈偈疾驱，非有道之车。"

《卫风·氓》篇："其叶沃若"，传云："沃若犹沃沃然。"

《陈风·宛丘》篇："坎其击鼓"，传云："坎坎击鼓声。"

《小雅·蓼萧》篇："零露湑兮"，传云："湑湑然萧上露貌。"

《王风·丘中有麻》篇："将其来施"，传云："施施，难进之貌。"

《豳风·东山》篇："有敦瓜苦"，传云："敦，犹专专也。"

间词例：

《小雅·车攻》篇："徒御不惊，大庖不盈。"传云："不惊，惊也；不盈，盈也。"

《大雅·文王》篇："有周不显"，传云："有周，周也；不显，显也。"又"无念尔祖"，传云："无念，念也。"

《小雅·小弁》篇："鹿斯之奔"，传云："谓鹿之奔走。"

《周颂·清庙》篇："秉文之德"，传云："执文德之人也。"

《豳风·破斧》篇："亦孔之将"，传云："将，大也。"笺申传云："其德亦甚大。"

虚数例：

《豳风·东山》篇："九十其仪"，传云："言多仪也。"

《小雅·甫田》篇："岁取十千"，传云："十千，言多也。"

《周颂·噫嘻》篇："终三十里"，传云："终三十里，言各极其望也。"

《周颂·载芟》篇："以洽百礼"，传云："百礼言多。"

（载《刘师培全集》(第 1 册)，中共中央党校出版社 1997 年版）

【评　介】

刘师培(1884—1919)，名师培，字申叔，又名光汉，别号左盦。江苏仪征人。出身经学世家，其曾祖刘文淇、祖父刘毓崧、伯父刘寿曾，均以治《春秋左氏传》享誉学林。其父刘贵曾，亦以经学有名。刘师培自幼聪慧，十二岁就已经熟读四书五经，并擅长诗赋文章，以此闻名乡里。这种家世背景，使他在青年时期将人生理想寄托于科举，参加乡试中举后，他的人生似乎一片光明，然而随着科举制度的废除，理想几近破灭。1903 年初，刘师培随友人到上海，"苏报案"发生后，受章太炎等人影响，加入爱国学社，倡言排满复汉，赞成革命。改名光汉，并发表《攘书》以彰其志。他模仿法国启蒙思想家卢梭，撰《中国民约精义》，主张当时的中国需要"天赋权"，被时人称为"东亚卢梭"。1904 年，刘师培参与《警钟日报》的编辑工作，抨击清政府的内政外交，鼓吹革命。同年参加了蔡元培等主持的军国民教育会暗杀团，并成为当年 11 月组建的光复会的首批成员。1905 年 3 月，《警钟日报》被查封，刘师培不得已离沪他去，先到浙江平湖，后到安徽芜湖，教书、读书、写作，时近两年。1907 年 2 月，章太炎在日本主编《民报》，邀刘师培赴日，刘至东京，加入国盟会，并成为《民报》撰稿人。在此期间，他与张继主持社会主义讲习会，举行演讲，撰文介绍、宣扬社会主义和无政府主义思想。1908 年初，组织翻译《共产党宣言》。并撰《悲佃篇》等文，论证在中国实现社会主义的可能性。然而，1909 年夏，刘师培却与其妻何震公开投降端方，成为可耻的叛徒。后先到江宁，再到天津，辛亥革命发生后，到成都，被谢无量聘为国学院讲师。其间章太炎不念旧恶，与蔡元培联合登报与其寻求联系未果。1914 年，刘师培投靠阎锡山，经其推荐至北京附袁世凯，被任命为公府谘议。1915 年 8 月，受杨度之邀成为"筹安会六君子"之一，袁世凯倒台后，刘师培得李经义搭救方才脱险，之后隐居天津。后蔡元培任北京大学校长，刘师培被聘为北大教授，讲授古典文学。《中古文学史讲义》即为此期授课之成果。1919 年 11 月 20 日因肺病不治而病逝，终年 36 岁。蔡元培为其作传，1936 年，钱玄同为其编辑《刘申叔遗书》，由宁武南氏铅印出版。其论学论政文字的选集有朱维铮所编选《刘师培辛亥前文选》（生活·读书·新知三联书店 1998 年版）。

刘师培生于清末社会巨变之时，思想活跃，学贯中西。二十岁前后即与章太炎等人一道投身"革命"，论政论学都特别讲求"经世致用"，允满了变革精神，自称"激烈派第一人"。在学问上与章太炎并称"二叔"（章太炎字枚叔）。和章太炎一样，他提倡"国粹"，是要明华夷之别，即借"存学"来"保种"，而并非单纯的经学研究。因此刘师培特别重视传统的文史之学。其家虽世以专攻《春秋左传》学为业，但刘师培受时代思潮影响，决意突破家学传统的藩篱，多次宣布应做"通儒"，以为"仅通一经、恪守家法者，小儒之学也"。刘师培的论学文字，大体可以分为四类：第一类是经学，第二类是周秦诸子学，第三类是清代学术史，第四类是中古文学。关于《诗经》的论著，主要有《毛诗札记》《毛诗荀子相通考》《诗分四家说》《广释颂》《毛诗词例举要》等。这些论《诗》之作，主要发表于辛亥革命以前，尤其是《国粹学报》时期。1904年末，邓实、黄节等人发起国学保存会，拥戴尚在狱中的章太炎为盟主，次年2月刊行《国粹学报》，一直到1912年，《国粹学报》终止，先后存在七年，共出八十二期。章氏诸人由此被称为"国粹学派"。刘师培的大部分讨论经学的文字都发表于此。刘师培的《诗经》学研究，主要有以下几个特点：

第一，本着"保存国粹"之目的，刘师培治《诗》，力图折中汉学与宋学，体现"求是"精神，故于文字音韵训诂之外，颇重诗篇之大义。如其《毛诗札记》，以发明《毛传》训诂为主旨，然于文字训释中则多结合全篇大义，兼及《左传》等成例，相互发明，故常有超越郑笺、孔疏及清儒之处。如《周南·关雎》篇"求之不得，寤寐思服"条云："《毛传》云：'服，思之也。'疏引王肃述毛云：'服，膺，思念之。'案王氏申毛，多得传意。此条说独未协。寻《芣苢》篇'薄言有之'，《毛传》云：'有，藏之也。'《鹊巢》篇'维鸠方之'，《毛传》云：'方，有之也。'《终风》篇'顾我则笑'，《毛传》云：'笑，侮之也。'盖毛公传例，于《诗》诂鞠曲必展转始行其义者，恒于训词之下增益之字示，与直训弗同。服字不得直诂为思，犹有字不得直训藏，方字不得直训有，笑字不得直训侮也。"其说从概括毛传训诂规律入手，驳正王肃之说，显示其考证的功力。其他如《鄘风·定之方中》"匪直也人"条驳陈奂说、《大雅·皇矣》篇"询尔仇方"条驳孔疏等，均有此特点。这与《国粹学报》"争科学""讲历史"，宣扬中国文化的独立性的宗旨是一致的。

第二，刘师培学贯中西，其治《诗》也有吸收西学而独出机杼之处。如其《毛诗词例举要》，就是运用西方逻辑学原理来分类、归纳实例，进而研究揭示《诗经》的句法、词法、章法等语言形式特点。经整理后的"略本"将《诗经》词例分为二十五个大类：倒文例、错序例、省文例、互词见意例、互省例、反词若正例、上下文同义异例、上下文异义同例、虚词同字异义例、虚词异字同义例、句法似同实异例、两篇同文义异例、后章不与前章同义例、两句似异实同例、连类并称例、举此见彼例、因此及彼例、二句连读例、文平义侧例、偶语错文例、实词活用例、动词静词实用例、单词状物等于重言例、间词例、虚数例。虽然个别词例仍有可商之处，但基本揭示了《毛诗》在语言形式上的规律以及《毛传》的训诂方式。这种方法现今已成为语言学界一种通用的研究方法。

第三，刘师培于治学之外，特重文章之学，在北京大学任教授期间，主要讲授文学史。其讲义中的论《诗》文字，能将《诗三百》置于文学样式发展的特定历史背景下加以观照，所论往往能发人所未发。比如《论文杂记》中的论《诗》文字，亦多新意。如其认为"《诗》为词之源"：

> 吾观《诗》篇三百，按其音律，多与后世长短句相符。如《召南·殷其雷》篇云："殷其雷，在南山之阳。"此三五言调也。《小雅·鱼丽》篇云："鱼丽于罶，鳢鲨。"此二四言调也。《齐风·还》篇云："遭我乎猇之间兮，并驱从两肩兮。"此六七言调也。《召南·江有汜》篇云："不我以，不我以。"此叠句韵也。《豳风·东山》篇曰："我来自东，零雨其濛。鹳鸣于垤，妇叹于室。"此换韵调也。《召南·行露》篇曰"厌浥行露"，其第二章曰"谁谓雀无角"，此换头调也。大抵烦促相宣，短长互用，于后世倚声之法，已启其先。足证词曲之源，实为古诗之别派。

刘师培举出实例，指出"词曲之源，实为古诗之别派"，这个观点，比之通行的观点，自有其新意。

又如刘氏说周代之诗，为行人之学，亦很有启发。引述如下：

> 试考之古籍，则周代之诗，非徒因行人而作，且多为行人所赓诵。有知行人之勤劳，而赋诗以慰恤者；有奖行人之往来，而赋诗以褒美者；或行人从政，而室家赋诗以劝行；或行人于役，

而僚友赋诗以寄念；或行人困瘁，赋诗以抒其情；或行人闵忧，赋诗以述其境。是古诗每因行人而作矣。又以《左氏传》证之：有行人相仪而赋诗者；有行人出聘而赋诗者。有行人乞援而赋诗者；有行人莅盟而赋诗者；有行人当宴会而赋诗者；有行人答馈送而赋诗者。是古诗每为行人所诵矣。盖采风侯邦，本行人之旧典，故诗赋之根源，惟行人研寻最审。

上引的论述虽然简明扼要，但都是言之有据。这对于了解《诗》三百篇创作动机、《诗》的传播方式等问题，都很有启发意义，胜过当下许多无关痛痒的长篇大论。

第四，刘师培治学，不仅强调"求是"，同时也特别重视"致用"。他曾组织翻译《共产党宣言》，不仅完全认同其思想，而且认为《共产党宣言》"对于史学发明之功甚巨"。他的政论文中，这种倾向十分突出。其中涉及《诗经》的文字，往往能跳出经学和文学和框架，超越特定的时代，大处着眼，立论高远，富于启发。其政论文中也有多处论《诗》文字，也很有启发意义。如其《悲佃篇》历述从先秦以至明清的土地制度，是从学理上为同盟会"平均地权"之纲领寻找历史的合理性，其中运用《诗经》的材料以证历史，这种方法和思路，与后来郭沫若、傅斯年等学者将《诗经》视为史料的理念十分相似。

总而言之，刘师培的《诗》学研究总体的目的是"致用"，但又不离"求是"的科学精神。循乎此道，他阐发《毛诗》"辨别华戎，峻发严厉"，批评"三家诗""于种类之淡亦如不言"。目的还是以通过保存学术来保存中华传统文化，并最终借由文化而"保存种姓"。在日本期间，由于受到无政府主义和社会主义思想的影响，刘师培也曾尝试在中国传统文化中找到在中国实现社会主义的可能性。这些尝试，都对之后的《诗经》研究以至整个中国学术的现代转型起到了启示作用。

刘师培《诗经》学论著：

《公羊齐诗相通考》

《毛诗荀子相通考》

《邶鄘卫考》

《易卦应齐诗三基说》

《毛诗词例举要》

《齐诗国风分主八节说》

《齐诗大小雅分主八节说》

《广释颂》

《毛诗札记》

以上均见宁武南氏校印《刘申叔遗书》，江苏古籍出版社 1997 年影印本。

谈谈《诗经》

胡　适

《诗经》在中国文学上的位置，谁也知道，它是世界最古的有价值的文学的一部，这是全世界公认的。

《诗经》有十三国的国风，只没有《楚风》。在表面上看来，湖北这个地方，在《诗经》里，似乎不能占一个位置，但近来一般学者的主张，《诗经》里面是有《楚风》的，不过没有把它叫做《楚风》，叫它做《周南》《召南》罢了。所以我们可以说：《周南》《召南》就是《诗经》里面的《楚风》。

我们说《周南》《召南》就是《楚风》，这有什么证据呢？这是有证据的。我们试看看《周南》、《召南》，就可以找着许多提及江水、汉水、汝水的地方。像"汉之广矣""江之永矣""遵彼汝坟"这类的句子，想大家都是记得的。汉水、江水、汝水流域不是后来所谓"楚"的疆域吗？所以我们可以说《周南》《召南》大半是《诗经》里面的《楚风》了。

《诗经》既有《楚风》，我们在这里谈《诗经》，也就是欣赏"本地风光"。

我觉得用新的科学方法来研究古代的东西，确能得着很有趣味的效果。一字的古音，一字的古义，都应该拿正当的方法去研究的。在今日研究古书，方法最要紧；同样的方法可以收同样的效果。我今天讲《诗经》，也是贡献一点我个人研究古书的方法。在我未讲研究《诗经》的方法以前，先讲讲对于《诗经》的几个基本的概念。

（一）《诗经》不是一部经典。从前的人把这部《诗经》都看得非常神圣，说它是一部经典，我们现在要打破这个观念；假如这个观念不能打破，《诗经》简直可以不研究了。因为《诗经》并不是一部圣经，确实是一部古代歌谣的总集，可以做社会史的材料，可以做政治史的材料，可以做文化史的材料。万不可说它是一部神圣经典。

（二）孔子并没有删《诗》，"诗三百篇"本是一个成语。从前的人都说孔子删《诗》《书》，说孔子把《诗经》删去十分之九，只留下十分之一。照这样看起来，原有的诗应该是三千首。这个话是不对的。唐朝的孔颖达也说孔子的删《诗》是一件不可靠的事体。假如原有三千首诗，真的删去了二千七百首，那在《左传》及其它的古书里面所引的诗应该有许多是三百篇以外的，但是古书里面所引的诗不是三百篇以内的虽说有几首，却少得非常。大概前人说孔子删《诗》的话是不可相信的了。

（三）《诗经》不是一个时代辑成的。《诗经》里面的诗是慢慢的收集起来，成现在这么样的一本集子。最古的是《周颂》，次古的是《大雅》，再迟一点的是《小雅》，最迟的就是《商颂》《鲁颂》《国风》了。《大雅》《小雅》里有一部分是当时的卿大夫作的，有几首并有作者的主名；《大雅》收集在前，《小雅》收集在后。《国风》是各地散传的歌谣，由古人收集起来的。这些歌谣产生的时候大概很古，但收集的时候却很晚了。我们研究《诗经》里面的文法和内容，可以说《诗经》里面包含的时期约在六七百年的上下。所以我们应该知道，《诗经》不是那一个人辑的，也不是那一个人作的。

（四）《诗经》的解释。《诗经》到了汉朝，真变成了一部经典。《诗经》里面描写的那些男女恋爱的事体，在那班道学先生看起来，似乎不大雅观，于是对于这些自然的有生命的文学不得不另加种种附会的解释。所以汉朝的齐、鲁、韩三家对于《诗经》都加上许多的附会，讲得非常的神秘。明是一首男女的恋歌，他们故意说是歌颂谁、讽刺谁的。《诗经》到了这个时代，简直变成了一部神圣的经典了。这种事情，中外大概都是相同的，像那本《旧约全书》的里面，也含有许多的诗歌和男女恋爱的故事，但在欧洲中古时代也曾被教会的学者加上许多迂腐穿凿的解说，使它们不违背中古神学。后起的《毛诗》对于《诗经》的解释又把从前的都推翻了，另找了一些历史上的——《左传》里面的事情——证据，来做一种新的解释。《毛诗》研究《诗经》的见解比齐、鲁、韩三家确实是要高明一点，所以《毛诗》

渐渐打倒了三家诗，成为独霸的权威。我们现在读的还是《毛诗》。到了东汉，郑康成读《诗》的见解比毛公又要高明。所以到了唐朝，大凡研究《诗经》的人都是拿《毛传》《郑笺》做底子。到了宋朝，出了郑樵和朱子，他们研究《诗经》，又打破毛公的附会，由他们自己作解释。他们这种态度，比唐朝又不同一点，另外成了一种宋代说《诗》的风气。清朝讲学的人都是崇拜汉学、反对宋学的，他们对于考据训诂是有特别的研究，但是没有什么特殊的见解。他们以为宋学是不及汉学的，因为汉在一千七八百年以前，宋只在七八百年以前。殊不知汉人的思想比宋人的确要迂腐的多呢！但在那个时候研究《诗经》的人，确实出了几个比汉宋都要高明的，如著《诗经通论》的姚际恒、著《读风偶识》的崔述、著《诗经原始》的方玉润，他们都大胆地推翻汉宋的腐旧的见解，研究《诗经》里面的字句和内容。照这样看起来，二千年来《诗经》的研究实是一代比一代进步的了。

《诗经》的研究，虽说是进步的，但是都不澈底，大半是推翻这部，附会那部；推翻那部，附会这部。我看对于《诗经》的研究想要澈底的改革，恐怕还在我们呢！我们应该拿起我们的新的眼光、好的方法、多的材料，去大胆地细心地研究，我们相信我们研究的效果比前人又可圆满一点了。这是我们应取的态度，也是我们应尽的责任。

上面把我对于《诗经》的概念说了一个大概，现在要谈到《诗经》具体的研究了。研究《诗经》大约不外下面这两条路：

第一，训诂。用小心的精密的科学的方法，来做一种新的训诂功夫，对于《诗经》的文字和文法上都重新下注解。

第二，解题。大胆地推翻二千年来积下来的附会的见解，完全用社会学的、历史的、文学的眼光重新给每一首诗下个解释。

所以我们研究《诗经》，关于一句一字，都要用小心的科学的方法去研究；关于一首诗的用意，要大胆地推翻前人的附会，自己有一种新的见解。

现在让我先讲了方法，再来讲到训诂罢。

清朝的学者最注意训诂，如戴震、胡承珙、陈奂、马瑞辰等等，凡他们关于《诗经》的训诂著作，我们都应该看的。戴震有两个高足弟子，一是金坛段玉裁，一是高邮王念孙及其子引之，都有很重要的著作，可为我们参考的。如段注《说文解字》，念孙所作《读书杂志》《广雅疏证》等，尤其是引之所作的《经义述闻》《经传释词》，对于《诗经》更有很深的见解，方法亦比较要算周密得多。

前人研究《诗经》都不讲文法，说来说去，终得不着一个切实而明了的解释，并且越讲越把本义搅昏昧了。清代的学者，对于文法就晓得用比较归纳的方法来研究。

如"终风且暴"，前人注是——终风，终日风也。但清代王念孙父子把"终风且暴"来比较"终温且惠""终窭且贫"，就可知"终"字应当作"既"字解。有了这一个方法，自然我们无论碰到何种困难地方，只要把它归纳比较起来，就一目了然了。

《诗经》中常用的"言"字是很难解的。汉人解作"我"字，自是不通的。王念孙父子知道"言"字是语词，却也说不出它的文法作用来。我也曾应用这个比较归纳的方法，把《诗经》中含有"言"字的句子抄集起来，便知"言"字究竟是如何的用法了。

我们试看：

> 彤弓弨兮，受言藏之。
> 驾言出游。
> 陟彼南山，言采其蕨。

这些例里，"言"字皆用在两个动词之间。"受而藏之""驾而出游"……岂不很明白清楚？

苏东坡有一首"日日出东门"诗，上文说"步寻东城游"，下文又说"驾言写我忧"。他错看了《诗经》"驾言出游，以写我忧"的"驾言"二字，以为"驾"只是一种语助词。所以章子厚笑他说："前步而后驾，何其上下纷纷也！"

上面是把虚字当作代名词的。再有把地名当作动词的，如"胥"本来是一个地名。古人解为"胥，相也"，这也是错了。我且举几个例来证明。《大雅·笃公刘》一篇有"于胥斯原"一句，《毛传》说："胥，相也。"《郑笺》说："相此原地以居民。"但我们细看此诗共分三大段，写公刘经营的三个地方，三个地方的写法是一致的：

一，于胥斯原。
二，于京斯依。
三，于豳斯馆。

我们比较这三句的文法，就可以明白，"胥"是一个地方的名称。假使有今日的标点符号，只要打一个"——"儿就明白了。《绵》篇中说太王"爰及姜女，聿来胥宇"，也是这个地方。

还有那个"于"字在《诗经》里面，更是一个很发生问题的东西。汉人也把它解错了，他们解为："于，往也。"例如《周南·桃夭》的"之子于归"，他们误解为"之子往归"。这样一解，已经太牵强了，但还勉强解得过去。若把它和别的句子比较起来解释，如《周南·葛覃》的"黄鸟于飞"解为"黄鸟往飞"，《大雅·卷阿》的"凤凰于飞"解为"凤凰往飞"，《邶风·燕燕》的"燕燕于飞"解为"燕燕往飞"，这不是不通吗？那末，究竟要怎样解释才对呢？我可以说，"于"字等于"焉"字，作"于是"解。"焉"字用在内动词的后面，作"于是"解。这是人人可懂的。但在上古文法里，这种文法是倒装的。"归焉"成了"于归"，"飞焉"成了"于飞"。"黄鸟于飞"解为"黄鸟在那儿飞"，"凤凰于飞"解为"凤凰在那儿飞"，"燕燕于飞"解为"燕燕在那儿飞"，这样一解就可通了。

我们谁都认得"以"字。但这"以"字也有问题。如《召南·采蘩》说：

于以采蘩？于沼于沚。于以用之？公侯之事。
于以采蘩？于涧之中。于以用之？公侯之宫。

这些句法明明是上一句问，下一句答。"于以"即是"在那儿?""以"字等于"何"字。(这个"以"字解为"那儿"！我的朋友杨遇夫先生有详说。)

> 在那儿采蘩呢？在沼在沚。又在那儿用呢？用在公侯之事。
> 在那儿采蘩呢？在涧之中。又在那儿用呢？用在公侯之宫。

像这样解释的时候，谁也说是通顺的了。又如《邶风·击鼓》"于以求之？于林之下"，解为"在那儿去求呢？在林之下"。所以"于以求之"的下面，只要标一个问号(？)，就一目了然了。

《诗经》中的"维"字，也很费解。这个"维"字，在《诗经》里面约有二百多个。从前的人都把它解错了。我觉得这个"维"字有好几种用法。最普通的一种是应作"呵，呀"的感叹词解。老子《道德经》也说"唯之与阿，相去几何？"可见"唯""维"本来与"阿"相近。如《召南·鹊巢》的：

> 维鹊有巢，维鸠居之。维鹊有巢，维鸠方之。

若拿"呵"字来解释这一个"维"字，那就是"呵，鹊有巢！呵，鸠去住了！"此外的例，如"维此文王"即是"呵，这文王！""维此王季"即是"呵，这王季！"你们记得人家读祭文，开首总是"维，中华民国十有四年"。"维"字应顿一顿，解作"呵"。

我希望大家对于《诗经》的文法细心地做一番精密的研究，要一字一句地把它归纳和比较起来，才能领略《诗经》里面真正的意义。清朝的学者费了不少的时间，终究得不着圆满的结果，也就是因为他们缺少文法上的知识和虚字的研究。

上面已把研究《诗经》训诂的方法约略谈过，现在要谈到《诗经》每首诗的用意如何，应怎样解释才对，便到第二条路所谓解题了。

这一部《诗经》已经被前人闹得乌烟瘴气，莫名其妙了。诗是人的性情的自然表现，心有所感，要怎样写就怎样写，所谓"诗言志"是。《诗经·国风》多是男女感情的描写，一般经学家多把这种普遍真挚的作品勉强拿来安到什么文王、武王的历史上去，一部活泼泼的文学因为他们这种牵强的解释，便把它的真意完全失掉，这是很可痛惜的！譬如《郑风》二十一篇，有四分之三是爱情诗，《毛诗》却认为《郑风》与男女问题有关的诗只有五六篇，如《鸡鸣》《野有蔓草》等。

说来倒是我的同乡朱子高明多了，他已认《郑风》多是男女相悦淫奔的诗，但他亦多荒谬。《关雎》明明是男性思恋女性不得的诗，他却在《诗集传》里说什么"文王生有圣德，又得圣女姒氏以为之配"，把这首情感真挚的诗解得僵直不成样了。

好多人说《关雎》是新婚诗，亦不对。《关雎》完全是一首求爱诗，他求之不得，便寤寐思服，辗转反侧，这是描写他的相思苦情。他用了种种勾引女子的手段，友以琴瑟，乐以钟鼓，这完全是初民时代的社会风俗，并没有什么稀奇。意大利、西班牙有几个地方，至今男子在女子的窗下弹琴唱歌，取欢于女子。至今中国的苗民还保存这种风俗。

《野有死麕》的诗，也同样是男子勾引女子的诗。初民社会的女子多欢喜男子有力能打野兽，故第一章："野有死麕，白茅包之。"写出男子打死野麕，包以献女子的情形。"有女怀春，吉士诱之"，便写出他的用意了。此种求婚献野兽的风俗，至今有许多地方的蛮族还保存着。

《嘒彼小星》一诗，好像是写妓女生活的最古记载。我们试看《老残游记》，可见黄河流域的妓女送铺盖上店陪客人的情形。再看原文：

> 嘒彼小星，三五在东。肃肃宵征，夙夜在公。实命不同。
> 嘒彼小星，维参与昴。肃肃宵征，抱衾与裯。实命不犹。

我们看她抱衾裯以宵征，就可知道她的职业生活了。

《芣苢》诗没有多深的意思，是一首民歌，我们读了可以想见一群女子，当着光天丽日之下，在旷野中采芣苢，一边采，一边歌。看原文：

> 采采芣苢，薄言采之。采采芣苢，薄言有之。
> 采采芣苢，薄言掇之。采采芣苢，薄言捋之。
> 采采芣苢，薄言袺之。采采芣苢，薄言襭之。

《著》诗，是一个新婚女子出来的时候叫男子暂候，看看她自己装饰好了没有，显出了一种很艳丽细腻的情景。原文：

> 俟我于著乎而？充耳以素乎而？尚之以琼华乎而？
> 俟我于堂乎而？充耳以黄乎而？尚之以琼英乎而？

我们试曼声读这些诗，是何等情景？唐代朱庆余上张水部有一首诗，妙有这种情致。诗云：

> 洞房昨夜停红烛，
> 待晓堂前拜舅姑。
> 妆罢低声问夫婿，
> "画眉深浅入时无？"

你们想想，这两篇诗的情景是不是很相像。

总而言之，你要懂得《诗经》的文字和文法，必须要用归纳比较的方法。你要懂得"三百篇"中每一首的题旨，必须撇开一切《毛传》《郑笺》《朱注》等等，自己去细细涵咏原文。但你必须多备一些参考比较的材料；你必须多研究民俗学、社会学、文学、史学。你的比较材料越多，你就会觉得《诗经》越有趣味了。

（载《胡适论名著》，文化艺术出版社 2012 年版）

【评　介】

胡适（1891—1962），祖籍安徽绩溪，生于上海。原名洪骍、嗣穈，字希疆、适之。近现代著名学者，新文化运动的领袖人物之一。幼年乡居，曾在私塾读书九年。1904 年到上海就读，开始接触西方学术与文化。1910 年夏，考取第二批庚子赔款留美学生，后赴美学习近七年。先入康奈尔大学学农科，后转入文科，攻政治、经济、兼习文学、哲学。1915 年入哥伦比亚大学，从杜威学习实用主义哲学，获哲学博士学位。1917 年回国，先后任北京大学教授、中文系主任、文学院院长和校长。在新文化运动中，他提倡白话文，倡导文学革命，激烈地批判旧礼教。1923 年主编学术杂志《国学季刊》，提倡"整理国故"。1962 年病逝于台北。胡适平生著述极丰，其影响较大者有《吴敬梓年谱》《先秦名学史》《中国哲学史大纲》《白话文学史》《水浒传考证》《红楼梦考证》等。

胡适在《诗经》研究方面，有《论〈诗经〉答刘大白》《诗三百篇"言"字解》和《谈谈〈诗经〉》等文章。《谈谈〈诗经〉》是较有代表性的一篇。另有一些短论散见于《国学季刊发刊宣言》《白话文学史》《中国哲学史大纲》等书。这些评论包括三个部分：对《诗经》的总体评价，对《诗经》研究史的评价和对《诗经》研究方法的意见，文字文法的研究和对少数诗篇主题的阐释。

《诗经》在旧时代被奉为"五经"之一，甚至成为古圣先贤宣扬纲常礼教和封建道德的神圣经典。胡适在 20 世纪 20 年代初期，较早地提倡研究《诗经》要打破"经书"的观念，回归文学本位，明确地提出《诗经》"不是一部经典"，"孔子并没有删诗"，"《诗经》不是一个时代辑成的"，而是慢慢收集起来的一部古代歌谣总集。古代经师所作的序说，完全是曲解，掩盖了这些歌谣的原来面目，应该把《诗》三百篇当作古代歌谣重新进行研究。这对于探讨《诗》三百篇的本义，具有重要的启迪作用。他的这些观点，影响深远。

然而他所谓的"歌谣总集"说，是个不确切的概念。现在学术界已经公认，《诗经》并不全部是歌谣，约占三百篇半数的《雅》《颂》两类诗，基本上是贵族的庙堂祭祀乐歌、朝会乐歌以及士大夫们创作的政治讽喻诗和怨刺诗。《风》中也只有一部分是民谣，把它论断为"歌谣总集"，不符合实际。其实胡适自己也说："《诗经》里面的诗是慢慢的收集起来……《大雅》《小雅》里有一部分是当时卿大夫作的，有几首并有作者的主名……《国风》是各地散传的歌谣，由古人收集起来的。"可见，《诗经》的实际情况胡适是明白的，古代"歌谣总集"只是一个被不恰当地使用的一个含混的概念。重要的不是概念，而是胡适说明了《诗经》的真相是一部慢慢收集起来的诗歌总集，是一部有价值的最古的文学作品，还《诗经》以本来面目，剥去它圣经的伪装，从此以后要用现代科学的方法把它当作文学作品和历史文献来研究。

这个新认识是胡适和他的同时代学者在《诗经》学史上划时代的贡献。

　　1923 年 1 月，胡适在《国学季刊发刊词》中阐明了新文化运动对整理传统典籍的见解，提出用历史进化的观点、科学的方法作精确的考证、辨别和研究，恢复这些古籍真实的面目。他认为传统《诗经》学是两千年的"烂账簿"，必须进行一次清算，并且提出分异文校勘、音韵研究、字句训诂、见解序说四大项来总结。这个意见当然是正确的，继承前人留下的研究资料，检验它们的正误得失，从而在前人的研究基础上继续前进，这是科学研究的一般办法。但是他把丰富的研究资料看作"烂账簿"，虽然只是比喻，毕竟是不确切的。他又针对《诗经》研究史说，《毛诗》比齐、鲁、韩三家"高明一点"，郑玄又比毛公高明，朱熹又比郑玄"不同一点"，清人却没有什么特殊的见解，"殊不知汉人的思想比宋人的确要迂腐得多呢"。客观地讲，历史上各个时期学术流派的兴衰都受其时代的制约，但也有其特定的价值和贡献。本来汉学、宋学和清代的新汉学，是《诗经》研究史的三个发展阶段，它们都有其时代的学术特点，可是胡适这样一解释，倒成了"一笔糊涂账"了。这样评价历代《诗经》学，也反映了处在除旧立新思潮中的他在认识上的局限性，当然这也是时代造成的。

　　既然胡适认为旧的《诗经》学不可取，那么究竟如何研究《诗经》？他提出了以科学的精神重新研究《诗经》的方法，即从训诂入手，掌握文字和文法，正确解释字句篇章，把每篇诗读懂无误，在这个基础上，再结合历史学和美学的研究，给每首诗作出正确的题解，这是研究《诗经》的基本方法。在两千年的研究史上，历代学者一直在训诂和解题这"两条路"上艰难地前进。处在新时代的胡适要求用科学的方法"小心精密地研究求证"，　字　句重新注解；用新的"社会学的、历史的、文学的眼光"，探求诗义，大胆推翻前人附会的见解，对每篇诗作出新的解题。

　　胡适《诗经》研究的理论，体现了"五四"时期的时代精神和科学精神。在此理论框架下所建立的《诗经》研究的纲领，最大特点是强调现代科学精神、科学方法和现代学术观点，主张把传统《诗经》研究与现代科学精神、科学方法和现代学术观点结合起来，也就是用它们对传统的《诗经》学加以改造。今天看来，这是符合《诗经》学甚至整个中国古代文化的实际情况的，无疑是完全正确的。胡适自己也正是从他倡导的这两个方面对《诗经》展开研究的。在文字和文法的训诂方面，主要有《诗三百篇"言"字解》《论〈诗经〉答刘大白》等文，用归纳、演绎的方法对"言"字作出新解，并提出学习运用西方语法学和词汇学来检讨古书训释，认为"吾国青年之通晓欧西文法者，能以西方文法施诸吾国古籍，审思明辨……则神州之古学庶有昌大之一日"。

关于解题和诗义研究，尤以对一些诗篇的新解最引人注目，其观点在当时和后世曾产生广泛的影响，引起广泛的争论。胡适所作的诗篇新解，共有七篇：《关雎》《野有死麕》《小星》《芣苢》《著》《葛覃》《伐檀》。前六篇见《谈谈〈诗经〉》，最初发表在《艺林》20 期，因为周作人等的批评，后来出版时胡适把《葛覃》这一段删掉了。

胡适对这些诗篇诗义的分析，能够抛开传统的见解，独立思考并大胆提出新的看法。特别是有的结合民俗学和民歌理论进行分析，令人耳目一新。这对刚刚摆脱传统束缚的《诗经》研究来说，起到了一定推动作用。然而，胡适虽然提出了正确的解诗原则，但他本人并没有认真贯彻遵循，特别是"完全用社会学的、历史的、文学的眼光重新给每一首诗下个解释"这一条，更是力不从心。这使他对作品的解读只能是流于浮泛，缺乏深刻性，尤其是对《葛覃》《小星》等所作的新解，未免有"大胆假设"而缺"小心求证"。

《小星》是卑官小吏的怨刺诗，他们连夜出差，劳苦无功，对于劳逸不均的尊卑等级制度发出不平之鸣。"三家诗"的解题大致接近。胡适却解释说："嘒彼小星是写妓女生活的最古记载。我们试看《老残游记》，可见黄河流域的妓女送铺盖上店陪客人的情形。"用清末《老残游记》中描写的近代妓女生活，来解释上古诗歌，这样找证据，未免随意。

此外，胡适对于《葛覃》的解题，也有附会之嫌。《葛覃》历来解释不一，有人释为贵族妇女归宁，有人释为女奴回家。胡适将旧说一律"大胆地推翻"，提出自己新的解释，认为此诗"描写女工人放假急忙要归的情景"。"女工人"的提出显然是受到现代社会观念的影响所致，新则新矣，却不符合诗的本义。

又如《伐檀》本是伐木者对不劳而获的剥削者的讽刺和责问，充满劳动者反对剥削和压迫的反抗精神。胡适的表述却极易引起误解："这竟是近时社会党攻击资本家的话了。"

在这些新解中，胡适有时似乎忽略了作品的年代，特别喜欢以今律古、拟古，以至解释不符合《诗经》的社会形态。他在论述《诗经》的编辑时也说：

> 民间有什么可歌可泣的事，或朝廷官府有了苛税虐政，一般平民诗人便都赶去采访诗料……几天之内，街头巷口都是这种时事新歌了。于是采诗御史便东采一只小调，西抄一只小热昏，编集起来送来政府。不多时，苛税也豁免了，虐政也革除了。
>
> （《白话文学史》）

这样的见解不失鲜活生动，甚至可以说是妙趣横生，但用过了头，却稍显牵强和不伦不类。胡适是一代学术大师，对中国传统学术的现代转型，包括对现代《诗经》学，都有巨大的贡献和深远的影响。但不可否认，他在治学上也存在一些疏失。

造成这种情况的原因，除了他没有对《诗经》进行系统的研究之外，更主要的可能还在于思想理论方面，他所谓的"社会学的、历史的"原则，只是一般的抽象原则，他对《诗经》作品的解说，除了运用民俗学和文化人类学的方法带来一些新的气息之外，并没有从整体上取得大的突破和进步。

总体而言，胡适是现代《诗经》研究的开山人，他以反封建的精神彻底否定了《诗经》"经书"的观念，对传统《诗经》学展开了激烈批判。他倡导用现代科学精神、科学方法和现代学术观点来研究、解释《诗经》，把《诗经》研究从传统束缚中解脱出来，《诗经》研究从此进入现代《诗经》学的历史时期。在这场大变革中，胡适作为现代《诗经》研究的先驱者有其开启和奠基的历史功绩。

胡适《诗经》学论著：

胡适著，《胡适文存》，亚东图书馆 1928 年版。

由周代农事诗论到周代社会（存目）

郭沫若

【评　介】

　　郭沫若（1892—1978），原名郭开贞，现代作家、著名诗人、文史研究大家，四川省乐山县（今乐山市）人。幼年受家塾教育，熟读经史，为后来研究古代文化打下了深厚的基础。1913 年中学毕业，1914 年赴日本留学，1918 年入九州帝国大学学医科，后弃医从文。"五四"时期，积极参加了反帝反封建的新文化运动。1926 年任广州中山大学文学院院长，同年随国民革命军北伐。南昌起义失败后，于1928 年流亡日本，在日本十年间致力于文字学和古代社会研究。抗日战争爆发后回国，积极组织文化界进步人士从事抗日救亡运动。中华人民共和国成立后，历任政务院副总理兼文化教育委员会主任、中国科学院院长、中国科学院哲学社会科学部主任、中国文学艺术界联合会主席、全国人民代表大会常务委员会副委员长等职务。

　　作为学者，郭沫若在历史学、考古学、古典文学研究等方面都有杰出成就。在《诗经》学方面，他的贡献在于较早地运用马克思主义理论和方法对《诗经》进行研究，是这方面的奠基人。郭沫若有关《诗经》的研究成果，主要见于：《卷耳集》（1923 年）、《中国古代社会研究》（1930 年）、《青铜时代》（1945 年）、《奴隶制时代》（1952 年）等著作之中。

　　首先，郭沫若摆脱传统《诗经》学的经、传、注、疏，以"今译"方式呈现《诗经》的文学性，并力图彰显《国风》诗篇的民歌特点，开了以"人民性"评价《诗经》的风气。其《卷耳集》是一本《诗经》选译本，共选取了《国风》中的四十首情诗，并将其翻译成白话文，目的在于彰显《国风》情诗的文学价值。这些情诗中曾被宋代王柏列为"淫诗"的就有二十一首之多。郭沫若高度评价它们是祖国文学遗产中的优美作品，认为研究《诗经》，"当今的急务，是在从古诗中直接去感受它的真美，不在与迂腐的古儒，作无聊的讼辩。"这些观点体现了"五四"时期反传统的时代精神。郭沫若对这些诗篇的解释，彻底抛弃了封建经学的传统注疏，创造性地采用意译的方式，把它们翻译为现代诗，按照信、达、雅的要求，力求再现原诗的意境、形象和思想内容。《卷耳集》的出版引起学术界和文学界的重视，开创了《诗经》今译的风气，在它之后，今译就发展了起来。它的出现，也是《诗经》研究从经学研究过渡到文学研究的一个重要信号。然而今天看来，《卷耳集》中对风诗的翻译，很多地方存在着郭氏自己的创作，与原作的本义相去甚远，译诗也失去了原作简洁优美的特点。

其次，继梁启超、刘师培等人之后，郭沫若发展出《诗经》史料学、历史学研究的视角。郭沫若的《中国古代社会研究》是中国第一部马克思主义的中国古代史著作，其中涉及《诗经》的论述较多，不得不提。郭沫若运用唯物主义的观点和方法，尝试从分析史料入手来研究中国古代社会，他在《自序》里曾说："本书的性质可以说就是恩格斯的《家庭、私有制和国家的起源》的续编。"《中国古代社会研究》第二篇为《〈诗〉〈书〉时代的社会变革与其思想上之反映》，其中广泛引用《诗经》《尚书》中的史料作参考比验，系统研究殷周的社会结构特点和意识形态的发展变化。借助《诗》《书》所提供的史料，郭氏指出中国上古社会经历过两次重大变革：殷、周之际的原始公社制向奴隶制的转变，以及东周时的奴隶制向封建制的转变。今天看来，此著中有的结论还有待商榷，但郭沫若研究中国古代史，也为《诗经》研究提出了一个科学的研究体系，启发我们在上古两次重大社会变革的历史背景下来考察《诗经》所反映的社会生活与社会意识形态，这对于揭示《诗经》诗篇的思想内容，弄清《诗经》诗篇的具体创作背景，以及《诗》文本传播的社会文化语境等，确实是一个重大的贡献。

再次，开了《诗经》思想史研究的风气。郭沫若的《青铜时代》一书原本也是研究中国史的著作，但其中的《先秦天道观之进展》和《由周代农事诗论到周代社会》两文也多涉及《诗经》研究。《先秦天道观之进展》利用《诗经》"三颂"及《大雅》《小雅》中的材料，针对奴隶制时代的天道神权观念，作了进一步的剖析和研究。指出《周颂》《大雅》与变《风》变《雅》中的作品，如《板》《荡》《桑柔》等政治讽喻诗的基本思想是站在统治阶级立场上挽救其统治。《由周代农事诗论到周代社会》一文是对《诗经》农事诗的专题研究。通过对《噫嘻》《臣工》等十篇农事诗的今译和分析，明确论断西周是奴隶制社会，指出从东周到春秋中叶社会制度在缓慢地发生变化，私田出现，但这只是"封建萌芽胚胎"，直到春秋时代仍是奴隶时代。在这里，他修正了早先把奴隶制下限定于西周末年的观点，他以这些研究为基础，最终把奴隶制向封建制的变革定在春秋战国之交。郭沫若对《诗经》农事诗的分析，尽管存在争议，但是他用历史唯物主义的观点研究这些古老的农事诗，探讨周代社会生产方式的发展和变革，是有开创性意义的工作。

最后，重视《诗经》的文学研究。1952 年出版的《奴隶制时代》中多处论及《诗经》，尤其是《关于周代社会的商讨》和《简单地谈谈〈诗经〉》，对《诗经》的史料价值和文学价值也进行了全面评价。

总而言之，郭沫若的《诗经》学研究是其古史研究的一个有机组成部分，他创造性地运用马克思主义研究中国古代历史，这不仅对历史科学，对现代和当代的《诗经》研究也都有深远的影响。郭沫若在《诗经》学研究方面的贡献是，他第一个运用辩证唯物论和历史唯物论来系统地分析《诗经》，依照时代的演变，分门别类，创立了一个理论体系。他认为《诗经》是上古文献中一部可靠的典籍，其中的材料不能孤立地或不加审辨地运用，而应把它们同《书》、《易》、诸子著述以及甲骨文、金文、石碣文等结合起来，参照比验，互为补充。这就体现出继承清代考据学基础上的对新理论、新方法的自觉。他是以崭新的解释和新诗形式翻译《诗经》的创始者，开创了《诗经》今译的先河，又是以历史唯物主义观点把《诗经》作为古史资料进行分析，并运用于历史科学领域的一代宗师。他关于《诗经》的时代、编订、文学价值、史料价值以及解释诗篇内容的许多论点，在当今国内和国际学术界仍有广泛影响。

郭沫若《诗经》学论著：

郭沫若著，《卷耳集》，上海泰东图书局 1923 年版。

郭沫若著，《中国古代社会研究》，科学出版社 1960 年版。

郭沫若著，《奴隶制时代》，人民出版社 1954 年版。

郭沫若著，《青铜时代》，科学出版社 1957 年版。

《诗经》的厄运与幸运①（存目）

顾颉刚

【评　介】

　　顾颉刚（1893—1980），原名诵坤，字铭坚，江苏省苏州市人，现代著名的历史学家，"古史辨派"的创始人，这个学派以他编著的《古史辨》而闻名于世。因考辨古史之需，顾氏对古代神话、民俗、古典文学和歌谣也作了不少研究，并都有开创性的贡献，因而成为中国现代神话学、民俗学、古典文学和民间文艺研究等学术领域里的卓越奠基人之一。

　　顾颉刚生于苏州的一个书香世家，自幼受到良好的家庭教育，读书不肯盲从前人之说，据说在"幼时所读的《四书》，经文和注文上就有许多批标"。1913 年考入北京大学预科，1916 年入本科中国哲学门。1920 年毕业留校，以助教任图书馆编目。1921 年为胡适《红楼梦考证》搜集补充材料，并与胡适、俞平伯讨论《红楼梦》。1923 年任上海商务印书馆编辑，与王钟麒合编初中教科书《本国史》，与叶圣陶合编《新学制国语教科书》。同年 12 月回北京，任北大研究所国学门助教，在编辑室和歌谣研究会、方言调查会、考古学会诸会工作，编辑《国学季刊》《歌谣周刊》《北京大学研究所国学门周刊》。1926 年以后至 1949 年间，历任厦门大学、中山大学、燕京大学教授。1954 年后，任中国科学院历史研究所第一所和中国社会科学院历史研究所研究员，主持《资治通鉴》和《二十四史》的校点工作，1980 年 12 月 25 日在北京病逝。

---

　　①　本文原刊《小说月报》第十四卷第三、四、五号。（1923 年 3 月 10 日—5 月 10 日）。后改题为《〈诗经〉在春秋战国间的地位》。

顾颉刚曾自述他的学术渊源和编《古史辨》的指导思想："从远的来说就是源于郑(樵)、姚(际恒)、崔(述)三人的思想，从近的来说则是受了胡适、钱玄同二人的启发和帮助。"他又说："崔东壁的书启发我'传、记'不可信，姚际恒的书则启发我不但'传、记'不可信，连'经'也不可尽信。郑樵的书启发我做学问要融会贯通，并引起我对《诗经》的怀疑。所以我的胆子越来越大了，敢于打倒'经'和'传、记'中的一切偶像。"（《我是怎样编写〈古史辨〉的》）。由此可以窥见顾颉刚的治学方法。

他在考辨古史上的贡献是巨大的。《诗经》学是以顾颉刚为首的"古史辨派"史学研究的重要部分，总体来说，他们也是从疑古辨伪开始走上《诗经》研究道路的，在研究中，顾颉刚把现代意识和科学观念引入《诗经》学领域，用史学的求是精神与考辨方法对《诗经》中的诗歌以及历来学者的研《诗》之作予以重新检讨考索，开启了现代《诗经》学的时代。

顾颉刚关于《诗经》的论文大多汇集于《古史辨》第一和第三册之中。所论以内容分，约可分作诗史通论、《诗序》专论、《诗经》诗篇专论、风谣、起兴五类。兹依此分类，将其论《诗》成绩择要介绍于下。

一、通论《诗经》部分

这方面的代表作是《〈诗经〉在春秋战国间的地位》(原题《〈诗经〉的厄运与幸运》)，这实际上是一篇"先秦《诗经》史"，但仅写到《孟子》部分。在20世纪二三十年代"古史辨派"的"《诗经》大讨论"中，本文是最有代表性的也是最重要的一篇。文中一开端就对《诗经》进行了重新评价：

> 《诗经》这一部书，可以算做中国所有的书籍中最有价值的，里边载的诗，有的已经二千余年了，有的已经三千多年了。我们要找春秋时人以至西周时人的作品，只有它是比较的最安全，而且最可靠。我们要研究文学和史学，都离不掉它。它经过了二三千年，本质还没有损坏，这是何等可喜的事！我们承受了这份遗

产，又应该何等的宝贵！

《诗经》是一部文学书，这句话对现在人说，自然是没有一个人不承认的。我们既知道它是一部文学书，就应该用文学的眼光去批评它，用文学书的惯例去注释它，才是正办。不过我们要说"《诗经》是一部文学书"一句话很容易，而要实做批评和注释的事却难之又难。这为什么？因为二千年来的《诗》学专家闹得太不成样子了，它的真相全给这一辈人弄糊涂了。譬如一座高碑，矗立在野里，日子久了，蔓草和葛藤盘满了。在蔓草和葛藤的感觉里，只知道它是一件可以附着蔓延的东西，决不知道是一座碑。我们从远处看见，就知道它是一座碑；走到近处，看着它的形式和周围的遗迹，猜测它的年代，又知道它是一座有价值的古碑。我们既知道它是一座有价值的古碑，自然就要走得更近，去看碑上的文字，不幸蔓草和葛藤满满的攀着，挡住了我们的视线，只在空隙里看见几个字，知道上面刻的是些什么字体罢了。我们若是讲金石学的，一定求知的欲望更迫切了，想立刻把这些纠缠不清的藤萝斩除了去。但这些藤萝已经经过了很久的岁月，要斩除它真是费事得很。等到斩除的工作做完了，这座碑的真面目就透露出来了。

在充分肯定《诗经》文学地位的同时，提出要扫除经学的迷雾，还其本来面目。除此之外，文章还探讨《诗经》结集后在春秋战国时代的流传情况，涉及诸多《诗经》学问题。最有启发的有两点：

首先，辨明"作诗"与"赋诗"性质的不同。顾氏认为"断章取义"是赋诗的惯例，赋诗者的用意与作诗者全不相同。作诗者为自己的真情实感而作诗，赋诗者只是借用诗文的章句，来表达自己的另一种心意，其中包含着由写实而为象征的转变。自己要对人说的话，借了赋诗说出来，所赋的诗，只需要表达出赋诗人的"志"，所以说"赋诗言志"。这种象征方式被孔孟所沿用，成为诗教；被汉儒所沿用，成为诗序传笺的人事附会与正变美刺之说，读诗的人主要是读出诗人的原意。如果将赋诗、教诗者的象征意义代替诗人之意，这就有喧宾夺主、本末倒置之弊了。

其次，指正孟子说《诗》大多背离《诗》的本义，属于"用诗"的范畴。孟子说《诗》就是把诗句牵引到王道上去，借《诗》来阐明推行王道的合理性。例如孟子和梁惠王辩论，梁惠王才在沼上提到鸿雁麋鹿，他便立刻引《大雅·灵台》之诗，来说文王如何借着灵台与民同乐；齐宣王才说他好勇，孟子便引《大雅·皇矣》篇的"王赫斯怒"云云，说是文王之勇"一怒而安天下之民"。孟子征引《诗经》把齐宣王的毛病说到好的方面去，这固然是他的苦心，却造出许多流弊来。顾氏以为孟子说《诗》有两点失误：第一，没有时代观念；第二，没有正确的研究宗旨。

《读诗随笔》也属通论《诗经》，该文认为，今本《诗经》的辑集，必在孔子之后，观《论语》所引《诗》并不多，而"素以为绚兮"之句已不存，"唐棣之华"全首已不载。"唐棣之华"全首尚可说是孔子不以为然，所以删去，至于"素以为绚"是证"绘事后素"的证据，子夏因此悟出"礼后"之说，孔子更是极口称道他的，这为什么要删去呢？《论语》辑集已在孔子后多时，而与今本《诗经》尚不同，可见今本《诗经》的辑集必更在《论语》之后了。《孟子》引《诗》与今本无异，则《诗经》辑集必在《孟子》以前。我们可以假定这书是战国中期的作品。这看法虽然与今时学者不同，但他从《诗》与其他先秦典籍的关系入手探讨《诗》编辑时间的方法，却是可取的。也证明《诗经》的编辑原非一时一人所完成。

二、考证《诗序》有关问题

这方面的代表作是《〈毛诗序〉之背景与旨趣》，该文指出《毛诗序》解诗的基本方法是以"篇第先后"定"时代早晚"，并以此作为评价"政治盛衰""道德优劣"的标准。在此文中，他说："《诗序》者，东汉初卫宏所作。明著于《后汉书》。"是据《后汉书》确认《毛诗序》为东汉初人卫宏所作。作者还认为"西汉时《鲁诗》《韩诗》亦时有短序，卫宏承其流而扩大于《毛诗》耳"。今以《毛诗序》与《诗二家义集疏》所列三家诗学相比，同者占八九成，异者只一二成，足证其说之有理。顾氏以上所论，虽多取姚际恒、崔述等人的意见，但也在前人基础上提出了自己对有关问题的重要见解。

在《致胡适：论〈诗序〉附会史事的方法书》一文中，顾颉刚概括了《毛诗序》解诗的方法，并用《毛诗序》附会史事以解诗的方法解说唐诗，仿作若干首，使人明了这些序说貌似有依据而实不可信。借此推知《毛诗序》的真相。即"《诗序》者，确定诗三百篇之时代，使其可合于史事者也。以诗证史，本无不可，特如《诗序》之以诗证史之方法则大不可耳"。

三、《诗经》诗篇专论

顾氏研究《诗经》，既有宏观上着力于一些基本问题的讨论，也有对于具体诗篇主题、创作时间等问题的研究。其中涉及的诗篇，有《硕人》《褰裳》《野有死麕》《野有蔓草》《静女》五篇，原属取样的性质，其目的是为《诗经》篇目主旨及艺术性研究树立一典型范式。如认为《静女》是儿女情歌，前人从君道上说，从礼教上说，都是曲解。他将各家章句解释不适情理处予以指述，使人看得真切。他所标榜的说诗态度是要本乎理性，这实际上是对胡适等人提倡的科学研究的求真求是精神的继承。

《重刻〈诗疑〉序》是顾颉刚于 1922 年校点王柏《诗疑》的序文。这篇序文，前半篇泛论"淫诗"问题及王柏"放淫诗"的功过是非，后半篇专就《诗疑》一书作分析研究，批评王氏的道学眼光及其任意删改《诗经》情诗的做法，但对其疑经的精神提出认可。

四、《诗经》与歌谣研究

顾颉刚重视歌谣研究，曾搜集其故乡苏州歌谣，借以了解歌谣的特性，并以古绳今，进而推求《诗经》的真相。顾氏就此提出两点主张：

第一，《诗经》中只有一部分是歌谣。顾氏著《从〈诗经〉中整理出歌谣的意见》一文，指出歌谣与非歌谣之分，既不在声音，也不在重沓不重沓等形式，而在于诗本身的意义。因此要从《诗经》中整理出歌谣来，应主要就意义看，一首诗含有歌谣成份的，就可以说是歌谣，《风》《雅》的界限可以不看。他还认为《国风》中固然有不少歌谣，但非歌谣的部分也不少。《小雅》中非歌谣的部分固然很多，但歌谣也是不少。《大雅》和《颂》可以说没有歌谣。他还指出有的歌谣，只要唱完就算，无取乎往返重沓，惟乐章则因奏乐的关系，一定要往复重沓好几遍……可以假定其中的一章是原来的歌谣，其他数章是乐师申述的乐章。

第二，其《论〈诗经〉所录全为乐歌》主张《诗》所收录的全是乐歌。顾氏在搜集苏州歌谣的过程中发现一个规律，即是"徒歌中章段回环复沓的极少，和乐歌是不同的"。《诗经》中《国风》的诗多数是回环复沓的，可见它们已不是徒歌。春秋时的徒歌是不分章段的，词句的复沓也是不整齐的，《诗经》不然，所以《诗经》是乐歌。凡是乐歌，因为乐调的复奏，容易把歌词铺张到多方面，《诗经》亦然，所以《诗经》是乐歌。两汉、六朝的乐歌很多是从徒歌变来的，那时乐歌集又是分地著录，承接着《国风》，所以《诗经》是乐歌。徒歌向来是不受人注意的，流传下来的无名氏诗歌亦皆为乐歌；春秋时的徒歌不会特使人注意而入《诗经》，故《诗经》是乐歌。

五、"兴"义研究

顾颉刚论起兴问题，见《起兴》一文，他以《关雎》为例，指出作诗的人以"窈窕淑女，君子好逑"起头，未免太单调和直率了，所以先说一句"关关雎鸠，在河之洲"。它的重要意义，只在"洲"与"逑"的协韵，借此协韵起头，便是起兴了。他引苏州唱本的两句话"山歌好唱起头难，起仔头来便不难"为例为本文作结。可见顾氏认为诗歌创作中"兴"的意义是：替要咏的诗句先开一个头，以免诵起来有直率突兀之感。起兴的句子与下文所叙的情事完全无关。起兴的句子与下文仅有的关系是协韵的关系。

顾氏这些说法，从推翻传笺以"喻"说"兴"的观点来看，自有其意义。至于诗文中的"兴"义是否仅是如此，仍有探讨的余地。

总之，顾氏《诗经》研究，成绩巨大，但一些具体的观点则也有可商榷的余地，据学者们的评述，主要有以下几个方面：

第一，研究方法方面：假设过于大胆，论证则欠小心。顾氏的假设求证方法借鉴了胡适在《治学的方法与材料》《实验主义》等作品中提出并论证的"大胆的假设，小心的求证"的研究方法，顾氏说："我的假设虽大胆，而绝不是轻举妄动的。"但从他的研究看来，他仍不免有假设过于大胆而求证失之草率之弊。

第二，关于歌谣体式研究，顾氏以为歌谣是不回环复沓的，以证《国风》中回环复沓的诗篇都不是原来的歌谣。同时代学者魏建功即撰《歌谣表现法之最要紧者——重奏复沓》表示质疑，文中举了许多歌谣的实例，提出"歌谣是很注重重奏复沓的""重奏复沓是歌谣表现最要紧的方法之一"。

总之，"五四"时期至20世纪三十年代的二三十年间，是"古史辨学派"最活跃时期，同时也是他们研究《诗经》的最活跃时期。"古史辨派"在当时及后世的学术界都堪称里程碑，他们革新的观念、进取的精神与蓬勃的朝气，是我们后起者的榜样与楷模。

顾颉刚《诗经》学论著：

见罗根泽编，《古史辨》第一册、第三册，开明出版社 1933 年版。

国风出于民间论质疑

朱东润

一

《诗》三百五篇，论者以为出于民间，然考之于《诗》，有未敢尽信者。《雅》《颂》之诗，自少数篇什作用有别外，其余多为朝廷郊庙乐歌之词，自古迄今，未有异论。然论者犹可诿为《雅》《颂》诸篇，不及全诗二分之一，自可举其大凡，谓《诗》三百五篇为民间之作。今果能确然指认《国风》百六十篇，或其中之大半，不出于民间者，则《诗》出于民间之说，自然瓦解，而谓一切文学来自民间者，至此亦失其一部之依据，无从更为全称肯定之主张。

《礼记·王制》云："天子五年一巡狩……命太师陈诗以观民风。"此为太师陈诗之说。《汉书·艺文志》云："《书》曰：'诗言志，歌咏言。'故哀乐之心感而歌咏之声发，诵其言谓之诗，咏其声谓之歌。故古有采诗之官，王者所以观风俗，知得失，自考正也。"《食货志》云："孟春之月，群居者将散，行人振木铎，徇于路以采诗，献之大师，比其音律，以闻于天子。"皆为采诗之说。何休《春秋公羊解诂》宣公十五年云："男女有所怨恨，相从而歌，饥者歌其食，劳者歌其事；男年六十，女年五十无子者，官衣食之，使之民间求诗，乡移于邑，邑移于国，国以闻于天子。"何氏此言，亦主民间求诗之说。大抵汉人之言，多如此者。若《史记·自序》所谓"《诗》三百篇，大抵贤圣发愤之所为作也"一语，殆成孤响。史公年代早于班固、何休，其言容有所受，然谓《诗》大抵皆为贤圣所作，亦未可信。

宋人论《诗》，颇多新说，然其主《国风》出于民间者如故。朱熹

《诗集传序》云："凡《诗》之所谓《风》者，多出于里巷歌谣之作，所谓男女相与咏歌，各言其情者也。"《诗集传》释《国风》云："国者诸侯所封之域，而《风》者民俗歌谣之诗也。"要之朱熹之言，仍就民间立论，然其言"《小序》曰：'《关雎》《麟趾》之化，王者之风，故系之周公。南，言化自北而南也。《鹊巢》《驺虞》之德，诸侯之风也，先王之所以教，故系之召公。'斯言得之矣"。斯则朱熹之意，以为《周南》《召南》之诗，自与寻常出于里巷者有异。清陶正靖《诗说》驳正之云："宫人女子之作，何缘得流播民间，而太师又何自采而陈之？愚谓'二南'固正风，然以为民俗之歌谣，则无不可通者。以为正风之始，必归于民间，则轇轕缭戾而不可通者多矣。若其德化之美，有所自来，固不必以某篇为宫人作，某篇为后妃作也。"陶氏此言，驳朱甚力。然《毛诗序》论《关雎》，言"后妃之德也"，论《葛覃》，言"后妃之本也"，未尝言《关雎》《葛覃》为后妃自作；《诗集传》论《关雎》以为宫中之人所作，论《葛覃》以为后妃所自作，要为创说，陶氏驳之固宜。

方玉润《诗经原始》，益阐诗出民间之说，谓《关雎》《葛覃》同为民间之诗，前赋初昏，后赋归宁。至于近人，则于此说，更事推阐，于所谓民间歌谣者，复分为诸类：（一）恋歌，《静女》《中谷》《将仲子》是也；（二）结婚歌，《关雎》《桃夭》《鹊巢》是也；（三）悼歌及颂贺歌，《蓼莪》《麟之趾》《螽斯》是也；（四）农歌，《七月》《甫田》《大田》《行苇》《既醉》是也。其他分类之法，容不尽同，然谓《国风》及大、小《雅》之一部出于民间者则一。持《国风》出于民间论者，观之昔贤则如彼，求之今人则如此，然有所未安者。《诗》三百五篇以前及其同时之著作，凡见于钟鼎简策者，皆王侯士大夫之作品。何以民间之作，止见于此而不见于彼？此其可疑者一也。即以《关雎》《葛覃》论之，谓《关雎》为言男女之事者是矣，然君子、淑女，何尝为民间之通称？琴瑟钟鼓，何尝为民间之乐器？在今日文化日进，器用日备之时代，此种情态，且不可期之于胼手胝足之民间，何况在三千年以前生事方绌之时代。谓《葛覃》为归宁之作者，此则出自本文，尤无可疑，然《葛覃》云："言告师氏，言告言归。"民间何从得此师氏，随在夫家，出嫁之女，犹必事事秉命而行？此其可疑者二也。文化之

绅绎，苟以某一时代之偶然现象论之，纵不免有后不如前之叹，然果
自大体立论，则以人类智识之牖启，日甚一日，后代之文化较高于前
代，殆无疑议，何以三千年前之民间，能为此百六十篇之《国风》，
使后世之人，惊为文学上伟大之创作，而三千年后之民间，犹辗转于
《五更调》《四季相思》之窠臼，肯首吟叹而不能自拔？此其可疑者三
也。即以此三端论之，非确能认定三千年前之民间，其文化，其生
活，皆远胜于今日，而其作品，自《诗》篇以外，不为其他任何之表
现者，则此《诗》出于民间之说，殆未能确立。

元遗山《陶然集诗序》尝因极论古今人诗之变，于此问题，作一
解答，其言如次：

> 诗之极致，可以动天地，感鬼神，故传之师，本之经，真积
> 之力久而有不能复古者。自"匪我愆期，子无良媒""自伯之东，
> 首如飞蓬""爱而不见，搔首踟蹰""既见复关，载笑载言"之什观
> 之，皆以小夫贱妇，满心而发，肆口而成，见取于采诗之官，而
> 圣人删诗，亦不敢尽废。后世虽传之师，本之经，真积力久而不
> 能止焉者，何古今难易不相侔之如是耶？盖秦以前民俗淳厚，去
> 先王之泽未远，质胜则野，故肆口成文，不害为合理。使今世小
> 夫贱妇，满心而发，肆口而成，适足以污简牍，尚可辱采诗官之
> 求取耶？

遗山之论，举"秦以前民俗淳厚，去先王之泽未远"数语，以解释
《诗》中小夫贱妇之作，自今观之，其理由之不能成立，更无疑问。
李献吉《诗集自序》尝举王叔武之言，谓"夫途巷蠢蠢之夫，固无文
也，乃其讴也哑也，呻也吟也，行咕而坐歌，食咄而寤嗟，此唱而彼
和，无不有比焉兴焉，无非情焉，斯足以观义矣。故曰诗者天地自然
之音也。"献吉举此，特欲证实序首"真诗乃在民间"一语，顾以事实
考之，则途巷蠢蠢之夫，一切讴哑呻吟咕歌咄嗟唱和之作，与后世之
所谓诗者固不同科，即与三千年前《诗》篇之比兴合观，其性质纵有
类似，论其工拙文野之别，则又相去远甚。谓后代之小夫贱妇，及途
巷蠢蠢之夫，必远逊于三千年前之小夫贱妇，及途巷蠢蠢之夫者，于

事实固不合；而后代途巷之作，远逊于《诗》三百五篇所载，则又不容异议。在此种矛盾之状态中，必欲求一解释，与其左支右绌，不能自圆其说，则姑假定《诗》三百五篇不出于小夫贱妇及途巷蠢蠢之夫之手，而考诸故籍，求之本文，推之人情，以证明之，似亦未始非解纷之道也。

关于献诗之说，见于《国语》者如次：

> 故天子听政，使公卿至于列士献诗，瞽献曲，史献书，师箴，瞍赋，矇诵，百工谏，庶人传语，近臣尽规，亲戚补察，瞽史教诲，耆艾修之，而后王斟酌焉，是以事行而不悖。

——《国语·周语上》邵公谏厉王语

> 吾闻古之王者，政德既成，又听于民，于是乎使工诵谏于朝，在列者献诗，使勿兜，风听胪言于市，辨袄祥于谣，考百事于朝，问谤誉于路，有邪而正之，尽戒之术也。

——《国风·晋语六》范文子戒赵文子语

观诸《国语》，知诗之为物，自出于公卿诸大夫列士之间，盖当时在列者以上始知有诗，其不在列者，则百工谏，庶人传语，未尝言诗也。

春秋以前，士为统治阶级之通称，今以《诗》三百五篇考之，历历可见。《大雅·文王》云："凡周之士，不显亦世。""思皇多士，生此王国。"又云："济济多士，文王以宁。"《卷阿》七章云："蔼蔼王多吉士，维君子使，媚于天子。"《周颂·清庙》云："济济多士，秉文之德。"《鲁颂·泮水》六章云："济济多士，克广德心。"凡此诸诗，皆可证也。士之为王陪辅者，则谓之卿士。《大雅·假乐》云："百辟卿士，媚于天子。"《常武》云："赫赫明明，王命卿士，南仲太祖。"《小雅·十月之交》云："皇父卿士。"《商颂·长发》云："降予卿士，实维阿衡，实左右商王。"《诗》中卿士二字皆连称，独《大雅·荡》四章云："尔德不明，以无陪无卿。"《毛传》："无卿士也。"则卿自为卿士之略称。

今以《毛诗序》及《毛传》考之，自卿士二字连称外，士每与君子、大夫诸名连称。《东山·序》云："士大夫美之，故作是诗也。"《既醉·序》云："醉酒饱德，人有士君子之行焉。"《毛传》或举大夫二字先士，《采蘋·传》云："大夫士祭于宗室，奠于牖下。"《伐木·传》云："大夫士友其宗族之仁者。"《车攻·传》云："天子发然后诸侯发，诸侯发然后士大夫发。"又云："其余以与大夫士以习射于泽宫。"

《北山》诗："偕偕士子，朝夕从事。"《传》云："士子，有王事者也。"《硕人》诗："庶士有朅。"《传》云："庶士，齐大夫送女者。"《文王》诗："殷士肤敏，裸将于京。"《传》云："殷士，殷侯也。"《缁·传》亦云："诸侯入为天子卿士，受采禄。"今总《诗序》《毛传》以论，知士之为言，有广义，有狭义：自狭义言之，则其地位下于大夫一等；自广义言之，则大夫可以称士，诸侯可以称士，乃至天子之卿士亦可以称士。以今日通行语解之，则所谓统治阶级也。故《国语》所谓列士献诗，在列者献诗，其义要当于统治阶级称诗而已。《国风》诸诗果为诸侯卿大夫列士间之诗，则其不得称为民间之诗者可知矣。说者或谓《国语》仅称献诗，安知其所献者不指民间之诗？今欲知诸诗之不出于民间，自非求之本文不可，请更言之。

鲁、齐、韩、毛诸家诗说，传世者惟有毛氏；今文三家遗说，后人掇拾于残破之余，其全已不可见。请先举毛氏之说，而以三家诗说附之，以见古人相传之诗说。

二

《毛诗序》于诗之作者，有直著其人所作，使人一见而知者，《绿衣·序》云："卫庄姜伤己也，妾上僭，夫人失位而作是诗也。"有不直著其人所作，使人求之而知者，《汝坟·序》云："道化行也，文王之化，行乎汝坟之国，妇人能闵其君子，犹勉之以正也。"今据其所说，列为次表。又《毛诗序》于国人所作，或泛称国人，《丘中有麻·序》云："国人思之而作是诗也。"或直陈其国之名，《墙有茨·序》云："卫人刺其上也。"今概列国人一目，凡直陈国名者附注。至诗之作者，不见《序》中无可推求者，概不列入，凡可考者六十九篇。

《毛诗序》《国风》作者表

国别	周南	召南	邶	鄘	卫	王	郑
国君或夫人			《绿衣》《燕燕》《日月》《终风》《泉水》	《载驰》	《竹竿》《河广》		
王族或公族				《柏舟》		《葛藟》	
大夫			《式微》（《序》谓黎侯之臣）《旄丘》（《序》谓黎之臣子）		《芄兰》	《黍离》《君子于役》	《清人》（公子素作）
大夫之妻	《汝坟》（王基、孙毓述毛，并谓大夫行役，其妻所作）	《草虫》《殷其靁》					
君子						《君子扬扬》《兔爰》	《扬之水》
国人			《击鼓》《雄雉》《新台》《二子乘舟》	《墙有茨》（卫人）《鹑之奔奔》（卫人）《蝃蝀》	《硕人》《木瓜》（卫人）	《扬之水》（周人）《丘中有麻》	《缁衣》《遵大路》《有女同车》《褰裳》
百姓							
孝子							
民人							《出其东门》

续表

国别	齐	魏	唐	秦	陈	桧	曹	豳
君或夫人国				《渭阳》				《七月》《鸱鸮》
王族或公族								
大夫	《南山》《甫田》	《园有桃》	《无衣》	《终南》		《羔裘》		《东山》《破斧》《伐柯》《九罭》《狼跋》
大夫之妻								
君子			《椒聊》《鸨羽》		《防有鹊巢》			
国人	《敝笱》（齐人）《载驱》（齐人）《猗嗟》（齐人）	《硕鼠》	《山有枢》《扬之水》《羔裘》（晋人）	《黄鸟》《无衣》（秦人）《小戎》（《序》云："国人则矜其车甲、妇人能闵其君子焉。"盖指国人之妇言,附列于此)		《隰有苌楚》	《下泉》（曹人）	
百姓	《卢令》							
孝子		《陟岵》						
民人								

今就《毛诗序》言，凡作者可考而得其主名者如此。自国君、夫人以降，至王族、公族、大夫及大夫之妻，其为统治阶级无疑。其他自君子、国人二目以外，凡百姓、孝子、民人各一见。《书·尧典》云："九族既睦，平章百姓，百姓昭明，协和万邦，黎民于变时雍。"郑《注》："百姓，百官。"要之百姓与黎民对举，其为统治阶级亦无疑

议。《陟岵》之诗，《序》云："孝子行役，思念父母也。"孝子不知为何等人，今以《诗序》言行役诸语推之。《殷其雷·序》云："周南之大夫，远行从征，不遑宁处。"《雄雉·序》云："军旅数起，大夫久役。"《伯兮·序》云："言君子行役，为王前驱。"《黍离·序》云："周大夫行役，至于宗周。"《鸨羽·序》云："君子下从征役，不得养其父母。"《北山·序》云："大夫刺幽王也，役使不均，已劳于从事，而不得养其父母焉。"《渐渐之石·序》云："乃命将率东征，役久，病于外。"以此七例言之，则行役之人，要为大夫、君子之流，而久役于外，不得养其父母，尤为大夫、君子之所深痛。以《鸨羽》《北山》之例，推论《陟岵》之作者，要亦大夫、君子之流，不容更为例外。故《陟岵》之作者，果以《毛诗序》推之，亦属统治阶级，殆无疑议。君子、国人两目，自待申述，可疑者独《出其东门》一篇，《毛诗序》以为民人所作者耳。然以《郑风》之《女曰鸡鸣》《褰裳》《风雨》《溱洧》《有女同车》《子衿》诸诗推之，则《出其东门》之作者，自为士人，与民间亦无涉，《毛诗序》偶用民字，不足计。

据《毛诗序》，君子之作凡六篇。君子或以为大夫之美称，或以为卿、大夫、士之总称，或以为有盛德者之称，或以为妇人称其丈夫之词。今就《诗》论《诗》，则君子二字，可以上赅天子、诸侯，下赅卿、大夫、士，殆为统治阶级之通称。至于盛德之说，则为引申之义，大夫之称，自为妻举其夫社会地位而言，此种风习，近世犹然，自不得以其社会地位之名称，遂认为与丈夫二字同义。今就《诗》之本文，以证君子二字为统治阶级通称之说。《瞻彼洛矣》云："君子至止，福禄如茨。韎韐有奭，以作六师。"《假乐》云："假乐君子，显显令德。宜民宜人，受禄于天。保右命之，自天申之。""君子"二字指天子言，就本文可知，其他例证尚多。《终南》云："君子至止，锦衣狐裘，颜如渥丹，其君也哉！"《采菽》云："君子来朝，何锡予之？虽无予之，路车乘马。"君子二字指诸侯言。《载驰》云："大夫君子，无我有尤。"《鸤鸠》云："淑人君子，正是国人。正是国人，胡不万年？"君子二字指大夫言。要之自《诗》本文言之，则君子为统治阶级之通称。更求之于《诗序》《毛传》，其事显然，而例尤不胜举。《既醉·序》士君子连称；《女曰鸡鸣·传》："君子无故不彻琴瑟。"今《曲礼》

亦云："士无故不彻琴瑟。"则士与君子二名互训可知。要之君子之为统治阶级，兼包天子、诸侯、卿、大夫、士各种不同之阶段，殆无疑议。君子又有在位、不在位之别，故《伐檀·序》云："在位贪鄙，无功而受禄，君子不得进仕尔。"《候人·序》云："共公远君子而近小人焉。"《鸤鸠·序》云："在位无君子，用心之不一也。"《隰桑·序》云："小人在位，君子在野，思见君子，尽心以事之。"君子而不在位，亦自为常有之现象。即以欧洲各国论之，贵族而不执政者甚多，盖执政之位置有定额而贵族之蕃殖无定额也，然正不害其为贵族，故君子不在位，仍不失其为统治阶级；至于远君子而近小人，此则自幽、厉以后，迄于春秋，亦为常有之事。自当日统治阶级之诗人观之，自不胜其痛心疾首。后代之士，或昧于当时之情状，当亦不胜同情于诗人，实则诗中之小人，往往为久不在位或久被统治之人，故小人之登庸，与其视为君德之消长，无宁视为统治阶级之动摇。读《节南山》之诗，至"式夷式夷，无小人殆，琐琐姻亚，则无膴仕！"不妨视为争夺政权之词，不必遂执小人二字，诋为凶残也。

《诗序》言国人所作者凡二十七篇，故国人二字之的训，实为最关重要之事。今就《诗》之本文及《序》《传》考之，则国人实与国之君子，国之士大夫同义，亦为统治阶级之通称，请举四例以明之。

　　例一《载驰》三章："许人尤之，众穉且狂。"四章："大夫君子，无我有尤。百尔所思，不知我所之！"许人与许之大夫、君子同指。

　　例二《蝃蝀·序》云："淫奔之耻，国人不齿也。"《传》云："夫妇过礼则虹气盛，君子见戒而惧，讳之，莫之敢指。"国人与君子同指。

　　例三《小戎·序》云："国人则矜其车甲，妇人能闵其君子焉。"国人与君子同指。

　　例四《绵·传》云："古公处豳，狄人侵之。事之以皮币，不得免焉；事之以犬马，不得免焉；事之以珠玉，不得免焉。乃属其耆老而告之曰：'狄人之所欲者，吾土地也！吾闻之，君子不以其所养人者害人，二三子何患乎无君？'去之，踰梁山，邑于

岐山之下。豳人曰:'仁人之君,不可失也。'从之如归市。"豳人
与豳之耆老同指。

　　大抵《毛诗》人字,往往作君子或在位者解。《绿衣》诗云:"我思
古人,实获我心。"《传》云:"古之君子,实得我之心也。"人指君子
言。《相鼠》诗云:"人而无仪。"序云:"卫文公能正其群臣而刺在
位。"人指在位言。《假乐》诗云:"宜民宜人。"《传》云:"宜安民,宜
官人也。"人指服官职之人言。乃至《瞻卬》言:"人有土田,女反有
之。人有民人,女覆夺之。"上人字自指统治阶级言,按诸文义可知。
至于一般被统治阶级,《诗》中或称民人(《瞻卬》),或称庶民(《灵
台》),或称庶人(《抑》),或称下民(《鸱鸮》),尚待籀绎,不遑枚
举,独国人二字,指统治阶级,殆无疑议。是则就《毛诗》论,凡此
六十九篇,得其主名之诗,要皆出自统治阶级,可无疑也。此六十九
篇以外,九十一篇《风诗》之作者,毛诗《序》《传》皆未尝明言,止可
推论,未容武断,姑缺。

<h2 style="text-align:center">三</h2>

　　自《毛诗》外,当更论及三家诗。三家之论,今已残缺,王先谦
《诗三家义集疏》于三家诗义无可考之篇,辄认为三家同毛,无异议。
今于三家论《国风》诸篇作者,得其主名之诗,条列于次,其不可考
者从缺。

　　《邶·柏舟》,《鲁》说以为卫宣夫人作,见《列女传·贞顺篇》。
《燕燕》,《鲁》说以为卫定姜作,见《列女传·母仪篇》。《式微》,
《鲁》说以为黎庄夫人作,见《列女传·贞顺篇》。《载驰》,《鲁》说以
为许穆夫人作,见《列女传·仁智篇》。《大车》,《鲁》说以为息夫人
作,见《列女传·贞顺篇》。此五诗三家以为君夫人之诗也。

　　《关雎》,《鲁》说以为毕公作,见《古文苑》张超《诮青衣赋》;
《韩》说以为贤人作,见《后汉·明帝纪》李注引《韩诗薛君章句》。
《鸱鸮》,《鲁》说以为周公作,见《史记·鲁世家》;《齐》说同。《黍
离》,《韩》诗以为尹吉甫子伯封作,见《御览》九百九十三引陈思王

《令禽恶鸟论》。此三诗，三家以为大臣及大臣之子之诗也。

《汝坟》，《鲁》说以为周南大夫之妻作，见《列女传·贤明篇》。《二子乘舟》，《韩》说以为卫公子伋傅母作，见《新序·节士篇》。《硕人》，《鲁》说以为卫庄姜傅母作，见《列女传·母仪篇》。此三诗，三家以为大夫之妻及公子与君夫人傅母之诗也。

《蟋蟀》，《齐》说以为君子作，见《盐铁论·道有篇》。《芣苢》，《韩》说以为君子之妻作，见《文选》刘孝标《辨命论》李注引《韩诗薛君章句》。此二诗，三家以为君子及君子之妻之诗也。又《芣苢》，《鲁》说以为蔡人之妻作，见《列女传·贞顺篇》，国人与君子同指，此又一旁证也。

《淇奥》，《鲁》说以为卫人作，见徐干《中论》。《行露》，《鲁》说以为申人之女作，见《列女传·贞顺篇》。《驺虞》，《鲁》说以为邵国之女作，见蔡邕《琴操》。《伐檀》，《鲁》说以为魏国之女作，见《御览》五百七十八引蔡邕《琴操》。此四诗，三家以为国人及国人之女之诗也。独《甘棠》诗，《史记·燕召公世家》云："召公卒而民人思召公之政，怀甘棠不敢伐。"此民人二字之偶见《鲁》说者。然刘向《说苑·贵德篇》云："百姓叹其美而致其敬，甘棠之不伐，政教恶乎不行？"则史公之言，成为孤证，不能确指为民间。《相鼠》，《鲁》说以为妻谏夫之诗，见《白虎通·谏诤篇》，不知此妻为大夫之妻与否，然诗斥为"人而无仪""人而无礼"，则其所斥之人必为在位者可知，与《毛序》所谓刺在位者相合。

四

今日论诗，果以汉人诗说为本，则考之鲁、齐、韩、毛之说，凡《国风》百六十篇之中，其作家可考而得其主名者，其人莫不属于统治阶级，其诗非民间之诗也。然汉人诗说，不尽可恃，文中子尝言"白黑相渝，能无微乎？是非相扰，能无散乎？故《齐》《鲁》《毛》《韩》，《诗》之末也。《大戴》《小戴》，《礼》之衰也。《书》残于古、今，《诗》失于《齐》、《鲁》。"自宋儒兴而攻击《毛诗序》者尤众，《毛诗》可疑，则三家诗说之残佚不全，撷拾于劫灰之余者，尤不可尽信，故居今日必欲持汉人诗说以为立论之根据者，无是理也。实则即由汉儒上溯儒家论《诗》之说，又岂可尽信。孟子论《诗》，间有缺失，近人言之已详。即由孟子上溯孔子所谓"《诗》三百，一言以蔽之，曰思无邪"一语，亦何尝不全凭主观，不顾现实。故苏辙《诗传》曰："昔之为诗者，未必知此也，孔子读诗至此，而有合于其心焉，是以取之，盖断章云尔。"所谓合于其心者，全凭主观之谓也。

居三千年后读《诗》三百五篇，而欲知其作者之身世，求之汉儒，则汉儒不可尽信，求之直觉，则先后瞈隔，旷逾千载，不特时代远不相及，而西周之社会何如，尤往往非今人所能设想，斯则主观之不可信，或且远逾于汉儒。故读《诗》而求其主名，势不得不探讨于名物章句之末，冥搜孤往，冀于一见。然亦有求之旧说，则诸家合符，的然无疑，而名物章句之间，反无从窥测者，则旧说之不可尽废可知矣。今举《国风》百六十篇，由名物章句而确知其为统治阶级之诗者于次，凡八十篇。

(甲) 由其自称之地位境遇而可知者

《葛覃》 三章："言告师氏，言告言归。"《毛传》："师，女师也。"班固《白虎通·嫁娶篇》："妇人所以有师者何？觉事人之道也。"王先谦《诗三家义集疏》："《内则》：'大夫以上，立师、慈、保三母。'亦证此为大夫家婚姻之事矣。"要之《毛序》称为后妃之本，后妃固不必亲汙、澣，后人称为民间之诗，民间何尝有师氏？自以称为大夫之妻之诗为当。

《小星》 首章："夙夜在公，实命不同。"在公，谓从于公也，此小臣从公之诗。《韩诗外传》一："家贫亲老者不择官而仕，故君子桥褐趋时，当务为急。传云："不逢时而仕，任事而敦其虑，为之使而不入其谋，贫焉故也！"《诗》曰：'夙夜在公，实命不同。'"

《泉水》 首章："有怀于卫，靡日不思，娈彼诸姬，聊与之谋。"《毛序》："卫女思归也，嫁于诸侯，父母终，思归宁而不得，故作是诗以自见也。"父母终之说，无可考，然其为卫女思归之诗，玩本文可见。

《北门》 首章："王事适我，政事一埤益我。"二章："王事敦我，政事一埤遗我。"此服官职者之诗。

《载驰》 《毛序》及诸家诗说皆以为许穆夫人作。朱熹《诗序辨说》云:"此亦经明白而序不误者,又有《春秋传》可证。"

《河广》 首章:"谁谓河广,一苇杭之,谁谓宋远,跂予望之。"《毛序》:"宋襄公母归于卫,思而不止,故作是诗也。"陈奂《诗毛氏传疏》:"《序》云'思而不止'者,思,忧思;不止,犹不已也。当时卫有狄人之难,宋襄公母归在卫,见其宗国颠覆,君灭国破,忧思不已,故篇内皆叙其望宋渡河救卫,辞甚急也。"言者或以为思子之作。要之为卫女归宗而后思宋之诗无疑。

《园有桃》 首章:"心之忧矣,我歌且谣。不知我者,谓我士也骄。"此为士之诗。《毛序》:"大夫忧其君国小而迫,而俭以啬,不能用其民,而无德教,日以侵削,故作是诗也。"《毛》说颇赘,然谓大夫之作可通,士之称可以包大夫也。

《蟋蟀》 首章:"今我不乐,日月其除,无已太康,职思其居,好乐无荒,良士瞿瞿。"此士之诗也。姚际恒《诗经通论》:"观诗中'良士'二字,既非君上,亦不必尽是细民,乃士大夫之诗也。"又三章:"役车其休。"《笺》:"庶人乘役车,役车休,农功毕,无事也。"马瑞辰《毛诗传笺通释》卷十一:"按古者役不逾时,《月令》:孟秋'乃命将帅'。则孟冬正当旋役之时。《采薇》诗:'曰归曰归,岁亦阳止。'《杕杜》诗:'日月阳止,女心伤止,征夫遑止。'皆古者岁暮还役之证。役车当谓行役之车。"据此知役车其休之句,与庶人无涉。

《渭阳》 《毛序》以为康公念母之诗。《诗集传》:"或曰:穆姬之卒不可考,此但别其舅而怀思耳。"此诗是否康公所作,于本文无可考,然一章云:"何以赠之,路车乘黄?"次章云:"何以赠之,琼瑰玉佩?"民间无此豪举,其为统治阶级之诗无疑。

《权舆》 首章:"于我乎夏屋渠渠,今也每食无余。"二章:"于我乎每食四簋,今也每食不饱。"此为统治阶级不满于境遇之诗,显然可见。

《七月》 旧说皆以《七月》为周公居东之作,于本文无可考。崔述《丰镐考信录》以此诗为太王以前豳之旧诗。今案诗中兼用周正,知非太王以前之诗也。或者以为农歌,亦未尽。按八章:"跻彼公堂，称彼兕觥，万寿无疆。"《毛传》解公堂为学校。《笺》云："国君间于政事而飨群臣，于飨而正齿位，故因时而誓焉，饮酒既乐，欲大寿无竟，是谓《豳颂》。"《笺》解公堂为国君飨群臣之所，于义甚明。八章之公，与四章"献豣于公"之公同指，谓国君也。或据六章"采荼薪樗，食我农夫"，七章"嗟我农夫"之我，皆为农夫自我，因目为农歌，非也。

《甫田》 一章："倬彼甫田，岁取十千。我取其陈，食我农人。"与此篇为同一阶级之作品。采荼取陈，以食农夫，其所以对被统治阶级之待遇可知。作诗之人，大致即《绵·传》所谓豳之耆老之类。其人上则承事国君，下则奴使农夫，今日所称为头人、酋长之流亚也。

（乙）由其自称之服御仆从而可知者

《卷耳》 二章："我姑酌彼金罍。"《毛传》："人君黄金罍。"许慎《五经异议六》言罍制云："金罍，大器也。天子以玉，诸侯大夫以金，士以梓。"据此则作诗者为大夫以上之人。或谓金罍不必为黄金罍，民间容有金属之罍，不得执旧说相绳，然二章云"我仆痡矣"，作诗者既有仆从，要为统治阶级无疑。

《著》 首章："俟我于著乎而，充耳以素乎而，尚之以琼华乎而。"次章言"琼莹"，三章言"琼英"。《毛传》以首章言士亲迎，二章言卿大夫亲迎，卒章言人君亲迎，颇近支离，故《笺》不从其说，以为三章共述人臣亲迎之礼。按《淇奥》诗云："有匪君子，充耳琇莹。"琇莹即琼莹，盖当时统治阶级之服御如此，其诗为统治阶级之诗可知。

《击鼓》 三章："爰居爰处，爰丧其马。"按春秋有车战而无骑士，旧说四丘为甸，甸六十四井，出长毂一乘，马四匹，牛十二头，甲士三人，步卒七十二人。据此知一车四马，甲士三人，此三人者，一为车右，一为御，一为中军，与《清人》诗所谓"左旋右抽，中军作好"者合。诗人自言"爰丧其马"，其位置必不在甲士以下可知，则亦统治阶级也。

《竹竿》 此诗相传为卫女思归之诗，诸家无异词。四章："驾言出游，以写我忧。"则此诗卫女所自作也。三章："佩玉之傩。"按佩玉为统治阶级之习尚，《礼记·玉藻》云："古之君子必佩玉。"又云："君子无故玉不去身，君子于玉比德焉。"君子佩玉，则其妻女亦必佩玉可知。

（丙）由其关系人之地位而可知者

诗人所言，有于其地位无涉，而于其关系人之地位，则言之至明者，因亦可以推定诗人之地位。

《汝坟》　首章："未见君子，惄如调饥。"次章："既见君子，不我遐弃。"作诗者自称其夫为君子，则其地位可知。

《草虫》　首章："未见君子，忧心忡忡，亦既见止，亦既觏止，我心则降。"说与前同。

《殷其靁》　首章："振振君子，归哉归哉。"说与前同。

《摽有梅》　首章："摽有梅，其实七兮。求我庶士，迨其吉兮。"庶士为有地位者之称，故《硕人》末章云："庶士有朅。"《閟宫》七章云："宜大夫庶士，邦国是有。"作诗者称其求婚之男为庶士，其地位可知。

《燕燕》　《燕燕》一诗，说者不一其辞，或以为卫庄姜作，或以为定姜作，据末章云："先君之思，以勖寡人。"其为君夫人之诗无疑。

《雄雉》　二章："展矣君子，实劳我心。"亦为妇人称其夫之辞，说与前同。

《式微》　首章："式微式微，胡不归？微君之故，胡为乎中路？"次章："微君之躬，胡为乎泥中？"旧说以为黎侯失国而寓于卫，其臣劝之之诗。要之为人臣之辞。

《鹑之奔奔》　二章："人之无良，我以为君。"为人臣之诗。

《氓》　三章："于嗟女兮，无与士耽！士之耽兮，犹可说也；女之耽兮，不可说也！"四章："女也不爽，士贰其行。士也罔极，二三其德！"作诗者称其见绝之男为士，其地位可知。

《君子于役》　首章："君子于役，不知其期。"亦为妇人称其夫之辞，说与前同。

《君子阳阳》　首章："君子阳阳，左执簧，右招我由房。"说与前同。

《有女同车》 首章："彼美孟姜，洵美且都！"二章："彼美孟姜，德音不忘。"姜为当时贵姓，齐、吕、申、许之族。作诗者称其同车之女为孟姜，其地位可知。

《褰裳》 二章："子不我思，岂无他士！"作诗者称其相交之男为士，其地位可知。

《风雨》 首章："既见君子，云胡不夷？"《毛序》以为"思君子也，乱世则思君子不改其度焉。"朱熹《诗集传》则谓"风雨晦冥，盖淫奔之时；君子，指所期之男子也。"二说相去绝远。崔述《读风偶识》云："风雨之见君子，拟诸《草虫》《隰桑》之间，初无大异。"其言近是。要之称其关系人为君子，则诗人之地位可知。

《唐·扬之水》 首章："素衣朱襮，从子于沃。既见君子，云何不乐！"《毛序》："刺晋昭公也。昭公分国以封沃，沃盛强，昭公微弱，国将叛而归沃焉。"以三章"我闻有命，不敢以告人"之句证之，其为大夫君子奔走新朝之诗无疑。

《东门之池》 首章："彼美淑姬，可与晤歌。"姬为当时贵姓，作诗者称其晤歌之女为淑姬，其地位可知。

《晨风》 首章："未见君子，忧心钦钦。如何如何，忘我实多。"旧说以为秦臣之词，要之统治阶级之诗也。

(丁) 由其关系人之服御而可知者

《伯兮》 首章："伯也执殳，为王前驱。"马瑞辰《毛诗传笺通释》："《周礼》：'司戈盾祭祀，授旅贲殳。'《说文》：'殳，以杸殊人也。'《礼》：'以殳积竹，八觚，长丈二尺，建于兵车，旅贲以先驱。'是执殳先驱，为旅贲之职。胡氏绍曾谓伯以卫人仕于王朝，居旅贲之官，是也。"胡承珙《毛诗后笺》卷五云："此执殳之旅贲则为士，《曲礼》：'列国之大夫入天子之国曰某士。'注云：'三命以下于天子为士。'卫之君子为王前驱者，自是诸侯大夫，于王朝则为士耳。"两家谓卫之大夫仕于王朝为士之说，姑置不论。要之执殳为士之事，则伯兮之伯为士；作此诗者之夫为士，则其地位可知。

《子衿》 二章："青青子佩，悠悠我思。"毛《传》："佩，佩玉也。士佩瑀珉而青组绶。"作诗者所思之人为佩玉之士，则其地位可知。

《山有枢》　二章："子有廷内，弗洒弗扫。子有钟鼓，弗鼓弗考。"三章："子有酒食，何不日鼓瑟?"按《诗》：钟鼓每与淑人、君子连称。《曲礼》亦云："士无故不彻琴瑟。"作诗者所称之人为有钟鼓及瑟之统治阶级，可以想见，则作诗者之地位可知。

《唐·无衣》　首章："岂曰无衣，七兮，不如子之衣，安且吉兮!"次章则言："岂曰无衣，六兮。"《毛传》："侯伯之礼七命，冕服七章。""天子之卿六命，车旗衣服，以六为节。"《序》言："美晋武公也，武公始并晋国，其大夫为之请命乎天子之使而作是诗也。"诸家无异议。此诗为统治阶级之诗可知。

（戊）由其所歌咏之人之地位境遇而可知者

诗人所言，有于其本身或其关系人之地位、境遇、服御、仆从，全无关涉，而于其歌咏所及，可就被歌咏者之地位、境遇、服御、仆从，想见被歌咏者之身分。大抵在阶级制度较严，身分相去悬绝之诗，彼采荼食陈之农夫，不至咏歌委蛇窈窕之人士，固可知也。然以此推定作诗者为统治阶级之作者，其确实可信之程度，固较甲、乙、丙、丁四项之绝对可信者为略逊，独谓其诗为统治阶级之诗，则无疑议。

《关雎》　举《关雎》之君子淑人，坐实为文王、太姒，其说自欧阳修《诗本义》创之，汉人无是说也。然观诗中淑人、君子之称，钟鼓琴瑟之器，诗人所指，自为统治阶级。崔述《读风偶识》谓："《关雎》篇，言夫妇也，乃君子自求良配而他人代写其哀乐之情耳。"其言得之。

《樛木》　首章："乐只君子，福履绥之。"其为歌咏统治阶级之诗可知。

《兔罝》　首章："赳赳武夫，公侯干城。"次章言"公侯好仇"，三章言"公侯腹心"，所歌咏者为公侯腹心之臣可知。

《麟之趾》　首章："麟之趾，振振公子。"次章言"公姓"，三章言"公族"，所歌咏者为公族可知。

《采蘩》 首章："于以用之，公侯之事。"所歌咏者可知。

《羔羊》 首章："羔羊之皮，素丝五紽，退食自公，委蛇委蛇!"《传》："大夫羔裘以居。"羔裘为大夫之服，见于《诗》者不一。退食自公，马瑞辰《毛诗传笺通释》引刘履恂说："退食自公，谓自公食而退。"则所歌咏者之身分可见，此诗为统治阶级之诗可知。

《野有死麕》 首章："有女怀春，吉士诱之。"吉士，士也，亦为统治阶级。

《何彼襛矣》 首章："曷不肃雝，王姬之车!"次章："平王之孙，齐侯之子。"此诗为歌咏贵族嫁娶无疑。

《匏有苦叶》 《毛序》以为刺卫宣公之诗。魏源《诗古微·卫风答问》据三家诗说，以为卫贤者感遇自重之词。观三章云："士如归妻，迨冰未泮。"无论托喻之旨何若，要之作诗者之心象，不出于士族之仪式，则其为统治阶级之诗可知。

《君子偕老》 此诗首称君子偕老，次称"副笄六珈，委委佗佗，如山如河，象服是宜。"真有君夫人之气象，统治阶级之诗也。

《桑中》 首章："美孟姜矣。"次章："美孟弋矣。"三章："美孟庸矣。"姜为当时贵姓；弋，朱熹《诗集传》考为与姒同，后人多从其说，亦贵姓，杞之族；庸未闻，《集传》疑亦贵姓。《毛序》云："卫之公室淫乱，男女相奔，至于世族在位，相窃妻妾，期于幽远。"其言得之。世族在位，皆统治阶级也。此诗诸家以为刺诗，朱熹《诗集传》以为淫奔者所自作，如从其说，则此诗当入(丙)项。

《淇奥》 首章："有匪君子，如切如磋，如琢如磨。"言其德。次章："有匪君子，充耳琇莹，会弁如星。"言其服御。其为统治阶级无疑。诸家皆以为卫武公耄年国人诵美之诗。

《清人》 三章："左旋右抽，中军作好。"郑《笺》："左，左人，谓御者；右，车右也；中军，谓将也。"要之此诗为歌咏将率之诗。

《女曰鸡鸣》 首章："女曰鸡鸣，士曰昧旦。"诗人所歌咏者之地位已显然。次章："琴瑟在御，莫不静好。"三章："知子之来之，杂佩以赠之。知子之顺之，杂佩以问之。知子之好之，杂佩以报之。"统治阶级之服御，于兹可见。

《溱洧》 首章："士与女，方秉蕑兮。女曰观乎，士曰既且。"又云："维士与女，伊其相谑，赠之以芍药。"自指统治阶级而言。《诗集传》以为淫奔者自叙之辞，姚际恒《诗经通论》云："篇中士女字甚多，非士与女所自作明矣。"其义较长。

《东方未明》 首章："东方未明，颠倒衣裳。颠之倒之，自公召之。"次章："倒之颠之，自公令之。"《毛序》以为"朝廷兴居无节，号令不时。"三家无异议。此诗自为当时官吏刺国君之兴居不时者。

《南山》 首章："鲁道有荡，齐子由归。"诸家相传以为"齐子"指文姜。陈奂《诗毛氏传疏》解之云："文姜称齐子者，犹云齐侯之子，为鲁侯之妻也；归谓嫁也，嫁于鲁侯也。"此诗之所歌咏者可知。

《敝笱》 首章："齐子归止，其从如云。"说与前同。

《载驱》 首章："鲁道有荡，齐子发夕。"说与前同。

《猗嗟》 首章："猗嗟昌兮，颀而长兮，抑若扬兮，美目扬兮，巧趋跄兮，射则臧兮。"次章："猗嗟名兮，美目清兮，仪既成兮，终日射侯，不出正兮，展我甥兮。"《传》："外孙曰甥。"《笺》："展，诚也。姊妹之子曰甥。容貌技艺如此，诚我齐之甥。言诚者，拒时人言齐侯之子。"甥字自指鲁庄公而言。

《葛屦》 首章："掺掺女手，可以缝裳。要之襋之，好人服之。"《毛传》："好人，好女手之人。"其言不可通。故《诗集传》云："好人，犹大人也。"马瑞辰《毛诗传笺通释》亦云："好人犹言美人，谓君也。'好人服之'，服指服用，即谓君子服用之。"马氏又引《汉书叙传》师古注谓提与媞通，然《叙传》言："媞媞公主，乃女乌孙。"则媞媞指女子。《葛屦》次章云："好人提提，宛然左辟，佩是象揥，维是褊心，是以为刺。"象揥非男子所御，据《君子偕老》次章"玉之瑱也，象之揥也"可知。如此则此诗之所歌咏者为君夫人。姚际恒《诗经通论》云："此诗疑其时夫人之妾媵所作，以刺夫人。"其言得之。

《汾沮洳》 首章："彼其之子，美无度；美无度，殊异乎公路！"次章三章言"公行""公族"。此诗所指，自为统治阶级。

《伐檀》 首章："不稼不穑，胡取禾三百廛兮？不狩不猎，胡瞻尔庭有悬貆兮？彼君子兮，不素餐兮！"此诗近人解之者颇多，然以愚观之，《毛序》"在位贪鄙无功而受禄，君子不得进仕尔"之语，亦自径直。盖当时之统治阶级，有在位者，有不在位者，自退居在野之贵族及其徒侪观之，此取禾悬貆之贵族，真若不胜其贪鄙，故其徒侪遂作此诗，所以扬此而抑彼。"坎坎伐檀"三句，自为起兴，与全章无涉。此诗所言，止可作统治阶级中之相互嫉视观，不必竟作平民之讽刺观也。

《有杕之杜》 首章："彼君子兮，噬肯适我。中心好之，曷饮食之！"其为统治阶级之诗可知。

《车邻》 首章："未见君子，寺人之令。"次章："既见君子，并坐鼓瑟。"《毛序》以为美秦仲之诗。

《驷驖》 首章："驷驖孔阜，六辔在手，公之媚子，从公于狩。"次章："奉时辰牡，辰牡孔硕。公曰左之，舍拔则获。"此为歌咏秦君狩猎之诗。

《小戎》 首章："言念君子，温如其玉，在其板屋，乱我心曲。"次章："言念君子，温其在邑。方何为期，胡然我念之！"《毛序》："国人则矜其车甲，妇人能闵其君子焉。"其言得之。又次章："四牡孔阜，六辔在手，骐骝是中，騧骊是骖。"则君子之地位尤可知。君子二字，自指其夫之社会地位言，不必即指为与丈夫同义，于此得一旁证。

《终南》 首章："君子至止，锦衣狐裘，颜如渥丹，其君也哉！"锦衣狐裘，为国君之服。《玉藻》："君衣狐白裘，锦衣以裼之。"此为歌咏秦君之诗。

《秦·黄鸟》 首章："谁从穆公？子车奄息。"次章言"子车仲行"，三章言"子车鍼虎"。《左传》文公六年："秦伯任好卒，以子车氏之三子奄息、仲行、鍼虎为殉，皆秦之良也。国人哀之，为之赋《黄鸟》。"诗称三人为"百夫之特""百夫之防""百夫之御"，则其为统治阶级之诗可知。

《候人》 首章："彼候人兮，何戈与祋；彼其之子，三百赤芾。"祋与殳同，解见前，士所执也。候人，官名，《周礼·夏官司马》："候人上士六人，下士十有二人。"又云："候人各掌其方之道治与其禁令，以设候人，若有方治，则帅而致于朝，及归，送之于竟。"《玉藻》："一命缊韨幽衡，再令赤韨幽衡，三命赤韨葱衡。"故《毛传》谓："大夫以上赤芾。"三百犹三百人，言其数之多也。此诗首章全以候人与之子对举，极言黜陟之异，亦统治阶级之诗也。

《鸤鸠》 首章："淑人君子，其仪一兮；其仪一兮，心如结兮。"三章："淑人君子，其仪不忒；其仪不忒，正是四国。"此为歌咏在位之诗。

《九罭》 首章："我觏之子，衮衣绣裳。"次章："鸿飞遵渚，公归无所。"此为歌咏在位之诗。

《狼跋》 首章："公孙硕肤，赤舄几几。"次章："公孙硕肤，德音不暇。"说与前同。

(己) 由其所歌咏之人之服御仆从而可知者

《鹊巢》 此诗或以为民间嫁娶之诗，然首章云："之子于归，百两御之。"百两之盛，自非民间所有。《毛传》云："百两，百乘，诸侯之子嫁于诸侯，送御皆百乘。"三家诗说皆以为国君之礼，夫人自乘其家之车也。要之此诗所指，必为统治阶级嫁女之事，无可疑者，是否即指诸侯之女嫁于诸侯，无考。

《采蘋》 《采蘋》之诗，与《采蘩》类，所谓"《风》有《采蘩》《采蘋》"是也。三章："于以奠之，宗室牖下。"《毛传》："宗室，大宗之庙也，大夫士祭于宗庙，奠于牖下。"核以《礼记·王制》"庶人祭于寝"之句，则此诗所言者，为统治阶级无疑。

《旄丘》 三章："狐裘蒙茸，匪车不东。"《毛传》："大夫狐苍裘。"《礼记》："君子狐青裘。"《郑注》："君子，大夫、士也。"青，苍也。狐青裘即狐苍裘也。此诗所歌咏者为统治阶级可知。

《定之方中》 全诗言卫文公徙居楚丘，建城市营宫室之事。三章："灵雨既零，命彼倌人。"《毛传》："倌人，主驾者。"此诗所言，自为统治阶级可知。故章末又云："匪直也人，秉心塞渊，騋牝三千。"诸家以为美卫文公之诗，殆可信。

《干旄》 首章："孑孑干旄，在浚之郊。素丝纰之，良马四之。彼姝者子，何以畀之？"《毛传》："注旄于干首，大人之旃也。"《郑笺》："《周礼》：'孤卿建旃，大夫建物。'首皆注旄焉。时有建此旌旄来，至浚之郊，卿大夫好善也。"干旄、干旟，皆非民间之物；良马四之、五之、六之，亦非民间常有。所谓彼姝者子，殆亦士君子不在位者。要之此诗所歌咏者为统治阶级可知。

《芄兰》 首章："芄兰之支，童子佩觿，虽则佩觿，能不我知。"次章："芄兰之叶，童子佩韘。虽则佩韘，能不我狎。"按《说苑》："能治烦决乱者佩觿，能射御者佩韘。"盖汉人相传之说如是。《毛序》："刺惠公也。骄而无礼，大夫刺之。"三家无异说。今观觿韘非民间子之佩，首章："容兮遂兮，垂带悸兮。"从容暇逸，尤非民间之态，此言所诗，必为统治阶级也。

《缁衣》 首章："缁衣之宜兮，敝，予又改为兮。"马瑞辰《毛诗传笺通释》："按《周官·典命》：'凡甸冠弁服后。'《郑注》：'冠弁，委貌。其服，缁布衣，诸侯以为视朝之服。'引《诗·缁衣》为证。又《论语》：'缁衣羔裘。'《邢疏》：'谓朝服也。'是缁衣本诸侯视朝之服。"诗盖言统治阶级之事。

《大叔于田》 首章："叔于田，乘乘马。"次章："叔于田，乘乘黄。"三章："叔于田，乘乘鸨。"全诗言其士马之盛。首章"献于公所"一句，尤足以见叔之身分，亦统治阶级之诗也。

《郑·羔裘》 首章："羔裘如濡，洵直且侯。"按《论语·乡党》："羔裘玄冠不以吊。"羔裘，君子之服也。《礼记·玉藻》："羔裘豹饰，缁衣以裼之。"此诗所言，盖士大夫之流，故三章云："彼其之子，邦之彦兮。"

《唐·羔裘》 首章："羔裘豹祛，自我人居居。岂无他人？维子之故。"说与前同。

《桧·羔裘》 首章："羔裘逍遥，狐裘以朝。岂不尔思？劳心忉忉。"《毛传》《郑笺》皆以羔裘狐裘者指桧君。诸诗言狐裘羔裘者皆指大夫，此诗独指国君，盖旧说相传如此，未敢必也。要之为统治阶级之诗。

右八十篇由名物章句，确知其为统治阶级之诗，皆有明证，然《国风》统治阶级之诗，正不止此。今不必乞灵于经传相传之说，仅以类推之法言之。知《周南·麟之趾》之所歌颂者为公族之盛，则《周南·螽斯》之言"宜尔子孙"者略可知矣。知《召南·鹊巢》之言统治阶级嫁娶之事，则《召南·桃夭》之言"之子于归，宜其室家"者，略可知矣。知《邶·燕燕》之"泣涕如雨""伫立以泣"，为君夫人之诗，

《鄘·载驱》之"女子善怀，亦各有行"，为卫女许穆夫人之诗，则知卫之贵族妇女，感伤郁伊，彷徨凄恻，蔚成国俗，因以推论《邶》之《柏舟》《绿衣》《日月》《终风》，可识为卫之贵族妇女所作，不必待《毛序》之言庄姜，三家诗说之言宣姜、定姜而略可知矣。知《卫·硕人》"硕人其颀"之指君夫人，证之《小雅·白华》"啸歌伤怀，念彼硕人"之句，斯知"硕人"为统治阶级之美称，则《邶·简兮》之"硕人俣俣"，与《卫·考槃》之"硕人之宽"，其所指者略可知矣。知《郑·大叔于田》之为统治阶级田猎之诗，则《郑·叔于田》之言田猎者可知矣。知《郑》之《有女同车》《褰裳》《风雨》《溱洧》为统治阶级男女悦慕之诗，则相习成风，而《郑》之《将仲子》、《山有扶苏》《狡童》《东门之墠》《野有蔓草》之所言者，同为统治阶级男女悦慕之事，略可知矣。反之而《郑·出其东门》之言"出其东门，有女如云。虽则如云，匪我思存。缟衣綦巾，聊乐我员"者，殆为郑之士族，特立独行，不满于当世风尚之诗，亦略可知矣。知《齐·著》之为统治阶级之诗，以《汉书·地理志》"临甾名营丘，故《齐》诗曰：'子之营（毛作还）兮，遭我虖嶩之间兮。'又曰：'俟我于著乎而。'此亦其舒缓之体也"一节证之。则《齐·还》之诗，略可知矣。知《秦·终南》之言"君子至止，衣锦狐裘"，证之《卫·硕人》之言"硕人其颀，衣锦褧衣"，锦衣殆为统治阶级之衣，则《郑·丰》"衣锦褧衣，裳锦褧裳，叔兮伯兮，驾予与行"之亦言统治阶级，略可知矣。知《秦·小戎》之言君子好勇，以《汉书·地理志》"安定、北地、上郡、西河，皆迫近戎狄，修习战备，高上气力，以射猎为先。故《秦》诗曰：'在其板屋。'又曰：'王于兴师，修我甲兵，与子偕行。'及《车辚》《四载》《小戎》之篇，皆言车马田狩之事"一节证之，则《秦·无衣》之为统治阶级男士从戎之诗，可知矣。知《陈·东门之池》之为统治阶级男女悦慕之诗，则《陈》之《东门之枌》《防有鹊巢》《月出》《泽陂》之所言者，同为统治阶级男女悦慕之事，略可知矣。反之而《陈·衡门》之言"岂其取妻，必齐之姜"，"岂其取妻，必宋之子"，殆为陈之士族，特立独行，不满于当时风尚者，亦略可知矣。知《豳》之《九罭》《狼跋》为歌咏在位者之诗，则《豳》之《破斧》《伐柯》诸诗之所言者，亦略可知矣。

凡前所论，自《螽斯》《桃夭》以降，共二十篇，皆可自统治阶级之诗而推定者，其他可推而不及推、不待推者尚多。然以类推之法论诗，遽断为统治阶级之诗，或且疑其牵率，虽言之者持之有故，未必能求人共晓。要之此《国风》百六十篇之诗，其中一半以上为统治阶级之诗，则可断言。然则，谓《国风》出于民间者，其言未可信也。

五

今谓《国风》出于民间之说为不可信，此言不特获罪于古之论师，并获罪于今之君子，请设为七难以当弹射，凡愚见所及可以自全其说者，附之。

难者甲曰："《卫·氓》首章云：'氓之蚩蚩，抱布贸丝。'《毛传》：'氓，民也。'此民间诗之铁证也。《王·中谷有蓷》，《毛序》云：'闵周也，夫妇日以衰薄，凶年饥馑，室家相弃尔。'统治阶级宁有凶年饥馑，室家相弃之事？此亦民间诗也。《伐檀》，《鲁说》云：'今贤者隐退伐木，小人在位。'见《御览》五百七十八引蔡邕《琴操》。贤者至于伐木，其在民间可知，则《伐檀》亦民间诗也。"

应之曰："不然，'氓之蚩蚩'之氓，《韩说》云：'氓，美貌。'见《释文》引《韩诗》。马瑞辰《毛诗传笺通释》卷六解之云：'盖以氓、薨一声之转，以氓为薨之假借。《尔雅》："薨薨，美也。"《说文》："薨，美也。"薨即薨之假音也。'马氏又谓以氓为美，与蚩蚩义不相贯，因言'氓又通作萌，《贾子·火政篇》："萌之为言盲也。"氓为盲昧无知之称，诗当与男子不相识之初则称氓，约与婚姻则称子。子者，男子美称也。'据此则此氓字之义，本不作民，何从更言民间之诗。《易林·蒙之困》云：'氓伯以婚，抱布自媒。'言氓伯者，氓亦为形容之词。此其一。《中谷有蓷》首章曰：'中谷有蓷，暵其干矣。'次章曰：'中谷有蓷，暵其修矣。'三章曰：'中谷有蓷，暵其湿矣。'首章中谷二句，《毛传》标兴，自为兴语，凡兴语不必皆与下文相涉。自来论师，多于干、修、湿三字求之，令人有求深反浅之叹，且即此谷中，始言干矣，旋言湿矣，真不知共有几谷，乃为此干湿之纷纷也。因知凶年饥馑之说，特为汉代讲师见此干湿二字，望文生义之辞，殊不足信；独室家相弃之事，就本文'有女仳离'之句可知，然亦无从知其为民间也。此其二。《伐檀》共三章，章首三句皆为兴，与全诗无涉，观《小雅·伐木》一诗，章首'伐木丁丁'之句，毛传标兴，则此诗首句之当标兴可知矣。姚际恒《诗经通论》三云：'再四思之，此首三句，非赋非比，乃兴也。兴体不必尽与下所咏合，不必固执求之，只是咏君子者，适见有伐檀为车用，置于河干，而河水正清且涟漪之时，即所见以为兴，而下乃咏其事也。'其言得之。观此知《伐檀》与民间亦无涉。此其三。"

难者乙曰："古者妇人称其夫为君子。《小戎·序》云：'国人则矜其车甲，妇人能闵其君子焉。'此《毛序》以君子为夫之证也。《汝坟·序笺》云：'言此妇人被文王之化，厚事其君子。'此《郑笺》以君子为夫之证也。朱熹《诗集传》言之更明。《君子偕老》，《集传》云：'君子，夫也。"《君子于役》，《集传》云：'君子，妇人目其夫之辞。'《晨风》，《集传》云：'君子，指其夫也。'《小戎》，《集传》云：'君子，妇人目其夫也。'凡此诸家，皆谓君子为妻称其夫之辞。今指君子为统治阶级之通称，于是于凡有君子二字之篇，概指为统治阶级之诗，武断甚矣！"

应之曰："不然，君子二字在《诗》三百五篇之时代，为统治阶级之通称，上自天诸侯，下至卿、大夫、士，皆可称为君子，前已言之。《毛序》《郑笺》以君子为妇人目其夫之辞，毛郑未尝训君子为夫也。且就《诗》言《诗》，《君子偕老》言'副笄六珈，委委佗佗。'则君子指人君言。《汝坟》《草虫》《殷其靁》《君子于役》之君子，皆为行役之君子，大夫行役为《国风》习见之事实，则此诸诗之君子，指大夫言。《君子阳阳》之君子，则'左执簧''左执翿'，《小戎》之君子则'四牡孔阜，六辔在手'，其为统治阶级，皆可就其服御而知。大抵其时妇人之称其夫，皆止就其社会地位而言；统治阶级之妻，称其夫为君子，被统治阶级之妻，不称其夫为君子。正同后代官腔，妻则称夫为老爷，夫亦称妻为太太，如是而已。至《诗集传》所称，稍嫌率略。《风雨》，《诗集传》云：'君子，指所期之男子也。'然则，君子可以训夫，亦可以训所期之男子耶？《小弁》之诗相传为逐子所作，诗云："君子秉心，惟其忍之。心之忧矣，涕既陨之。'君子指其父言，则君子可以训父耶？《四月》之诗，自述作诗之旨云：'君子作歌，维以告哀。'则君子又可以训我耶？今以君子二字，指其人之社会地位言，则无往而不通也。"

难者丙曰："《氓》《溱洧》诸诗，皆以士女对言，士指男子，不必作士大夫之士论，今指诸诗为统治阶级之诗，过矣。"

应之曰："不然，士、女对举之诗，莫详于《都人士》一篇。首章云：'彼都人士，狐裘黄黄。其容不改，出言有章。行归于周，万民所望。'又云：'彼都人士，台笠缁撮。彼君子女，绸直如发。''彼都人士，充耳琇实。彼君子女，谓之尹吉。''彼都人士，垂带而厉。彼君子女，卷发如虿。'都人士皆与君子女对举。《毛诗传笺通释》卷二十三云：'按《逸周书·大匡解》云："士惟都人孝悌子孙。"是都人乃美士之称。《郑风》"洵美且都""不见子都"，都皆训美，美色谓之都，美德亦谓之都，都人犹言美人也。诗以都人士与君子女相对成文，君子女谓女有君子之行者，犹《大雅》'厘尔士女'，《笺》谓'女而有士行者'，是知都人士亦谓士有都人之德者。'要之士与女为对称，观首章：'狐裘黄黄'，'出言有章，行归于周，万民所望'。此士之为贵族可知。三章：'充耳琇实。'琇实为君子之服御，见前；'谓之尹吉'，尹、吉为周之贵姓。《笺》：'吉读为姞，尹氏、姞氏，周室婚姻之旧姓也。'女为贵姓，则士之为统治阶级可知。以《都人士》之例推之，则《氓》《溱洧》之诗可知，且《国风》中男女悦慕之诗，大抵皆统治阶级之诗也。"

难者丁曰："《氓》《褰裳》《有女同车》《风雨》《东门之池》《子衿》《桑中》《溱洧》诸诗，以及《将仲子》《山有扶苏》《狡童》《东门之墠》《野有蔓草》《东门之杨》《防有鹊巢》《月出》《泽陂》之诗，凡《诗集传》所称为淫诗者，今尽归之统治阶级。然则，将谓男女悦慕之感为统治阶级之所专有，自统治阶级以外，即无男女悦慕之感乎？考之人情，必不然矣。"

应之曰："男女悦慕之感，为生人所同具，自无统治阶级与被统治阶级之别，然而其悦慕之焦点，不必尽同，而所以表现此男女悦慕之感者，则往往因其人生活之裕绌而有异。苟自此表现之方法观之，则其人所属之阶级，有可以窥见者，至若《国风》诸诗，如《桑中》之言孟姜、孟弋、孟庸，《东门之池》之言淑姬，《有女同车》之言佩玉琼琚,《氓》《溱洧》诸诗之士女并称者,往往可自族姓、服御、身分诸点断定其人必为统治阶级,固无论矣。大凡言男女悦慕之事者,其人文化愈浅,生事愈绌者,则其所悦慕者,自以此满足生理欲望者为止,稍进则言体段,言容色,再进则言举止,最上则言性情,凡吾国文字中描摹男女悦慕之感之能事,至此竟矣。近日流行《桃花江》曲之言'爱情火样烧,灵魂天上飘',此则自为异国情调,徒流行于青年之口,终与吾国人之情感,格不相入者也。苟以今日通行之文字衡之,则《四季相思》之类,所能言者,自不外此生理欲望,其上不过体段、容色而止。此非独文野之程度异也,凡男女之间,其最足以引起兴感,满足欲望者,莫急于此,而此胼手胝足之人,又决无此余裕,无此心绪,以领略举止性情之美,彼既不暇知,即不能知,惟其不能知,故终不能言。故凡文字之中,仅仅言及满足欲望与体段之美者,其作者必为胼手胝足之人,不然,则其所写者必为胼手胝足之人也。今以《国风》诸诗言之,几曾有一语言及此生理欲望与体段之美者。请先言《有女同车》:'颜如舜华''颜如舜英',容色之美也;'将翱将翔',举止之美也;'德音不忘',性情之美也;以此而言男女悦慕之情,此则自为男女悦慕之升华,视《四季相思》之类,相距不可以道里计,此所以《诗集传》虽斥为淫奔之诗,而后世论者万万不能悦服者也。至若所以表现此悦慕之感者,则在此文化愈浅,生事愈绌之人,其所以求爱之方法必愈简单,其求爱之时期,必愈短促。何则?其人无此余裕,无此心绪故也。及文化愈深,生事愈裕,则求爱之方法必愈复杂,其求爱之时期必愈长久。《野有死麕》之诗:'野有死麕,白茅包之。''野有死鹿,白茅纯束。'此求爱之吉士,方法已不甚单纯。三章:'舒而脱脱兮,无感我帨兮,无使尨也吠。'此怀春之女子,态度亦极其从容,固非三家村中所能想象。至若《溱洧》之诗:'溱与洧,方涣涣兮,士与女,方秉蕳兮。女曰,观乎?士曰,既且,且往观乎。洧之外,洵訏且乐,惟士与女,其伊相谑,赠之以芍药。'此种生活裕余,士女杂遝之状,跃然纸上,而男女悦慕,优游容与之情态,真足令后世之读者,不胜其神往。至若以求爱之时期论,或则如《野有蔓草》之'零露溥兮''零露瀼瀼';或则如《月出》之'月出皎兮''月出皓兮';或则引领鹄立,致忘昏晓,如《静女》之

'爱(同薆)而不见,搔首踟蹰';求之不得,则如《泽陂》之'寤寐无为,涕泗滂沱';'寤寐无为,中心悁悁';'寤寐无为,辗转伏枕';此人皆若天老地荒,日居月诸,惟有此男女悦慕之情,可以摇荡性灵,辉丽万有者。此则又《诗集传》虽斥为淫奔之诗,而后世万万不能悦服者也。然此种境地,自非有闲阶级,其求爱之方法,决不能如此复杂,其求爱之时期,亦不能如此长久也。考之《左传》襄公二十六年,郑伯如晋,子展赋《将仲子兮》;二十七年郑伯享赵孟于垂陇,子太叔赋《野有蔓草》,昭十六年郑六卿饯韩宣子于郊,子齹赋《野有蔓草》,子大叔赋《褰裳》,子游赋《风雨》,子旗赋《有女同车》,子柳赋《蘀兮》。郑国诸卿,皆一时之选,岂有于折冲樽俎之诗,自诵其国胼手胝足者之诗,以自彰其荒陋之理,然而竟赋之者,则此诸诗本非胼手胝足者之诗,而此男女悦慕之情,出之以升华之词,真若此情可以质天地而泣鬼神者。故襄公二十七年伯有赋《鹑之贲贲》,而赵孟斥之曰:'床第之言不踰阈,况在野乎?非使人之所得闻也。'及子太叔赋《野有蔓草》,赵孟则曰:'吾子之惠也。'所以然者,赵孟知《野有蔓草》之诗与床第之言,虽同为男女悦慕之事,而其间文野迥别,不可以同日语也。昭十六年,六卿赋诗,韩宣子喜曰:'郑其庶乎!二三君子,以君命贶起,赋不出郑志,皆昵燕好也。'后人不审当日诸人意境,于是于此诸诗,横加穿穴,凿孔栽须,殊不知"昵燕好"三字,正为此诸诗下一铁注,然此昵燕好之诗,当时赋者听者,不过以为情感深刻,至性流露,发之虽出诸男女,推之则迤及邦交,故曰'昵燕好',自与满足欲望,歌咏体段者,悬若霄壤,万万不以为淫诗,不然,韩宣子决不至有'赋不出郑志'之说。以韩宣子之贤,岂有直指淫诗为邻国之贶,而子产等诸人乃仆仆再拜,不以为耻者乎?要之此《国风》男女悦慕之诗,与通常所谓淫词者相去远绝,而有此余裕,有此心绪,以为此诗者,自非被统治阶级所得言也。"

难者戊曰:"今谓《国风》诸诗为统治阶级之作,然诗中言穷困迫蹙者,不一其词,何也?《中谷有蓷》之诗,今姑不言,请举《北门》等诗言之。《北门》一章云:'终窭且贫,莫知我艰。'《氓》四章云:'自我徂尔,三岁食贫。'《鸨羽》一章云:'王事靡盬,不能蓺稷黍,父母何怙!'《权舆》一章云:'于我乎,昔也每食四簋,今也每食不饱。'《衡门》一章云：'泌之洋洋，可以乐（同瘵）饥。'世宁有居贫不饱之统治阶级？甚矣，子之惑也。"

应之曰："诸诗之作，大抵皆在东周以后，斯时之社会组织，日成崩溃之势，于是在此统治阶级边线上之人物，遂不期然而感受生活上之压迫，发之于诗，则《兔爰》《权舆》之类是也。大抵此种生活上之压迫首先感受其影响者，在东周之时代则为士族，又加以所富有之感伤之情绪，于是啼饥号寒，令人不忍卒听，然其为统治阶级，则又百口所莫辨，此亦天下之至悲也。《兔爰》之诗，作者以其出身之高，自比于离罗之雉，坐视草莽之兔，爰爰徐行，见社会之崩溃，有感于生事之日蹙，至欲一瞑不视，故其诗曰：'有兔爰爰，雉离于罗。我生之初尚无为，我生之后，离此百忧，尚寐无吪！'《毛序》曰：'君子不乐其生焉。'真是一语道破。知《兔爰》则能知《权舆》，此两诗所写之情绪，本无二致故也。《衡门》一诗之作者，修养较深，故值社会之变，辄抱空言以自慰，诗中所谓'衡门之下，可以栖迟。泌之洋洋，可以乐（同瘵）饥。''岂其食鱼，必河之鲂。岂其取妻，必齐之姜。'皆此物此志也。《北门》之'王事适我'，与《鸨羽》之'王事靡盬'，于诗人之身分，皆已确实写出，故《北门·毛序》云：'言卫之忠臣，不得其志尔。'《鸨羽·毛序》云：'君子下从征役，不得养其父母，而作是诗也。'至于'终窭且贫''父母何怙'之句，此则为此感伤之情绪之表现，适足以见其地位，不得据此疑其诗为非统治阶级之诗也。《氓》诗之'三岁食贫'，论者自不能以文害辞，锯树捉鸦。不然，何以《氓》二章方言'以尔车来，以我贿迁'，四章又言'淇水汤汤，渐车帷裳'，岂有三年以前，则积资盈车，三年以后，亦专车来归，乃独在此两者之中，食贫三年者乎？《郑笺》解之云：'我自是往之女家，女家乏谷食，已三岁贫矣。'真不知适自何来，遽得此语。世宁有三岁乏谷食而不死者乎？不思之甚也！马瑞辰《毛诗传笺通释》卷六云：'食贫犹居贫，《笺》训食为谷食，非也。古人妇人先贫贱后富贵者不去，诗言食贫，正以不当去之义责之。'马说近是，稍嫌拘泥。实则食贫二字，自为妇人诟谇之常事，世宁有据《古诗为焦仲卿妻作》'昼夜勤作息，伶俜萦苦辛'二语，遂谓府吏一家，食贫居穷之理乎？"

难者己曰："《诗》三百五篇，果言其非出于民间，则当总此三百五篇言之，不得仅言《国风》，即就此《国风》百六十篇言之，据《诗》言《诗》，可指为统治阶级之诗者不过八十篇，即更以推类之法言言之，共不过百篇，奈何据此百篇之诗，遂疑此百六十篇出于民间之论乎？"

应之曰："《诗》之大、小《雅》，三《颂》，旧说未尝以为民间之诗，新说亦仅仅指其最小之一部分为民间之诗，故果能摇动此《国风》出于民间之立足点者，则全《诗》三百五篇之不必出于民间可知。谓大、小《雅》，三《颂》之不必出于民间，此为不争之论，独谓《国风》不必出于民间，正恐获罪于古之论师，今之君子，此种避轻就重之苦心，仆未尝不自笑其愚也。至谓仆据此八十篇乃至百篇之诗，而致疑于《国风》出于民间之论，先生之责是也，而窃怪先生之不恕也。凡仆所论绝去一切依傍，自名物章句之微，就《诗》言《诗》而疑其不出于民间者，于《国风》百六十篇中得八十篇，已得其半矣，放之人情，证之以类推之法，又得二十篇，合之共得百篇，已得八分之五矣。今问先生果能绝去一切依傍，自名物章句之微，就《诗》言《诗》而的然知其为必出于民间者，凡若干篇？而顾以之见责耶？且因先生之言，真欲令人谓全部《国风》百六十篇，皆不出于民间，其故有二。一则任何时代，任何人之作品，果能就诗言诗，而的然得其主名者，最多度亦不过八分之五。即如先生所作，无论长篇短章，凡此充箱盈箧者，果使涂抹作者姓名，使人绝去一切依傍，就其名物章句之微，而的然知为先生之作者，未必有八分之五也；即使先生不凭记忆，仅仅就其名物章句之微，而的然自知为先生之作者，亦未必有八分之五也。在此情形之下，决不敢谓此充箱盈箧之物，为非先生作所，则亦何妨据此已知之八分之五，而谓《国风》百六十篇，为统治阶级之作乎？次则在阶级制度悬绝之下，统治阶级决不能注意被统治阶级之作品。号称民国，二十四年于兹矣，对于真真民间之作品，注意者几人？收集歌谣，虽蔚成风气，然其起因，实远在千百年之前，而其成绩之湔陋，则无可讳言。流行武汉一带之民间作品，如《二十三年干荒歌》，《当兵开差荐（应作饯）行新调》，以及古寺废垒中'这个军队真好笑，一日要上三遍操'之诗，知识阶级能举之者几人？此事亦不足怪。何则？此种作品，本不在其视野以内也。三千年后犹如此，而谓三千年前之统治阶级，已能注意民间作品，而且朝会公谳之时，必赋之以见志，此吾之所不敢信也。果欲主张全部《国风》皆不出于民间者，其理由如此，然追求真理之准则，不得强不知以为知。微先生无以发吾之狂言。"

难者庚曰："文化之演进，民智之牖启，固无间于中外。西方诗体有 Ballad，吾国译之为民歌，民歌之兴，盖在中古时期，其诗四句、八句之后，往往间以合唱之句，体调大抵与《国风》类似，而其多言男女之情，田猎之事，亦约略相同也。故 H. A. Giles 著 *A History of Chinese Literature*，即以此名译《国风》。吾闻西方民歌出于民间，则《国风》亦出于民间，略可知矣。今谓《国风》大多出于统治阶级，衡以西方诗歌演进之途辙，未可谓合也。

应之曰："中西文学演进之途辙，可以偶合而不必尽合，苟能深考中西诗歌、散文、小说、戏曲演进之涂辙者，必能知之。自不得引西方民歌之往事，以为《国风》出于民间之证。《国风》之义，未必与民歌同，译者著笔，偶下一字，亦无从据此冥想，谓为同物也。且所谓民歌出于民间之说，西方亦有放弃而主张民歌不出于民间之说者。CHILD 教授云：'民歌者，原来非下等阶级之产物及其所有物也。'① 又云：'事之最显然者，现代最文明之民族，其所有之民歌，大半皆来自曾经此种民歌称述其事迹气运之阶级，所谓上层阶级是也，迨文明既经滋长，即将此种民歌，逐出于曾受高度修养及教育者记忆之中，使之残留而为未受教育者所专有。'② 彼之所以为此言者，以此种民歌，原无写本，其后乃陆续搜求于田夫野老之口，始得写定，因言其虽得之于田夫野老，而其最初并不出于田夫野老之故。今西方民歌之搜集，以丹麦为最盛，T. F. Henderson 尝论之云：'在丹麦国中，往者民歌尝为上流社会所爱护，遂以滋长，数百年间，迄为该国文学上及文化上主要媒介物，此固确可信者。及至民歌大部仅残存于一般民众传说之中，此则殊难认为民歌应有或应当之命运。与其谓佳事，

---

① 见 Ballad：Encyclopaedia Britannica，1929
② 见 T. F. Henderson：Ballad in Literature，Page. 80

无宁谓为不幸也.'① 要之民歌不出自民间之说,渐为学者所公认,故一九二九第十四版《大英百科全书》,备引其论。今必欲拾其已陈之刍狗,来相比附,为《国风》出于民间之证,似亦未之考也。

六

知《国风》之大半不出于民间,则古今相传之问题,即可得一答案。遗山《陶然集序》所谓"匪我愆期,子无良媒"等什,今既知其确非小夫贱妇之作,则知其所以与于三百五篇之列者,初不因其"满心而发,肆口而成",特因其出于统治阶级,自不可与遗山所谓"今世小夫贱妇"同视。至于李献吉所谓讴哑呻吟咕歌咄嗟之作,今日固未尝以之为诗也,昔日亦未尝以之为诗也。虽然,此其所关者犹浅,请更得而言之。

旧皆以为《国风》之一部,为言民间疾苦之诗,故读《隰有苌楚》之诗,"隰有苌楚,猗傩其枝,夭之沃沃,乐子之无知"之章,《诗集传》以为"政烦赋重,人不堪其苦,叹其不如草木之无知而无忧也。"实则《国风》,大、小《雅》中所习见者,乃为统治阶级间利害之冲突,即如此诗所见,亦止为一部分统治阶级之没落,而非被统治阶级之呼号。今以《桧风》论之,《隰有苌楚》之次为《匪风》。首章云:"匪风发兮,匪车偈兮,顾瞻周道,中心怛兮!"正可见此不在位之统治阶级,不安于本国之政治状态,而感念当时之共主,于此时期中之被统治阶级无与也。何则?此胼手胝足之人,方呻吟于统治阶级支配之下,因知识之缺乏,未必能知所以致此之故,疾苦颠连,未尝有所觉悟,惟其绝无觉悟,正亦未必呼号,故此三百五篇中所见之疾苦,往往为此一部分统治阶级没落之呼声,观《左传》昭公三年叔向告晏子之言,此种没落之情况,已可概见。叔向:"栾、郤、胥、原、狐、续、庆、伯,降在皂隶。政在家门,民无所依。君日不悛,以乐慆忧。公室之卑,其何日之有!"又云:"晋之公族尽矣。肸闻之,公室将卑,其宗族枝叶先落,则公从之。肸之宗十一族,唯羊舌氏在而

① 见 T. F. Henderson: Ballad in Literature, Page 96

已。胖又无子，公室无度，幸而得死。"叔向之语，正可为《国风》下一注脚。栾、郤、胥、原而有诗，必《兔爰》《权舆》之类也；叔向而有诗，必《蟋蟀》《山有枢》之类也。然晋大国，虽值中落，犹可自立，若曹、桧之小邦，则统治阶级，稍见杌陧，辄感念天下之共主，此所以有《匪风》《下泉》之诗也。

既知《国风》之未必出于民间，则一切文学出于民间之论，即无从建立。大抵吾国文学，有出于民间者，《云谣集杂曲子》以及变文、宝卷、话本之类是也。有不必出于民间者，《诗》三百五篇之类是也。《楚辞》之一部，或有疑为当时民间之作者，实则春秋、战国间，楚文化，殆在中原文化之下，就令《九歌》如王逸所说，本为楚人祠神之歌，亦必出之于彼时负有一部分文化责任之巫觋，与一般之民众无涉。何则？彼时楚之民间，无此素养故也。此种种不同之文学，所由之来路既各异，而其演进之途径，亦必不同。有出于民间而其后为上层阶级所采用，且一经改造，面目迥异者，如《杂曲子》之演进而为令词、慢调，话本之演进而为近代之小说是也。亦有出于上层阶级，而其后为一般民众所采用，凡今日涂墙抹壁之五、七言诗，以及旧日小说中之骈词、偶调，皆是物也。即此以观，斯知各种阶级之各种文学，其相互间之关系，每每成为交流之状态，自不得谓一切文学出于民间，其后各个单位为上层阶级所采用，永永成为一往不复，有去无来之状态。此则又因《国风》之不必出于民间而可知也。

自来相传以为《国风》出于民间，今一旦扩而清之，谓其多为统治阶级之作品，此其事疑若不情，然而"影响勒说，藏头露尾，如贫人借富人之衣，庄农作大贾之饰"，则诚何如一旦扩清之为愈？大抵民间文学之立足点，在将来而不在过去，与其争不可必信之传说，何如作前途无限之展望？吾人果能溯已往以衡来今，则知今后之民间文学，其发展乃正无穷。何则？凡一种阶级能为文学上之表现者，其人必有相当之素养，与最低限度之余裕，而其中又必有格格欲吐，务求一倾而快之情感，然后始能见之于文学。自文体解放以后，劳苦大众已与文字歌曲为长足之接近，而其人又以社会组织之变更，自乡村流入都会，自田间流入工厂，接近知识之机会已多，其生事虽未必较优，然正以此不可终日之生活，更增进其格格欲吐，务求一倾而快之情感，凡此种种文学上必需之条件已略备，一旦其生活略有余暇，无论于文字方面，歌曲方面，定有必然之表现。昔人有言："治世之音安以乐，其政和，乱世之音怨以怒，其政乖。"自今以后，其将何出？吾尝盱衡《诗》三百五篇之作，悬拟未来而有不能尽言者矣。

（载《诗三百篇探故》，上海古籍出版社 1981 年版）

【评　介】

朱东润（1895—1988），江苏泰兴人，名世溧，字东润，以字行，我国著名的教育家、传记文学家、文学史家。早年师从古文大家唐文治研读中国古典文献，1913 年十七岁时，得吴稚晖先生推荐赴英国留学，1916 年回国参加反对袁世凯复辟帝制的斗争。此后于 1929 年执教于武汉大学，后辗转任教于中央大学、江南大学、齐鲁大学、沪江大学。1952 年被调入复旦大学，曾长期担任中文系主任。担任过国务院第一届学位评议组成员、国务院古籍整理规划小组成员、上海古典文学学会名誉会长、《中华文史论丛》主编等。他毕生致力于学术，并取得了卓越成就。他是我国现代传记文学家和传记文学理论的开拓者之一。先后创作了《张居正大传》《王阳明大传》等一系列传记著作和多篇关于传记文学理论建设的文章。

在文学批评史领域，他的《中国文学批评史大纲》是国内最早的文学批评史专著之一，至今仍为学者所推崇。他在中国古代文学研究方面成果斐然，具有代表性的著作有《诗三百篇探故》《楚辞探故》等，这些论著均以学力精深、见解新颖而为学界所瞩目。在上古史研究方面，朱东润也有突出的贡献，如其所撰的《史记考索》《汉书考索》等著作。朱东润以其严谨的治学精神和丰硕的研究成果，为后人留下了一份丰富而宝贵的文化遗产。

朱东润对《诗经》学的研究也倾注了大量的心血，并解决了许多重要的问题，提出了许多创见。其研究成果多出于 1929 年之后的十多年中在武汉大学中文系为学生讲授《诗经》之时，这些成果于 1940 年结集为《读诗四论》，其中包括《国风出于民间论质疑》《诗心论发凡》《诗大小雅说臆》《古诗说摭遗》四篇长文，后又增加《三百篇成书中的时代精神》，1981 年再版时更名为《诗三百篇探故》。

朱东润的《诗经》研究创见，以"《国风》不出于民间说"最为著名。"《国风》出于民间"的观点源远流长，古已有之。古有"采诗"之说，周天子命太师前往民间采诗，以此了解民间风土人情和政治得失，这主要指《国风》中的作品。汉儒以政治美刺解诗，更注重诗歌的教化讽谏作用，所以对诗的阐释往往偏离诗本义。唐宋以来学者也持"国风出于民间"说，以朱熹《诗集传》最有代表性。朱熹认为《国风》出于里巷男女之咏歌，对诗文本的解读也多从这一角度出发。清人进而依此思路解经，对若干表达男女恋情的诗篇重作解释，其努力的方向，在向证实《国风》为民间文学的方向发展。民国时期，"古史辨派"学者顾颉刚等人也循此思路认为《诗经》为民间文学的典范之作。中华人民共和国成立后，《诗经》的研究受阶级分析论的影响，强调人民性，《国风》被定性为劳动人民的作品。这种观点成为主流，影响持续到今。

朱东润先生学贯中西，既反对抹杀传统，也反对拘泥于传统，主张立足本土，从西方汲取其科学精神以创新。因此其为学则能独辟蹊径，在《诗经》研究方面尤其如此。其专论《国风出于民间说质疑》(1935 年)大胆"质疑"当时流行的"《国风》是民间歌谣"之说，对八十篇风诗逐一进行考察，用科学的方法、严密的论证推翻了这一定论。

作者从诗篇作者"自称之地位"和"服御仆从"、诗篇作者"关系人之地位、服御"、诗篇"所歌咏之人地位境遇、服御仆从"着眼，结合诗中的名物、章句加以考证，从而"知其确为统治阶级之诗，皆有明证"。并且采用类推之法，得知《国风》中统治阶级之诗，尚不止此。最后总结说："此《国风》百六十篇之诗，其中一半以上为统治阶级之诗，则可断言。然则，谓《国风》出于民间，其言未可信也。"作者论证至此，又设七难以明之。他置身反对立场，对上述论点从各种角度予以责难，随后对此一一进行解释。可见其考辨之细密，论证之谨严。朱东润的这一研究成果，实际上在很长一段时间中并没有改变学术界的认识，直到二十世纪八十年代以后，"《国风》民歌"说的片面性才被越来越多的学者所认识到，人们重新反思朱先生对《国风》的研究成果，其价值才逐渐彰显出来，这对跳出既定思维定式，重新发现《国风》诗篇的经典意义，具有方法论上的指导作用。

朱东润还提出"诗心"说，也很有新意。在《诗心论发凡》这篇很有影响的论文中，其提出"诗心"说，认为在《诗经》研究方面，应从探求作者之"诗心"入手。也就是"读《诗》者必先尽置诸家之诗说，而探求乎古代诗人之情性，然后乃能知古人之诗，此则所谓诗心也"，"知《诗》三百五篇之诗心，而后可与论中国之诗心"。他还指出："吾尝以为治《诗》三百五篇者，当知有诗而不必知有经，至若鸟兽草木，史传地理，典章制度，文物礼教之学，此皆学有专攻，蔚为绝艺，非治《诗》者所必知也。"为了突出诗的文学性、艺术性，甚至可以忽略传统《诗》学强调的与文学无关的要素。目的就是为了厘清诗与经学的界限，回到诗的抒情本位。这种提法进一步促进了"五四"以来《诗经》学向文学本位的转化。这些论文，反映了二十世纪三四十年代起现代《诗经》学研究的新趋向和新进展。其他诸篇，亦各有自己独特的见解，不备述。骆玉明曾指出：

朱东润先生年轻时留学英国，对西方文化及学术传统的理解是他从事研究工作的重要背景。但和闻一多、郭沫若不同，他的《诗经》研究虽然也是力辟陈说，多出新意，但并不以某种特殊的理论为先导，而是以充分的证据、严密的逻辑，对关于《诗经》的若干基本问题进行深入的探究，廓清障蔽，获得新的认识。或许因为朱先生使用的方法颇显得笨拙，他的研究成果并不容易引起一时震动，但多少年过去以后，其所得结论之坚实确切，却更显得清楚了。在《绪言》的开头，朱先生清楚地表明了自己在《诗经》研究上所取的立场，就是一方面要祛除因为《诗经》被尊为"经"而造成的对诗意的曲解和遮蔽（实际上朱先生是尽可能避免使用《诗经》这一名称，他一般使用更古老的《诗》或《诗三百》；本文则暂从习惯以求方便），另一方面也反对"惑于欧美之旧说，以是非未定之论，来相比附"。在对西方理论的态度上，他与一般趋新的研究者有很大的不同。现在看来，西方理论的引入对于开拓中国传统文史研究的新生面无疑是起了很大作用，但如何恰当地运用这些理论，确实不是那么简单的一件事情。朱先生所指出的问题，至今值得我们思考。①

这段评价很能说明朱东润的《诗经》研究在二十世纪《诗经》学史上的价值和地位。总之，《诗三百篇探故》是二十世纪三十年代很重要的《诗》学著作之一，表现出作者独立的思想、高蹈的识见和思辨能力，他的"《国风》诗篇不出于民间作者之手"的观点，既不同于古人，也不同于今人。这种不为传统说法和时代潮流所拘，能独辟蹊径、实事求是的精神，以及精密考辨、科学论证的治学方法，都值得我们今天研究《诗经》的学者借鉴。

朱东润《诗经》学论著：

朱东润著，《诗三百篇探故》，上海古籍出版社 1981 年版。

---

① 骆玉明：《〈诗三百篇探故〉重刊弁言》，《诗三百篇探故》，云南人民出版社 2007 年重印版，前言 3~4 页。

《诗三百》之文辞

傅斯年

　　我们在论《诗三百》之美文以前，应当破除两个主观。这两个主观者，第一、以词人之诗评析"三百篇"，而忘了《诗三百》是自山谣野歌以至朝廷会享用的乐章集，本是些为歌而作，为乐而设的，本不是做来"改罢自长吟"的，譬如《芣苢》：

　　　　采采芣苢，薄言采之。采采芣苢，薄言有之。
　　　　采采芣苢，薄言掇之。采采芣苢，薄言捋之。
　　　　采采芣苢，薄言袺之。采采芣苢，薄言襭之。

　　这真是太原始的诗了。然如我们想到这不是闭户而歌，而是田野中所闻之声。当天日晴和，山川明朗的时候，女子结群采掇芣苢，随采随歌，作这和声。则这样章节自有他的激越之音，不可仅以平铺直叙看做他是诗歌之"原形质"了。又如《萚兮》：

　　　　萚兮萚兮，风其吹女。叔兮伯兮，倡予和女。
　　　　萚兮萚兮，风其漂女。叔兮伯兮，倡予要女。

　　这也太寻常了。然如假想这是一群人中士女杂坐，一唱众和之声，则这一歌也自有他的兴发处。如果我们不认识这一层，一律以后来诗人作诗的标准衡量他们，必把这事情看得差了。第二个主观是把后人诗中艺术之细密，去遮没了《诗三百》中挚情之直叙。诗人斤斤于艺术之细，本已类似一种衰落的趋势。抒情诗之最盛者，每在无名诗人，而叙事诗之发扬蹈厉，每由甚粗而不失大体之艺术。后人作诗，虽刻画得极细，意匠曲折得多，然刻画即失自然，而情意曲折便非诡化(Sophisticated)的人不能领悟，非人情之直率者。如：

> 溱与洧，方涣涣兮。士与女，方秉蕳兮。女曰观乎？士曰既且。且往观乎洧之外，洵訏且乐。维士与女，伊其相谑，赠之以芍药。

又如：

> 爰采唐矣，沫之乡矣。云谁之思？美孟姜矣。期我乎桑中，要我乎上宫，送我乎淇之上矣。

或如《葛覃》：

> 葛之覃兮，施于中谷，维叶萋萋。黄鸟于飞，集于灌木，其鸣喈喈。
> 葛之覃兮，施于中谷，维叶莫莫。是刈是濩，为绨为绤，服之无斁。
> 言告师氏，言告言归。薄污我私，薄澣我衣。害澣害否？归宁父母。

以及《卷耳》：

> 采采卷耳，不盈顷筐。嗟我怀人，置彼周行。
> 陟彼崔嵬，我马虺隤。我姑酌彼金罍，维以不永怀。
> 陟彼高冈，我马玄黄。我姑酌彼兕觥，维以不永伤。
> 陟彼砠矣，我马瘏矣，我仆痡矣，云何吁矣。

《诗经》中此类例举不胜举，都是直叙的话，都没有刻意为辞的痕迹。

然而都成美文。《诗三百》中一切美辞之美，及其超越《楚辞》和其他俊文处，在乎直陈其事，而风采情趣声光自见，不流曲折以成诡词，不加刻饰以成蔓骈，俗言即是实言，白话乃是真话，直说乃是信说。《诗经》之最大艺术，在其不用艺术处。

> 子贡问曰："诗云：'巧笑倩兮，美目盼兮，素以为绚兮。'何谓也？"子曰："绘事后素。"
> 曰："礼后乎？"子曰："起予者商也。始可与言诗已矣！"

纯净无过于洁白，艺术无过于自然。戕贼语言以为艺术，犹戕贼人性以为仁义，戕贼杞柳为杯棬。

现在叙《诗经》中的几类情色。

严沧浪论盛唐诗曰："羚羊挂角，无迹可求。透澈玲珑，不可凑泊。如空中之音，相中之色，水中之月，镜中之象，言有尽而意无穷。"这也是诗中境界能自然后之象。《诗三百》中指到这一格者正不少。例如《燕燕于飞》：

> 燕燕于飞，差池其羽。之子于归，远送于野。瞻望弗及，泣涕如雨。
> 燕燕于飞，颉之颃之。之子于归，远于将之。瞻望弗及，伫立以泣。
> 燕燕于飞，下上其音。之子于归，远送于南。瞻望弗及，实劳我心。
> 仲氏任只，其心塞渊，终温且惠，淑慎其身。先君之思，以勖寡人。

又如《蒹葭》：

> 蒹葭苍苍，白露为霜。所谓伊人，在水一方。溯洄从之，道阻且长，溯游从之，宛在水中央。
> 蒹葭凄凄，白露未晞。所谓伊人，在水之湄。溯洄从之，道

阻且跻，溯游从之，宛在水中坻。

　　蒹葭采采，白露未已。所谓伊人，在水之涘。溯洄从之，道阻且右，溯游从之，宛在水中沚。

又如《小戎》：

　　小戎俴收，五楘梁辀。游环胁驱，阴靷鋈续。文茵畅毂，驾我骐馵。言念君子，温其如玉，在其板屋，乱我心曲。

邶、鄘、卫之《谷风》及《氓》，总算最能诉说柔情的弃妇词了。而《小雅》中之《习习谷风》，几句话说完，意思更觉无限。

　　习习谷风，维风及雨。将恐将惧，维予与女，将安将乐，女转弃予。

　　习习谷风，维风及颓。将恐将惧，寘予于怀。将安将乐，弃予如遗。

　　习习谷风，维山崔嵬。无草不死，无木不萎。忘我大德，思我小怨。

这些都是言短意长，境界具于词语之外，愈反复看去，愈觉其含义无穷。

　　另有绝妙一格，把声色：景物，密意柔情，一齐图出来的，例如《出车》：

　　我出我车，于彼牧矣。自天子所，谓我来矣。召彼仆夫，谓之载矣。王事多难，维其棘矣。

　　我出我车，于彼郊矣。设此旐矣，建彼旄矣。彼旟旐斯，胡不旆旆？忧心悄悄，仆夫况瘁。

　　王命南仲，往城于方。出车彭彭，旂旐央央。天子命我，城彼朔方。赫赫南仲，玁狁于襄。

　　昔我往矣，黍稷方华；今我来思，雨雪载涂。王事多难，不遑启居。岂不怀归？畏此简书。

　　喓喓草虫，趯趯阜螽。未见君子，忧心忡忡。既见君子，我心则降。赫赫南仲，薄伐西戎。

　　春日迟迟，卉木萋萋。仓庚喈喈，采蘩祁祁。执讯获丑，薄言还归。赫赫南仲，狎狁于夷。

或如《采薇》（仅抄末章）：

　　昔我往矣，杨柳依依，今我来思，雨雪霏霏。行道迟迟，载渴载饥。我心伤悲，莫知我哀。

尤其佳妙的是《东山》，这是《诗经》中第一首好的抒情诗。

　　我徂东山，慆慆不归。我来自东，零雨其濛。我东曰归，我心西悲。制彼裳衣，勿士行枚。蜎蜎者蠋，烝在桑野。敦彼独宿，亦在车下。

　　我徂东山，慆慆不归。我来自东，零雨其濛。果臝之实，亦施于宇。伊威在室，蟏蛸在户。町畽鹿场，熠耀宵行。不可畏也，伊可怀也。

　　我徂东山，慆慆不归。我来自东，零雨其濛。鹳鸣于垤，妇叹于室。洒埽穹窒，我征聿至。有敦瓜苦，烝在栗薪。自我不见，于今三年。

　　我徂东山，慆慆不归。我来自东，零雨其濛。仓庚于飞，熠熠其羽。之子于归，皇驳其马。亲结其缡，九十其仪。其新孔嘉，其旧如之何？

更有一格，声光朗然，美而不柔，畅而不放，顺而不流，寄神韵于瞭亮之中者，如《君子偕老》：

　　君子偕老，副笄六珈。委委佗佗，如山如河，象服是宜。子之不淑，云如之何？

  玼兮玼兮，其之翟也。鬒发如云，不屑髢也。玉之瑱也，象之揥也，扬且之皙也。胡然而天也？胡然而帝也？

  瑳兮瑳兮，其之展也。蒙彼绉絺，是绁袢也。子之清扬，扬且之颜也。展如之人兮，邦之媛也。

又如《硕人其颀》：

  硕人其颀，衣锦褧衣。齐侯之子，卫侯之妻，东宫之妹。邢侯之姨，谭公维私。

  手如柔荑，肤如凝脂，领如蝤蛴，齿如瓠犀，螓首蛾眉。巧笑倩兮，美目盼兮。

  硕人敖敖，说于农郊。四牡有骄，朱幩镳镳，翟茀以朝。大夫夙退，无使君劳。

  河水洋洋，北流活活。施罛濊濊，鳣鲔发发，葭菼揭揭。庶姜孽孽，庶士有朅。

又如《女曰鸡鸣》：

  女曰鸡鸣，士曰昧旦。子兴视夜，明星有烂。将翱将翔，弋凫与雁。

  弋言加之，与子宜之。宜言饮酒，与子偕老。琴瑟在御，莫不静好。

  知子之来之，杂佩以赠之。知子之顺之，杂佩以问之。知子之好之，杂佩以报之。

其曲折旋转以诉柔情者，能极思意之回旋。

  《柏舟》：

  泛彼柏舟，亦泛其流。耿耿不寐，如有隐忧，微我无酒，以敖以游。

  我心匪鉴，不可以茹。亦有兄弟，不可以据。薄言往愬，逢彼之怒。

我心匪石，不可转也，我心匪席，不可卷也。威仪棣棣，不可选也。

忧心悄悄，愠于群小。觏闵既多，受侮不少。静言思之，寤辟有摽。

日居月诸，胡迭而微？心之忧矣，如匪澣衣。静言思之，不能奋飞。

《谷风》：

习习谷风，以阴以雨。黾勉同心，不宜有怒。采葑采菲，无以下体，德音莫违，及尔同死。

行道迟迟，中心有违。不远伊迩，薄送我畿。谁谓荼苦？其甘如荠。宴尔新昏，如兄如弟。

泾以渭浊，湜湜其沚。宴尔新昏，不我屑以。毋逝我梁，毋发我笱。我躬不阅，遑恤我后！

就其深矣，方之舟之，就其浅矣，泳之游之。何有何亡？黾勉求之。凡民有丧，匍匐救之。

不我能慉，反以我为仇。既阻我德，贾用不售。昔育恐育鞠，及尔颠覆。既生既育，比予于毒。

我有旨蓄，亦以御冬。宴而新昏，以我御穷。有洸有溃，既诒我肆。不念昔者，伊余来塈。

《氓》：

氓之蚩蚩，抱布贸丝。匪来贸丝，来即我谋。送子涉淇，至于顿丘。匪我愆期，子无良媒，将子无怒，秋以为期。

乘彼垝垣，以望复关。不见复关，泣涕涟涟。既见复关，载笑载言。尔卜尔筮，体无咎言。以尔车来，以我贿迁。

桑之未落，其叶沃若。于嗟鸠兮，无食桑葚；于嗟女兮，无与士耽。士之耽兮，犹可说也；女之耽兮，不可说也。

　　桑之落矣，其黄而陨。自我徂尔，三岁食贫。淇水汤汤，渐车帷裳。女也不爽，士贰其行。士也罔极，二三其德。

　　三岁为妇，靡室劳矣。夙兴夜寐，靡有朝矣。言既遂矣，至于暴矣。兄弟不知，咥其笑矣。静言思之，躬自悼矣。

　　及尔偕老，老使我怨。淇则有岸，隰则有泮。总角之宴，言笑晏晏，信誓旦旦，不思其反。反是不思，亦已焉哉。

《载驰》：

　　载驰载驱，归唁卫侯。驱马悠悠，言至于漕。大夫跋涉，我心则忧。

　　既不我嘉，不能旋反，视尔不臧，我思不远。既不我嘉，不能旋济，视尔不臧，我思不閟。

　　陟彼阿丘，言采其蝱。女子善怀，亦各有行。许人尤之，众稚且狂。

　　我行其野，芃芃其麦。控于大邦，谁因谁极？大夫君子，无我有尤。百尔所思，不如我所之。

而直陈其事，但作短言，亦能蕴蓄感觉于语外。

《君子于役》：

　　君子于役，不知其期，曷至哉？鸡栖于埘，日之夕矣，羊牛下来。君子于役，如之何勿思？

　　君子于役，不日不月，曷其有佸？鸡栖于桀，日之夕矣，羊牛下括。君子于役，苟无饥渴？

《蟋蟀》（仅录首章）：

　　蟋蟀在堂，岁聿其莫，今我不乐，日月其除。无已大康，职思其居。好乐无荒，良士瞿瞿。

《山有枢》(仅录末章):

> 山有漆，隰有栗。子有酒食，何日不鼓瑟？且以喜乐，且以
> 永日。宛其死矣，他人入室。

又如《无羊》一篇，全是一篇绝好的画图，所说不多而画景无限。

> 谁谓尔无羊？三百维群。谁谓尔无牛？九十其犉。尔羊来
> 思，其角濈濈，尔牛来思，其耳湿湿。
> 或降于阿，或饮于池，或寝或讹。尔牧来思，何蓑何笠，或
> 负其餱。三十维物，尔牲则具。
> 尔牧来思，以薪以蒸，以雌以雄。尔羊来思，矜矜兢兢，不
> 骞不崩。麾之以肱，毕来既升。
> 牧人乃梦，众维鱼矣，旐维旟矣。大人占之，众维鱼矣，实
> 维丰年；旐维旟矣，室家溱溱。

更有以俗见趣者，是《诗三百》中一个盛格。因为《诗三百》本是些民
间歌词，巷语田讴，自是最真挚的。《简兮》:

> 简兮简兮，方将万舞。日之方中，在前上处。
> 硕人俣俣，公庭万舞。有力如虎，执辔如组。
> 左手执籥，右手秉翟。赫如渥赭，公言锡爵。
> 山有榛，隰有苓。云谁之思，西方美人。彼美人兮，西方之
> 人兮。

《大叔于田》:

> 叔于田，乘乘马，执辔如组，两骖如舞。叔在薮，火烈具
> 举，襢裼暴虎，献于公所。将叔无狃，戒其伤女。
> 叔于田，乘乘黄，两服上襄，两骖雁行。叔在薮，火烈具
> 扬。叔善射忌，又良御忌；抑磬控忌，抑纵送忌。

叔于田，乘乘鸨。两服齐首，两骖如手。叔在薮，火烈具阜。叔马慢忌，叔发罕忌，抑释掤忌，抑鬯弓忌。

乃至把亲切的话说得已甚俚俗，而我们还感觉到他有趣味。例如《扬之水》：

扬之水，不流束楚。终鲜兄弟，维予与女。无信人之言，人实诳女。

扬之水，不流束薪。终鲜兄弟，维予二人。无信人之言，人实不信。

《绸缪》：

绸缪束薪，三星在天。今夕何夕，见此良人。子兮子兮，如此良人何？

至于别成一调，后人全无继续者，则有《鸱鸮》一首之作鸟语。

鸱鸮鸱鸮，既取我子，无毁我室。恩斯勤斯，鬻子之闵斯！

迨天之未阴雨，彻彼桑土，绸缪牖户。今女下民，或敢侮予。

予手拮据，予所捋荼，予所蓄租，予口卒瘏。曰予未有室家。

予羽谯谯，予尾翛翛，予室翘翘，风雨所漂摇。予维音哓哓。

《伐檀》《硕鼠》两篇，叙人民不平之感，甚有气力（各录首章）：

坎坎伐檀兮，置之河之干兮。河水清且涟猗。不稼不穑，胡取禾三百廛兮？不狩不猎，胡瞻尔庭，有县貆兮？彼君子兮，不素餐兮！

　　硕鼠硕鼠，无食我黍。三岁贯女，莫我肯顾。逝将去女，适彼乐土，乐土乐土，爰得我所。

然而诗风中最盛之一格，是《七月》那篇农民和乐的岁歌。这首总叙人民在封建制度中之生活，一个人民生活之本，亦即它的文学之本。

　　七月流火，九月授衣。一之日觱发。二之日栗烈。无衣无褐，何以卒岁！三之日于耜，四之日举趾。同我妇子，馌彼南亩，田畯至喜。

　　七月流火，九月授衣。春日载阳，有鸣仓庚。女执懿筐，遵彼微行，爰求柔桑。春日迟迟，采蘩祁祁。女心伤悲，殆及公子同归。

　　七月流火，八月萑苇。蚕月条桑，取彼斧斨，以伐远扬，猗彼女桑。七月鸣鵙，八月载绩。载玄载黄，我朱孔阳，为公子裳。

　　四月秀葽，五月鸣蜩，八月其获，十月陨萚。一之日于貉，取彼狐狸，为公子裘。二之日其同，载缵武功。言私其豵，献豜于公。

　　五月斯螽动股，六月莎鸡振羽。七月在野，八月在宇，九月在户。十月蟋蟀，入我床下。穹窒熏鼠，塞向墐户，嗟我妇子，曰为改岁，入此室处。

　　六月食郁及薁，七月亨葵及菽。八月剥枣，十月获稻。为此春酒，以介眉寿。七月食瓜，八月断壶，九月叔苴，采荼薪樗，食我农夫。

　　九月筑场圃，十月纳禾稼。黍稷重穋，禾麻菽麦。嗟我农夫，我稼既同，上入执宫功。昼尔于茅，宵尔索綯，亟其乘屋，其始播百谷。

　　二之日凿冰冲冲。三之日纳于凌阴。四之日其蚤，献羔祭韭。九月肃霜，十月涤场，朋酒斯飨，曰杀羔羊。跻彼公堂，称彼兕觥，万寿无疆。

接举此一篇，可该《小雅·楚茨》《信南山》《甫田》《大田》四篇。

诗的文辞大致可分为风、雅二类（以雅括颂），《风》是抒情诗，而《雅》是有容止的诗，但中间并无严整的界限，我们上文论《风》已引进了《小雅》，现在论《雅》也免不了引进《风》。

《雅》诗第一类是仪容和平者，例如：

> 定之方中，作于楚宫。揆之以日，作于楚室。树之榛栗，椅桐梓漆，爰伐琴瑟。
>
> 升彼虚矣，以望楚矣。望楚与堂，景山与京，降观于桑。卜云其吉，终焉允臧。
>
> 灵雨既零，命彼倌人。星言夙驾，说于桑田。匪直也人，秉心塞渊，騋牝三千。

又一类是穆穆雝雝者：

> 天保定尔，亦孔之固。俾尔单厚，何福不除？俾尔多益，以莫不庶。
>
> 天保定尔，俾尔戬谷。罄无不宜，受天百禄。降尔遐福，维日不足。
>
> 天保定尔，以莫不兴。如山如阜，如冈如陵。如川之方至，以莫不增。
>
> 吉蠲为饎，是用孝享。禴祠烝尝，于公先王。君曰卜尔，万寿无疆。
>
> 神之吊矣，诒尔多福。民之质矣，日用饮食。群黎百姓，遍为尔德。
>
> 如月之恒，如日之升。如南山之寿，不骞不崩。如松柏之茂，无不尔或承。

《彤弓》：

> 彤弓弨兮，受言藏之。我有嘉宾，中心贶之。钟鼓既设，一

朝飨之。

　　彤弓弨兮，受言载之。我有嘉宾，中心喜之。钟鼓既设，一朝右之。

　　彤弓弨兮，受言櫜之。我有嘉宾，中心好之。钟鼓既设，一朝醻之。

《菁菁者莪》：

　　菁菁者莪，在彼中阿？既见君子，乐且有仪。
　　菁菁者莪，在彼中沚。既见君子，我心则喜。
　　菁菁者莪，在彼中陵。既见君子，锡我百朋。
　　汎汎杨舟，载沉载浮。既见君子，我心则休。

　　按，《雅》中有这样的诗，犹之乎《风》中有《芣苢》，此处但为相见之乐，以短辞作容止之庄；彼处是山谣野讴，以短词成众唱之和；彼处有情景，此处有容仪，这都不是可拿后来诗人做诗之格局去评论的。

　　诗文之盛，是宽博渊懿者，其中含蓄若干思想，以成振而不荡，庄而不敛之词。

《文王》：

　　文王在上，于昭于天。周虽旧邦，其命维新。有周不显，帝命不时。文王陟降，在帝左右。

　　亹亹文王，令闻不已。陈锡哉周，侯文王孙子。文王孙子，本支百世。凡周之士，不显亦世。

　　世之不显，厥犹翼翼。思皇多士，生此王国。王国克生，维周之桢。济济多士，文王以宁。

　　穆穆文王，于缉熙敬止。假哉天命，有商孙子。商之孙子，其丽不亿。上帝既命，侯于周服。

　　侯服于周，天命靡常。殷士肤敏，裸将于京。厥作裸将，常服黼冔。王之荩臣，无念尔祖。

　　无念尔祖，聿修厥德。永言配命，自求多福。殷之未丧师，克配上帝。宜鉴于殷，骏命不易。

命之不易，无遏尔躬。宣昭义问，有虞殷自天。上天之载，无声无臭。仪刑文王，万邦作孚。

《皇矣上帝》：

皇矣上帝，临下有赫。监观四方，求民之莫。维此二国，其政不获。维彼四国，爰究爰度。上帝耆之，憎其式廓。乃眷西顾，此维与宅。

作之屏之，其菑其翳。修之平之，其灌其栵。启之辟之，其柽其椐。攘之剔之，其檿其柘。帝迁明德，串夷载路。天立厥配，受命既固。

帝省其山，柞棫斯拔，松柏斯兑。帝作邦作对，自大伯王季。维此王季，因心则友。则友其兄，则笃其庆。载锡之光，受禄无丧，奄有四方。

维此王季，帝度其心，貊其德音。其德克明，克明克类，克长克君。王此大邦，克顺克比。比于文王，其德靡悔。既受帝祉，施于孙子。

帝谓文王，无然畔援，无然歆羡，诞先登于岸。密人不恭，敢距大邦，侵阮徂共。王赫斯怒，爰整其旅，以按徂旅，以笃周祜，以对于天下。

依其在京，侵自阮疆，陟我高冈。无矢我陵，我陵我阿；无饮我泉，我泉我池。度其鲜原，居岐之阳，在渭之将。万邦之方，下民之王。

帝谓文王，予怀明德，不大声以色，不长夏以革。不识不知，顺帝之则。帝谓文王，询尔仇方，同尔弟兄。以尔钩援，与尔临冲，以伐崇墉。

临冲闲闲，崇墉言言。执讯连连，攸馘安安。是类是禡，是致是附，四方以无侮。临冲茀茀，崇墉仡仡，是伐是肆，是绝是忽，四方以无拂。

《时迈》：

> 时迈其邦，昊天其子之，实右序有周。薄言震之，莫不震
> 叠。怀柔百神，及河乔岳。允王维后，明昭有周，式序在位。载
> 戢干戈，载櫜弓矢，我求懿德，肆于时夏，允王保之。

尤盛是发扬蹈厉者，此是《雅》中文词之最高点。

《文王有声》：

> 文王有声，遹骏有声。遹求厥宁，遹观厥成。文王烝哉！
> 文王受命，有此武功。既伐于崇，作邑于丰。文王烝哉！
> 筑城伊淢，作丰伊匹。匪棘其欲，遹追来孝。王后烝哉！
> 王公伊濯，维丰之垣。四方攸同，王后维翰。王后烝哉！
> 丰水东注，维禹之绩。四方攸同，皇王维辟。皇王烝哉！
> 镐京辟廱，自西自东。自南自北，无思不服。皇王烝哉！
> 考卜维王，宅是镐京。维龟正之，武王成之。武王烝哉！
> 丰水有芑，武王岂不仕？诒厥孙谋，以燕翼子。武王烝哉！

《六月》：

> 六月栖栖，戎车既饬。四牡骙骙，载是常服。玁狁孔炽，我
> 是用急，王于出征，以匡王国。
> 比物四骊，闲之维则。维此六月，既成我服。我服既成，于
> 三十里。王于出征，以佐天子。
> 四牡修广，其大有颙。薄伐玁狁，以奏肤公。有严有翼，共
> 武之服。共武之服，以定王国。
> 玁狁匪茹，整居焦获，侵镐及方，至于泾阳。织文鸟章，白
> 旆央央，元戎十乘，以先启行。
> 戎车既安，如轾如轩。四牡既佶，既佶且闲。薄伐玁狁，至
> 于大原。文武吉甫，万邦为宪。
> 吉甫燕喜，既多受祉。来归自镐，我行永久。饮御诸友，炰

鳖脍鲤。侯谁在矣？张仲孝友。

《常武》：

　　赫赫明明，王命卿士。南仲大祖，大师皇父。整我六师，以
修我戎。既敬既戒，惠此南国。
　　王谓尹氏，命程伯休父。左右陈行，戒我师旅。率彼淮浦，
省此徐土。不留不处，三事就绪。
　　赫赫业业，有严天子，王舒保作。匪绍匪游，徐方绎骚，震
惊徐方。如雷如霆，徐方震惊。
　　王奋厥武，如震如怒，进厥虎臣，阚如虓虎。铺敦淮濆，仍
执丑虏。截彼淮浦，王师之所。
　　王旅啴啴，如飞如翰，如江如汉。如山之苞，如川之流，绵
绵翼翼，不测不克，濯征徐国。
　　王犹允塞，徐方既来。徐方既同，天子之功。四方既平，徐
方来庭。徐方不回，王曰还归。

《长发》：

　　浚哲维商，长发其祥。洪水芒芒，禹敷下土方。外大国是
疆，幅陨既长。有娀方将，帝立子生商。
　　玄王桓拨，受小国是达，受大国是达。率履不越，遂视既
发。相土烈烈，海外有截。
　　帝命不违，至于汤齐。汤降不迟，圣敬日跻。昭假迟迟，上
帝是祗，帝命式于九围。
　　受小球大球，为下国缀旒，何天之休。不竞不絿，不刚不
柔。敷政优优，百禄是遒。
　　受小共大共，为下国骏厖。何天之龙，敷奏其勇。不震不
动，不戁不竦，百禄是总。
　　武王载旆，有虔秉钺。如火烈烈，则莫我敢曷。苞有三蘖，
莫遂莫达，九有有截。韦顾既伐，昆吾夏桀。

昔在中叶，有震且业。允也天子，降于卿士。实维阿衡，实左右商王。

若《雅》中哀怨之诗，则迥异于《风》中哀怨之诗。《风》中之怨，以柔情之宛转述怨，以不平之愤愤为怨；《雅》中之怨则瞻前顾后，论臧刺比，述情于政，以政寄情。后人只有阮嗣宗、杜子美（及学杜子美者）方为此类诗也。此类诗都很长，仅举一篇以例其余。

正月繁霜，我心忧伤。民之讹言，亦孔之将。念我独兮，忧心京京。哀我小心，瘋忧以痒。

父母生我，胡俾我瘉？不自我先，不自我后。好言自口，莠言自口。忧心愈愈，是以有侮。

忧心惸惸，念我无禄。民之无辜，并其臣仆。哀我人斯，于何从禄？瞻乌爰止，于谁之屋？

瞻彼中林，侯薪侯蒸。民今方殆，视天梦梦。既克有定，靡人弗胜。有皇上帝，伊谁云憎？

谓山盖卑，为冈为陵。民之讹言，宁莫之惩。召彼故老，讯之占梦。具曰予圣，谁知乌之雌雄？

谓天盖高，不敢不局。谓地盖厚，不敢不蹐。维号斯言，有伦有脊。哀今之人，胡为虺蜴！

瞻彼阪田，有菀其特。天之扤我，如不我克。彼求我则，如不我得。执我仇仇，亦不我力。

心之忧矣，如或结之。今兹之正，胡然厉矣！燎之方扬，宁或灭之，赫赫宗周，褒姒灭之。

终其永怀，又窘阴雨。其车既载，乃弃尔辅。载输尔载，将伯助予。

无弃尔辅，员于尔辐。屡顾尔仆，不输尔载。终逾绝险，曾是不意。

鱼在于沼，亦匪克乐。潜虽伏矣，亦孔之炤。忧心惨惨，念国之为虐。

彼有旨酒，又有嘉殽。洽比其邻，昏姻孔云。念我独兮，忧心殷殷。

佌佌彼有屋，蔌蔌方有谷。民今之无禄，天夭是椓。哿矣富人，哀此惸独。

此宗周乱后，流亡者之诗。

又如《小旻》末章：

不敢暴虎，不敢冯河，人知其一，莫知其他。战战兢兢，如临深渊，如履薄冰。

至于规谏之诗，多是"文采不艳而过于叮咛周至"，然叮咛而成和谐，亦是美文。

《民劳》：

民亦劳止，汔可小康。惠此中国，以绥四方。无纵诡随，以谨无良。式遏寇虐，憯不畏明。柔远能迩，以定我王。

民亦劳止，汔可小休。惠此中国，以为民逑。无纵诡随，以谨惛恍。式遏寇虐，无俾民忧。无弃尔劳，以为王休。

民亦劳止，汔可小息。惠此京师，以绥四国。无纵诡随，以谨罔极。式遏寇虐，无俾作慝。敬慎威仪，以近有德。

民亦劳止，汔可小愒。惠此中国，俾民忧泄。无纵诡随，以谨丑厉。式遏寇虐，无俾正败。戎虽小子，而式弘大。

民亦劳止，汔可小安。惠此中国，国无有残。无纵诡随，以谨缱绻。式遏寇虐，无俾正反。王欲玉女，是用大谏。

《板》：

上帝板板，下民卒瘅。出话不然，为犹不远。靡圣管管，不实于亶。犹之未远，是用大谏。

天之方难，无然宪宪。天之方蹶，无然泄泄。辞之辑矣，民之洽矣。辞之怿矣，民之莫矣。

我虽异事，及尔同僚。我即尔谋，听我嚣嚣。我言维服，勿以为笑。先民有言，询于刍荛。

天之方虐，无然谑谑。老夫灌灌，小子蹻蹻。匪我言耄，尔用忧谑。多将熇熇，不可救药。

天之方懠，无为夸毗。威仪卒迷，善人载尸。民之方殿屎，则莫我敢葵。丧乱蔑资，曾莫惠我师。

天之牖民，如壎如篪。如璋如圭，如取如携。携无曰益，牖民孔易。民之多辟，无自立辟。

价人维藩，大师维垣。大邦维屏，大宗维翰。怀德维宁，宗子维城。无俾城坏，无独斯畏。

敬天之怒，无敢戏豫。敬天之渝，无敢驰驱。昊天曰明，及尔出王；昊天曰旦，及尔游衍。

(载《〈诗经〉讲义稿》，上海古籍出版社 2012 年版)

【评 介】

史家格局《诗》学鹄的

——论傅斯年的《诗经》研究

一

傅斯年(1896—1950)，字孟真，山东聊城人。五四运动中北京大学的著名学生领袖之一，受新思潮的影响，在五四运动之后留学英、德近七年。之后于 1926 年回国，1927 年受聘于中山大学，先后担任历史系、文学系主任。1928 年，应蔡元培之聘，筹办中央研究院历史语言研究所，并任所长。一时之间，研究所延请汇聚了一大批有名的学者，1927 年到 1938 年间达到鼎盛，极大地推动了当时的学术研究。他和考古学家马衡一起，大声疾呼，呈请中央研究院院长蔡元培出资收购流散民间的清朝内阁大库档案，抢救、整理了这批重要的第一手史料。其后又筹划并主持领导安阳殷墟的发掘工作，经过近十年的艰苦工作，收获大量甲骨及殷代遗物，为研究中国古代史，尤其是殷商史，提供了大量的第一手资料。抗日战争胜利后，任北京大学代理校长，1949 年随中央研究院历史语言研究所迁台，仍任所长，并兼任台湾大学校长。

傅斯年是著名的史学家，他的史学思想融会中西，格局宏大。其《诗经》研究整体上说是其史学研究的具体化表现，是其史学研究的一部分。傅斯年史学研究的代表作《民族与古代中国史》中所收的《大东小东说——兼论鲁、燕、齐初封在成周东南后乃东迁》《姜嫄》《夷夏东西说》等篇，均涉及《诗经》。其《诗经》研究的专门著述有《〈诗经〉讲义稿》《中国古代文学史讲义·诗部类说》等，也包含着他对周代历史的精辟见解。总体而言，他的《诗经》研究取史学家的视角，隶属于史学研究的范畴，但也别开生面，呈现出他特有的、别样的学术个性。

二

傅斯年深受新文化运动的影响，在学术上受到梁启超等人所努力倡导的"新史学"思想的鼓动，既能接受新思想，也能有自己的思考和主张。因此，他在学术上并不盲从，比如对梁启超所提倡的"历史统计学"的研究方法，他就不是全盘接受，而是肯定其优点的同时也指出其不足。1928 年 1 月，傅斯年在给顾颉刚的信中，对丁文江运用历史统计学所撰《历史人物与地理的关系》一文的结论提出质疑，认为统计学的方法适用于像天文现象一类的"单元"事物，而不一定全适用于"极复元"的历史现象。一种史学理论是否科学，最终都须通过自己的学术实践加以验证。其实傅氏《性命古训辨证》一书就是运用统计学的方法，此书开篇即言"本卷所论之范围，大体以先秦遗文中'生''性''令''命'诸字之统计为限，并分析其含义，除非为解释字义之必要，不涉思想上之问题。以此统计及分析为基础，在第二卷中进而疏论晚周儒家之性命说"①。当然，他这种统计学方法也可以视作是乾嘉考据学的方法，不一定非要学习西方统计史学的方法才

---

① 傅斯年：《性命古训辨证》，《傅斯年全集》第二卷，湖南教育出版社2000 年版，第 510 页。

能如此。若非如此，傅斯年不会一面质疑，一面又运用这种方法。

傅斯年在疑古思潮盛行的年代里试图重建中国的上古史，进而建构科学的中国史学，因此他的眼光极远，立意极高。据台湾傅斯年档案的管理者和傅氏著作的整理者王汎森说："他去英德两国并非专修历史。傅斯年在英、德的求学生涯，主要精力是了解西方学术整体发展的情形，所以他的藏书几乎包括当时西方学术的每一个方面，这使他不曾得到任何学位，但也使他可运用各种工具治史。"①有的学者认为傅氏接受了历史统计学派和历史语言考据学派的影响。② 这是极大的误会！他在给胡适的信中曾说："我到伦敦后，于 University College（大学学院）听课一学期，现已放暑假。以后当专致力于心理学。以此终身，倒也有趣。……近中温习化学、物理学、数学等，兴味很浓。回想在北大的六年，一误于预科乙部（偏重文史），再误于文科国文门，言之可叹。"③可见他在欧洲留学时的主攻方向是自然科学，不是历史学。当然，处在那样的氛围里，间接地受到兰克史学治史风气的影响，倒是有可能。

回国之后，傅斯年将以兰克为代表的西方史学研究方法与中国的乾嘉考据之学相结合，开创了独具特色的历史语言考据学方法。他强调史料在研究中的作用，提出"史学就是史料学"的观点，主张运用研究自然科学的方法进行历史和语言学的研究，追求史学研究的纯客观性，反对在史学研究中渗透研究者的主观意识。傅斯年的史学观主要有三方面的内涵：（一）史学研究的对象是史料；（二）史学的进步有赖于史料的增加；（三）史学内工作是整理史料。其《史学方法导论》中说："史料的发现，足以促成史学之进步，而史学之进步，最赖史料之增加。"进而认为史料的扩充是史学进步的重要条件。他引导治史者专注史料的发现与考订，重视研究资料的搜集，提出"上穷

① 王汎森：《中国近代思想与学术的系谱》，河北教育出版社 2001 年版，第 344~345 页。

② 夏传才：《诗经学大辞典》，河北教育出版社 2014 年版，第 552 页。

③ 中国社会科学院近代史研究所中华民国史研究室：《胡适来往书信选》，社会科学文献出版社 2013 年版，第 75 页。

碧落下黄泉，动手动脚找东西"的口号。他认为考古学者要去田野工作，语言学研究者则要去调查方言，另外民族学的资料也应当引起学者相当的重视。在这种兼收并蓄的研究方法的指导下，他重视历史文献、考古、语言学和民俗学资料的综合运用，在具体的研究实践中常能提出新说，与传统学说对勘互证，提出许多学术见解，解决了许多重要的学术问题，在"重建史学"的道路上迈出了坚实的步伐。他的历史语言考证史学，与郭沫若、范文澜所倡导的马克思主义史学，堪称 20 世纪 30 至 40 年代新史学的代表。

三

傅斯年将其治史的学术观念和方法运用于《诗经》研究，立足于历史学和语言学的研究角度来揭示《诗》文本的本义，力求还原诗篇创作的原始历史语境，揭示诗篇的审美价值，既注重实证，又不轻视理论阐发。因而显得别具一格。他在《诗经讲义稿·泛论诗经学》中说："我们去研究《诗经》应当有三个态度，（一）欣赏他的文辞；（二）拿他当一堆极有价值的历史材料去整理；（三）拿他当一部极有价值的古代言语学材料书。"不难发现，他所说的三种态度，涵盖了文艺学、史料学、语言学等学科范畴。

在具体的研究方法上，主要运用史料比较法——间接材料与直接材料的相互参会；语言学的分析归纳法，即"以语言学的观点解释一个思想史的问题"的方法。将语言文字的变化纳入历史演进的角度分析论证，来探求周代思想面貌的演变，以求客观的结论。

傅斯年的《诗经》研究成果大体上可以分为两类：一是，关于《诗经》基本问题如篇旨、时代、章法、风格等的阐发；二是，运用《诗经》中的史料，论证并重构上古史，尤其是周代史问题和周代的思想问题。

傅斯年对于《诗经》各项基本问题的论述，主要见于《〈诗经〉讲义稿》《中国古代文学史讲义》二书。《〈诗经〉讲义稿》是 1927 年其在中山大学讲授《诗经》时所写的讲义，提纲挈领，行文简约，涵盖了《诗经》研究史，研究方法，《诗经》的地理、艺术性等多方面的内容。《中国古代文学史讲义》也是其任教期间的讲稿，虽未最终完成，亦

· 143 ·

有许多真知灼见。

在《风》《雅》《颂》时代先后的问题上，他依据《论语》《孟子》《荀子》等先秦典籍中引《诗》均是《雅》《颂》并举，而不提及《风》，推断《风》或《国风》"乃后起之词"。至于《风》诗在后世的演变情况，他认为："风者，本泛称歌词而言，入战国成为一种诡辞之称，至汉初乃演化为枚、马之体。"则《国风》之成为谏书，乃汉儒附会而成。由于以上的认识，他得出结论，《诗经》的时代"一半在西周下半，一半在东周之初、中期"。《颂》《雅》居先，《风》是后来的。而风、雅、颂三体之分别，"是以地望之别，成乐系之不同"，即主要因为地域性音乐之不同而分类。另外，他还考证《商颂》是宋诗，但不是颂扬宋襄公之诗，这组诗也与正考父无关。这些具体的研究成果，都对旧说有取舍和发展。

傅斯年诠释《国风》各篇的诗旨，全然不采用《诗序》之说，而是力求直接从诗文本出发而求其本义，完全撇开那些他认定为无从稽考的比附史事、引申政教的传统观点。他的解说大多观点新颖、简明扼要，令人有耳目一新之感。今天看来，其说虽颇多臆断，但其开风气之功则不可磨灭。

虽然整体上是以史家的眼光观察《诗经》，但傅斯年也特别关注《诗经》的文学性。如他将《雅》诗按其风格分为仪容和平、穆穆雝雝、宽博渊懿、发扬蹈厉等风格类型，并举出相应的诗篇作为例证，就很有创造性。这既是对传统诗文批评方法的继承，同时也开创了《诗经》美学批评的新思路。对于《诗经》的文辞，傅斯年极力称赞，他认为研究《诗经》的文辞，首先应知道它的内容下自山谣野歌上至朝廷曾享用的乐章，本是为歌而作，为乐而设，不要用词人的眼光去评析；其次是不要淹没了"《诗三百》中挚情之直叙"，《诗经》中那些直叙的话，虽未刻意修饰，然而都是美文，作者认为"诗经之最大艺术，在其不用艺术处"。

在以《诗经》为史料考证古史方面，主要有《夷夏东西说》《大东小东说——兼论鲁、燕、齐初封在成周东南后乃东迁》《姜原》《新获卜辞写本后记跋》等文。其中关于商族的起源，他提出商源于东北说，"商代发迹于东北，渤海及古兖州，是其建业之地"。此说破除了"商是起于西方的民族"的旧说，而为近世学者所肯定。另外根据《大雅·生民》《鲁颂·閟宫》的诗句，结合《史记》《诗经》等材料，提出商周同源说。

除此之外，傅斯年的《诗经》研究，还取思想史的角度，体现出对经典的思想性的重视和阐发。如《性命古训辨证》一书，就是借助《诗经》等典籍中的"性""命"等语词的分析归纳，将语言文字学应用于思想史研究的代表作。全书分为三卷，其中上、中卷对古籍中"性""命"二字的统计和推论，有助于重建《诗经》所在时代的天命观。

傅斯年的"疑古"同顾颉刚不同，他研究《诗经》是从史料考证的观点出发，结合考古成果，以取代对神话传说的推演，发展出不同于顾颉刚"古史神话学"的"民族史说"。他是从推论的逻辑性和史料与史事的对应性方面批判疑古派，故能于"古史辨派"之外，别出一格，转向倡导"重建"。他在研究成果的创获和研究方法的更新上，都做出了贡献。然而傅斯年研究《诗经》时间较短，又受时代所限，虽有开创之功，终究不深入系统，也有引援不当或相互矛盾之处，但其时处学风转变之际，所失之处皆所难免，自不当以此掩其功。

傅斯年《诗经》学论著：

傅斯年著，《〈诗经〉讲义稿》，上海古籍出版社 2012 年版。

傅斯年著，《中国古代文学史讲义》，上海古籍出版社 2012 年版。

诗"履帝武敏歆"解
——附论姜嫄弃子的由来

于省吾

《诗·生民篇》："厥初生民，时维姜嫄。生民如何？克禋克祀，以弗无子。履帝武敏歆，攸介攸止，载震载夙，载生载育，时维后稷。"清代学者成瓘《读诗偶笔》说："诸家聚讼，莫多于《生民》之诗。"而《生民》之诗，尤以"履帝武敏歆"的训释为聚讼的焦点。自来解者，多宗《毛传》或《史记》《郑笺》之说，今特分别加以论证。

一　旧　　说

甲、《毛传》："履，践也。帝、高辛氏之帝也。武，迹。敏、疾也。从于帝而见于天，将事齐敏也。"《孔疏》申《传》说："传既依《尔雅》以武为迹，而不以敏为拇者，毛意盖谓《尔雅》不可尽从故也。心识速疾谓之敏，故训敏为疾。又解姜嫄得践帝迹所由，以高辛之帝亲行禋祀，姜嫄从于帝而往见于天，故行在后而践帝之迹。从帝见天，即上《传》所云后妃率九嫔御是也。践迹者，直谓随后行耳，然必以足蹑其践地之处也。将事齐敏者，将，行也，谓行祀天之事，齐敬而速疾也。鬼神食气谓之歆，故以歆为飨，谓祭而神飨之也。"

乙、《史记·周本纪》："姜原出野，见巨人迹，心忻然说，欲践之，践之而身动如孕者，居期而生子。"《郑笺》："帝、上帝也。敏、拇也。介、左右也(按"攸介攸止"之介，应依林义光《诗经通解》读作愒，训息，郑训为左右，非是)。夙之言肃也。祀郊禖之时，时则有大神之迹，姜嫄履之，足不能满履其拇指之处，心体歆歆然，其左右所止住，如有人道感己者也，于是遂有身，而肃戒不复御。"孔疏申《笺》说："履神之迹，直言武足矣，而复言拇，是先履其跟之迹，又

· 146 ·

移足以就拇。既言大迹，明不能满，故云足不能满履其拇指之处。履拇之下而即言歆，故知心体歆歆然意动之状也。"《尔雅·释训》《释文》："敏，舍人本作亩。释云，古者姜嫄履天帝之迹于畎亩之中而生后稷。"（按舍人注之不同于郑笺者，在于读"敏"为"亩"。）

按《毛传》与《史记》《郑笺》的说法互异，后人或从或违，议论分歧，迄无定论。今将自汉以来各家之说，择要节录之于下：

一、《孔疏》载王肃引马融说："帝喾崩后十月而后稷生，盖遗腹子也。虽为天所受，然寡居而生子，为众所疑，不可申说。姜嫄知后稷之神奇必不可害，故欲弃之以著其神。"

二、王充《论衡·奇怪篇》："烁一鼎之铜，以灌一钱之形，不能成一鼎明矣。今谓大人天神，故其迹巨。巨迹之人，一鼎之烁铜也，姜原之身，一钱之形也。使大人施气于姜原，姜原之身小，安能尽得其精？不能尽得其精，则后稷不能成人。……或时禹、契、后稷之母适欲怀妊，遭吞薏苡、燕卵、履大人迹也。"

三、《孔疏》载王肃上奏驳《郑笺》说："稷、契之兴，自以积德累功于民事，不以大迹与燕卵也。且不夫而育，乃载籍之所以为妖，宗周之所以丧灭。"

四、《孔疏》载王基驳王肃说："……诚如肃言，神灵尚能令二龙生妖女以灭幽王，天帝反当不能以精气育圣子以兴帝王也？此适所以明有感生之事，非所以为难。肃信二龙实生褒姒，不信天帝能生后稷，是谓上帝但能作妖，不能为嘉祥，长于为恶，短于为善，肃之乖戾，此尤甚焉。"

五、欧阳修《诗本义》："无人道而生子，与天自感于人而生之，在于人理皆必无之事，可谓诬天也。"

六、朱熹《诗集传》："巨迹之说，先儒或颇疑之，而张子（载）曰，天地之始，固未尝先有人也，则人固有化而生者矣，盖天地之气生之也。苏氏（洵）亦曰，凡物之异于常物者，其取天地之气常多，故其生也或异。麒麟之生，异于犬羊，蛟龙之生，异于鱼鳖，物固有然者矣。神人之生，而有异于常人，何足怪哉。斯言得之矣。"

七、严粲《诗辑》："古无巨迹之说，特列子异端，司马迁好奇，郑氏信谶纬，以帝武疑似之辞，藉口而为是说耳。至谓姜嫄无人道而生子，谬于理而妨于教，莫此为甚。……令依毛以敏为疾，而不用其帝为高辛之说；依郑以帝为上帝，而不用其敏为拇指之说。合二家而去取之，可以折衷矣。"

八、陈启源《毛诗稽古编》："巨迹之说，近于诞罔，严缉是毛非郑，以为列子异端，纬书妄说，史迁好奇，皆不足据，似矣。然武迹、拇指之文见于《释训》，《尔雅》正典，已有是说也。况使后稷之生，果系人道交接，有父有母，则周家不应特立姜嫄之庙，别奏先姚之乐，而《生民》《閟宫》二诗，亦何为独美稷之母不及其父乎？天地之大，奇诡变幻，难尽以理概耳。"

按一、二两条，马融和王充都系臆为之解。三、四两条，王肃的解释，一直好与郑氏对立。王基驳肃伸郑，信感生之事，但也说不出一个所以然的道理。第五条，欧阳修不信郑说，竟斥为"诬天"。第六条，朱熹引张子、苏氏之解，说什么"天地之气生之"，"神人之生，而有异于常人"，这与第八条陈启源所说的"天地之大，奇诡变幻，难尽以理概"，都是无凭无据的主观想象，引人于不可知的领域。至于第七条严粲既指责郑氏，又折中于毛、郑之间，意主调停，殊无可取。近人林义光的《诗经通解》，以为"履帝迹谓顺天而行，犹云不识不知，顺帝之则也"；闻一多的《姜嫄履大人迹考》，以为"所谓帝，实际代表上帝之神尸，神尸舞于前，姜嫄尾随其后，践神尸之迹而舞，其事可乐，故曰履帝武敏歆"。按林、闻两家均凌空立论，还远不如毛、郑之说，更难令人信服。类似这种说法还不少，没有再引的必要。总之，各家旧说，都未能依据古代社会精神生活的实际情况来作解释，因而"履帝武敏歆"这一问题，便成为二千年来争论不休的一场笔墨公案。

二　对于《史记》和《郑笺》的补正

前文择引自汉以来各家对于"履帝武敏歆"的训解，其中以《史记》和《郑笺》之说较为可信。《郑笺》根据《史记》和纬书，而以"足不能满履其拇指之处"为解，说得尤为具体。但司马迁和郑康成只知其当然，而不知其所以然。《孔疏》引郑志答赵商说："即姜嫄诚帝喾之妃，履大人之迹而歆歆然，是非真意矣，乃有神气，故意歆歆然。天下之事，以前验后，其不合者，何可悉信？是故悉信亦非，不信亦非。"由于郑氏不知其所以然，故为此将信将疑之词。今先将原始人们对于妇女怀孕的理解和巨迹的由来，分别加以说明，然后再对"履帝武敏歆"这句诗加以诠释。

甲、原始人们对于妇女怀孕的理解　在古代的人们看来，之所以能够生育子女，是由于图腾童胎入居妇女体内的结果。现在的世界某些少数民族也有相类似的看法。根据近代民族学家对于澳大利亚的阿兰达部落的调查，阿兰达部落的人认为，他们的图腾祖先曾经漂泊于各地，并且在不同的处所（石头里，树林中和水池里）都曾留下了童胎，他们称这种童胎为"拉塔尔"，这种童胎从那时候起就连在那里了。如果妇女，特别是结了婚的并且年轻的妇女，在走近这种地方的时候，童胎就会进入她的体中，从而她就会怀孕。此后，她所生的那个小孩就属于传说中的、与这个地点有关的那个图腾。这与我国古代典籍中的某些传说可以相互印证。例如：禹母修己吞薏苡而生禹；契母简狄吞玄鸟卵而生契；"哀牢夷"的先世有妇人名"沙一"，"触沈木若有感，因怀妊"（"哀牢夷"见《后汉书·西南夷传》，余详拙著《略论图腾与宗教起源和夏商图腾》）。又纬书叙上古帝王都有感生之事，详清儒赵在翰所辑的《七纬》，今不备录。

感生之说的历史背景，是由于母权制时代，人们知有母而不知有父。《诗·閟宫》传笺和《周礼·大司乐》郑注，都说周人特立先妣姜嫄之庙，而不及后稷之父，是知有母而不知有父之证。周族当时僻处西方，文化落后于中原地区，当系母权制社会，还意识不到妇女怀孕系由于"男女构精"，遂产生了妇女感图腾童胎入居体内而妊娠的虚幻想法。到了父权制和古代社会时代仍有感生之说，而旧籍由于展转传说和附会，遂以感生为感神灵或感上帝而生子，但是前者出于蒙昧无知，而后者则逐渐加以神化。尤其是阶级社会的统治者，不过想利用感生之说，神化其所自出，以愚惑民众而已。总之，原始人们对于妇女怀孕，无论中外，都有着不谋而基本上相合的理解，如果用后人眼光以推测初民的精神生活，一概斥为妄诞不经，那就不合乎历史的实际情况了。

乙、巨迹的由来　自汉代以来，纬书和其他典籍有华胥、姜嫄履大迹的记载，今摘录数条于下：

一、《山海经·海内东经》："雷泽中有雷神"，郭注："《河图》曰，大迹在雷泽，华胥履之而生伏羲。"(按华胥履大迹也见《七纬·诗含神雾》。)

二、《太平御览》卷八二二《资产部》引《春秋元命苞》说："周先姜原履大人迹，生后稷，扶桑推种生，故稷好农。"

三、《艺文类聚·桑部》引《春秋元命苞》说："姜嫄游閟宫，其地扶桑，履大人迹生稷。"

四、《诗经正义》引《中候稷起》说："苍耀稷生感迹昌。"

五、《列女传》弃母姜嫄条说："弃母姜嫄者，邰侯之女也，当尧之时，行见巨人迹，好而履之，归而有娠。"

六、《白虎通·姓名篇》："周姓姬氏，祖以履大人迹生也。"

七、《列子·天瑞篇》："后稷生乎巨跡。"张注："传记云，高辛氏之妃名姜原，见大人蹟，好而履之，如有人理感己者，遂孕，因生后稷。"

以上所列七条，"大人迹"又作"巨人迹"，省称为"大迹"或"巨迹"。"迹"也作"跡"或"蹟"，古字通。第一条《山海经》郭注引《河图》谓"大迹在雷泽，华胥履之而生伏羲"，其事远在姜嫄之前。《诗·生民》孔疏谓"稷以迹生，契以卵生"。由此以推，则"大迹"可能是伏羲先世和周人远祖的图腾，因为原始氏族的图腾名称时常有重复的例子。以上所引第二条至第七条，均系叙记姜嫄履大迹之事，词有详略，意义相同。在我国典籍之外，世界其他各地，也往往有"巨迹"的传说。近代的民俗学家曾这样说过："巨形的鸟与兽，如在各处所发现者，其成为化石的足迹，可以说是，虽然不过为幻想的解释，与在岩石面上所有的空陷处及印迹为相同。所以我们便有了无数的关于神道们或有大力的人们的足迹印入岩石上的神话。锡兰岛的神圣的足迹，在亚当峰的巅顶上者乃是岩石的一个陷迹，量之有一公尺半长，八公寸阔。婆罗门教徒、佛教徒及回教徒至今仍爬上山，对此圣迹致敬。"这与我国古籍所说的"大人迹"，恰好可以互相验证。大迹的来历不外乎二端：一、据地质学家说，中生代的巨大爬虫和巨大兽类，在岩石上曾留下来较大的足印；二，由于各处岩石经过若干年的风雨剥蚀，往往形成了各种各样的陷坑，有的很像大人所履的足迹。原始人们看到这样的异形奇迹，因而在思想上就有着一定的推测。至于后代宗教徒们称"大迹"为"圣迹"，向它致敬，这与原始人们对于大迹由来的理解，由于时代的不同而不同。

综括上述，把原始人们对于妇女怀孕和对于巨迹的理解结合在一起来看，则司马迁和郑康成所说的姜嫄因为履巨迹而孕育，与前文所说的原始人们认为图腾童胎进入妇女体内而怀孕的理解，颇为吻合。由此可见，要了解"履帝武敏歆"这句话的真象和实质，仅仅乞灵于我国古代典籍，则反复纠缠，可以说永久得不出明确的结论；如果以原始社会精神生活的实际情况与我国典籍交验互证，则举重若轻，问题就容易解决了。

上面所说的原始人们对于妇女怀孕和"巨迹"的理解，都与原始宗教有关，在此需要略加阐述。原始宗教是在生产的能力极为低下，对自然斗争软弱无能，由虚幻想象所产生出来的一种超自然力的信仰而形成的。原始宗教的早期形态为万物有灵论和图腾主义，继之发展为自然崇拜，到了原始社会末期，才产生了祖先崇拜。从原始社会向古代社会过渡，出现了领导一切的"王"，同时在原先的宗教的基础上，产生了百神崇拜和上帝崇拜。商代卜辞中先有"帝"，又逐渐发展为"上帝"。但是，后稷属于三代以前的尧舜时代，自然还没有出现"帝"或"上帝"这样观念。那么《生民》"履帝武敏歆"的"帝"，《閟宫》"赫赫姜嫄，其德不回，上帝是依"的"上帝"，以及《生民篇》"生民如何，克禋克祀"之说，都是周人所加上的时代烙印。因为任何神话与传说，经过长期传播，都不断地涂上了后代的历史色彩，这是没有疑问的。据此，可以知道起初姜嫄只是"履大迹"而怀孕，并非"履天神之迹"。然则《毛传》谓"帝"为"高辛"，《郑笺》谓"帝"为"上帝"，都不是追源溯始的解释，不过因文敷衍，各自为说而已。可见后世学者，或遵毛驳郑，或是郑非毛，聚讼不休，这就是"不揣其本而齐其末"了。

在此附带说明一下后稷生而被弃的由来。《生民篇》第三章说："诞寘之隘巷，牛羊腓字之；诞寘之平林，会伐平林；诞寘之寒冰，鸟覆翼之。鸟乃去矣，后稷呱矣，实覃实訏，厥声载路。"《史记·周本纪》叙姜嫄践巨人迹说："居期而生子，以为不祥，弃之隘巷……姜原以为神，遂收养长之，初欲弃之，因名曰弃。"《楚辞·天问》："稷维元子，帝何竺之，投之于冰上，鸟何燠之。"可见屈子也不解其义，而问之于天。自汉以来，关于姜嫄履大迹而怀孕，以为无夫而生子，后稷被弃后，鸟兽庇护之，事属怪异，于是纷纭揣测，呶呶不休。其实，这都是不了解原始社会的实际生活情况而妄生异议。各原始民族由于生活困难和属于宗教上某些禁忌的关系，弃子是时常见到的事。根据各原始民族志所记，有的只养二男一女，过此则杀之；有的以双生子为不祥，因而杀之；有的投诸野外，或置之路旁；有的溺而毙之；有的投诸水中，浮则取之，沉则弃之。像这类的事实，不烦备举。至于被弃后，有的出现一些神异事迹，古籍中往往有这类的记载。《左传》宣四年叙楚令尹子文之生，"邬夫人使弃诸梦中，虎乳之，邬子田，见之，惧而归，夫人以告，遂使收之"。《史记·秦本纪》叙"徐偃王作乱"，正义引《博物志》云："徐君宫人有娠而生卵，以为不祥，弃于水滨洲。独孤母有犬鹄苍，衔所弃卵以归，覆暖之，乃成小儿。生时正偃，故以为名。宫人闻之，更取养之，及长袭为徐君。"《史记·大宛列传》："……闻乌孙王号昆莫，昆莫之父，匈奴西边小国也。匈奴攻杀其父，而昆莫生弃于野，乌嗛肉蜚其上，狼往乳之，单于怪以为神，而收长之。"干宝《搜神记》（卷十四）："齐惠公之妾萧同叔子见御，有身，以其贱，不敢言也。取薪而生顷公于野，又不敢举也。有狸乳而鹳覆之，人见而收，因名曰无野。"以上所引，都是弃子的异迹。又古人以五月五日生子为不祥，故田文、王镇恶以是日生，其亲属皆欲弃之；纪迈、胡广以是日生，已被弃而为他人所收养（田文事见《史记·孟尝君列传》，余见《太平御览·时序部》）。以上所引，只是原始人们一种禁忌习惯的残余。总之，原始社会的弃子并不稀奇，但是，如果被弃者为后世统治阶级的远祖或始祖，则多神化其事，显示他们来历的非凡。《国语·楚语》所谓"宠神其祖，以取威于民"，无非是借以迷惑群众，想要长久维持他们的统治地位而已。由此可见，姜嫄之生后稷，既弃而复取之，当系实有其事。但是，被弃后的一些神异事迹，则是属于姜嫄后世子孙的周人"踵事增华"以附会之者。至于后稷因被弃而名弃，弃子既然是原始社会常见的事，则"弃"字这种抽象称名，也系周人所追加，并非后稷的本名。

（载《文学研究丛编》（第 1 辑），木铎出版社 1981 年版）

【评　介】

于省吾（1896—1984）字思泊，号双剑誃主人、泽螺居士、夙兴叟。辽宁海城人。是我国现代著名古文字学家、训诂学家、古器物学家，在海内外享有极高的声誉。1919 年毕业于国立沈阳高等师范学校，1928 年任奉天萃升书院院监，1931 年九一八事变前夕移居北平。1929 至 1949 年，先后任辅仁大学讲师、教授，燕京大学教授，北京大学兼职教授，讲授古文字学课程多年。1952 年被聘为故宫博物院专门委员，1955 年起任东北人民大学历史系教授。

于省吾在古文字学上的成就主要集中在甲骨文和金文的考释上。他认为古文字有形可识、有音可读、有义可寻。研究古文字要注意每一个字本身的形、音、义三方面的相互关系，每一个字和同时代其他字的横向关系，以及它们本身在不同历史阶段的字形之间的纵向关系。于省吾致力于对古器物和古文字资料的搜集整理，认为研究先秦古籍应该充分利用地下发现的新资料，常常根据甲骨、金文等订正诠释先秦古籍的文字。还根据甲骨、金文等资料研究上古社会、历史，并在考释古文字的时候，利用关于上古社会、历史和民族学等方面的知识去解释文字的形义。

于省吾在研究古文字的同时，还致力于用古文字学知识及地下出土的考古材料校订先秦典籍，成绩斐然。撰有《双剑誃尚书新证》（1934）、《双剑誃易经新证》（1936）、《论语新证》（1941）、《双剑誃诸子新证》（1962）、《泽螺居诗经新证　泽螺居楚辞新证》（1982）等，是 20 世纪训诂"新证派"的代表人物。

《泽螺居诗经新证》是于省吾对《诗经》这部重要典籍的训诂之作，被誉为"新证派"的代表作品。该书的写作从 20 世纪 30 年代延续到到 80 年代初，是一部心血之作。其中上卷是由 1935 年出版的《双剑誃诗经新证》删订而成；中卷包括《文史》第一、二辑发表的《泽螺居诗经札记》《泽螺居诗义解诂》，并有所删改；下卷是他发表的有关《诗经》考证的单篇论文，亦略有修正。该书每篇之首编列篇目，以便读者查检。它是《诗经》研究必备的参考书。

《泽螺居诗经新证》是于省吾先生采用"新证"的方法考释《诗经》的著作，在 20 世纪《诗经》训诂学史上有着重要地位。"新证法"是将"地下材料"和"地上材料"相结合来考释词义的方法，源于王国维的"二重证据法"。它利用古文字的研究成果和地下发掘的古文字、古文物资料，对古代典籍进行校订和考释，这种方法能为传世文献中的存疑文字提供重要的依据，是一种研究历史文献的行之有效的训诂方法。《泽螺居诗经新证》是于省吾利用"新证法"校订和注释《诗经》的代表性成果，其中的论述大都理据充分，在《诗经》训诂方面创获颇多，不但使许多滞碍之处豁然贯通，而且纠正了不少影响深远的谬说，为《诗经》学研究开辟了新的途径。

首先，于先生旁征博引、严谨论证，为《诗经》部分古注提供了全新的佐证材料，这给《诗经》研究者正确解读诗义提供了便利。如《昊天有成命》"夙夜基命宥密"，《毛传》："基，始。命，信。宥，宽。密，宁。"《郑笺》据此解为："早夜始顺天命，不敢解倦。行宽仁安静之政，以定天下。宽仁所以止苛刻也，安静所以息暴乱也。"且不说字义训释是否正确，只增字解经就已远离经义。《泽螺居诗经新证》则根据汉、魏石经残石文字中，"基""其""亓"古通的事实，又据《礼记》《尚书》等文献解"基"为"其"。据金文和《管子》等文献证"宥""有""又"古通，解"宥"为"有"。又"密""勉"双声，并据《尔雅》《说文》《玉篇》等文献读"密"为"勉"。"命"即"昊天有成命"之"命"。全句解为"夙夜其命有勉"，亦即"早夜有勉于其命"。比照原文，这个解释更优，可谓字字对位，严密无间。

可以看出，与传统《诗经》训诂相比，于氏训解字义的最大特点在于把考古学研究成果与文献资料、训诂学和文字学密切结合起来，力求做到"文献资料与地下发掘的文字资料"的"交验互证"。

20世纪大量历史文物的出土，使名物研究不但有文可考，而且有物可据，极大地提高了名物研究的科学性和可靠性。《泽螺居诗经新证》也高度重视利用考古学研究成果，对《诗经》名物做了比较集中和深入的研究。

例如，《大雅·绵》"陶复陶穴"，旧解拘泥于《毛传》和《说文》，多误为在地上复筑土室。于省吾根据有关文献和仰韶文化华县元君庙、龙山文化邯郸涧沟墓葬，认为是先掘成住穴，又在住穴内掘成窖穴，并且住穴与窖穴均用烧制之土筑成。这样的住所"自然要比新石器时代的穴居更为完善"，这与作品所表现的周人对于自己的民族大业的自豪感是完全一致的。又如《大雅·行苇》"洗爵奠斝"一句，涉及西周时代的两种酒器：爵与斝。《毛传》云："斝，爵也。夏曰醆，殷曰斝，周曰爵。"《毛传》认为爵与斝都是酒杯，只是名称不同，没有形制上的差别，古今注本多从其说。于省吾认为此说大误，他以出土的商周酒器佐证，指出两者的区别十分明显：斝是有把手、二柱三足(或四足)的圆口贮酒器。爵是饮酒器，就容积而言，前者是后者的10到20倍。不把爵与斝的区别搞清楚，也就不能正确理解诗义：爵为什么要"洗"，斝为什么要"奠"。此诗中，爵言洗、斝言奠，爵为用手拿的饮酒之器，主客在献酢之后主人需再次酬客故说洗；斝为贮酒器，较大，故需用斗以挹注入爵，或置斝于爵之两柱上直接注入，因而斝常设于爵侧，故言奠。这也是于省吾先生运用"二重证据法"对《诗经》进行训诂的成功范例。

《诗"履帝武敏歆"解——附论姜嫄弃子的由来》一文，则根据原始社会精神生活的实际情况(如认为妇女怀孕是由于图腾童胎入居妇女体内的结果，"大人迹"可能是中生代巨大爬虫足印的神化等)与古籍交验互证，肯定了司马迁和郑康成的说法与原始神话相吻合。指出周族当时僻处西方，文化落后，尚属母权制社会，不了解妇女怀孕的原因，以为履大人迹而致身孕。关于姜嫄弃子，本文从人类学角度，列举了民俗学的材料和古代有关记载，揭示出这一历史传说的社会背景，指出原始时代"弃子"是常见的现象。这一注解已为各注本所采用。

《泽螺居诗经新证》在训诂实践上，重新考释了 2019 个词、191 个名物典制、145 个词组和 1270 个句子，多为发明新义。其新说大多有充分的说服力，可补前人研究之阙失，为现代《诗经》学做出了卓越的贡献。《泽螺居诗经新证》为《诗经》注释的正确性提供了全新的佐证材料，从而使一些含义模糊的臆想之辞得到准确、合理的解释。另外，对于《诗经》的一些争议颇多的注释，他也提出了证据确凿的结论。

综上所述，以于省吾先生为代表的 20 世纪训诂"新证派"，在继承了朴学传统的基础上，把古文字学和考古学的最新成果运用于训诂实践，成功地将"二重证据法"运用于训诂学领域，取得了显著的成效，这种方法使得很多新说较旧说更加通达可信，实现了训诂方法的转变，因此被学术界广为推崇。

于省吾《诗经》学论著：

于省吾著，《泽螺居诗经新证》，中华书局 1982 年版。

诗　教

朱自清

一　六艺之教

"诗教"这个词始见于《礼记·经解》篇：

> 孔子曰："入其国，其教可知也。其为人也温柔敦厚，《诗》教也。疏通知远，《书》教也。广博易良，《乐》教也。絜静精微，《易》教也。恭俭庄敬，《礼》教也。属辞比事，《春秋》教也。故《诗》之失愚，《书》之失诬，《乐》之失奢，《易》之失贼，《礼》之失烦，《春秋》之失乱。
>
> "其为人也，温柔敦厚而不愚，则深于《诗》者也。疏通知远而不诬，则深于《书》者也。广博易良而不奢，则深于《乐》者也。絜静精微而不贼，则深于《易》者也。恭俭庄敬而不烦，则深于《礼》者也。属辞比事而不乱，则深于《春秋》者也。"

《经典释文》引郑玄说："《经解》者，以其记六艺政教得失。"这里论的是六艺之教；《诗》教虽然居首，可也只是六中居一。《礼记》大概是汉儒的述作，其中称引孔子，只是儒家的传说，未必真是孔子的话。而这两节尤其显然。《淮南子·泰族》篇也论六艺之教，文极近似，不说出于孔子：

> 六艺异科而皆同道（《北堂书钞》九十五引作"六艺异用而皆通"）。温惠柔良者，《诗》之风也。淳庞敦厚者，《书》之教也。

清明条达者，《易》之义也。恭俭尊让者，《礼》之为也。宽裕简
易者，《乐》之化也。刺几(讥)辩义(议)者，《春秋》之靡也。故
《易》之失鬼，《乐》之失淫，《诗》之失愚，《书》之失拘，《礼》之
失忮，《春秋》之失訾。六者圣人兼用而财(裁)制之。失本则乱，
得本则治。其美在调，其失在权。

六艺本是礼、乐、射、御、书、数，见《周官·保氏》和《大司徒》，
汉人才用来指经籍①。所谓"六艺异用而皆通"，冯友兰先生在《原杂
家》里称为"本末说的道术统一论"②，也就是汉儒所谓六学。六艺各
有所以为教，各有得失，而其归则一。《泰族》篇的"风""义""为"
"化""靡"其实都是"教"；《经解》一律称为"教"，显得更明白些。
《经解》篇似乎写定在《淮南子》之后，所论六艺之教比《泰族》篇要确
切些。《泰族》篇"诗风"和"书教"含混，《经解》篇便分得很清楚了。

汉儒六学，董仲舒说得很明白，《春秋繁露·玉杯》篇云：

> 君子知在位者之不能以恶服人也，是故简六艺以赡养之。
> 《诗》《书》序其志，《礼》《乐》纯其养，《易》《春秋》明其知。"六
> 学"皆大，而各有所长。《诗》道志，故长于质。《礼》制节，故长
> 于文。《乐》咏德，故长于风。《书》著功，故长于事。《易》本天
> 地，故长于数。《春秋》正是非，故长于治人。能兼得其所长，
> 而不能遍举其详也。

他将六艺分为"《诗》《书》"、"《礼》《乐》"、"《易》《春秋》"三科，又
说"六学皆大，而各有所长"，可见并不特别注重诗教，和《经解》篇、
《泰族》篇是相同的。《汉书》八十八《儒林传叙》也道：

> 古之儒者博学乎六艺之文。六艺(原作"学"，从王念孙《读

---

① 许冲《上说文解字表》"六艺群书之诂"句下段玉裁注，见《说文解字注》
十五下。
② 《云南大学学报》第一期。

书杂志》校改)者，王教之典籍，先圣所以明天道、正人伦、致
至治之成法也。……及至秦始皇……六学从此缺矣。

这就是所谓"异科而皆同道"了。六艺中早先只有《诗》《书》《礼》《乐》
并称。《论语·述而》："《诗》《书》执礼，皆雅言也。"《泰伯》："兴于
《诗》，立于礼，成于乐"；前者《诗》《书》和礼并称，后者《诗》和
《礼》《乐》并称。《庄子·徐无鬼》篇："横说之则以《诗》《书》《礼》
《乐》"，《荀子·儒效》篇："故《诗》《书》《礼》《乐》之〔道〕归是矣"
(从王先谦《荀子集解》引刘台拱说加"道"字)；"《诗》《书》《礼》
《乐》"已经是成语了。《诗》《书》《礼》《乐》加上《易》《春秋》，便是六
经，也便是六艺。《庄子·天运》篇和《天下》篇都曾列举《诗》《书》
《礼》《乐》《易》《春秋》，前者并明称六经，《荀子·儒效》篇的另一处
却只举《诗》《书》《礼》《乐》《春秋》，没有《易》；可见那时六经还没
有定论。段玉裁《说文解字叙注》里谈到这一层：

> 周人所习之文，以《礼》《乐》《诗》《书》为急。故《左传》曰：
> "说《礼》《乐》而敦《诗》《书》"①，《王制》曰："春秋教以《礼》
> 《乐》，冬夏教以《诗》《书》。"而《周易》，其用在卜筮，其道取精
> 微，不以教人。《春秋》则列国掌于史官，亦不以教人。故韩宣
> 子适鲁，乃见《易》象与鲁《春秋》；此二者非人所常习明矣②。

段氏指出《易》《春秋》不是周人所常习，确切可信。不过周人所习之
文，似乎只有《诗》《书》；礼、乐是行，不是文。《礼古经》等大概是
战国时代的记载，所以孔子还只说"执礼"。乐本无经，更是不争之
论。而《诗》在乐章，古籍中屡称"诗三百"，似乎都是人所常习；
《书》不便讽诵，又无一定的篇数，散篇断简，未必都是人所常习。
《诗》居六经之首，并不是偶然的。

---

① 《左传》僖公二十七年。
② 许冲《上说文解字表》"六艺群书之诂"句下段玉载注，见《说文解字注》
十五下。

董仲舒承用旧来六经的次序而分《诗》《书》、《礼》《乐》、《易》《春秋》为三科，合于传统的发展。西汉今文学序列六艺，大致都依照旧传的次第。这次第的根据是六学发展的历史。后来古文学兴，古文家根据六艺产生的时代重排它们的次序。《易》的八卦，传是伏羲所画，而《书》有《尧典》，这两者该在《诗》的前头。所以到了《汉书·艺文志》，六艺的次序便变为《易》《书》《诗》《礼》《乐》《春秋》；《儒林传》叙列传经诸儒，也按着这次序。《诗经》改在第三位。一方面西汉阴阳五行说极盛。汉儒本重通经致用，这正是当世的大用，大家便都偏着那个方向走。于是乎《周易》和《尚书·洪范》成了显学。而那时整个的六学也多少都和阴阳五行说牵连着，一面更都在竭力发挥一般的政教作用。这些情形，看《汉书·儒林传》就可知道：

《易》 宣帝时，闻京房为《易》明，求其门人得〔梁丘〕贺。……贺入说，上善之；以贺为郎。……以筮有应，繇是近幸，为大中大夫、给事中，至少府。京房……以明灾异得幸。费直…… 治《易》为郎，至单父令。长于卦筮。高相…… 治《易》……专说阴阳灾异。

《书》 许商……善为算，着《五行论历》。李寻……善说灾异，为骑都尉。

《诗》 申公……见上，上问治乱之事。申公……对曰："为治者不在多言，顾力行何如耳。"……即以为大中大夫，……议明堂事。……弟子为博士十余人，……其治官民，皆有廉节，称其学官。王式……为昌邑王师。昭帝崩，昌邑王嗣立，以行淫乱废。昌邑群臣皆下狱诛。唯中尉王吉、郎中令龚遂以数谏减死论。式系狱当死。治事使者责问曰："师何以亡谏书？"式对曰："臣以《诗》三百五篇朝夕授王，至于忠臣孝子之篇，未尝不为王反复诵之也；至于危亡失道之君，未尝不流涕为王深陈之也。臣以三百五篇谏，是以亡谏书。"使者以闻，亦得减死论。

《礼》 鲁徐生善为颂（容）。孝文时，徐生以颂为礼官大夫。传……孙延、襄。……襄亦以颂为大夫，至广陵内史。延及徐氏弟子公户满意、桓生、单次皆为礼官大夫。而瑕丘萧奋以《礼》

至淮阳太守。

　　《春秋》　睦孟……为符节令，坐说灾异诛。

这里《易》《书》《春秋》三家都说"阴阳灾异"。而见于别处的，《齐诗》说"五际"①，《礼》家说"明堂阴阳"②，也一道同风。这也是所谓"异科而皆同道"，不过是另一方面罢了。

　　"阴阳灾异"是所谓天人之学，是阴阳家言，不是儒家言。汉儒推尊孔子，究竟不能不维持儒家面目，不能奉阴阳家为正传，所以一般立说，还只着眼在人事的政教上。前节所引《儒林传》，《易》主卜筮，《诗》当谏书，《礼》习容仪，正是一般的政教作用。而《书》"长于事"。《尚书大传》记子夏对孔子论《书》道："《书》之论事也，昭昭若日月之代明，离离若参辰之错行。上有尧、舜之道，下有三王之义。"③这几句话可以说明所谓《书》教。《春秋》"长于治人"。《春秋繁露·精华》篇："《春秋》之听狱也，必本其事而原其志。志邪者不待成，首恶者罪特重，本直者其论轻。……听讼折狱，可无审邪！"《汉书》三十《艺文志》有"《公羊董仲舒治狱》十六篇"。《后汉书》七十八《应劭传》记着应劭的话："董仲舒老病致仕，朝廷每有政议，数遣廷尉张汤亲至陋巷问其得失。于是作《春秋决狱》二百三十二事，动以经对。"这就是《春秋》之教。这些是所谓六学，"异科而皆同道"所指的以这些为主。就这六学而论，应用最广的还得推《诗》。《诗》《书》传习比《礼》《易》《春秋》早得多，上文已见。阮元辑《诗书古训》六卷，罗列先秦、两汉著述中引用《诗》《书》的章节；《续经解》本分为十卷，《诗》占七卷，《书》只有三卷。可见引《诗》的独多。这有三个原故。《汉书·艺文志》云："凡三百五篇，遭秦而全者，以其讽诵，不独在竹帛故也。"《诗》因讽诵而全，因讽诵而传，更因讽诵而

----

　　①　《汉书》七十五《翼奉传》载奉封事，有云："《易》有阴阳，《诗》有五际，《春秋》有灾异。"颜师古注引孟康曰："《诗内传》曰：'五际，卯酉午戌亥也。阴阳终始际会之岁，于此则有变改之政也。'"
　　②　《汉书·艺文志》有"《明堂阴阳》三十三篇"，"《明堂阴阳说》五篇"。
　　③　《艺文类聚》六十四《居处部》引。

广传。《周易》也并无亡佚,《汉书·儒林传叙》云:"及秦禁学,《易》为卜筮之书,独不禁,故传受者不绝。"可是《易》在汉代虽然成了显学,流传之广到底不如《诗》。这就因为《诗》一向是讽诵在人口上的。清劳孝舆《春秋诗话》卷三论引诗道:

> 〔春秋时〕自朝会聘享以至事物细微,皆引《诗》以证其得失焉。大而公卿大夫,以至舆台贱卒(?),所有论说,皆引《诗》以畅厥旨焉。……可以诵读而称引者,当时止有《诗》《书》。然《传》之所引,《易》乃仅见,《书》则十之二三。若夫《诗》,则横口之所出,触目之所见,沛然决江河而出之者,皆其肺腑中物,梦寐间所呻吟也。岂非《诗》之为教所以浸淫人之心志而厌饫之者,至深远而无涯哉?

这里所说的虽然不尽切合当日情形,但《诗》那样的讽诵在人口上,确是事实。——除了无亡佚和讽诵两层,诗语简约,可以触类引伸,断章取义,便于引证,也帮助它的流传。董仲舒说:"《诗》无达诂,《易》无达占,《春秋》无达辞。"①是就解经论,不就引文论。——王应麟以为"《诗》无达诂"就是《孟子》的"不以文害辞,不以辞害志"②,是不错的。——就引文论,像《诗》那样富于弹性,可以说是独一无二的。

二 著 述 引 诗

言语引《诗》,春秋时始见,《左传》里记载极多。私家著述从《论语》创始③,著述引《诗》,也就从《论语》起始。以后《墨子》和《孟子》也常引《诗》,而《荀子》引《诗》独多。《荀子》引《诗》,常在一段议论之后,作证断之用,也比前人一贯。荀子影响汉儒最大。汉儒著

---

① 《春秋繁露·精华篇》。
② 《困学纪闻》卷三。
③ 近人多以为《老子》书在孔子后,可信。

述里引《诗》，也是学他的样子；汉人的《诗》教，他该算是开山祖师。汪中《述学·荀卿子通论》云：

> 荀卿之学，出于孔氏，而尤有功于诸经。《经典叙录》："《毛诗》，……一云，子夏传曾申。……根牟子传赵人孙卿子。孙卿子传鲁人大毛公。"由是言之，《毛诗》，荀卿子之传也。《汉书·楚元王交传》："少时尝与鲁穆生、白生、申公同受诗于浮邱伯。伯者，孙卿门人也。"……由是言之，《鲁诗》，荀卿子之传也。《韩诗》之存者《外传》而已。其引荀卿子以说《诗》者四十有四。由是言之，《韩诗》，荀卿子之别子也。……盖自七十子之徒既殁，汉诸儒未兴，中更战国暴秦之乱，六艺之传赖以不绝者，荀卿也。

荀子其实是汉人六学的开山祖师。而四家《诗》除《齐诗》外都有他的传授，可见他在《诗》学方面的影响更大。四家中《毛诗》流传较晚，鲁、齐、韩别称三家《诗》。《史记》一二一《儒林传》说："韩生推诗之意而为内、外传数万言，其语颇与齐、鲁间殊，然其归一也。"《齐诗》虽然多采阴阳五行说，而"其归"还在政教。《毛诗》因为与经传诸子密合，为人所重，不用说更其如此。陈乔枞在《韩诗遗说考序》里先引了《史记·儒林传》"其归一也"的话，接着道：

> 今观《外传》之文，记夫子之绪论与春秋杂说，或引《诗》以证事，或引事以明《诗》，使"为法者章显，为戒者著明"（郑玄《诗谱序》语）。虽非专于解经之作，要其触类引伸，断章取义，皆有合于圣门商、赐言《诗》之义也。况夫微言大义往往而有，上推天人性理，明皆有仁义礼智顺善之心；下究万物情状，多识于鸟兽草木之名，考风雅之正变，知王道之兴衰，固天命性道之蕴而古今得失之林邪？

这段话除一二处外可以当做四家《诗》的总论看，也可以当做著述引《诗》的总论看，也可以当做汉人《诗》教的总论看。

汉人著述引《诗》，当推刘向为最。他世习《鲁诗》①。《汉书》三
十六本传云：

> 向睹俗弥奢淫，而赵、卫之属起微贱，逾礼制②；向以为王
> 教由内及外，自近者始。故采取《诗》《书》所载贤妃贞妇兴国显
> 家可法则，及孽嬖乱亡者，序次为《列女传》凡八篇，以戒天子，
> 及采传记行事，著《新序》《说苑》凡五十篇，奏之。

他这三部书多"引《诗》以证事，或引事以明《诗》"，而《列女传》引
《诗》更为繁密。《汉书》本传中存着他的封事、奏疏五篇，一篇谏造
陵，别篇都论灾异。各篇屡屡引《诗》，繁密不下于《列女传》。他的
用意无非要"使为法者章显，为戒者著明"。他家著述引《诗》，引伸
或有广狭，用意也都不外乎此。阮元《诗书古训序》云：

> 《诗》三百篇，《尚书》数十篇，孔、孟以此为学，以此为教。
> 故一言一行皆深奉不疑。即如孔子作《孝经》，子思作《中庸》，
> 孟子作七篇，多引《诗》《书》以为证据。若曰，世人亦知此事之
> 义乎？《诗》曰某某即此也。否则尚恐自说有偏弊，不足以训于
> 人。……元录《诗书古训》……乃总《论语》、《孝经》、《孟子》、
> 《礼记》、《大戴记》、《春秋》三传、《国语》、《尔雅》十经。……
> 降至《国策》，罕引《诗》《书》。……汉兴，……《诗》《书》复出，
> 朝野诵习，人心反正矣。子史引《诗》《书》者，多存古训。……
> 以晋为断。盖因汉、晋以前，尚未以二氏为训，所说皆在政治言
> 行，不尚空言也③。

所谓"以此为学，以此为教，故一言一行皆深奉不疑"，以及"多引

---

① 见陈乔枞：《鲁诗遗说考序》。
② 颜师古注："赵皇后、昭仪、卫婕妤也。"
③ 《揅经室续集》卷一。

《诗》《书》以为证据"，正可见出段玉裁说的《诗》《书》是周人所常习。"所说皆在政治言行"是征引《诗》《书》的用意所在，也就是《诗》《书》之教。《诗》《书》之教，浑言之"异科而皆同道"，析言之又各有分别。现在单论汉人引《诗》，以著述为主，略为归类，看看所谓《诗》教的背景是什么样子。

阮元只概括地举出"政治言行"，我们看著述引《诗》要算宣扬德教的为最多。德教属于言行，可也包括在广义的政治里。如《韩诗外传》五云：

> 德也者，包天地之大，配日月之明，立乎四时之周，临乎阴阳之交，寒暑不能动也，四时不能化也。敛乎太阴而不湿，散乎太阳而不枯，鲜洁清明而备，严威毅疾而神，至精而妙乎天地之间者，德也。微圣人，其孰能与于此矣！《诗》曰："德輶如毛，民鲜克举之。"《（大雅·烝民）》

这是陈乔枞所谓微言大义，也是引《诗》断案。又如《列女传》三《鲁漆室女传》云：

> 漆室女曰："夫鲁国有患者，君臣父子皆被其辱，祸及众庶。妇人独安所避乎！吾甚忧之。"……君子曰："远矣，漆室女之思也。"《诗》云："知我者谓我心忧，不知我者谓我何求。"（《王风·黍离》）此之谓也。

这里赞叹漆室女忧国的美德，是"引《诗》以证事"。又同书四《卫宣夫人传》云：

> 弟立，请曰："卫，小国也，不容二庖，请愿同庖。"终不听。卫君使入愬于齐兄弟。齐兄弟皆欲与君，使人告女。女终不听，乃作诗曰："我心匪石，不可转也。我心匪席，不可卷也。"（《邶风·柏舟》）

这里说《邶风·柏舟》是"贞一"的卫宣夫人所作，是"引事以明《诗》"。次于德教的是论政治的引《诗》。如《春秋繁露》十六《山川颂》云：

> 且积土成山，无损也成其高，无害也成其大，无亏也小其上，泰其下。久长安后世，无有去就，俨然独处，惟山之意。《诗》云："节彼南山，惟石岩岩。赫赫师尹，民具尔瞻。"（《小雅·节南山》）此之谓也。

这是以山象征领袖的气象。又如《新书·礼》篇云：

> 故礼者，所以恤下也。……《诗》曰："投我以木瓜，报之以琼琚。匪报也，永以为好也。"（《卫风·木瓜》）上少投之，则下以躯偿矣。弗敢谓报，愿长以为好；古之蓄其下者，其施报如此。

这是论待臣下的道理，所谓触类引伸。又如《汉书》六《武帝纪》元狩元年诏云：

> 盖君者，心也，民犹肢体。支体伤则心憯怛。日者淮南、衡山修文学，流货赂，两国接壤，怵于邪说而造篡弑。此朕之不德。《诗》云："忧心惨惨，念国之为虐。"（《小雅·正月》）已赦天下，涤除与之更始。

诏书引《诗》自责，汉代用《诗》之广可见。又《后汉书》八十七《刘陶传》，陶上议云：

> 臣尝诵《诗》至于鸿雁于野之劳，哀勤百堵之事（《小雅·鸿雁》："之子于征，劬劳于野"，"之子于垣，百堵皆作"），每喟尔长怀，中篇而叹。近听征夫饥劳之声，甚于斯歌。

悼古伤今，蔼然仁者之言，可作"温柔敦厚"的一条注脚。

引《诗》论学养的也不少。如《礼记·大学》云：

> 《诗》云："瞻彼淇澳，菉竹猗猗。有斐君子，如切如磋，如
> 琢如磨。瑟兮僩兮！赫兮喧兮！有斐君子，终不可谖兮！"（《卫
> 风·淇澳》）"如切如磋"者，道学也。"如琢如磨"者，自修也。
> "瑟兮僩兮"者，恂慄也。"赫兮喧兮"者，威仪也。"有斐君子，
> 终不可谖兮"者，道盛德至善，民之不能忘也。

切磋琢磨，久已成为进德修业的格言，也可见《诗》教的广远了。又
如《韩诗外传》三云：

> 问者曰："夫仁者何以乐于山也？"曰："夫山者，万民之所
> 瞻仰也。草木生焉，万物值焉，飞鸟集焉，走兽休焉，四方益取
> 与焉。出云道风，嵷乎天地之间。天地以成，国家以宁。此仁者
> 所以乐于山也。《诗》曰：'太山岩岩，鲁邦所瞻。'（《鲁颂·閟
> 宫》）乐山之谓也。"

"仁者乐山"原是孔子的话（《论语·雍也》），这里是断章取义，以见
仁者的修养与气度。引《诗》也是断章取义的作证。这一节可以跟前
面引的《山川颂》比较着看。又《韩诗外传》二云：

> 上之人所遇，色为先，声音次之，事行为后。故望而宜为人
> 君者，容也。近而可信者，色也。发而安中者，言也。久而可观
> 者，行也。故君子容色，天下仪象而望之，不假言而知为人君
> 者。《诗》曰："颜如渥丹，其君也哉！"（《秦风·终南》）

容色也是学养的表现。孟子道："仁义礼智根于心；其生色也，睟然
见于面，盎于背，施于四体（《尽心》上），正是这个意思。德教、政
治、学养都属于人事，与人事相对的是天道。论天道的也常引诗。如
《礼记·中庸》云：

《诗》曰："德辅如毛。"(《大雅·烝民》)毛犹有伦；"上天之载．无声无臭"(《大雅·文王》)，至矣！

这正是《论语》上孔子说的："天何言哉！四时行焉，百物生焉。天何言哉！"(《阳货》)又如《春秋繁露·尧舜不擅移汤武不专杀》篇云：

> 且天之生民，非为王也，而天立王以为民也。故其德足以安乐民者，天予之；其恶足以贼害民者，天夺之。《诗》云："殷士肤敏，裸将于京，侯服于周。天命靡常！"(《大雅·文王》)言天之无常予无常夺也。

"天命靡常"在阴阳家五德终始说的解释下，成为汉代一般的信仰。这里却没有提到五德说，只简截地引《诗》为证。又，汉人常谈的灾异也属于天道。同书《必仁且智》篇云：

> 天地之物有不常之变者谓之异，小者谓之灾。灾常先至而异乃随之。灾者，天之谴也；异者，天之威也。谴之而不知，乃畏之以威。《诗》云："畏天之威。"(《周颂·我将》)殆此谓也。

这一节可以作"灾异"的界说看。《汉书》九《元帝纪》，永光四年六月"戊寅晦，日有蚀之"，诏云：

> 今朕暗于王道，夙夜忧劳，不通其理，靡瞻不眩，靡听不惑。是以政令多还，民心未得。……公卿大夫，好恶不同，或缘奸作邪，侵削细民。元元安所归命哉！乃六月晦日有蚀之。《诗》不云乎？"今此下民，亦孔之哀！"(《小雅·十月之交》)

《十月之交》正是纪日食之异的诗，所以诏书中引《诗》语，见得民生可哀，天变可畏，是罪己并责勉公卿大夫的意思。

此外有引《诗》以述史事、明制度、记风俗的。如《汉书》七十三

《韦玄成传》，太仆王舜、中垒校尉刘歆议〔宗庙〕曰：

> 　　臣闻周室既衰，四夷并侵，猃狁最强——于今匈奴是也。至
> 宣王而伐之。诗人美而颂之曰："薄伐猃狁，至于太原。"（《小
> 雅·六月》）又曰："啴啴推推，如霆如雷，显允方叔，征伐猃
> 狁，荆蛮来威。"（《小雅·采芑》）故称中兴。……孝武皇帝……
> 遣大将军、骠骑、伏波、楼船之属南灭百粤，……北攘匈奴，降
> 昆邪十万之众。……东伐朝鲜，……断匈奴之左臂。西伐大
> 宛，……裂匈奴之右臂。……中兴之功未有高焉者也。

这里引《诗》述史，颂美武帝的中兴。又如《韩诗外传》八云：

> 　　……于是黄帝乃服黄衣，戴黄冕，致斋于宫。凤乃蔽日而
> 至。黄帝降于东阶，西面，再拜稽首曰："皇天降祉，不敢不承
> 命！"凤乃止帝东圃(原作"国"，据《说苑·辨物》篇校改)，集帝
> 梧桐，食帝竹实，没身不去。《诗》曰："凤凰于飞，翙翙其羽，
> 亦集爰止。"（《大雅·卷阿》）

这是神话，可是在古人眼里也是史。这不是引《诗》述史而是引《诗》
证史。又如蔡邕《独断》下云：

> 　　宗庙之制，古学以为人君之居前有朝，后有寝；终则前制庙
> 以象朝，后制寝以象寝。庙以藏主，列昭穆；寝有衣冠几杖象生
> 之具。总谓之宫。《月令》曰"先荐寝庙"，《诗》云"公侯之宫"
> （《召南·采蘩》），《颂》曰"寝庙奕奕"（《鲁颂·閟宫》；《毛诗》
> 作"新庙"，蔡当据《鲁诗》），言相连也。

这是引《诗》以证宫的制度。又如《春秋繁露·郊祀》篇云：

> 　　为人子而不事父者，天下莫能以为可。今为天之子而不事
> 天，何以异是？是故天子每至岁首，必先郊祭以享天，乃敢为

地，行子礼也。每将兴师，必先郊祭以告天，乃敢征伐，行子之道也。文王受天命而王天下，先郊乃敢行事而兴师伐崇。其诗曰："芃芃棫朴，薪之槱之。济济辟王，左右趋之。济济辟王，左右奉璋。奉璋峨峨，髦士攸宜。"（《大雅·棫朴》）此郊辞也。其下曰："淠彼泾舟，烝徒楫之。周王于迈，六师及之。"（同上）此伐辞也。

这里引《诗》以明郊的制度。又如《汉书》二十八《地理志》云：

天水、陇西山多林木，民以板为室屋。及安定、北地、上郡、西河皆迫近戎狄，修习战备，高上气力，以射猎为先。故《秦诗》曰"在其板屋"（《小戎》），又曰："王于兴师，修我甲兵，与子偕行。"（《无衣》）及《车辚》《四载》《小戎》之篇，皆言车马田狩之事。

这是记风俗的引《诗》。

还有引《诗》以明天文地理的。又有用《诗》作隐语的。而诗篇入乐的意义，著述中也常论及。如《汉书》二十六《天文志》云：

西方为雨，雨，少阴之位也。月失中道，移而西，入毕，则多雨。故《诗》云："月离于毕，俾滂沱矣。"（《小雅·渐渐之石》）言多雨也。

这两句诗里的天文学早就反映在孔子的故事里。《史记》六十七《仲尼弟子列传》云：

他日，弟子进问〔有若〕曰："昔夫子当行，使弟子持雨具。已而果雨。弟子问曰：'夫子何以知之?'夫子曰：'《诗》不云乎?"月离于毕，俾滂沱矣。"昨暮月不宿毕乎?'"

故事未必真，却可见劳孝舆说的"事物细微，皆引《诗》以证其得失"

(见前)那句话确有道理。又如《汉书·地理志》云：

> 魏国亦姬姓也，在晋之南河曲。故其诗曰："彼汾一曲"
> (《汾沮洳》)，"置之河之侧"(《伐檀》)。

这里引《诗》以明魏国的地理。至于用《诗》为隐语，春秋时就有了①，直到汉末还存着这个风气。《后汉书》八十三《徐稺传》云：

> ……及林宗有母忧，稺往吊之，置生刍一束于庐前而去。众
> 怪不知其故。林宗曰："此必南州高士徐孺子也。《诗》不云乎？
> '生刍一束，其人如玉'(《小雅·白驹》)。吾无德以堪之。"

这是无语的隐语，所以"众怪不知其故"。又，解释入乐《诗》篇的意义的，如《礼记·射义》云：

> 其节：天子以《驺虞》为节，诸侯以《狸首》为节，卿大夫以
> 《采蘋》为节，士以《采蘩》为节。《驺虞》者，乐官备也。《狸首》
> 者，乐会时也。《采蘋》者，乐循法也。《采蘩》者，乐不失职也。

这中间《狸首》篇是逸诗。

汉人著述引《诗》之多，用《诗》之广，由以上各项可见。无论大端细节，他们都爱引《诗》，或断或证——这自然非讽诵烂熟不可。陈乔枞所谓"上推天人性理"，"下究万物情状"，以至"古今得失之林"，总而言之，就是包罗万有。春秋以后，要数汉代能够尽《诗》之用。春秋用《诗》，还只限于典礼、讽谏、赋《诗》、言语②；汉代典

---

① 顾颉刚先生《诗经在春秋战国间的地位》一文中说："最奇怪的用《诗》，是把诗句当歇后语或猜谜一样看待。"他举《国语·鲁语》下叔孙穆子说的"豹之业及《匏有苦叶》矣"和《左传》定公十年驷赤说的"臣之业在《扬水》卒章之四言矣"为例(《古史辨》三下三四〇至三四一面)。

② 见《诗经在春秋战国间的地位》文中，《古史辨》三下，三二二面。

礼别制乐歌，赋《诗》也早已不行，可是著述用《诗》，范围之广，却超过春秋时。孔子道：

> 小子何莫学夫《诗》？《诗》可以兴，可以观，可以群，可以怨。迩之事父，远之事君。多识于鸟兽草木之名。（《论语·阳货》）

这是《诗》教的意念的源头。孔子的时代正是《诗》以声为用到《诗》以义为用的过渡期，他只能提示《诗》教这意念的条件。到了汉代，这意念才形成，才充分地发展。不过无论怎样发展，这意念的核心只是德教、政治、学养几方面——阮元所谓政治言行——也就是孔子所谓兴、观、群、怨。"温柔敦厚"一语便从这里提炼出来。《论语》中孔子论《诗》、礼、乐甚详，而且说：

> 兴于《诗》，立于礼，成于乐。（《泰伯》）

好像看做三位一体似的。因此《经解》里所记孔子论《诗》教、乐教、礼教的话，便觉比较亲切而有所依据，跟其他三科几乎全出于依托的不同。汉代《诗》和礼乐虽然早已分了家，可是所谓"温柔敦厚"，还得将《诗》礼乐合看才能明白。《韩诗外传》八有一个《诗》的故事：

> 〔魏〕文侯曰："中山之君亦何好乎？"〔苍唐〕对曰："好《诗》。"文侯曰："于《诗》何好？"曰"好《黍离》与《晨风》。"文侯曰："《黍离》何哉？"对曰："彼黍离离，彼稷之苗。行迈靡靡，中心摇摇。知我者谓我心忧，不知我者谓我何求。悠悠苍天，此何人哉！"文侯曰："怨乎？"①曰："非敢怨也，时思也。"文侯曰："《晨风》谓何？"对曰："'鴥彼晨风，郁彼北林，未见君子，忧

---

① 皮锡瑞《诗经通论》"论诗教温柔敦厚在婉曲不直言"条夹注云："《韩诗》以《黍离》为伯奇之弟伯封作，言孝子之事，故能感悟慈父。与《毛诗》以为闵周者不同。"

心钦钦。如何如何！忘我实多！'——此自以'忘我'者也。"（原无末七字。许维遹先生据《文选·四子讲德论注》与《御览》七七九补。）于是文侯大悦，……遂废太子诉，召中山君以为嗣。

这是一个很著名的故事，西汉王褒作《四子讲德论》，已经引用①。宋王应麟《困学纪闻》三列举"兴于《诗》"的事例，第一件便是"子击（中山君名击）好《晨风》《黍离》而慈父感悟"。其次是周磬。《后汉书》六十九本传云：

> 居贫养母，俭薄不充。尝诵《诗》至《汝坟》之卒章，慨然而叹。乃解韦带就孝廉之举。

《周南·汝坟》末章道："鲂鱼赪尾，王室如燬。虽则如燬，父母孔迩。"章怀太子《后汉书注》引《韩诗薛君章句》："以父母甚迫近饥寒之忧，为此禄仕。"周磬是"兴于《诗》""而为亲从仕"（《纪闻》语）的。后世因读诵而兴的例子还有些，多半也是"兴于《诗》"，而以孝思为主②。这些都是实践的温柔敦厚的《诗》教。可是探源立论，事亲事君都是礼的节目，而礼乐是互相为用的，是相反相成的；所以要了解《诗》教的意义，究竟不能离开乐教和礼教。

三　温柔敦厚

《经解》篇孔颖达《正义》释"温柔敦厚"句云：

> 温谓颜色温润，柔谓情性和柔。《诗》依违讽谏，不指切事情，故云温柔敦厚是《诗》教也。

又释"《诗》之失愚"云：

---

① 句云："太子击诵《晨风》，文侯谕其旨意。"
② 见《太平御览》六一六。

《诗》主敦厚。若不节之，则失在愚。

又释"温柔敦厚而不愚"句云：

此一经以《诗》化民，虽用敦厚，能以义节之；欲使民虽敦厚，不至于愚。则是在上深达于《诗》之义理，能以《诗》教民也。故云"深于《诗》者也"。

更重要的是《正义》里下面一番话：

然《诗》为乐章，《诗》乐是一，而教别者：若以声音干戚以教人，是乐教也。若以《诗》辞美刺讽谕以教人，是《诗》教也。此为政以教民，故有六经。……此六经者，惟论人君施化，能以此教民，民得从之，未能行之至极也。若盛明之君为民之父母者，则能恩惠下及于民。则《诗》有好恶之情，《礼》有政治之体，《乐》有谐和性情，皆能与民至极，民同上情。故《孔子闲居》云："志之所至，《诗》亦至焉。《诗》之所至，礼亦至焉。礼之所至，乐亦至焉。"是也。其《书》《易》《春秋》，非是与民相感恩情至极者，故《孔子闲居》无《书》《易》及《春秋》也。

这里将所谓六经分为二科，而以《诗》《礼》《乐》为"与民相感恩情至极者"；《诗》《礼》《乐》三位一体，合于《论语》里孔子的话。而所谓"以《诗》化民"，所谓"在上深达于《诗》之义理，能以《诗》教民"，是概括《诗大序》的意思，《诗大序》又是孔子论"学《诗》"那一节话的引伸和发展。所谓"以义节之"，就是《诗大序》说的"发乎情，止乎礼义"，也就是儒家说的"不偏之谓中"（《礼记·中庸》）。《诗》教究竟以意义为主，所以说"以《诗》辞美刺讽谕以教人"；美刺讽谕不离乎政治，所谓"《诗》依违讽谏，不指切事情"，就指美刺讽谕而言。

孔子时代，《诗》与乐开始在分家。从前是《诗》以声为用；孔子论《诗》才偏重在《诗》义上去。到了孟子，《诗》与乐已完全分了家，他论《诗》便简直以义为用了。从荀子起直到汉人的引《诗》，也都继承这个传统，以义为用。上文所分析的汉代各例，可以见出。但"《诗》为乐章，《诗》乐是一"是个古久的传统，就是在《诗》乐分家以后，也还有很大的影响。论乐的不会忘记《诗》。《礼记·乐记》云：

> 德者，性之端也。乐者，德之华也。金石丝竹，乐之器也。《诗》言其志也，歌咏其声也，舞动其容也。三者本于心，然后乐气(阮刻本原作"器"，据《校勘记》改)从之。

《诗》与歌舞合一。又云："乐师辨乎声《诗》。"又云："然后正六律，和五声，弦歌《诗》颂，此之谓德音。德音谓之乐。"都说的"《诗》乐是一"。论《诗》的也不能忘记乐。《诗大序》云：

> 情动于中而形于言。言之不足，故嗟叹之。嗟叹之不足，故永歌之。永歌之不足，不知手之舞之、足之蹈之也。情发于声，声成文谓之音。治世之音安以乐，其政和。乱世之音怨以怒，其政乖。亡国之音哀以思，其民困。

前七语历来论《诗》的不知引过若干次。但这一整段话也散见在《乐记》里，其实都是论乐的。而《诗》教更不能离乐而谈。一来声音感人比文辞广博得多，若只着眼在"《诗》辞美刺讽谕"上，《诗》教就未免狭窄了。二来以声为用的《诗》的传统——也就是乐的传统——比以义为用的《诗》的传统古久得多，影响大得多，《诗》教若只着眼在意义上，就未免单薄了。所以"温柔敦厚"该是个多义语：一面指"《诗》辞美刺讽谕"的作用，一面还映带着那"《诗》乐是一"的背景。这只要看看乐之所以为教，就可明白。《经解》以"广博易良"为乐教。《正义》云："乐以和通为体，无所不用，是广博；简易良善，使人从化，是易良。"《乐记》阐发乐教最详。《记》云：

> 乐也者，圣人之所乐也，而可以善民心，其感人深，其移风易俗。故先王著其教焉。

"乐以和通为体"，所以说："乐者，天地之和也"，"异文合爱者也"。又说："仁近于乐"，"乐者敦和"。又说："立之学等，广其节奏，省其文采，以绳德厚。"又说："乐者，天地之命，中和之纪，人情之所不能免也。"从消极方面看，"乐至则无怨"，"暴民不作，诸侯宾服，兵革不试，五刑不用，百姓无患，天子不怒，如此则乐达矣"。"中和之纪"的"中"是"适"的意思。《吕氏春秋·适音》篇云：

> 夫音亦有适。……太巨太小，太清太浊，皆非适也。何谓适？衷，音之适也。何谓衷？小(原作"大"，据许维遹先生《吕氏春秋集释》引陶鸿庆说改)不出钧，重不过石，小大轻重之衷也。

"衷""中"通用。"适"又有"节"的意思。同书《重己》篇"故圣人必先适欲"，高诱注："适犹节也。"又《荀子·劝学》篇道："诗者，中声之所止也"(王先谦《荀子集解》云："此不言乐，以《诗》乐相兼也。")，所谓"中声"当兼具这两层意思。杨倞注："诗谓乐章，所以节声音，至乎中而止，不使流淫也。"大致不错。以上所引《乐记》和《荀子》的话，都可作"温柔敦厚"的注脚，是乐教，也未尝不是《诗》教。

礼乐是不能分开独立的。虽然《乐记》里说："乐者为同，礼者为异；同则相亲，异则相敬。"又说："礼节民心，乐和民声。"又说："乐者，天地之和也；礼者，天地之序也。"好像礼乐的作用是相反的。可是说"礼乐之情同"，《正义》云："致治是同。"又云：

> 是故先王之制礼乐也，非以极口腹耳目之欲也，将以教民平好恶而反人道之正也。

所以说"知乐则几于礼矣"。"平好恶"是"和"也是"节"，二者是相反相成的。《论语》，有子曰：

> 礼之用，和为贵。……知和而和，不以礼节之，亦不可行也（《学而》）。

礼也以和为贵，可见"和"与"节"是一事的两面，所求的是"平"，也就是"适"，是"中"。孔子论《关雎》"乐而不淫，哀而不伤"（《论语·八佾》）。何晏《集解》引孔安国云："乐不至淫，哀不至伤，言其和也。"是"和"，同时是"节"。又，《管子·内业》篇云：

> 凡人之生也，必以平正；所以失之，必以喜怒忧患。是故止怒莫若《诗》，去忧莫若乐，节乐莫若礼，守礼莫若敬，守敬莫若静。

《诗》与礼乐并论。说"敬"，说"节"，说"平正"，也都可以跟《乐记》印证。而"止怒莫若《诗》"一语，更得温柔敦厚之旨。《经解》以"恭俭庄敬"为礼教，《正义》云："礼以恭逊、节俭、齐（斋）庄、敬慎为本。"恭俭是"节"，庄敬是"敬"；从另一角度看，也是一事的两面。所谓"《诗》依违讽谏，不指切事情"，正是"敬"与"节"的表现。古代有献诗讽谏的传统——汉代王式还以《三百五篇》当谏书，《周语》上邵公谏厉王说："天子听政，使公卿至于列士献诗，……而后王斟酌焉，是以事行而不悖。"《晋语》六范文子也向赵文子说到古之王者"使工诵谏于朝，在列者献诗，使勿兜（感也）"。《白虎通·谏诤》篇云：

> 谏有五：其一曰讽谏，二曰顺谏，三曰窥谏，四曰指谏，五曰陷谏。讽谏者，……知祸患之萌，深睹其事未彰而讽告焉。……顺谏者，……出词逊顺，不逆君心。……窥谏者，……视君颜色不悦，且却；悦则复前，以礼进退。……指谏者，……指者，质也，质相其事而谏。……陷谏者，……恻隐发于中，直言国之害，励志忘生，为君不避丧身。……孔子曰："谏有五，吾从讽之谏。"事君……去而不讪，谏而不露。故《曲礼》曰："为人臣不显谏。"

这里前三种是婉言一类，后二种是直言一类；婉言占五之三，可见谏诤当以此种为贵。而文中引孔子的话，独推"讽谏"，并以"谏而不露"和《曲礼》"不显谏"等语申述意旨。《文选·甘泉赋》李善注："不敢正言谓之讽"①，大概讽谏更为婉曲。《诗大序》云："下以风刺上，主文而谲谏；言之者无罪，闻之者足以戒。"郑玄笺："风刺""谓譬谕不斥言"，"谲谏，咏歌依违不直谏"。"主文"当指文辞②，就是所谓"《诗》辞美刺讽谕"。讽谏似乎就是"谲谏"，似乎就指献诗讽谏而言。讽谏用诗，自然是最婉曲了。谏诤是君臣之事，属于礼；献诗主"温柔敦厚"，正是礼教，也是《诗》教。

"温柔敦厚"是"和"，是"亲"，也是"节"，是"敬"，也是"适"，是"中"。这代表殷、周以来的传统思想。儒家重中道，就是继承这种传统思想。郭沫若先生《周彝铭中之传统思想考》(《金文丛考》一)论政治思想云：

> 人臣当恪遵君上之命，君上以此命臣，臣亦以此自矢于其君。……为政尚武，……征伐以威四夷，刑罚以威内，为之太过则人民铤而走险，故亦以暴虐为戒，以壅遏庶民，鱼肉鳏寡为戒，而励用中道。

又论道德思想云：

> 德字始见于周文，于文以"省心"为德。故明德在乎明心。明心之道欲其谦冲，欲其荏染，欲其虔敬，欲其果毅，此得之于内者也。其得之于外，则在崇祀鬼神，帅型祖德，敦笃孝友，敬慎将事，而益之以无逸。

---

① "奏《甘泉赋》以风"句下，引《毛诗序》"下以风刺上"，云："音讽，不敢正言谓之讽。"

② 郑笺："主文，主与乐之宫商相应也。"似乎不确切。朱子解为"主于文辞而托之以谏"(见《吕氏家塾读诗记》卷三)，今依朱说。

所说的君臣之分，"中道"以及"谦冲""荏染""敦笃孝友，敬慎将事"等，"温柔敦厚"一语的涵义里都有。周人文化，继承殷人，这种种思想真是源远流长了。而"中"尤其是主要的意念。"温柔敦厚"本已得"中"；可是说这话的（不会是孔子）还怕人"以辞害志"，所以更进一层说"《诗》之失愚"，必得"温柔敦厚而不愚"才算"深于《诗》"。所谓"愚"就是过中。《孟子·告子下》云：

> 公孙丑问曰："高子曰：'《小弁》，小人之诗也。'"孟子曰："何以言之?"曰："怨。"曰："固哉高叟之为诗也! 有人于此，越人关弓而射之，则己谈笑而道之。无他，疏之也。其兄关弓而射之，则己垂涕泣而道之。无他，戚之也。《小弁》之怨，亲亲也；亲亲，仁也。固矣夫高叟之为诗也!"曰："《凯风》何以不怨?"曰："《凯风》，亲之过小者也；《小弁》，亲之过大者也。亲之过大而不怨，是愈疏也；亲之过小而怨，是不可矶（赵岐注：激也）也。愈疏，不孝也；不可矶，亦不孝也。"

高子因《小弁》诗（《小雅》）怨亲，便以为是小人之诗；公孙丑并举出《凯风》诗（《邶风》）的不怨亲作反证。孟子说，《诗》也可以怨亲，只要怨得其中。他解释怎样《小弁》篇的怨是得中，《凯风》篇的不怨也是得中；而得中是仁，也是孝。高子以为凡是怨亲都不得中，他的看法未免太死了，他那种看法就是过中。孟子评他为"固"，"固"就是"《诗》之失愚"的"愚"。像孟子的论《诗》，才是"温柔敦厚而不愚"，才是"深于《诗》"。——论《诗》如此，"为人"也如此。所谓愚忠、愚孝，都是过中，过中就"失之愚"了。

有过中自然有不及中。但不及可以求其及，不像过了的往回拉的难，所以《经解》篇的六失都只说过中。一般立论却常着眼在不及中，因为不及中的多。就《诗》教看，更显然如此。高子以《小弁》篇为小人之诗，就是说它不及中，不过他错了。汉代关于屈原《离骚经》的争辩，也是讨论《离骚经》是否不及中，或不够温柔敦厚。《史记》八十四《屈原贾生列传》云：

屈平正道直行，竭忠尽智以事其君，谗人间之，可谓穷矣。信而见疑，忠而被谤，能无怨乎？屈平之作《离骚》，盖自怨生也。

又引淮南王安《叙离骚传》云①：

《国风》好色而不淫，《小雅》怨诽而不乱。若《离骚》者，可谓兼之矣。……其文约，其辞微，其志洁，其行廉。其称文小而其指极大，举类迩而见义远。……濯淖污泥之中，蝉蜕于浊秽，以浮游尘埃之外，不获世之滋垢，皭然泥而不滓者也。推此志也，虽与日月争光可也。

刘安以《诗》义论《离骚》，所谓"好色而不淫""怨诽而不乱"都是得其中，所以虽"自怨生"，还不失为温柔敦厚。但班固以为不然。他作《离骚序》，引刘氏语，以为"斯论似过其真"，又云：

且君子道穷，命矣。故潜龙不见是而无闷，《关雎》哀周道而不伤，蘧瑗持可怀之智，宁武保如愚之性，咸以全命避害，不受世患。故《大雅》曰："既明且哲，以保其身"（《烝民》），斯为贵矣。今若屈原，露才扬己，竞乎危国群小之间，以离谗贼。然责数怀王，怨恶椒、兰，愁神苦思，强非其人，忿怼不容，沈江而死，亦贬絜（洁）狂狷景行之士。多称昆仑、冥婚、宓妃、虚无之语，皆非法度之政（正），经义所载，谓之兼《诗》风雅而与日月争光，过矣。……虽非明智之器，可谓妙才者也。

这里说屈子为人和他的文辞中的怨责譬谕都不及中。总之，"露才扬己"，不够温柔敦厚。后来王逸作《楚辞章句》，《叙》中指出屈子"独依诗人之义而作《离骚》，上以讽谏，下以自慰"。又驳班氏云：

① 《史记》并未说明出处，这里根据班固《离骚序》、洪兴祖《楚辞补注》引。

今若屈原，膺忠贞之质，体清洁之性，直若砥矢，言若丹青，进不隐其谋，退不顾其命。此诚绝世之行，俊彦之英也。而班固云云。昔伯夷、叔齐让国守分，不食周粟，遂饿而死。岂可复谓有求于世而怨望哉？且诗人怨主刺上，曰："呜呼！小子，未知臧否，……匪面命之，言提其耳。"（《大雅·抑》）风谏之语，于斯为切。然仲尼论之，以为《大雅》。引此比彼，屈原之词，优游婉顺，宁以其君不智之故，欲提其耳乎？而论者以为"露才扬己"，怨刺其上，强非其人，殆失厥中矣。

又说"《离骚》之文依托'五经'以立义焉，……诚博远矣"，也是驳班氏的。王氏似乎也觉得屈原为人并非"中行"之士，但不以为不及中而以为"绝世"——"绝世"该是超中。至于屈原的文辞，王氏却以为"优游婉顺"，合于"诗人之义"——"优游婉顺"就是温柔敦厚。屈子的"绝世之行"在乎自沈；自沈确是不合乎中——说是超中，倒未尝不可。战国文辞，铺排而有圭角，他受了时代的影响，"体慢"语切①，不能像《诗》那样"不指切事情"也是有的。可是《史记》里说得好：

屈平……虽放流，眷顾楚国，系心怀王，不忘欲反，冀幸君之一悟，俗之一改也。其存君兴国而欲反覆之，一篇之中，三致志焉。然终无可奈何。

又以人穷呼天，疾病呼父母喻他的怨。他这怨只是一往的忠爱之忱，该够温柔敦厚的。至于他"引类譬谕"，虽非"经义所载"，而"依《诗》取兴"②，异曲同工，并不悖乎《诗》教。班氏也承认"后世莫不……则象其从容"③；这从容的气象便是温柔敦厚的表现，不仅是

---

① 《文心雕龙·辨骚》篇论《楚辞》云："体慢于三代。"
② 以上三语都见王逸《离骚经章句序》。
③ 《离骚序》。

"妙才"所能有。那么，"露才扬己"确是"失中"之语，而淮南王所论并不为"过其真"了。

汉以后时移世异，又书籍渐多，学者不必专读经，经学便衰了下来。讽诵《诗》的少了，引《诗》的自然也就少了。乐府诗虽然代《三百篇》而兴，可是应用不广，不能取得《三百篇》的权威的地位。建安以来，五言诗渐有作者，他们更没有涵盖一切的力量。著述里自然不会引用这些诗。《诗》教的传统因而大减声势。不过汉末直到初唐的诗虽然多"缘情"而少"言志"①，而"优游不迫"②，还不失为温柔敦厚，这传统还算在相当的背景里生活着。盛唐开始了诗的散文化，到宋代而大盛，以诗说理，成为风气。于是有人出来一面攻击当代的散文化的诗，一面提倡风人之诗。这种意见北宋就有，而南宋中叶最盛③。这是在重振那温柔敦厚的诗教。一方面道学家也论到了诗教。道学家主张"文以载道"，自然也主张"诗以言志"。当时诗教既经下衰，诗又在散文化，单说"温柔敦厚"已经不足以启发人，所以他们更进一步，以《论语》所记孔子论《诗》的"思无邪"一语为教；他们所重在道不在诗。北宋程子、谢良佐论《诗》，便已特地拈出这一语④，但到了南宋初，吕祖谦的《吕氏家塾读诗记》里才更强调主张，他成为这一说的重要的代表。他以为"作《诗》之人所思皆无邪"⑤，以为"《诗》

---

① 陆机《文赋》："诗缘情而绮靡"。《今文尚书·尧典》："诗言志"，《左传》襄公二十七年："诗以言志"。"言志"离不开政教，详《诗言志》篇。

② 严羽《沧浪诗话·诗辨》云："〔诗之〕大概有二：曰优游不迫，曰沈著痛快"。

③ 北宋时沈括论韩愈诗，以为是"押韵之文"，不是诗，见惠洪《冷斋夜话》二。南宋提倡风人之诗的以刘克庄、严羽为代表。刘说散见《后村先生大全集》，严说见《沧浪诗话》。

④ 《吕氏家塾读诗记》卷一引程氏曰："思无邪，诚也。"又引谢氏曰："……其(诗)为言率皆乐而不淫，忧而不困，怨而不怒，哀而不愁，……其与忧愁思虑之作，孰能优游不迫也？孔子所以有取焉。作诗者如此，读诗者其可以邪心读之乎！"

⑤ 朱子《读吕氏诗记桑中篇》云："孔子之称'思无邪'也，……非以作诗之人所思皆无邪也。"（《朱文公集》七十）

人以无邪之思作之，学者亦以无邪之思观之，闵惜惩创之意自见于言外"①。朱子却觉得如此论《诗》牵强过甚，以为不如说"彼虽以有邪之思作之，而我以无邪之思读之，则彼之自状其丑者，乃所以为吾警惧惩创之资"。又道："曲为训说而求其无邪于彼，不若反而得之于我之易也。巧为辨驳而归其无邪于彼，不若反而责之于我之切也。"②这便圆融得多了。

朱子可似乎是第一个人，明白地以"思无邪"为《诗》教。在《吕氏诗记》的《序》里，他虽然还是说"温柔敦厚之教"，但在《诗集传》的《序》里论"《诗》之所以为教"，便只发挥"思无邪"一语。他道：

> 诗者，人心之感物而形于言之余也。心之所感有邪正，故言之所形有是非。惟圣人在上，则其所感者无不正，而其言皆足以为教。其或感之之杂，而所发不能无可择者，则上之人必思所以自反，而因有以劝惩之。是亦所以为教也。
>
> 昔周盛时，上自郊庙朝廷而下达于乡党闾巷，其言粹然，无不出于正者。圣人固已协之声律而用之乡人，用之邦国，以化天下。至于列国之诗，则天子巡守，亦必陈而观之，以行黜陟之典。降至昭、穆而后，寖以陵夷，至于东迁而遂废不讲矣。孔子生于其时，既不得位，无以行帝王劝惩黜陟之政。于是特举其籍而讨论之，去其重复，正其纷乱。而其善之不足以为法，恶之不足以为戒者，则亦刊而去之，以从简约，示久远。使夫学者即是而有以考其得失，善者师之而恶者改焉。是以其政虽不足行于一时，而其教实被于万世。是则《诗》之所以为教者然也。

这是以"思无邪"为《诗》教的正式宣言。文中以正邪善恶为准，是着眼在"为人"上。我们觉得以"思无邪"论《诗》，真出于孔子之口，自然比"温柔敦厚"一语更有分量，但当时去此取彼，却由于道学眼。其实这两句话一正一负，足以相成，所谓"合之则两美"。道学眼也

---

① 《吕氏家塾读诗记》卷五。
② 见《读吕氏诗记桑中篇》。

无妨，只要有一只眼看在诗上。文中从学者方面说到"考其得失，善者师之而恶者改焉"，阐明诗是怎样教人。又从作诗方面说到所感有纯有杂，纯者固足以为教，杂者可使上之人"思所以自反，而因有以劝惩之"，也足以为教。这都足以补充温柔敦厚说之所不及。原来不论"温柔敦厚"也罢，"无邪"也罢，总有那些不及中的。前引孔颖达说人君以六经教民，"能与民至极"者少，"未能行之至极"者多，可是都算行了六艺之教。那是说"教"虽有参差，而为教则———《诗》教自然也如此。朱子却是说，"诗"虽有参差，而为教则一。经过这样补充和解释，诗教的理论便圆成了。但是那时代的诗尽向所谓"沈着痛快"一路发展。一方面因为散文的进步，"文笔""诗笔"的分别转成"诗文"的分别，选本也渐渐诗文分家，不再将诗列在"文"的名下，像《文选》以来那样。诗不是从前的诗了，教也不及从前那样广了；"温柔敦厚"也好，"无邪"也好，《诗》教只算是仅仅存在着罢了。这时代却有用"温柔敦厚"论文的，如杨时《龟山集》十《语录》云：

> 为文要有温柔敦厚之气。对人主语言及章疏文字，温柔敦厚尤不可无。……君子之所养，要令暴慢邪僻之气不设于身体。

这简直将《诗》教整套搬去了，虽然他还是将诗包括在"文"里。这时代在散文的长足的发展下，北宋以来的"文以载道"说渐渐发生了广大的影响，可以说成功了"文教"——虽然并没有用这个名字。于是乎六经都成了"载道"之文——这里所谓"文"包括诗——于是乎"文以载道"说不但代替了《诗》教，而且代替了六艺之教。

（载《诗言志辨》，北京古籍出版社 1956 年版）

【评 介】

朱自清（1898—1948），原名自华，号秋实，后改名自清，字佩弦。祖籍浙江绍兴，后随祖父、父亲定居江苏扬州，为现代著名散文家、诗人、学者。1916 年考入北京大学预科，大学期间开始新诗创作，并参加新潮社，1920 年毕业，先后在江苏、浙江等地任中学教员。1925 年起任清华大学中文系教授，1931 年 8 月去欧洲留学，1932 年回国后任清华大学中文系主任，抗日战争爆发后，至云南昆明，任西南联大中文系主任。早年以创作新诗、散文著称，出版有《踪迹》《背影》等。1930 年后主要从事古典诗歌、古典诗论，以及古代经典的研究。上海古籍出版社 1981 年出版有《朱自清古典文学专集》，其中包括《朱自清古典文学论文集》《古诗歌笺释三种》《十四家诗钞》及《宋五家诗钞》四种。

朱自清关于《诗经》的著述，主要有《诗名著笺》（1922）、《中国歌谣》（1931）、《关于兴诗的意见》（1931）以及《经典常谈》（1942）、《诗言志辨》（1947）等。他的研究重点有三个方面：

第一，《诗经》学范畴的研究。其《诗言志辨》从"诗文评"的角度，研究了《诗经》学及古代诗论的几个重要概念，最有代表性的是《诗经》学的四个重要范畴。

第二，歌谣起源及发展演变研究。《中国歌谣》一书，主要研究中国歌谣历史的陈迹和歌谣理论的建设问题，而两者溯其流源都与《诗经》密切相关。

第三，经典诗篇整理注释和普及。《诗名著笺》是对十五篇《风》诗的讲解，内容有训诂、讲解和翻译三部分。《经典常谈》是向一般读者介绍古典文化的书，共十三篇，其中《诗经》一篇，多采用近人之说，文字浅明切实，通俗易懂，这是朱自清对白话文和经典普及的实践。

《诗言志辨》是 20 世纪一部研究中国古代诗论的经典之作。内容涉及"诗言志""比兴""诗教""正变"等重要的诗学命题，其中"诗言志""诗教"是纲领，"比兴""正变"是细目。然其指归仍在政教，此即孔门诗学的核心。为探明古代诗论的精神实质，朱自清"从小处下手"，对这些批评概念数千年的历史演进轨迹进行了严密的追踪。他注意概念的"史的发展"，并能运用现代观点廓清旧说谬误。对于现代诗学研究有很重要的示范意义。

据作者自述，关于《诗言志辨》一书的撰著缘起，首先是以实际行动响应胡适"整理国故"的号召。所谓"整理国故",即用历史进化观和科学方法,对古籍进行系统的研究和整理。在这一研究过程中,朱自清广泛搜集材料,认真探寻其中蕴含的规律,保证学术研究的客观性和科学性。其次,朱自清撰写此书,也是对周作人《中国新文学的源流》持论的回应与辩驳。周作人在《中国新文学的源流》中将"言志"和"载道"分为中国文学两大主流,朱自清在《诗言志辨·序》中说:"现在有人用'言志'和'载道'标明中国文学的主流,说这两个主流的起伏造成了中国文学史。'言志'的本义原跟'载道'差不多,两者并不冲突;现在却变得和'载道'对立起来。"认为周作人以二元对立模式来处理"言志"与"载道",不够科学。因此对二者的关系进行重新界定,这也是他撰写此书的动机之一。

《诗言志》一篇是全书的核心内容,此书即因之得名。朱自清认为"诗言志"是中国传统诗学"开山的纲领",中国古代诗歌的主要特征和传统是将诗歌当作政教的工具。作者首先追溯到"志"与"诗"的语源,"志"即谓"怀抱",在先秦文献的用例中,都与政治、教化有关。"在心为志,发言为诗",故"诗"与"志"同义。"诗言志"就是抒发与政教意识相关的抱负。先秦作诗用诗的观念有时代先后,分"献诗陈志""赋诗言志""教诗明志""作诗言志"四个阶段。其"献诗""赋诗"是以诗乐合一的先秦诗歌为研究对象,因此叙述以春秋为断限,举例以《诗经》为主;"教诗""作诗"则是诗乐分离之后,所论诗的范围也从《诗经》扩大到近代的诗作。朱自清认为,"诗言志"这一纲领的影响一直延伸到近现代。正确理解这条诗论,对于弄清文学批评史的面目具有十分重要的意义。基于此点,他对这一术语的本旨、演变历程和现状,都作了深入考索。

《比兴》篇论述的内容包括"毛诗郑笺释兴""兴义溯源""赋比兴通释"及"比兴论诗"四个部分。专论比兴的含义、起源与以比兴为标准的说诗特征。作者首先对毛诗郑笺为代表的比兴观加以比对考察,再探寻此说的渊源,进而指出建安以来的诗人全不用毛、郑的标准去用譬喻,后世论诗所说的"比兴"也不是《诗大序》的"比"和"兴"。尽管如此,《诗大序》主张以诗"经夫妇,成孝敬,厚人伦,美教化,移风俗"的主旨，却一直牢固地保存着，为诗人和诗论家所重。此主旨，朱自清认为就是诗教，就是"诗言志"或"诗以明道"。在赋比兴中，比兴"譬喻不斥言"或"主文而谲谏"的特点，最与温柔敦厚的旨趣相合，最具诗教的作用。因此他说，"论诗尊'比兴'，所尊的并不全在'比''兴'本身的价值，而是在诗以言志、诗以明道的作用上了"。这些说法都符合古人以比兴论诗评诗的实际，正因为如此，自唐代以后，比兴日渐受到诗人和诗论家的重视，并"由方法而变成了纲领"。这样，朱自清不单对向无定论的比兴作了确切的考释，而且阐明了这一批评范畴的演变。

《诗教》篇包括"六艺之教""著述引诗"及"温柔敦厚"三部分。作者考察了诗教说的起源以及从"温柔敦厚"到"文以载道"的诗教理论的发展过程。认为"六艺之教"指对《诗》《书》《乐》《易》《礼》《春秋》的学习。六经的功用各不相同，但它们在六艺中原本是平等的。周代似只有《诗》《书》《礼》《乐》，六艺之教起于汉代。汉代后《易》学成为显学，但应用最广的依然是《诗》。言语中引《诗》，始见于春秋时期，著述中诗的征引情况，则从《论语》开始。及至汉儒，著述引《诗》之多，用《诗》范围之广，都超过前人。引《诗》的目的在于"为法者章显，为戒者著明"（郑玄语）。这标志着以德教、政治、学养为核心的诗教到汉代正式形成，并得到充分发展。"温柔敦厚"一语由此提炼而出。到北宋又形成"文以载道"之说，并代替了"六艺之教"，尤其是诗教。在此篇里，朱自清既阐明了诗教的内涵，又清理了它的起源、形成及发展演变的脉络。

《正变》篇包括《风雅正变》《诗体正变》两部分。此篇主要考辨郑玄"风雅正变"论的思想文化背景及其从用于解诗到用于评诗、作诗，以致发展为"诗体正变"论的变迁线索。著者认为，"正变"一语原只用于讨论风雅正变，只涉及诗歌，后来却进一步扩展，被批评家运用来评"文"，提出了"文变"说，论及文体的正变了。

总之，该书是20世纪中国《诗经》学研究方面的重要奠基之作，体现了追本溯源、正本清源的治学方法与治学态度，代表了20世纪初叶中国诗学研究的最高水平，为后世的中国诗学研究在材料钩稽、概念范畴、研究思路等多方面提供了很好的示范。《诗言志辨》对"诗言志""比兴""诗教""正变"四方面的诗论，以"小题大做"的方式，纵向的精微的考察，理清了它们的来龙去脉和衍变史迹，为中国文学批评史寻找到了真正的源头，使我们看清了中国古代诗学批评的真实面目，并纠正了以往一些学者的错误观念。

朱自清《诗经》学论著：

朱自清著，《诗言志辨》，开明书店 1947 年版。

朱自清著，《诗名著笺》，见《古诗歌笺释三种》，上海古籍出版社 1981 年版。

朱自清著，《中国歌谣》，作家出版社 1957 年版。

朱自清著，《经典常谈》，文光书店 1946 年版。

朱乔森编，《朱自清全集》第 11 卷《书信补遗编》，江苏教育出版社 1998 年版。

《关雎》解题

陈子展

　　《关雎》，乐得淑女以配君子之诗。篇名为什么叫做《关雎》呢？《孔疏》说："《关雎》者，诗篇之名。……《金縢》云：公乃为诗以贻王，名之曰《鸱鸮》。然则篇名皆作者所自名。既言为诗，乃云名之，则先作诗，后为名也。名篇之例，义无定准。多不过五，少才取一。或偏举两字，或全取一句。偏举则或上或下，全取则或尽或余。亦有舍其篇首，撮章中之一言。或复都遗见文，假外理以定称。黄鸟显绵蛮之貌，草虫弃喓喓之声。瓜瓞取绵绵之形，瓠叶舍番番之状。夭夭与桃名而俱举，蓁蓁从岷状而见遗。《召旻》《韩奕》则采合上下，《驺虞》《权舆》则并举篇末。其中蹉驳，不可胜论。岂古人之无常，何立名之异与？以作非一人，故名无定目。"他说古诗人先作诗，后为名，不错。他说名篇之例也大致不错，但不必都是作者自名。我想，这大都是采诗或陈诗的人所加，乃至编诗或删诗的人所定，《关雎》篇名当是一例。

　　雎鸠是什么鸟？王铚《默记》说："李公弼，字仲修，登科初，任大名府同县尉。因检验村落，见所谓鱼鹰者飞翔水际，问小吏。曰：'此关雎(当云雎鸠)也。'仲修令探取其巢观之，皆一窠二室，盖雄雌各异居也。仲修且叹：村落犹呼曰关雎，学者不复辨矣！"宋时大名府的村民小吏尚知道有鱼鹰，鱼鹰就是雎鸠。而大儒不识雎鸠，如郑樵、朱熹说它是凫类，他如王质疑它不是鹘鸠就是鸤鸠。难道王铚根据当时已经出现的伪托师旷《禽经》，故意编造一个故事，来和他同时的学者们开玩笑吗？

　　任谁读过清人陈大章《诗传名物集览》一书的，只见关于雎鸠一鸟争讼纷呶，恐怕难免头痛。他在最后还说：《长笺》谓王雎如鸭，

《风土记》疑为苍鹝,近代冯元敏谓状似鸳鸯,《通雅》定为属玉,盖名得其形似。而郝氏指为布谷,钱氏以为杜鹃,则又拟非其伦矣。"他自己不是也仅被王志长、冯元敏、方以智、郝敬、钱澄之等晚近诸家之说,就已弄得有些头昏眼花了吗?他说的"得其形似",倒是"拟非其伦"。所说"拟非其伦",却是不错。

最初《毛传》说:"雎鸠,王雎也。"《尔雅·释鸟》说:"鴡鸠,王鴡。"不同的只是雎写作鴡。郭注说:"鵰类,今江东呼之为鹗。好在江渚山边食鱼。《毛诗传》曰:鸟挚而有别。这已明确说出了雎鸠就是鹗。《孔疏》引《陆疏》说:"雎鸠,大小如鸱,深目,目上骨露,幽州人谓之鹫。而扬雄、许慎皆曰白鷢,似鹰,尾上白。"从扬雄、许慎说它是白鷢,陆玑说它是鹫,到了郭璞才说它是鹗,把他们说的改正过来了。

最后王先谦《集疏》说:"愚案《说文》鷢下云:白鷢,王鴡也。段玉裁注谓转写之误。案:"王鴡也"三字缘下'鴡'字注误衍,段说是也。《广韵》:白鷢善捕鼠。与捕鱼之鴡是二物。《禽经》:鴡鸠,鱼鹰。郝懿行《尔雅义疏》云:能扇波令鱼出食之,故《淮南·说林训》谓之沸波。邵晋涵《尔雅正义》云:《史记正义》,王鴡,金口鹗也。今鹗鸟能翱翔水上,捕鱼而食,后世谓之鱼鹰。其鸣缓而和顺,与白鷢相似,而色苍,非即白鷢也。参稽众说,是鴡鸠即鱼鹰矣。"他总结了清代几个汉学家之说,所作结论算是正确的。

按古训,白鷢、鹫、鹗,都属鹰鵰之类;用现代的术语来说,都属隼形目。所谓白鷢,郝懿行以为就是俗名白鹞子或风鹞子、白尾鹞的一种鸟。不错,白鷢、白尾鹞常飞掠大平原大草地,觅食田鼠、小鸟、昆虫之类,却不一定在河之洲飞鸣徘徊。所谓鹫、秃鹫,栖息高山悬崖,性好孤独,好吃鸟兽的尸体,不会在河之洲雌雄和鸣。只有所谓鹗、鱼鹰,常在江河湖沼及海滨一带飞翔,看见水中有饵就直下水面,用脚爪掠之而去。趾具锐爪,趾底遍生细刺,外趾又能由前后反转。这些都适宜于捕鱼。从其生态上来看,它最和诗说的"关关雎鸠,在河之洲"整句的意义相合。更值得注意的,是和这诗的比兴之义切合。雎鸠就该是鹗是鱼鹰了。这种鸟在湖南方言叫做鱼鹞,见郭嵩焘《湘阴县图志》。至鹈形目鸬鹚科的鸬鹚也叫鱼鹰,今人有说这诗鱼鹰就是鹚鹩的，那也错了。

说到雎鸠比兴之意，这就更难说了。诗人往往特别敏感，联想异常发达。"感物造耑"，发端便借物起兴，作者未必自知其所以然；他人揣摩作解，更不尽可靠。在三百篇中，《毛传》说是"兴也"的共有一百十六篇之多。《毛传》未必尽得诗旨，笺疏《毛传》的人也未必都得《传》意。"他人有心，予忖度之"，忖度终归是忖度。比如说，"关关雎鸠，在河之洲"，下文紧接"窈窕淑女，君子好逑"，雎鸠和君子淑女有什么相干？这在文义上怎么串讲下去呢？《毛传》止简单地说一句"兴也"，看来他认为上下文义是相联贯的。古人说《诗》义的所谓兴，所谓比兴之义，犹今人说象征，说象征主义。想是大毛公认为诗人用关关双叫、"二鸟和鸣"的雎鸠，作为君子淑女求爱的象征，所以说是"兴也"。

倘若再从那时的社会阶级来分析，君子和小人原是两个敌对阶级——统治阶级与被统治阶级的专名，《孟子》一书里解释的已够明确。君子原指统治阶级或有位之称，引申为有德之称，再引申为"妇女谓夫为君子，上下之通名"，如《孔疏》所说。《关雎》中"君子"当是本义而不是引申义，尽管你不承认古人说这君子是指王者、文王，淑女是指后妃、太姒。但是你不能不承认这诗说的君子淑女是少爷小姐一流，属于社会上层的贵族，而不是一般匹夫匹妇，属于社会下层的庶民。这话怎讲？我们已经说过雎鸠是一种鸷鸟了。从兴义上再进一步来说：《左传》昭公十七年记载郯子朝鲁，他答覆昭子在宴会上提出的上古名官的问题，末了记及孔子学官于郯子。郯子说上古时代少暤氏以鸟名官，"雎鸠氏，司马也"。按司马主兵又主法制，兵刑大权都掌握了，可以推知官名雎鸠氏，它的古义实是权力的象征。我想还应该说，雎鸠氏乃是指上古原始社会里把雎鸠猛鸟作为图腾的一个氏族部落或其酋长。《关雎》诗人当是以很猛鸷的雎鸠来象征有权威的君子。那末，这位君子不是指贵族又是指什么？《晦庵诗说》道："或言今人作诗，多要有出处。曰'关关雎鸠'，出在何处？"不错，本来作诗无须有出处，而《关雎》可能有出处，就出在雎鸠氏的这一典记上。

倘若再从字句训诂上来说，按《郑笺》，窈窕淑女，是"幽闲处深宫贞专之善女"。这决不是小家碧玉。"琴瑟在堂，钟鼓在庭。"又岂是筚门圭窦、瓮牖绳枢的民间房屋所有陈设？总之，我们不从那时社会阶级上来分析，了解到君子淑女是何等人物，他们所赖以生活的事物打上什么阶级烙印；我们不从动物学上了解到雎鸠是什么鸟；并从我国上古史学上了解到以雎鸠氏名官是什么意义；就无从了解到《关雎》一诗。我想无论任何学者要对《诗经》作一番研究，首先下手就会遇到这么一个难题。

这里，略评关于《诗序》的主要的几说。《诗序》："《关雎》，乐得淑女以配君子"，止此一句已足，已把这诗的主题道着了。其他都是多余的话，还带来一些错误。比如劈头第一句就说"《关雎》，后妃之德也"。这话太强调了，就有"一以后妃为主而不复知有文王"之失，诚如朱熹《辨说》所指出。何况这诗未必和文王太姒太有关呢？

至若朱熹以为这诗"虽若专美太姒，而实以深见文王之德"，应将文王、太姒并提挽合。他在《集传》里说："周之文王生有圣德，又得圣女姒氏以为之配。宫中之人于其始至，见其有幽闲贞静之德，故作是诗。"他把文王、太姒美化了、理想化了，还是局限于封建主义修身齐家、治国平天下的一套大道理以内，犯了《诗序》同样的毛病。李超孙《诗氏族考》说："若以淑女为后妃，君子为文王，则失之矣。考《大戴礼》，文王十五而生武王，前此（文王十三）已有伯邑考。计文王未取后妃之时，年尚幼冲，宫中乃先有琴瑟钟鼓与夫宫妾之盛，且思其配至于辗转反侧，毋乃迩色之蚤乎？郝氏敬辩之，最为确当。"试问文王当十一二岁童年时就和太姒大闹恋爱至于如此，岂足为训，而夸什么王者之化、后妃之德？何况太姒是文王元妃还是继妃也有问题！（参看《大雅·文王之什·大明解题》）宋儒解《关雎》多闹笑话，再举一例。沈朗奏"《关雎》，夫妇之诗，颇嫌狎亵，不可冠《国风》"，故别撰《尧》《舜》二诗以进。而理宗嘉之，赐帛百匹。如此腐儒不是迂谬已极吗？

至于今文三家说，都以为《关雎》是"刺时"。到了魏源竟说成"当殷之末世"，"当文王与纣之时"，"以求贤妃配君子讽刺王室"，意似以为刺纣，这是恐怕错了的。最后王先谦《集疏》说："综览三家，义归一致。盖康王时，当周极盛。一朝晏起，应门之之政不修，而鼓枻无声。后夫人璜玉不鸣，而去留无度。固人君倾色之咎，亦后夫人淫色专宠致然。毕公王室荩臣，睹衰乱之将萌，思古道之极盛：由于贤女性不妒忌，能为君子和好众妾，其行侔天地，故可配至尊为宗庙主。今也不然，是无以奉神灵之统，而理万物之宜。陈往讽今，主文谲谏，言者无罪，闻者足戒。《风》人极轨，所以取冠全《诗》。《毛传》匿刺扬美，盖以为陈贤圣之化，则不当有讽谏之词，得粗而遗其精，斯巨失矣。"这里综述三家义，主要是《鲁诗》义，以为《关雎》是康王好色、毕公刺晏起而作，可算转述得不错，尽管三家义本身不见得不错。因为这诗实在不含讽刺意味，并不见得"《毛传》匿刺扬美"，"得其粗而遗其精"，除非论者胸中先存《诗》今古文门户之见。若说是"陈往讽今"，"以美为刺"，"美在此则刺在彼"，那也是龚橙《诗本谊》所说"此诵诗谊"，"瞀瞢讽诵之谊"，不是作诗谊。

总之，《关雎》只是乐得淑女以配君子的诗，当是西周作品。无疑的原是关于歌咏社会上层男女恋爱的诗，因而统治阶级作为房中乐章。但不一定是歌咏"后妃之德""王者之化"，为"后妃所自作"，或"宫中之人"所作；也不一定是"刺时"，或毕公为刺康王好色晏朝而作。便是今之学者以为《关雎》只是描写一般人民的恋爱的作品，也不一定算得正确，因为至今还不见说出所以正确的理由。倘若说，这是民风，就是朱熹说的"民俗歌谣之诗"的一例。是的，这倒也像是求爱的山歌，也和调情的小夜曲相仿佛。那末，诗中所谓君子淑女，正和后世小说戏曲里所谓才子佳人、公子小姐一样，在两性关系上各自反映了当时占优越地位的阶级，并且各自反映了当时占统治地位的思想，而作者可不一定就是君子淑女一流。这样说来，就该说通了罢。

（载《诗三百解题》，复旦大学出版社 2001 年版）

【评　介】

陈子展（1898—1990），原名炳坤，字子展，1898 年 4 月 14 日出生于湖南省长沙县。幼读私塾，即对《诗经》产生兴趣。后入长沙县立师范学校学习，毕业后任小学教员。"五四"后入东南大学教育系学习两年，后因病辍学，回到湖南，寄住于长沙船山学社和湖南自修大学前后将近两年，后任教于湖南省立第一师范学校。1927年因与共产党人士来往密切，遭当局缉捕，由长沙躲至上海，在上海南国艺术学院任教，1932年起在复旦大学任教，直到去世，其间曾长期兼任中文系系主任。1950年后一直任复旦大学中文系教授，为中国作家协会会员、中国诗经学会顾问、中国屈原学会顾问、九三学社成员。

陈子展的学术生涯长达七十多年，其研究的范围极广，涉及先秦诗歌、唐宋文学及清末民初文学史等领域。其中《诗》《骚》研究成果丰硕，造诣尤高，饮誉学界。先后著《诗经语译》《国风选译》《雅颂选译》《诗经直解》《诗三百解题》。其他著作有《中国近代文学之变迁》《最近三十年中国文学史》《中国文学史讲话》《唐代文学史》《楚辞直解》等。其中《诗三百解题》《楚辞直解》为其逝世后出版。他治学严谨，重视考证，做到实事求是，无征不信不言，与古今各家争鸣，颇多建树，在海内外学界产生了很大影响。

陈子展的《诗经》研究始于二十世纪三十年代初，撰写有《诗经语译》一书，五十年代出版的《国风选译》《雅颂选译》，在前一阶段单纯今译的基础上对《诗经》诗篇的主题与创作背景等作了较为详尽的诠释与解析。书中选《国风》八十篇、《雅》《颂》六十篇，多为名篇名作。两书体例相同，都列有正文、译文、汇注、解题四个部分。汇注、解题先征引毛、郑、三家之说，同时博采清代及近现代著名学者的研究成果，在此基础上加以自己的案断。陈子展任教于湖南省立第一师范学校期间，与李维汉、李达、何叔衡、谢觉哉等共产党人交往甚密，思想上受马克思主义学说的影响。1931年，曾旅居日本一年，也曾接触到西方学术思想。因此之故，他的学术思想有兼收并蓄的特点。具体而言，其二十世纪三十年代至五十年代的《诗经》研究，在保持汉、宋《诗经》学传统的同时，也受到马克思主义思想，尤其是历史唯物主义观念的影响。《诗经语译》《国风选译》二书重视《风》诗及《雅》《颂》中反映周代社会生活的诗篇，强调"人民性"，译文力求切近诗歌原意，通俗畅达；解题扼要批评《诗序》以来诸家误说，直追诗篇本旨；汇注部分则在集前人成说之基础上，采近人新见，博观约取，出以己意。体现了马克思主义的文学观与历史唯物主义的研究视角。

《诗经直解》和《诗三百解题》是在前三本书的基础上又进行十余年艰苦研究的成果。

《诗经直解》由五部分组成，包括正文、译文、章旨、按语（即解题）、简注五个部分。每篇诗题下附列《毛诗序》。此书是中华人民共和国成立四十年来《诗经》全注全译本影响最大的几种之一。本书注解《诗经》广泛征引古今中外学者的意见，内容可谓涉及百科，博大精深。他提出了一系列新鲜而有确凿依据的独到见解，给人以启迪与深思，是陈子展几十年来研究《诗经》的集大成之作。作者在扉页引王船山之言："六经责我开生面，七尺从天乞活埋。"可见其自成一家之言的抱负。《诗经直解》确能自成一家之言，其辩论性之强，学术史性之浓，为近年来罕见，出版后备受学界推重。

陈子展出版《诗经直解》一书时，因虑及"解题部分过于繁富，虽泛滥有归，而波澜壮阔"（《楚辞直解凡例十则》），才未将其全文收入，另写为书即《诗三百解题》，此书在陈子展去世后出版。全书共87万字，分30卷。依次对《诗经》各篇的写作主旨、作者以及写作时间、社会背景等进行了极为全面而深入的探讨。全书征引浩博，考论精审，颇多创获，具有很高的学术价值。

综观陈子展关于《诗经》的著述，主要有两个特点：

一、全面地总结历代各家之说，对各家不同的说法，陈子展坚持具体分析，不蹈门户宗派之见。

陈子展解诗，往往把《诗序》、三家诗、《毛传》、《郑笺》、朱熹《诗集传》、清代学者论著如王先谦《诗三家义集疏》等比较、对照，慎思明辨，考镜源流，在精心辩证各家各说的基础上，作出自己的理解和判断。对相传下来的《诗经》古义，采取尤多。他一方面批评"三家"解诗的荒谬之处，另一方面对于"三家"符合诗义的说法，仍斟酌采用。他明确提出我们今天研究《诗经》，必须打破门户宗派的成见，扫除死守家法师法的陋习，"不要作毛郑佞臣，三家媚子，也不要作朱子信徒"（《国风选译·导言》），一切以"实事求是"为标准，这反映了陈子展自己治《诗》的态度。

二、吸取现代社会科学、自然科学的新知识来解诗，具有时代性。陈子展研究《诗经》不局限于就诗论诗，而是把《诗经》作为一部反映上古社会的百科全书，以多种学科的知识，对《诗经》进行解析。"其于今之社会科学家，自然科学家涉及《诗》义，辄有新解，见闻所及，必予网罗。"(《诗经直解·代跋》)他对《诗》中的草木鸟兽，不仅在植物学方面采择童士恺、陆文郁等人的成果，而且在动物学方面还融会许多自己的知见。用现代动物学的知识来解释《诗经》，是陈子展治《诗》的一个特点。如《诗三百解题》考订关雎系鱼鹰、君子系贵族，以及为何用雎鸠起兴"君子好逑"时，他广征史传笔记，博引字书地志，指出"雎鸠氏乃是指上古原始社会里把雎鸠猛鸟作为图腾的一个氏族部落或其酋长，《关雎》诗人当以很猛鸷的雎鸠来象征有权威的君子"，不仅涉及上古历史与宗教图腾，还用了动物学的知识，他将这些知识运用到《诗经》研究，无疑大大拓展了他的研究深度和广度。

作为受旧学影响的一代学者，陈子展精熟历代典籍，植基深厚，秉承实证传统，学风扎实，又能以旧学融会新知，打通多个领域，收纳人文科学、自然科学的相关知识，颇显原文确解方面的宏通和精到，远非前人之识见所及。这使得他的《诗经》研究有一种大格局、大境界，蔚然成家，堪称中华人民共和国成立以来《诗经》研究领域的一座高峰。

陈子展《诗经》学论著：

陈子展著，《诗经语译》卷上，太平洋书店 1934 年版。

陈子展选译，《国风选译》，春明出版社 1956 年版。

陈子展著，《雅颂选译》，古典文学出版社 1957 年版。

陈子展著，《诗经直解》，复旦大学出版社 1983 年版。

陈子展著，《诗三百解题》，复旦大学出版社 2001 年版。

匡斋尺牍（节选）

闻一多

一 应下了工作

说起回信何以来得这样晚，撇开了事忙一类的遁辞，还有一个较正大的理由。你提出的几个问题，老实说，当时我都不能答，现在还是不能，虽则光阴过了将近半年，而这半年中，为了那些疑团，我是不断的在思考着。倒是今天从你提的另一件事上，又好像发觉了一个答案。你派给我那项讲诗的工作，毕竟是个办法。要解决关于《诗经》的那些抽象的、概括的问题，我想，最低限度也得先把每篇的文字看懂。所以，对于你所问的，我最忠实的答案是不答，或是说，我的答案是教你不要问。一朝你能把一部《诗经》篇篇都读懂了——至少比前人懂得稍透些——那时，也许这些问题，你根本就不要问了，或者换了一种问法，问得更具体，更彻底点。来信指定的那几首诗，我都愿意给你讲解。当然不嫌麻烦。我还有一个宏愿，一个奢望——果然有这工夫，更有这耐性的话——索性继续讲下去，每封信讲一两篇，在不人辽阔的期间内，把全部《国风》讲完。这样给自己对于《诗经》的了解，来一次总检举，不是很好的吗？我感谢你，如果真给我这样一个机会。望你也不要懈怠，随时来信问难。助我完成一项工作罢。零星的问题或掌故，也不妨随时涉及，以免通信内容的单调，你以为如何？

下次再开始讲诗。

二　工作的三桩困难

在开始讲诗以前，我最好先声明我的困难是什么，为的是，如果我失败了，你好知道我失败在那里。困难至少有三桩。

伪书的举发曾经风行了好久。在"辨伪"的法庭上，《尚书》是受过了鞠讯的。但为什么偏把这与《尚书》同辈的《诗经》漏掉了，传票里连个名儿都没有呢？论情理，《诗经》决不能没有嫌疑。如果孔子删过诗，"删"不也是一个作伪吗？何况，既然动了笔，就决不仅是删，恐怕还有改。不但孔子，说不定孔子以后，还随时有着肯负责任的人，随时可以挥霍他们的责任心，效法孔子呢。我相信，我们今天所见到的《三百篇》，尤其是二《南》十三《风》，决不是原来的面目。至于时间的自然的剥蚀，字体的变迁，再加上写官的粗心与无识——一部书从那么荒远的年代传递下来，还不知道要受多少种折磨呢。以上所提的几点，将来还要细谈。暂时你只记住，在今天要看到《诗经》的真面目，是颇不容易的，尤其那圣人或"圣人们"赐给它的点化，最是我们的障碍。当儒家道统面前的香火正盛时，自然《诗经》的面目正因其不是真的，才更庄严，更神圣。但在今天，我们要的恐怕是真，不是神圣。(真中自有着它的神圣在!)我们不稀罕那一分点化，虽然是圣人的。读诗时，我们要了解的是诗人，不是圣人。然而要去掉那点化的痕迹，又怎样下手呢？这是困难的第一桩。

你也许说，点化是有的，但成分必很微细，大部分不妨仍然当它作一部民歌。好了，我可以不吹毛求疵。但第二桩困难又来了。你该记得《诗经》的作者是生在起码二千五百年以前。用我们自己的眼光，我们自己的心理去读《诗经》，行吗？惟其如此，我们才要设法建立一个客观的标准，虽则客观依然是相对的。但是要建立客观的标准，最低限度恐怕也只有采用推论法一途。然而推论的根据又在那里？难题就在这一点上。你知道，要找推论的根据点，须守着一个条件，那便是，推论的根据，与推论的前提，必须性质相近，愈近愈好。现在，就空间方面看，与我血缘最近的民族，在与《诗经》时代文化程度相当时期中的歌谣，是研究《诗经》上好的参考材料，试验推论的好本钱吧？但这套本钱，谁有，我不知道，反正不在我的手边。再从时间方面打算，万一，你想，一个殷墟和一个汲冢，能将那紧接在《三百篇》前后的两分"三百篇"分别的给我们献回来，那岂不更妙？有了《诗经》的前身和后身作参考的资本，这研究《诗经》的企业，不更值得一做了吗？可是谁能梦想那笔横财，那样一个奇迹的实现！时空两方面推论的材料既都没有，所谓客观的标准从何建立起？尤其令人怅惘的，是"王者之迹熄而诗亡"。从《三百篇》到汉乐府，那一截诗的传统，万不该教它中断（即令将《九歌》等零星的作品插进去，榫头还是斗不拢，这工作文学史家已经试过了）。损失有什么方法追偿？没有方法，只好用汉魏乐府（专指民间的），甚至六朝乐府来解释《诗经》。有人还说那很有用处。细想，是一句解嘲的话，说话的人自己还不知道呢。用汉后的民歌解释周初的民歌，民歌与民歌比，诚然有点益处，但周初与汉后之间，你望，一重的时间的雾可密着咧！这方法的危险，你要小心，恐怕是与它的便利一般大的。以上是第二桩困难。

可是，慢一点。汉与周之间，相去很远了。我们与汉之间呢？我们又准能懂汉人吗？果然能够，拿我们所懂的汉人去解释周人，已成问题，上文讲过了。设若不能，以我们所不懂的汉人去解释那更不好懂的周人，那还成话吗？头绪愈多，话愈不好讲。姑且把汉人一层注销了，现在专就我们和"诗人"立论，看究竟为什么我们不能懂他们。我想，这问题，幸与不幸，总归该文化负责。同是人，但我们与"诗人"，在品质的精粗上，据说相距那样远，甚至学者们有采用"文明人"与"原始人"两种迥殊的称呼的必要。我们的官觉灵敏了，情感细腻了，思想缜密了，一切都变好了。二千五百年的文化将我们一步一步的改良到这样，我们能够一下子退得回去吗？虽然文化常常会褪色，忽然露出蛮性的原形，但那是意识，你那把门的失慎，偶然让蛮性越狱了。你则既不能直接调遣你的蛮性，又不能号令你的意识。总之，你全不是你自己的主人。文化既不是一件衣裳，可以随你的兴致脱下来，穿上去，那么，你如何能摆开你的主见，去悟入那完全和你生疏的"诗人"的心理！当然，这也是一切的文艺鉴赏的难关，但《诗经》恐怕是难中之难，因为，它是和我们太生疏了。况且纠纷还没有完，能不能是一端，愿不愿又是一端。你想，戴上了那"文明人"的光荣的徽号，我们的得意，恐怕也要使我们不屑于了解他们——那，便更难办了。以上是第三桩，也许最大的一桩困难，因为，这回我们的障碍物乃是我们自己。

有了这三重魔障，我承应下的这份工作，便真成为佛朗士所谓"灵魂的探险"了。我也许要领着你在时间的大海上兜了无数迂阔而梦乱的圈子，结果不但找不到我们的"三山"，不要连自己也失踪了吧！不过这险总是值得冒的。好罢，我将尽量的克服我的困难。

话不觉得谈了这样多，诗又不能讲了。下次定依你指定的范围与次第，开始讲《芣苢》。决不失信。

三　芣　苢

为方便起见，还是把原诗录在下面：

> 采采芣苢，薄言采之！采采芣苢，薄言有之！
> 采采芣苢，薄言掇之！采采芣苢，薄言捋之！
> 采采芣苢，薄言袺之！采采芣苢，薄言襭之！

（《周南》之八）

所遴选的几首诗中有着这一首，不知道你有何用意。疑难是属于文字的呢，还是文艺鉴赏的？但这两层也有着连锁的关系。比方说，一首诗全篇都明白，只剩一个字，仅仅一个字没有看懂，也许那一个字就是篇中最要紧的字，诗的好坏，关键全在它。所以，每读一首诗，必须把那里每个字的意义都追问透彻，不许存下丝毫的疑惑——这态度在原则上总是不错的。因此，这里凡是稍有疑义的字，我都不放松，都要充分的给你剖析。虽然我个人却认为《芣苢》之所以有讨论的必要，乃是因为字句纵然都看懂了，你还是不明白那首诗的好处在那里。换言之，除了一种机械式的节奏之外，你并寻不出《芣苢》的"诗"在那里——你只听见鼓板响，听不见歌声。在文字上，唯一的变化是那六个韵脚，此外，则讲来讲去，还是几句原话，几个原字，而话又是那样的简单，简单到幼稚，简单到麻木的地步。艺术在那里？美在那里？情感在那里？诗在那里？——你该问。你这回读诗，我想，《芣苢》是凭着它的劣诗的资格，不是好诗的资格，而赚得你注意的。如果这样是你当时的印象，我毫不诧异。但这只是你的印象。对不对，还待商量。至于给你留下发生这印象的余地，似乎责任又该《芣苢》负。惟其如此，《芣苢》才有讨论的价值。因为《三百篇》里这样的诗很多，而《芣苢》又是其间最好的例，所以它便有提早讨论的必要。这首诗你果然选对了。

什么是"芣苢"？据《毛传》说是如今的车前。车前，听说北方山谷间颇多，但我没有见过，也许见过了，不认识。按植物家的说法，是一种多年草本植物。除了花是紫色的，小而且多之外。其余叶与花茎都像玉簪。夏日结子，也是紫色的，那因为成熟迟早不同，紫色便有从发赤到发蓝种种不同的色调，想必是很悦目的。"采采"二字便是形容这花子的颜色。本篇的"采采芣苢"，《卷耳》的"采采卷耳"，同《秦风·蒹葭篇》的"蒹葭采采"一样，全是形容词。《小雅·大东篇》"粲粲衣服"，《文选》注引《韩诗》作"采采衣服"。"采采""粲粲"是同纽相转的叠字，"粲粲"又变为"璀璨""翠粲"等双声连绵词，都是颜色鲜明之貌。《列女传》曰"且夫采采芣苢之草"，刘向似乎认清了这两个字的词性。"采采芣苢"，若依毛、郑以及薛君读"采采"为动词，无论《三百篇》中无此文法，并且与下的"薄言采之"的意义重复，在文法上恐怕也说不过去。极明显，极浅近的一件事，不知道为什么向来没有人说破。

芣苢的形状，你现在可以有点印象了。但是单知道它的形状，还不算真懂芣苢。学了诗，诚如孔子说的，可以"多识草木鸟兽之名"。但翻过来讲，"多识草木鸟兽之名"，未必能懂诗。如果孔子所谓"名"是"名实"之名，而他所谓识名，便是能拿"名"来和"实"相印证，便是知道自然界的某种实物，在书上叫作某种名字，那么，识名的工夫，对于读诗的人，决不是最重要的事。须知道在《诗经》里，"名"不仅是"实"的标签，还是"义"的符号，"名"是表业的，也是表德的，所以识名必须包括"课名责实"与"顾名思义"两种涵义，对于读诗的人，才有用处。譬如《麟之趾篇》的"麟"字是兽的名号，同时也是仁的象征，必须有这双层的涵义，下文"振振公子"才有着落。同样的，芣苢是一种植物，也是一种品性，一个 allegory。

古代有种传说，见于《礼含文嘉》《论衡》《吴越春秋》等书，说是禹母吞薏苢而生禹，所以夏人姓姒。这薏苢即是芣苢。古籍中凡提到芣苢，都说它有"宜子"的功能，那便是因禹母吞芣苢而孕禹的故事产生的一种观念。一点点古声韵学的知识便可以解决这个谜了。"芣"从"不"声，"胚"字从"丕"声，"不""丕"本是一字，所以古音"芣"读如"胚"。"苢"从"昌"声，"胎"从"台"声，"台"又从"昌"声（王孙钟、归父盘等器，"以"字皆从"口"作"台"。）所以古音"胎"读如"苢"。"芣苢"与"胚胎"古音既不分，证以"声同义亦同"的原则，便知道"芣苢"的本意就是"胚胎"，其字本只作"不以,"后来用为植物名变作"芣苢"，用在人身上变作"胚胎"，乃是文字孳乳分化的结果。附带的给你提醒一件有趣的事。"芣苢"既与"胚胎"同音，在《诗》中这两个字便是双关的隐语（英语所谓 Pun），这又可以证明后世歌谣中以莲为怜，以藕为偶，以丝为思一类的字法，乃是中国民歌中极古旧的一个传统。

本来芣苢有宜子的功用，《逸周书·王会解》早已讲过，（《周书》作"桴苢"，"桴""芣"同音字。）说《诗》的鲁、韩、毛各家，共同承认，本草家亦无异议。只近人说《诗》才有放弃此说的。现在我把这观念的源头侦察到了，目的不定是要替古人当辩护，而是要救一首诗。因为，"芣苢"若不是一个 allegory，包含着一种意义，一个故事的 allegory（意义的暗号，故事的引线，就是那字音），这首诗便等于一篇哑语了。芣苢的故事，已经讲过了，很简单。它的意义，惟其意义总是没有固定轮廓的，便不能那样容易捉摸了。现在从两方面来解剖它。

先从生物学的观点看去，芣苢既是生命的仁子，那么采芣苢的习俗，便是性本能的演出，而《芣苢》这首诗便是那种本能的呐喊了。但这是何等的神秘！这无名的迫切，杳茫的勑令，居然能教那女人们热烈的追逐着自身的毁灭，教她们为着"秋实"，甘心毁弃了"春华"！你可以愤慨的说，"天地不仁，以万物为刍狗!"但是你错了，你又是现代人在说话。

自是桃花贪结子，错教人恨五更风！

在桃花，结子是快乐的满足，光荣的实现，你晓得吗？对于五更风，她是感激之不暇的。结子的欲望，在原始女性，是强烈得非常，强到恐怕不是我们能想象的程度。不信，看《三百篇》便知道。例如《螽斯》《桃夭》《椒聊》不都是这样欲望的暴露吗？这篇《芣苢》不尤其是母性本能的最赤裸最响亮的呼声吗？正如它的表现方法是在原始状态中，《芣苢》诗中所表现的意识也是极原始的，不，或许是生理上的盲目的冲动。

再借社会学的观点看。你知道，宗法社会里是没有"个人"的，一个人的存在是为他的种族而存在的，一个女人是在为种族传递并蕃衍生机的功能上而存在着的。如果她不能证实这功能，就得被她的侪类贱视，被她的男人诅咒以至驱逐，而尤其令人胆颤的是据说还得遭神——祖宗的谴责。环境的要求便是法律，不，环境的权威超过了法律。而"个人"偏偏是一种最柔顺的东西，在积威之下，他居然接受集团的意志为他个人的意志。所以，在生理上，一个妇人的母性本能纵然十分薄弱，可是环境的包围，欺诈与恐吓，自能给他逼出一种常态的母性意识来，这意识的坚牢性高到某种程度时，你便称它为"准本能的"，亦无不可。总之，你若想象得到一个妇人在做妻以后，做母以前的憧憬与恐怖，你便明白这采芣苢的风俗所含的意义是何等严重与神圣。

这样看来，前有本能的引诱，后有环境的鞭策，在某种社会状态之下，凡是女性，生子的欲望没有不强烈的。叮不要把它和性的冲突混杂起来，这是一种较洁白的，闪着灵光的母性的欲望，与性欲不同。虽然，除非你能伸长你的想象的触须，伸到二千五百年前那陌生得古怪的世界里去，这情形又岂是你现代人所能领会的！

知道了芣苢是种什么植物，知道它有过什么功用，那功用又是怎样来的，还知道由那功用所反映的一种如何真实的、严肃的意义——有了这种种知识，你这才算真懂了《芣苢》，你现在也有了充分的资格读这首诗了。

为着可以得点较地道的风味，你最好试试用古音来读它。当然目前我们对于三代的古音还是茫然的。暂时我们只好对付点，借用高本汉的方法，再参点个人的意见。这起码比二十世纪的北平官话较为近古些。

> 'ts 'âi 'ts 'âi　p 'jwi 'i b 'âk ·ngien 't 'âi ·t'si
> （采采苤苡，薄言采之）
> 'ts 'âi 'ts 'âi　p 'jwi 'i b 'âk ·ngien 'jiəu ·t'si
> （采采苤苡，薄言有之）

　　顺手把几个较有问题的字义解释一下。"薄言"向来不曾有过确解。"薄"与"迫"通，《汉书·严助传》曰："王居远，事薄遽。""薄遽"即"迫遽"。"薄"本是外动词，"薄言"二字连用便成了副词成语。"薄言"即"薄而"，实际也就等于"薄薄然"，用今语说，就是"急急忙忙的""赶忙的"或"快快的"。"薄言"在《诗经》中，连本篇共见过十八次，都应该这样解释，没有半个例外。在本篇里，这两个字的意义尤有关系，一种迫切的情调，在字面上只有这点记载。散氏盘有这样一个字：𦰩。从艸从又（又即手），前人都释为"若"。唐兰说"若"《说文》训为"择菜"，即本篇"薄言有之"之"有"。这一说颇有道理，我想。本篇二章的"掇""捋"意义相近，三章"袺""襭"也相近，那么一章的"采""有"也应该是性质类似的两种动作了。《诗经》用字的式例确乎有这一种。

> 'tsâi 'tsâi ·p 'jwi 'i b 'âk ·ngien t'iwät ·t'si
> （采采苤苡，薄言掇之）
> 'tsâi 'tsâi ·p 'jwi 'i b 'âk ·ngien liwät ·t'si
> （采采苤苡，薄言捋之）

"掇""捋"两字现代语里还有，也许无须解释。其实从 t'iwät，liwät两个声音上，你就可以明白那是两种多么有劲的动作。审音的重要性于此可见一斑。

'tsâi 'tsâi ·p 'jwi 'i b 'âk ·ngien kiet ·ts'i
（采采芣苢，薄言袺之）
'tsâi 'tsâi ·p 'jwi 'i b 'âk ·ngien kiet ·ts'i
（采采芣苢，薄言襭之）

"袺""襭"两字的区别，各家的训释不同。"袺"据《毛传》说是用手提着大襟，"襭"据解《毛传》的说是将大襟扎在衣带上，其实他的意思是说把东西装在两种衣兜里，一种动作叫"袺"，一种叫"襭"。但是《广雅·释器》曰"袺谓之褉，襭谓之裹"。褉本是衣袖下的口袋（现在日本人的衣服还有这东西），把东西装进褉里的动作，也可称"褉。"《管子·轻重戊篇》"丁壮者胡丸操弹"，"胡"即"褉"之初文，正是用为动词。"裹"即"怀抱"之"怀"的本字。《列女传》曰"始于将采之，终于怀襭之，浸以益亲。"与《广雅》相合。这两种解释，我任你挑一种。

这会儿，你可以好好打口呵欠了。你可有点闷气不？我唠叨的也太久了。现在请你再把诗读一遍，抓紧那节奏，然后合上眼睛，揣摩那是一个夏天，芣苢都结子了，满山谷是采芣苢的妇女，满山谷响着歌声。这边人群中有一个新嫁的少妇，正捻那希望的玑珠出神，羞涩忽然潮上她的靥辅，一个巧笑，急忙地把它揣在怀里了，然后她的手只是机械似的替她摘，替她往怀里装，她的喉咙只随着大家的歌声唪着歌声——一片不知名的欣慰，没遮拦的狂欢。不过，那边山坳里，你瞧，还有一个佝偻的背影。她许是一个中年的硗确的女性。她在寻求一粒真实的新生的种子，一个祯祥，她在给她的命运寻求救星，因为她急于要取得母的资格以稳固她的妻的地位。在那每一掇一捋之间，她用尽了全副的腕力和精诚，她的歌声也便在那"掇""捋"两字上，用力地响应着两个顿挫，仿佛这样便可以帮助她摘来一颗真正灵验的种子。但是疑虑马上又警告她那都是任然的。她不是又记起以往连年失望的经验了吗？悲哀和恐怖又回来了——失望的悲哀和失依的恐怖。动作，声音，一齐都凝住了。泪珠在她眼里。

> 采采芣苢，薄言采之！采采芣苢，薄言有之！

她听见山前那群少妇的歌声，像那回在梦中听到的天乐一般，美丽而辽远。

上面两个妇人只代表了两种主要的型类。其余的你可以类推。我已经替你把想象的齿轮拨动了，现在你让它们转罢，转罢！……

四　续论"芣苢"——单调，简单，不像诗吗

昨天信发过了，才记起还有几点应补充的，因为那与芣苢的鉴赏，颇有关系。

有人说《芣苢》太单调，老是那几句简单的话，完全不像诗。我举几条著名的单调的例：

> 江南可采莲，莲叶何田田，鱼戏莲叶间，鱼戏莲叶东，鱼戏莲叶西，鱼戏莲叶南，鱼戏莲叶北。

> 十三能织素，十四学裁衣，十五弹箜篌，十六诵诗书，十七为君妇，心中常苦悲。

> 何以致拳拳，绾臂双金环；何以致殷勤，约指一双银；何以致区区，耳中双明珠；何以致叩叩，香囊系肘后；何以致契阔，绕腕双跳脱；何以结恩勤，美玉缀罗缨；何以结中心，素缕连双鍼；何以结相游，金薄画搔头；何以慰别离，耳后玳瑁钗；何以结欢愉，素纨三条裾；何以结愁悲，白绢双中衣。

我还可以继续的举下去，但没有那必要。反正你是明白了，单调不犯忌讳。《芣苢》所以不能引起你的兴趣，原因不在他的单调性。你若能懂上面的三个例，那是因为它们的背景，它们的情绪，它们所代表的意义，都和你熟识。譬如，拿采莲和采芣苢比，对于前者，你可以有多少浪漫的联想，美丽的回忆，整部的南朝乐府和无数的唐诗给它做注脚。但是后者，你若没有点古代社会，古代女性的知识，那便全是陌生，像不认识的字，没猜破的谜，叫你如何欣赏？

所谓简单，大概指文字简单而言。那更没有关系。Wordsworth 声言：

The dates on a tombstone spoke eloquently; and a parish register, without addition, touched the springs of sympathy and tears.

反正文字简单，意义不一定简单。甚至愈是简单的文字，力量愈大，因为字是传达意义的，也是限制意义的，假如所传达的抵不上所限制的，字倒是多一个，不如少一个。所以症结不在简单不简单，只看你懂不懂每个字的意义，那意义是你的新交还是故旧。如果是故旧，联想就多了，只须提一提它的名字，你全身的纤维都会震动。只叫一声，你的眼泪就淌。面生也不妨，只要介绍的得法，你的感情也会移入。"采采芣苢，薄言采之"，是何等惊心动魄的原始女性的呼声，如果你真懂了原始女性。

五　薏苡与芣苢，夏民族与周南

回信收到了。你问何以知道禹母吞的薏苡便是芣苢。答复如下：

薏苡便是马援从交阯回来，载了满车，被人误会为珠子的一种东西，据说"用能轻身寡欲"，《淮南万毕术》又说"门冬赤黍薏苡为丸，令妇人不妒"。看来，薏苡的功用与妇人怀孕不相干，甚至是相反的。所以知道禹母吞的，马援吃的，必是两种东西。但这只是一个反面的证据。

古籍中凡说到芣苢处，都说它有宜怀妊的功能（间或也有说治难产的），这与禹母吞薏苡而孕禹的传说正相合，薏苡即芣苢，渐有可能了。现在就假定禹母吞的薏苡便是芣苢。但"芣"何以变成"薏"呢？

其实"薏"当作"蓄"，"意""畜"是截然两个字，隶书合而为一，大错。《说文》"蓄"字在"苢"字后，两字形相近，大约本是一个字，"蓄"即"苢"之繁文，或"苢"为"蓄"之省体，后来因所从之"畜"与"意"相混，"蓄"或书作"薏"，才与"苢"分家了。这又有什么证据呢？

《说文》"意"下曰"满也"，"陪"下曰"重土也，一曰满也"。又"噫"下曰"饱食息也"，"醅"下曰"醉饱也"。从"啬"的字有"满""饱"两义，从"音"的字亦然，这不是"啬""音"同字的明证吗？因此，我们知道"啬"字篆文作啻，许慎说从言从中，纯是附会。其实字形当作啻，从京下二"□"，与"音"篆京下一"□"，相差有限了。京即不上加"·"（王孙钟"不"作承，齐陈曼簠作京），不即"鄂（萼）不韡韡"及"华（花）不注（柱）山"之"不"，后世称为"花跗""花跣"，今人称为"花萼"，到结子时，萼又托着子，又可以称为蒂了。（禾亦从京，字又通作"啬"，下有口，与"啻""菩"亦同意。）这里"啻""菩"两字所从的"不"应专指蒂言，"□"是代表花子的，两个"□"自然表示子多的意思。许慎说啻从言从中，形既错了，义便不能不附会了。"啻"字他既不懂，"音""菩"两字的意义自然也摸不着。说"音"是"相与语，唾而不受也"，固然离题太远，训"菩"为"菩艸"，也不见得是本义。其实，"音""菩"与"蓓蕾"之"蓓"不过是一个字在形体上的祖孙三代。而蓓字从"倍"更值得玩味。《墨子·经上篇》曰："倍为二也。"这与"啻"从二"□"，以及"陪"训重土，如果不是巧合，那么，我说"啻"即"菩"字，恐怕也不算牵强了吧？二为双数，成双就多了，于是"意"训满，"陪"亦训满，饮食满则饱，于是"噫"训饱，"醅"亦训饱。头头是道了。

　　"啻""音"既都从"不"，蓄苢或菩苢便是芣苢，自然不成问题。事实太显著，证据举得太多了，反现着滑稽。挑两个最醒豁的例《说文》"髻，发貌"，《西京赋》"猛毅髻髯"，字作鬃。"丕""不"本是通用字，而髻字一作鬃，可知"音""不"也是通用字了。这是芣与菩通的佐证。"倍"为双数，"陪"为重土（皆见上文），而《说文》"坏"下曰"丠再成（重）者也"，"秠"下曰"一稃二米也"，岂不又是"芣"与"菩"通的一个证例吗？但是"啻"从双"□"，有"双"义，岂不又与"坏""秠"同例吗？然则"芣""菩"相通，也有凭据了。（籭侯殷"不"字作禾，实即"啻"省去底下的"□"，又将中间的"□"填满了。"不[丕]"则又将顶上的一点省去了。这都是"芣""啻"同义的证据。）

　　弯子不能不绕大点，否则结论不结实。总之，"蓄""菩""芣"形体只有繁简的区别，而声与义则完全相同，我说三个字本是一个字的化身，你现在信了吗？

前次信里说，芣苢宜子的信仰，是打禹母吞薏苢的传说来的。其实这一层你也可以追问，因为我上次并没有充分的讨论。

首先，禹母吞薏苢的传说，仅见于汉以后的书，为郑重起见，似乎还需要点实证。这只要把"姒""苢"二字间的关系确定一下就成了。《说文》"已"下引贾侍中曰"薏已实也"。可见"薏苢"一称"薏已"，"已"即"苢"字，而刘师培在《姒姓释》(《左盦集》五)里又很严密的证明了"姒"与"已"本为一姓。然则姒姓的"姒"即薏苢的"苢"，就在"姒"通作"已"，"苢"亦通作"已"的事实上，可以证明了，换言之，两"已"字碰头了，即等于"姒"与"苢"碰头了。还有一个旁证。殷的先祖简狄吞燕卵而生契，而殷人姓子。"子"的籀文作🐛，"孳"的籀文作🐛(并见《说文》)，而燕的篆文作🐛，可知殷人姓即"燕"字。契母吞燕卵而生契，殷人即姓燕，与禹母吞薏苢而生禹，夏人即姓姒，正是同类。

因吞薏苢而怀妊，确乎是夏人祖先的故事，这已经无问题了。因求子而采芣苢，与因吞薏苢而怀妊，两件事实的从同性也够明显的了。不过说这两件事之间，有着可能的因果关系则可，说是有必然的因果关系，则嫌早点，除非马上提出证据来。你可以这样的抗议。对了。这一点极有关系，尤其是对于古史。如果承认了采芣苢的风俗是从禹母的传说来的，那不啻也承认了《周南》的作者，是夏禹的苗裔。(现在我们已经涉入历史的范围了，你对于这方面也有兴趣吗？)正是，我的意见正是如此。我想，汤放桀于南巢，当时桀不但是带着妹喜 同走的，并且连他的人民 他的宗族，也带走了。(不如说是被汤哄走的；你知道这类事是有着极大可能性的，如果你还记得原始社会的状态。)这因被压迫而南窜的夏民族，日子久了，定会把他们祖宗的籍贯也搬来了，于是禹便成了南方人。这当然只是一种假设(我再声明一遍，这是暂时的假设!)但这样倒可以解释为什么许多禹的故事产生于南方，而《周南》中有着《芣苢》这样一首诗，正可以我的假设互相参证。退一步讲，《周南》的作者纵不必定是夏的嫡裔，至少，他们与这虽衰落而确是先进的民族为邻，在习俗上多少受点熏染，是极自然的事。《周南》的作者至少也是夏民族的近亲。但我似乎不必退这一步。《吕氏春秋》帮了我一个证据：

> 禹行，窃（原作功，从吾友许维遹先生校改）见涂山之女，禹未之遇而巡省南土。涂山氏之女乃令其妾待禹于涂山之阳。女乃作歌，歌曰"候人兮猗！"实始作为南音。周公及召公取风焉，以为《周南》《召南》（《音初篇》）。

这点材料暂时保留在这里，不加论断。问题很复杂，等材料收得较充足时再讨论。夜深了。我得搁笔。

六　闲　话

这几天太忙，讲诗的课程只得脱一期。今天和一位朋友讲《诗经》，讲到下面几句话，现在写给你，聊当交卷。其实也没有多大价值。

> 汉人功利观念太深，把《三百篇》做了政治的课本；宋人稍好点，又拉着道学不放手——一股头巾气；清人较为客观，但训诂学不是诗；近人囊中满是科学方法，真厉害。无奈历史——唯物史观的与非唯物史观的，离诗还是很远。明明一部歌谣集，为什么没人认真的把它当文艺看呢！

七　狼跋与周公

> 狼跋其胡，载疐其尾——公孙硕肤，赤舄几几。
> 狼疐其尾，载跋其胡——公孙硕肤，德音不瑕。
>
> （《豳》三七）

在某种心理状态之下，人们每喜从一个对象中——例如一部古书——发现一点意义来灌溉自己的良心，甚至曲解了对象，也顾不得。这点方便像是人人的权利。旧时代中有理想的政客，和忠于圣教的学者，他们自然也各有权利去从《诗经》中发现以至捏造一种合乎他们"心灵卫生"的条件的意义。便是在这种权利的保障之下，他们曾经用了"深文周纳"的手术把《狼跋》说成一首颂扬周公的诗。从一方面看，这也不能不算一种光明磊落的企图，谁敢菲薄？即使今天还有人维持他们那种论调，也不算奇怪。只是，万一我个人的看法有些不同，朋友，那便得求你原谅。我，也有我的良心，而灌溉的方法也不见得只限于一种。如果与那求善的古人相对照，你便说我这希求用"《诗经》时代"的眼光读《诗经》，其用"诗"的眼光读《诗经》，是求真求美，亦无不可。至于当我为一个较新的观点申诉理由时，若有非难旁人的地处，请你也记住，我的目的是要扎稳我自己的立足点，我并不因攻倒前贤而快意。这点动机上的微妙的差别，也不要忽略了才好。

《狼跋》之所以和周公发生关系，根本的原因，前面已经提过。不过但有原因，没有机会，上述的那种论调还是不会成立的。促成《狼跋》和周公发生关系的机会，我想是这样的。《豳风》里有一首诗(《破斧》)分明说到了周公，另外一首(《东山》)也确乎与周公有关系，这现象，对于一般为着一种使命过分热心的人，是个含有大量引诱性的暗示。好容易碰到了圣人，还不好生利用一顿？于是在他们踌躇满志之中，全数的《豳》诗便不觉都划归周公了，《狼跋》是《豳》诗之一，自然不在例外。

其实呢，《国风》里与《狼跋》格调最近的一首诗，是《秦风》的《终南》，要辨识《狼跋》，最好是以《终南》为借镜。

> 终南何有？有条有梅。君子至止，锦衣狐裘，颜如渥丹，其君也哉。
> 终南何有？有纪有堂。君子至止，黻衣绣裳，佩玉将将，寿考不忘。

这一望就知道是一首"羌无故实",泛泛的恭维某位贵族的诗。"公孙"便等于"君子","德音不瑕"便等于"寿考不忘",此外则两边都有一番关于容仪与服饰的描写。《狼跋》的格调与《终南》一样,意义也实在不比《终南》多。《狼跋》的"公孙"究竟是谁,我们是无法知道的,正如我们不能实指《终南》的"君子"是谁一样。《鲁颂·閟宫篇》有"周公之孙",《商颂·那篇》有"汤孙","孙"的意义都是广义的胤嗣,不专指"子之子"。这里公孙虽未尝不可如毛说指成王,或如郑说指周公,但周公也好,成王也好,《诗》中既无确证,我们倒不如安分点,仅仅说他是某一位公孙——不必是成王,也不必是周公。换言之,"公孙"两字若必须加以解释的话。最多也只能说是"豳公之孙",至于那位豳公之孙,或豳公的那位孙,乃至几世孙,那恐怕都是些永世的秘密。总之,就诗论诗,我们实在无法知道公孙是谁,为诗论诗,恐怕也无须知道。倒是公孙究竟属于哪个典型中的人物,他的仪表,他的姿态,他的服饰,乃至他的性情等等,若能寻出个头绪来,这不比仅仅把史乘上的一个人名加在公孙身上,来得更有意义,更有趣味得多吗?

八　狼跋——一幅 Caricature

《终南》和《狼跋》同是就丰采的摹绘上来赞美一位贵族,区别只在《终南》是一幅素描,《狼跋》是一幅 Caricature 而已。要明了《狼跋》的这个特质,首先应明了"公孙硕肤"的"肤"字。《毛传》训"硕"为大,训"肤"为美,"公孙大美"似乎没多大意义。据《说文》,"肤"是"臚"的籀文,而金文中"臚"作"肤","镥"作"镥",卢国之"篚"作"篚"作"籯",这是"臚""肤"同字的铁证。《艺文类聚》四九引《释名》曰:

〔鸿臚〕:腹前肥者曰臚,此主王侯及蕃国,言以京师为心体,王侯外国为腹臚以养之也。

《诗》中"肤"字的意义,与"鸿臚"之"臚"正是一样。"硕肤"也与

"鸿胪"一样，译作近代语，便是"大腹"。《易林》中还有佐证。《震之恒》曰：

> 老狼白獹，长尾大胡，前颠从踬，岐人悦喜。

《蹇之剥》"獹"又作"驴"。驴狼不同类，"驴"字和"长尾大胡"也黏不拢，其为讹误，不必深辩了。但獹字也不对。獹是犬名，与狼虽可并称，但"白獹"二字连用，却是不可能的。因为，獹是黑犬。"獹"字诸书多省作"卢"，《文选·西京赋》"韩卢噬于绁末"，《注》曰："韩卢，犬，谓黑色毛也。""卢"是"驴"之省，《说文》、《广雅》(《释器》)均训"驴"为黑。獹是黑犬，正如垆是黑土(《汉书·地理志》上《注》，《楚辞·思古篇》注)，泸是黑水，(《后汉书·光武纪》上《注》)，柜橘是黑橘(《汉书·司马相如传》上《注》引晋灼说)，鸬鹚是黑鸟(《文选·南都赋》注引《苍颉》，《一切经音义》十九引《字林》)。"驴""垆""泸""柜"皆可省作"卢"，也正如"獹"亦可省作"卢"。獹既是黑犬，决没有称白獹的道理。况且《易林》的蓝本是《诗经》，《诗》中只有狼无獹，"獹"若不是"驴"之讹字(实即《毛诗》的"胪"字)，它的来历又在那里呢？《易林·讼之小过》有"青牛白咽"之语，句法与"老狼白驴"一样。凡兽类无论背上的毛色是什么，项下与腹部总是白的，"老狼白驴""青牛白咽"，正是作者观察周密的地方。这也是《易林》的"獹"当作"驴"的旁证。(《易林》的作者是学《齐诗》的，《齐诗》作"驴"，而《毛诗》作"胪"，毛用"古文"，这里又添一个证据了。)

胪字的意义既经确定了，再拿《诗经》的"公孙硕胪"与《易林》的"老狼白驴"两相印证，便知道诗意是以狼比公孙，而《毛传》以为狼"兴"周公，公孙指成王，分为二人，必是臆说了。但是以跋胡疐尾的狼比公孙，所比的究竟是公孙的那一方面呢？线索我想是在"赤舄几几"一句里。《诗》中关于公孙的装束，别的都不提，单说了脚上那双"几几"的"赤舄"，这似乎不是仅仅拿"趁韵"的理由来解释得了的。在一个人的服装中，鞋不是最打眼的一部分，除非你是在注意他走路的姿态。此诗上文以跋胡疐尾说明老狼行步艰难，下文即描写公孙的赤舄，可知诗意是以狼之跋胡疐尾形容公孙的步态。一只肥大的狼，走起路来，身子作跳板（seesaw）状，前后更迭的一起一伏，往前倾时，前脚差点踩着颈下垂着的胡，往后坐时，后脚又像要踏上拖地的尾巴——这样形容一个胖子走路时，笨重、艰难，身体摇动得厉害，而进展并未为之加速的一副模样，可谓得其神似了。

但是，如果你肯推敲下去，你许要疑心，一位公孙是何等的尊严，被比作一条野兽，不嫌亵渎吗？这又是你现代人过虑了。比方我说，有一位女郎，居然美到这样：脖子细长细长的，像一条某种白色的幼虫，或是头发的样式像蝎子尾巴似地往上钩着，这不要把你吓得连汗毛都竖起来？可是，当诗人唱着"领如蝤蛴"（《卫·硕人》）或"卷发如虿"（《小雅·都人士》）的时候，你知道，他是在用着他最奢侈最得意的语言来歌颂他所爱慕的女子。这种隔离式的思维习惯，似乎也是一件遗失了的传统，而为现代人所缺乏的。在"诗人"看来，以蝎尾比妇人的发，所讲的本只是蝎尾与发的形状，为什么要牵连的问到妇人的德性与蝎的德性有无相似之处呢？同样的，以狼比公孙的步态，也决不会牵涉到狼的德性上头去，而因此发生污蔑公孙的人格的嫌疑。所以诗中尽管一面讲到"狼跋其胡，载疐其尾"，一面还可以说"德音不瑕"，而不嫌其矛盾。况且这首诗整个的氛围是幽默的，把公孙比作一只狼，正是开玩笑。惟其是开玩笑——善意的开玩笑，所以纵然话稍过火点，"言之者"还是"无罪"。总之，你所疑虑的这点，是决不会真成问题的。

九　公孙的装束

感谢这"尚文"的周人，他们的——尤其他们贵族的生活，可说完全是一套公式，这便给今天研究他们的人省了大劲了。既然什么人，在什么时候，穿什么衣裳，配什么帽子和什么鞋子等等，是有一定的，那么由局部推到全体，知道了公孙穿的是赤舄，便知道他其余的服饰是什么了。公式是"衣与冠同色，带与衣同色，裳与韠同色，履与裳同色"。公孙的舄既是赤色的，他的裳与韠当然也是赤色的。（《小雅·车攻》的"赤芾（韠）金舄"，便是一个实例，因为古代称黄朱色为赤，金舄也便是赤舄了。）另一道公式：赤舄必须配衮冕，即所谓"冕服"，而"冕服"的彩色的分配，总是"上玄下纁"（纁即赤色）。知道公孙的纁裳与舄是赤色的，便知道他的冕，衣与带必是玄色了。（这在《诗经》中也有着实例，《大雅·韩奕》曰"玄衮赤舄"，衮即是衮衣。）总述一遍：头上有冕，脚下有舄，身上有衮衣，有裳。衣裳之间加带，在前面的正中，带上垂着韨，带及由带以上都是玄色的，带以下都是赤色的，此外，不要忘记还有耳旁的瑱，腰间的佩，这都是玉的。这样便是我们公孙的装束。你想象去罢！细密的描写起来，我没有那枝笔，也太嫌麻烦。

不过，那所谓赤舄者，既为诗人所特别提到的，就不能不详细的谈谈。

舄是屦之一种。古时的屦大致和现下的草鞋相仿佛。一种讲究的，皮质，以丝为饰（即"繶""纯""絇"），而底中又衬着木头的屦，便叫做舄。繶便是帮底接缝处的一道绳旁，纯便是绳口。絇是一条丝线打的带子，从屦头弯上来，成一小纽，"状如刀衣鼻"，超出屦头三寸；絇上有孔，从"后跟"牵过来的"綦"，便由这孔中通过，又绕回去，交互的系在脚上。我想旧式鞋上的"鼻梁"正是古代絇的遗制。诗中"几几"二字，便是形容这絇的弯曲之貌的。然而《晏子春秋·谏下篇》有一段记载：

> 晏公为屦，黄金为綦，饰以组，连以珠，良玉之絇，其长尺。

絇可以用玉制，又那样长，这可古怪了。也许齐景公的屦是例外？也许我们公孙的屦絇也比寻常的长，长到令人特别注意的地步，因此诗人于叙述公孙的服饰时，其所以单举赤舄，不提别的，这也是其间的一种原因？这些疑团我却无法解决了。

你见过些古代帝王的画像吗？姑且回忆一下罢。如果画像是有设色的，就给它想象上一套强烈的颜色，上半截玄青，下半截橘红（两截上当然都有的是粗糙而奇诡的花纹），再加上些光怪陆离的副件的装饰物，然后想象裹着这套"行头"的一具丰腴的躯体，搬着过重的累赘的肚子，一步一步摇过来了——那，你只当就是咱们的公孙好了。这回换上全副"冕服"的公孙，也不知道是干什么来的。论理，"冕服"是最隆重的典礼（如祭祀，婚姻等）时才能用的，但诗人既没有明白的告诉我们，文字又没有十分值得利用的线索可寻，所以这回的事，我们也便无法推测了。

十 公孙的性情和关于《狼跋》的作者的一个假设

我曾经说《狼跋》是一幅 Caricature，其实那便等于说，诗人对于公孙，是取着一种善意的调弄的态度。这种态度，固然证明了调弄者——诗人的幽默，同时尤其昭示着受调弄者——公孙也必是富于幽默的。公孙自己必是"宽兮绰兮……善戏谑兮"，和《淇奥》的君子一样，诗人才敢对他开那种玩笑。如果常识的论断不错，一个肥腯的身体，常常附带着一个和易的，滑稽的性情，那么，我们公孙的"心广"，不也就可以从他的"体胖"上得着证明了吗？

然而公孙虽好说话，毕竟有他的尊严，谁敢在公孙面前嬉皮笑脸，除非是和他十分亲媟，而身份又与他相当的人？关于这一点，"德音不瑕"一句中似乎藏着一点消息了。先认识"瑕"字吧。马瑞辰说：

> "瑕""假"古通用。《尔雅》"假，已也"，《思齐》诗"烈假不瑕"，笺"瑕，已也"，正义以为《雅诂》文。是"假"通作"瑕"之证。"德音不瑕"，"瑕"正当读"假"，训"已"，犹《南山有台诗》云"德音不已"也。

不过证例还不只此。《有女同车》的"德音不忘"，王引之读"忘"为"亡"，训为"已"，《小戎》的"秩秩德音"，《毛传》训"秩秩"为"有常"，有常亦即不已。这些与"德音不瑕"句法一样，不也是"瑕"当训为"已"的旁证吗？索性把《三百篇》里所有带"德音"的句子，都排列出来，审查一下。

乃如之人兮，德音无良。(《邶·日月》)

德音莫违，及尔同死。(《邶·谷风》)

彼美孟姜，德音不忘。(《郑·有女同车》)

厌厌良人，秩秩德音。(《秦·小戎》)

公孙硕肤，德音不瑕。(《豳·狼跋》)

我有嘉宾，德音孔昭。(《小雅·鹿鸣》)

乐只君子，德音不已。……乐只君子，德音是茂。(《小雅·南山有台》)

间关车之辖兮，思娈季女逝兮，匪饥匪渴，德音来括。(《小雅·车辖》)

既见君子，德音孔膠。(《小雅·隰桑》)

维此文王，帝度其心，貊其德音，其德克明。(《大雅·皇矣》)

威仪抑抑，德音秩秩。(《大雅·假乐》)

看出了没有？除了《狼跋》之外，十一首有"德音"字样的诗中，六首毫无问题是男女相赠的诗。《日月》是妻怨夫之词，《谷风》是弃妇别夫之词，《有女同车》是男子(亲迎时?)赠女之词，《小戎》是妻念役夫之词，《车辖》与《有女同车》同性质，而词意尤为明显，《隰桑》与《国风》中的《汝坟》《草虫》《风雨》等篇(也许还可加入《车邻》及《唐·扬之水》)口气一样，自然也是妻赠夫之词。(鲍照《绍古辞》"石席我不爽，德音君勿欺"，正与以上诸义相合。)另外四例，《鹿鸣》欢燕宾客，《南山有台》及《假乐》赞美君子，《皇矣》歌颂文王，皆与男女无涉。以上显然表示"德音"这个词汇有两种用法，一是专门用于男女——夫妇之际的，一是普泛的用法。《狼跋》里的"德音"究竟该属于哪一种呢？若依多数表决的原则来取决，六与四之比，第一种——男女之际的用法，无疑的是占了优胜。但多数不一定就是对的，所以我并不根据这层理由来判定《狼跋》的"德音"应解作表明夫妻间对待关系的一种成语。我们要进一步的研究。

见于《国风》的五次"德音"，居然有四次是用为表明男女关系的，其余一次(即见于《狼跋》者)尚在疑似之间，所以确然当解为普泛的用法的，可说一次也没有。反之，见于二《雅》的六次"德音"（《南山有台》一诗中两用，只算它一次）倒有两次与《国风》的用法相同，其余两次才是普泛的用法。这现象分明告诉我们，《国风》中的用法是近于统一的，而二《雅》则分岐了。分岐的现象不见于《风》，而见于《雅》，这是什么缘故？

有人说《雅》的产生晚于《风》，凡《雅》诗与《风》诗雷同或肖似的地方，都是《雅》勦袭或模仿《风》的地方。如果这话是可信的，那么，"德音"这个词汇，惟其是《雅》勦袭《风》，所以有时竟或有意或无意变通了，扩张了它的用法。"德音"二字的正解，这样看来，与其向后起的、仿造的《雅》诗中寻绎，不如向先进的、老牌的《风》诗中去寻绎为可靠，而《狼跋》中的"德音"，则与其依一部分《雅》而解为普泛的祝颂之词，又不如依大部分《风》和一部分《雅》而解为专用作表明夫妻间对待关系之词了。

上面的推测若能成立，《狼跋》的作者岂不是一位女子——具体点说，便是公孙的妻吗？果然如此，诗中讲话的便不是外人，而是我们公孙自己的"德配"，难怪她放肆到那样，而不犯忌讳呢！有了这层保障，再回头看，以狼比公孙的盖然性也便更大了。

你所选定的这几首诗，老实说，都有点"难"人。关于《狼跋》，在没有办法中，我算勉强应命了。但这回我实在走了不少的险路，而在最后一点上所用的那种连环式的推论法，我尤其为它捏一把汗。如果你是胆大的话，你不妨承认它为一种有趣味的假设，虽然我并不十分怂恿你。新近读到法人兰松所著《文学史方法论》的译文（《文史》第一卷第一、二两号），作者在那里为了一种现象愤慨着说："法国近代文学是种种臆想的戏院，是种种狂热的战场。并且……也是种种惰性的逋逃薮。"我想，我在研究《狼跋》的历程中，把《诗经》当作"臆想的戏院"的嫌疑容或有之，但万万没有借它为我的"惰性的逋逃薮"，因为在拟定假设之后，我仍是极乐意耐烦的，小心的，客观的搜罗证据，是不是？希望你对于我的观点与我的方法，尽量的发表意见。

（载《闻一多全集 3 神话编·诗经编》（上），湖北人民出版社1993 年版）

【评　介】

闻一多(1899—1946)，现代著名诗人、民主战士，也是学贯中西、博古通今的学者。闻一多原名家骅，生于湖北浠水一个封建大家庭，6 岁入私塾，10 岁时进入武昌师范附属小学。1913 年 14 岁时考入北京清华学校，1922 年留学美国，学习美术、文学。1925 年回国，先后在国立第四中山大学、武汉大学、青岛大学、清华大学任教。闻一多积极从事新诗创作，以《红烛》《死水》两部诗集闻名诗坛，后转而从事古典文学研究。1943 年后，积极参加反对独裁、争取民主的斗争，次年加入中国民主同盟，积极参加反对内战民主运动。1946 年 7 月 15 日在昆明悼念李公朴大会上，被国民党特务暗杀，时年 47 岁。

闻一多旧学根柢深厚，精熟古代典籍，长于文字、音韵、训诂之学，又受到了马克思主义思想和西方其他学术思想的影响，因此于《周易》《诗经》《庄子》《楚辞》各研究领域均成就卓著。他的《诗经》学研究历程从 1927 年《诗经的性欲观》一文的发表开始，之后力作层出，较之前人走向了更为深入、更为广泛的研究之路。他的《诗经》研究包罗校勘、训诂、音韵、篇义、表现方法、时代背景、研究史等多个方面，涉及历史学、考古学、文字学、民俗学、文艺学等学科。闻一多不愧是现代《诗经》学研究大师，他开创了《诗经》研究的"新诠释学"，更是《诗经》研究文化人类学取向的先导。他提出并大力实践的新研究方法，为《诗经》研究指明了新的方向。相关著作主要有《风诗类钞》(1932-1936)、《诗经新义》(1937)、《诗经通义》(1937)、《匡斋尺牍》(1934)、《诗新台鸿字说》(1935)、《高唐神女传说之分析》(1935)、《歌与诗》(1939)、《姜嫄履大人迹考》(1940)、《文学的历史动向》(1943)、《说鱼》(1945)等。另有未刊行的数种治《诗》遗稿，全部收编在新版《闻一多全集》(1993)中。

把《诗经》当作诗，当作文学作品看，是闻一多《诗经》研究的中心思想。他认为《诗经》"支持了那整个封建时代的文化"，但这并不是"三百篇"本来的意义，它的真正的形象在两千多年中是被歪曲了的。他批判汉人、宋人、清人对《诗经》的曲解，同时批评近代学者研究《诗经》虽然视角更为开阔，但却以史事研究代替文艺研究，力求达到目的。他在《匡斋尺牍》中提出三个研究意见：一、读懂文字；二、带读者到《诗经》时代；三、用文学的眼光。

一是，读懂《诗经》的文字。也就是从训诂字义入手，弄清《诗》文本的本义。他在《匡斋尺牍》（之三）中说："一首诗，全篇都明白，只剩一个字，仅仅一个字没有看懂，也许那一个字就是篇中最要紧的一个字，诗的好坏，关键全在它。所以，每读一首诗，必须把那里每个字的意义都追问得透彻，不许存下丝毫的疑惑。"他指出了训诂字句对于研究《诗经》的重要意义。二是，"带读者到《诗经》的时代"。就是把《诗经》中的诗篇放在产生它的时代背景上进行研究，根据当时的社会结构、社会意识形态和人们的思想特点来理解诗义，不能用现代人的思想意识去解释《诗经》。三是，用文学的眼光。也就是回归文学本位。闻一多曾经批评旧训诂受封建教化观念的影响，不顾原意地往封建教化上扯，他认为"训诂不是诗"，用意是把《诗经》当作文学作品看，也就是"文学的眼光"。

循着上述研究思路，闻一多的《诗经》研究取得了如下几方面的突破：

一、创立《诗经》新训诂学

闻一多的全部研究工作也是按照以上三个原则进行的。他在《诗经》研究中非常重视文字校勘和笺注，他继承前人训诂考证方法的科学成分，在旧注的基础上，利用考古学、文字学、音韵学、民俗学的知识理论对具体诗篇作出不少言之有据的新颖解释。在此基础上，他力求对《诗经》传统训诂进行改造，创立《诗经》新训诂学。目的是使人们正确理解诗中所表达的思想感情，欣赏诗中表达思想感情的艺术手段。《风诗类钞》《诗经新义》《诗经通义》就是这方面的实践，这三本是包括校笺、注疏和考释《诗经》词语、名物、典故、章句的著作。其中《诗经通义》是闻一多的代表作，集中体现了他研究的"三原则"。这部著作有别于历代《诗经》注疏名著，贯穿着他对《诗经》研究的新的理论和方法。

在他的训诂考证中，首先他抛开"圣人的点化"（《匡斋尺牍》），即封建经学在训诂上的曲解或捏造，力求还《诗经》以本来面目。对《诗经》词语名物的考据，他认为不仅要"课名责实"，还要做到"顾名思义"（《匡斋尺牍》），也就是注意到古诗歌语言的特点，它所包含的象征或隐喻的意义。以《麟之趾》中的"麟"字为例：这个字既是兽的名号，又是仁的象征，理解这双层含义，"下文'振振公子'才有着落"，上下文才能文义贯通。他又指出，诗的语词总是力求抒情生动和状物工巧，所以，通过文字考证，在诸说均可通的情况下，要选取最能体现"诗人体物之妙"的注解。如《桃夭》篇"桃之夭夭"，《毛传》训"夭夭"为"少壮貌"；《邶风·凯风》篇"棘心夭夭"的"夭夭"，《毛传》训"盛貌"，《朱传》训"少好之貌"。闻一多据《说文》并验证汉魏诗歌，训为"屈貌"，"凡木初生则柔软而易屈"（《诗经通义》）。体现了桃初生的状态，以及诗人以桃喻人的用心。诸如此类言之有据，又显得生动形象的训诂，不仅使人得诗之真，而且也得诗之美。闻一多的笺注和考释，继承了清代朴学注重实证、博征求通的科学成分，又根据《诗经》的时代文学特点，注意古代歌谣特有的修辞技巧。他运用训诂学的方法，发掘诗篇真实的思想感情和艺术之美。这在理论上和实践上，对《诗经》训诂学都是一次重大的发展。如历来释《邶风·新台》"渔网之设，鸿则离之"的"鸿"，先贤多训为鸟名，然诗义苦不贯通，闻一多对诗中的名物和词语作了进一步的考释，根据卜辞、金文及多种古籍进行比较验证，在《诗经通义》中释簧蕟、戚施、鸿为一物："鸿必非鸿鹄之鸿，以工声字与龙声字古每不分推之，鸿当为蠪之假。蠪即苦蠪，《广雅·释鱼》曰：苦蠪，虾蟆也。……蠪即虾蟆，故得误絓于渔网之中，又得与鱼对举以分喻美丑。下文曰'燕婉之求，得此戚施'，戚施即虾蟆……鸿与戚施亦同物异名耳。"后他又在《诗新台鸿字说》中，又引二十六种古籍，进一步论证。此说大胆新颖，同时又能立说有据。一词既明，则全诗之义皆豁然贯通，最可代表其训诂风格。

另一显著的例子，是他认为《诗经》中的"鱼""食"的词语系列，都是隐语（或廋语），隐语是一种常用的艺术手段，有特定的含义。他从古代典籍、汉魏乐府、近代民歌以及少数民族民歌中引用近百条资料，来证明"鱼"是情侣间互称的隐语，"打鱼""钓鱼"是求偶的隐语，"烹鱼""食鱼"是合欢和婚配的隐语；"食"代表情欲的行为，"饱"代表情欲的满足，"饥"则代表情欲的渴求。以此解释《国风》中有关的诗，遂使《国风》中隐约难明的诗义豁然开朗。

当然，限于所处时代和所掌握的资料，我们不能说闻一多所作的文字、音韵、名物、训诂的考释都是正确的。他最大的贡献在于他对《诗经》训诂学的方法作了重大的发展，把《诗经》的文学研究推进到一个更高的层次，创立了《诗经》的新训诂学。

二、多种科学方法研究《诗经》

闻一多的《诗经》研究目的就是揭开《诗经》的本来面目，他认为唯独以诗人的身份读诗，才能真正领悟到《诗经》的内涵。因此他在继承了传统训诂考据的基础上，大胆引入多种现代西方科学理论，如弗洛伊德学说、文艺学、语言学、民俗学以及人类学等，运用中西结合的方法全面科学地研究《诗经》，是闻一多的一大创举。正如他所说："带读者到《诗经》的时代"，把《诗》放回到它所属的那个时代的生活范畴中去研究。

民俗学是一门以民间风俗习惯作为研究对象的人文学科，研究人类生活和文化的传承现象，这种现象就是人类在长期生活中共同创造的、广泛流行的、同时被当作某种规范加以保持的习惯。闻一多是最早把民俗学知识用于阐释《诗经》中的社会风俗现象并取得很大成就的学者。闻一多通过民俗学视角，还原《诗经》时代的原始社会场景以及生活习俗，来更好地理解《诗经》中的一些诗篇，使读者带着诗人的内心感受，置身于《诗经》时代，以先民的观念、心态、情感去体悟《诗经》，他的有关论著是《诗经》民俗学研究的发轫。

对于《周南·芣苢》的解说，历来众说纷纭。闻一多在《匡斋尺牍》(之三)中对这首诗作了考释。他先用训诂学的方法，为全诗作了训诂，又通过对古代传说的考证，采取芣苢宜子之说，再根据音韵学"声同义亦同"的原则，由"芣苢"与"胚胎"古音不分，得出"芣苢"的本义就是"胚胎"。而"胚胎"是"生命的仁子"，所以"在《诗》中这两个字便是双关的隐语(英语的所谓 Pun)"。接着，他又用民俗学的方法来阐明他对这篇诗的理解：在宗法社会里，女性是在为种族繁衍这个功能而存在的，如果不能证实这功能，就会被社会抛弃。所以，他认为，"知道了苤苢是种什么植物，知道它有什么功用，那功用又是怎样来的，还知道由那功用所反映的一种如何真实的严肃的意义——有了这种种知识，你这才算真懂了《苤苢》"。他揭示这篇诗的本质：妇女们采苤苢所唱的歌，"是一种较洁白的，闪着灵光的母性的欲望"，"是何等惊心动魄的原始女性的呼声"。如果不了解古代妇女采苤苢的风俗，"没有点古代社会，古代女性的知识"，那就不会认识诗的深刻本质。

关于《大雅·生民》初章"履帝武敏歆"句，闻一多训为姜嫄"践上帝大姆脚趾印心中欣喜"乃怀孕而生后稷。他考证古代文献中关于履迹而感生古帝王的古老传说，发现不仅是周人先祖后稷，同样因履迹感生的还有伏羲。为了解释产生这一神话传说的社会生活基础，他从研究周以前的原始宗教形态入手，运用民俗学、社会学、文化人类学的方法，切实而深刻地阐释原始宗教形态和这些神话传说的实质，指出"履迹"乃是一种类似于舞蹈的祭祀仪式，代表上帝的神尸舞于前，姜嫄随其后，舞毕相合而有孕。闻一多揭开了这首诗所记述的古老传说的真实内容和意义。

闻一多对《诗经》研究的重要的贡献，是他启发我们运用民俗学等一系列学科知识来研究《诗经》中的一些作品。我们要了解两千年前周代的社会风俗和民族心理，就必须利用古老的神话、民间故事传说以及歌谣中的材料进行推论，或与《诗经》中的有关内容相印证。他还注意运用文化状态与《诗经》时代相近的我国少数民族的材料进行对比研究，这对我们都是很有启发意义的。

综上所论，闻一多的《诗经》训诂，继承了朴学无征不信、博证求通的经验，利用丰富的古文献、考古资料研究古文字音义演变及假借，采取广征博引、比较验证以及综合考据、辨伪、校勘等传统方法，在二十世纪前期的总体科学水平上，把传统训诂发展到新的高度。他还自觉地借鉴西方理论，综合运用现代语言学、文艺学、民俗学、神话学、宗教学乃至人类学的某些观点，将古今中外的这些研究方法有机地结合起来，开创了《诗经》新诠释学。他不少精辟新颖的见解，为现代和当代《诗经》研究所广泛采用。闻一多在《诗经》新训诂学及文化人类学方向上的影响是极其深远的，不仅二十世纪五六十年代孙作云继承了他民俗人类学的研究路径，他还带动了二十世纪八十年代以来兴起的《诗经》文化人类学研究热潮。闻一多将他作为诗人所特有的感悟带入《诗经》研究，能够把握诗的特质，发觉诗篇的真谛和艺术精华，这是我们在他的研究中所特别感受到的。可叹他正值盛年却被国民党特务杀害，他研究《诗经》的蓝图未能全部实现，正如郭沫若的挽诗所说："千古文章才未尽！"

闻一多《诗经》学论著：

闻一多著，《闻一多全集》有关《诗经》之卷次，湖北人民出版社1993年版。

读诗札记（存目）

俞平伯

【评　介】

　　俞平伯（1900—1990），名铭衡，字平伯，号屈斋，浙江德清人。我国现代著名的诗人、散文家和古典文学研究专家。曾祖俞樾是清末著名学者。俞平伯1915年考入北京大学，受教于黄侃等大师。"五四"时期，从事民主宣传工作。1919年毕业于北京大学，先后任浙江师范国文教员，上海大学、北大女子文理学院教授，一度赴英、美留学，均不久即返。回国后，先后在燕京大学，清华大学任教，同时从事诗文创作和诗词、戏曲研究。曾加入"新潮社""文学研究会""语丝社"等文学团体，是新文化运动初期的重要诗人，提倡"诗的平民化"。1949年后，历任北京大学文学研究所研究员、中国科学院哲学社会科学部研究员，主要从事《红楼梦》整理校勘和其他研究工作。学术著作主要有《红楼梦研究》《唐宋词选释》和《论诗词曲杂著》，此外，还有大量的诗文作品。

　　俞平伯作为新文化运动的参与者，除了文学创作活动外，还长期从事古典文学研究，在古代文学研究上的贡献是多方面的。其中1934年出版的《读诗札记》就是他在《诗经》研究领域取得的一项重要成果。《读诗札记》初名《茸芷缭衡室读诗札记》，收集了他1923年起陆续发表于《小说月报》和《燕京学报》等刊的研《诗》之作17篇。其中释《国风》六首诗：《卷耳》《行露》《小星》《野有死麕》《柏舟》《谷风》（编进《古史辨》第3册）。后来增订时，增加关于《北门》《静女》《载驰》三诗的研究。这部书以札记的形式对《国风》中的多首诗歌进行了细致的考辨，廓清古注，择善而从，同时又在考辨的基础上进行鉴赏，提出了一些深刻的富有启示性的见解，为读者提供了如何鉴赏

《诗》的范本。

　　受"五四"反封建思潮中批判经学思想的影响，俞平伯对《诗经》的认识也明显地体现出了一种回归《诗经》文学化研究的倾向，认为"《诗》三百篇非必全是文艺，但能以文艺之眼光读《诗》，方有是处"。俞氏主张恢复《诗经》文学作品的本来面貌。在此基础上，他评判了历代经生以封建政教和礼义说诗的谬说，提出从毛、郑、卫宏、朱子到清儒，都带着封建教化的"有色眼镜"，所以把本来明明白白的诗作了曲解。他认为迂腐愚昧的封建诗学源远流长，影响广泛。所以，要彻底批判谬论，正确认识《诗经》，就不能"不伐根本而枝叶谋之"，而应当"以虚明无滓之心临之"，也就是彻底清除传统诗学观念，建立新的诗学体系。

　　俞氏认为治《诗》应当先从考据训诂入手以通诗义，所谓："说诗欲明大义，不可不通训故……夫文句不明而高谈文义者，妄人也。"其次就是要"先祛成见"，除去对古人的成见，不能因为对某人有看法，就对他的研究成果一概否定，而应当怀抱一种扬弃、择从的态度来对待历代的注解。他认为朱熹敢于突破汉学藩篱，去《序》言诗，反映出宋学的思辨精神，但是，他的道学家的思想立场又使他对一些诗篇作了新的歪曲。俞氏既充分肯定了朱熹说《诗》不屈于古代权威，能够独立思考，具有超出前人的卓识，又批评了他不能自守其壁垒，"实往往做《小序》的奴才"。书中对于毛《传》、郑《笺》和《序》说虽多微词，但对其可取之处亦多有肯定。对于摆脱三家诗和毛郑旧说的姚际恒和崔述二人虽肯定较多，但在文中引用姚作《诗经通论》和崔作《读风偶识》的某些观点时，也并不完全盲从，不时地指出他们的"未当"和"武断"之处。这种择善而从、务求客观真实的治学精神是值得提倡的。

　　俞平伯是新民主主义运动的积极参与者，受时代思潮的影响，加之其诗人气质所赋予的独特视角，使得他的古典文学研究与同时代其他学者的研究相比也有不同之处。《诗》学的现代转型，就是要使它回归到文学的本位，把它当作文艺作品来对待。因此，俞平伯读《诗》说《诗》，其着眼点主要在审美鉴赏上。他还把文学鉴赏当成一门学问来对待，上升到理论高度。他提出"文学以欣赏为质""考辨与批评并用"的观点。以文艺的眼光读《诗》，注重情感体验和审美鉴赏，这是第一要义。但是，训诂文字、考证资料、疏通文义，这是治《诗》的基础，也是把握情感意旨的重要环节，二者并重，不可偏废，这样才能谈到整理与鉴赏。"文学本以欣赏为质……视考辨为治诗之鹄的可非，而视考辨为治学之阶段则不可非，不考辨可明的作品而亦故意考辨之可非，非考辨不明的，不得已而考辨之不可非。"此论对于二十世纪二三十年代新旧学术交替之际，学术研究的两个极端，即坚持朴学原则片面强调考辨和强调西方新的观念与方法否定旧学这两种不良倾向，可以说是一个有力的针砭。这一看法，不仅在当时就起到一种纠偏的作用，至今仍具有重要意义，它是治学术者所应持有的正确态度。

俞平伯还提出民俗学的理论和方法对于《诗经》民歌研究的重大意义。他不但具体开列有关民俗学的书目，而且将民俗学的研究成果直接用以说《诗》。如以初民社会常见的献猎兽以求婚的方式，证明《野有死麕》所说的白茅包着的死鹿"正是吉士诱佳人的贽礼"；以南欧和我国南方少数民族中以弹琴唱歌表示爱情的风俗，证明了"琴瑟友之""钟鼓乐之"亦当为"琴挑"之意。他山之石，可以攻玉。这些通过类比的方法以彼证此，其论点是令人信服的。此外，它还运用民俗学关于民歌"母题"的理论具体分析了两篇《谷风》之间的关系以及它们的形成过程。

二十世纪二十年代是现代《诗经》学的创始期，俞平伯的《读诗札记》则于考据训诂以通文义之外，提出了一种考辨、鉴赏并重，鉴赏为主、考辨为辅的解诗原则，他还注意运用民俗学资料来理解这些古代诗歌，这都开拓了现代《诗经》学重新诠释诗篇的新路。

俞平伯诗经学论著：

俞平伯著，《读诗札记》，人文书店 1934 年版。

诗经引论(一)(存目)

高 亨

【评 介】

高亨(1900—1986),字晋生,吉林双阳人,著名先秦文史研究专家和文字训诂学家。1926 年毕业于清华大学国学研究院,曾师从王国维、梁启超先生。历任东北大学、河南大学、武汉大学、西北大学、山东大学等校教授。在《易》学、《诗经》学、先秦诸子、文字训诂学等诸多领域均有建树。主要著作有《周易古经今注》《周易古经通说》《老子正诂》《墨经校诠》《诸子新笺》《文字形义学概论》《古字通辞典》《文史述林》等。2004 年清华大学出版社出版《高亨著作集林》。

高亨治学自觉继承朴学传统,从文字、音韵、训诂入手进行研究。他曾在《诸子新笺·自序》中说:"乃承受前儒的启发,遵循朴学的方法,以文字音韵训诂为工具,来研读先秦诸子的遗著,从而抒录个人的心得。"中华人民共和国成立后,在马列主义文艺理论的指导下,他的研究工作又有了较大开拓,其《诗经》研究,独辟蹊径、自成一家,有着独特而突出的贡献。

高先生的《诗经》研究集中在二十世纪五十年代以后,《诗经今注》代表他《诗经》研究的成就。《诗经今注》完成于七十年代,是新中国成立后出现的第一个《诗经》全注本。高亨一生潜心于先秦文、史及哲学思想研究,兼通文字训诂、金文鼎铭,该书表现了著者探求诗篇本义,不盲从旧说而力求出言有据、敢于创立新义的学术追求。

《诗经今注》在解题和注释方面,常能纠正旧说,独出新意。如《小雅·沔水》的诗义,历代解诗者如《序》、《朱传》、严粲《诗辑》、陈启源《毛诗稽古编》、王照圆《诗问》等说法颇不一致,但对它的背景,除朱熹之外都断为宣王时代,高氏则认为此诗作于东周初年,

"平王东迁以后，王朝衰弱，诸侯不再拥护。镐京一带，危机四伏。作者忧之，因作此诗"。结合社会背景对诗篇反映的忧伤祸乱之情作出解释，于史有征，较旧说切合诗义。又如说《鄘风·桑中》"是一首民歌，劳动人民的集体口头创作，歌唱他们的恋爱生活，并不是真有这样的一男三女或三对男女恋爱的故事"。所说都比较通达，举一反三，很有启迪。又《邶风·旄丘》的历史背景，高氏与旧说也颇有出入。高亨虽立新说，但都载籍有据，出言有章，不是凿孔立说。能密切结合社会背景和有关史实说诗，由重新确定诗的背景探求诗的新义，正是《今注》的特点之一。

高亨长于文字声韵训诂之学，释义多从文字入手，故章句、字词训释亦多创获。并能吸取前人较好的见解，会通提炼，形成新说。如释《匏有苦叶》中的"匏"为"葫芦"，解为"古人渡水，把大葫芦拴在腰间，容易浮过，因而称它为腰舟"。接着又从《国语·鲁语》《庄子·逍遥游》和《鹖冠子·学问》中取三例证之。又如释《丘中有麻》的"留"为"刘"，说"刘原是邑名，周王封其宗族于刘邑，因而以刘为氏……清人阮元所著《积古斋钟鼎款识》载有'留公簠'，留公就是刘公"。说"子嗟""子国"是刘氏中某一个人的字。"彼留之子"，就是"那刘氏的人们，指子嗟和子国"。《丘中有麻》本是一首聚讼纷纭的诗，高氏据前人考证，加以概括，提出此说，言之成理，可备一解。

在释词方面最明显的特点是利用音训明假借，即取"音同（音近）义通"的原理，就字音求字义，由声同声近求假借之义，释《防有鹊巢》"中唐有甓"句"唐"借为"塘"，举《国语·周语》《吕氏春秋·尊师》《晏子·问下》的有关语句证之，其说可信。《猗嗟》"抑若扬兮"，《毛传》训"抑"为美色，是正确的，却难以理解，《诗经今注》按通假，"抑，读为懿，美也"。这样明假借、溯语源、探义根的释义方法，是该书的特色之一。

任何学术研究都不能独立于时代思潮之外，受极"左"思潮的"阶级斗争"学说影响，高亨也以阶级斗争的观点解说一些诗篇，造成了对作品的曲解。如认为《陈风·月出》是一首反映统治阶级残酷镇压人民反抗的诗歌："陈国的统治者，杀害了一位英俊人物，作者目睹这幕惨剧，唱出这首短歌，来哀悼被害者。""这一篇抒写在月色惨白的杀人场，一位英俊的人民，身披五花大绑，被领主杀死了……作者的心灵在忧愁，在跳动，在悲痛，这是凄怆壮烈的一幕悲剧。"（高亨《诗经引论》二）由于彻底脱离了诗歌的具体背景和形象，完全凭政治社会学和阶级斗争观念的推演，只能造成对诗义的扭曲。又如说《螽斯》是"劳动人民讽刺剥削者的短歌"，说《驺虞》是"贵族强迫奴隶中的儿童给他牧猪，并派小官监视牧童的劳动，对牧童常常打骂，牧童唱出这首歌"。诸如此类的庸俗社会学说解，给该书留下鲜明的时代烙印。其他如《召南·羔羊》《卫风·有狐》诸篇，也与此相类。

《诗经选注》是作者早年所著的《诗经》今译本，选译七十篇，曾被高亨用作授课教材，书中的部分释义曾引起论争，作者后来对此书作过一些润饰，《高亨著作集林》所选用的即为修订后版本。其体例和《诗经今注》基本一样，此不赘述。

二十世纪五十年代以来，高先生陆续发表多篇论文，显示了他《诗经》学成就的另一个方面。主要有如下几篇：

1. 《周代大武乐考释》。《大武》是创作于周初的一部古代的歌舞剧，散见于先秦典籍，而其歌辞则保存于《诗经·周颂》。王国维对《大武》乐的研究有发轫之功，著《大武乐章考》，认为《大武》乐章篇次顺序为：《武宿夜》（《周颂·昊天有成命》）、《武》、《酌》、《桓》、《赉》、《般》。另外陆侃如、冯沅君的《中国诗史》，都对《大武》乐章作过考证。高亨在对有关文献精细考辨的基础上，发现了《周颂·大武》六章的次序零乱而多错误的基本事实，厘定了《我将》《武》《赉》《般》《酌》《桓》六章的位置排序，重新译释了歌辞，并对《大武》的作者与用途、舞容与音调等，作出了富有创见的考论。

2. 《周颂考释》上、中、下。《周颂》三十一篇，大体是周初至昭王、穆王时期的诗歌，但年代悠远，文献散乱，不易研读。高氏所作考释，包括各篇主题的论证，各篇乐歌的分合与篇次的调整，字句的训诂与篇义的解说，以及诗篇中蕴含的观念、习俗等。其中，有关《大武》六章的考订，关于《臣工》与《噫嘻》内容的寻绎，以及关于《闵予小子》等诗的创作背景，多有自己的见解。

3. 《〈诗经·邶风〉新解》上、下。解题、考订言之有据，一些疑点难点的考释往往广列异说，对《邶风》各篇主题、作时、创作背景等提出了自己的见解。

4.《诗经引论》(一)、(二)。此两篇收入《文史述林》。《诗经引论》(一)写于1958年，论述了关于《诗经》的三个重要问题：《诗经》的来历与王官采诗，《诗经》的篇数与孔子删《诗》，以及《诗经》分为风、雅、颂三类的问题。《诗经引论》(二)(原载于《文史哲》1956年第5期)，主要讨论的是《诗三百》产生的社会根源，以及它的阶级性与思想性的问题。高亨先生的《诗经引论》(二)发表以后，由于机械地运用阶级分析法分析诗旨，引起了学界的批评和讨论。但是二十世纪的《诗经》学研究正经历着由传统向现代的转型，高亨的论文反映出知识分子开始接受马克思主义，正试图运用社会学和阶级分析的方法来分析《诗经》的作品，这在二十世纪五十年代具有代表性。

高亨的《诗经》研究处于一个由旧入新的时期。从《诗经》研究史的角度来看，二十世纪二十年代，在胡适和"古史辨派"的影响下，《诗经》的经学地位被摧毁，《诗经》学由经学研究转向文学研究。1949年以后，受唯物史观的影响，《诗经》研究进入了一个新的阶段。高亨走的是乾嘉朴学考证的治学道路，运用传统考证方法解读文本，又受到了唯物史观的影响。在新的阐释体系还没有建立之际，关于《诗经》的作者、编订、六义、比兴、孔子删诗等一些基本问题以及《诗》三百篇的题旨、内容等都需要予以重新解读。高亨是较早地将传统的考据方法与马克思唯物史观相结合，遵循马克思主义文艺批评原理阐释《诗经》的学者。他将《诗经》研究与它产生的时代密切结合，扩展了《诗经》研究的视野，提高了《诗经》研究的科学性，弥补朴学研究的局限性。高亨的《诗经》研究是时代的产物，由于历史的影响和局限，在他的学术研究中不可避免地渗入较强的意识形态性，这也是他研究中出现某些偏颇的主要原因所在。高亨的《诗经》研究是二十世纪学术史的重要组成部分，其研究成果既有继承，也有创新，解决了许多《诗经》研究的重要问题，推进和深化了《诗经》研究，虽然也有其历史的局限性，但为之后的研究积累了经验。

高亨《诗经》学论著：

　　高亨著，《诗经今注》，上海古籍出版社1980年版。

高亨著，《文史述林》，中华书局 1980 年版。

董治安编，《高亨著作集林》(第 10 卷)，见《编外论文辑存》，清华大学出版社 2004 年版。

《诗》韵总论(存目)

王 力

【评 介】

王力(1900—1986),当代著名的语言学家,字了一,广西壮族自治区博白县人。父亲王炳炎,清末秀才,饱读诗书。王力自幼受到父亲熏陶,阅读了大量的文史经典。后任家庭教师,曾读十四箱古籍,打下了坚实的古文基础。1926年,王力考入清华大学国学研究院,主要研究中国古文法。1927年,赴法国巴黎大学学习,主攻实验语音学。1931年以《博白方音实验录》获巴黎大学文学博士学位。1932年回国后,先后在清华大学、广西大学、西南联合大学、岭南大学、中山大学、北京大学任教。曾担任国家文字改革委员会副主任,中国语言学会名誉会长,中国音韵学研究会名誉会长等职。

王力长期从事汉语研究工作,在汉语语音研究等方面有极深的造诣,著述等身,著有专著三十多种,论文一百二十余篇。他的研究包括语言学的各个领域,如音韵学、语法学、训诂学、文字学、比较语言学,并涉及语言形式、诗词格律、汉字改革等方面。在创建汉语语法体系,研究汉语语法理论,用现代语音理论整理和总结前人关于汉语音韵研究的成就,研讨古代汉语韵部的分部和语音的构拟,研究汉语发展史和中国语言学史以及建立古代汉语教学体系等方面,都做出了重大的贡献,在国内外学术界享有很高的声誉。其音韵学方面的代表性论著有《中国音韵学》《古韵分部异同考》《上古韵母系统研究》《汉语史稿》《上古汉语入声和阴声的分野及其收音》《先秦古韵拟测问题》《南北朝诗人用韵考》《范晔刘勰用韵考》等。

学者们普遍认为,《诗经》的押韵对上古汉语音韵研究来说十分重要,这些材料是上古音研究的重要凭借。因为上古时代既无韵书,也无反切，在这种情况下，如无歌谣等韵文材料，特别是《诗三百》的文本，根本无法着手分析上古韵部系统。王力当然深知此道，其《诗经韵读》既是上古音研究的力作，同时也是《诗经》语言学研究的力作。作者吸收了此前学者，尤其是清代古音学的成就，对《诗经》的韵部及通韵合韵等现象进行了重构。此书是近代以来有关《诗经》音韵学的一部总结性的重要著作，全面归纳总结了《诗经》的韵例，并分析每首诗的韵脚字，考求其韵部，据此将上古韵分为二十九部。

全书共分四个部分："《诗》韵总论""《诗经》韵例""《诗经》入韵字音表""《诗经》韵读"。"《诗经》韵读"应为本书的主体部分。

第一部分的"《诗》韵总论"，回顾宋代以来的《诗经》声韵研究历史，并总结各家研究的得失，批判了朱熹的叶音说，并对谐声问题、声调问题、通韵和合韵、古音拟测问题，以及《诗经》韵分二十九部、上古韵部和中古韵部的对应等，进行了理论上的阐述。对于一般的读者来说，上古声韵如何，已是茫然。《诗》韵总论开如何读《诗》之门径，王力指出：

> 这一部《诗经韵读》的目的，就是把《诗经》入韵的字都注出古音，使读者明白《诗经》的韵是和谐的。当然我们并不要大家用古音来读《诗经》，那是不可能的，也是不必要的。其所以不可能，因为如果要按古音来读，那就应该全书的字都按古音，不能只把韵脚读成古音，其他多数的字仍读今音。如果全书的字都读古音，那就太难了。其所以不必要，是因为我们读《诗经》主要是了解它的诗意，不是学习它的用韵，所以仍旧可以用今音去读，不过要心知其意，不要误认为无韵就好了。

有了专门家的指示，今天的读者在读《诗经》时，如何处理古音与今音的关系，如何了解其押韵，就有了明确的方向了。

第二部分的"《诗经》韵例"，指出《诗经》的用韵，有两个最大的特点。第一是韵式多种多样，为后来历代所不及；第二是韵密，其密度也是后代所没有的。从韵在句中的位置看，有韵脚、虚字脚、韵与非韵三种情况；从韵在章中的位置看，有一韵到底、两韵以上的诗章、密韵疏韵无韵、叠句叠韵四种情况；从韵在篇中的位置看，有整齐和参差、回环、遥韵、尾声四种情况。他从字、句、篇三个层面入手，归纳出的《诗经》韵例，较清代学者更为合理，既为进一步研究《诗经》韵例奠定了基础，又可帮助一般读者了解和认识《诗经》的韵例。这部分还指出："韵式和韵部是可以互相证明的。知道韵式是多种多样的，就可以试用各种不同的韵式来考察韵部；当然，相反的证明也是重要的，那就是用假定的韵部来证明韵式。在《诗经》用韵中，最值得注意的有两个问题：第一是阴声和入声的分立；第二是邻韵的分立。"这两个问题中的第一个，考古派古音学家如顾炎武、孔广森、王念孙和江有诰，审音派江永和戴震等都未能解决好，王力通过《诗经》有关诗篇韵例的分析解决了，是他的一大贡献。第二个问题，邻韵分立，即邻近韵部，过去古韵学家有的将其合为一部，如幽与宵、幽与侯、侯与鱼、之与脂、脂与微、觉与屋、质与物、月与物，其界限比较清楚，应当分立。王力继承江永、段玉裁等古音学家的看法，主张应将其分立。在两种完全对立的观点之间，根据实际情况，选择正确的说法，这也是一大贡献。

第三部分的"《诗经》入韵字音表"分《诗经》韵为二十九部，即：1. 之部；2. 幽部；3. 宵部；4. 侯部；5. 鱼部；6. 支部；7. 脂部；8. 微部；9. 歌部；10. 职部；11. 觉部；12. 药部；13. 屋部；14. 铎部；15. 锡部；16. 质部；17. 屋部；18. 月部；19. 缉部；20. 盍部；21. 蒸部；22. 东部；23. 阳部；24. 耕部；25. 真部；26. 文部；27. 元部；28. 侵部；29. 谈部。每部标出"入韵字"的"拟音"（包括"声"和"韵"），便于查检。

在王力之前，古音学家的"考古派"对上古韵进行了探索，顾炎武分古韵为十部，后江永《古韵标准》分古韵为十三部，段玉裁《六书音韵表》分古韵为十七部，孔广森、朱骏声都分为十八部，王念孙、江有诰都分为二十一部，章太炎分二十二部。与考古派相对立的是审音派，他们主张应将入声韵独立出来，这样古韵分部就多出近三分之一，如戴震分出入声韵共有二十八部，黄侃在其师章太炎二十二部基础上分为二十八部。王力的二十九部，即是将入声韵独立的。他自述最初是考古派，而后来成为审音派。这就是继承了清代审音派的观点，又结合《诗经》等音韵材料的实际而得出的结论。

第四部分的"《诗经》韵读"，把《诗经》三百零五首诗入韵的字全都标出，并注明每一个韵部字和读音(《周颂》中《清庙》《昊天有成命》《时迈》《噫嘻》《武》《酌》《桓》《般》等无韵的除外)，便于研究《诗经》古韵的人按图索骥，逐一查检。同时也给读《诗经》的读者提供了这些韵的拟测音。关于古音拟测问题，王力指出："自从陈第以后，古韵学家知道古音不同于今音，他们从具体材料出发，研究出古韵的韵部，做出了卓越的成绩。但是，他们只是在古韵系统上做出了很好的结论；至于说到具体的字在上古读什么音，他们却又陷入唯心主义的泥坑。……清代古韵学家的最大错误是从今音中寻找古本音。……上古的音虽然可能保存到现代，那是极少数；在多数情况下，上古的音经历二千多年起了很大的变化，甚至变得面目全非。必须认识这个道理，才算真正有了历史观点。"本着历史的观点看前人关于古音的拟测的说法很多是不科学的。如"前人所谓古本韵，或只有洪音，没有细音；或只有细音，没有洪音。因此，即使是同部的字，如果与古本韵洪细不同，也必须改读"。而且"古本韵说又是和阴阳对转冲突的"。① 因此，古本韵说是不科学的。

在他看来，宋代学者的"叶音说"也是缺乏历史观点导致的。他指出：

> 以今音读古诗格格不入，由来已久。宋代距离《诗经》时代也将近二千年，那时格格不入的情况已经很严重。读《诗经》的人不知道古今音不同的道理，于是产生一种"叶音"说("叶"读xié，同"协")。"叶音"的意思是说写《诗经》的人的语音和后代人是一样的，《诗经》许多地方的押韵是和谐的，只有少数地方不和谐，那就要把某字临时改读某音，以求和谐。这个理论的错

---

① 王力《汉语语音史》，中国社会科学出版社 1985 年版，第 43~44 页。

误是缺乏历史观点。

"叶音"说的代表是朱熹。他在他所著的《诗集传》和《楚辞集注》里都用了"叶音"说。例如"家"字。《诗经·周南·桃夭》："桃之夭夭，灼灼其华；之子于归，宜其室家。""家"与"华"押韵，拿今音读去也很和谐，用不着叶音。但是《诗经·小雅·常棣》："宜尔室家，乐尔妻帑。是究是图，亶其然乎!"朱熹就在"家"下注云："叶古胡反"（即音"姑"）。其他注"古胡反"的还有《豳风·鸱鸮》的"家"（韵"据""荼""租""瘏"），《小雅·采薇》的"家"（韵"故""居"），《小雅·我行其野》的"家"（韵"樗""故""居"），《小雅·雨无正》的"家"（韵"都"），《大雅·绵》的"家"（韵"徒"）。

明末的陈第第一个反对"叶音"说。他说："时有古今，地有南北，字有更革，音有转移，亦势所必至。"他的历史观点是正确的。依照这个观点，他认为"家"的古音本来就是念"姑"，并不是临时改读，也就无所谓"叶音"。"家"念"姑"而能和"华"押韵，是因为"华"的古音是念"敷"。他提出："母"必读"米"，"马"必读"姥"（mǔ），"京"必读"疆"，"福"必读"偪"（bì）等等，都是"本音"，不是"叶音"。后来顾炎武写了一部《诗本音》，就是根据陈第的理论写成的。陈第、顾炎武所定的古读虽然还不够科学，但是他们排斥"叶音"，主张每字只有一个古音，不须改读，则是完全正确的。

在辨析了宋代"叶音说"和清代古音学家拟测古音的不足的基础上，王力提出了自己的方法，他说："我们总的方法是根据语音的系统性及其发展的规律性。"因为取历史发展的角度，又能结合汉语声韵发展的自身规律，以及对语料的大量的分析和归纳，这就使他的研究较之前代学者更加具有科学性。

总之，《诗经韵读》是王力以历史唯物主义思想为指导，在全面总结和吸收此前学者研究成果的基础上，总结《诗经》声韵理论和对《诗经》韵部、韵例及声韵问题所作的归纳和论证，这一成果得到学界的广泛认可，至今仍是《诗经》音韵研究方面的权威著作。可以说，该著是二十世纪初以来《诗经》声韵研究和上古音研究方面具有里程碑意义的重要成果。

王力《诗经》学论著：

王力著，《诗经韵读》，上海古籍出版社 1980 年版。

《诗经》的艺术表现

张西堂

　　《诗经》是中国古代的一部乐歌集，是中国秦汉以前的乐府，《诗经》中的诗歌，绝大部分是来自各地方的民歌，是劳动人民歌唱他们的劳动生活，他们的思想，他们的情感，他们对于统治阶级的愤怒与斗争，是具有坚强的人民性的现实主义精神的作品。我们从艺术的角度来看，这些诗歌也是具有高度的艺术成就的诗歌。这些诗歌的表现方法，尤其是他们的艺术语言，在现在看来，有许多地方是值得我们来研究，来学习的。高尔基在谈到民歌及一般民间文艺曾说："你在这里可以看到丰富的形象，比拟的确切，有迷人力量的朴素和形容的动人的美。"我们读到《诗经》正可以看出这里面一些朴素简短的歌词，概括了生活斗争的真实，刻绘了丰富多采的形象，表达出生动活泼的情节，尤其在比兴方面，一些比拟，多是惟妙惟肖，成为我们中国文学的优良传统，所以流传到了现在，还是我们广大人民所爱好的光辉日新的作品。

　　但是在过去，尽管在《诗经》中有着迷人力量和形容动人的美，研究《诗经》的学者，受了《毛诗传序》的迷误，很少的人对《诗经》的写作方法与艺术技巧作过详尽的发挥。他们首先，有的在字句声韵方面上过分绕圈子。其实《诗经》虽以四言为主，但也有的句子并不限于四言。有时杂以二三五六七八言，这在挚虞《文章流别》、成伯玙《毛诗指说》等书已说过。近人黄侃《〈文心雕龙〉札记》更推阐到有二十八字一句的例证。(《大雅·韩奕》"王锡韩侯"至"鞗革金厄"七句。)这些字句的长短，只是语言声调的关系，这不是重要的表现手法与写作技巧。即就声韵来说，在《诗经》中固多用一些双声叠韵的词句以及一些其他重言叠字用韵的地方，固然是有助于歌调的美感，但也决不是像丁以此《毛诗正韵》所说："诗之于韵，亦有成式，若词曲字皆中律，不可假贷。"关于这些琐屑的形式方面的问题，我们现在是应当不必多加理会的。其次，有多少人对赋比兴的问题十分注意。赋比兴是诗的作法，对风雅颂说来，一是三经，一是三纬，这在孔颖达、朱熹都说过，是不应当将赋比兴也当作诗体。关于赋的解释：郑玄在《周礼注》说："赋之言铺，直铺陈今之政教善恶。"挚虞《文章流别论》说："赋者，敷陈之称也。"《文心雕龙·诠赋》篇说："铺采摛文，体物写志也。"钟嵘《诗品》说："直书其事，尽言写物，赋也。"孔颖达《诗疏》说："诗文直陈其事，不譬喻者皆赋辞也。"朱熹《集传》说："赋者直陈其事而直言之者也。"赋是直接陈述事物的写作方法，除了郑玄的说法不妥以外，其余的解释，是没有多大问题。关于此，《周礼》郑注说："比，见今之失，不敢斥言，取比类以言之。"挚虞《文章流别论》说："比者，喻类之言也。"《文心雕龙·比兴》篇说："比者，附也……附理者切类以指事。"钟嵘《诗品》说："因物喻志，比也。"孔疏引郑司农说："'比者比方于物'，诸言如者，皆比辞也。"朱熹《集传》说："比者，以彼物比此事也。"比是用另外的一些事物作比拟譬喻的写作方法。郑玄的说法将比限制在"见今之失，不敢斥言"，这是错了的。其他说法，合起来看，可以说也没有多大问题。至于兴，郑玄《周礼注》说："兴见今之美，嫌于媚谀，取善事以喻劝之。"这个解释固是错误。但如钟嵘《诗品》是"文已尽而意有余"，当作余兴讲，也是错误的，挚虞《文章流别论》说："兴者，有感之辞也。"《文心雕龙·比兴》篇说："兴者起也……起情者依微以拟议。"孔疏引郑司农说："'兴者托事于物'，则兴者起也，取譬引类，起发己心。"这些解释也都不十分妥当。到了宋代，苏辙在《栾城应诏集诗论》中说："夫兴之体，犹云其意云尔，意有所触乎当时，时已去而意不可知，故其类可以意推，而不可以言解也。《隐其靁》曰'隐其靁，在南山之阳'，此非有取于靁也，盖必其当时之所见，而有动乎其意，故后之人，不可以求得其说，此其所以为兴也。"郑樵在《六经奥论》中也说："诗三百篇第一句曰'关关雎鸠'，后妃之德也，是作诗者一时之兴，所见在是，不谋而感于心也。凡兴者，所见在此，所得在彼，不可以事类推，不可以理义求也。"朱子也说："兴是借彼一物以引起此事，而其事常在下句。"又说："诗之兴多是假他物举起，全不取其义。"《困学纪闻》引李仲蒙说："叙物以言情谓之赋，情尽物也。索物以托情谓之比，情附物也。触物以起情谓之兴，情动物也。"姚际恒《诗经通论》说："兴者但借物以起兴，不必与正意相关也。"由这些家的说法看来，我们可以了解兴与赋比不同，兴不过是一个"起头"。"山歌好唱起头难"，有的诗歌的开始一二句不直接地说出那件事情，也不用个比喻引起，只是即兴的唱出而与下文无关，既不是赋，又不是比，而只是一个"起头"。这就是兴。所谓兴的意义，只当如此解释。后人因为不能严格的这样解释兴，于是说《诗经》的又用一些"兴而比也"（朱注：《汉广》《椒聊》），"比而兴也""赋而兴也"（朱注：《氓》《黍离》《溱洧》《东山》）来说诗，姚际恒的《诗经通论》更加上一个"比而赋也"。以为这样才"兴比之意了然"。其实如若严格地按"起头"的意义来看，这种"兴而比""兴而赋"，实在是不需要这样说的，兴而比已成了"比"，兴而赋那就是"赋"，不必另外立一些名词。而且姚际恒已说过："古今说诗者多不同，人各一义，则各为其兴比赋。"赋比兴在说诗的人各有不同的看法，在《毛诗》与三家诗的解释，即有许多不同（例如：《邶·柏舟》《郑·风雨》）。所以我们如专从赋比兴来谈《诗经》，那我们对于《诗经》的艺术表现，既不免于纠纷，而且要分析出那一句是比，那一句是赋，忘了赋比兴不过只是一些笼统的说法，忘了诗歌是一个艺术完整体，我们现在是不应当过分的注意这些问题的。

《诗经》的艺术表现，在现在看来，是可以从下列的几点来看。

（一）概括的抒写

"通过语言，用生动的形象，再现现实和反映生活，这是文艺的特点。"而"反映生活的重要特点，首先是在反映中提出人所共知的生活现象的概括，其次是把这些现象具体地描写出来"（毕达可夫《文艺学引论》）。我们看《诗经》中的诗，因为它的绝大部分是古代的民歌，是"饥者歌其食，劳者歌其事"，许多这些诗歌多一半是通过劳动人民日常生活产生的，他们所唱出的，有的是他们生活中一般的情况，有的是他们生活中的突出的一面，这些作品，有的是很能概括地表现出他们生活的真实的。这些诗，有的可以是比较长篇的叙述，有的只是用很简短的语言，但是在简短的诗歌中，也不失为概括抒写的好诗。《豳风·七月》是一首长篇的诗歌，在这一首诗中概括地写出农民受尽领主的剥削的一般情况，他们自己终年劳动，但是因为受到领主剥削，他们"无衣无褐"，"采荼薪樗"，过着极艰苦的生活。这诗前半写的是他们关于衣一方面的事，后半写的是他们关于食一方面的事，从艺术的角度来看，这诗也是被后人称誉为"千古的奇文"。姚际恒在《诗经通论》批评这诗说："鸟语虫鸣，草荣木实，似月令。妇子入室，茅绹升屋，似风俗书。……其中又有似采桑图，田家乐（？）图，食谱、谷谱、酒经。一诗之中，无不具备。洵天下之至文也。"这诗的第二章写"女执懿筐，遵彼微行，爰求柔桑"。三章又说"蚕月条桑，取彼斧斨，以伐远扬，猗彼女桑"。合起来看，真仿佛是一幅采桑画图，恍然在我们眼帘之下。而那"春日迟迟，采蘩祁祁，女心伤悲，殆及公子同归"，对她们心中怨恨的描写，还是图画不能描画出的。这诗的第六章对一些食物，"凡菜豆瓜果以及酿酒取薪，靡不琐细详述，机趣横生"。确实是综合了他们的复杂多样的生活的真实，而无一丝一毫有意为文的模样。不过所抒写的不是农民的乐，而只是农民悲惨的生活。姚际恒说是"田家乐图"，那是错了的。《邶风》的《谷风》也是一首较长的诗篇，是描写一个女子在婚后因男子另娶遭到遗弃而控诉她故夫罪行的诗。这诗虽是用的顺序的对照的手法，今昔对照，新旧对照，写出她在被遗弃后愤怒的心情，所描写的好像是她个人突出的一面，但是这突出的一面正概括出来在封建社会婚姻制度的罪恶。这诗第二章说："行道迟迟，中心有违（帏），不远伊迩，薄送我畿。"描写她在与她丈夫决绝之时，她是如何满心怀着愤恨出来慢慢走着，她的丈夫却很快地把她送出大门。这与后来《白头吟》所写的"蹀躞御沟上，沟水东西流"，正是一般的情况。这诗的第五章说："昔育恐育鞠，及尔颠覆，既生既育，比予于毒！"第六章说："我有旨蓄，亦以御冬，宴尔新婚，以我御穷。有洸有溃，既诒我肄，不念昔者，伊余来墍（忾）！"与后来古诗"上山采蘼芜"所写的"新人不如故"的情况也大致相同。但是《谷风》控诉出他们生活一旦好转，她就遭到遗弃。她更控诉出她丈夫行动的野蛮，性情的暴躁。所发掘出旧社会罪恶的本质，是比《上山采蘼芜》那诗更具有力量的。"一般只存在个别中"，这诗所描写的突出的一面是概括出了封建婚姻的罪恶的。《卫风·氓》篇等等，也是用的这样手法，当时诗人是善于运用这样的表现手法的。至于短篇，我们知道《芣苢》这诗不过从"采采芣苢，薄言采之"这一句扩大成为三章六句的诗。在三章中，只换用了六个字，但是这诗读起来便令人想出这是一些"田家妇女，三三五五，在风和日丽中，群歌互答"的劳动诗歌。这虽是一首极简短朴素的诗，但也概括出她们在劳动中的形象。从芣苢由"不以"得声(牟庭《诗切》说)想来，她们的生活是很艰苦的，但是这诗在艺术上的成就也正如乐府中《江南可采莲》一样，令人百读不厌。《召南》的《驺虞》是一首很简短的关于田猎的诗，但是描写出这射手比较旁的射猎的人一次射箭只能用上四矢，而这驺虞却具有一次射中五兽的本领，所以得到诗人的表扬。在全诗中只用"一发五豝"概括的叙述这一件突出的事情。《齐风》的《还》，概括地叙述两个猎人相遇，彼此赞扬，互相合作，我们一读这诗，使我们感觉得他们两人很有才干，很有技能。章潢《图书篇》批评这诗说："'子之还兮'，己誉人也；'谓我儇兮'，人誉己也。并驱，则人己皆与有能也。寥寥数语，自具分合之妙，猎固便捷，诗亦轻利，神乎技矣。"《卢令》这诗，虽是每章两句的短诗，但一句表达出一个形象，我们合起来读也可见得这是一位猎人和他的猎犬出去打猎，他是有仁、有勇、有知。这首短诗是能这样简单明了地写出他的才能来的。这种概括的朴素的写法，在许多恋爱婚姻的诗歌中表现的也是这样。例如《王风·采葛》说"那个采葛去了啊！一天不见，就像三个月啊！"这直是很朴素地说出他对于情人的想念，丝毫没有绕弯子。《郑风》的一些情歌，尤其如此，例如《狡童》的"彼狡童兮，不与我言兮；维子之故，使我不能餐兮。"《褰裳》的"子惠思我，褰裳涉溱。子不我思，岂无他人？狂童之狂也且！"《东门之墠》的"东门之墠，茹藘在坂。其室则迩，其人甚远。""东门之栗，有践家室。岂不尔思？子不我即。"这些都是将他们心中的话毫不隐讳地和盘托出，但是在这里面，有戏弄，有嘲笑，有深情，有思念，也都表现在字里行间。一些政治讽刺的短诗，如：《鹑之奔奔》《硕鼠》《墙有茨》《相鼠》等等，咒骂当日领主的凶恶，残酷，荒乱，也都是很痛快淋漓毫无忌讳地将当日领主的丑恶形象概括地表达出来。这是《诗经》的表现手法之一，在艺术的表现上好像太简单朴素了，但是我们如想到"文体的单纯及明了，并不是由文学的质的降低所能达到，反之，只有由真正技术熟练的结果才能达到的"（高尔基《文学论文集》，《儿童文学主题论》）。我们可以看到这些概括的抒写，也并不是真的那样简单，而是真的通过了他们生活的真实，有剪裁，有布置，有分两，有精神，才能写出的。

（二）层叠的铺叙

《诗经》的诗全是乐歌，我们研究《诗经》的艺术表现，是应当特别地提出在《诗经》中的许多诗，是以重沓叠奏的方法一层一层的表达他们的思想感情的。汤姆生在《论诗歌源流》中说："劳动歌是扩大即兴部分的变化而发展成功的。"又说："在谣曲中，一节是一个乐段，一联是一个乐句，一行是一个乐词。两个乐词成为一个乐句，两个乐句成为一个乐段。每一对中的组成分子是互相补充的，类似的，而又不是相同的，这就是音乐学者所指二段体 AB……我们多数的民歌是二段体的，可是有些便更加精细。……在音乐术语中，第一乐旨之后，跟着第二乐旨再是重复第一乐旨，这就是三段体 ABA。更技巧的歌手，把第二个 A 唱得不仅是第一个 A 的重复，这是受 B 的影响之后新的第一个 A。"汤姆生这种说法，是按音乐的学科来说的，是很正确的说法。《诗经》中许多的诗，也正如汤姆生所说，是扩大即兴部分的变化而发展。有的诗歌，在第二章第三章是重复了第一章的词句，有的则字句上加以改变，但是在意义上是没有大的分别。上面我们所举的诗，如《驺虞》《狡童》《褰裳》《东门之墠》，是后章重复前章，后章字句对于前章是互相补充的类似的而又不是相同的。《还》与《卢令》等篇是三章重叠的，但是也只是换了几个类似的字眼。我们更看一些劳动歌，如《汉广》是一个樵采的歌，由于三章叠咏"汉之广矣，不可泳思！江之永矣，不可方思！"所以令人觉得是一片"烟水茫茫，浩渺无际，广不可泳，长更无方"的景象。《鄘风·桑中》也是农民的劳动歌。这诗第一章一二两句写出他们工作的地点，三四两句写出他们所想念的人物，但是由于三章叠咏"期我乎桑中，要我乎上宫，送我乎淇之上矣"，我们可以看出这所唱出的并非真有其人，真有其事，而是一经道出，仿佛若有其人若有其事，在他们的"神灵恍惚梦想依稀之际"。这样子叠咏的，如《邶风·北门》三章都说"已矣哉，天实为之，谓之何哉?"《王风·黍离》，三章都叠咏"知我者，谓我心忧，不知我者，谓我何求。悠悠苍天! 此何人哉?"都是利用音乐的旋律，重叠的字句，来表达诗中的情感。所谓"一弹再三叹，慷慨有余哀"，来引起读者的同情的。这也是民歌表现手法之一，这样的表现方法，能将一些简短的诗，变成更有趣味的诗。更富有感染力的诗。

其次，我们读到《诗经》，我们很容易察觉出来，诗人的歌唱有一些是用渐层的方法来描摹他们所要说出的情景的。在前面所说的诗《芣苢》是这样：先只说"采"，渐渐说到"掇""捋"，最后说到"袺""襭"。《采葛》是这样：先说"三月"，由"三月"说到"三秋""三岁"。不须详叙，就很可动人。《将仲子》诗是这样：由"畏我父母""畏我诸兄"说到"畏人之多言"，令人格外想起"人言可畏"。《硕鼠》也是这样：由"无食我黍""无食我麦"，说到"无食我苗"。连苗都吃光，更可看出当时领主的残酷。这不需要详细描写，就能将客观事物发展的情况毫不费力地描画出来。此外，还有一些以恋爱婚姻为主题的诗，也是用渐层的方法，配合着比兴的运用，来歌唱他们的恋爱是成功还是失恋，还是离婚，例如《关雎》是咏新婚的诗，诗人在第一章肯定地说了"窈窕淑女，君子好逑"以后，第二章用"参差荇菜，左右流之"，流，依牟庭的解释是捞的意思，来比喻下文的"求"。捞不一定捞着，求也可以"求之不得"。第四章说"参差荇菜，左右采之"，表示已经采得，所以可以比喻下文的"琴瑟友之"。第五章的"参差荇菜，左右'芼'之"，这芼字是当依韩诗作"覒"讲，覒是仔细端详的意思(如今山西话说"覒一覒去"，湖北话说去瞄一瞄)，这是已经采得了更仔细地去看的意思，所以比喻的下文是"钟鼓乐之"。这是恋爱成功，所以结婚，所以编个歌儿来贺新婚。《摽有梅》是少女打下落梅时想象寻求对象的歌。第一章说"打落所有梅子，打落了的是那果实的十分之七"。比喻着寻她们的对象还可以等待一个吉日子。第二章说的是打落了的是那果实的十分之三，那末，寻她们的女婿只有更快些，只好就在现在这个时间。第三章说打落了所有的梅子，可以拿一个破筐子抬起它来。时间更急了，那末，寻他们的对象，就只有赶上那个说说就行的。这在比兴和正文上也与《关雎》一意，都是用渐层法来写出客观事物的发展的。失恋的诗，《江有汜》《终风》都是这样，"汜"是"水决复入"，比喻着女的可能后悔，回心转意，"渚"是水有歧流，比喻着女的真有变心，居然安处。"沱"是水成支流，比喻着女的再不来往，只好悲歌。《终风》在二三章的比喻还只是阴霾的天气，还有天气明朗的希望，最后说到"曀曀其阴，虺虺其雷"，不惟阴天而且有雷，这是绝无希望了。所以只有想起来就伤心。渐层的写法也只是由于重沓叠奏换上一些互相补充的类似而又不是相同的字样而来，不过渐层的方法更能描写客观事物的发展，这是不同于简单重叠的地方。

(三) 比拟的摹绘

《诗经》的诗，从表现方法来看，是最善于利用形象来表现诗中思想感情的。比拟的运用，正是利用形象来表现的主要方法之一，刘勰在《文心雕龙·比兴》篇说："夫比之为义，取类不常，或喻于声，或方于貌，或拟于心，或譬于事。"比拟是没有一定的，可以从声音相貌来刻绘，也可以从一般事物上来描写，但是主要的是要比拟得确切、生动。《诗经》中比拟的确切是多不胜举的，例如拿硕鼠来比喻剥削阶级的贪而畏人，拿鸱鸮来比喻统治阶级的凶狠恶毒，拿狐乌（《邶风·北风》）来表示"豺狼当道，安问狐狸？"拿虺蜴（《小雅·正月》）来比喻一般官吏行凶作恶。这样的譬喻，既是非常恰当，又把这些为恶的人们，深刻地形象化。使读者更加深对他们的憎恶，至于《汝坟》篇说"未见君子，惄如调饥"，拿早起的饥饿来比喻渴盼，《柏舟》篇说"我心匪席，不可卷也"，拿不可席卷来表示意志坚决。又如：形容内心的难受，说"心之忧矣，如匪澣衣"；形容播弄是非的人说"巧言如簧，颜之厚矣"（《小雅·巧言》）。拿鹊巢鸠居形容女子出嫁，拿"草虫""阜螽"，形容夫唱妇随。这些比拟，都是十分妥贴，十分恰当。刻画美人形象的如《桃夭》说"桃之夭夭，灼灼其华"，拿桃花的鲜艳，比少女的颜色，尤其可以说是善于譬喻，尤其用上"灼灼"两字，仿佛照眼方明。姚际恒说：这诗"开千古词赋咏美人之祖"。这不是过当的称誉。《齐风·东方之日》也是用日月来比喻女子的颜色的。马瑞辰在《毛诗传笺通释》上说，"古者喻人颜色之美，多取譬喻日月，《诗》'月出皎兮'传，'喻妇人有美白皙也'。宋玉《神女赋》：'其始出也，耀乎若白日初出照屋梁；其少进也，皎若明月舒其光。'义本此"。《诗经》所用的比拟的确切，确是多到不胜枚举的。

我们从修辞学的修辞格的角度来看《诗经》所用的比拟的方法，在譬喻方面，有(1)明喻，例如许多用"如"的比拟。有(2)隐喻，一些不用"如"的比拟，例如朱熹《集传》在《汉广》篇说的"乔木为兴，江汉为比"。有(3)类喻，例如"我心匪石，不可转也。我心匪席，不可卷也"。有(4)博喻，例如《小雅·天保》的"如山如阜，如冈如陵，如川之方至，以莫不增"。"如日之升，如月之恒，如南山之寿，不骞不崩，如松柏之茂，无不尔或承。"有(5)对喻，依陈骙《文则取喻之法》所说的原则，是"先比后证，上下相符"。《诗经》所用以比拟兴起的多属于这一类。有(6)详喻，依陈骙所说的原则是用许多句来作比喻，这在《诗经》，以一章或一篇作比的，属于这一类。这些，我们可见当时的诗人，人民的歌手是善于用比拟的方法来形象化一些事物。还有，值得我们注意的是：在拟托方面，有的是拟人法，例如《鸱鸮》一诗，是用小鸟比作人，将人民的困苦——叙述出来，用鸱鸮比作统治阶级，将他们为恶的情况描画出来。这是很明显的："鸱鸮鸱鸮，既取我子，无毁我室"，是统治阶级的罪行。"予羽谯谯，予尾翛翛，予室翘翘，风雨所漂摇，予维音哓哓"，这是用小鸟的痛苦来比况人民所感受的苦痛。有的是拟物法，《螽斯》的"螽斯羽，诜诜兮，宜尔子孙振振兮"是将人比作物(《周南》的"麟之趾，振振公子，于嗟麟兮!"直接赞叹麟也是如此)，但我们看《硕鼠》一篇，通篇是好像是对硕鼠的控诉，这尤其是显明的拟物的一证。至于《相鼠》的"相鼠有皮，人而无仪"那是在比拟中更作一番的比较。可以说是"较物"。

《诗经》的比拟，不仅是在每一章的开始，也有用在中间作起兴或作承上启下的转折句子的。《氓》篇的"桑之落矣，其黄而陨，自我徂尔，三岁食贫。淇水汤汤，渐车帷裳，女也不爽，士贰其行"，淇水二句是一个转折点。《诗经》的比拟，有的也用在一篇的首章，例如《行露》的"厌浥行露，岂不夙夜？谓（畏）行多露"，比喻着不敢冒犯危难。有的用在篇中的全章，如《谷风》的第四章"就其深矣，方之舟之。就其浅矣，泳之游之"，比喻着女方的有才德，承上文，启下文。有的是篇末全章用比作结，例如《大东》的末章，"维南有箕，不可以簸扬。维北有斗，不可挹酒浆"，用来比喻西人的实在无用。

比拟是将所要铺陈的事物形象化的重要手法之一，我们的《诗经》的作者，早在两三千年的诗人，善于各式各样地运用这个手法，这是《诗经》之所以成为我们宝贵的文学遗产，尤其值得我们学习的地方。

（四）形象的刻画

形象的刻画，有的借助于比拟的运用表现出来，有的只须概括的抒写就可以表达出来，这在上面我们所举《七月》等诗已可看出来。在《诗经》中，还有一些是特别的从人物的形象、环境、动态、心理的突出的一面来刻画的。《卫风》的《硕人》和《鄘风》的《君子偕老》都是刻画卫庄姜的美丽的形象的诗。《硕人》是写的卫庄姜作为一个新嫁娘初到卫国来时形象的诗，她的服装，她的美丽，是在这个时间，这个环境，最值得描写的，可以说诗人写的形象，是有代表性的，是有所谓"典型环境中的典型性格"的。这诗在第一章说明她身穿着新婚服装之后，即点清她是"齐侯之子，卫侯之妻，'东宫'之妹，邢侯之姨"，详细地指出她的门第、身份，接着就从她身体的各部分的美丽，一一加以形象化的描写，"手如柔荑，肤如凝脂，领如蝤蛴，齿如瓠犀，螓首蛾眉，巧笑倩兮，美目盼兮"。柔荑、凝脂、蝤蛴、瓠犀分别地刻绘出那是洁白的颜色、柔嫩的实质、肥胖的形状、齐整的模样等等的美丽，再更概括地说是"螓首蛾眉"，好的头面，更最后地写出她那最传神的明眸皓齿，嫣然一笑的模样，可以说是作者是在极力摹绘她的美丽了。第三章说她初到卫国时的车服之盛，最末一章又写到她初到卫时那些郊外的自然情景，和一些陪从的人物。方玉润说这诗"从旁摹写，极意铺陈，无非为此硕人生色，画龙既就，然后点睛，瀹云已成，而月自现"。"从旁摹写，极意铺陈"确是这诗刻画形象的手法。《鄘风》的《君子谐老》是以服装之盛来描写她的美丽，写作的时间应在稍后。第一章"委委佗佗，如山如河"两句拿山河的壮丽，来形容她整个的美丽的性格。第二章又用"胡然而天也？"将她夸成天仙一般。但是主要的是从'玼兮玼兮，其之翟也""瑳兮瑳兮，其之展也"这两句提出她怎样地穿翟衣，穿白衣，怎样的是她当暑的褖衣，怎样的是她的玉瑱和象挮，怎样的是她颜色的皙白，来形容她的美丽。方玉润评此诗说："至其藻采之工，音节之妙，则姚氏际恒谓为'神女感甄之滥觞'。山河天帝，广揽遐观。惊心动魄，传神写意，有非言辞所能释者。"我们还可以说《君子偕老》对于形象的刻画也和《硕人》一样是"从旁摹写，极意铺陈"的。

《硕人》和《君子偕老》形容卫庄姜的美丽是用了许多比拟的词句，装饰的物品，来刻画出她的形象。还有一些诗只是从自然景物，从环境上的描写来烘托出那人物的美丽。《陈风》的《月出》只寥寥"月出皎兮，佼人僚兮，舒窈纠兮，劳心悄兮"几句诗，没有对人物如何刻画，但我们一读此诗，便可以想像出在月色之下"活现出一美人"。"舒窈纠兮"是说她是一切都很美好(舒读为舍，是一切的意思)，所以累得人想起她来心里惦念、动荡、焦急。《秦风》的《蒹葭》也这样，只"蒹葭苍苍，白露为霜，所谓伊人，在水一方。溯洄从之，道阻且长。溯游从之，宛在水中央"几句从自然景物和环境上来看，便觉得那在水中央的是一位颜色洁白志气高超的一位女子，她不是随便可以令人追求的，读起这诗，比较唐人的"荷叶罗裙一色裁，芙蓉向脸两边开，乱入池中看不见，闻歌始觉有人来"，是有异曲同工之妙，而更别饶风致。

在一些恋歌中，有的也是从人物的动态上加以刻画，使得诗中人物活生生的表现出来，如《野有死麕》第一二章写出一个青年男子，携带着白茅扎好了的死鹿去诱这一位情窦初开的少女，那女子却是天真烂漫，洁白如玉的，末章利用女方的口吻刻画那最紧张最突出的一幕说："慢慢地好生点呵？不要动我的佩巾啊，不要惹得狗惊叫啊？"至于究竟怎样，那是没有再刻画的必要的。《静女》诗刻画出一位痴情男子在城角边等待他的情人，当他还看不见她的到来的时候，他急得独自搔首走来走去，刻画出一般男子等待情人所共有的神情，二三两章叙述那女子从郊外归来，送给他一根红色的草管，一些柔嫩的白茅，红管是有光辉灿烂的，柔荑更是美而可爱，又刻绘出这痴情儿爱慕这些物品，正是由于这美人的馈赠。也衬托出他对她的情人的爱慕的心情。这是在一般恋爱中所常见不鲜的。《关雎》写一个男子在恋爱的过程中，"求之不得，寤寐思服，悠哉悠哉，辗转反侧"。《泽陂》写一位女子仿佛失恋似的"寤寐无为，涕泗滂沱""寤寐无为，辗转伏枕"，这已经是后人描写相思的"忘餐废寝舒心害""一万声长吁短叹，五千遍倒枕捶床"的情况。我们古代的诗人，是早已"历历如绘"地将他们刻画了出来。

在妇人想念她的丈夫诗中，如《伯兮》的"自伯之东，首如飞蓬，岂无膏沐？谁适为容"，刻画这女人不理梳妆不施脂粉的懒散心情。"其雨其雨，杲杲出日，愿言思伯，甘心首疾"，比拟出她的渴盼，正如大旱之望云霓，"焉得谖草，言树之背，愿言思伯，使我心痗"，写出她想消愁而愁更愁以至于要求"忘忧"的心情。这诗比李清照"香冷金猊，被翻红浪，起来慵自梳头……休休，这回去也，千万遍阳关也则难留"的词句所描绘的还更深刻。《君子于役》刻画了一个农村妇女在将近黄昏时所见到的一切，衬托出来她睹物思人的情况，"鸡栖于埘，日之夕矣，牛羊下来。君子于役，如之何勿思？"到了黄昏时候了，鸡卧了窝了，牛羊也都下山了，都回来了，但是她的丈夫却不见归来。她的"寻寻觅觅冷冷清清"的心情，也正如图画一般的呈现出来。《秦风·小戎》更用妇人回忆她丈夫临行时情况来加以刻画，第一章主要地描写那戎车的构造与配备。第二章主要地描写马匹的毛色与类别，第三章主要的描写兵器的精良一些情况，形色并绘，琐细毕陈。姚际恒、方玉润都认为这诗"刻画典奥，瑰丽已极，为汉赋所不能及"。但是忘了这诗"方为何期？胡然我念之？"正是描写那妇人在怎样渴盼她的男子。

在二《雅》中《小雅》的《无羊》，是刻画动物形象极好的诗，只"或降于阿，或饮于池，或寝或讹"，就抵一幅图画。《斯干》诗描写新屋落成。第四章说"如跂（企）斯翼，如矢斯棘（急），如鸟斯革（翱），如翚斯飞"，叠用四个比拟的词句，来形容他们房屋的高耸，直立，宽敞，华丽。尤其"如翚斯飞"，这句形容他们的雕檐画栋，正如五采的野雉正在天空中飞舞，这是如何形容得生动确切，维妙维肖。第六章"殖殖其庭，有觉其楹，哙哙其正，哕哕其冥"。说到他们的庭堂，说到他们的楹柱，他们正房和内面的光线，这样各面的刻绘，又给予读者一些深刻的印象。如若《无羊》这诗是有牧歌为底本，《斯干》这样描写建筑情形的诗应是从史诗脱胎而来。《大雅·绵》篇，"乃召司空，乃召司徒，俾立室家，其绳则直，缩版以载，作庙翼翼""捄之陾陾，度之薨薨，筑之登登，削屡冯冯，百堵皆兴，鼛鼓弗胜"，以及建立皋门冢社等等，形容劳动人民在那儿建筑热闹的情形，对于建筑刻绘得是极其细腻的，《斯干》应是受到这些史诗的影响的。小雅的《楚茨》和《宾之初筵》是一些宴饮诗，如《楚茨》的"执爨踖踖，为俎孔硕，或燔或炙，君妇莫莫"，《宾之初筵》的"宾既醉止，载号载呶；乱我笾豆……侧弁之俄"，也刻绘了烹饪时的形象，以及一些醉汉的模样，这些也是很动人的描写。

（五）想象的虚拟

诗人的歌唱，有的是运用他的想像和推测来写出他所想念的事情的。这种想像和推测是本无其事，但是写出来时却像煞有介事，这也是刻画形象的一种手法。如《卷耳》是妇人思行役的诗，在她想起所想念的人，奔波在通到周室的大路上以后，她想像出她丈夫是在路上如何辛苦奔忙。她想到丈夫爬上一些土山，一些高冈，他的人也困了，他的马都乏了，她更想到他会喝上一大杯酒，用的是黄金为饰的大酒杯，或是一个犀牛角样子的大酒杯，为的是不要长久因疲劳而受伤。最后更说到他上了一个石山，他的马累病了，他赶马的人也累病了，她说："这是如何可叹呀！"其实她丈夫在路上的一切只是她想像中创造出来。《魏风》的《陟岵》也是一首用想像写成的诗，这是一个出征军人想念父母所作的诗。他说："登上一个高山，遥望他的父亲，他的父亲正在说他的儿子在外当兵，不得休息，希望他小心一点，不要打了败仗，被人俘虏。"他母亲也正在惦念这样地说，他的哥哥也正在这样地说，希望他"早晚身体都要强壮"。其实这些都是想像所创造出来的。这样的写作方法是虚构、是艺术创造上极重要的手法，但是我们两三千年以前的人民诗人，就会运用着来创造人物形象，表现他的思想。这个优良的传统被杜甫承袭着写出《月夜》一诗，他在长安想念他的妻子，却说："今夜鄜州月，闺中只独看，遥怜小儿女，未解忆长安；香雾云鬟湿，清辉玉臂寒。……"他想像出他妻子在月下独自玩月的形象。王维也运用着，写出《九月九日忆山东兄弟》的诗："独在异乡为异客，每逢佳节倍思亲，遥知兄弟登高处，遍插茱萸少一人。"他在异乡想到他的兄弟九日登高，计算着少了他。方玉润评《卷耳》诗说："下三章皆从对面着笔，思想其劳苦之状，末乃极意摹写，有急管繁弦之意，后世杜甫'今夜鄜州月'一首，脱胎于此。"我想王维的诗更应是脱胎于《陟岵》，《陟岵》虽是一首小诗，其实写得比《卷耳》有好的地方，《卷耳》只是表现的一方面的想念，《陟岵》表现的是双方面的想念，而且思想健康，为《卷耳》所不及。这一点我们不当轻易忽略的。

　　《豳风》的《东山》是一个出征军人在还家时所作的诗，他在归途中想到他家中的荒凉景象，他想到他妻子是正准备来欢迎他，他更惦念到他在婚后久别的妻子，想到他这次还家与他妻子再相见的情况。但是最难得的是这诗每章都对他想像的事物刻画得极其细致，极其动人。第二章说："果赢之实，亦施于宇，伊威在室，蟏蛸在户，町疃鹿场，熠燿宵行。"他想像到了他那室内外荒凉情况一些细节。第三章说："鹳鸣于垤，妇叹于室，洒扫穹窒，我征聿至，有敦（堆）瓜苦，烝在栗薪，自我不见，于今三年。"他想像到他的家人在叹念，在洒扫，盼望着他归来，他又想到他曾经见过的一堆瓜苦，长久放在栗薪上，也没有见到已经三年，这一些琐细的情节。末章说："之子于归，皇驳其马，亲结其缡，九十其仪。"他回忆到他在新婚的时候，他的新妇是如何由他母亲系上蔽膝（围裙），那样隆重繁多的仪式。这诗是其善于对他所想像的情景加以精细的刻画。这样的诗，在《诗经》中是不可多得的诗篇，也是我们历来所不可多得的诗篇。

《卫风》的《泉水》《竹竿》是许穆公夫人的作品，她不能还家而想到还家，在《泉水》篇一则说："出宿于沛，饮饯于祢。"再则说："出宿于干，饮饯于言"，说到"载脂载牵，旋车言迈"，仿佛她是真的出发了，但从篇末的"驾言出游，以写我忧"看来，她并没有真的回去。她想像得煞像有介事。《竹竿》篇也如此，一则说"籊籊竹竿，以钓于淇"，再则说"淇水潢潢，桧楫松舟"，三则谎"巧笑之瑳，佩玉之傩"。她想到她在淇水中荡舟钓游，她听见了她的诸姑姊妹的笑语声，行路声，佩玉声，但是这些都是她的想像，这样的写作法在后来诗词中还是很少见的。由她的作品我们更可以看出当时封建贵族女子所受的束缚，她们的行动不能自由，所以只有托之想像。

（六）生动的描写

《诗经》中有许多描写人物形象动态的诗，在前面我们所举的如《还》《野有死麕》《静女》等篇都可以看出所写的人物情景十分生动活泼。我们还可以从以下一些诗来看诗人借助对话的手法，心情的描绘，很生动地描写出诗中的人物动态。

《卫风》的《北风》，在每章最后都用"其虚其邪，既亟只且"，这实在仿佛是这一对男女，他们要逃出那黑暗的环境，所以一个说"慢慢地慢慢地"，而另一个说"已经急了我们只有一走"（既亟只且），这不像一个人口吻，由上面所说的"惠而好我，携手同车"可以看出。所以这一定是一对青年男女的对话。

《郑风》的《溱洧》是描写郑国人民的习俗在三月上巳之日要到溱洧的水边去游春踏青的诗。这诗写出"溱与洧，方涣涣兮，士与女，方秉蕳兮，女曰观乎？士曰既且（古字"既"与"即"通）。且往观乎，洧之外，询訏且乐。维士与女，伊其相谑，赠之以芍药。"女的说"看吗"？男的说"就走"。他们走到溱洧两水的岸边，那儿真的热闹快乐，那些男男女女，他们彼此互相笑谑，彼此互送一些芍药。我们读到这诗，可以看出在他们的节日里，他们是如何的走动，如何的狂欢度过。这诗是能将他们的愉快的心情很生动地描绘出来。

《郑风》的《女曰鸡鸣》是描写一对夫妇情感笃好,他们早晨起来射猎野鸭野雁来当作下酒物的诗,这诗开始也是用对话的笔调写出:"女曰鸡鸣,士曰昧旦,子兴视夜,明星有烂,将翱将翔,弋凫与雁。"二章说:"弋言加之,与子宜之,弋言饮酒,与子偕老,琴瑟在御,莫不静好。"一个说"鸡打鸣了",一个说"天麻亮了"。他们起来看看天色,还有很灿烂的明星,他们要出去游玩想射来一些凫雁。他们射中了一些回来,又做成佳肴来吃,吃着肴还喝着酒,表现他们夫妇感情之笃,是如"琴瑟在御"没有不和调的。在末后一章,更用"知子之来之,杂佩以赠之,知手之顺之,杂佩以赠之,知子之好之,杂佩以报之"概括地作结。我们一读此诗,可以感到这比《浮生六记》的"闲情记趣",只有过之而无不及。这样生动的描写,是能将诗中的神情格外地呈现出来。

《齐风》的《鸡鸣》是讽刺统治阶级荒淫无耻,不肯早起上朝的诗。全篇是用对话的方式写出。女的说"鸡既鸣矣,朝既盈矣",催促男的起来,但男的还贪眠不起,说是:"匪鸡则鸣,苍蝇之声。"第二章又用女方的口吻说:"东方明矣,朝既昌矣。"但是男的仍旧推托着说:"匪东方则明,月出之光。"第三章的开始,换用男方的口吻说:"虫飞薨薨,甘与子同梦。"但是女的说:"会且归矣,无庶予子憎。"这诗写得活像一首男女幽会的诗,他们缠绵流连,贪眠不起,不肯分手。但是这朝字很难以增字解经的讲为"朝气",朝气也不能说出"盈""昌","朝"只可以解为"朝会"。这诗正是描写这一个荒淫无耻的齐君,如齐襄公之流,与人私通。所以诗人用一首像是幽会的诗,写出他的罪恶。这诗是敢于将他们的丑态很生动地活画了出来。

在《诗经》中,还有一些喜情的诗往往也是写得极生动流利的。这如《王风》的"君子阳阳,左执簧,右招我由房。其乐只且!"《郑风》的"野有蔓草,零露溥兮。有美一人,清扬婉兮。邂逅相遇,适我愿兮"。《齐风》的"东方之日兮,彼姝者子,在我室兮,在我室兮,履我即兮"。《魏风》的"十亩之间兮,桑者闲闲兮,行与子还兮"。都是以很愉快的心情写出,所以表现的人物都极生动。我们读《桧风》的《隰有苌楚》,也是这样。这诗和《桃夭》一样,用鲜花来比喻女子颜色之美的。"隰有苌楚,猗傩其枝,夭之沃沃,乐子之无知",表现出这是一个男子与一个女子初见的时候，男的很高兴地知道她还没有知心的朋友。没有许配给人家，所以不觉冲口而出狂欢道"乐子之无知"。如若是如朱熹的解释"不如草木之无知"，那就不会说成"乐"，是应当直接了当地说成"不如子之无知"。

（七）完整的结构

《诗经》的艺术表现，除上述的一些形象的描写手法之外，我们还可以从一些诗的篇章结构来看。《诗经》中的小诗，只有两章或三章的，一般的是用重叠、渐层或是顺序这样的手法将所要叙述的内容铺叙出来。但具有三章的诗篇，有一些是在末章变调。我们试看：《二南》《国风》的三章诗末章变调的《葛覃》《野有死麕》《采蘩》《何彼襛矣》《北风》《静女》《新台》《蝃蝀》《大车》《女曰鸡鸣》《子衿》《鸱鸮》《东方未明》《甫田》《匪风》这些篇。这是在第二章叙述已经达到了顶点，不能再用重叠渐层的方法作结，所以在末章将未尽之意，或最后的一幕特别地用变调写出，如《葛覃》《野有死麕》《子衿》《匪风》，这是一类。有的是将原因点出，如《新台》《蝃蝀》《东方未明》等诗，这是一类。有的则是加强篇中的叙述，如《北风》《大车》《甫田》等诗，这是一类。有的只是概括的叙述，如《女曰鸡鸣》等诗这又是一类。我们分析诗篇这样的写法，可以看到这末章的变调更加强了诗篇的感染力。这是新的一个 A，但也是由于内容决定。"绝笔断章，如乘舟之振楫"，结局是更需要有力量的。相反的，有的三章诗是在第一章写法不同，例如《汉广》《草虫》《行露》《晨风》《宛丘》《东门之枌》《衡门》，这些都在第一章将全篇之意概括的说出。例如《汉广》，主要的意思是"汉有游女，不可求思"；《草虫》主要的意思是用草虫、阜螽来比喻夫妇应当形影不离。这都是将主要的先说出，然后再扩大这些主旨。这好像是一些引言的作法。诗人对于篇章的布置，我们可以看出是煞费经营的。

四章诗在《二南》《国风》中有：《卷耳》《绿衣》《日月》《终风》《凯风》《雄雉》《匏有苦叶》《简兮》《泉水》《硕人》《竹竿》《伯兮》《丰》《南山》《载驰》《候人》《鸤鸠》《下泉》《鸱鸮》《东山》等篇。有的诗如《鸤鸠》《东山》《日月》《终风》是以渐层或顺序的方法来进行的。有的在前二章与后二章句法稍有不同，但也是依着渐层或顺序的方法来进行的。如《凯风》《雄雉》。其余的也多是在末章变调，达到顶点。最显明的例证是《绿衣》《简兮》《终风》《下泉》等篇。更有的一些诗如《匏有苦叶》《旄丘》《泉水》《竹竿》《南山》《载驰》《候人》，我们更觉着这是有起有结，是达到所谓"引论从结论中出"，"启行之辞，逆萌中篇之意，绝笔之言，迫媵前句之旨"的作法。首尾照应，次第分明的布置。试以《匏有苦叶》为例，第一章说"深则厉，浅则揭"，深了要利用那个匏瓜，浅了只须牵起衣裳。表示要看时间地点条件说话。所以末章以"招招舟子，人涉卬否，人涉卬否，卬须我友"作结，如若将这诗解成女子在河边盼望情人，那就第一章与下文不相关，与全诗之意不相连，既不合乎"引论从结论出"，也不合乎开始"第一句，如同在音乐上，全曲的音调都是它给与的"（高尔基《我的创作经验》）这些原则，在民歌中也是没有此例。又如《候人》这诗，如末一章的季女指的第三章"不遂其媾"所遗弃的女子而言，则第三章"不遂其媾"照上文的比兴看来，与第二章"不称其服"是一样的意思。是"无以对答其所得之优遇"的意思，不是婚媾的意思。可见季女是不可以解释成为季女被遗弃。如若勉强这样解释，就与上文不相联系。更与第一章所说的距离太远，我们不当这样的解释来破坏《诗经》的艺术的完整。这"季女斯饥"，如若解为比喻人民受困，才与第一章相应，加强了"三百赤芾"小人当道的意思。

《诗经》中以五章以上组成的诗，我们分析起来也都是合乎诗学"起""中""结"的原则的，例如《关雎》第一章说"窈窕淑女，君子好逑"，肯定了他们是好配偶，所以用"窈窕淑女，钟鼓乐之"作结，结局是结婚了，不只是见而悦之。《邶·柏舟》第一章说："微我无酒，以敖以游"表示她不能毫无忌讳地举杯消愁，所以末章以"静言思之，不能奋飞"作结。《击鼓》第一章说到"土国城漕，我独南行"，表示他特别被派遣远行，所以这诗以"于嗟洵兮，不我信兮！""啊呀！地点好远呀，不能随我的心呀！"作结。《葛生》也是这样，"予美亡此，谁与独处"，是男子已死了，所以说末章"百岁之后，归于其室"。更长的两首六章诗：《谷风》是这样，用"习习谷风，以阴以雨"引起来比拟她的厄运，所以篇末"不念昔者，伊余来塈"说不想想从前，就对我生气（依王引之说），《氓》篇是这样，第一句"氓之蚩蚩"是形容那小伙子嬉笑的样子。在末章说的"言笑晏晏，信誓旦旦"，正是回忆到这嬉笑的情形。引论由结论中出，《诗经》的篇章的构造确是一个完整体。《七月》是八章的诗，朱子已分析说："一章前段言衣之始，后段言食之始，二章至五章终前段之意，六章至八章终后段之意。"在篇章结构上也是"首尾圆合，条贯统序"的。虽然这是叙述衣食的叙事诗，是顺序的，"起""中""结"不必那样的显明。

我们还要指出的就是在五章组成的诗中，有中间的一章——第三章，往往是一篇主要的环节。如《关雎》的第三章"求之不得，寤寐思服，悠哉悠哉，辗转反侧"。这是主要环节，是恋爱常经的过程。《邶·柏舟》的"我心匪石，不可转也，我心匪席，不可卷也，威仪棣棣，不可选（遣）也"是主要的环节，是表明她的意志坚定。但是她不能冲破礼教的网罗。《击鼓》的"爰居爰处，爰丧其马"，写出他的久戍无聊的模样，《葛生》的"角枕粲兮，锦衾烂兮"写出她的睹物思人的心情，这都是主要的环节，然后转到下文。《谷风》第三、四两章写出女方的才德，更说明男子的忘恩负义。《氓》篇的三、四两章写出一般的色衰爱弛，说明男子的"二三其德"。也是主要环节，所以引起结论。诗篇的构造确是很美妙的。

（八）艺术的语言

我们再从《诗经》所用的语言来看，诗经虽然是我们两千年以前的民间诗人的作品，但是在语言的运用上是极其丰富多彩，极其巧妙的。早在《文心雕龙》的《物色篇》已说："诗人感物，联类不穷。流连万象之际，沈吟视听之区。写气图貌，既随物以宛转；属采附声，亦与心而徘徊。故'灼灼'状桃花之鲜，'依依'尽杨柳之貌；'杲杲'为出日之容，'漉漉'拟雨雪之状；'喈喈'逐黄鸟之声，'喓喓'学草虫之韵。'皎日''嘒星'，一言穷理；'参差''沃若'，两字穷形。并以少总多，情貌无遗矣。"我们从修辞学的修辞格的角度来看，《诗经》的修辞有：

（1）引用　有的引言，如《大雅·板》："先民有言，'询于刍荛'"；有的用事，如《大雅·荡》："殷鉴不远，在夏后之世"。

（2）比喻　有明喻，有隐喻，有类喻，有博喻，有详喻(例已见前(三)比拟的摹绘)。

（3）拟托　有拟人，有拟物(例已见前(三)比拟的摹绘)。

（4）摹绘　有摹形，如："肃肃兔罝"(《兔罝》)，"籊籊竹竿"(《竹竿》)；有摹状，如："容兮遂兮，垂带悸兮"(《芄兰》)；有绘声，如："喓喓草虫"(《草虫》)，"交交黄鸟"(《黄鸟》)，"间关车之辖兮"(《小雅·车辖》)。

（5）详密　有辨言，如："岂敢爱之，畏我父母"(《将仲子》)，"匪我愆期，子无良媒"(《氓》)；有拨言，如："匪报也，永以为好也"(《木瓜》)；有助语，如："日居月诸"(《邶·柏舟》)；有增字，如："玉之瑱也，象之揥也，扬且之晢也"(《君子偕老》)。

（6）借代　如："乘彼垝垣，以望复关，不见复关，泣涕涟涟"(《氓》)；"缟衣茹藘，聊可与娱"(《出其东门》)。

（7）省略　如："硕人其颀，衣锦褧衣"(《硕人》)，"良马五之""良马六之"(《干旄》)，"一之日觱发，二之日栗烈"(《七月》)。

（8）曲折　有反言，如："好人提提，宛然左辟"(《葛屦》)；有稀薄，如："舒而脱脱兮，无感我帨兮，无使尨也吠"(《野有死麕》)。

（9）双关　有借音双关："琐兮尾兮，鹬鹕(流离)之子"(《旄丘》)，"交交黄鸟止于桑(伤)"(《黄鸟》)；有借义双关，如："岂其食鱼，必河之鲤?"(《卫门》)

（10）层递　有渐层，如：《苯苢》等篇；有连环，如："介尔昭明；昭明有融；……摄以威仪……威仪孔时"(《大雅·既醉》)。

（11）对偶　如："觏闵既多，受侮不少"(《邶·柏舟》)，"出自幽谷，迁于乔木"(《小雅·伐木》)。

（12）对照　如："彼候人兮，荷戈与祋，彼其之子，三百赤芾"(《候人》)，"东人之子，职劳不来，西人之子，粲粲衣服"(《大东》)。

（13）列叙　如："齐侯之子，卫侯之妻，东宫之妹，邢侯之姨"

（《硕人》），"尔羊来思，其角濈濈，尔牛来思，其耳湿湿"（《无羊》）。

（14）复叠 有重言，如："喓喓草虫"（《草虫》），"杨柳依依"（《小雅·出车》）；有叠句，如："终远兄弟，谓他人父，谓他人父，亦莫我顾"（《葛藟》）；有类字，如：《北山》叠用十二"或"字，生民叠用十"实"字。

（15）问对 有问答，如："女曰观乎？士曰既且"（《溱洧》）；有设疑，如："方何为期？胡然我念之？"（《小戎》）

（16）夸饰 如："叔于田，巷居无人"（《叔于田》）"维此奄息，百夫之特……如可赎兮，人百其身"（《黄鸟》）。

（17）奇警 有警句，如："鱼网之设，鸿则离之"（《新台》），"睆彼牵牛，不可以服箱"（《大东》），"牂羊坟首，三星在罶"（《小雅·苕之华》）；有愤激，如："人之无良，我以为君"（《鹑之奔奔》），"彼人是哉，子曰何其？"（《园有桃》）"不狩不猎，胡瞻尔庭有悬貆兮？"（《伐檀》）

（18）咏叹 有顿呼，如："母也天只！不谅人只！"（《鄘·柏舟》）"吁嗟鸠兮，无食桑葚"（《氓》），"于！我乎！夏屋渠渠"（《权舆》）；有咏叹，如："已焉哉，天实为之，谓之何哉？"（《北门》）"哿矣富人，哀此茕独"（《正月》）。

（19）垫拽 有抑扬，如："仲可怀也，父母之言，亦可畏也"（《将仲子》），"巷居无人。岂无居人，不如叔也，洵美且仁"（《叔于田》）；有错综："维南有箕，不可以簸扬；维北有斗，不可以挹酒浆。维南有箕，载翕其舌；维北有斗，西柄之揭"（《大东》）；有进退："子惠思我，褰裳涉溱；子不我思，岂无他人？"（《褰裳》）

（20）变换 有倒装，如："无庶予子憎"（《鸡鸣》），"叔兮伯兮，倡予和女"（《萚兮》）；有转品，如："螓首蛾眉"；有断续，如："及尔偕老，老使我怨，淇则有岸，隰则有泮，总角之宴，言笑晏晏，信誓旦旦"（《氓》）。

以上所举在表面上看来，大纲目虽只二十个格，实可以细分为三十多个格，这还只仅仅举了一些显著的，比较易于举出的，可以列举的还有，还可以用一篇专文来研究。但我们仅就这三十多个格来看已可以明白古代的诗人，民间的诗人是如何地善于艺术地运用语言，使得我们现在读到如双关连环诸例既是十分巧妙，而在一些奇警的句子，如"鱼网之设，鸿则离之""牂羊坟首，三星在罶；人可以食，鲜可以饱"。是如何善于利用想像联想。另外，一些比兴，如以"鹳鸣于垤"，引起"妇叹于室"，以"维鹈在梁，不濡其咮"，比喻小人只居高位而不工作，不能对答他的优遇。他们又是如何善于观察事物，所以能创造出来一些具有鲜明的具体性和表现力的美妙的词句，描摹出来各种各样的人物，有着迷人的美，动人的力量。高尔基说："接近民间语言吧，寻求朴素简洁健康的力量，这力量用两三个字就造成一个形象"。《诗经》在艺术方面的表现有很多的地方是值得我们好好学习的。

我们从上面概括的抒写，层叠的铺叙，比拟的摹绘等等，来看《诗经》的艺术表现，我们是很可以看出《诗经》的表现手法已经达到极高度的艺术成就。当然，这里面的诗歌，在一首诗中所用的手法，并不局限在某一方面而是多种多样的。正如旧说，一篇之中，可以有赋有比有兴。也正如"在每个真正的艺术形象里，在每部著名文学里都有着概括和个性化"一样，《诗经》的诗篇在艺术表现上是不应当孤立从某一点来看的。还有，《诗经》的一些被人称诵的名句，如《小雅·采薇》的"昔我往矣，杨柳依依，今我来思，雨雪霏霏"（谢玄说，见《世说新语》卷二）；《郑风·鸡鸣》的"风雨如晦，鸡鸣不已，既见君子，云胡不喜"（王国维说，见其所著《人间词话》）。这还需要结合着诗篇的思想感情来看，不能专从手法上来说。又如魏伯子曾推重的《邶风》"泾以渭浊"，说是"四字精简极矣，却不费解"。这些地方，我们还待提出一些诗篇来详细研究，还不是本文所能详说的。在本篇中，仅仅提出一个大致的轮廓，《诗经》是我们中国的一部优秀文学遗产，在艺术表现上有高度的成就，我们是很容易看出来的。

（载《诗经六论》，商务印书馆 1957 年版）

【评　介】

张西堂（1901—1960），本名张正，字西堂。祖籍湖北汉川，生于湖北武昌。早年考入北京清华学堂，因病辍学。1919 年复考入山西大学国文科。在校期间即开始学术研究，主攻群经诸子之学。1920年发表的学术论文《评胡适的〈中国哲学史大纲〉》，观点鲜明，材料翔实，指出了《中国哲学史大纲》的不少史料及观点错误，在校内外引起轰动。1923 年大学毕业后，先后在太原三晋高级中学、新民中学、斌业中学任教。1926 年秋到北京，先后任教于孔教大学、河北大学、中国大学、国立北平女子师范学院。1937 年 7 月，卢沟桥事变爆发，张西堂辗转到广西梧州，任广东襄勤大学教授，后又到贵阳任贵州大学中文系教授兼系主任，并曾一度在四川江津国立编译馆工作。1944 年 8 月，张西堂应高亨之邀，来到陕西省城固县国立西北大学文学院中文系任教，并曾一度兼任文学院院长和中文系主任。从此，落脚于陕西，后在西北大学工作，直到 1960 年 2 月 10 日病逝于西安。著有《尚书引论》《诗经六论》《诗三百篇研究》《春秋六论》等著作十余部。

《诗经六论》收录了张西堂 20 世纪 30 年代写的四篇讲稿，后来加上 50 年代新写的两篇，再经修订，合称"六论"，1957 年由商务印书馆出版。六篇论文涉及的问题及主要观点如下：

（一）《〈诗经〉是中国古代的乐歌总集》认为，《诗经》是中国秦汉以前的乐府，正如汉乐府一样，《诗经》中的诗歌，绝大部分是来自各地方的民歌。他从《诗经》产生的社会基础和与生产劳动的关系，说明其起源于生产劳动。对于"《诗经》所录全是乐歌"之说，张西堂先引《史记·孔子世家》、郑樵《通志·乐略》、范家相《诗浦》等，以证诗乐本来是不分的，《诗经》所录全为乐歌。又举古代文献十种，包括《墨子·公孟》《荀子·劝学》《仪礼·乡饮酒礼》等的论述，说明无论"二南"或"风""雅""颂"，在古代都是入乐的。在文献考辨的基础上，经过层层论证，得出了"《诗经》是中国古代的乐歌总集"的结论。"乐歌总集"说是对"歌谣总集""诗歌总集"等概念的修正，对揭示《诗》的形态有重要的意义。

（二）《〈诗经〉的思想内容》把《诗经》的诗篇按其内容分为"关于劳动生产的诗歌""关于恋爱婚姻的诗歌""关于政治讽刺的诗歌""史诗及其他杂诗"四大类。这个划分大体上符合《诗经》实际，但忽略了雅、颂中的祭祀、宴饮诗篇。张西堂分析《诗经》的思想内容，其理论依据是"艺术是属于人民的，它的最深的根源，应该出自广大群众的最底层"。所以他把研究重点放在了具有民间性的《风》诗和二《雅》上，其研究的思路和立论基础即是人民性和阶级性。比如认为《七月》"最具有坚强的人民性"，而像《良耜》这样的诗，就思想实质来说，是没有什么人民性的，因为《良耜》《载芟》是歌颂"统治阶级丰收"的。在分析政治讽刺诗时，张西堂还注意到《风》诗是来自劳动人民的最底层的，和二《雅》相比较，他特别注意到"作者的阶级本身是不同的"。张西堂此篇论文作于 20 世纪 50 年代，受时代的影响，他在分析时贴了一些人民性和阶级性的标签，但他对诗的分析大多数还是实事求是而有说服力的。

（三）《〈诗经〉的艺术表现》除从传统的赋比兴角度论述《诗经》艺术表现方法外，还表现出运用新的文学理论，尤其是苏联文学理论分析中国诗歌的尝试。此文中归纳《诗经》所表现的艺术方法，归结为：概括的抒写、层叠的铺叙、比拟的摹绘、形象的刻画、想象的虚拟、生动的描写、完整的结构、艺术的语言等八项。对于这八项的艺术表现，张西堂在每一项中都举相应的诗篇实例来加以阐释。在"层叠的铺叙"这一项中，他特别举出"渐层"的方法，其实也就是层递的方法。在"比拟的摹绘"这项中，他从修辞格的角度把《诗经》的比拟细分为明喻、隐喻、类喻、博喻、对喻、详喻六种。在"形象的刻画"这项中，他分析了《硕人》中卫庄姜的形象，认为写出了"典型环境中的典型性格"，这也是他运用新的文艺理论的一个尝试。在"艺术的语言"这项中，张西堂从修辞学的角度举出了引用、比喻、拟记、摹绘、详密、借代等二十个格，并认为如再细分，甚至可以分为三十几个格，每一种都有例句。正是经过对这二三十个修辞格的条分缕析，才可见出"《诗经》的表现手法已经达到极高的艺术成就"。对于《诗经》的艺术表现手法，旧说的确多注重赋、比、兴，张西堂从修辞学、典型形象、思维和结构特点等角度进行分析，这在 20 世纪 50 年代尚不多见，但真正是一种新方法的运用了，的确难能可贵。

（四）《〈诗经〉的编订》这篇论文，主要探讨采诗和删诗的问题。张西堂认为采诗并无定制，传统所谓采诗制度不可信，然而搜集诗歌的人一定存在，这就是当时的太师。张西堂否定"孔子删诗"说，认为"在孔子时，它在合乐演奏的过程中就已经编订流传，不是孔子编订的"。这些看法都有一定道理。

（五）在《〈诗经〉的体制》中，张西堂主要讨论"二南"和"风""雅""颂"的定义和区别。他认为"南"应从《风》诗中分出来。四诗应该是：南、风、雅、颂。张氏指出："严格地要以南、风、雅、颂这四诗的区分是从乐器或声调来区分，我们以《诗》三百篇证《诗》三百篇，可以看出这种意见是绝对正确。"张西堂列举了六种前人对于"南"的解释，一一甄别之后，认定"南是一种曲调，是由于歌唱之时，伴奏的是一种形状像'南'而现在读如铃的那样的乐器而得名，南是南方之乐，是一种唱的诗，其主要的得名的原因只是由于'南'是一种乐器"。他将"二南"与其他十三国风分开来，取《诗经》本身的例证和郭沫若的考证，说明雅、南均属于乐器。这的确给我们以很大的启发。

关于"风"，张西堂一一分析列举了从汉代的《毛诗序》到现代的顾颉刚以来的十二种说法，提出了"风为声调"说。这个说法，为后来的大多数学者所认同，关于"雅"的内涵，张西堂举了旧说七种而赞同章炳麟的说法，认为雅也是一种乐器。大、小雅的分别，非政之有大、小，同样当以音别。关于"颂"，张西堂引了旧说四种而基本赞同王国维的意见，即认为颂之声较风、雅为缓。但张西堂认为王国维的观点也有不全面的地方，即忽略了颂与乐器的关系，他认为"颂的得名，应当也如南、雅一样，是由于乐器。这个乐器应当是'镛'，就是所谓的大钟"。他还举出四个理由来说明"颂"即"钟"。这样得出的结论是，"四诗"都是因音乐而得名，其体制就是"以音乐为诗的形式"。张西堂对《诗经》"四诗"体制的研究，紧紧扣住音乐，应该说其基本的立足点是正确的。

（六）《关于毛诗序的一些问题》一文，批评《毛诗序》揭示诗旨的各种谬说，举出《序》《传》违异之例十四处；征引了详细的资料来证明《毛诗序》中一些具体之失实。此文对于《毛诗序》的批驳，继承了朱熹《诗集传》等著作的观点，同时也有自己的看法，是相当有力的。虽然今天重新审视他对《毛诗序》的批驳，有些问题还有待商榷，但张西堂对《毛诗序》有关问题的梳理论述，无疑对我们仍有许多启发。

综观张西堂先生的《诗经》研究，其研究方法有两条最为突出：一是罗列比较法；二是以诗证诗法。这在第一篇、第四篇、第五篇、第六篇中特别显著。张西堂先生的这种方法，既体现了传统诗学研究具备的朴学和严谨扎实的学风，同时也有明确地借鉴苏联文学理论的意识。这一点很值得现在的学人借鉴。

《诗经六论》一书流传甚广，影响甚大。是 20 世纪五六十年代《诗经》研究方面影响较大的理论著作之一，也是 20 世纪 80 年代研习《诗经》的必读书目。其主要贡献是梳理了《诗经》学研究有关问题的历代争论，如《诗经》是中国古代的乐歌总集、"四诗"体制性质、孔子删诗等，经过梳理论证，提出自己的看法，为进一步研究打下了基础。另外值得注意的是，他有意识地用马克思主义文艺理论和方法来分析《诗经》作品，这是难能可贵的。这使得《诗经》学在由传统向现代转型的过程中又有了新的发展，其中特别值得称道的是张氏对《诗经》的思想内容的新阐释。但也可以看出，张氏使用新理论还比较生硬，用这样的理论来诠释诗篇主题，有时并不贴切。但是如果站在作者所处的时代来看，张西堂的研究成果是有积极的开创意义的，有些结论，现在也仍然有价值。

张西堂《诗经》学论著：

张西堂著，《诗经六论》，上海商务印书馆 1957 年版。

论徐光启的《诗经》研究(存目)

程俊英

【评　介】

　　程俊英(1901—1993)，福建福州人。著名的古典文学研究专家、作家、中国第一代女教授。其父程树德系前清翰林，曾留学日本。1917年，程俊英以同等学力考入北京女子高等师范学校国文专修科。在校期间，曾受过当时著名的教授胡适、刘师培、黄侃等人的教诲，因此思想上受到新思潮的影响，学术上也得到了严格的训练。1922年毕业后，留任校刊编辑。1926年，担任北京女子师范大学国文教师。1929年，应上海暨南大学聘，担任国文教师，抗日战争爆发，暨大内迁，程俊英转至私立培成女校任教。抗战胜利后，任大夏大学教授兼中文系主任。1951年，全国高校院系调整，任华东师范大学教授、中文系副主任。1978年，任华东师范大学古籍研究所副所长。以后十年，是程俊英学术研究的高潮时期，她整理旧作，先后撰写出版的专著有《诗经漫话》《诗经译注》《诗经选译》《诗经注析》(后二种与蒋见元合作)。发表的论文有《诗经的比兴》、《略谈诗经兴的发展》、《诗经的复迭》、《论徐光启的〈诗经〉研究》、《诗经研究史鸟瞰》(与蒋见元合作)等二十余篇。主持编纂了《诗经赏析集》。在古籍整理方面，她参加标校了李焘的《续资治通鉴长编》。她还同蒋见元一起，点校了刘宝楠《论语正义》、陈奂《诗毛氏传疏》、程树德《论语集释》三种古籍。

　　程俊英工诗词，风格典雅清丽。其中国古典文学的造诣很深，尤精于先秦文学，是国内著名的《诗经》专家。程俊英的《诗经》研究代表作有《诗经译注》和《诗经注析》。

　　《诗经译注》(1985年)是《诗经》的全译本。每首诗包括题解、注释和译文三部分。本书的题解，文字都比较精练、基本上都能够概括诗篇的主题，帮助读者更好地领会原文和译文。注解准确简明，即使某些比较复杂的词语，释义也力求简洁，不搞烦琐考证。本书的主要特色还是在译文上，译文自然流畅，诗意浓郁，形成了自己特有的风格。例如《小雅·斯干》第八章"乃生男子"一节，第九章"乃生女子"一节，都译得非常出色。第八章的译文是："如若生个男孩子，给他睡张小眠床，给他穿衣又穿裳，给他玩玩白玉璋。娃儿哭声真洪亮，将来盛服定辉煌，不是国君便是王。"第九章的译文是："如若生个小姑娘，给她铺席睡地板，一条小被包身上。纺线瓦锤给她玩。慎勿多言要柔顺，料理家务烧烧饭，别给父母添麻烦。"译文格律整齐，朗朗上口，能够达意和传神，表现出两千五六百年以前那种重男轻女的社会习气，使人感触良深。此外，《鄘风·柏舟》《陈风·东门之池》《小雅·小宛》《蓼莪》《巷伯》《大雅·江汉》等，都译得比较成功。她的译文准确达意，译笔流畅，清丽细腻，深受读者欢迎。

几年以后她在学生蒋见元的协助下，在《诗经译注》的基础上又完成了《诗经注析》(1991年)。《诗经注析》显著的特色仍然是从文学的角度来说解诗篇，凸显作品的文学本色。该书不作今译，注释与主题分析并重，颇有特色。

各篇题解所定诗旨，平实贴切，有的饶有新意。如《箨兮》是古代"仲春会男女的集体歌舞曲"，《椒聊》是"赞美妇女多子的诗"，《匪风》是"游子思乡的诗"等。

在解题中所作的艺术分析，有一些相当精彩，如《还》《陟岵》《钟鼓》等篇，都不乏点睛之笔，评介《巷伯》《大东》《宾之初筵》等篇，又均类似精练的鉴赏文章。同时对一些思想艺术上较差的作品，也能实事求是作出评价。如评析《东门之池》说："三章一意，写得很平淡，淡得没有余味，经不得咀嚼。"说《下武》"纯粹歌功颂德，虽然袭用了顶真的修辞手法，但语言枯燥而呆板，毫无形象可言，只能算《诗经》的下品"。像这样按文学标准评论《诗》三百篇中的优劣，其他注本中是没有的。

该书在注释上，只注释疑难字、关键词，说明本义、引申义、假借义。如《卷耳》"'寘彼周行'的'周行'指大路，是本义"；《鹿鸣》

"'示我周行'的'周行'指处事所应遵循的正道"，是引申义。训诂简练明确，不作烦琐考证，让一般读者易于理解接受。

本书题解中的作品分析除富于文采之外，对修辞手法剖析得也很细致。诸如指出《北山》末三章连用六个对比；《雔》篇采用对偶、排比；《鱼藻》的设问自答；《斯干》之多用叠字；《汉广》每章末尾用四句叠韵；《既醉》之用顶真格；《大明》首尾呼应主题等。作者通过细致的分析，指出它们各自的特点。

本书在每一章的注释之后加上"韵读"，基本上依据清人江有诰的《诗经韵读》，标出该章所属韵部及每个押韵字。上古音与今音差异很大的字，在括号中加注直音。标明"韵读"，帮助读者了解某字上古的读音与今音的不同，这是一项很有意义的工作。使读者依之诵读而体会声韵的优美。

该书另一突出的特点是揭示《诗经》对后世文学的影响。如解《草虫》："由于对比能产生强烈的艺术效果，故对后世诗文的影响尤大。李商隐的名篇《夜雨寄北》，在表现手法上即受此诗影响。"又指出欧阳修《生查子》、柳永《戚氏》、周邦彦《过秦楼》、李清照《永遇乐》等手法类此，以见其影响之深远。又如解《鹤鸣》："这种通篇比兴的艺术手法，在《诗经》中虽只有两篇，但对后世的诗坛，影响特别大。"她举屈原《橘颂》、曹植《七步诗》、左思《咏史》、李白《蜀道难》、杜甫《佳人》、李商隐《无题》等名篇佳作为例，指出它们"都是通篇运用比兴，继承《诗经》中《鸱鸮》《鹤鸣》的创作方法，托以寓意，但在具体运用上，又前进发展了一步"。著者肯定《诗经》"风雅比兴"的传统，又坚持文学的进化观点，援证详明，举例繁富，足供治文学史者采掇取资。

本书自始至终用文学观点解诗，用训诂方法释词，用文学史家的眼光探索《诗经》对后代文学的影响，思路新颖，论证严密，文笔优美，繁简适中，注、析俱见功力，是当代众多译注本中的佼佼者，代表了新时期《诗经》的注释水准。

程俊英《诗经》学论著：

程俊英著，《诗经漫话》，上海文艺出版社 1983 年版。

程俊英译著,《诗经译注》, 上海古籍出版社 1985 年版。

程俊英、蒋见元著,《诗经选译》, 巴蜀书社 1988 年版。

程俊英主编,《诗经赏析集》, 巴蜀书社 1989 年版。

程俊英、蒋见元著,《诗经注析》, 中华书局 1991 年版。

程俊英、蒋见元著,《白话诗经》, 岳麓书社 1997 年版。

"二南"研究（存目）

陆侃如

【评 介】

陆侃如（1903—1978），字衍庐，小名雪成，江苏海门人。早年就读于北京高等师范学校、北京大学。1927 年于清华研究院毕业后，即赴上海，任中国公学大学部中文系主任，并在暨南大学、复旦大学兼课。1929 年与冯沅君结婚，1932 年与夫人赴法国留学，双双考入巴黎大学文学院博士班，1935 年又共同获文学博士学位，同年回国，先后任燕京大学、国立中山大学师范学院、东北大学等校中文系主任。1947 年后历任山东大学图书馆馆长、《文史哲》编委会副主任、校务委员会副主任、副校长等职。陆侃如早年专治《楚辞》，二十岁即出版《屈原》一书，主要著述有《中古文学系年》《楚辞选》《刘勰论创作》《文心雕龙译注》《乐府古辞考》《宋玉评传》及《陆侃如古典文学论文集》等。

陆侃如《诗经》研究成果主要收在《中国诗史》和《陆侃如古典文学论文集》两书中。《中国诗史》被视为二十世纪经典学术著作之一。陆侃如、冯沅君着手撰写《中国诗史》之前，我国已经出版的中国文学史约有二十余种，国外出版的也有多种。对于已经出版的多种文学史，陆侃如都不满意。他在 1927 年发表的《古代诗史·自序》一文中说："我国文学至少有三千年的历史，然迄无一本差强人意的文学史——也有移译外人所著来充数的，也有杂抄文论诗话来凑成的。书的内容更是可笑……""我忍不住要来尝试一尝试……所以我现在先做《诗史》，做成后再扩充做全部文学史。"陆氏不认可当时通行的文学史，因而立志撰写有学术分量的文学史，《中国诗史》是其文学史撰构计划的第一步。

陆氏将《中国诗史》分为《导论》《古代诗史》《中代诗史》《近代诗史》及《附论》五部分，另有《序列》一篇。其中《导论》与《古代诗史》为陆侃如 1925—1927 年在北京读书时所写，《中代诗史》为陆氏 1927—1930 年在上海教书时所写，《附论》亦由陆氏所写。此书《近代诗史》则由冯沅君在上海讲词曲时所写。此书 1931 年由上海大江书铺出版，流传广、影响大，民国时期出版的同类著作均无法与之相比。

该书在取材方面所采用的原则之一即"人弃我取"，陆侃如说："有许多材料，为一般文学史家所认为不重要或认为非诗的，我们却认为是诗史的主要材料。我们的意思是想扩大'诗'的领土。从前所谓'诗'，是专指五七言的古近体而言。我们所谓诗，是指古往今来一切韵文而言。前人选诗的或论诗的，不但把《诗经》《楚辞》除外，并且把乐府也驱出。"所谓"取"，就是取"古往今来一切韵文"，既包括先秦的《诗经》《楚辞》，又含明清小曲与近代歌谣，这是一种突破。该书卷一《古代诗史》中"萌芽时代""诗经时代""楚辞时代"三章也刚好弥补了胡适的《白话文学史》不从《诗经》写起的缺陷。

《中国诗史》的《诗经》部分，作者在检验传统论说的基础上，吸取民初以来章太炎、梁启超、王国维等国学大师的新说，又参取二十世纪二十年代胡适、"古史辨派"学者的研究成果，对《诗经》的来源、体制、诗序、时代、地域、六义、四始等《诗经》学基本问题，作了比较全面的、概括性的解说，并提出许多新见解。如对《诗经》的诗体分类问题，陆侃如主张完全抛开《诗序》，提倡以音乐为主要标准进行划分。他还认为采诗、删诗不可信，《诗经》是"民间男女所歌、公卿列士所献，而经鲁国师工谱为乐章的总集"；认为六义、四始不可信，将"二南"之"南"视作与"风""雅""颂"并列的诗体，提出"二南独立"说，并推许"南"为四体中艺术最成熟的一体。主张国风其实仅有"十一国风"，认为《邶风》《鄘风》有目无诗，此二类应归为《卫风》；认为《商颂》是宋国的诗，作于西周末年至春秋初期，约公元前800—前 650 年间，五篇诗应分两期，前三篇较早，后两篇较迟。这些观点或涉及《诗经》作品来源分体，或涉及《诗经》编辑和断代等，即便在今天看来也有较大的启发意义。

其次，为了揭示作品丰富的内涵，《中国诗史》运用了如社会学、心理学、比较文学和语言学等研究方法，从不同视角剖析《诗经》作品的主题。

陆氏运用心理分析方法认为《摽有梅》"是描写一个待嫁女子的心理。她很迫切地要求恋人来娶她，越早越好。首章说：'求我庶士，迨及吉兮。'这尚有择日之意。次章说：'求我庶士，迨其今兮。'这便不用择日。而末章说：'求我庶士，迨其谓之。'她简直想亲自去催促了"。这样从女主人公心理的视角来分析，颇能体察诗文的原义。

文学是语言艺术，诗歌的语言更是具有自己的特质。这些特质常常通过诗人对字词、句法、句调、对偶、节奏、韵律等形式的综合运用而表现出来。陆氏在分析《诗经》作品时常常能由此入手，如分析《七月》"五月斯螽动股"六句说："我们只看句首的数字，似乎太规则，然而下半句却用'震''动''入'等字，还有三个'在'字，这几句诗便也'震动'起来。"又分析《中谷有蓷》，说这首诗"是一大悲剧。我们读了似乎听得一片女子的哭声：'有女仳离，条其歗矣。条其歗矣，遇之人不淑矣。'遇人不淑，古今同慨，此诗音调至为凄怆。全篇用'矣'字助词，颇有深意。'矣'表示完成，表示过去，意思是说这事到了生米煮成熟饭的时候了，无可挽回了"。由一个语气词"矣"的用法说起，体察诗人之意，可谓别开生面。又如他分析《北山》末章说："这里接连用十二个或字，来讥讽不均之事，再痛快没有的了。这种体裁，后人竟不敢用。"近些年西方汉学家如高友工等用此法分析唐诗，世人皆以为新颖，实则陆侃如先生早已有这方面的尝试。

字的声韵的协调和变化是构成诗歌语言美的重要因素。陆侃如在解析诗歌时，注意了这一点。如"十一国风"一章分析《月出》时说："此诗全篇中如首章之'皎''俊''僚''窈''纠''劳''悄'，次章之'皓''佼''懰''慢''受''劳''慅'及三章之'照''佼''燎''夭''惨（懆）'等二十余字都有声韵上的关系，使我们读了不期然地感到一种忧愁幽郁的不能自抑的烦闷。"衡诸通行的诗歌史，一般对诗歌的内容比较关注，但对诗歌的字词、韵律、句法等，则往往因著述者的学养所限而很少涉及，或有所忽视。《中国诗史》注意了这方面，而且有些分析相当精细。这不只弥补了过去诗史的欠缺，同时也是我们今天应当重视的一个问题。

《中国诗史》中论《诗》的许多重要观点，至今仍为不少学者所首肯和称引。如关于中国史诗问题的看法即是。在该书出版之前，主流观点认为，中国古代没有史诗，而陆先生不同意上述看法，认为中国古代有史诗。他在《中国诗史》中论述《诗经·大雅》时，特别标举"周之史诗"。这一观点被后来多位学者所认同。如汪涌豪、骆玉明主编《中国诗学》第1卷论到《诗经》时称"雄浑昂扬的周族史诗"，显然是承继陆、冯的看法。韩高年《礼俗仪式与先秦诗歌演变》一书则在继承"周代史诗"这一概念的前提下指出，从彝族、苗族等边疆地区民族口传史诗的大量存在这一事实出发，可以推知《诗经》史诗存在是不容置疑的。《诗经》史诗的简约文本是口传史诗被书面化后的"简本"形态。

二十世纪二三十年代我国才出现系统的诗歌史。如果从《中国诗史》的《导论》和《古代诗史》算起，应当说《中国诗史》是我国第一部诗歌史，具有开创性的学术地位，在多方面做出了贡献，出版后深受学术界推崇。鲁迅在1933年《致曹靖华》的书信中推荐"可看"的五种文学史，就有《中国诗史》。该书问世后，相继出版的诸多文学史均参考了此书。其中的"诗经"部分，是二十世纪三十年代以来有广泛影响的《诗经》综论，较以前的概论著作有很大的进步。本书的一些论点及对几十篇作品的时代和作者的考察，都有可议之处。而作为《诗经》综论，仍是这个历史阶段最有影响的《诗经》概论性质的著作。

陆侃如《诗经》学论著：

陆侃如、冯沅君著，《中国诗史》关于《诗经》的部分，作家出版社1956年版。

陆侃如著，《陆侃如古典文学论文集》，上海古籍出版社1987年版。

关于改诗问题

——讨论《诗经》文字曾否经过修改的一封信(存目)

余冠英

【评　介】

余冠英(1906—1995)，字绍生，出生于江苏扬州，著名古典文学专家。1931 年毕业于清华大学中国文学系，先后在清华大学、西南联合大学等校任教。1952 年调入中国科学院文学研究所任研究员。余冠英毕生致力于古典文学的教学和研究，成就卓著。所撰《乐府诗选》《诗经选》《诗经选译》《三曹诗选》《汉魏六朝诗选》等多种，体例严谨，见解精到，向来为国内外学界所称道。由他主持编写的《中国文学史》(三卷本)，在二十世纪五六十年代古典文学研究领域产生过较大的影响。

余冠英的《诗经》研究成就集中在对诗篇的选注和选译上。他的《诗经选》和《诗经选译》是中华人民共和国成立以来出版的《诗经》选注本中流传最广、影响最大的，自问世以来，几经重印，在社会上和学术界都享有一定声誉。1985 年人民文学出版社第九次重印时将二书合编，篇目互有增减，并增补新译十六篇，成为一个新的译注本。增补后的《诗经选译》包括《国风》七十八篇，《小雅》二十三篇，《大雅》二篇，《周颂》二篇，总数是一百零六篇。迄今为止，这个本子总印数超过四十万册，深受读者欢迎。

余冠英的《诗经》选本，首先强调入选诗作的思想性。体现了他对马克思主义文艺观的实践。从《诗经选》前言来看，余先生以社会制度和阶级关系为背景，来探讨《诗经》时代文学发生发展的规律及其特征。在二十世纪五十年代，马列主义理论被运用到古典文学研究上还缺少经验，处于探索阶段，余冠英运用阶级分析法，但又不将其绝对化，能立足于作家作品的实际，实事求是地去处理诗篇的思想性与艺术性等问题。对那些阶级性、人民性并不那么鲜明的作品，他一般都能按作品描写实际去作说明解释，绝不强为之说。如《行露》篇，他就只从婚姻诉讼的角度去作解释，不对诗里的人物身份作标签式的说明。又如将《月出》篇当一篇情歌来处理，不作更多的引申。由于编选评价时坚持了这种实事求是的原则，就使得选本中的立论比较稳健、平允，能够经受得住时间的检验。

一部优秀的选本，思想性与学术性应当是相统一的。余冠英的《诗经》选本具有相当强的学术性。这主要表现在揭示主题、注释、翻译行文等各个方面。

先举作品主题的例子。《诗经》几千年来被视为"圣经"，其本义被严重地歪曲了。余冠英提出了很多不同于前人之说却切合本义的见解，如他解《召南·小星》为"小臣出差，连夜赶路，想到尊卑之间劳逸不均，不觉发出怨言"。又如《王风·黍离》，前人都从《毛诗序》"大夫行役，阂周室之颠覆"之说，他突破成见，认为"从诗的本身体味，只见出这是一个流浪人诉忧之辞，是否有关周室播迁的事却很难说"，就比较公允。

再说注释。第一，余冠英对诗篇的注释兼取百家之长，不墨守一家。从毛诗、三家诗，到郑玄、孔颖达，再到宋、元、明、清的历代说诗者，直到近人闻一多、朱自清的著述，都能广泛吸收。整理择取旧说，从不妄下结论。在以古注为根据的前提下，余先生所作注文简明平实。做到了寓高深的学术于平易明快的文字之中。比如《周南·关雎》"关关雎鸠"句，余先生注"关关"为"雎鸠和鸣声"。这个注释看似简单，但至少隐含了三条旧注：一是《玉篇》："关关，和鸣也。"二是朱熹《诗集传》："雌雄相应之和声也。"三是王先谦《三家诗义集疏》："《鲁》说曰：关关，声音和也。"有这三个旧注作根据，余先生的注释就显得很牢靠了。

对于近代学者，则采闻一多之说为最多。除释《新台》"鸿则离之"的"鸿：苦蚕即虾蟆"这样人所熟知的例子外，《简兮》《木瓜》《采葛》等皆采闻氏之《风诗类钞》之说。闻一多《风诗类钞》分别某些诗篇为"男词"，某些诗篇为"女词"。本书说《蒹葭》"似是情诗，男或女词"。说《宛丘》"也是情诗，男子诗"。这些都可以看出明显受到闻一多的影响。

第二，余冠英注《诗》虽多参古注，但又不一味尊古信古，在深入研究的基础上，在词句注释上提出很多新见。《魏风·伐檀》第一章有"河水清且涟猗"一句，其中"涟"字释义众多。《说文》和《尔雅》释"涟"通"澜"为"大波"。细审本诗的第二、三章与之对应的诗句分别为"河水清且直猗""河水清且沦猗"。照《诗经》重章的一般规律，下一章相应句中只换字而义同。如此，则"直""沦"两字须也有"大波"或相近义方解得通。但是，此二字却自有另解，如"直，波文之直也"（朱熹《诗集传》），"水平则流直"（方玉润《诗经原始》引苏辙语），"沦，小风水成文，转如轮也"（《毛传》、朱熹《诗集传》），可见两字的意思与"大波"之说既不同也不通。细审上下文意，三章诗的第三句均为"河水清且"如何如何，其中不变的"清"字理应是个关键。"清"在这里应释为"清静"或"平静"。如此解释在第二、三章中串连上下意思都很畅通，而唯独在第一章中却讲不通，即河水既清清悠悠、平平静静，为什么又会冒出大波？这实在于理难通。正是看到了这一点，余先生才果断弃《说文》《尔雅》之说不取，而注曰："风吹水面纹如连锁叫做'涟'。"《正韵》即谓"风行水上成文曰涟"，有古文字知识作基础，还注意联系上下文意，不因袭照搬，才作出了既符合古文字学字义，又符合诗歌特有韵味的解释。

第三，词语训释精到精确。如解释《月出》篇"窈纠""忧受""夭绍"三个词，"都是形容女子行动时的曲线美，就是曹植《洛神赋》所谓'婉若游龙'"；解释《狼跋》篇"公孙硕肤"的"肤"，"古与'胪'同字，腹前部为胪"，说"'硕肤'就是大肚子"。再如释《击鼓》"死生契阔"的"契阔"是"'偏义复词'，偏用'契'义"。"契"是"合"的意思。这些解释，都很有见地，是作者的发明。

诸如此类的篇义或词句解释上的创见很多，它们是选译本中最为精彩的部分。它们同对旧说的科学整理结合在一起，把《诗经》选本的学术性提到了相当高的水平。

余冠英的《诗经选》对原诗的翻译力图做到保持原诗风味。他译《诗经》为白话，有五点独到之处：一、以诗译诗；二、以歌谣译歌谣；三、不硬译；四、上口、顺耳；五、词汇、句法依口语。余冠英认为，这五条说明译诗除要求符合自己所理解的原诗的意思外，"还要求语言流畅可读，并且多少传达一些原诗的风味情调"。本书所附译诗，大都比较准确和流畅，有的译文很有诗味。由于余冠英的选译在专业的研究和普及问题上处理得宜，使得这个选注本吸引了从专门家到普通中等文化程度的读者。例如向来为人称道的《郑风·将仲子》第一章译文：

> 求求你小二哥呀，别爬我家大门楼呀，别弄折了杞树头呀。树倒不算什么，爹妈见了可要吼呀。小二哥，你的心思我也有呀，只怕爹妈骂得丑呀。

这段译文明白如话，颇具民歌本色，是相当精彩的。

只通过这一例，余冠英译文的独特和高明处，想必读者也是不难体察出来的。另外像《邶风·匏有苦叶》《卫风·氓》诸篇的译文，都称得上是《诗经》白话翻译的上乘之作。

综上可见，余冠英对《诗经》的编选和注译工作，体现了严谨求实的治学态度和对文学的敏感的诗性把握。他的注释是力求入于古又出诸古，并符合实际的，他的译文则是在完整保存原诗风味和情调基础上的二度创作。因此可以说，从文学角度切入《诗经》，余冠英的研究的确达到了他那个时代的较高水平。

关于余冠英的《诗经》研究，还要补充提及的是他写于 1963 年的关于改诗问题的一封信。在这封学术通信中，余冠英用汉魏乐府的修改情况和《诗经》本身的痕迹，推定《诗经》结集时经过了统一的加工修改。他以《小雅·黍苗》《出车》《召南·行露》《大雅·卷阿》《周南·卷耳》等篇为例，论证编诗者的修改包括两方面：一是，统一文字，消灭方言，改为周人的普通话；二是，增减章节，分割拼凑。拼凑的方式又分两种：一是，一篇中拼入个别章节，如《邶风·雄雉》；二是，将两诗拼合为一辞，如《大雅·卷阿》。拼凑的目的是为了合乐。另外，余冠英还指出《诗经》的很多篇中存在许多相同套子，反复运用，如出一手。还发现不少句式、词汇十分相似的句子，从这些诗的产地来看，往往相距甚远。在古代交通十分不便的情况下，语言方音是不可能这样一致的，由此推论，余氏认为《诗经》编集时，其文本经过周太师和诸侯国的乐官的修改，孔子是否插手，则很难说。《诗经》的改诗问题始终是一个聚讼纷纭的问题，余冠英从合乐这个角度，论说《诗经》被增减章节、分割拼凑的原因，这就为改诗说添增了有力的证据。

余冠英《诗经》学论著：

余冠英著，《诗经选》，人民文学出版社 1956 年版。

余冠英著，《诗经选译》，作家出版社 1956 年版。

余冠英著，《诗经选译》，人民文学出版社 1985 年版。

余冠英著，《古代文学杂论》，中华书局 1987 年版。

诗经诠释·叙论（存目）

屈万里

【评 介】

屈万里(1907—1979)，字翼鹏，山东鱼台县人，著名的经学家、文字学家、文献学家和图书馆学家。他出生于书香世家，父亲原为清朝生员。二十世纪三十年代曾在山东省图书馆、中央图书馆任职。1949 年迁去台湾，曾历任台湾大学教授、"中央研究院"历史研究所研究员、"中央图书馆"馆长等职，1972 年当选为台湾"中央研究院"院士。曾先后被聘为美国普林斯顿大学、加拿大多伦多大学、新加坡南洋大学客座教授，是一位学植深厚，且具有广泛国际影响力的汉学专家。屈万里治学范围广，对经学、古文字学、史学、版本目录学的研究有较深的造诣，且皆有专书行世。尤精于《诗经》、《尚书》、古籍导读及古籍版本之鉴定，编有《普林斯顿大学葛思德东方图书馆中文善本书志》，《〈殷墟文字甲编〉考释》等多种著作。在《诗经》研究方面有专著《诗经释义》《诗经选注》等。

《诗经释义》是一部以传统方法研究《诗经》的著作。曾被用为台湾地区大专院校的教材。这个注本注释简明扼要，除了融会汉人、清人的研究成果和现代诸家的新解外，在诗旨、诗篇字词等方面，也有不少个人研究的创见。在该书的篇末还附有若干地图以及古代器物、星相等图解，实为一个创新。作者身后，《屈万里全集》编委会又补充了他为该书所作的眉批三百余条，重新编排，改名《诗经诠释》。

《诗经选注》是适合初学者阅读的选注本，共选一百三十八篇。其中一些诗篇的题旨，写得简明得当，很有新意。如说《有女同车》："像是结婚时新郎赞美新娘的诗。"《雨无正》："这当是周王东迁的时候，诗人感伤时事而作的诗。"这些题旨，都能有所依傍，发前人所未发。有些篇章的解释，能摆脱传统误解，就诗论诗。如释《关雎》《小星》《采葛》《风雨》《子衿》等诗都属于这一类。对于有些传统说解，言之有据，其说可信者，则仍予采用，换以现代汉语表述，作为题旨。如《缁衣》《叔于田》《大叔于田》《六月》《采芑》《车攻》《皇矣》《文王有声》等。书中注文，不引据旧说，以简明为特色，虽平淡无奇，自成文理，却符合诗意。也有一些解释，颇富新意，如《无羊》云：“众维鱼矣，旐维旟矣”，屈氏注云：“众维鱼矣，意即维众鱼矣。旐维旟矣，意即维旐旟矣。鱼、旐、旟，都是牧人所梦见的东西。”实际上是将旧说融会贯通的结果。

除以上两个注本外，屈万里还有关于《诗经》的论文，着重于《诗经》基本问题的探究。主要有《〈诗三百〉成语零释》《论〈出车〉之诗著成的时代》《论国风曾经润色说》《论国风非民间歌谣的本来面目》《东西周之际诗篇反映的民生和政治情况》《先秦说诗的风尚和汉儒以诗教说诗的迂曲》《说〈诗经〉之雅》等，论述重点主要有四方面：第一，以为国风非民间歌谣的本来面目；第二，“雅”的本义问题。以为“雅”即是“夏”，是地域名，该地域之音乐即是雅乐，语言即是雅言；第三，“兴”的本义问题。以为“兴”纯粹为引起话题之用，与诗义本身没关系；第四，先秦两汉说《诗》问题。以为《诗经》在先秦有作为立身处世、从政治事、美化辞令等功用，说《诗》的方式则有断章取义、就诗义引申、比喻三种。至于汉代，则将《诗经》作为政治教化之工具。

屈万里先生长于古文字之学，在《诗经》字词考释方面的研究成果最为显著。如《冈极解》《〈诗经〉三百篇成语零释》《河字意义的演变》《岳义稽古》《兕觥问题重探》等篇。认为“冈极”，在《诗经》中出现八次，从上下文观察，可知是诟詈的话，即无良，犹今语所谓缺德。“河”字在《诗经》中出现二十七次，经作者考订，皆指黄河。岳字，出现四次，皆指太岳，即山西之霍山。兕觥出现四次，他推翻王国维的考证，以安阳殷墟考古出土的角形器为证，认为兕觥是角形酒器。这些考订可以说是二十世纪五六十年代，台湾研究《诗经》字词的代表。

屈万里是二十世纪二十到四十年代进入现代《诗经》学研究领域

的学者，他的学术思想和治学方法，深受王国维、梁启超、傅斯年以及王献唐等人的影响，尤其是王国维的"二重证据法"对其影响最大。他以"二重证据法"为指引，充分利用各种出土文献，取得了很多超越前人、自成一家之言的成果。在学术成绩方面，编集的《诗经》通俗读本，以客观的态度、简要的注解来整理经书，以达到传承文化的目的。在诗篇字词新释方面，利用归纳分析的方法，将古人训释不当的字重新研究，多有新解。这些都可作为后人研究《诗经》的指导规范。最后，作为落脚于台湾的老一代学者，在大学里作为教授讲授经学课程，培养了一大批人才，为台湾地区现代《诗经》学的发展做出了贡献。

屈万里《诗经》学论著：

屈万里著，《诗经选注》，正中书局 1976 年版。

屈万里著，《诗经诠释》，中国台湾联经出版事业公司 1983 年版。

管锥编·毛诗正义（存目）

钱锺书

【评　介】

　　钱锺书（1910—1998），现代文学研究家、作家。字默存，号槐聚，笔名中书君。江苏无锡人。1933 年毕业于清华大学外国语文系。1935 年秋获得了英国退回庚子赔款留学名额，在牛津大学英文系攻读两年，后赴法国巴黎大学进修法国文学一年，于 1938 年回国。曾任国立西南联合大学外文系教授、上海暨南大学外语系教授、中央图书馆英文总纂、清华大学外文系教授等。1953 年起，任文学研究所（原属北京大学，后属中国社会科学院哲学社会科学学部，现属中国社会科学院）研究员。1982 年起任中国社会科学院副院长。

　　钱锺书长期致力于中国和西方文学的研究。深入研读中国的史学、哲学、文学经典，同时主张用比较文学、心理学、文化学、语言学等多学科的方法，从多种角度理解和评价文学作品。钱锺书的学术著作主要有《十六、十七、十八世纪英国文学里的中国》（1943）、《谈艺录》（1948）、《宋诗选注》（1958）、《管锥编》（1979）、《旧文四篇》（1979）、《也是集》（1984）等，他的许多著作在国内外学术界都享有很高的声誉。

　　《管锥编》是一部用浅近文言以札记的形式写成的研究中国古代文化的著作，主要是对《诗经》《易经》《老子》《左传》《史记》《楚辞》《太平广记》《全上古秦汉三国六朝文》等中国古籍的研究。这部著作虽为札记，却涵盖中外文史哲各方面，引征了古今中外的重要典籍。钱锺书读书每至会心处，即摘出书中一两语作为引子，展开论述，把这个问题从古至今的发展、评论以及外国与之相同相近的内容都引证出来。穷源溯流，对比同异。他的许多研究不仅突破了人文科学的领域，破除陈见地作了许多新的考释，而且作了许多富有创见的赓扬，融广博的知识和精卓的见解于一体。

钱锺书的《诗经》研究主要集中于《管锥编》第一册《毛诗正义》六十则中，也散见于其他三册之中，同时《七级集》《宋诗选注》等也有所论及。内容以论诗谈艺为主体，主要涉及五个方面：第一，关于字词的训诂；第二，关于诗作主旨的辨正；第三，对于《诗经》艺术范型的研究；第四，关于创作技巧的研究；第五，关于修辞的研究。其研究在各方面都取得了令人瞩目的成绩，具有开拓性。

钱锺书研究《诗经》，视文学为独立的一个学科，关注其"文学性"即"文学艺术的本质这个美学中心问题"，自觉地以文学和美学的眼光看待《诗经》。他在研究中揭示《诗经》之美，主要的方法就是鉴赏。正如他说，"诗是有血有肉的活东西"，"我有兴趣的是具体的文艺鉴赏和评判"。艺术研究与鉴赏结合的方法自古有之，我国古代的诗话、词话大部分采用鉴赏式的批评。钱锺书的贡献在于把比较之法运用于《诗经》的具体鉴赏上，他收集古今中外有关事例加以联系、比较和评价，这更凸显出作品的特色和美的创造性。另外他对《诗经》的艺术研究进行历史的、动态的描述和分析。许多章节可以构成一段小史，使读者更加立体地感受《诗经》在文学史、《诗经》学史、诗批评学史上的演进轨迹。

钱锺书治学博览群书而匠心独运，融化百花而自成一味。他研究《诗经》主要使用三种材料。第一类材料是原文和毛《传》、郑《笺》、孔《疏》以及朱熹《集传》。他认为，解诗应以原文为依据，如果"尽舍诗中所言而别求诗外之物……可以考史，可以说教，然而非谈艺之当务也"。对于毛郑孔朱等人的传笺疏注则辩证地比较评判各自的优劣高下。第二类材料是《诗经》之后的历代诗文作品，其中包括诗、词、赋、随笔、小说、戏曲甚至佛典。其作用在于：既可以梳理诗歌创作和诗歌评论的发展轨迹，又可以说明《诗经》对后世文学创作的巨大影响，还可以以诗解诗。第三类材料为西典，研究中吸收其他学科如哲学、宗教学、文化人类学等观点和方法，引作阐发和印证的材料，并说明中外文化异同。其中以心理学原理探索《诗经》艺术最为精彩。如《小雅·车攻》"萧萧马鸣，悠悠旆旌"一句，写静境很独特，钱锺书引述后代意境相似之句，指出："诗人体物早具会心。寂静之幽深者，每以得声音衬托而愈觉其深。"并认为这是心理学中的"同时反衬现象"。从而为《诗经》的辩证艺术找到了重要的心理依据。

钱锺书在分析《诗经》作品及其评论时，不是求全责备、面面俱到，而是在引证大量材料后作出自己的判断。这些判断大都高屋建瓴、独出新意，要言不烦，有如画龙点睛。

在具体研究中，钱锺书从诗的语言、手法和意境等"小结裹"开始，并由此引出"大判断"。如揭示了《诗经》中的"喻之二柄与多边""双关""炼字""丫叉句法"等修辞理论。举要如下：

1. 比喻。在分析《有女同车》时区分了比喻的情感价值与观感价值，结合"鉴可茹"和"云无心"说明了喻之二柄与多边，重点阐述了有名无实之喻，指出了以饮食喻男女的深刻。2. 双关。以莲实双关信实，莲花中有鱼双关连年有余。在评析《泽陂》时，论述这种"风人体"。3. 通感。在分析"声成文"时指出，将声拟文，是将听有声说成视有形，将空间中事说成时间中事，让视觉代替听觉，这种五官通用，是为通感。4. 拟声。"坎坎伐檀兮"中坎坎为象声词，但是，象声词不仅要巧言切状，而且要声意相宜，或者声中兼意，进而依声寓意。5. 炼字。使用生僻字和古今语异之字，都不能算作炼字，而"愬焉如捣"的"捣"字，将悲痛欲绝的情状描绘得形象传神，可谓一字千金的连城之璧。6. 拟人与拟物。之所以尔汝群物，是因为爱物而生情，视物如人，反之憎恨所及，则视人如物，也可尔汝指斥。

关于句法的研究，钱锺书指出丫叉句法古称"回鸾舞风格"，可使语句错综而变化。阶进句法可以层层推进，也可以每况愈下。退让句"宁可……也不"有强调作用。韩愈的"非无马乃无良马"的句式，《叔于田》已早开其端。以上种种，钱先生都从文本出发进行深入探讨，因而发现了许多新的修辞方式，总结出许多鲜活的理论。

《诗经》孕育并繁衍中国历代文学的传统，为历代诗歌创作提供了表现各种情感的范型，影响深远。钱锺书对《诗经》的艺术范型作了深入的研究，例如关于"思念"这种人类最为普遍的情感，钱锺书揭示了《诗经》抒写思念的几种艺术范型："以他思写己思"型、"暝色起愁"型、"谁适为容"型、"企慕"型、"卉木鹳鸟引起思念"型等，

并引用大量的诗文例句来说明范式对后世文学创作的影响。钱锺书的
"范型"研究，使我们对《诗经》创作的源流关系一目了然，可以说，
熟读《诗经》中的范型，可知古代诗词的曲折尽在其中矣。钱锺书以
"小结裹"作出"大判断"的研究法正是历史的例证与理论方向的结合，
由感性理解，而引出理论、规律，再现了文学研究的完整的过程。

　　钱锺书研究《诗经》，以现代"文学"审美视角重新研读文本，以
中西融通互为笺释的方式进行跨学科、跨文化的阐释，更重要的是他
在研究作品的基础上开拓出许多诗学理论，使其在《诗经》学研究的
现代性转变历程中占据独特的位置，从而引发研究者对西学承袭下的
中西文化的新思考，在一定程度上为当代《诗经》学的发展走向提供
了颇具借鉴性的思路。

钱锺书《诗经》学论著：

　　钱锺书著，《毛诗正义》六十则，见《管锥编》第一册，中华书局
1979 年版。

商颂考索(存目)

张松如

【评　介】

　　张松如(1910—1998),原名张永年、张松甫,笔名公木。河北省辛集市人。著名诗人、学者、教育家,是《英雄赞歌》《八路军进行曲》的词作者。《八路军进行曲》1965 年改名为《中国人民解放军进行曲》,1988 年 7 月 25 日,被中央军委确定为中国人民解放军军歌。

　　青年时代,张松如积极投身革命活动,因搞暴动和参加抗日救亡运动,曾两次被捕入狱。1932 年冬,张松如与同学们拜访在北平探亲的鲁迅,就他们正准备筹办的《文学杂志》向鲁迅约稿,鲁迅为《文学杂志》创刊号写了《听梦说》一文,给予支持和指导。

　　1933 年至 1937 年,张松如先后在山东滋阳省立第四乡村师范学校和河北正定中学任教。1937 年"七七事变"后,他投笔从戎,奔赴晋绥前线参加敌后游击队,从事宣传工作,开始用"公木"笔名。1938 年 8 月,受党组织委派到延安抗日军政大学学习,并加入中国共产党。1942 年以后,曾在鲁迅艺术学院任教。1946 年参加筹办东北公学,1947 年 4 月东北大学成立教育学院,张松如任院长。

　　1962 年起任教于吉林大学中文系,他开始转向古典文学教学和研究工作。张松如以革命家和诗人的身份从事古典文学研究,其研究成果虽然数量不多,但均具有立意高远、求真务实的特点。他是诗人,曾倡议编写《中国诗歌简史》,对中国古典诗歌的演变规律进行了初步的归纳和总结。

　　在《诗经》研究方面,他主要致力于《商颂》的研究。早在 1956 年,他就与杨公骥教授合撰《论商颂》一文,刊于 1956 年《文学遗产》增刊第 2 辑,主要讨论《商颂》的作年问题,在现代研究《诗经》的学者中，最早提出《商颂》为商诗说。此说意在冲破疑古思潮的影响，倡导实事求是的学风，可惜应者寥寥。用张松如自己的话说，"这意见如同置身在茫无边际的荒原中的两声呐喊，二十年来，不曾得到什么反应，既非赞同，也无反对"（1974年所写《商颂绎释·前言》）。这种感叹，从一个侧面反映了当时古典文学研究界在学术视野方面的局限性。尽管如此，张松如仍然坚持自己的学术立场，不断积累相关资料，关注与《商颂》断代有关的新的学术进展，于1974年完成了《商颂研究》一书。该著分上、中、下三编，上编《商颂绎释》本着《商颂》为商诗说的观点，对《商颂》五诗的文本进行了详细的注释和解说，其中有许多创见；中编和下编分别对以往关于《商颂》商诗说和宋诗说的争论历史作了详细的分析，分别列出双方的证据，进行对比分析，认为持宋诗说的魏源、皮锡瑞、王国维等学者提出的证据有失偏颇，不可信。他认为，以《商颂》比《周颂》更有文采而断定其后出是不公允的，殷商的文化发展水平高于周人，艺术的发展当然也高于周人。他还根据当时甲骨文和殷商史研究的新成果举出许多见于甲骨卜辞的名物制度，也见于《商颂》文本，从而向王国维所说的"甲骨卜辞所见制度名物不见于《商颂》"的观点提出挑战。这都体现出张松如在学术上的独立思考。《商颂研究》分析认为，《商颂》是殷商王朝祭祀祖先的仪式乐歌，它们是青铜时代的产物，反映了殷商民族的宗教意识、文化精神。诗篇中"如火烈烈，则莫我敢遏"的征服者形象，与商代青铜器上的那些饕餮、怪兽、猛兽形象一样，表现了狞厉恐怖的风格。另外，《商颂》在叙述祖先功业的过程中，还表现出对于暴力的歌颂，这与诗中所表现的殷商民族特有的祭礼一起，呈现出与周民族完全不同的文化精神。

直到1980年代，才有刘毓庆《商颂非宋人作考》、张启成《商颂为商诗》、梅显懋《商颂作年之我见》等学者的文章响应其说。这些论文，大多是在其研究的基础上补充提出了《商颂》为商诗而非宋诗的其他证据。

夏传才在为《商颂研究》作的序中，曾充分肯定张松如在《诗经》研究，尤其是《商颂》研究上不拘泥成说、不迷信权威，只注重事实依据的学术创新精神，但他也指出："过去把问题绝对化了，说它们是商诗，不见得春秋时人没有加工或改写；说它们是宋诗，不见得没有人依据前代遗留的蓝本或大部资料。事实上，从内容到形式，有前代的东西，也有春秋时代的东西。"他折中新旧两说，认为《商颂》中有殷商旧歌的遗存，经过春秋时人整理加工写定。如果考虑到为礼仪而创作的仪式乐歌的流传情况，夏先生这个说法倒是很符合实际情况的。

总而言之，张松如以诗人的身份转而研究《诗经》，颇能体察诗人之心，而他以革命家身份研究《诗经》，则能以除旧立新的勇气冲破旧说的藩篱提出新说。以上两点，是他对于《诗经》研究的主要贡献。

张松如《诗经》学论著：

张松如著，《商颂研究》，南开大学出版社 1995 年版。

诗经恋歌发微（存目）

孙作云

【评　介】

　　孙作云（1912—1978），原名作霖，字龙举，号雨庵，辽宁复县人。现当代著名历史学家、楚辞学家、民俗学家，我国美术考古学奠基人。孙作云 1931 年考入复旦大学中国文学系，一度醉心于新文学。九一八事变后，曾参加支援抗战将士作战的学生军。1932 年复考入清华大学中国文学系。1936 年毕业，同年秋考入清华大学研究院文科研究所，师从闻一多，受其影响很大，吸收了闻一多在民俗学、神话学、性文化理论等方面的学术思想。1941 年起，孙作云先后任教于北京大学、河南师范大学、河南大学等。曾任河南大学古代史教研室副主任、《史学月刊》编委、河南省政协常委等职务。孙作云在《诗经》、《楚辞》、中国上古神话传说、中国美术考古和古代民俗等领域都颇有建树，为中国古代历史文化研究做出了重要贡献。孙作云生前发表各类论文近百篇，著有《诗经与周代社会研究》《天问研究》两部著作。2003 年河南大学整理孙作云论著及未刊手稿，出版四卷六册本《孙作云文集》。

　　二十世纪五六十年代，马克思主义成为意识形态领域的主导思想，社会科学界普遍运用唯物史观和阶级分析的方法，来系统整理各自的学说。这一时期的《诗经》研究也被打上了鲜明的时代烙印，《诗经》研究模式化泛滥。此时期从历史学角度研究《诗经》取得开拓性成就的，当数孙作云。二十世纪五十年代以后一个相当长的时期，史学界集中讨论中国古代社会分期问题，孙作云的《诗经与周代社会研究》，采用了郭沫若式的历史学取向，以《诗经》为史料，从历史学角度探讨西周的社会性质。不同于郭沫若的是，他持"西周封建"说。

全书是十二篇论文和三篇附录的结集。

《从诗经中所见的西周封建社会》是书中比较重要的文章，文中举出《周颂》和二《雅》十几首诗，都反映有西周的土地制度(公田与私田)和剥削形式("藉"或"助")，以说明西周的封建社会性质。他指出"公田"是领主的自营地，"私田"是农奴的份地。并以此为线索论证"藉"就是领主"借"民力以耕田，即剥削农奴的力役地租；"助"就是农奴"助"耕领主的土地，是同一事实的另一面。此外，《读噫嘻》《读七月》两文就这个问题继续探讨，通过深入剖析进一步论证了"西周封建"说的观点。《从诗经中所见的灭商以前的周社会》一文，说明周人在灭商以前已经进入封建社会。为了证明周在灭商以前并非原始社会，他又写了《说天亡殷为武王灭商以前的铜器》及《再论天王殷二三事》作为上文的附录，用铜器铭文的研究佐证自己的学术观点。《我国历史上第一次农奴大起义》分析"厉王奔彘"是因为周厉王不但剥削公田里的收获物，而且还要剥削私田里的收获物，农奴无法生活，因此才引起农奴大起义。他的这一看法得到历史学家范文澜的好评。范文澜在致信中称赞这篇文章"为西周封建论添一支援军……从《大雅·桑柔》篇找到证说，是一个新发现。"《周初大武乐章考实》一文试图稽考武王伐纣的可信的历史事实，说明实行封建制度的初周取代实行奴隶制的殷商是历史的进步。《小雅大东篇释义》一文，说明西周时期的农奴有许多是"东夷"。孙作云认为《周颂》之《酌》《武》《般》《赉》《桓》五首诗，相当于《大武舞》的第一、二、三、四、六成，而第五成无诗。作者观点明确，部分论断虽有待商榷，但他以诗证史、以史解诗，为范文澜力主的"西周封建"说作出进一步的论证。

在具体研究中，他对闻一多的民俗学、文化人类学方法多有继承和发展。代表作有：《诗经恋歌发微》《关于上巳节二三事》和《周先祖以熊为图腾考》。《诗经恋歌发微》一文运用民俗学的方法，考察了以农业生产为基础的风俗习惯和典礼仪式，引申闻一多以"鱼"为性爱隐语的论断，剖析了礼俗中凝固的恋爱隐语，对《诗经》中《郑风·溱洧》《鄘风·桑中》等十五首恋歌进行分析，指出《诗经》中许多恋歌都与上巳节的民俗相关，都是在上巳节聚会时祭祀高禖于水滨祈福求子表达爱情的诗歌。以此文为基础，他又作《关于上巳节(三月三)二三事》为附录，追述上巳节的起源及其在后代的演变。孙作云在这里是将《诗经》的恋歌作为文化史的一环，嵌入了相应的历史发展序列，即将原始信仰(图腾崇拜)、古代礼俗同《诗经》中的恋歌，以及后代的风俗演化构成一个文化体系来进行阐释。《周先祖以熊为图腾考》一文，则根据《小雅·斯干》篇中周人的生子信仰，结合《史记·周本纪》和文化人类学、民俗学研究，考证原始的周人以熊为图腾，与西北地区许多以野兽为图腾的氏族原本为一系。另外，孙作云是第一个对《诗经》错简问题作系统研究的人。《诗经的错简》一文指出《卷耳》《行露》《皇皇者华》《都人士》《卷阿》五篇原为二诗，乃是误合为一诗。

孙作云的研究打破了二十世纪五六十年代一般性的《诗经》研究模式，进行了深入的探讨。他通过《诗经》论证了"西周封建"说、揭示《诗经》中恋歌与上巳节的关系、整理《诗经》错简等方面的成果，文史结合，影响深远。他综合运用文学、史学、民俗学和人类学等多个领域的研究方法，多发前人所未发，树立了一家之言，在国内外都具有一定影响。不仅在当时具有深刻的理论价值和创新意义，在今天的学术研究中仍具有极高的参考价值。

孙作云《诗经》学论著：

孙作云著，《诗经与周代社会研究》，中华书局 1966 年版。

孙作云著，《诗经研究》，河南大学出版社 2003 年版。

《诗经》乐章中的"乱"（存目）

阴法鲁

【评　介】

　　阴法鲁（1915—2002），山东省肥城县（今山东省肥城市）人，著名的中国古典音乐文化与文学研究专家。1935 年考入北京大学中文系，1939 年在昆明西南联合大学中文系毕业。随后考入昆明北京大学文科研究所读研究生，师从罗庸、杨振声，两位先生为其确定的研究方向为"词之起源及其演变"。阴法鲁进入唐宋音乐与文学关系研究领域，认识到研究古代诗歌体裁的发展嬗变，首先必须研究当时乐曲形式的发展嬗变。循此思路，阴法鲁在罗庸的指导下，撰写完成毕业论文《词与唐宋大曲之关系》。1942 年毕业后，他留研究所任助教，开始了他对以中国古代音乐为中心的文化史研究。曾任北京政法学院副教授，中国科学院历史研究所（今中国社会科学院历史所）副研究员，北京大学中文系副教授、教授。还担任中国文化书院导师、北京市音乐舞蹈协会副主席、国家古籍整理出版规划小组顾问诸职。阴法鲁的主要研究方向为古典文献学和中国文化史，侧重古代音乐舞蹈研究，在古代音乐与文学交叉领域的研究上有突出贡献。特别是在古诗词与音乐之关系问题、汉唐乐舞、唐宋大曲等专题研究方面成果卓越，影响广泛。

　　阴法鲁的著作及古籍整理成果有《唐宋大曲之来源及其组织》、《宋姜白石创作歌曲研究》（与杨荫浏合著）、校点《隋书》（与汪绍楹先后校点）、《词史讲话》（《词刊》连载九篇）、《古文观止译注》（其为主编，获新闻出版署 1992 年古籍整理图书三等奖）、《中国古代文化史》（共三册，与许树安合作主编）。主要论文有《从敦煌壁画论唐代的音乐和舞蹈》《关于词的起源问题》《古文献中不同语言的译语校注问题》等。2008 年，在阴法鲁逝世六年之后，中华书局出版了《阴法鲁学术论文集》。文集中大部分的音乐史学研究文论产生在二十世纪五十年代到八十年代期间，并有相当数量的文稿首次公开发表。

阴法鲁研究《诗经》的主要论文有：《〈诗经〉中的舞蹈形象》《中国古代诗歌中的唱和形式》《〈诗经〉乐章中的"乱"》《商颂的〈那〉篇和〈烈祖〉篇初探》等。

阴法鲁从社会调查资料中注意到，今天的民歌，特别是西南地区的山歌，很多都采取"唱和"形式，回想起罗庸教授三十年代讲曹操的《短歌行》（其一），就认为是宴会中宾主唱和之作。受此启发，阴法鲁循着这种思路，撰成《中国古代诗歌中的唱和形式》一文。文中分析了《诗经》各篇的结构，认为其中不少篇都属于唱和形式，如《召南·采蘋》《郑风·木瓜》，《商颂》的《那》篇和《烈祖》篇等，这种唱和形式即表现为领起部分和应和部分互相结合的形式，可以分为三类：第一、对唱。两人或两方交替歌唱。或采取问答方式，或采取接续方式。第二、帮腔。是紧接每段唱词尾句、每句唱词或全首唱词尾句而出现的应和部分，一般采用"一唱众和"的方式。第三、重唱。依照同一曲调唱歌。如《商颂》的《那》篇和《烈祖》篇都是春秋时期商族后裔宋国公室祭祀商汤时用的乐歌。《诗经》之外，唱和形式在汉魏乐府、南北朝清商曲词、唐代歌舞戏、竹枝词以及古代民歌中，也都普遍存在。这篇文章使我们对《诗经》本身以及诗词与乐曲的关系有了更为深刻的理解。

阴法鲁还就《诗经》乐章中的"乱"进行了分析。"乱"是古代音乐名词，指较长乐曲的尾章，往往采用多种乐器合奏，以达至高潮。他认为《诗经》里的乐歌许多都具备"乱"段，而现存文献记载可以确定的，是《周南·关雎》《周颂·大武》和《商颂·那》三篇。《国语·周语》记载："昔正考父校商之名颂十二篇，以《那》为首。其辑之'乱'曰：'自古在昔，先民有作，温恭朝夕，执事有恪。'"这四句是《那》篇的最后一章，也是乐曲的"乱"。春秋以后，"乱"这种艺术形式被其他作品所继承。《楚辞》和乐府中某些作品有"乱"，在乐府中或称为"趋"。唐宋大曲的结尾乐段称"煞衮"，宋金"诸宫调"每一组乐曲中大多有"尾"，元散曲"套数"中有"尾"，或称"尾声""收尾""煞尾"等，都相当于"乱"的部分。由"乱"的问题加以引申，阴法鲁还认为古代乐曲多比较短，如果歌词只用一只乐曲，不能尽意，于是有重复使用，即用多节歌的办法，也有用组曲和大曲形式的办法。《仪礼》有"间歌""合乐"的文字记载，已反映出演唱程序和内容的复杂。因此，当时的组曲所吸收的乐曲或属于同一地区，或属于同一门类，而内容又相似，可以保持组曲情调的协调。组曲的诗歌在今《诗经》中多排在一处或接近处，或许《诗经》中有一部分诗篇的编排是以音乐情调为次序的。阴法鲁《〈诗经〉乐章中的"乱"》一文总结了前人的大量研究成果，比较全面地阐明了"乱"的意义，这些观点都很有见解。

阴法鲁以古代音乐与文学的关系作为学术研究的主攻方向，视角堪称新颖，他在音乐史学研究中始终遵循传统的朴学功夫，以文献史料为依据，同时还接受了现代史学的新理念，注重综合、印证另外两个方面的资料：其一，文物资料，即考古出土和地上流传的音乐文物；其二，社会调查资料，即对现存古老乐种的学术考察活动中所获取的资料。

以《诗经》为史料对古音乐进行研究是一个内容广泛、意义重大的课题。历代《诗经》研究者在他们的诗学著作中，虽然不时也接触到这些方面，但较多都是围绕着合乐与否以及诗乐的教化作用等进行论议，专从音乐着眼的并不多见。所以这方面的研究，成果一直很少，进展缓慢。近二十年来，随着音乐艺术研究的深入，这一研究空白才得到改善。许多音乐史家都注意到，中国古代音乐史既不能和诗歌史分离，又是和中国古代文化史密切相关的。综观阴法鲁的治学经历，我们深切地感受到，他在学术切入点和研究对象的选择上，明显具有现代学术的眼光，他的研究选题虽然角度不大、对象冷僻，但立论甚高，视野开阔。对我们有启发意义。

阴法鲁《诗经》学论著：

阴法鲁著，《〈诗经〉中的舞蹈形象》《中国古代诗歌中的唱和形式》《〈诗经〉乐章中的"乱"》《商颂的〈那〉篇和〈烈祖〉篇初探》等。见《阴法鲁学术论文集》，中华书局 2008 年版。

诗经蠡测·二《南》臆测

郭晋稀

一 二《南》在《国风》之内不在《国风》之外

二《南》之诗，从来纳入《风》诗。《关雎》序云：

> 然则《关雎》《麟趾》之化，王者之风，故系之周公。
> 南，言化自北而南也。《鹊巢》《驺虞》之德，诸侯之风也。
> 先王之所以教，故系之召公。《周南》《召南》，正始之道，
> 王化之基。

二《南》之义，自汉而后，皆用此说，鲜有异辞。至于宋世，苏辙以为《小雅·鼓钟》云："以雅以南，以籥不僭"，因谓"雅"是二《雅》，"南"是二《南》。尔后王质《诗总闻》、程大昌《考古编》更扩大其说，以《南》独立，与《风》《雅》《颂》并列。《诗总闻》云：

> 南，乐歌名也。见《诗》："以雅以南。"见《礼》："胥鼓南。"
> 郑氏以为西南夷之乐，又以为南夷之乐。见《春秋传》："舞象箾
> 南籥"，杜氏以为文王之乐，其说不伦，大要皆乐歌名也。

《考古编》亦引《诗·鼓钟》《礼记·文王世子》《春秋传》以说二《南》即古乐之南。并云：

> 盖《南》《雅》《颂》，乐名也。若今之乐曲在某宫者也。《南》

> 有周、召，《颂》有周、鲁、商，本其所从得而还以系其国土也，
> 二《雅》独无系，以其纯当周世，无用标别也。……若夫邶、鄘、
> 卫、王、郑、齐、魏、唐、秦、陈、桧、曹、豳，此十三国者，
> 诗皆可采而声不入乐，则直以徒歌著歌之本土。

由此而后，《周南》《召南》之义，二说分歧，争讼不已。

然而前人对于二《南》的争讼，只是对南义有分歧，至于如何谓之周、召，则仍无异辞也。然《周礼》"太师教国子以六《诗》"，有《风》《雅》《颂》而无《南》，《礼记·文王世子》之"胥鼓南"，如为别出于《国风》之二《南》，则《周礼》、《礼记》两相矛盾。《左传·隐公三年》云："《风》有《采蘩》《采蘋》，《雅》有《行苇》《泂酌》"，则明明以《召南》之诗系之国风，是《周南》《召南》在国风之内不在国风之外。襄公二十九年，吴季札观乐，"见舞象箾南籥者"，如以南籥为别出风诗之二《南》，是《左传》一书而前后自相龃龉，所以王质、程大昌之说，并不能厌读者之心，推倒《关雎》序之所论。

二 二《南》为厉、幽以来之作，非周初之作

今以为《关雎》序所云，基本上是清楚的，但也留下些空白，容易启人疑窦。《关雎》序以周公旦、召公奭释二《南》之周召，然二《南》本非周初之诗，故曰"系之周公""系之召公"，于是旦、奭子孙皆函盖于中矣。包容面虽然大了，周召世系悠长，二《南》所收，亦远非旦、奭世代子孙有关之诗。盖函盖者太小则语不周严，包容面过大则旨意不鲜明，此所以容易启人疑窦者。《关雎》序以"化之自北而南"释南，其弊亦犹此。序文是以二《南》所咏皆受周公旦、召公奭影响的，并举《关雎》《麟趾》《鹊巢》《驺虞》四诗为证。即使四篇所咏，皆"正始之道，王化之基"，难保其他各篇非"正始之道，王化之基"也。何况所云四篇亦不必为"正始之道，王化之基"乎？此其二。后人解诗，本喜事事依傍文武，《关雎》序又从而推波助澜，于是"先王之教""后妃之德"充斥于各篇序文之中，所以《诗》义遂晦。

今考《周南》十一篇，多数是男女情诗，情诗在其他国风中亦多

有之，我们看不出两者之间的彼疆此界。既无法从诗文中证明《周南》即"后妃之德""王者之化"，亦很难证明其他十三国风皆淫奔之诗、越礼之作也。我们固然可以看出十三国风多厉、幽以后之作，却看不出《周南》各篇是西周盛世之诗，相反，颇见其为乱世之诗。

《卷耳》一篇，第一章托为思妇之词，其余各章则劳人之词也。其写行役之事及两地相思之苦，明白可见。虽周初亦有征夫，究竟以乱世行役为多。一也。

《汝坟》一篇，诗写乱世，尤为明白。崔述《读风偶识》云："窃意此乃东迁后诗，'王室如毁'即指骊山乱亡之事，'父母孔迩'承上章君子而言。汝水之源在周东都畿内。"说虽推论，理实可通。二也。

《兔罝》一篇，三称公侯；《麟趾》一篇，又称公子、公姓、公族；对比《豳风》之《破斧》《九罭》《狼跋》观之，谓公指周公，似乎可通。然《麟趾》三章结句皆曰"吁嗟麟兮"，细味诗意，吁嗟实叹息之词，非美之之意也。周室东迁，子孙流落，事必有之，此即杜工部《哀王孙》之意也。又安见其为周初之作，不为乱世之诗？三也。

《召南》十四篇，或则时代明白可考，或则乱世气息鲜明，非周初之作更为可证。

《甘棠》篇云："召伯所茇"，"召伯所憩"，"召伯所说"。《诗》言召伯与召公非一人。《小雅·黍苗》"悠悠南行，召伯劳之"，《大雅·崧高》"王命召伯，定申伯之宅"，皆累言召伯，召伯即《大雅·江汉》中王所命召虎也。《江汉》篇中又称召公："文武受命，召公维翰。无曰予小子，召公是似"，"作召公考，天子万寿"。《召旻》又云："若先王受命：有如召公，日辟国百里。"召公则召伯虎之祖召公奭也。《甘棠》称召伯，则诗作于厉、幽后明矣。此其一。

《何彼襛矣》篇云："平王之孙，齐侯之子"，"齐侯之子，平王之孙"。既云平王，则为宜臼，不得如毛传以平训正，谓平王为文王。考桓王女归齐襄子桓公，是平王之孙嫁于齐襄之子也。此其二。

《鹊巢》之篇，《行露》之章，不如《甘棠》《何彼襛矣》有人事可证的年代。然鹊巢鸠占、穿墉速讼，远非太平之世、盛世之作。说为周初之诗，明为附会。此其三。

《殷其雷》篇曰："何斯违斯，莫敢或遑。振振君子，归哉归哉。"

明明君子行役，劝其速归。《小星》篇第一章云："肃肃宵征，夙夜在公，寔命不同。"以"夙夜在公"释宵征之故。第二章云："肃肃宵征，抱衾与裯，寔命不犹。"抱之言抛，以"抱衾与裯"，写宵征之苦。犹《小雅·北山》之叹"我从事独贤"，贤，劳也。序以《北山》为征人"刺幽王"，虽无实据，理或近之。若谓《小星》为夫人"惠及贱妾"，只是认定"衾裯"两字不放，则真郢书燕说。此其四。

《驺虞》一篇，既云"壹发五豝""壹发五豵"，明明射猎之诗，言其猎获之多。猎获之多何有于"文王之化""王道之成"？诗虽无法证其必为厉、幽以来之作，亦不能证其为周初之作也。此其五。

以上粗举八端。从八端看，大多数可以证明二《南》为厉、幽以来之诗，无一篇可以证明为周初盛世之作。《关雎》序云："系之周公"，"系之召公"，非曰周公旦、召公奭当其世之所咏歌，亦谓为二公后世子孙时代之所作也。顾序文独不肯径谓为厉、幽以来之诗，所以不免模棱不清，犹复依缘文武，大言王化。

三　二《南》之"周召"指周定公、召穆公

《史记·周本纪》云："厉王出奔于彘"，"召公、周公二相行政，号曰共和"。此厉王时之召公、周公非周初之旦与奭明矣。共和当即卫之共伯和，非韦昭之所谓"公卿相与和而修政事也"。《竹书纪年》云："周定公、召穆公立太子靖为王，共伯和归其国，遂大雨。"足以证明《史记》此处召公、周公之为穆公、定公矣。周定公行迹，典籍鲜见；召穆公即召伯虎，则经传所常见，世人所熟知，周厉以来之元戎也。

《竹书纪年》厉王十四年："召穆公帅师追荆蛮以至于洛。"宣王六年："召穆公帅师伐淮夷。"《诗·序》："《江汉》，尹吉甫美宣王也。能兴衰拨乱，命召公平淮夷。"《纪年》六年又云："锡召穆公命。"《江汉》云："江汉之浒，王命召虎。……于疆于理，至于南海。"又云："王命召虎，来旬来宣。……肇敏戎公，用锡尔祉。"又云："厘尔圭瓒，秬鬯一卣。告于文人，锡山土田。"又云："虎拜稽首，对扬王休，作召公考。"金文《召伯虎簋》亦载其事。召穆公既辅宣王，又为元

戎，流惠江汉，可以知之，此《召南·甘棠》之所以作也。史缺有间，周定公之绩不闻，比例《召南》推之，《周南》作于周定公时代可知也。

定公本周公旦之子孙，穆公本召公奭之子孙。《关雎》序云："系之周公"，"系之召公"，措词是审慎的。谓《周南》之周为周公旦、《召南》之召为召公奭，亦未尝不可。《江汉》云："文武受命，召公维翰，无曰予小子，召公是似。"又云"于周受命，自召祖命"，亦因颂召伯虎而上推召公奭，用意正一例。

然而径谓周与召为旦与奭，总是有剩义的。《周南》十一篇，各篇之序，皆曰"后妃之德"，《召南》十四篇各篇之序，又累言"夫人之风"，以其既言"后妃""夫人"，故序文又常附会"文王之化"，于是《诗》义遂晦。二《南》为文武时之诗抑为厉幽以来之作，亦不明白。今以为若以二《南》之周召，周即周定公，召即召穆公，则诗分明。定公、穆公既夹辅王室又总戎江汉，元戎既夫妻契阔，士卒亦室家离散，此所以二《南》诗中，怨情极多，并无与于"文王之教""后妃之化""夫人之德"也。迷雾既散，诗义了然矣。

四　二《南》之南国为通名，非专名

宋人举《诗》中"以雅以南"一语，以释二《南》之南，既驳之于前，今以为《诗》中言南正多，或可阐述二《南》之义，今略举其要，而后请为之说。

> 《樛木》三言"南有樛木"。
> 《汉广》："南有乔木。"
> 《草虫》两言"陟彼南山"。
> 《采蘋》："南涧之滨。"
> 《殷其雷》："在南山之阳""在南山之侧""在南山之下"。

以上言"南"皆见于二《南》，南之为义，说见下文。

> 《小雅·四月》："滔滔江汉，南国之纪。"

《大雅·崧高》:"南国是式""登是南邦""式是南邦""莫如南土""南土是保""申伯还南"。

《常武》:"惠此南国。"

以上雅诗,或称"南",或称"南土",或称"南邦",或称"南国",其实一也,皆谓南国。本书《大雅蠡测》有《释方国》一篇,可以参考。二《南》之南,亦即南国也。南国虽不同于邶国、鄘国、卫国以及风诗之其他国。南国为南方之国,为通名,其他十三国则专名也。然"邶""鄘""卫"等既可称国,南方各国之风,亦可名为国风矣。

周之分封诸侯,姬姓既分于北,亦未尝不分于南。《左传》僖二十八年:"栾贞子曰:汉阳诸姬,楚实尽之。"可证姬姓亦多分封于江汉之南。周定公、召穆公(尤其是后者)"追荆蛮""伐淮夷",江汉诸姬实利赖之,故思其事而歌其事,故诗有《周南》《召南》。采诗者必及于四方民风,其他十三国风已尽河南北流域,而江汉无与焉。二《南》之诗,江汉民风也,故以为南国之风。以其诗多与周定、召穆南征相关,故名之《周南》《召南》。

汉南诸姬,封自周室。定公、穆公,本旦、奭后嗣。《关雎》序以"系之周公""系之召公"释二《南》周、召之义,以"言化自北而南"释二《南》之南之义,虽或混淆,亦非略无根据。今以周、召径指定、穆公,南指江汉南国,则与二《南》所讴歌之事既略无扞格,南本国风亦了无疑滞,宋人所创之新说固无足论矣。

(载《诗经蠡测》,巴蜀书社 2006 年版)

【评 介】

郭晋稀(1916—1998),字君重,湖南省湘潭县株洲镇(今株洲市)人。著名的《文心雕龙》研究专家,在中国古代文论、古代文学及音韵、文字研究方面都取得了引人瞩目的成就。1936 年,郭晋稀毕业于湖南省立第一师范学校,赴湘潭新群学校任教。两年后考入国立师范学院中文系,后转学到湖南大学。受业于著名学者曾运乾、杨树达、钱基博诸人。1942 年毕业,任教于湖南省第七师范学校。1944

年任教于国立师范学院，1945 年任教于国立桂林师范学院。1951 年
到西北师范学院任教，先后担任中国古代文学教研室主任、古籍整理
研究所所长之职。曾任中国文心雕龙学会理事、中国诗经学会顾问。
专著有《文心雕龙译注十八篇》《诗辨新探》《剪韭轩述学》《声类疏证》
《诗经蠡测》《白话二十四诗品》等。其中《诗经蠡测》是郭晋稀《诗经》
研究的代表作。

　　《诗经蠡测》一书以声韵、训诂、史实并重的方法，对《诗经》中
的重点、难点或疑而未决处进行考证与诠释。《诗经》编辑成书大约
在春秋中叶以后，又经专人整理，所以在句式结构、用韵规律、用词
习惯等方面有大体一致的通例，前人虽然已经注意到这方面的特点，
但都没有深入探讨，而对隐存于《诗》中的诸多语例，则揭示得更少。
这对后人准确了解诗义形成了阻障。郭晋稀《诗经蠡测》在这方面作
了重点研究，创见颇多。现举一例，窥其精华。

　　如《诗》中重叠字例不作动词用的问题。《诗经》中用的重叠字很
多，旧注把绝大多数都释作形容词或副词，几乎没有释作动词的。只
有"采采"一词，有的释作动词，有的释作形容词。如《集传》在《蒹
葭》里说："采采，言其盛而可采也。"徘徊于形容词与动词之间，郭
晋稀认为这是错的。他认为，"采"字本是动词，当作动词用时大抵
都不重叠，如"薄言采之""言采其薇""于以采蘋"等，其例极多。而
"采采"叠用时，非用"采"字本义，而是借字。如《蒹葭》一诗，毛
《传》注"苍苍"云："盛也。"注"凄凄"云："犹苍苍也。"注"采采"云：
"犹凄凄也。"若依《蒹葭》诗例，"采采卷耳"（《卷耳》）、"采采芣苢"
（《芣苢》）之"采采"亦可换成"凄凄"或"苍苍"（"采采卷耳""采采芣
苢"两处旧注和今注都把它当作动词），因为"采，创宰切；苍，七冈
切；凄（萋），七稽切"。为同组双声，可以通假。这样比把"采采"讲
成动词，意义更鲜明。因而"无论从词例讲或者从声音讲，采采本来
是形容词，释成动词是错误的"。又如他提出《诗》中形容词、副词以
"有"字作词头者，相当于该词之重叠词，用以状事状物；句式相同
者，则对文义近；诗篇各章，句式一致，韵脚变字，声近义通等义
例。其发凡起例之功，实超越前贤，有收纲举目之效。

　　郭晋稀提出的"倒字就韵"和"互换就韵"问题，是他的一个创新。

如《周南·桃夭》第一章结尾为"宜其室家",以与第二句"灼灼其华"叶韵；第二章结尾将末两字倒置作"宜其家室",以与本身的第二句的"灼灼其实"叶韵。以上是句中列之词为了叶韵而颠倒。他还举出一些不平列的词语颠倒的例子：《邶风·式微》第一章末二句"微君之故,胡为乎中露","故""露"为韵；第二章"微君之躬,故为乎泥中",为了同"躬"字叶韵,置"中"字于"泥"字之后。郭晋稀的"倒字就韵"条例,可以说是交给了学者们一把校正古诗误字的钥匙。

郭晋稀《诗经》研究中引起学者们广泛重视的是"组诗说"。在《诗经》学史上论到《诗三百》之组诗,这是第一次。他说："我认为民风本来有很多组诗,由于入选,有所删节,加之入选以后,篇次几经改动,所以后人认为各自成篇,中间并无有机联系。如果仍细推敲,有些组诗是依旧保留了下来。"他列举《陈风》的《衡门》《东门之池》《东门之杨》三篇,认为《衡门》所咏,娶妻不必齐姜、宋子,但所娶为何等人物,何等姓氏,未尝说明。《东门之池》就是承上篇而明言所娶之妻,是周家姬姓之女。在《东门之池》里,三言"可以",三言"可与"。"因为《衡门》四说'岂其',所以本篇用六言'可以'互相针顶。"书中还认为《郑风》中的《山有扶苏》《狡童》《褰裳》《溱洧》四篇为一组,《箨兮》与《丰》为一组,"《东门之墠》与《出其东门》两篇所咏只是一事",亦合为一组。"它们的关系决不是草蛇灰线,而是组织绵密,一气呵成",称之为组诗是恰当的。关于《诗经·国风》中组诗的这一创见,不仅对于我们理解《诗经》中一些作品的思想内容、主题有所补益,对于理解先秦时诗歌创作的人文环境及构思过程,理解当时诗歌创作中的交互影响及交流情况也有很大意义。

另外,其《二〈南〉臆测》部分,认为二《南》为厉、幽二王以下之诗,并引《竹书纪年》,证二《南》之周、召,为"周召共和"时期的周定公和召穆公。认为二《南》之诗,江汉民风也,故以为南国之风。以其诗多与周定、召穆南征相关,故名之《周南》《召南》。亦可备一说。

郭晋稀治《诗》之所以能取得超越前人的卓越成就,与他所采用的方法之科学密不可分。首先,他在治学方法上非常重视以声韵之理明训诂之道。这是古代,特别是清乾嘉以来的优良传统,郭晋稀是声韵学大家,《诗经蠡测》中以声韵通训诂贯彻始终,且新义特多,例如释"周行""周道"在《诗》中的通例为"中道""道中"。其他如释《山有扶苏》中的"子都""子充""子都"就是"子充"。又如释"邂逅"是"佳媾"或"佳偶"的音转等,此种以声韵明训诂之例遍及《风》《雅》《颂》各个部分,亦为本书的精华所在。

其次,其释诗既重训诂,又重词气。《诗经蠡测》一书提到汉人忽视词气:"汉人解经,长于训诂,忽视词气。"郭晋稀认为释诗应当将训诂与词气结合起来,审词气而解说之,也就是释诗必须要照顾全章、全篇。如在"风诗蠡测续编·释诗应照顾全篇、全章"一节中举《郑风·缁衣》"还予授子之粲兮"句中之"粲"字,毛《传》释为"餐也",单以训诂说,是有根据的,且句义也明白。若从全章乃至全篇考虑,于诗义难以密合。郭晋稀认为"粲"当读为《葛生》"角枕粲兮"、《伐木》"于粲洒扫"的"粲"。《毛诗》:"粲,鲜明貌。"诗原意应是说授以鲜明粲粲的新衣。这样,也同《大东》的"粲粲衣服",《蜉蝣》的"采采衣服"在词意上一致。例之以《诗经》重章互足之例,各章上下一气,则显然较旧说胜之。

《诗经蠡测》是二十世纪《诗经》研究的代表性著作之一,郭晋稀此书从小学入手,解决了《诗经》中的语例章法、名物训诂、篇旨句意、年代背景等许多具体问题,皆能切中肯綮、独具慧眼,对后世治《诗》者大有裨益。

郭晋稀《诗经》学论著:

郭晋稀著,《诗经蠡测》,巴蜀书社 2006 年版。

论汉代和宋代的《诗经》研究及其在清代的继承和发展（存目）

胡念贻

【评　介】

胡念贻（1924—1982），笔名孟周、江九，湖南桃江人。出生于广州，1949 年毕业于南京大学中文系，同年考取北京大学中文系研究生，在游国恩教授的指导下，专攻先秦文学。1953 年 3 月进入北京大学文学研究所工作，历任中国科学院文学研究所研究员、研究生院兼职教授。

研究《诗经》的论文有《〈诗经〉中的赋比兴》《〈诗经〉通论简评》《〈诗经〉中的怨刺诗》《〈诗经〉中的颂赞诗》《〈诗经〉中的爱情和婚姻问题的诗》《关于〈诗经〉大部分是否民歌的问题》《关于〈风〉〈雅〉〈颂〉的问题》《论汉代和宋代的〈诗经〉研究及其在清代的继承和发展》等。

胡念贻虽无《诗经》研究专著，但其多篇论文均具有重要价值，综合来看，主要是分析了《诗经》内容和艺术特色，析疑和考订了《诗经》大部分作品是否为民歌问题、《风》《雅》《颂》的分类问题、历代学者的研究方法演变的问题等。

《论汉代和宋代的〈诗经〉研究及其在清代的继承和发展》（发表于《文学评论》，1981 年第 6 期）一文，对汉、宋、清三代《诗经》研究的基本情况、本质特征、渊源流变都有所论述，更对各期的主要流派和代表性著作作了较深入的剖析。二十世纪八十年代，一种意见认为，《诗序》不是一时一人所作，而是在汉代《毛诗》流传的几百年过程中，经过许多人的增续完成的。胡念贻的这篇文章在总结梳理汉儒、宋儒及清人研究成果的基础上重新思考了这一问题，观点极富启发意义。

胡念贻关于《诗经》研究的系列论文中,《关于〈诗经〉大部分是否民歌的问题》(发表于《文学遗产》增刊七辑,1959 年 12 月)一文影响较大。他在文中驳斥了"五四"以来关于《诗经》"非歌谣是不能解释得好的"这一具有代表性的观点。明确指出《周南》十一篇中有六篇,《召南》十四篇中有八篇可以肯定不是下层人民的作品。《小雅》和《国风》中的怨刺诗也很难确定是属于劳动人民的作品。《七月》也不是劳动人民的口头创作,而是出于统治阶级的诗人之手。认为《诗经》中大部分的诗是群众性的创作,不能说是民歌。其作者有贵族,有一般知识分子,也有下层的劳动人民,其中以一般知识分子居多。群众性的创作和民歌有密切联系,但又不同。群众性的诗歌创作包括民歌,但不等于民歌,实际上是在民歌的基础上发展起来的,如《诗经》的"起兴"和"章节复奏"等手法即是从民歌中吸取来的。民歌对于群众性的创作产生了深刻的影响。总之,《诗经》虽然大部分不是民歌,但它和民歌有着血缘关系。他的观点可以看作是对朱东润"《诗经》非民歌"说的发展。

二十世纪二三十年代,在疑古辨伪思潮和重民间文学、通俗文学的学术取向的影响下,《国风》在这一时期成为研究的热点。学术界依据《诗集传》等的说法,将《国风》认定为所谓的"民歌",将著作权下放到民间群众。但这并不是结合具体的文本和时代文化发展状况认真分析的结果,因而对《国风》本质的认识也不可能更为深入。虽然从二十世纪三十年代以来,不断有学者对此说进行批判和质疑,但在二十世纪中期以后的中国特定历史条件下,一个相当长的时期内,所谓"《国风》民歌"说并没有受到大的动摇。而认定《国风》是民歌,是劳动人民的歌唱,因而是最优秀最有创造力的作品这一观点,最终导致了五十年代以后对《国风》性质和艺术价值的更为狭隘的认识。尽管在当时朱东润写了著名的论文《〈国风〉出于民间论质疑》,但并没有改变学术界总体的认识。五十年代胡念贻作《关于〈诗经〉大部分是否民歌的问题》一文,对学术界重新认识"《国风》民歌"说有一定的促进作用。这个问题在八十年代以后,才被重新认识,由此学者们又对"《国风》民歌说"的片面性进行了很多反思和批判。

胡念贻《诗经》学论著：

胡念贻著，《中国古典文学论丛》，上海古典文学出版社 1957 年版。

胡念贻著，《先秦文学论集》，中国社会科学出版社 1981 年版。

胡念贻著，《关于文学遗产的批判继承问题》，湖南人民出版社 1980 年版。

论《诗经》语言的性质

向　熹

　　《诗经》为大家所熟悉，它的语言属什么性质，是雅言还是方言？清以前无人讨论过，现代学术界却有着不同的看法。有的学者认为《诗经》的语言是雅言，不是方言。王力先生说："我曾经把《诗经》的十五国风分别研究过，没有发现方言的痕迹。我曾经把《楚辞》和《诗经》对比，想找出华北方言和荆楚方言的异同。我虽然发现了《楚辞》用韵的一些特点，但也难断定那是方言的特点和时代的特点。"①有的学者认为《诗经》的语言是方言的混合。方孝岳先生说："《诗经》是上古时代古今南北的总汇。我们应该从《切韵》的综合古今南北的规模来了解《诗经》。"②《诗经》地域广阔，包括从陕西到山东整个黄河中下游地区，南到江汉流域。《秦风》、《豳风》、大小《雅》、《周颂》在潼关以西，今陕西省境内，是西土之诗。其余在潼关以东，是东土之诗。《魏风》《唐风》在今山西省境内。《周南》《召南》《邶》《鄘》《卫》《王》《郑》《陈》《桧》及《商颂》在今河南省境内。其中二《南》南及江汉地区：《邶》《鄘》《卫》在河南北部，《陈风》在河南东南部，《商颂》在河南东部，《齐》《曹》《鲁颂》在今山东省境内。诗的来源也各不一致，时间前后相差几百年，人们在认识上产生差异是很自然的。那么《诗经》语言的性质究竟如何呢？下面我们分三个部分进行论。

---

① 王力《汉语语音史》11 页。
② 方孝岳《关于先秦韵部的合韵问题》，载《中山大学学报》1956 年 4 期。

一

　　先看《诗经》的用韵。《诗经》绝大多数是有韵的。305 篇 1115 章，约 1695 个韵段，1797 个入韵字。古音学者主要根据《诗经》用韵归纳出上古韵部，其性质与《切韵》的 206 韵是不完全相同的。古韵分部，诸家各异。王力先生分古韵为 29 部，加上侵冬分立，就是 30 部，即之、职、蒸、幽、觉、冬、宵、药、侯、屋、东、鱼、铎、阳、支、锡、耕、歌、月、寒、脂、质、真、微、物、文、缉、侵、叶、谈。《诗经》用韵 89% 与 30 部相合，11% 超出 30 部的范围，属异部合韵。如何看待合韵现象？宋代吴棫、朱熹以为"叶音"（叶韵），即某字在某处为了就韵，临时读成某音。这是错误的。有的学者以为音近通押。陆德明《释文》提出"古人韵缓"，是古人用韵较宽的意思。不过合韵是古音学兴起以后才有的概念，唐宋以前尚无这个名称。段玉裁说："合韵以十七部次第分为六类求之，同类为近，异类为远，非同类而次第相附者为近，次第相隔者为远。"①王力先生指出："合韵是很自然的形式，讲古韵的学者从来不排除合韵。"②陆志韦先生也说："古人韵缓，音色相近的字就可以叶韵，不象六朝以后的严格。"③有的学者认为是双声假借或一字多音。钱大昕说："此（指合韵）古人双声假借之例，非举两部而混之也。民、冥声相近，故《屯·象》以韵正，读民如冥也。平、便声相近，故《观·象》以韵宾、民，读平如便也。"④钱氏又说："古人音随义转，故字或数音。《小旻》'谋夫孔多，是用不集'与'犹咨'为韵，《韩诗》'集'作'就'，即是读如'咨'音。"⑤有的学者则认为合韵是方言不同的反映。顾炎武说："按真淳臻不与耕清青相通。然古人于耕清青中字往往读入真淳者，当由方音

---

①　段玉裁《六书音均表》。
②　王力《诗经韵读》35 页。
③　陆志韦《诗韵谱·序》。
④　钱大昕《潜研堂文集》卷十五。
⑤　钱大昕《十驾斋养新录·毛诗多转音》。

不同，古犹今也。"①戴震说："五方之音不同，古犹今也，故有合韵。"②今人王健庵先生认为《诗经》"西土与东土两大韵系，划然分明。……精确地说，东土韵系应分三十部，冬和侵应分，西土韵系应为二十五部，冬侵二部应合，脂微应合，真文、质物、幽宵诸部亦应分别合二为一。"③我们认为合韵中既有音近通押，又有方言不同，还有别的情况，不可一概而论，而三十部应当是统一的。

冬侵合韵。冬部独用 14 次，侵部独用 31 次，合韵 6 次（有黑点的是侵部字），即《秦风·小戎》"中骖"韵，《豳风·七月》"冲阴"韵.《大雅·思齐》"宫临"韵，《凫鹥》"濬宗降饮崇"韵，《公刘》"饮宗"韵，《荡》"谌终"韵，《云汉》"甚虫宫宗临"韵，都是西土诗。东土诗中侵、冬两部没有合韵的例子。可见侵冬合韵的确反映西土方言的特点。清代古音学家江永已看到了。他说："《小戎》以'中'韵'骖'，《七月》以'冲'韵'阴'，《云汉》以'虫宫宗躬'韵'临'，《荡》以'终'韵'谌'，其诗皆西周及《秦》《豳》，岂非关中有此音，《诗》偶假借用之乎?"④但是语言不是孤立的。讨论《诗经》合韵，有必要参考先秦其他典籍。先秦其他东土典籍中有冬侵合韵的例子。如《易·屯·六三象辞》"禽穷"韵，《比·九五象辞》"中禽中"韵，《恒·初六·九二象辞》"深中"韵。《管子·内业》"淫中"韵。"十翼"的作者旧传为孔子，有人认为是战国时代的学者，他们和《管子》的作者一样，是东土之人，则冬侵合韵的现象也就不限于西土方言。

幽宵合韵。两部独用 158 次，合韵 11 次（有黑点的是宵部字）。它们是《王风·君子阳阳》"陶敖"韵，《齐风·载驱》"滔镳敖"韵，《陈风·月出》"皎僚纠悄"韵，《豳风·七月》"要蜩"韵，《鸱鸮》"谯翛翘摇晓"韵，《小雅·正月》"酒肴"韵，《桑扈》"觩柔教求"韵，《大雅·民劳》"休逑呹忧休"韵，《思齐》"庙保"韵，《抑》"酒绍"韵，

---

① 顾炎武《易音》卷三。

② 戴震《答段若膺论韵》，见《戴东原集》卷六。

③ 王健庵《〈诗经〉用韵的两大韵系——上古方音初探》，见《中国语文》1992 年 2 期。

④ 江永《古韵标准·第一部总论》。

《周颂·良耜》"纠赵蓼椒朽茂"韵。其中西土诗合韵 8 处，东土诗合韵 3 处。《礼记·乐记》郑玄注："秦人酋、摇声相近。"所以西土诗合韵多一些。但它们在两部用韵总数中比例并不高。而《车攻》二章叶"好阜草狩"，三章叶"苗嚣旄敖"，幽宵不混。《吉日》一章"戊祷好阜阜丑"幽部六字长韵，《生民》五章"道草茂苞襄秀好"幽部七字长韵，不杂宵部字，等等。我们认为无论东土、西土诗，幽宵两部都只是音近通押，并未合成一部。

脂微合韵。微部是王力先生首先独立出来的。脂微两部共用韵 132 处，独用 98 处，合韵 34 处，占总数的四分之一，比例是很大的。王力先生独立微部的理由有三：清代学者段玉裁已将真文两部分立，章太炎从至部分出队部，阴声韵再分出微部，这样脂质真、微物文六部配合就很整齐；两部有四分之三是独用的；有些长韵两部不混，如《大东》一章叶"匕坻矢履视涕"、《板》五章叶"㤭毗迷尸屎葵师资"，不杂微部一字，《云汉》三章叶"推雷遗遗畏摧"，不杂脂部一字，如果两部没有区别，这种现象就不好解释。王力先生认为："最合理的解答是：脂微两部的主要元音在上古时代并非完全相同，所以能有分用的痕迹；然而它们的音值一定非常相近，所以脂微合韵比其他各部的情况为常见。"①王健庵认为《周南》《召南》是西土之诗，统计结果是两部合韵中西土诗占 30 次，东土诗只有 4 次。于是认为脂微两部西土应合，东土应分。我们不同意这种看法。首先二《南》应是东土之诗而不是西土之诗。朱熹说："南，南方诸侯之国也。"②《韩诗》以为"[二南]其地在南郡南阳之间。"③二《南》诗中提到江汉汝沱，都是东土水名。这样脂微在东土诗里就有 9 次合韵。上面提到的脂、微长韵独用，都是西土诗。我们还可以看到，在东土典籍里，脂微两部合韵的例子比比皆是。如《易·履·六三》"视尾"韵，《未济》"济尾利"韵，《左传·昭公十二年》"淮坻此师"韵，《老子》十四章"夷希微"韵，《礼记·孔子闲居》"违迟悲"韵，《儒行》"稽楷推"

---

① 王力《上古韵部系统研究》，见《龙虫并雕斋文集》第一卷。
② 朱熹《诗集传》。
③ 郦道元《水经注·江水二》引韩婴叙《诗》文。

韵,《管子·地员》"苇美"韵,《法禁》"威私"韵,《楚辞·离骚》"帏祗"韵等等(有黑点的是微部字)①。我们同意王力先生的观点,无论东土西土,两部都应分立。脂部元音是[ei],微部是[əi],比较接近,所以合韵较多。

真文合韵。《诗经》真部用韵 96 处,文部用韵 32 处,两部合韵三处。《小雅·正月》"邻文殷"韵,《大雅·既醉》"壶年胤"韵,《周颂·烈文》"人训刑"韵("刑"是耕部字),都是西土诗,占西土诗入韵总数的百分之三。而先秦其他东土典籍里真文合韵比较常见。如《礼记·孔子闲居》"神先云"韵,《管子·牧民》"臣分"韵,《形势》"神门""问宾"韵,《法禁》"君民身""群君民"韵,《侈靡》"存天神"韵,《晏子春秋·内问上》"贤民贫""身君""民贤顺""近亲君""人信顺"韵,《楚辞·九歌·大司命》"门云尘"韵,《天问》"分陈"韵等等(有黑点的是文部字)。认为真文合韵只是西土方言的特点,显然不合先秦语音实际。

质物合韵。质部独韵 35 处,物部独韵 16 处,两部合韵 10 处。其中东土诗合韵 4 处。《邶风·谷风》"溃肆墍"韵,《卫风·芄兰》"遂悸"韵,《王风·黍离》"穗醉"韵,《魏风·陟岵》"季寐弃"韵。西土诗合韵 6 处,《秦风·晨风》"棣檖醉"韵,《小雅·小弁》"彗浘届寐"韵("彗"是月部),《大雅·皇矣》三章"对季"韵,八章"弗仡肆忽拂"韵,《桑柔》"嚘逮"韵(有黑点的是质部字)。先秦其他东土典籍也有质物合韵的。如《管子·牧民》"辔贵"韵,《七臣七主》"失出"韵,《礼记·月令》"至遂"韵。跟脂微两部一样,质物两部的韵值也很接近。古音学家把质部拟为[et],物部拟为[ət],所以两部合韵较多。认为西土方言两部当合,东部方言两部当分,理由并不充分。

我们认为,《诗经》的用韵基本统一,《诗经》韵分三十部是符合实际的。各部都有一些合韵,情况各异。有的是杂有方言成分。如冬与侵、幽与宵,西土诗合韵较多,反映了关中方言的实际情况。有的是音近通押,脂与微、质与物、真与文属这一类。音近通押的例子,

---

① 《周易》作者是齐鲁人,《左传》作者左丘明、《礼记》作者是鲁人。《管子》作者是齐人,《老子》《离骚》的作者是楚人。

历代民歌中并不罕见。近代北方俗曲押韵有十三个韵部，叫做"十三辙"。而北方话并非只有十三个元音。《诗经》文字传写之误也可能造成合韵乃至于无韵。如《大雅·文王有声》三章："匪棘其欲，遹追来孝。"通常认为"欲、孝"是屋幽合韵。而《礼记·礼器》引作"匪革其犹，遹追来孝"，"犹、孝"分明是叶幽部本韵。《召旻》七章："昔先王受命，有如召公。"两句无韵。《周南·关雎·疏》引作"昔者先王受命，有如召公之臣"，"命、臣"则叶真部本韵。还有一种情况是古人有意改字，《小雅·无将大车》一章："无将大车，祇自尘兮。无思百忧，祇自疧兮。""尘"与"疧"为真支合韵。戴震《考证》："此(疧)与尘为韵者，乃瘨字省作痻，又转写讹耳。"其实这很可能是唐人避李世民讳，改"民"为"氏"，故"瘨"变为"瘨"，又省为"痻"。"尘"与"瘨"则为真部本韵。《商颂·殷武》四章："天命降监，下民有严。不僭不滥，不敢怠遑。"朱熹在《朱子语类》中指出："吴氏(才老)云：'严字恐是庄字，汉人避讳，改作严字。'"(卷八十)江有诰《诗经韵读》也指出："汉人往往避讳改古书。如《诗》'下民有庄'与'遑'韵，'庄'改为'严'，避明帝讳也。……然则古韵间有不合，未始非汉人所改。"

　　总的看来，无论西土、东土诗合韵都只占全部韵例中的少数。认为合韵都是方言造成是不够全面的；因有少数合韵而否定三十部的存在是不正确的；认为《诗经》里包含东西两个不同的音系也缺乏充分根据。

二

　　一部作品的方言特点，词汇上比较容易看出。《诗经》305篇来自不同地区，不会没有各地的方言成分。可是能真正确定为某地的方言词并不太多。有的词只是在个别诗篇里出现，如"薮"(《郑风·大叔于田》)、"歼"(《秦风·黄鸟》)、"韭"(《豳风·七月》)、"疱"(《小雅·车攻》)、"萧"(《周颂·有瞽》)等，并不一定是方言词。有的词可能原是方言，由于《诗经》在上古影响大，传播广，时代久远，人们已不容易看出它们的方言面貌。西汉扬雄著《方言》，记录了各地许多方言词，是研究上古方言的杰作。其他古籍传注也有言及方言的地方。它们都是考证《诗经》方言成分的旁证材料。不过《方言》比《诗经》晚出五六百年，社会发生了很大的变动，汉语词汇词义的变化也不少。对比《诗经》和《方言》所记的方言词，我们可以看到以下几种情况：

1. 有的词，《诗经》出现与《方言》或其他传注所记地域基本一致。这类词19个，大体可以肯定是方言词。如：

艾，老。《鲁颂·閟宫》："俾尔耆而艾。"《方言》卷六："艾，长老也。东齐鲁卫之间，凡尊老谓之傁，或谓之艾。"大约最初是齐鲁方言词。

杭，以舟渡水。《卫风·河广》："一苇杭之。"字变为"航"。《方言》卷九："舟，自关而东或谓之舟，或谓之航。"大约最初是关东方言词。

佼（姣），美好。《陈风·月出》："佼人僚兮。"《释文》："字又作姣，好也。《方言》：'自关而东，河济之间，凡好谓之姣。'"大约是关东河济之间的方言词。

桷，方形的椽子。《鲁颂·閟宫》："松桷有梴。"《毛传》："桷，椽也。"《说文·木部》："榱，椽也。周谓之椽，齐鲁谓之桷。"《尔雅·释宫》陆德明《释文》引《字林》："周人名椽曰榱，齐鲁名榱曰桷。""桷"当是齐鲁方言词。

栎，柞栎树。《秦风·晨风》："山有苞栎。"陆玑《诗义疏》："秦人谓柞栎为栎。……此秦诗也，宜从方土之言，柞栎是也。"大约是秦方言词。

莫，酸迷。《魏风·汾沮洳》："言采其莫。"陆玑《诗义疏》："莫，五方通谓之酸迷，河汾之间谓之莫。"可见是晋方言词。

沤，长时间浸在水里。《陈风·东门之池》："可以沤麻。"按《周礼·考工记·慌氏》郑玄注："沤，渍也。楚人曰沤。"春秋以后陈为楚地，当是陈楚方言词。

仍，就。《大雅·常武》："仍执丑虏。"《毛传》："仍，就也。"按《说文》（《类编·人部》《集韵·之部》引）："仍，因也。关中语。"陈奂《传疏》："仍、因皆可以训就。"当是关中方言词。

姝，容貌美丽。《邶风·静女》："静女其姝。"《毛传》卷一："姝，美色也。"《鄘风·干旄》《齐风·东方之日》并云："彼姝者子。"《方言》卷一："娥，好也。……赵魏燕代之间曰姝。"所指与《诗》略同，当是关东方言词。

说，通"税"。止息。《召南·甘棠》："召伯所说。"陆德明《释文》："说，本或作税。"《鄘风·定之方中》："说于农郊。"《释文》："说，毛始锐反，舍也。"《陈风·株林》："说于株野。"《方言》卷七："税，舍车也。宋赵陈魏之间谓之税。"当是关东方言词。

夏，大。《秦风·权舆》："於我乎夏屋渠渠"《毛传》："夏，大也。"《方言》卷一："秦晋之间或物壮大……或谓之夏。"此义可能最初是关西方言词。

窈窕，文静美好。《周南·关雎》："窈窕淑女。"《方言》卷二："窕，艳色也。南楚周南之间曰窕。……美状曰窕，美心曰窈。""窈窕"又见《楚辞·九歌·山鬼》："子慕予兮善窈窕。"最初可能是洛阳以南至江汉一带的方言词。

2. 有的词，出现在《诗经》某一地区的诗篇中，与《方言》或传注所指地域不同。可能是发展过程中有所转移，也可能先秦本非方言词。这类词有 31 个。如：

爨，灶。见于西土诗。《小雅·楚茨》："执爨踖踖。"汉代口语则为齐鲁方言词。《说文·爨部》："爨，齐人谓之炊爨。"段玉裁注："齐谓炊爨者，齐人谓炊曰爨。"

摧，至。见于西土诗。《大雅·云汉》："先祖于摧。"《毛传》："摧，至也。"汉代口语则为楚方言词。《方言》卷一："摧、詹、戾，至也……楚语也。"

悼，伤心。见于关东诗。《邶风·终风》："中心是悼。"《桧风·羔裘》同。《卫风·氓》："躬自悼矣。"汉代则是秦方言词。《方言》卷一："悼，伤也。秦谓之悼。"

耋，年老。见于西土诗。《秦风·车邻》："逝者其耋。"又见《易·离》："耋之嗟。"《左传·襄公九年》："以伯舅耋老。"应为通语。汉代则为关东方言词。《方言》卷一："耋，老也。宋卫兖豫之内曰耋。"

度，居，定居。见于西土诗。《大雅·皇矣》："爰究爰度。"《毛传》："度，居也。"陈奂《传疏》："居犹定也。"汉代为齐方言词。《方言》卷三："度，居也，东齐海岱之间或曰度。"

镞，金属箭头的箭，见于西土诗。《大雅·行苇》："既挟四镞。"汉代则是江淮方言词。《方言》卷九："箭，江淮之间谓之镞。"

燬，火。见于《周南·汝坟》："王室如燬。"《毛传》："燬，火也。"汉以后为齐方言词。孔颖达《正义》引孙炎曰："方言有轻重，故谓火为燬也。"《尔雅·释言》郭璞注："燬，齐人语。"

跻，登。见于西土诗。《豳风·七月》："跻彼公堂。"《小雅·斯干》："君子攸跻。"汉代为齐方言词。《方言》卷一："跻，登也。东齐海岱之间谓之跻。"

鞠，养。见于西土诗。《小雅·蓼莪》："母兮鞠我。"《毛传》："鞠，养。"汉代则为东土方言词。《方言》卷一："鞠，养也。陈楚韩郑之间曰鞠。"

僚，好。见于东土诗。《陈风·月出》："佼人僚兮。"《释文》："僚，本亦作嫽。"汉代则为齐方言词。《方言》卷二："嫽，好也。青徐海岱之间曰钞或谓之嫽。"今关中犹谓好为僚，也许古代西土亦有此语。

戎，大。见于西土诗。《大雅·思齐》："肆戎疾不殄。"《周颂·烈文》："念兹戎功。"《毛传》并云："戎，大也。"汉代则为关东方言词。《方言》卷一："戎，大也，宋鲁陈卫之间谓之嘏，或曰戎。"

茹，吞食。见于西土诗。《大雅·烝民》："柔则茹之。"汉代则为吴越方言词。《方言》卷七："茹，食也。吴越之间凡贪饮食者谓之茹。"

土（杜），根。见于西土诗。《豳风·鸱鸮》："彻彼桑土。"《毛传》："桑土，桑根也。"《释文》："土，《韩诗》作杜。"汉代则为东齐方言词。《方言》卷三："杜，根也。东齐曰杜。"

晞，晒干。见于西土诗。《秦风·蒹葭》："白露未晞。"《小雅·湛露》："匪阳不晞。"汉代则是东齐北海方言词。《方言》卷七："晒、晞，暴也。东齐北燕海岱之郊谓之晞。"又《齐风》："东方未晞。"此作"明"讲，与"晒干"义不一。

修，长。见于西土诗。《小雅·韩奕》："孔修且张。"汉代则是陈楚方言词。《方言》卷一："修，长也。……陈楚之间曰修。"《淮南子》书只用"修"不用"长"，固然为避淮南王刘长(高帝子)讳，也是习用楚方言。

慰，安，安居。见于西土诗。《大雅·绵》："乃慰乃止。"《毛传》："慰，安也。"孔颖达《正义》："乃安稳其居。"汉代为东土方言词。《方言》卷三："慰，居也。江淮青徐之间曰慰。"

哲，明智。见于西土诗。《小雅·小旻》："或哲或明。"《大雅·烝民》："既明且哲。"亦见于先秦其他典籍，如《书·皋陶谟》："知人则哲。"《左传·襄公二年》："季孙于是为不哲矣。"当是通语。汉代则为齐宋方言词。《方言》卷一："党、晓、哲，知也。宋齐之间谓之哲。"

濯，大。见于西土诗。《大雅·文王有声》："王公伊濯。"《常武》："濯征徐国。"《毛传》并云："濯，大也。"汉代则为吴楚方言词。《方言》卷一："濯，大也。荆扬吴瓯之交曰濯。"

第2类31个词中有18个只见于西土诗，汉以后口语转移到了东土地区。

3. 有的词，《诗经》只出现在某一地区的诗篇里，并不一定是某地的方言词。《方言》所指地域要广一些。这类词有四个：

格，至，来。见于西土诗。《小雅·楚茨》："神保是格。"《大雅·抑》："神之格思。"《毛传》并云："格，至也。"汉代东西通用。《方言》卷一："各(格)，至也。阎唐兖冀之间或曰假，或曰格。"又卷三："格，来也。自关而东周郑之交，齐鲁之间或曰格。"按此词甲骨文、金文作"各"。《尚书》"格"训"至"或"来"。春秋以后犹有出现。如《论语·为政》："有耻且格。"可见"格"在西周本来是个应用很广泛的词。

假，至。见于《商颂·烈祖》："以假以享。"《玄鸟》："四海来假，来假祁祁。"《方言》卷一谓"阎唐兖冀之间或曰假"，是汉代口语又通行于秦晋，范围扩大。"假"与"格"上古音近，可能是一个词的变体。

刘，杀。见于《周颂·武》："胜殷遏刘。"《毛传》："刘，杀。"亦见于《书》，如《盘庚上》："重我民，无尽刘。"《君陈》："咸刘厥敌。"

"刘"在先秦并非西土方言词。《方言》卷一："刘，杀也。秦晋宋卫之间谓杀曰刘。""刘"的流行地域同样比较广泛。

艳，颜色美丽。见于西土诗。《小雅·十月之交》："艳妻煽方处。"《毛传》："美色曰艳。"汉代关西关东通用。《方言》卷一："艳，美也。宋卫晋郑之间曰艳。秦晋之间美色曰艳。"按先秦典籍中此词亦常用。如《左传·桓公元年》："美而艳。"《楚辞·招魂》："艳陆离些。"当是通语。

4. 有的词，《诗经》出现在不同地区的诗篇。先秦其他典籍中也有，《方言》指为某地方言，使用范围缩小。如：

瘳，病好。东西土诗并见。如《郑风·风雨》："云胡不瘳。"《大雅·卬》："靡有夷瘳。"《毛传》并云："瘳，愈也。"汉代为南楚方言词。《方言》卷三："南楚病愈者谓之差，或谓之瘳。"

徂，往。东西土诗并见。如《卫风·氓》："自我徂尔。"《豳风·东山》："我徂东山。"《小雅·小明》："我征徂西。"又《尚书·梓材》："肆徂厥劳。"引申作"施作"讲。汉代为齐方言词。《方言》卷一："徂，往也。齐语也。"

迨，及。东西土诗并见。如《召南·摽有梅》："迨其吉兮。"《邶风·匏有苦叶》："迨冰未泮。"《豳风·鸱鸮》："迨天之未阴雨。"《小雅·伐木》："迨我暇矣。"汉代为东齐方言词。《方言》卷三："迨，及也，东齐曰迨。"

怀，来；至。东西土诗并见。如《齐风·南山》："曷又怀止。"《郑笺》："怀，来也。"《大雅·大明》："聿怀多福。"《周颂·时迈》："怀柔百神。"汉代为齐楚方言词。《方言》卷一："〔至〕，齐楚之会交或曰怀。"

将，大。东西土诗并见。如《豳风·破斧》："亦孔之将。"《商颂·长发》："有娀方将。"《毛传》并云："将，大也。"汉代为燕北齐楚之交的方言词。《方言》卷一："将，大也。燕之北鄙齐楚之交或曰京，或曰将。"

戾，至。东西土诗并见。如《大雅·旱麓》："鸢飞戾天。"《周颂·振鹭》："有客戾止。"《鲁颂·泮水》："鲁侯戾止。"汉代为楚方言词。《方言》卷一："戾，至也……楚语也。"

谅，信。东西土诗并见。《鄘风·柏舟》："不谅人止。"《毛传》："谅，信也。"此为动词。《小雅·何人斯》："谅不我知。"《郑笺》："谅，信也。"此为副词。汉代为中原江汉一带方言词。《方言》卷一："谅，信也……众信曰谅，周南、召南、卫之语也。"

逝，往。东西土诗并见。如《邶风·谷风》："毋逝我梁。"《小雅·杕杜》："期逝不至。"《大雅·公刘》："逝彼百泉。"先秦其他典籍亦常见。如《书·大诰》："若昔朕其逝。"孔传："顺古道我其往东征矣。"汉代为秦晋方言词。《方言》卷一："逝，往也……秦晋语也。"

适，往。东西土诗并见。如《郑风·缁衣》："适子之馆兮。"《魏风·硕鼠》："适彼乐土。"《小雅·甫田》："今适南亩。"先秦其他典籍亦常见。如《书·盘庚上》："民不适有居。"汉代为宋鲁方言词。《方言》卷一："适，往也，宋鲁语也。"

硕，大。东西土诗并见。如《邶风·简兮》："硕人俣俣。"《陈风·泽陂》："硕大且卷。"《豳风·狼跋》："公孙硕肤。"《大雅·崧高》："其诗孔硕。"《鲁颂·閟宫》："孔曼且硕。"汉代为齐宋方言词。《方言》卷一："硕，大也。齐宋之间曰巨曰硕。"

胥，相(xiāng)。东西土诗并见。如《小雅·角弓》："无胥远矣。"《大雅·桑柔》："载胥及溺。"《鲁颂·閟宫》："寿胥与试。"汉代为东齐方言词。《方言》卷一："胥，皆也。……东齐曰胥。"

詹，至。东西土诗并见。如《小雅·采绿》："六日不詹。"《鲁颂·閟宫》："鲁邦所詹。"《毛传》并云："詹，至也。"汉代为楚方言词。《方言》卷一："詹，至也。……楚语也。"

展，信。东西土诗并见。如《邶风·雄雉》："展矣君子。"《齐风·猗嗟》："展我甥兮。"《小雅·车攻》："展也大成。"汉代为齐方言词。《方言》卷一："展，信也。东齐海岱之间曰展。"

以上四种情况，除了第一种以外，都不能肯定《诗经》时代是某地方言词。有些学者以为某地方言的词，往往经不起推敲。例如"隰"，有人说是唐(晋)方言词①。考"隰"见于《唐风·山有枢》"山有枢，隰有榆。"又见于《邶风·简兮》"隰有苓"，《卫风·氓》"隰则

---

① 张步天《中国历史文化地理》15 页。

有泮"，《郑风·山有扶苏》"隰有荷华"，《秦风·车邻》"隰有栗"，《小雅·黍苗》"原隰既平"，《大雅·公刘》"度其原隰"，《周颂·载芟》"徂隰徂畛"。据《诗序》，《山有枢》刺晋昭公（公元前531—前525年在位），已为春秋晚期诗，用"隰"构成的地名更为后出，怎么能肯定"隰"这个词最初产于唐地呢？

方言是丰富雅言词汇的重要来源之一。一部作品中杂有少数方言词，不会改变全书的雅言性质。《淮南子》中有一些楚方言词。如《览冥》"勇武一人"高诱注："武，士也。江淮间谓士为武。"《精神》"冬日之箑"高诱注："楚人谓扇为箑。"《齐俗》："戈铢而无刃"高诱注："楚人谓刃顿（钝）为铢。"《说山》"社何爱速死"高诱注："江淮间谓母为社。"《说林》"腐鼠在坛"高诱注："楚人谓中庭为坛。"等等。没有人认为《淮南子》的语言就是楚方言。文学巨匠巴金的作品无疑是现代汉语文学语言的典范，同样杂有少数四川方言词语。如"棒老二"（土匪，3.533）①、"不宜好"（不识好歹，2.151）、"冲壳子"（吹牛，2.100）、"焦人"（使人烦燥不安，3.533）、"装疯"（假装糊涂，3.230）等。《诗经》的语言是统一的，因为它经过雅言的加工润色，虽有少数方言词语，并没有改变《诗经》是雅言的基本性质。

三

先秦时期，各地的方言差别无疑很大。《礼记·王制》："五方之民，言语不通，嗜欲不同。"（五方，此指中国及四夷。）刘向《说苑·善说》载榜枻越人唱歌，鄂君不懂，使人译成楚语（雅化了的楚语），才明白是什么意思②。孟柯称楚人为"南蛮鴃舌之人"，楚人学齐语，当"引而置之庄岳之间数年"，否则"虽日挞而求其齐也，不可得

---

① 括号内的数码是《巴金选集》的卷数和页数，下同。

② 于是乃召越译，乃楚说之曰："今夕何夕兮，搴中洲流。今日何日兮，得与王子同舟，蒙羞被好兮，不訾诟耻。心几顽而不绝兮，得知王子。山有木兮木有枝，心说君兮君不知。"

矣。"①先秦时期的吴语被称作"夷言"，中原人听不懂。《左传·哀公十二年》载卫侯会吴于郧（今江苏省如皋县东），被吴国扣留。后来"卫侯归，效夷言"。《诗经》里的诗来自各地而用韵大体统一，章句形式整齐，修辞手段一贯，语言大都明白晓畅，只有少数句子古奥难懂。不少结构句意类似的诗句往往出于不同地区的诗篇。洪迈《容斋随笔》卷十四"扬之水"条已谈到这一点："《扬之水》三篇，一周诗（《王风》），一郑诗（《郑风》），一晋诗（《唐风》），其二篇皆曰'不流束薪''不流束楚'。《邶》之《谷风》曰'习习谷风，以阴以雨'，《雅》之《谷风》曰'习习谷风，维风及雨'。'在南山之阳''在南山之下''在南山之侧'；'在浚之郊''在浚之都''在浚之城'；'在河之浒''在河之滣''在河之涘'；'山有枢，隰有榆''山有苞栎，隰有六驳''山有蕨薇，隰有杞桋'；'言秣其马''言采其虻''言观其旗''言䪠其弓'。皆杂出于诸诗，而兴致一也。"显然，这些诗已经过雅言的润色整理，不一定都是它们的本来面貌。这方面屈万里先生曾著文从篇章形式、文辞应用、押韵情况，语助词和代词的用法等方面进行过详细的讨论，我认为是正确的②。需要补充的是：不只《国风》，《雅》《颂》许多诗篇亦莫不如此。举例来说，《小雅·出车》《六月》《采芑》《车攻》《吉日》《斯干》《无羊》《大雅·云汉》《菘高》《烝民》《韩奕》《江汉》《常武》等篇是宣王时诗，而毛公鼎、召伯虎簋、兮甲盘、季子白盘等是宣王时铜器。郭沫若说："《大雅·江汉》之篇与世存召伯虎簋之一，所记乃同时事。"③如果比较上面所举的诗和铜器铭文，就会发现差别很大，前者文从字顺，明白晓畅，后者诘屈聱牙，古字多，很难读懂。可见《诗经》是经过后人加工润色的。有的诗（如史诗）可能最初只是口头传诵，后来才用文字记录下来。考《诗经》成书约在公元前599年至前544年之间，它的加工润色也当在这个时候。加工的人大约就是太师（乐师）之类。《论语·子罕》："吾自卫反鲁，

---

① 《孟子·滕文公下》。

② 屈万里《论国风非民间歌谣的本来面目》，原载台湾《中央研究院语言研究所集刊》第三十四本，收入林庆彰编《诗经研究论集（一）》。

③ 郭沫若《青铜时代·周代彝器的进化观》。

然后乐正，《雅》《颂》各得其所。"孔子"正乐"是调整篇章的次序，也可能做过某些语言上的加工。

下面是本文的几点结论：

1.《诗经》用韵与上古三十韵部大体一致。有一些合韵，情况不一，音近通押、传写致误或有意改动的事实是都存在的，不能一概委之方言。

2.《诗经》词汇中有一些方言成分，但能确指为某地方言词的并不多。有少数方言词不能决定《诗经》语言的性质。

3.《诗经》语言统一，可能经过雅言的加工润色。雅言即夏言，是以洛邑方言为基础形成的周代共同语。

（载《中国韵文学刊》，1998 年第 1 期）

【评　介】

向熹，1928 年生，湖南双峰县人。著名学者，汉语史研究专家。现为四川大学文学与新闻学院中文系教授，四川省文史研究馆馆员，九三学社社员。1950 年秋考入北京大学中文系汉语言文学专业，1954 年本科毕业，继续留校读研究生，师从王力先生，主攻汉语史专业。1958 年秋研究生毕业，被分配到四川大学中文系工作。研究汉语史，尤其是上古汉语声韵，《诗经》是特别重要的材料。向熹与《诗经》结缘，也缘于此。据向先生自述："20 世纪 60 年代，我在四川大学中文系教汉语史，同时开始研究《诗经》语言。'文革'以后还为汉语史专业的研究生开设了研究《诗经》语言的课程，先后出版了《诗经词典》(1986 年，1997 年修订)、《诗经语言研究》(1987 年)、《〈诗经〉古今音手册》(1988 年)、《诗经注译》(1995 年)几部书。"向熹《诗经》研究的代表作是《诗经词典》《诗经语言研究》《〈诗经〉古今音手册》。

《诗经词典》是中国第一部音义兼备的专书词典，给《诗经》中每一个字词释义和注音。穷尽性地收集《诗经》中出现的单音词、复音词，采用"首出己见，择要兼收"的释义方式，囊括历史上的诸家《诗》说，择善而从，并时发新见。据作者在《后记》中所说：

　　《诗经词典》收录《诗经》里出现的 2826 个单字作为字头，同时收录复音词语近 1000 条、三〇五篇的题解和有关《诗经》研究的术语 300 余条，总计 1318 条。从性质上说，《诗经词典》兼有语文词典和百科辞典的某些特点。

　　……现代学者用新的观点研究《诗经》，创获不少。词典对于前人的研究成果，应予适当的反映。不全盘肯定，也不轻易否定。不同的说法只要言之有据，不妨两存。《诗经词典》的做法是，先列自己的解释，然后择要收录众说，用"一说""又一说"的方式表明。这样做，读者既能有所遵循，又可以多一些参考，择善而从。这是一种尝试，得失如何，有待于实践的检验。

　　《诗经》一书，在汉语语音史的研究上有特殊重要的地位。它的用韵为上古韵部系统的建立提供了可靠的依据。因此，《诗经词典》的注音应有自己的特点。除了用汉语拼音字母注现代音以外，还注明字的中古音和上古音。又在所收《诗经》原文里注明每一首诗的韵脚及其所属韵部。这对于读者了解《诗经》的语音全貌，可能是有帮助的。

　　该书的注音包括汉语拼音、反切、中古音和上古音四种。1986年由四川人民出版社出版，国内外多家报刊载文评介，多有称美。1988 年该词典荣获第二届王力语言学奖，1997 年出版修订本，吸收了海内外各家的新成果，异文另立字头，字头由 2826 个增加到 3336个，合并义项近 500 处，增补材料 3000 余条，重订版的内容增加了约四分之一的材料。

　　《诗经语言研究》是第一部从现代语言学角度研究《诗经》的专著。全书共分六章。第一章：综述前人的研究，评价了从汉代到清代学者研究《诗经》的情况。第二章：《诗经》的文字。比较了《毛诗》与"三家诗"的文字差异以及毛诗内部的文字差异、《毛诗》篇名与诗句的重出，举例相当详备。第三章：《诗经》的用韵（韵例）和今读。讨论了韵在句中、章句的位置以及合韵和今读等问题，对一字多音和不常见音作了说明，对于叶音及其影响也有论述。第四章：《诗经》的词汇。

探讨了词的单义和多义、本义和引申义，词的假借义和同义词等问题，并考察了《诗经》词汇对汉语词汇发展的影响。专门写了《〈风〉〈雅〉〈颂〉的词汇比较》一节，从各种专用名称、祭祀所用词汇等七个方面举例说明《国风》和《雅》《颂》应用语言词汇的差别。第五章：《诗经》的句法。主要运用并列、偏正、联合等句法结构的模式分析了《诗经》中各种各样的句式。第六章：《诗经》的修辞和章法。主要归纳了《诗经》中十四种修辞方式并一一举例说明，将《诗经》的章法概括为"完全叠韵体""不完全叠韵体"及"非叠韵体"三种。

本书统计《诗经》的单字 2826 个，大多一个字是一个词，也可能仅是一个组成复音词的词素，用作词素的字约 349 个，所以《诗经》中有词 3400 个，包括单音词 2500 个，复音词 900 个。统计整部《诗经》，共计有 7284 句，其中四言句就有 6667 句，占全书 92%，此外，自二言句至八言句共 619 句，占全书 8%。分析了各种句式，如加字、重复、省略等。又对单义词、多义词、一字多音和不常见音等，也都逐项作了专门统计和说明。

该书对《诗经》篇名和诗句重出的例子，搜集齐备。列出《诗经》中篇名重出的共有 9 组 21 篇，两句重出的有 13 组，三句重出的有 3 组，四句重出的有 6 组，六句重出的有 1 组。关于句读分合，对《生民》《蓼兮》《正月》《天作》《陟岵》《葛生》诸篇中的某些诗句的断句方式，有与前人不同的读法。此章皆一一举例评述。关于分章问题，归纳前人之说，列表表述《毛传》《郑笺》与《诗集传》分章不同的 8 篇诗，并作出评述。这些内容对《诗经》研究而言具有很高的参考价值。

作者认为《诗经》词汇虽然丰富，但有它不平衡的一面。他考证了先秦其他典籍（如《论语》等书）里一些比较常见的名词、形容词（例略）没有在《诗经》里出现，有的虽有但却不是它的常见义。因此，他认定"《诗经》词汇虽然丰富而且重要，仍然只是上古汉语词汇的一部分，并不能代表整个上古汉语词汇"。此外，对于《诗经》诗句之所以重出这一问题，作者也细加分析，归纳出四个方面的原因。对于"叶音"问题特别是它对《诗经》研究的影响，也发表了很好的见解。

总之，该书统计精密、资料详赡、论证精审，是 80 年代《诗经》语言研究的总结性著作，也是我国第一部研究专书语言的著述。全书重在揭示《诗经》语言的特点，探索其应用的规律，既总结前人的研究成果，又在理论上有所精进。

此外，他还著有《〈诗经〉古今音手册》，本书收集并注明了《诗经》所有单字的今音（汉语拼音）、反切、中古音和上古音，把每个字的字音从古到今贯穿起来，供读者阅读《诗经》和研究上古汉语音韵时参考使用。90 年代，撰写多篇关于《诗经》的专题论文，2002 年出版了《〈诗经〉语文论集》，本书收录了《〈诗经〉语言的性质》《〈诗经〉与汉语词汇》《〈诗经〉里的通假字》《〈诗经〉的通韵和合韵》等 15 篇文章。这些论文主要分为两类，一类是关于《诗经》语言研究的论文，分专题研讨了《诗经》语言的性质、歧义的分析、异文、通假、注音以及词汇、通韵和合韵等重要课题。另一类是关于前人研究《诗经》成果的研究论文，包括从汉代到清朝研究《诗经》的几个重要成果的研究述评。

《诗经译注》原为 1995 年许嘉璐、梅季主编的《文白对照十三经》丛书中的一种，后由高等教育出版社于 2009 年出版单行本。此书是向熹多年研究《诗经》成果的集中体现，原文、题解、注释、韵读都是作者采集各版本和各家之长精校而成。2010 年在德国莱比锡世界图书评比中，从 634 种参选图书中脱颖而出，获得"2010 年世界最美图书"的称号。

向熹治学严谨，学风扎实，深得其师王力治学精髓。他在汉语史研究领域中的成就是多方面的，撰写和编纂了不少著作和辞书的同时，还在文字、音韵、词汇、语法、方言等方面撰有大量论文，其《诗经》研究只是其几十年来在汉语史研究中取得的系列研究成果中的一个方面。

向熹《诗经》学论著：

向熹著，《诗经词典》，四川人民出版社 1986 年版。

向熹著，《诗经语言研究》，四川人民出版社 1987 年版。

向熹著，《〈诗经〉古今音手册》，南开大学出版社 1988 年版。

向熹著，《〈诗经〉语文论集》，四川民族出版社 2002 年版。

向熹著，《诗经译注》，商务印书馆 2013 年版。

关于战国时期"诗三百"的流传(存目)

董治安

【评　介】

　　董治安(1934—2012),古典文学专家和文献学专家。江苏徐州人。1956 年毕业于山东大学中文系,留校后一直在山东大学从事中国先秦两汉文学和文献的教学、科研工作。曾担任山东大学古籍整理研究所所长、中国诗经学会副会长,全国古籍整理出版规划领导小组成员,教育部全国高等院校古籍整理研究工作委员会委员。

　　董治安研究的主要方向是先秦两汉文学文献,自 20 世纪 50 年代以来出版古典文献研究专著十余部、发表论文近百篇,所涉学术领域宽广,对上古神话、先秦两汉经学及先秦诸子学说、文献整理方面有自己独特的学术见解。同时还主持编纂了多部类书、丛书、全集。其中代表性的是《中华大典·先秦两汉文学分典》《两汉全书》的整理和编纂,这两部书的编纂完成和出版,填补了国家文化建设在这个方面的空白,在学术界产生广泛影响。

　　在《诗经》学方面,董治安着力于《诗经》自春秋、战国乃至汉代近千年时间里的编辑、流传、应用、研究情况的全面梳理。主要成果收编在《先秦文献与先秦文学》和《两汉文献与两汉文学》两部专著中。择其要简述如下:

　　《从〈左传〉〈国语〉看"诗三百"在春秋时期的流传》一文,认为《诗经》虽然既非成于一时,并于春秋后期之前已出现较为稳定的传本,但孔子在《诗经》的流传过程中起了重要作用。《关于战国时期"诗三百"的流传》一文,认为战国以后"赋诗见志"的风气在社会上消失了,原因在于诗与乐的分离和文化下移,使《诗经》向社会下层传播。由于孔子和儒家的推重,孔门弟子及后学积极习《诗》、传《诗》,

《诗经》遂成为儒家学派崇奉的经典，但在战国时并未被社会"定于一尊"。这两篇文章在前人研究的基础上，以现代认识，重新勾勒了《诗经》在春秋战国时期发展、流传的轮廓，总结了一些规律。《〈吕氏春秋〉之论诗引诗与战国末期诗学的发展》认为在秦并六国之前的一段时间，人们已在很大程度上接受了儒家"以诗为经"的观念，而各家学术思想正逐渐趋于合流。作者对于逸诗的征引和推重，说明直到战国之末，儒家之"三百篇"传本依然未能在其他诸家习诗者那里被定于一尊。《两汉〈诗〉的传承与〈诗〉学的演化》一文，介绍了汉代《诗》学的演化情况及今、古文《诗》学派别之间的对立与统一过程，认为两汉对于《诗》学的重要贡献在于：保存了完整的《诗》的最早传本；留下了汉人论《诗》、注《诗》的主要著作；汉人的《诗》学理念及对于"三百篇"文学性质的认识，对后世影响深远。《两汉〈诗〉学史札记》和《以〈诗〉观赋与引〈诗〉入赋》两篇文章，论述了《诗》在汉代的影响，认为《诗》在汉代的流传开始具有了双向发展的特质，既是政治的、经学的，又是文学的、诗学的。

董治安在学术研究中非常重视文献的作用，文献的运用贯穿于学术研究的始终。他努力从原始文献中汇集所有与《诗》相关的资料，再对这全部的资料做系统性地重新梳理，从而发现问题。如关于春秋时期《诗》流传的研究。董治安"竭泽而渔"式地搜集、排列《左传》引诗、赋诗、论诗、歌诗及作诗之记载 279 条，作成《〈左传〉所载引诗、赋诗、歌诗、作诗综表》；又搜集、排列《国语》此类记载 38 条，作成《〈国语〉所载引诗、赋诗、歌诗综表》。就此 317 条资料，董先生分为"引诗""赋诗""歌诗""作诗"四类，来论说春秋时期《诗》的流传、影响及其思想交流价值。每一立论，皆以文献资料为证。从而使那些令人耳目一新的学术观点全都建立在扎实的文献资料考据的基础上。正是在对文献穷尽式地搜集、分类排比、仔细会通的基础上，才得以推导出学术新知。

又如《战国文献论〈诗〉、引〈诗〉综录》《战国文献引〈书〉综录》《〈史记〉称〈诗〉综录》等文，都是他对某一论题追本溯源、穷尽资料搜集得来的成果，为研究《诗经》提供了直观的史料，同样具有重要的学术价值。

　　董治安的学术成就还体现在古籍整理著作方面，20世纪60年代前半期，董治安参加了高亨先生主持的《诗经新解》的撰写工作。20世纪80年代至90年代，和王世舜先生共同编纂了《先秦要籍词典》（《诗经词典》1989年），此部书是以汇集和训释先秦主要文献全部词语为基本内容，首次对先秦文献语言进行全面整理和总体研究的大型丛书。另一部与夏传才教授联名主编的《诗经要籍集成》，整理汇编了自汉至清约两百种重要的《诗经》研究著作，是中国诗经学会规划内的重点项目，有重要的学术参考价值。

　　总之，穷尽研究资料，会通文献意蕴，善于深思敏悟，从而得出新的观点和结论，是董治安学术研究的特点，也是其《诗经》研究的特点。

董治安《诗经》学论文收入：

董治安著，《先秦文献与先秦文学》，齐鲁书社1994年版。

董治安著，《两汉文献与两汉文学》，上海古籍出版社2005年版。

兴的源起·原始兴象与宗教观念(存目)

赵沛霖

【评　介】

　　赵沛霖，1938 年生，天津市人，1963 年毕业于河北师范学院中文系，曾任中学、大学教师。1980 年进入天津社会科学院从事文学研究工作。1987—1994 年任文学研究所副所长，兼任中国诗经学会、天津美学学会副会长等。研究领域主要在《诗经》、上古美学史和神话学等方面。有专著《八代三朝诗新选》《追寻祖先的起源》《漫话图腾》《屈赋研究论衡》《先秦神话史论》等。《诗经》研究方面有《兴的源起——历史积淀与诗歌艺术》《诗经研究反思》《现代学术文化思潮与诗经研究——二十世纪诗经研究史》等论著。

　　20 世纪 80 年代以来，伴随着西方文学理论与新视角的再度引入，中国的学术研究呈现出多元化的新局面。此期的《诗经》研究也在多方面取得了进展，其中文化人类学的研究取向一时间成为主潮流。

　　赵沛霖《兴的源起——历史积淀与诗歌艺术》(1987) 一书，正式运用文化人类学理论探讨了兴的起源、发展，以及兴产生后给诗歌艺术带来的影响。作者运用了文化人类学方法，跳出《诗》谈兴，还原其原始文化背景，并借鉴了"帕利—劳德"理论，尤其是美国学者王靖献(C. H. Wang)运用这一理论研究《诗经》所得出的成果，对《诗经》中"兴"的本义进行了深入探析，在具体考察各种原始兴象与宗教观念内容之间关系的基础上，从微观上论证了兴起源的历史积淀过程，兴起源的实质是宗教观念内容向艺术形式积淀的结果。从而为我们认识美学中的重要课题——"历史积淀"说提供了诗歌艺术的具体例证。

早在 20 世纪初，闻一多研究《诗经》时，就采取过文化人类学的视角，在他之后，对《诗经》的具体问题，如《大雅·生民》姜嫄"履大人迹""弃子"的研究中，很多学者也都采用了民俗学、人类学的视角。但运用这一视角系统研究《诗经》的，赵沛霖是第一人。

《兴的源起——历史积淀与诗歌艺术》共分为八章，分别是：原始兴象与宗教观念、兴的历史积淀、兴起源的时代与原始诗歌和神话的结束、文化背景与"同龄艺术"、兴出现之前的诗歌——原始诗歌、兴与诗歌艺术、残存的兴的历史形态、比兴古今研究概说。

在该书第一章"原始兴象与宗教观念"中，作者分别考察了"鸟类兴象""鱼类兴象""树木兴象""虚拟动物兴象"的起源，论证了兴的一般的规范化的形式如何由这些原始兴象演化积淀而来，并进而论证了兴的本质、性质、兴起源的时间和意义以及其他有关问题。该书第二章"兴的历史积淀"，指出兴起源的历程主要经历了以下几个发展阶段：物象—观念内容—习惯性联想—兴象—（外化为形式）—兴。第三章"兴起源的时代与原始诗歌和神话的结束"指出：兴的出现正是作为文学史上具有重大时代意义的不同门类的交替——阶级社会诗歌的诞生和原始诗歌、神话的结束——在艺术上的重要标志。第六章"兴与诗歌艺术"认为：在兴产生之前的原始诗歌中，只有极为简单的"直言其情"或"直言其事"的表现方式，显然没有达到"把心灵的东西借感性化而显现出来"的艺术的本质要求。兴产生之后，外物被引入诗中，诗歌的构成内容从此发生了重大的变化：诗中除了情还有物，情与物被置于同一首诗中，主观思想情感的客观化和物象化成为可能。在这个意义上，可以说兴的产生是达到诗歌艺术特殊本质的前提，是我国诗歌艺术史上一次意义重大的飞跃。第八章"比兴古今研究概说"则是对汉代到现代学者研究比兴的各种说法的一个综述和评议。

由于兴的出现引起了中国诗歌艺术的飞跃，因而深刻理解兴的起源过程有助于认识《诗经》的艺术特征和中国诗歌艺术的本质，对艺术史、美学史和原始文化研究都有重大意义。

赵沛霖还著有《诗经研究反思》（1989），该书尝试对自汉代至 20世纪 80 年代中期《诗经》研究的理念、研究成果的得失进行反思及系统梳理。论述有关《诗经》各类作品(祭祀诗、宴饮诗、史诗、农事诗、战争诗、怨刺诗、情诗)和基本问题(如《诗经》分类、诗乐关系、《诗序》的作者和评价、比兴的解说和性质以及艺术成就)的观点和见解，追踪学术发展脉络，评断问题争端是非，是研究《诗经》学史的重要著作。

《现代学术文化思潮与诗经研究——二十世纪诗经研究史》(2006)一书，是中国诗经学会项目《二十世纪诗经研究集成》第一卷。该书从史的角度对 20 世纪《诗经》研究进行了全面科学的总结，由绪论、《诗经》学的传统与转型、疑古辨伪思潮与《诗经》研究、唯物史观与《诗经》研究、极"左"思潮干扰下的《诗经》研究、文化意识与《诗经》研究、《诗经》学术史的勃兴、文化人类学与《诗经》研究、20世纪考古发现与《诗经》研究、现代学术意识与《诗经》传注训诂、大众化意识与《诗经》白话文翻译、开放意识与《诗经》的海内外学术交流、现代《诗经》学的学科建设等专题组成。从这 13 个专题中可以窥见 20 世纪《诗经》学的不同"景观"及其发展脉络，同时也可以看到其对《诗经》学史建构模式的超越。

20 世纪是一个思潮迭起的时代，新文化运动，唯物史观、文化人类学、极"左"思潮，80 年代至世纪末的西学输入等，无不影响着20 世纪《诗经》研究的发展大势。也就是说，20 世纪的《诗经》学与传统《诗经》学有着显著的不同，与时代学术文化思潮的联系更加密切，不同时期重要的学术文化思潮总是很快地被《诗经》学所采纳，并在新的研究成果中表现出来。赵氏正是根据这个新特点，在学术史的建构模式上采用新的开放的模式。在新的学术史书写框架内，进行《诗经》学自身的研究，揭示学术观点的源流变化、总结学术研究的发展规律、对学术成果得失进行评估。比如关于"古史辨派"的《诗经》研究，除分析疑古思辨思潮与新文化运动的关系等问题之外，重点论述"古史辨派"《诗经》研究的现代性特征，及其重要成就和存在的问题与不足。总而言之，这部研究史以时代学术文化思潮对《诗经》研究的影响与制约为主线，在时代学术文化思潮的大视野与《诗经》学自身传统结合的框架内把握《诗经》学在现代条件下的嬗变过程。它深刻、真切地反映了 20 世纪《诗经》研究的方向和性质。它是一部具有开创性质的《诗经》学术史。

总而言之，进入 20 世纪，中国学术思想经历了与西方学术思想的反复碰撞与交流融会，在此进程中，以科学观念和科学精神为基础的现代学术意识逐渐取代传统学术理念而成为研究的主导，《诗经》学也发生了深刻的变化，走上了现代《诗经》学的新阶段，取得了多方面的成就。赵沛霖自觉地把现代学术意识贯彻于研究之中，以其严谨求真的精神、丰厚的理论素养和自觉的"史识"完成其对《诗经》研究学术史建构，率先从史的角度对 20 世纪《诗经》研究进行了全面的总结。赵沛霖的研究具有前沿性和科学性的特征，他是当代《诗经》学的引路人。

赵沛霖《诗经》学论著：

赵沛霖著，《兴的源起——历史积淀与诗歌艺术》，中国社会科学出版社 1987 年版。

赵沛霖著，《诗经研究反思》，天津教育出版社 1989 年版。

赵沛霖著，《现代学术文化思潮与诗经研究》，学苑出版社 2006 年版。

先秦《诗经》研究的几个问题

夏传才

过去《诗经》研究著作极多。封建社会尊奉它为神圣的经典，规定为必读的教科书。在无数漫长的世代，历代学者"皓首穷经"，为它呕心沥血，出现了不少著名学者和大师。截至清初，据《四库全书总目》收录及存目的《诗经》研究重要著作，已达一百四十七部、一千八百六十四卷。清人研究《诗经》，更是名家辈出，著述如林。正编成于道光年间、续编成于光绪年间的《皇清经解》，分别收录乾嘉学派及今文学派经学名著三百八十九部、二千八百三十卷。这些著作有许多是《诗经》专著，也有许多是诸经考据研究的合集，《诗经》和其他经籍的考据与说解杂糅，不易划断。如果再加上光绪以后的专著和有关论述，可谓卷帙浩繁、汗牛充栋了。

为什么一部古老的诗歌选集，在我们民族的文化史上会具有如此深刻而广泛的影响？这自然与我们民族的历史发展有密切关系，但最主要的一点，是这部诗集本身具有重要的文学价值和历史学价值。

《诗经》约三〇五篇诗，以丰富的生动形象，广泛地反映了古代社会生活，再现了贵族社会的图景和人民的生活风貌，展开一幅幅色彩斑斓的画卷。它又以质朴深厚的抒情，剖开人的内心世界，一曲曲纯挚的歌声，洋溢着感人心腑的艺术魅力。两千五百年前的这些古老诗歌，尽管产生它们的时代早已经终结，却仍然保持着艺术的生命。历代学者对它具有深刻社会意义的内容，都在自己时代的基础上，用本阶级的社会政治观点进行分析和解释。它所体现的现实主义精神和诗歌创作的艺术经验，哺育着一代又一代诗人。

《诗经》又是研究古代史的一部比较完整可靠的史料。梁启超说过："现存先秦古籍，真赝杂糅，几乎无一书无问题，其精金美玉，字字可信可宝者，《诗经》其首。"①迄今为止，这部古籍一直是研究周代社会的最可靠的社会史料和文化史料，是探讨周代的经济、政治、意识形态和民俗学所不能缺少的。即使是封建经学为它所作的大量义疏，虽然曾经如同重重迷雾掩盖这部古籍的本来面目，但作为经学的一个重要部分，也直接反映了不同时代经学的内容、变化和派别斗争，反映出整个封建文化发展嬗递兴衰的历史。

其次，《诗经》还记载了大量名物，从草木鸟兽虫鱼，到各种器用文物，历代的考证训诂材料相当丰富，据胡朴安《诗经学》引，其中草名一〇五，木名七十五，鸟名三十九，兽名六十七，虫名二十九，鱼名二十，各种器用文物名三百余。考察它们古今命名的异同和存亡变迁，为博物学、考古学提供了丰富资料。

再者，两千多年来的汉语不断变化，汉文由籀文而篆文而隶文而真文，经历了三次大变化，《诗经》各代传本的文字不同。把这些文字同现代汉字比较，不仅字形有了不同，字音、字义也有很大变迁。考察各代文字的异同及其形、音、义的古今变迁，《诗经》又为文字学、音韵学提供了可靠史料。

《诗经》研究包涵内容丰富，在《诗经》研究史上，上述各个方面都保留有大批的研究资料。那种认为过去的《诗经》研究都是封建经学，摈弃古人研究遗产的观点，是很不全面的。但是，过去两千五百余年，研究资料浩若烟海，对一般研究者来说，不仅许多版本不易搜求，而且其中确实包含有大量的封建糟粕和学术上的失误，需要审慎地分析和抉择；再者，这些资料繁琐纠缠、歧义纷纭，如无端倪，很容易如入烟海，弄昏头脑。我们不能再提倡"幼童守一艺，白首而后能言"②，有必要简要地概括过去研究的基本情况，理出线索，评介不同时代不同学派及其具有集大成性质的重要著作，说明它们研究的成就和存在的主要问题，对于那些不能蔚然成家，又无卓识创见者，可以姑置不阅，留待以后作进一步研究时再说。

---

① 梁启超《要籍题解及其读法》。
② 《汉书·艺文志》。

孔子删《诗》和孔门诗教

对诗三百篇的研究，就现有文献而论，应该说是从孔子开始的。

在春秋中期已经结集和流传一个和今本《诗经》的编次、篇数大体相同的传本，本名为《诗》。这个诗集是由贵族阶级为了实际应用而制作和编集的。它们完全是合乐的乐歌，《颂》是庙堂祭祀乐歌，《雅》是朝会和贵族集会的乐歌，《风》是采自民间的歌谣，又配上乐曲在贵族宴会上演唱。《仪礼·乡饮酒礼》具体地记载了贵族卿大夫宴会上演唱《小雅》和二南的次序和内容。《左传·襄公二十九年》记载了吴公子季札聘鲁观周乐，依次地观看了《风》《雅》《颂》的演出。春秋时期，三百篇已经在贵族社会相当广泛地流传，它们的应用范围超越了它们最初制作和采集的目的，而普遍地应用于社会政治生活的各个方面。《左传》和《国语》都记载了大量赋诗言志的事实，据清代赵翼统计：《国语》引诗三十一条，《左传》引诗二百十七条①，《诗》成为政治外交场合表情达意的一种普遍应用的特殊工具，同时杂用到人们交往的谈话中以加强语言的表达力。正因为《诗》在贵族社会中被普遍运用，也就成为贵族士大夫必须学习的科目。应该注意的是，当时的赋诗或引诗，并不要求切合全诗的原意，而是采用一篇诗中的一章或一句两句，按照赋者或引者表达的需要来运用它们的形象或意义，这是一种断章取义、穿凿比附的方法，谈不上什么研究。

春秋末期，礼崩乐坏，文籍散佚。孔子在晚年开门办学，他删订整理包括《诗》在内的六种典籍作为教本。战国时期儒家学派继续采用这六种教本，开始统称"六经"。西汉初期，孔子的亡灵被改造为神圣的偶像，六经被官定为统治人们思想和行为的圣经，《诗经》在整个封建社会被置于特别重要的地位，虽历经不少时代的变迁，仍能

---

① 赵翼《陔余丛考》的这个统计和近人夏承焘的统计不同。夏文《采诗和赋诗》说：《左传》引诗共一百三十四处，其中关于卿大夫赋《诗》的共三十一处。这种差别在于赵文把逸诗和在语辞中杂用的诗句，都计算在内。夏文载《中华文史论丛》1962 年第一辑。

比较完整地流传下来，并且积累了丰富的研究资料。孔子删《诗》和提倡诗教，对这部文学遗产的流传有不可磨灭的功绩。

关于孔子删《诗》的问题，是历来《诗经》研究中争论的问题之一。

孔子如何删订《诗经》，他自己只有非常简略的直接叙述："吾自卫返鲁，然后乐正，《雅》《颂》各得其所。"①说的是正乐。西汉司马迁作了比较具体的记述："古者诗三千余篇，及至孔子去其重，取可施予礼义，……三百五篇，孔子皆弦歌之，以求合《韶》《武》《雅》《颂》之音。"②汉代神化了孔子，以五经为孔子的教义，说五经的字字句句蕴藏着圣人的治世宏旨，上述孔子删《诗》的说法，符合当时统治阶级的政治要求和学术理论，于是就奉为定论。唐初孔颖达发现古代佚诗的数量不多，认为春秋流传的诗只有三百多篇，因而怀疑司马迁的记述。其实孔颖达的怀疑也是根据不足的。宋代兴起经学的怀疑学派，用他们时代的地主阶级所要求的纲常礼教标准来重新解释经书，判定了《诗经》中的许多爱情诗为"淫诗"。他们认为，如果肯定《诗经》经孔子删订，既传播"恶行邪说"，又有损圣人王冕上的光圈，于是力主孔子不曾删《诗》，删《诗》说与非删《诗》说两派展开长期论战。清代复兴汉学的古文学派和今文学派，两派论战更为激烈。这场持续八百多年的论战，各个时代有重大影响的学者、经师，大都卷进战团，聚讼纷纭，各持己见。两派论点都有一些道理，又都没有能够确立己说的充分论据和圆满的论证。

这场论战的实质，是地主阶级内部不同学派为"捍圣卫道"而进行的斗争。他们都把孔子当圣人，把《诗经》当圣经。非删《诗》说的一派，不能承认圣人定下"淫诗"、圣经中有"淫诗"，他们企图说明圣人不曾删《诗》，应该由他们从《诗经》中排除这些真挚优美的爱情诗。如宋代的王柏就竭力宣扬这种观点，从《诗经》中删掉三十二篇，说是"悉削之，以遵圣人之至戒！"③最典型地表现了他们推行封建礼教的理学偏见。删《诗》说的一派，则要捍卫经书神圣不可侵犯的权

---

① 《论语·子罕》。
② 《史记·孔子世家》。
③ 王柏《诗疑》卷一。

威地位，如清代今文学者皮锡瑞就坚持决不可"始于疑经，渐至非圣"，他直截了当地说："不以经为孔子手定，而属之他人，经学不明，孔教不尊。"①这也表现出这些保守派的宗派偏见。我们现在既不可能，也更无必要将双方的论点——录辨。

我认为，孔子时代究竟流传多少古诗，孔子如何删削整理，古人没有留下具体资料，谁也无法直接作出具体的说明。如果我们纠缠于古诗的数量，追究删《诗》的直接细节，停留于分辨删《诗》说与非删《诗》说双方论点的是非，在没有出现新史料的情况下，那是永远也说不清楚的。我们应该超越删《诗》说与非删《诗》说的争论，换一个角度，先来研究孔子整理古籍的历史背景和基本方法、孔子的思想人格及其诗教，那么，大体上也可以明白孔子删《诗》的问题。

孔子生活在奴隶制迅速土崩瓦解的社会急剧变革时代。他生活的鲁国，是西周文化荟粹的最大的诸侯国，据《论语·微子》："太师挚适齐，亚饭干适楚，三饭缭适蔡，四饭缺适秦，鼓方叔入于河，播鼗武入于汉，少师阳、击磬襄入于海。"随着贵族阶级的没落，贵族文艺也没落了，乐师纷纷走散，逃亡四方。从《左传》的记载来看，在孔子四十六岁以后，已无列国公卿赋《诗》的记载。孔子说："恶紫之夺朱也，恶郑声之乱雅乐也，恶利口之覆邦家者。"②一种新乐在逐渐代替贵族的古乐。魏文侯问子夏："吾端冕而坐听古乐则唯恐卧，听郑、卫之音则不知倦。"③这里说的"郑、卫之音"，或曰"郑声"，并不等于《郑风》。《郑风》是编选在《诗》三百篇之内，属于"无邪"之列的，"郑声"是个贬义词，指的是郑国地方音乐中最低级的那一部分，其中包括季札曾经听到的"其细已甚，民不堪也"的靡靡之音，也就是孔子说的"郑声淫"，淫，即放荡的意思，孔子称为危害人心，颠覆国家。日本早稻田大学学报发表了一篇文章《关于郑卫之音》，是把郑声和《郑风》联在一起的。孔子说："《诗》三百篇，一言以蔽之，

① 皮锡瑞《经学历史》第一章。
② 《论语·阳货》。
③ 《礼记·乐记》、《史记·乐书》均有同文记载。

曰：思无邪。"①又说："放郑声，远佞人，郑声淫，佞人殆。"②对二者评价和态度截然不同，可见孔子所指是大有区别的。可是，我们也要看到所谓"郑声"或"郑、卫之音"，也不会只有乐调而全无歌词。《吕氏春秋·孟春记》说："靡曼皓齿，郑、卫之音，务以自乐，命之曰伐性之斧。"这话说到了妙龄少女的歌唱。《汉书·礼乐志》说："周道始衰，怨诗之起……桑间、濮上、郑、卫、赵、宋之音并出，内则致病损寿，外则乱政伤民。"在十五国风中有选择地收录了一些民间歌谣，也会有很低级的一部分被这位孔老夫子淘汰掉，其中也难免包括一些生动活泼、感情热烈的情歌，包括一些具有时代精神、反映现实的所谓"乱政伤民"的民歌。

孔子整理古籍是为了传授弟子，让他们"为政"——去实现他的政治主张，"为师"——去传播他的思想学说，目的性很明确。所以他整理古籍有三条标准：一、"述而不作，信而好古"③；二、"不语怪、力、乱、神"④；三、"攻乎异端，斯害也已"⑤。孔子的"述而不作"，实际上是"以述代作"，他是从古文献中有选择地保存一部分内容，通过传述它们，反映自己的哲学和社会政治观点。他不谈鬼神、怪异，不宣传暴力和变乱。对于所谓"异端"学说，即与他的学说不相容的对立学说，他是坚决排斥的。今本《诗经》基本上没有妄诞迷信的内容，其总的政治观点是提倡德治而反对暴政，要求自上而下地改良政治而反对社会秩序变乱和被统治者造反。至于三代以来那些提倡殉葬、暴敛、变制等议论，在五经中是一无选录的。

孔子删订《诗经》还有艺术形式方面的两个标准。一是采用统一的语言，"《诗》、《书》、执礼，皆雅言也"⑥，整理古文献和各国土风，都采用"雅言"（当时通行的标准话），取得语言的统一。要实现这一点，就必然要进行词汇和语法的若干改动和加工。十五国风语言

① 《论语·为政》。
② 《论语·卫灵公》。
③ 《论语·述而》。
④ 《论语·述而》。
⑤ 《论语·为政》。
⑥ 《论语·述而》。

文句的统一，就是经过统一加工修改的证明。二是正乐，"三百五篇，孔子皆弦歌之，以求合《韶》《武》《雅》《颂》之音"①。三百五篇全是乐歌，孔子逐篇正乐，因为音韵、节拍、格律的需要，不能不在语言文句上进行一些改动修订。

由以上叙述可见，孔子为了把《诗》作为传授弟子的教材，按照自己的政治标准和艺术标准，删去芜杂的篇章，进行了一次重要的整理删订。孔子对他所选录的诗篇，基本上保持了原来的文辞内容和艺术表达风格，适当地进行了篇章字句的去重、修改和加工。有人因为现在于先秦书传上发现的佚诗只有几十篇，就认为古诗本来不多，从而断言孔子不可能删《诗》，这个理由是不能成立。现存古籍不全，不能因为现在不曾发现就断言古时根本没有，而就现在已经发现的佚诗来看，倒可以证明有些诗孔子未曾选录。至于当时流传的大量民歌，是不会见于书传的，它们只能靠口耳相传，一些反映现实的社会诗，一些更热烈的爱情诗，孔子不会选录，以后也就失传了。

孔子的诗歌教育的主张和实践，奠定了孔门诗教的理论基础。

一、关于诗歌的美刺、言志和观俗作用，孔子作了系统的理论表述，以之作为他的诗教的纲领，这就是他提出的"兴、观、群、怨"说。他教育弟子说：

> 小子何莫夫学《诗》？《诗》可以兴、可以观、可以群、可以怨，迩之事父，远之事君，多识鸟兽草木之名。(《论语·阳货》)

兴，是说诗有对思想感情启发和感染作用，提倡用诗歌对人们陶冶性情、移风易俗，进行思想道德情操的教育。观，是说诗有认识作用，通过诗歌反映的现实，可以观见风俗民情，考察政治得失，十五国风就是按这个目的采录的。群，是说诗有言志抒情，互相沟通思想感情的作用，鉴于春秋时期《诗》在贵族社会交往中广泛应用，孔子认为学诗是在社会活动中必须掌握的知识和才能。怨，是说诗可以讽喻不

---

① 《史记·孔子世家》。

良政治、批评某些令人不满的社会现象；《诗经》中的大批政治讽喻诗和发抒社会不平的怨刺诗，发挥这种讽谏和怨诉的功能。孔子的"兴、观、群、怨"说，是古代诗论的简明概括，在一定程度上反映了诗歌的本质特征。

孔子的诗教，还把《诗》作为文学语言和常识课本。他说："不学《诗》，无以言。"①这是说，诗的语言是精炼、生动、形象化的语言，学诗可以提高语言表达能力。学诗还可以"多识鸟兽草木之名"，有增长知识的作用。诗的社会作用离不开具体的阶级内容，孔子最后把发挥诗的这些功能，归结于"事父""事君"，诗的社会作用离不开具体的阶级内容，他提倡的诗教是要为统治阶级服务的，他又说："诵诗三百，授之以政，不达；使于四方，不能专对，虽多亦奚以为？"②在他看来，熟读三百篇要能有益于处理政务，不然就没有什么意义。所以，孔门诗教有明确的政治性，它的根本原则是为政治服务。

孔子要求诗歌和教育为政治服务，有其具体的内容，其内容是并不狭隘的。"《诗》三百篇，一言以蔽之，曰：思无邪。""无邪"，是孔子对《诗经》思想内容的总评价。正与邪，自然都有具体的阶级标准。三百篇中，有歌颂"盛世德治"的颂歌，有对"圣王贤臣"的赞美，有衰世的怨诉，有奴隶的呼吁，有对礼坏政乖的批评，也有爱情的欢愉和痛苦。……在歌颂和赞美中寄托理想，把讽喻和怨刺当作谏书，用社会多方面生活的图景观察民俗。孔子把这一切都归于"无邪"，说明他衡量文艺作品的尺度还比较宽，承认文艺作品反映现实生活的多面性和题材的多样化。

《礼记·经解》引"孔子曰：入其国，其教可知也。其为人也，温柔敦厚，《诗》教也。"温柔敦厚，是孔门诗教对人们在政治、道德和思想修养方面所要达到的基本要求。所谓温柔敦厚，就是要合于中庸之道，不偏不倚，无过无不及，统治者治人而仁民，被统治者守旧制而不犯上，批评而不破坏，怨刺而不作乱，乐而不淫，哀而不伤，怨而不怒，犯而不校。那些批评、讽刺、怨刺以及爱情的流露，必须含

---

① 《论语·季氏》。
② 《论语·子路》。

蓄委婉，而且只能容许到一定的限度，不能超出"礼"的范围。在三百篇中，对于不良政治的不满，对于现实的不平，都没有发展到对于旧制度的彻底破坏。这个限度，在《诗经》的内容中是表现得较为明显的。

孟子、荀子诗说及其影响

战国时期的思孟学派和荀子学派，是对后世传经影响最大的两个儒家学派。孟子和荀子的诗说，对后世的《诗经》研究和文学理论有重要影响。

孟轲是孔子以后最重要的儒学大师。他和孔子一样重视传《诗》。《史记·孟轲荀卿列传》说：孟子"退而与万章之徒，序《诗》《书》，述仲尼之意，作《孟子》七篇"。赵岐《孟子题解》说：孟子"通五经，尤长于《诗》《书》。"据统计，《孟子》七篇征引《诗》三十三处。他大量引《诗》说《诗》，用于宣传他的民本思想和仁政学说。所以，孟子说《诗》，重在求其义。关于如何领会和解说诗义，他提出"以意逆志"和"知人论世"的方法论。

何谓"以意逆志"？孟子曰："故说诗者，不以文害辞，不以辞害志，以意逆志，是为得之。"①文是文采，辞是言词，志指诗人之志。朱自清《诗言志辨》说："'以意逆志'是以己意己志去推作诗之志"。孟子的意思是说：解说诗的人，不要只重文采而误解词句，也不要死抠词句而误解原意，要根据整个诗篇，用自己切身的体会，去推求诗人作诗的本意。

孟子"以意逆志"的方法论，是对春秋以来几百年流行的断章取义方法的否定。如上所述，春秋时期的《诗》在贵族社会广泛应用，列国公卿引诗用诗，并不问全诗的本义是什么，而采取断章取义的方法。战国时期，诸子百家的著述中引诗，也是普遍现象，传习三百篇，不仅成为儒家的专门学科，墨家的著作中也常有征引和论述，法家的《韩非子》、杂家的《吕氏春秋》，都引诗论诗，连道家的《庄子》

---

① 《孟子·万章上》。

中也有关于诗的议论。但是诸子引诗，也仍然是断章取义。孟子提出的"以意逆志"，有着合理的因素，对春秋战国以来流行的诗说，在方法论上是一个很大的进步。在这个方法论的指导之下，他对某些诗篇的解说，如《小雅·北山》《大雅·云汉》等篇，作出了基本正确的解释。

　　孟子的这一方法论，有两点是符合诗歌的本质和人们认识的规律的：一、诗是形象思维，其主题是在全诗中逐步深化并通过完整的形象而表现出来，所以必须通观全诗，不能断章取义；二、诗属于语言的艺术，它的语言采用各种修辞手段，包括大量的比喻和夸张，所以必须注意诗的语言特点，不能死板地拘泥于个别字句的表面意义。这是孟子理论的合理部分。

　　"以意逆志"的方法，又是有很大缺陷的，并不是科学的方法。它是要求以说诗者的"意"去推求诗人的"意"，"意"，指的是思想感情包括立场、观点，如果说诗者的"意"符合或接近原诗的"意"，就可能作出相一致的解释，如孟子确实曾经正确或比较正确地解释了某几篇诗；如果不符合或相反于原诗的"意"，从自己的"意"出发，就会产生主观的曲解。所以，单讲"以意逆志"，它还是一种主观唯心主义的方法。例如，孟子在《尽心上》中关于《魏风·伐檀》的解说，他从"劳心者治人，劳力者治于人"的观点出发，把这篇明明在指责剥削者不劳而获的诗篇，作出压迫剥削有理、不劳而获的"高尚"解释。他在《滕文公上》中，对《豳风·七月》也作了很大的曲解。这篇本是反映农奴痛苦生活的名篇，孟子以己意己志去"推求"，解释说这篇诗表现农民有自己的产业，思想安定、正常生产。从根本上鄙视劳动人民，维护压迫剥削制度的孟子，对于那些在一定程度上反映了人民生活和斗争的诗篇，是不可能阐发它们的本意的。孟子对《小雅·小弁》和《邶风·凯风》两诗的解释，曾经被封建学者论为"卓识"（见《告子下》），而实际是以儒家的伦理道德观点来宣扬孝悌观念。孟子的"以意逆志"，大多是用儒家的见解来附会诗义，类似上述诗说是不少的，鲜明地表现了孟子说诗的思想倾向性。

孟子说:"王者之迹熄而《诗》亡。《诗》亡,然后《春秋》作。"①
他把《诗》和《春秋》都看作一定时代的产物。"诵其诗,读其书,不知
其人,可乎? 是以论其世也,是尚友也"。② 诵读古人的诗书,要追
上去象与古人交朋友一样,了解他们的为人和他们的时代环境,而对
诗人所处时代的认识,对诗人生平和思想的了解,是评论作品的必不
可少的条件,读其诗,要研究其时代,由其世知其人,由其人而逆其
志,这就是孟子提出的"知人论世"的方法论。如果不能"知人论世",
只从个人主观意志去推求诗义,就难免常常是错误的主观体会。

在评论作品时要结合作品的时代和作者的生平和人格,孟子的这
个观点基本上是正确的。但是,孟子不能说明怎样才能"知人论世"。
要真正了解一定的历史时代和作者的人格,必须从实际出发,而不是
从阶级偏见出发;必须掌握大量材料,去伪存真,去粗取精,由表及
里,由此及彼,从而全面地认识事物的内部联系和规律,而不是运用
形而上学的比附方法,袭用片面的、不实的材料。不然的话,那就既
不能"知人",也不能"论世","知人论世"的理论也就变成了空谈,
或者变成伪造和欺骗。

孟子自己并不能实践他所提出的"知人论世"的理论。例如:《孟
子·梁惠王下》引证的《大雅》的《公刘》和《绵》两诗,本是周人记述
其祖先开国功业的史诗,前诗歌颂始祖公刘率领周人迁豳,出发前作
好充分准备,后诗歌颂古公亶父又率全族迁居岐山。孟子的引证却说
是公刘"好货,与百姓同之",太王"好色,与百姓同之",借以宣传
自己的仁政主张。孟子既没有"知人",也没有"论世",而是根据自
己的需要,从全诗中抽出几句,把本来互不关连的事物强拉到一起。
他不是研究作品的时代和作者的人格,从分析诗的完整的形象去阐发
诗的主旨,而是牵强附会地征引诗句,用来证明自己的论点。孟子说
诗在理论上有进步的一面,但在实践上又常常退回到断章取义、穿凿
附会的老路上去,这完全是由于他的阶级立场及其儒家偏见所决定
的。他要通过说《诗》来宣传儒家的政治观点和伦理道德思想,就只

---

① 《孟子·离娄下》。
② 《孟子·万章下》。

有采取随心所欲的主观唯心论的评论方法了。

据考证经学的渊源，汉代所传各经及鲁、齐、韩、毛诸家之《诗》，许多是经荀况传下来的。荀子是战国末期的儒家大师和传经大师，在中国封建文化史上有重大的影响。荀子学派与思孟学派的对立，表现为适应封建阶级需要，原始儒家内部进行不同的改造，而荀子学派较多地反映了新兴地主阶级的利益和要求。

荀子在文化学术方面的最重要的影响，是他奠立了"明道、征圣、宗经"的文学(泛指文化学术)观。"明道"的"道"，是一个概括、抽象的名词，荀子赋予它的具体内涵就是礼义。荀子主张"文以明道"，就是要求著述辩说都为了宣扬礼义。他说："凡言不合先王，不顺礼义，谓之奸言；虽辩，君子不听。"①荀子以为圣人之言最为完美，是"道德之极"，圣人的言行应作为衡量是非的标准，"故凡言议期命，是非以圣人为师"②，圣人的志、事、行、和、微全都记述于五经之中，《诗》《书》《礼》《易》《春秋》，尤其是全部《诗经》，都表现着圣人之道，宗经，就是要求以五经为依据。明道、征圣、宗经三位一体，以明道为中心，以圣人为楷模，以五经为依据和准则。荀子创立的这个文学观，是后来儒家传统的文学观，成为长期封建社会对《诗经》及其他学术文化研究的指导理论。

荀子是自己理论的忠实的实践者。荀子也重视传《诗》，《荀子》书三十二章，其中论《诗》七处，征引诗句八十一处③。荀子论《诗》，认为《诗》记述圣人之志，体现圣人之道，是他各种著述论说的根据，所以，他往往在发表个人议论之后，征引《诗》中的几句诗，来证明或加强自己的论点。在引《诗》之后，他常常加上这样一句："此之谓也"，是最典型的"引《诗》为证"，体现了征圣和宗经的理论。《诗经》许多诗的内容，本来和儒家的礼义并无关系，荀子要征引来"明道"，如《齐风·东方未明》，原是怨恨官差徭役的诗，"颠之倒之，白公召之"，在全诗中只是说天不亮就催促出差，忙乱得把衣裳穿颠

---

① 《荀子·非相》。
② 《荀子·正论》。
③ 内有《诗经》未收之逸诗六处。

倒，荀子却征引来宣扬君臣之礼，说是"诸侯召其臣，臣不俟驾，颠倒衣裳而走，礼也。"《小雅·出车》原是描写将士出征的诗，荀子征引了前四句，来宣扬诸侯对天子之礼："天子召诸侯，诸侯辇舆就马，礼也。"可见荀子的"引《诗》为证"，只是利用一些章句来强调自己的政治观点，实际上不过是断章取义、牵强附会这些老方法的新花样而已。

孟子和荀子两个学派之争，是儒学内部之争，对立又统一。他们一个提"以意逆志""知人论世"，一个提"明道、征圣、宗经"，观点不同，但都通过引《诗》说《诗》来宣扬儒家学说，分别从方法论和文学观奠定了以后多少世代儒家说《诗》的理论基础。

孟子"以意逆志""知人论世"的方法论，中心是探讨诗义。汉代四家传《诗》学派，接受了其中合理的成分，都注意说明各篇诗义。虽然他们的解释常常错误，但一般说来，已经注意到不拘泥于个别词句的表面意义，而通观全篇，以己意己志推求全篇的主旨。这几个传《诗》学派也对许多诗篇的作者和历史背景作出说明，打算由其世而知其人，知其人而逆其志，它们所用的"以事明《诗》"的方法，较之曾经流行的"引《诗》明事"，也有进步。孟子的方法论又包含很大的主观唯心论成分，象孟子不能完全实践自己的理论一样，汉代经师都难免主观说诗。他们以宣扬封建伦理为目的来说《诗》，各凭己意去逆诗人之志，大多穿凿附会。鲁诗、齐诗、韩诗是这样，后来影响最大的毛诗，也是这样的代表。东汉的郑玄著《诗谱》，试图论说《诗经》各部分与其时代、政治、风土的关系，可是，缺乏进行客观科学研究的主客观条件，只能袭用片面的和不实的史料，运用形而上学的比附方法，既不能"知人"，也不能"论世"。

孟子说《诗》引《诗》，把解释诗义直接与宣传儒家教义联系起来，以明确的目的性，把《诗》当作政治教育和道德修养的重要工具。荀子又大量地引《诗》，而且创立了"明道、征圣、宗经"的指导理论，这样就从理论到方法形成了一个体例。正是在这个基础上，汉初儒家学派著述中"引《诗》为证"，大为流行。现在看到的《春秋繁露》《韩诗外传》《淮南子》《说苑》《新序》《列女传》等书，都大量引《诗》，或者先讲一个故事，然后引《诗》明事；或者发表一段议论，然后引

《诗》为证。这些作法，都是继承孟子、荀子所发展的这种体例。象这样说《诗》，不是对《诗经》的思想内容和艺术形式进行科学的研究，只是以断章取义、牵强附会的方法进行说教，诚如《四库全书总目提要》引王世贞所说："《外传》引《诗》以证事，非引事以明《诗》。"按科学研究方法而论，这种体例是头脚颠倒了的。

关于焚《诗》问题

在战国传习《诗》，并非儒家一家，诸子百家多谈《诗》。但儒家把《诗》列为重要典籍，作为主要教科书。儒学是战国时期的显学，《诗》因之大行。可是到了秦初，《诗》却遭到濒临毁灭的浩劫。秦始皇焚书，第一部要烧的书，就是《诗》；传《诗》最力的孟子学派，则基本上被杀绝了。秦国统治阶级为什么对一部诗集及一些古籍，如此深恶痛绝呢？

"焚书坑儒"，是秦国统治者文化专制的高压手段。秦国地主集团在逐鹿中原的统一战争中获得绝对的胜利，为建立中央极权的极端专制主义的封建国家，采取法家学说作为指导思想，实行控制思想和打击知识分子的恐怖政策。可以说"焚书"政策是由来已久的。早在百家争鸣的战国时期，"商君教秦孝公……燔《诗》《书》而明法令"。① 当时的秦国，已经使学术思想活跃的局面暗哑了。第一个倡导禁绝《诗》的人就是在秦国变法的商鞅，他的继承者是韩非和李斯等人。韩非的思想主张为秦始皇所采纳；李斯曾经是秦国的执政人物。法家不仅是一个思想学术的学派，又是一个政治派别，他们把地主阶级极端专制主义的政治理论和专横暴戾的专制政权相结合，在意识形态领域实行了残暴的专政。和儒家大力提倡孔门诗教截然相反，他们对《诗》《书》等古籍采取严厉禁绝的政策。商鞅把《诗》、《书》、礼、乐、仁、义称为"六虱"②。他认为在国内传播这些意识形态，国家

---

① 《韩非子·和氏》。

② 《商君书·靳令》，据高亨校订，原文是："六风：曰礼、乐；曰诗、书；曰修善、曰孝弟；曰诚信、贞廉；曰仁、义；曰非兵、羞战。"

就不能使人们安心生产和进行战争。他说："国有礼有乐，有《诗》有《书》，有善有修，有孝有弟，有廉有辩。国有十者，上无使战，必削至亡，国无十者，上有使战，必兴至王。……国用《诗》、《书》、礼、乐、孝、弟、善、修治者，敌至必削国，不至必贫。国不用八者治，敌不敢至，虽至必却。兴兵而伐，必取。"①秦国地主集团在国内掌握了政权，需要巩固其新建立的统治秩序，发展农业生产以增强经济实力，对外积极准备进行吞并六国的战争，全力推行农战政策，"农战之民千人，而有《诗》《书》辩慧者一人焉，千人者皆怠于农战矣"。"虽有《诗》《书》，乡一束，家一员，独无益于治也"②。韩非说得更简捷了当："明主之国，无书简之文，以法为教，无先王之语，以吏为师。"③他对商鞅"燔《诗》《书》而明法令"的主张表示称许："言也已当矣"④。韩非和商鞅一样，他们所反对的不仅限于《诗》《书》，包括全部儒家学说、"百家语"，乃至文化和智慧，但包括《诗》在内的文学，是他们主张禁绝的重要对象。韩非是倡导愚民政策的，他认为只能用严刑苛法治民教民，使之绝对服从地为地主阶级国家积极生产、勇于作战，而"贵文学，则民之听师法也疑"，"贵文学以疑法……索国之富强，不可得也"⑤。李斯更进一步地宣布《诗》《书》等"私学"的"罪状"：

> 语皆道古以害今，饰虚言以乱实，人喜其所私学，以非上之所建立。今皇帝并有天下，别黑白而定一尊，私学而相与非法教，人闻令下，则各以其学议之，入则心非，出则巷议，非主以为名，异趣以为高，率群下以造谤。如此弗禁，则主势降乎上，党与成乎下。⑥

① 《商君书·去强》。
② 《商君书·农战》，"独无益于治者"，他本作"犹无益于治者"，据清·严可均校本改。
③ 《韩非子·五蠹》。
④ 《韩非子·和氏》。
⑤ 《韩非子·八说》。
⑥ 《史记·李斯列传》。

这就进一步指出了《诗》《书》等内容不利于"起诸侯，并天下，意得欲从"的秦始皇建立统一的封建专制国家，儒家及其他学派在思想舆论方面仍然传播其影响，李斯称之为"以古非今""虚言乱实""诽谤今上""反对法教"，是削弱秦王朝统治的破坏力量。地主阶级这一个政治上的极端派别，采用了极端化的镇压手段，他们公布："天下敢有藏《诗》《书》百家语者，悉诣守尉杂烧之。有敢偶语《诗》《书》者弃市，以古非今者族。见知不举者同罪。"①

我们这里只探讨这个极端派别所列举的"罪状"，在《诗经》里究竟是如何表现的。

《诗经》中有一部分是西周的颂歌，歌颂西周先王的功业和"德政"，这大概就是韩非指责的所谓称颂"先王之道""先王之德厚"②，李斯指责的所谓"以古非今"、称先王而不尊后王了。其实，在产生这些诗篇的西周初期，中国社会开始进入一个伟大变革时代的重要序幕。起义的奴隶和被压迫的各族人民，为反对残暴的统治，在武王领导下推翻了殷商奴隶主国家。适应奴隶要求解放的时代潮流，西周王国的统治者创造了一个"鉴临四方，惟德是从"的披着仁德外纱的上帝神，代替了殷人暴力杀戮抢掠的祖先神，这是意识形态的一次重大变革，它开始提出对"人"的尊重，反映了在社会生产力发展的一定水平上对于保护生产力的重视。我们透过这些诗篇歌功颂德的阿谀之词，会发现西周统治者接受殷商奴隶主灭亡的教训，提出以"德治"代替暴政的历史要求。孔子把当时这一具有历史进步性的意识形态发展为"仁"的学说，孟子又发展为"仁政"学说和民本思想。孔孟把他们的这些学说贯穿于他们的诗教，孔子"兴、观、群、怨"说的"兴"，指的就是在这些所谓"盛世"的颂歌中寄托政治的理想，在赞美的人物身上歌颂完美的人格，对人们进行政治思想和道德情操的教育。正在积极建立和巩固地主阶级专政的秦国地主集团，崇拜暴力，推重法治，他们不需要披着仁德外衣的"先王"，需要施行严刑峻法的"后

---

① 《史记·李斯列传》。
② 《韩非子·五蠹》。

王"。在他们看来，歌颂"先王"，自然便是反对"后王"，这就是商鞅所说的："故事《诗》《书》谈说之士，则民游而轻其君。"①

当地主阶级还处于被统治地位，他们在反对奴隶主阶级和奴隶制度的时候，他们也需要争取奴隶的解放，争取从奴隶主手里接管政治权力。在这个时候，他们必须提出能够争取群众支持他们斗争的口号，说明他们的理想的完美社会。因此，孔孟的仁义学说及其德治和仁政的理想，得以在战国较广泛地传播。但是当地主阶级获得战争的胜利，手中掌握了绝对统治的权力，为了发展和巩固在某种意义上甚至比旧制度更加凶残的新的剥削制度，他们立即宣布那些仁、义、德治、仁政等等宣传，不过是不切实际的"虚词"，"民释实事而诵虚词，则力少而非多"②。孟子说："民为贵，社稷次之，君为轻。"③他主张可以废掉坏君，改立好君。这是要建立"万世一系"、君权绝对权威的秦国地主集团所不能容忍的。诸如此类的儒家仁义说教，贯穿在《诗经》讲解之中，而且在《诗经》中也有直接动摇君权的篇章，所以这个新兴地主阶级极端化派别，要求务建立地主阶级专政的实际而禁绝这些空谈高论的"虚词"。

孔子说："《诗》可以观"，肯定了《诗》的认识作用，提倡通过诗歌对现实的反映，观见风俗民情，考察政治得失。按照这个目的，在《诗经》中采编了各国的民间歌谣。商鞅认为，诵《诗》《书》是推行农战政策的障碍，它们毒害人们的精神，"民忧则思，思则出度；乐则淫，淫则生逸"④，凡讲《诗》的人，都是破坏法治和农战，只能使国家败亡。韩非也以狭隘功利主义的观点来看待文艺(《诗》《乐》)，他举晋平公好五音而穷身的故事说："不务听治，而好五音不已，则穷身之事也。"⑤

《诗经》中还有大量的讽喻诗和怨刺诗。孔子说"《诗》可以怨"，

---

① 《商君书·算地》。
② 《商君书·慎法》。
③ 《孟子·尽心下》。
④ 《商君书·开塞》。
⑤ 《韩非子·十过》。

肯定了这类诗篇讽刺不良政治和批评社会不合理现象的积极作用。这些诗篇的主题，有的激烈地批评君王的暴政，有的揭露统治集团的腐朽、荒淫和无耻，有的倾诉社会不平给予个人的不幸和痛苦，也有的是下层人民反对压迫和剥削的呼吁。它们从不同的侧面，揭露了社会阶级矛盾，而把讽刺的锋芒，直接对向统治集团及其最高统治者。尽管这些诗篇的作者立场和思想各有差异，但都包含着程度不同的人民性。商鞅认为传播这些内容，会使人们"轻其君"，以致"民离上，不臣者成群"①。当秦王朝建成统一的极端专制主义国家，为树立君主专制的绝对权威，即所谓"别黑白而定一尊"，不能允许对这种权威的怀疑或触犯，把这些古老的刺诗，都看成是会引起"诽谤时政"的导火索。他们对古代这些优秀文化遗产的否定，只能再次证明他们已经成为一个彻头彻尾反人民的极端化派别。

中国最早的文化专制主义者和愚民政策的推行者，曾经自信可以用"弃市"（斩）和"族"（灭族）的酷刑把异己思想禁绝。他们不会了解，思想不是火能够烧掉的，人民创造文化，具有人民性的文艺活在人民心里。《诗》没有被烧绝，其"遭秦而全者，以其讽诵不独在竹帛故也"②，依靠口头传诵，这部优秀的文学遗产完整地流传了下来。至于那些企图毁灭文化的暴君，不过几年，便被农民大起义推倒，并且被永远地钉在历史的耻辱柱上。

（载《文学遗产》，1984 年第 1 期）

【评 介】

夏传才（1924—2017），安徽亳县人，著名文史研究专家。1945年毕业于北京师范大学中文系，曾任教于北京师范大学、天津师范学院，后为河北师范大学教授、博士生导师，中国诗经学会会长。早年曾致力于新诗，20 世纪 50 年代起转向古典文学研究，1982 年起，在学术刊物上持续发表研究论文。《诗经》研究是他治学的主要方向，

---

① 《商君书·农战》。
② 《汉书·艺文志》。

研究内容包括《诗经》基本问题、《诗经》学史、《诗经》语言修辞等，共出版相关专著五种，述评如下：

《诗经研究史概要》一书是《诗经》学史研究的代表作，写作于 20世纪 70 年代，出版于 80 年代。该书继承"五四"创新、科学精神，是第一部以唯物史观为理论指导的《诗经》学史专著，为《诗经》研究开启了一个新方向。本书将《诗经》研究史分为先秦、汉学时期（汉至唐）、宋学时期（宋至明）、新汉学时期（清代）、"五四"及以后五个时期，其中现代部分比重较大。本书运用唯物史观，将研究对象置于时代背景下考察，梳理了两千年来的《诗经》学发展脉络，并突出了《诗经》研究史上的文学研究，它是一部代表时代水平的研究史。该书的不足之处在于史的论述略嫌空疏，另外由于当时的政治环境和学术思想的束缚，对"五四"以后的学者评价略有不当。《诗经语言艺术》是一本系统地研究《诗经》语言艺术的专著。过去在《诗经》艺术研究中，存在着语言研究和艺术研究相互分离的倾向。夏传才将这两方面相结合，对诗篇的句型、章法、韵律，特别是修辞在艺术上的表现等进行了分析研究。夏传才的研究开拓了语言艺术领域的《诗经》学研究。《思无邪斋诗经论稿》收录夏传才撰写的诗经学单篇论文 38篇，是夏传才《诗经》研究的理论汇总。书中对中外《诗经》学许多长期争论的问题的分析，结论公允，视野开阔。全书有较大的包容量，开拓了一些新的研究课题。《二十世纪诗经学》运用辩证唯物史观，对 20 世纪中国《诗经》学的发展历程进行了梳理，试图对中国现代《诗经》学的创造性进展和若干新的学术建构作出重点总结。

为了繁荣《诗经》研究和加强中外诗经研究的交流合作，20 世纪90 年代，夏传才与其他学者一道，积极筹划创建中国诗经学会，并担任会长。在他的推动下，诗经学会通过创办《诗经研究通讯》，主编《诗经研究丛刊》，定期举办《诗经》国际学术研究会等学术活动，切实地推动了新时期《诗经》研究的纵深发展，也加强了国内外《诗经》研究界的交流。从长远考虑，他还组织、领导中国诗经学会同仁完成了《诗经》学基本建设的多项重大学术课题。其中最具有代表性的是组织编纂了大型文献丛书《诗经要籍集成》，这套丛书影印了《诗经》研究要籍 141 种，囊括由汉唐至清末民国各家各派代表作，反映了《诗经》发展的基本面貌，有效地整理、保存了《诗经》文化遗产，具有重要学术价值。夏传才的诗经研究和实践对现代《诗经》研究产生了广泛的影响。

对于历史上争议较大的有关《诗经》的一些基本问题，是夏传才研究的一个主要方面，他对孔子删诗、《毛诗序》问题、《商颂》时代、《国风》作者与民歌、"赋"的艺术特质等问题都发表了自己的看法和意见，为这些问题的日趋明朗化尽了一己之力。如夏传才在《诗经研究史概要》一书中专列《〈诗经〉和孔子的关系》一章，论述了孔子删诗这个问题，1984 年发表的《先秦〈诗经〉研究的几个问题》一文中继续深入探讨了这个论题。

孔子删诗与否是一个历史上聚讼纷纭、悬而未决的问题。中华人民共和国成立最初的几十年，"孔子删诗"说虽不足信，但"《诗经》是经过整理的"这一新的观点逐渐被当时多数研究者所认同，分歧在于谁是整理者，一部分认为可能是孔子，一部分认为可能是乐官。如20 世纪 40 年代的刘大杰《中国文学发展史》和范文澜《中国通史》就持第一种观点。但大多学者认为孔子只是"正乐"，未曾删诗，《诗经》的整理者是乐官，如 20 世纪 60 年代出版的游国恩《中国文学史》，80 年代周满江的《诗经》、程俊英的《诗经漫话》就持这种观点。

在《先秦〈诗经〉研究的几个问题》一文中，夏传才承续范文澜等人的观点，肯定《诗经》是经过整理的，并且认为整理者就是孔子。在总结以往争论后，他认为"应该超越删诗说的争论，换一个角度"来重新审视孔子删诗的问题。夏传才首先分析孔子时代的社会背景，"孔子生活在奴隶制迅速土崩瓦解的社会急剧变革时代"，对照《论语》里的相关记载和《诗经》文本，孔子对"思无邪"的《郑风》与"郑、卫之音"即"郑国地方音乐中最低级的那一部分"的评价和态度截然不同，因此认为孔子在收录民间歌谣时，将一部分自己认为是低级的，不符合"无邪"标准，也就是那些"生动活泼、感情热烈的情歌"，还有"具有时代精神、反映现实的所谓'乱政伤民'的民歌"删除掉了。接着夏传才分别以政治和艺术形式两个标准来观察孔子是否整理《诗经》。他认为《诗经》中"基本上没有妄诞迷信的内容，其总的政治观点是提倡德治而反对暴政，要求自上而下地改良政治而反对社会秩序变乱和被统治者造反"，这与孔子的"为政"理念和整理古籍的三条标准即"述而不作，信而好古""不语怪、力、乱、神""攻乎异端，斯害也已"是一致的。孔子对文学艺术形式的两个标准，一是语言的统一，一是正乐。从这两个方面考验《诗经》，夏传才认为《诗经》文句整齐，音韵协和，显然是经过统一加工修订的。通过以上分析，肯定孔子对《诗经》"进行了篇章字句的去重、修改和加工"，得出了孔子对《诗经》"进行了一次重要的整理删订"的结论。他论述的视角和观点，在20世纪80年代是比较新颖的。夏传才这种从《诗经》文本入手，运用新思路思考这一问题的方法是值得借鉴的。夏传才对《诗经》基本问题的重视及研究，是与他的《诗经》学史研究紧密结合在一起的，通过对这些核心问题争论的深入考索，才使得《诗经》学研究的脉络得以凸显。

夏传才自觉运用唯物史观研究《诗经》学的诸多成果，代表了当时《诗经》研究的时代水平，他的研究成果已为国内外学术界普遍接受，并作为参考文献被众多学者的《诗经》著述所引用。20世纪90年代以后，他与时俱进地提出《诗经》研究需要吸纳西方新观念、新方法论，倡导《诗经》研究方法、研究模式的多元化，并自觉地将其运用到自己的研究当中，撰写了多篇研究论文，作为自己马克思主义学术体系的修正和充实。他在学术上的这种自我否定与自我革新的理性精神，与博采众长、兼容并包的理念，堪称学林典范。

夏传才《诗经》学论著：

夏传才著，《诗经研究史概要》，中州书画社1982年版。

夏传才著，《诗经语言艺术》，语文出版社1985年版。

夏传才著，《思无邪斋诗经论稿》，学苑出版社2000年版。

夏传才著，《二十世纪诗经学》，学苑出版社2005年版。

夏传才、董治安主编，《诗经要籍集成》，学苑出版社2002年版。

周宣王中兴功臣诗考论(存目)

赵逵夫

【评　介】

　　赵逵夫，1942 年生，甘肃西和县人，著名楚辞学家、先秦文学研究专家。1967 年毕业后被分配到武都一中任教。1979 年考取了著名声韵学家、古文论专家郭晋稀教授的研究生，毕业后留校执教于西北师范大学中文系。长期从事中国古典文学、文献学的教学与研究工作。现为西北师范大学文学院教授、博士生导师，享受国务院特殊津贴专家，甘肃省古代文学学会会长、中国屈原学会名誉会长，曾任中国诗经学会副会长。出版《屈原与他的时代》《古典文献论丛》《屈骚探幽》等专著；主编《诗赋研究丛书》《历代赋评注》等。20 世纪 60 年代以来，日本有的学者否定屈原作为伟大诗人在历史上的存在，赵逵夫在国际学术论争中因首次令人信服地考订屈原的家世、生平问题，以及《楚辞》研究的一系列关键问题而饮誉学界。

　　赵逵夫的《诗经》研究继承了西北师范大学中文系黎锦熙、郭晋稀等学者的传统，在这方面虽著述不如《楚辞》方面多，但都多有创获、言之有物。最具代表性的论文有《论西周末杰出诗人召伯虎》(1994)、《论〈诗经〉的编集与〈雅〉诗的分为"小""大"两部分》(1996)、《周宣王中兴功臣诗考论》(1996)、《西周诗人芮良夫与他的〈桑柔〉》(1997)、《〈诗〉学论著八种平议》(2001)、《〈诗·雅〉诗中反映的文学思想》(2005)、《论先秦时代的文学活动》(2005)、《〈诗经〉研究的过去、现在与将来》(2006)、《叔孙豹的辞令、诗学活动与美学精神——兼论春秋时代行人在先秦文学发展中的作用》(2007)、《诗的采集与〈诗经〉的成书》(2009)、《〈绵绵〉一诗的产生时代及先秦诗歌的流传与衍变》(2013)等。另有注评《诗经》一书。

　　《诗经》的编辑过程和成书时间的问题，是赵逵夫《诗经》研究的一个起发点。《周宣王中兴功臣诗考论》是从考订《诗经》作品年代、探讨《诗经》作者的角度切入，将作品的时代背景与文本内容联系起来研究的一篇文章，在 20 世纪 90 年代具有代表性。文章对周宣王中兴功臣的诗作加以考索，考定召伯虎的作品《小雅》中有《常棣》《伐木》《天保》，《大雅》中有《假乐》《民劳》《荡》《江汉》《常武》共八首。作者认为召伯虎(即《国语·周语》中记载的谏厉王弭谤的召穆公)是宣王中兴的第一功臣，也是西周末年一位杰出的诗人。当时宣王初立，他为了团结宗族，平定内忧外患，以诗歌相勉励。进而产生了一批以他为核心，以中兴事业为旗帜的诗人，如尹吉甫、张仲、南仲等。他们的诗歌创作有大体一致的主题，相近的诗风，尽管在很大程度上他们将赋诵之事看作文治的手段之一，而非为艺术而作诗，但是他们无形中形成了中国文学史上最早的文学群体，影响巨大，将我国诗人的独立创作活动，第一次推向了一个高潮。他的另一篇论文《西周诗人芮良夫与他的〈桑柔〉》，考定《桑柔》一诗应作于厉王三十七年(公元前 842 年)。

　　就《诗经》成书相关的几个问题，在《论〈诗经〉的编集与〈雅〉诗的分为"小""大"两部分》一文的基础上，赵逵夫又写成《诗的采集与〈诗经〉的成书》一文，这篇文章从文献材料和民俗学材料两个路径出发探讨了《诗经》的成书过程，为这一数千年言人人殊的难题给予了一个比较合理的答案。文章认为采集诗的工作是由双重身份的民间艺人完成的；春秋以前也有献诗的制度，但不全是为了"观风俗，知薄厚"，更多的是为了满足统治者娱乐的需要；春秋中期以前的陈诗讽谏制度，在《诗经》成书之后演变为赋诗言志的习俗；诗的第一次结集是公元前 7 世纪中叶，由召穆公的子孙辑成了《周南》《召南》《邶风》《鄘风》《卫风》和《小雅》的部分；第二次编集与第一次编集合为一书，则是在公元前 6 世纪前期，鲁成公末年至鲁襄公前期，由郑国的贵族，主要是公孙舍之(子展)编定，孔子只是做了编次调整及文字的删正工作。

　　《叔孙豹的辞令、诗学活动与美学精神——兼论春秋时代行人在先秦文学发展中的作用》一文则从行人活动与文学创作、评论入手，揭示出先秦文学研究的一个新视角，也推出来一位应该在古代文学史上占有重要地位的爱国作家与具有深刻思想的评论家。

2011年凤凰出版社出版了赵逵夫注评《诗经》一书，本书选录诗经作品130余篇，加以注释、品评，品评部分为个人感受。本书有一定的学术价值，雅俗共赏，除适合一般读者阅读外，也可作本科生与研究生学习参考之用。

赵逵夫对于当前的《诗经》研究现状十分关注，提出：《诗经》研究长期以来受到各个时代占统治地位思想或主流思潮的制约与影响，因而生出很多问题，有的是伪问题，有的则完全脱离当时的社会实际。近几十年中《诗经》研究取得了很大的成绩，但今后的研究还要进一步从各种旧的阴影中摆脱出来，引入各种新的研究方法，进行综合性研究。根据以往多注重训诂和笼统述论的情况，应将《诗经》研究置于整个先秦文学史和中国文学史的大背景中，对不同体式分别研究，作断代的研究，按地域进行研究，对作者、作者类型、作家群进行研究，进行纵向、横向的比较研究。赵逵夫正是以此为指导思想，在扎实的基础文献之上，对《诗经》进行了深入研究，从整体上深化促进了这一领域的研究，开拓了新的研究方向。

除此之外，赵逵夫还培养了多名《诗经》学博士，他们长期致力于《诗经》研究，也为这个领域做出了贡献。

赵逵夫《诗经》学论著：

赵逵夫著，《周宣王中兴功臣诗考论》，见《中华文史论丛》第55辑。

赵逵夫注评，《诗经》，凤凰出版社2011年版。

赵逵夫著，《古典文献论丛》，中华书局2013年版。

论以礼说《诗》

——兼论以诗说《诗》(存目)

陈戍国

【评　介】

　　陈戍国，1946 年生，湖南省隆回县人。1964 年考入湖南师范学院中文系本科，1979 年至 1982 年在西北师范大学中文系攻读硕士学位，导师为古音韵学家、《文心雕龙》学家、《诗经》研究专家郭晋稀教授。1987 年至 1989 年在杭州大学古籍研究所攻读博士学位，在沈文倬教授门下学治礼学，主要研究三礼之学与先秦礼制。此后，陈戍国在湖南省博物馆、湖南大学岳麓书院工作多年。2004 年被聘为博士生导师。

　　陈戍国的研究方向主要是中国古代礼制。2002 年初，出版专著《中国礼制史》，系统研究中国礼制及其演进历史，获得学界的普遍赞誉。其《诗经》研究受郭晋稀先生启发，而又能有所创新，著作主要有《诗经刍议》《诗经校注》等。《诗经刍议》一书以《论三家诗胜义及四家诗盛衰——兼论解〈诗〉不当拘泥家法》《论以礼说〈诗〉——兼论以诗说〈诗〉》和《论〈诗三百〉形象类型及其审美意义——兼论〈诗三百〉开拓题材领域的重大贡献》三篇论文为主干。

　　《论三家诗胜义及四家诗盛衰——兼论解〈诗〉不当拘泥家法》一文，是作者在硕士论文的基础上修订而成的。此文在陈乔枞《三家诗遗说考》、王先谦《诗三家义集疏》等书的基础上，论述齐、鲁、韩三家诗胜于毛诗之处，并从三家诗本身的弊病、毛《传》郑《笺》的优点与古籍流布的厄运出发，阐述四家诗盛衰的原因。"五四"以后《诗经》的文学研究颇为兴盛，并由此而扩展到社会学、民俗学、历史学等领域，现代意义的《诗经》研究逐渐展开。与此同时，作为传统经学组成部分的三家诗研究，也就逐渐退出学者的研究视野，这种现象一直持续到中华人民共和国成立后。直到新时期，曾在学术史上发挥重要作用的三家诗研究在学者们重新审视经学这一中国特殊文化的背景下，才重新展开，然而研究者及研究成果也都不多。此文对新时期三家诗研究的开展不能说没有启发作用。

诗礼相依，古今学者多有此共识。郑玄即主张以礼释诗。《论以礼说〈诗〉——兼论以诗说〈诗〉》一文论定《诗三百》中言礼之诗超过三分之一的篇数，主张对言礼之诗以礼说解，并纳入以诗说《诗》的轨道。其著有《说周代建旗赏马赐赠丝帛之制与〈诗·干旄〉》《说〈鄘风·载驰〉与〈小雅·车舝〉》《说〈宾之初筵〉与〈行苇〉》《说〈诗经〉之酒与饮酒礼》《说〈臣工〉〈噫嘻〉》，这五篇文章是以礼说《诗》的具体实践。以实例论证了《诗经》中言礼之诗的客观性与以礼解《诗》的必要性。

中国素来被称为"礼仪之邦"，"礼"是中国文化的重要内容，在古代政治生活、社会生活中与古代学术中，"礼"都占有非常重要的地位。当代礼学大家沈文倬认为："经史子集，无一不可证礼。"作为中国传统学术的核心——经学，皆有礼贯穿于其中。清代以前的治《诗》专家几乎没有不注重《诗》、礼关系者。由于历史的原因，礼制礼学的研究在大陆近乎停滞。今天有志于礼学研究的学者，也因为礼学研究的艰深复杂、困难重重，而感到无从下手。半个世纪来，解《诗》之作多不得要领，其重要原因之一就是回避言礼，或者欲言而不能言，言而无当。陈戍国以礼解《诗》为《诗经》研究开启了新的关注方向，拓展了《诗经》研究的广度和深度。在具体问题方面，《诗》与礼的关系，则是20世纪较少关注却又很重要、且有相当难度的课题，下一世纪的《诗经》研究应在这方面有所作为。

《论〈诗三百〉形象类型及其审美意义——兼论〈诗三百〉开拓题材领域的重大贡献》一文对《诗经》的形象类型及其审美价值作了全面的总结。是从文艺学的角度对《诗经》诗篇审美价值的阐发，有创见有新意。

《诗经校注》是一部简明扼要的《诗经》注本。据书前《序》可知，该书的撰写，"将汲取前修时贤的成果，尽力探索具体作品的本义，强调作品与当时社会生活、作者情感的联系。将实事求是地指明作品与当时礼俗礼制有或者没有关系"。书中注解诗篇，主要分为解题、原文与今注三个部分。解题首引《毛诗序》（一般取首序），并适当吸收上博简《孔子诗论》等新材料，然后据文献或诗本文略述己意并作断语。今注则在注解字、词、句的同时，对疑难生僻字也加注了现代汉语拼音。本书大量引用前修时贤的成果，王国维、闻一多、曾运乾、于省吾、钱锺书、郭晋稀等人在读《诗》上的诸多创获因此迭现于字里行间，著者自己在引用过程中也间抒己见，包括对其本人《诗经刍议》相关成果的利用，令人既得开眼界，又耳目一新。

陈戍国《诗经》学论著：

　　陈戍国著，《诗经刍议》，岳麓书社 1997 年版。

　　陈戍国撰，《诗经校注》，岳麓书社 2004 年版。

秋与中国文学的相思怀归母题

赵敏俐

秋是丰收的季节，也是草木凋零的时刻。提起秋天，熟悉中国古代文学的人都会想起那些脍炙人口的咏秋名作。从宋玉的《九辩》到汉武帝的《秋风辞》，从马致远的《秋思》再到《红楼梦》中林黛玉的《秋窗风雨夕》。的确，秋的意象和相关的题材，在中国古代文学作品中实在太多，太引人注目了。"春秋代序，阴阳惨舒，物色之动，心亦摇焉。"①当一年一度的秋风又起，草木变黄，由自然物象的凋零而想到人生，又由此产生一种悲秋的情绪，这不能不说是人类常有的心理现象。然而，如果细心研读，我们就会发现，中国文学中的悲秋作品，并不仅仅是一种生命意识的自然感应，而始终比较明显地和相思与怀归的母题有着不解之缘。这赋予中国文学中秋的意象以更丰富而又独特的文化意义，也促使我们从文化渊源的角度对这种现象进行科学的研究。为此，本文试图从古老的民族生产方式、生活风俗与心理习惯等方面去探讨秋与相思怀归母题的关系，探讨由此而产生的一些特殊意象和变化形态，民族传统母题的成熟和后代丰富多彩的表现方式，从而揭示它的民族审美心理的文化奥秘。

一

中国文学中秋日相思怀归的母题，可以追溯到周初时代。大约产生于公元前 1040 年左右的《诗经·豳风·东山》，是中国历史上现存最早的秋日怀归之作：

---

①　《文心雕龙·物色》。

> 我徂东山，滔滔不归。
> 我来自东，零雨其濛。
> 我东曰归，我心西悲。
> 制彼裳衣，勿士行枚。
> ……

这首诗描写的是一位豳地的农民，跟随周公东征三年，在一片濛濛的秋风细雨中跋涉归来的心灵感受。诗中主人公眼看着归途中的荒凉景象，回想自己从军三年的艰苦生活，更加重了对家乡与妻子的怀念……

也许，这诗中的相思怀归主题，对于读过中国古代诗歌的人来说早已熟悉；因为后代这一类诗歌太多太多。然而，秋日相思怀归的文化意蕴，却不能不使我们深思。为什么远在公元前1100年左右产生的古老诗歌中，秋日之景与相思怀归之情就这样密切地交融在一起了呢？这种心理产生的文化原因究竟是什么呢？

笔者认为，《东山》诗所表现的相思怀归之情，很明显地带有古老农业民族的思想痕迹。此诗前两章的描写，着眼点都在于战争给农业生产带来的巨大破坏。诗人写道：由于战争的缘故，本来应该是丰收的秋季，现在沿途却一片荒凉。"蜎蜎者蠋，烝在桑野。敦彼独宿，亦在车下。""果臝之实，亦施于宇；伊威在室，蟏蛸在户；町畽鹿场，熠耀宵行。"桑林里生满无数蠋虫，养蚕人不知逃到何方；诗人在战场上行役归来，沿途没有一个可以投宿之处。野生的瓜蒌挂在屋檐下，土鳖爬满破漏的居室；蛛网挂在房门口，禾场变成了野鹿场。这些客观景物描写说明，诗中所表现的秋日怀归之情，首先来自农民对节令的敏感和对土地的眷恋。古老的农业生活培养了他们遵守农时和热爱田园的心理习惯，也培育了他们对家乡土地庄稼的深厚情感。他们在行役逾时、田园荒废的现实面前，特别是在秋天这个本来应该是收获的季节里，自然会产生强烈的怀归情感。因此，这首诗所表现的秋日怀归之情，就具有很强的民族文化心理意义。

我之所以这样认为，是因为从艺术发展的一般过程看，一个民族的初期生产方式，对于该民族心理习惯的形成和文学传统的形成，都有着不可估量的影响。在中国这个古老的国度中，农业对于民族生活习惯的形成和民族心理的塑造，起着至关重要的作用。农业是立国的根本，也是其他一切社会活动和风俗习惯所遵从的基础。《汉书·食货志上》说："《洪范》八政，一曰食，二曰货……二者，生民之本，兴自神农之世。……尧命四子以'敬授民时'，舜命后稷以'黎民祖饥'，是为政首。""理民之道，地著为本。"由此可见中国人对农业的重视。直接从事农业生产劳动的农民固不必说，国家统治者也必须把它放在"政首"。所以从周代始，历代帝王都有示以劝农的象征性仪式——籍田之礼。如汉文帝说："农，天下之大本也，民所恃以生也，而民或不务本而事末，故生不遂。朕忧其然，故今兹亲率群臣农以劝之。"① 而国家的一切活动都要遵守农时，即所谓"止力役以顺民事，不夺其时"是也（《诗·小雅·大田》"曾孙是若"句郑笺）。《管子·牧民》也说："凡有地牧民者，务在四时，守在仓廪。"孟子则不止一次地强调"百亩之田，勿夺其时，八口之家，可以无饥矣"，并把它作为王者仁政的根本措施之一。反之，违背农时，就会产生种种灾变。如《礼记·月令》说："孟春行夏令，则雨水不时，草木早落，国时有恐。行秋令，则其民大疫，猋风暴雨总至，藜莠蓬蒿并兴。行冬令，则水潦为败，霜雪大挚，首种不入。"《吕氏春秋》中的十二纪也不厌其烦地反复申明违背时令所带来的灾害。这些论述，足以看出农业在古人心中的首要地位。

因此，《东山》诗中主人公由行役逾时而产生的强烈怀归之情，其中渗透着民族心理，具有普遍的审美意义。诗中描写的秋日荒凉景象，不仅仅会引发诗人自己的怀归情感，而且也会触动生活在同样环境下所有读者的心灵，使他们理解作者的心情，同情作者的遭遇，唤起自己相类似的往事回忆，甚或产生更丰富的联想，产生对战争的怨恨和对和平安定生活的爱。而《诗经》中的其他一些怀归诗篇，也有和《东山》诗一样的情感表现。如《小雅·小明》云："昔我往矣，日月方奥。曷云其还？政事愈蹙。岁聿云莫，采萧获菽。"同样抒发的是

---

① 《汉书·文帝纪》。

行役逾时，到了"采萧获菽"的秋季仍不得归还的哀愁。至如《唐风·鸨羽》，则一唱三叹："王事靡盬，不能艺稷黍，父母何怙""不能艺黍稷，父母何食""不能艺稻粱，父均何尝"。甚而发出呼天唤地的喊声："悠悠苍天，曷其有所""曷其有极""曷其有常"。诗中主人公因劳役无休，荒废农事、难以将养父母而生的强烈怨愤与怀归之情，更会深探打动人们的心，使读者产生强烈的心理共鸣。

当然，如果仅仅从怀归的角度讲，诗人的情感不仅仅发生在秋季。"四月维夏，六月徂暑。先祖匪人，胡宁忍予"①，"君子于役，不知其期"②，这些诗表达的同样都是怀归之思。然而，中国的确以秋日怀归的诗篇为多，这也是和农业生产培育起来的特殊生活方式紧密相关的。

作为地处北温带古老农业国度的中国人，对秋很早就有特殊深厚的感情。春种秋收的农作物生长规律，也使中国人很早就把自己的生活习惯调整到适应农业生产规律的程度上来。《汉书·食货志》说："在野曰庐，在邑曰里。……春令民毕出在野，冬则毕入于邑。其诗曰(按指《诗经·豳风·七月》)：'四之日(指夏历春二月)举趾，同我妇子，馌彼南亩。'又曰：'十月蟋蟀入我床下。''嗟我妇子，聿为改岁，入此室处。'"这里记述的"春令民毕出在野，冬则毕入于邑"，正是中国古代适应农业生产的特殊生活方式。对此，史籍中许多记载可以互证。《诗经·小雅·信南山》："中田有庐，疆场有瓜。"郑玄笺："中田，田中也。农人作庐焉，以便其田事。"孔颖达疏："古者，宅在都邑，田于外野。农时则出而就田，须有庐舍，故言中田，谓农人于田中作庐以便其田事。"《礼记·月令》亦有"孟春之月……王命布农事，命田舍东郊"，"孟夏之月……命农勉作，勿休于都"和"季秋之月……寒气总至，民力不堪，其皆入室"的记载。关于这种特殊习俗，杨公骥先生曾据古史记载和考古发掘等大量材料指出，它发端于远古时代东方人穴居(即《大雅·绵》中的"陶复陶穴")习俗，从古代

---

① 《小雅·四月》。
② 《王风·君子于役》。

黄河流域到东北亚地区都是如此，可称之为"冬窟夏庐"的生活方式。① 这种生活方式是适应农业生产需要而产生的。长期在这种生活方式下生活，必然形成一些相应的其他风俗并产生相应的习惯心理。秋天是丰收的季节，是农民的欢乐与希望所在，是从田庐中搬回室中居住的开始，也是全家团聚的时刻。与此同时，报功、修先的隆重祭天、祖仪式也都在秋冬季节举行。可以说，丰收后的秋冬是农民一年最欢乐的时刻。这一点，只要我们看一看《诗经》中保留的原始农业祭歌就可以体会到。《周颂·载芟》描写秋收后祭祀的场面是："载获济济，有实其积，万亿及秭。为酒为醴，烝畀祖妣，以洽百礼。有铋其香，邦家之光。有椒其馨，胡考之宁。"《良耜》中也说："百室盈止，妇子宁止。"农民们获得了一年的收成，仓库里装的粮食满满的，老人们安康，妇女儿童欢喜。这是邦族的荣光，也是祖先的福佑。于是，他们把丰收的喜悦、家族的和乐在祭祖祭天的仪式中尽情地表达出来，并祈求来年有更多的收获。

明确了古人这种风俗习惯，我们就不难理解他们秋日怀归的心理。《礼记·祭义》云："霜露即降，君子履之，必有悽怆之心，非其寒之谓也。"孔颖达疏："谓感时念亲也。"念亲包括两个方面，一是在外的人怀念家乡的亲人；一是在家的人怀念远行的亲人。所以《东山》诗中一方面写了征人对家乡的亲切思念，不知家乡和妻子经乱离后变成什么样子；一方面写了妻子对丈夫的怀念。她听到门前土堆上鹳鸟的鸣叫，禁不住因秋生悲，想起远方行役的丈夫，猜想鸟叫可能是一种预兆，丈夫就要回来，于是马上把"穹室"（住室）打扫干净，准备迎接他的到来。同样，《小雅·杕杜》篇写相思怀归，也是"女心伤止，征夫遑止"，从两方面描写因秋生悲的游子思妇的感受。这些诗作，再好不过地说明了古人秋日相思怀归的心理。从一般意义上讲，这种相思与怀归来自于农民对家乡土地和庄稼的爱；从生活习俗方面讲，又来自于"冬窟夏庐"的特殊生活方式下培养起来的对"秋"的特殊情感。总而言之，古老的农业生产及生活方式，是古代中国人

---

① 杨公骥：《考论古代黄河流域和东北亚地区居民"冬窟夏庐"的生活方式及风俗》，《东北师范大学学报》1980 年第 3 期。

秋日相思怀归之情的最根本的生活基础，也是中国人这一心理习惯形成的原始基础。

二

婚俗是影响中国人秋日相思怀归的又一重要原因，它也和该民族的生产方式紧密相关。中国古代特别重视婚礼。《礼记·昏义》说："昏礼者，将合二姓之好，上以事宗庙，而下以继后世也，故君子重之。"又说："敬慎重正，而后亲之，礼之大体，而所以成男女之别，而立夫妇之义也。男女有别，而后夫妇有义。夫妇有义，而后父子有亲。父子有亲，而后君臣有正。故曰，昏礼者，礼之本也。"可见，在古人看来，婚礼不但是继承祖先、传宗接代的根本，而且也是维系家庭亲缘关系和社会秩序的根本。在中国这个古老的农业国度中，男耕女织是最基本的生产方式，也是组成社会的最基本生产单位。所以，《诗经》中关于男女婚姻的诗篇，有些并不能用现在所谓的爱情关系去进行浪漫解释；它们更多地体现了古代的婚姻观念。《周南·关雎》的"窈窕淑女，君子好逑"，《毛诗序》解释为歌颂"后妃之德"，就是古代的婚姻观念的政治伦理化。《周南·桃夭》云："桃之夭夭，灼灼其华。之子于归，宜其室家。"《毛诗序》释为"昏姻以时，国无鳏民也"。《毛传》也说："宜以有室家，无逾时者。"按此诗以桃的花盛、实多来赞美新嫁娘给夫家带来的丰衣足食、多子多孙的幸福，正是古人婚姻家庭观念的最好表达。反之，婚姻嫁娶不时，夫妇之道久废，则被古人视为一种极不正常的现象。《诗经·卫风·伯兮》的女主人公因丈夫久役在外而不归，就有"谁适为容"的感叹。《毛诗序》解释说："刺时也。言君子行役，为王前驱，过时而不反焉。"而《摽有梅》的主人公因年盛而未能及时出嫁，即大声疾呼"求我庶士，迨其吉兮""迨其今兮"。这些，也可以看出古人的婚姻观念。

由此，我们再来理会《豳风·东山》诗中主人公的怀归情绪。在诗的第三章和第四章中，诗人主要表达了他对妻子的怀念，这可以说是怀归的又一主要内容。"鹳鸣于垤，妇叹于室。洒扫穹窒，我征聿至。"诗人想象他从远方归来，家门前的鹳鸟应该在土堆上报喜。这引起他妻子对丈夫的怀念，或许正在打扫房间准备迎接。诗人又回忆起往昔结婚时的场面："仓庚于飞，熠耀其羽，之子于归，皇驳其马。亲结其缡，九十其仪。"羽毛闪着光华的黄鸟飞起来了，黄红色的大马车驾起来了。她母亲亲自给她扎上了佩巾，仪式隆重又讲究。但是，诗人马上又陷入悲哀：结婚时妻子年轻又漂亮，现在却不知是否憔悴得变了样（"其新孔嘉，其旧如之何"）？

　　家庭婚姻观念既然在古人的情感世界中占有这样重要的位置，那么，中国文学秋日怀归的诗作重点表现男女相思之情也就是必然的。更何况中国古代的农业生产方式不但决定了家庭在生产中的重要地位，同时也决定了中国古代婚嫁的时间，这对古人秋日怀归心理的产生也有重要影响。

　　中国古代的婚嫁时间在秋冬之季，这一点，历史有较详的记载。《诗经·邶风·匏有苦叶》说："雝雝鸣雁，旭日始旦。士如归妻，迨冰未泮。"古时妇人谓嫁曰归。归妻即娶妻，也就是亲迎之礼。迨者及也。泮者同判，分也。"迨冰未泮"，也就是赶在春天解冻之前。《大戴礼记·诰志》曰："于时（按指孟春）冰泮，发蛰。"《礼记·月令》则称之为"解冻"。《荀子·大略篇》也说："霜降逆女，冰泮杀止。"王先谦《诗三家义集疏》引韩诗说："古者霜降逆女，冰泮杀止。"齐诗说："冰泮将散，鸣雁雍雍。丁男长女，可以会同，生育贤人。"扬雄《太玄》则云："纳妇始秋分。"可见，古代以秋冬为正常的结婚的时间，历史记载是没有异议的。《诗经·卫风·氓》说："将子无怒，秋以为期。"《左传·襄公二十二年》又记："十二月，郑游眅将归晋，未出境，遭逆妻者，夺之。"《氓》的女主人公约定秋后为婚娶的日子，游眅十一月在路上遇见迎亲者抢走了新娘，这两则记载更是古人在秋冬结婚的明证。而错过了这一时间则被称之为"失时"，故《东门之杨》的《毛传》说："男女失时，不逮秋冬。"正因为如此，《东山》的主人公因秋日物象而想起自己往昔结婚时的盛况，就不是一般的借物起兴，而是深层的婚礼习俗心理起着潜移默化的物我沟通作用。于是，对行役逾时的怨恨和对社会现实的批判，就在这种强烈的心理反差描写中表现出来，从而使它具有巨大的认识价值和艺术审美价值。

　　古人为什么把婚礼安排在秋冬之季？《诗三家义集疏·匏有苦

叶》引董仲舒语："圣人以男女当天地之阴阳。天地之道，向秋冬而阴气来，向春夏而阴气去。故古之人霜降而迎女，冰泮而杀止。与阴俱近，与阳俱远也。"按董仲舒的说法，把男女婚姻和阴阳观念混在一起，不免有穿凿附会之嫌。但是他指出婚期遵从季节变化，还是有些合理处。因为在中国这个古老的农业国度中，一切活动都必须以遵循农时为正。《礼记·礼器》曰："礼，时为大。"又曰："礼也者，合于天时，设于地财，顺于鬼神，合于人心，理万物者也。"也就是说，无论婚礼或其他礼仪，都必须遵从天时，即"依于四时之丰俭随时"（孔颖达疏），所设之物各视其土地所产，这样才符合上天祖先诸神之意，也符合人之心理。而婚礼是人之大礼，礼之根本，必须选择一年的最佳时刻。如前所述，农业生产的季节特征，使古人不得不在春天搬到田野中的"庐"中去住。春夏之季的繁重农业劳动也使他们无暇顾及此事，田野中的屋庐也不适宜举行"九十其仪"的隆重婚礼。只有到了秋季丰收之后，人们从田野的庐中搬到城邑里的室中居住，丰裕的物质条件、温暖安稳的家庭和农闲的时间，才为举行婚礼提供了充分必要的客观条件。《诗经·召南·摽有梅》孔疏引《孔子家语》说："霜降而妇功成而嫁娶者行焉。冰泮农业起，婚礼杀。"时至今日，在北方农村风俗中，婚礼仍然比较多地在秋冬季节举行。这种农业生活方式所形成的特殊风俗，久而久之也必然会形成一种特殊的心理意识，使秋冬怀归与家庭婚姻、男女相思之情结合起来，成为中国文学中常见的母题之一。后世的文人士子写男女相思，虽然他们本身未必亲身参加劳动，因而也未必有和农民一样的婚姻观念。但是，当一种婚姻习俗作为民族传统习惯确定下来，并且和一定的自然节令发生关系，从而产生一种民族共同心理以后，它就会对所有的人起同样的作用。文人士子本身并不特殊，他们的思想感受固然复杂，但仍不能超越自己的文化背景。反之，一切优秀的文人相思怀归之作，总是以这个大的文化背景为依托，写出自身的特殊经历和感受，从不同的角度，以不同的方式，不断丰富、完善这一文学母题，使中国后世因秋感伤的游子思妇的相思之作，成为文人抒情诗内容一个重要方面。

三

在中国文学秋日相思怀归的文学母题中，牛郎织女的意象特别引人注目，值得拿出来单独探讨。

牛郎织女原本是天上的两颗星名。按西方天文学术语，织女星是天琴星座 a 星，牵牛星是天鹰星座 a 星。也就是说，古代西方人把织女星和它周围几颗较亮的星组成的图形想象成一把琴，把牵牛星和它周围几颗较亮的星组成的图形想象成一只鹰。可是，在中国古代却分别把这两颗星称之为织女和牵牛。显然，这种命名是和中国文化传统紧密相关的。

中国是古老的农业国家。农业生产要求掌握准确的农事季节，所以中国古人精于观测天象，天文学非常发达，天文知识也比较普及。顾炎武在《日知录·天文》中说："三代以上，人人皆知天文。'七月流火'，农夫之辞也。'三星在户'，妇人之语也。'月离于毕'，戍卒之作也。'龙尾伏辰'，儿童之谣也。后世文人学士，有问之而茫然不知者矣。"按顾炎武这里所说的"七月流火"，见于《诗经·豳风·七月》。"火"指大火星，夏季晚间出现于南方天空；七月以后西移，秋天将到。故诗中有"七月流火，九月授衣"之说。"三星在户"见《唐风·绸缪》。"三星"指参星，它出现于秋冬之季的夜晚，是嫁娶之时，故诗中的女主人有"三星在天，见此良人"之语。"月离于毕"，见于《小雅·渐渐之石》，它指的是月亮运行于二十八宿的毕宿，这是下大雨的征兆，故征役之人有"月离于毕，俾滂沱矣"的忧叹。"龙尾伏辰"见于《左传》僖公五年，它指的是尾星被日所淹，这是克敌的征兆，故卜偃预言晋人其时会灭虢虞二国。这些记载，都表明了古人对天文的熟悉；当然他们的解释也明显地带有中国农业文化的特点。

牛郎织女星的命名，同样表明了这种文化特质。从地球北半球的四季星空来看，牵牛和织女恰好是秋季天空中最亮的几颗恒星中的两颗。《大戴礼记·夏小正》云："七月初昏，织女正东向。"也就是说，在农历七月初的晚上，织女出现在东方天空。以后秋越深，升得越高。这种星象，自然会引起古人的特殊兴趣，把织女和它周围的几颗星组成的图形看成织布的梭子，和中国古代妇女秋冬夜绩的习俗联系起来，① 并且把其中最亮的那颗星称为织女星，想象天上的织女也和人间的妇女一样在秋冬的夜晚纺绩织布。《诗经·小雅·大东》说"跂彼织女，终日七襄"，正是这种想象的最好解释。他们还把牵牛星和附近的其他星组成的形状想象成一个人在牵牛。《小雅·大东》所说的"睆彼牵牛"即指此星而言。最能说明这种想象的是近几十年出土的南阳汉代画像石。其中一件，"右上一人扬鞭牵牛，其上三星连线为牵牛星，左下方四星连成'冂'形，内有一高髻女子拱手跽坐，应为织女星，空白处饰有云气。"② 由此，我们更可以肯定，牛女二星的命名和中国农业生产习俗有着密切的联系。

牛郎织女星的命名含有这样的文化色彩，在冬窟夏庐的生活方式和相应的家庭婚姻习俗影响下，中国古人把怀归与相思的别离之情投射到广袤无垠的秋季星空中去，和牛女二星发生情感上的联系，就是很自然的。这两颗星隔着银河遥遥相对，正像人间的一对游子思妇。每当秋季来临，妇女们开始入室纺绩，也到了全家团圆完聚的时刻，人们抬头仰望隔河相对的牛郎织女，自然会由人间的悲欢离合去想象天上的故事，因而产生瑰丽多彩的神话幻想。从现有记载看，至晚在西汉初年，中国人已经把牛女二星神化。在《淮南子·俶真训》中，已经把织女称之为"神女"，而且有"妻织女"的话。《史记·天官书》更明确地说她是"天女孙"。并且，至迟也是自汉代始，人们已经把牛女二星看成一对隔河相望的夫妇，又由此逐渐虚构出七夕相会的故事。《文选·洛神赋》注引曹植《九咏注》云："牵牛为夫，织女为妇，织女牵牛之星各处河鼓之旁，七月七日乃得一会。"《续齐谐记》亦云："桂阳城武丁，有仙道，谓其弟曰：'七月七日，织女当渡河，诸仙悉还宫。'弟问曰：'织女何事渡河?'答曰：'织女暂诣牵牛。'世人至今云，织女嫁牵牛也。"再往后，牛郎织女七月七日鹊桥相会的故事越来越生动，越来越完整，已经成为在中国家喻户晓的最动人的神话

---

① 古代妇女秋冬夜绩的习俗，可参考《汉书·食货志》等文献。
② 见《南阳汉代画像石刻》图版2。

故事之一。①

牛女故事的文化内涵既然如此，那么，它必然会成为中国古代诗人表达男女相思怀归之情的最好意象之一：

> 迢迢牵牛星，皎皎河汉女。
> 纤纤擢素手，札札弄机杼。
> 终日不成章，泣涕零如雨。
> 河汉清且浅，相去复几许。
> 盈盈一水间，脉脉不得语。

这是汉代的一首文人五言古诗，也是现存最早的以牛郎织女故事为抒情对象的相思怀归诗篇。关于此诗，前人多有评述，但未涉及此诗的文化背景层面，只有今人马茂元先生较深入地探究了牛女神话故事。他说："秋夜星空寥阔明净，对幽闺思妇来说，最容易触动她们的别绪离情，把她们引入碧海青天的梦幻世界；而银河两旁牛女双星的方位和有关双星的故事传说，更使得眼前景物和离人的现实心情很自然地结合起来，丰富了这一梦幻世界的内容。诗的形象就是在这样一个广阔无边的基础上展开，诗人的生活感受和愿望也就是在这样丰富想象的境界中再现的。"②需要进一步说明的是，诗人借助牛女故事来表达离情别绪，并不能仅仅归功于"丰富想象"。因为如果单从这方面考虑，西方人把织女和牵牛星以及它们周围的星组成的图形分别看成一把琴和一只鹰，也是出于丰富的想象，但琴与鹰二者决不会引发人的离情别绪。只有在中国，在其特殊的农业文化背景下，才会把天空中的两颗星想象为织女和牵牛。只有在冬窟夏庐的生活方式和与之相应的婚姻习俗的影响下，才使中国人产生一种秋日怀归的心理积淀，才会把本来毫不相干的两颗星想象成一对难以团圆的夫妻。织女那纤纤的身影，不是正好让中国人想起在那秋冬的夜晚，在每一个普

---

① 有关汉以后牛郎织女传说，可参考袁珂：《中国神话传说辞典》中"牛郎织女""织女""鹊桥'等条目。

② 马茂元：《古诗十九首初探》。

通人家的窗口里面，那正在辛勤纺绩的闺中思妇么？那札札的机杼声，伴随着她们的声声叹息，不正好像泣诉着数不尽的离别故事么？理解了渗透在牛郎织女故事之中的中国文化的深层意蕴，我们才会更好地理解这首诗的巨大艺术审美价值——它写的并不是一个人的悲欢离合，而是一个民族的情感。

从文学发展的角度讲，牛女故事在文学作品中的出现，还有更深一层的意义。它产生于中国文化的土壤，和中国男耕女织的农业社会及其风俗习惯息息相关。但是，牛郎织女的故事并不是现实中的真实事件，而是中国古代游子思妇秋日相思情感表现的一种超验形式，一种象征性意象。它的产生，表现了艺术发展的历程和规律。它说明，一切文学艺术内容和形象都是从直接生活发源的。但是，当一种文学意象一旦作为民族审美心理积淀形成之后，它就会脱离具体形式而抽象存在，并且以隐含的方法存在于每个人的心中，成为艺术审美和情感联想的社会心理基础。因此，它的出现，也标志着中国秋日相思怀归的文学母题在意象上的深化。从汉代以后，以牛女故事为题材的相思怀归之作，已不再(或者说很少)和直接的农事生活相关，特别是在文人士子手中，牛女题材更多地表现的是他们宦游在外或仕途不畅时的相思怀归之情，甚而是一种才子佳人式的感伤。从曹丕的《燕歌行》、晋人李充的《七月七日诗》、宋人谢惠连的《七夕咏牛女》、沈约的《织女赠牵牛》、北齐邢子才、隋江总等的大量同题之作，直到北宋词人秦观的《鹊桥仙》词等等，基本上都是沿着这一路线发展。他们从不同的角度，以越来越纯熟的艺术技巧，通过牛女题材表现各种不同类型的人秋日相思怀归的复杂感情，标志着中国文学这一传统母题进入了一个新的发展阶段。

四

中国古代很早就有悲秋的说法。宋玉《九辩》曰："悲哉！秋之为气也。萧瑟兮，草木摇落而变衰。"《淮南子·缪称训》也说："春女悲，秋士悲。"高诱注："春女感阳则思，秋士见阴而悲。"的确，秋是草木凋零的季节，是阳去阴来的自然现象。人类在大自然里生存，他的心灵无时无刻不受自然变化的影响。"悲落叶于劲秋，喜柔条于芳春"①，用这样的观点去解释古人的悲秋心理，似乎最简单最明确不过了。然而，无论是马克思主义的实践观点还是发生认识论等当代一些心理学的积极成果，都告诉我们，人不可能先天地认识自然规律并产生理论联想；他对客观世界的一切认识，都和特定历史阶段的主客体相互作用有关。现存中国历史的一切文献，都不能证明中国人的悲秋来自原始人的自然感应。但是，却有充分的资料说明，这种观念同样来自于农业生产实践。

"秋"字在甲骨文中写作"𧄔""𧄑"，从字形上看，上面是一棵禾苗，中间是一只龟，底下是火。其意义很明显，是用火来烧烤龟甲占卜农作物收成情况。秦篆写作"𤓰"，省之为"𤈦"。② 许慎《说文解字·禾部》："秋，禾谷熟也。从禾龟省声。"按：秋与龟，古字又同音。《后汉书·西域传》载："(班)超为都护，居龟兹。"注曰："龟兹读曰丘兹。"可证。《尚书·盘庚上》："若农服田力穑，乃亦有秋。"《尔雅·释天》亦云："秋为收成。"可见，从字源学的意义上讲，秋的本义即为谷物的成熟和收成。它的原始意义不是来自于对地球运转产生的四季变化的认识，而是来自于对农作物生长规律的观察。"秋"字的这一本义，后代一直延续使用着。如《太平御览》二十一引蔡邕《月令章句》说："百谷各以其初生为春，熟为秋。故麦以孟夏为秋。"梁褚翔《雁门太守行》诗曰："三月杨花合，四月麦秋初。"隋炀帝《江都夏》诗亦云："梅黄雨细麦秋轻，枫树萧萧江水平。"至今中国农村还称麦子成熟为麦秋，用的仍然是秋的本义。《庄子·逍遥游》曰："楚之南有冥灵者，以五百岁为春，五百岁为秋；上古有大椿者，以八千岁为春，八千岁为秋。"成玄英疏："冥灵大椿，并木名也。以叶生为春，以叶落为秋。……冥灵五百岁而花生，大椿八千岁而叶落。"这里所说的"秋"字，仍然指的是植物生长周期而不是自然季节。在此基础之上，古人在劳动生产实践中，逐步观察到大多数植物都在寒来暑往的一年之中按一定时间生根发芽、开花结果、落叶成熟，才

---

① 陆机：《文赋》。

② 见高明《古文字类编》。

把农作物成熟之秋引申为自然季节之"秋","秋是成熟之时"①,"秋者收成之时"②,这些解释,显然都已把秋当作季节时间概念。但是,这种时间概念仍然是以作物成熟与否来明确其外延和内涵的。再进一步,人们才会发现作物生长同自然季节的对应关系,并且逐步明确是日月运行的周期变化,决定了农作物生长规律,也决定了动物的生活规律,甚至决定音律的变化,国家政令的实施等等,《礼记·月令》说:"孟秋之月,日在翼,昏建星中,旦毕中。其日庚辛,其帝少皞,其神蓐收,其虫毛,其音商,律中夷则,其数九,其味辛,其臭腥,其祀门,祭先肝。凉风至,白露降,寒蝉鸣,鹰乃祭鸟,用始行戮。"这一大段解释,又见于《吕氏春秋》,带有明显的阴阳五行色彩,已经发展成战国以后的中国自然天道观念的有机组成部分。

随着对秋的认识的不断深入,中国古代悲秋文学母题也经历了大致相同的发展过程。在中国最古老的诗歌总集《诗经》中,所有表达悲秋情感的诗篇,大抵都和农事生活或相应的相思怀归的题材相关。《豳风·东山》这首诗整篇浸透着一种悲秋情绪,主要就因为眼前破败荒凉的秋景触发了主人公的相思怀归之情。《小雅·四月》云:"秋日凄凄,百卉俱腓。乱离瘼矣,爰其适归?"这里描写了万木凋零的自然意象。诗中主人公并没有引发出像战国、秦汉时代人的那种人生短促意识,表达的仍然是传统农业习俗所带来的秋日怀归情感。其它如《小雅·采薇》的"曰归曰归,岁亦暮止""岁亦阳止"(按阳指十月);《小雅·杕杜》的"日月阳止,女心伤止,征夫遑止"等等,表达的莫不是同样的悲秋情绪,这说明中国古老的悲秋诗歌同农业生活及其风俗、心理习惯的联系更为紧密。

当然,随着对秋的认识的不断深化,中国人的悲秋心理,也会由农事生活下的相思怀归,逐步发展成对人生短促生命意蕴的情感认识。特别是到了春秋战国时代,随着西周宗法制社会的逐步解体和人的个性的初步张扬,人们在对自然规律认识的同时,也加深了对自身生命的认识。于是,秋季的万木凋零很自然地引起人的生命

---

① 《礼记·郊特牲》注。
② 《汉书·百官公卿表》注。

感受。如《楚辞·离骚》云："日月忽其不淹兮，春与秋其代序。惟草木之零落兮，恐美人之迟暮。"而随着阴阳五行与神仙方术之说的大兴，自秦汉以后，人生短促的悲秋基调曾经在一段时间内弥漫于整个社会。然而，即使如此，人生短促的调子也始终未能淹没相思怀归的母题。而且，正是这二者结合起来，才使中国后世的咏秋题材变得更有深度。

这种现象是不难理解的。从理论的角度来讲，悲秋作为一种生命意识，可以上升到人生哲学的高度去分析；它的抽象形式也是道家哲学和阴阳家学说的一个深刻命题。然而，作为一种情感形式，它的表现却必然和人的具体生活处境相关。在现实生活中，像汉武帝那样的乐极生悲者有之——那是一代帝王权力与物欲极度张扬却不能延续自己生命的悲哀，所以才会见秋生悲，唱出"少壮几时兮奈老何"的凄凉哀婉之音。但是对于大多数文人来讲，悲秋的情绪总是在他们客居他乡、怀才不遇等人生失意或感情深沉的情况下引发出来。魏人阮瑀诗曰："临川多悲风，秋日苦清凉。客子易为戚，感此用哀伤。"这几句诗再明确不过地表现了触发古人悲秋情绪的心理原因。宋玉《九辩》说："悲哉！秋之为气也。萧瑟兮，草木摇落而变衰。憭慄兮，若在远行。登山临水兮送将归。"对此，朱熹有一段很好的解释："秋者，一岁之运，盛极而衰、肃杀寒凉、阴气用事，草木零落，百物凋悴之时，有似叔世危邦，主昏政乱，贤智屏绌，奸凶得志，民贫财匮，不复振起之象。是以忠臣志士，遭谗放逐者，感事兴怀，尤切悲叹也。萧瑟，寒凉之意。憭慄，犹悽怆也。在远行羁旅之中，而登高望远，临流叹逝，以送将归之人，因离别之怀，动家乡之念，可悲之甚也。"①的确，秋季固然是万物凋零的时节，但如果不和人本身的悲秋意识相作用，秋的一切景观都不会具有悲的意味。所以，杜甫在晚年寓居夔州，生活漂泊、政治失意、有家难归之时，对秋也就有了特别深的感受，于是他写道："摇落深知宋玉悲"，并且创作了《秋兴》八首、《登高》等一批因秋写情的名作，大大加强了这些悲秋之作的审美效果和社会思想意义。

---

① 《楚辞集注》。

由此可见，中国古代文学中的悲秋题材，是不能用天人感应学说简单地加以解释的。它是中国古人在对农业生产规律的认识中逐步抽象出来的一种生命自然观念，它与中国古人的农业生活习惯和相思怀归的心理始终有着联系。随着时代的发展，到汉代以后，尽管有些悲秋题材已经和直接的农业生活没有多少关系，"在这里，观念同自己的物质存在条件的联系，愈来愈混乱，愈来愈被一些中间环节弄模糊了。但是这一联系是存在着的"①。当然，这种悲秋的人生命题毕竟又超越了感性认识阶段，它赋予中国文学的"秋天"以人生的意义，使中国文学中那秋日的物象，那闺中思妇的叹息，那游子愁怅的悲吟，都不再仅仅是生活本身，而且还凝聚了一个民族的生命意绪。

五

从文化学的角度考虑，中国文学中的"秋"起码包括以下三种思想蕴涵：

1. 基于物质生产实践的农业生活观念；

2. 在此基础上形成的风俗习惯及心理；

3. 由上两点衍生出的人的生命哲学意识。

这三种思想蕴涵是如此复杂的交织在一起，以致使我们很难用一种单纯物象的描述方式，去分析中国文学中"秋"这一丰富多彩的文化意象。中国人对"秋"的感情太深厚了，这支"秋天的歌"就在中国的文化传统中一直不停地演唱下去。从《诗经》到楚辞，从汉乐府到文人诗，从建安到六朝，从唐诗到宋词，从金元到明清。尽管不同的时代，不同的作家对秋的感受不完全一致，在每一篇具体作品中"秋"的描写各有特点，但它们永不脱离自己的文化传统，总是从不同角度不断地把"秋"这一文学意象深化。《东山》诗写的是一个东征归来的战士对家乡亲人的怀念，宋玉《九辩》写的是一个失职不平的

---

① 恩格斯：《路德维希·费尔巴哈和德国古典哲学的终结》，《马克思恩格斯选集》第4卷，第249页。

贫士的怀归悲秋之情；汉武帝《秋风辞》抒发的是人生短促的感慨，《古诗十九首·迢迢牵牛星》写的是游子思妇的伤怀；阮瑀《临川多悲风》写客子的悲伤，曹植《离友诗》写对友人的怀念；潘岳《悼亡诗》写秋凉中对亡妻的哀悼，柳恽的《捣衣诗》则写思妇对征夫的相思；杜甫的《登高》写年老多病的诗人故园难回的悲苦，范仲淹《渔家傲·塞下秋来风景异》则写边防将士思念家乡的悲壮苍凉之情；辛弃疾的《水龙吟·楚天千里清秋》写故土难复、英雄壮志未酬的抑郁，王沂孙的《齐天乐·蝉》则写国亡家破后文人士子的凄楚感伤；马致远的《天净沙·秋思》写羁旅天涯的游子愁怀，林黛玉的《代别离·秋窗风雨夕》则写寄人篱下的孤苦凄凉……

其实，构成中国文学中秋与相思怀归母题的作品远不止上述诗篇。翻开一部文学史，我们会发现这样的作品很多很多。不只是文人的创作，社会各阶层、各样身份的人，几乎都加入了这支秋歌大合唱的队伍，都有与之相关的作品传世。现仅举数例：

《子夜四时歌·秋歌》（六朝）

秋夜入窗里，罗帐起飘飏。
仰头看明月，寄情千里光。

《水调》（唐曲）

陇头一段气长秋，举目萧条总是愁。
只为征人多下泪，年年添作断肠流。

《长门怨》　　刘瑗（唐时妇女）

雨滴梧桐秋夜长，愁心和雨到昭阳。
泪痕不学君恩断，拭却千行更万行。

《菩萨蛮》　　耿玉真（南唐妇人）

　　玉京人去秋萧索，画檐鹊起梧桐落。欹枕悄无言，月和残梦圆。　背灯惟暗泣，甚处砧声急。眉黛远山攒，芭蕉生暮寒。

《敦煌词·失调名一首》

　　芦花白，秋夜长，庭前树叶黄。门前寒，旋草霜，来了绣褴褛。夫妻在他乡，泪千行。

《无题》　　宋赵德麟细君王氏

　　白藕作花风已秋，不堪残睡更回头。
　　晚云带雨归飞急，去作西窗一夜愁。①

《辽王故宫美人吟》

　　明月满空阶，梧桐落如雨。
　　凉飔袭人衣，不知秋几许。②

　　限于篇幅，我们不能在这里举更多的例子，但只是上引这些流传于民间的诗词和名不见经传的妇女的作品，就足以说明秋与相思怀归的母题具有多么深广的社会文化基础。宋人邵博在论及传为李白词《忆秦娥》时说："予尝秋日饯客咸阳宝钗楼上，汉诸陵在晚照中，有歌此词者，一坐凄然而罢。"③唐圭璋先生评道："此首伤今怀古，托兴深远。首以月下箫声凄咽引起，已见当年繁华梦断不堪回首。次三句，更自月色外，添出柳色，添出别情，将情景融为一片，想见惨淡

---

①　吴开：《优古堂诗话》引。见《历代诗话续编》。
②　《古谣谚》，中华书局新版，第 972~973 页。
③　《邵氏闻见后录》卷 19，中华书局新版，第 151 页。

迷离之概。下片揭响云汉，摹写当年极盛之时与地。而'咸阳古道'一句，骤落千丈，凄动心目。再续'音尘绝'一句，悲感愈深。'西风'八字，只写境界，兴衰之感都寓其中。其气魄之雄伟，实冠今古。"①前人对于词中物象描写的分析可谓深矣，既有自身饯客临境的体会，又有具体的阐释，给人的启示是很大的。然而，上述评析毕竟只限于物象表面，没有深入到民族文化心理传统的层次。而本文的探讨则说明，这篇名作之所以感人至深，正在于作者自觉或不自觉地利用了"秋"这一物象所具有的丰富的民族文化蕴涵，把人生短促、世事兴衰、亲友别离的种种复杂感受，融汇到眼前独特的秋景之中，把读者拉到和他同样的观察点，从而唤醒读者潜层文化心理，和他共同去体会荒凉秋景中所蕴涵的民族情感内容，从而获得艺术审美的快感。可以这样说，"秋"在中国文学中早已不是单纯的自然物，而是具有广泛社会文化心理基础的象征系列；它本身就可以沟通作者与读者、古人与今人的心灵，并以其丰富的蕴涵向人们显示着中华民族文化精神的一个侧面。

中国人既然赋予"秋"以这样浓的文化色彩，"秋"自然也培养了中国人独特的审美观念，培养了中国人在文学艺术中特殊的情感表达方式。"胡马依北风，越鸟巢南枝""狐死首丘""叶落归根"，这些形象的语言，道出了中国人热恋故土家园的至死不渝的心理。他们在面临远征、客游、迁徙、求仕、经商等一切远离故土家园的活动时，似乎比其他民族有着更深的相思怀归情绪。在诗中，他们很少去描写经历过的残酷战争、艰苦的旅途生活、充满了辛酸仕宦生涯以及远方经商的奇闻异事，也很少去写家中妻子儿女经历过多少生活中的波折。周公东征三年的战争可谓长矣，《东山》诗却只写了作者的归途感受；周人对北方少数民族的战争可谓激烈矣，但《采薇》《出车》等诗不过仅有"狁孔棘""薄伐西戎"几句简单交待。杜甫的《北征》已经属于五言诗中罕见的长篇，也不过七百字，而且叙事仍然在抒情议论下出之。可见，他们在艺术创作中重视的不是事件本身，而是由这些事件引发的情感，是那种深深的相思怀归之情和感伤的心绪。因此，中国

---

① 唐圭璋：《唐宋词简释》。

人在诗歌创作中，主要不是去发挥他们的叙事才能，而是去尽力捕捉和心灵相通的自然物象，把丰富的内心情感投射到客观外物中去。在他们看来，写出了秋的物象，也就写出了他们的生活，写出了他们的情感。在这里，他们找到了主体与客体相融合的最好契机，自然也就找到了一个在艺术中的民族情感表达的最佳方式。

中国人对秋既然有着如此深厚的感情，自然也会在生活中细心观察，在艺术创作中精心描绘。随着时间的推移，中国文学中秋的意象越来越丰富，艺术描写也越来越生动。那南归的大雁、萧瑟的秋风、零落的草木固不必说；就是那寂寥的秋山、漫漫的秋夜、天高气爽的秋空、清澈明远的秋水、团圆的秋月、斜照的秋日、濛濛的秋雨等等，无不是悲秋情感的外化。晋人王瓒有诗曰："朔风动秋草，边马有归心。"十个字便写活了边地之秋的凄凉，也写尽了征夫怀乡的情感。诗的主旨是写人的思乡之情，但是却不写人，而去写马。朔风吹动秋草，使马产生了归心，可见那边地秋天的寒冷悲凉。马尚且如此，更何况人乎！同样是写边地思归，范仲淹的《渔家傲》则选取了另外一幅典型画面。词以"塞下秋来风景异"领起，着眼点主要在一"异"字。异在哪里？作者先写"四面边声"，它会使人想起塞外秋天的风声雨声，也会想起山野中的兽嗥鸟啼。而这一切，又伴随着军营的号角一道"起"来，不免使人感到格外凄凉。接写四面边景。在那层峦叠嶂的群峰之间，在斜阳残照、长烟迷茫之中，有一座紧闭的孤城。至此，作者不需要再写，就足以说明那是连"衡阳雁"也不眷恋的地方，而人却因为战事在身不得归乡。这种久成思乡的痛苦还不足以让人感到沉重么？可见，同样是写边地之人的怀归之情，由于个人的经历和感受不同，在秋景的场面选取、特征把握和遣词造句的技巧上便各不相同。每人都在追求自己的风格，创造独特的意境。但是，无论他们对秋景的具体描写有何变化，悲秋与相思怀归的民族文化心理不变，艺术中情感表达的基本方式不变。他们世世代代就在这种文化传统的熏陶下，培养着对"秋"的情感，也培养着对"秋"的审美意识。他们把秋变成了一个具有浓厚民族文化色彩的审美意象，并且在文学艺术中得到了最完美的表现。"秋风清，秋月明。落叶聚还散，寒鸦栖复惊。相思相见知何日，此时此夜难为情。"①"枯藤老树昏鸦，小桥流水人家，古道西风瘦马，夕阳西下，断肠人在天涯。"②"秋花惨淡秋草黄，耿耿秋灯秋夜长；已觉秋窗秋不尽，那堪风雨助凄凉。"③"秋"的意象把我们带入一个特殊的审美境界，让我们从中领略一个民族的情感，一个民族的文化精神——这就是中国文学中悲秋与相思怀归母题的永恒魅力所在。

综上所述，中国文学中"秋"与相思怀归母题之间的相互关系表明：中国人对"秋"的认识，由农作物的成熟到四时季节再到阴阳五行观念的发展，经历了一个历史的过程；而中国人对"秋"的感情，由丰收之乐到相思怀归再到悲秋的生命意绪，恰恰是这一历史过程的文化心理反映。中国文学中"秋"与相思怀归的母题，就是在这种文化背景下产生的。它是一朵由民族文化土壤培养的艺术奇葩，它以其丰富的民族文化蕴涵展示着独特的艺术之美，培养着我们这个民族的审美情感，也培养着我们对生活、爱情、乡土、国家的厚爱。与此同时，它还从更广泛的文化背景层面，启发我们去探讨中国文学传统与民族生产方式、生活风俗、心理习惯等各方面的联系，从而更好地认识民族文学遗产，继承优秀的祖国文化。

（载《中国社会科学》，1990 年第 4 期）

【评 介】

赵敏俐，男，生于 1954 年，内蒙古赤峰人，1978 年 3 月考入沈阳师范学院中文系，1982 年 1 月毕业，获文学学士学位，同时考取该校硕士研究生，师从伍心镇教授，研究方向为先秦文学。1984 年底毕业，获文学硕士学位，同时考取东北师范大学博士研究生，师从著名文学史家杨公骥教授，研究方向为先秦两汉文学。1987 年 12 月毕业，获文学博士学位。现为首都师范大学文学院教授、博士生导师，

---

① 李白：《三五七言》。
② 马致远：《天净沙·秋思》。
③ 《红楼梦·秋窗风雨夕》。

兼任首都师范大学诗歌研究中心主任。

赵敏俐长期关注先秦两汉文学研究，在中国诗歌史、二十世纪学术史、汉乐府等多个研究领域均有建树，著有《两汉诗歌研究》《汉代诗歌史论》《文学传统与中国文化》《二十世纪中国古典文学研究史》《先秦君子风范》等著作。他的《诗经》研究起步于二十世纪八十年代后期，研究成果主要产生于二十世纪九十年代，汇集于其《周汉诗歌综论》一书之中。总体来说，继承了其师杨公骥的方法和理念，同时也有结合时代的学术创新。具体来说，其研究有如下几个鲜明的特点：

第一，运用马克思主义唯物史观，历史地观察文学的演变，将《诗经》诗篇置于诗歌史的背景之上，对其关键性问题加以历史的考察。如其《论〈诗经·郑风〉的作者、时代及其评价问题》一文结合《郑风》诗篇中所反映的历史事件、人物、建筑、服饰、活动地点、情感内容等，断定"《郑风》大部分为民歌"的观点靠不住。在此基础上，作者又据郑国建国于西周末宣幽之际，及《左传》所载郑人赋诗皆不出《郑风》的事实，对《郑风》产生的时代进行了推论，认为《郑风》是春秋时期的产物，大部分产生于春秋中早期。文中对"郑风淫"等传统的评价予以评判，认为这是因为"《郑风》是春秋时代'礼崩乐坏'的局面在文学上的反映"。这些观点较之同类论著更具历史意识，也更为合理。

第二，结合《诗经》在先秦两汉时期的流传情况，对《诗经》与春秋以来的贵族君子风范与风雅传统的形成之间的关系进行了概括和论证。其《〈诗〉与先秦贵族的文化修养》从仪表风度、诗学修养、礼乐文化三个方面对《诗》与先秦贵族文化修养的关系进行了论证，指出《诗》的影响渗透先秦贵族社会生活的方方面面，在塑造中华民族的人文精神与文化品格中起重要作用。

第三，从诗、乐关系入手，对周代音乐对诗文本形式特征的影响等问题进行了探索。其《乐歌传统与〈诗经〉的文体特征》一文指出，《诗经》是一部具有多种实用功能的乐歌集，其艺术成就不是依赖以述说为主要形式的诗，而是依赖以歌唱为主要形式的歌来实现的。因为《风》《雅》《颂》是三种不同种类的乐歌，所以才有了三种不同的诗体。正因为《诗经》是乐歌，所以古老乐歌形成的套语与曲式传统就直接左右了《诗经》的语言。作者认为，从乐歌传统入手，可以更准确地把握《诗经》的文体特征，也有可能对中国古典诗学法则及阐释传统进行补充和修正。《四言诗与五言诗的句法结构与语言功能比较研究》是上述研究的进一步延伸，而其发表于 2000 年以后的《乐歌传统与〈诗经〉的文体特征》《略论〈诗经〉的乐歌性质及其认识价值》《略论〈诗经〉乐歌的生产消费与配乐问题》《音乐对先秦两汉诗歌的影响》等文也涉及这一问题。

第四，从文艺学角度对《诗经》中的主题与意象的原型意义及其在后世的影响进行了初步的探索。《秋与中国文学的相思怀归母题》一文认为："中国文学中秋日相思怀归的母题，可以追溯到周初时代。大约产生于公元前 1040 年左右的《诗经·豳风·东山》，是中国历史上现存最早的秋日怀归之作。"作者还指出："中国文学中秋与相思怀归母题之间的相互关系表明：中国人对'秋'的认识，由农作物的成熟到四时季节再到阴阳五行观念的发展，经历了一个历史的过程；而中国人对'秋'的感情，由丰收之乐到相思怀归再到悲秋的生命意绪，恰恰是这一历史过程的文化心理反映。中国文学中'秋'与相思怀归的母题，就是在这种文化背景下产生的。它是一朵由民族文化土壤培养的艺术奇葩，它以其丰富的民族文化蕴涵展示着独特的艺术之美，培养着我们这个民族的审美情感，也培养着我们对生活、爱情、乡土、国家的厚爱。"这从意象生成的角度阐明了《诗经》的文学经典地位。

第五，从学术史的角度重新定位《诗经》的重要地位，并对二十世纪《诗经》学的发展演变规律及取得的成果与存在的问题进行了全面总结和归纳。其《论〈诗经〉在中国文学史上的创作论意义》等论文全面总结了以往学者研究的得失，对《诗经》在文学史上的经典地位进行了再确认。专著《二十世纪中国古典文学研究史》中涉及对二十世纪《诗经》学研究之得失的评价，也比较中肯。

总之，赵敏俐的《诗经》研究，凡涉一题，总是能立足于学术史的梳理，在全面继承二十世纪八十年代以前《诗经》研究的优点的同时，也尽可能避免此前研究中在学术方法和理念上出现的偏差，且能充分吸收郭沫若、闻一多、杨公骥、夏传才、高亨等前辈学者的成果，从事实和材料的分析归纳出发，对《诗经》学研究的重要命题提出自己的看法。其《诗经》学论著中的具体观点和学术方法呈现出二十世纪九十年代《诗经》学研究注重整体和关注细节相结合、多维度多侧面的多元化格局。进入二十一世纪以来，赵敏俐在《诗经》研究上仍坚持不懈，不断有新的研究成果出现。

赵敏俐《诗经》学论著：

赵敏俐著，《周汉诗歌综论》，学苑出版社 2002 年版。

《商颂》非宋人作考

刘毓庆

关于《诗经·商颂》一案，学术界已打了二千年的官司。在汉时，传诗者分齐、鲁、韩、毛四家。齐、鲁、韩三家都主《商颂》为周时宋人所作，而毛亨承子夏之传，则主《商颂》为商代之作。自汉末经学大师郑玄为《毛传》作笺之后，遂使毛说畅行，三家之说废止。迄至清代，经学研究复盛。魏源著《诗古微》，举出十三个证据，力辩《商颂》为宋人作。接着皮锡瑞著《诗经通论》，更举七证以实之。近人王国维又从甲骨文中索取证据，力证魏、皮之说。到二十世纪疑古派兴起，更是主张《商颂》为宋襄公时之作。于是《商颂》之为《宋颂》，几成定论，在中国文学史著作中，也很少有人提及了。

然而，从新出土的文物与相传资料看，定《商颂》为宋颂实属错案。大有辩明的必要。

一

关于《商颂》的来历，最早见于《国语·鲁语》，鲁大夫闵马父说：

> 昔正考父校商之名颂十二篇于周太师，以《那》为首。其辑之乱曰："自古在昔，先民有作，温恭朝夕，执事有恪。"先圣王之传恭，犹不敢专，称曰"自古"，古曰"在昔"，昔曰"先民"……

《毛传》记载与此略同。《史记·宋世家》则云：

> （宋）襄公之时，修行仁义，欲为盟主，其大夫正考父美之，
> 故追道契、汤、高宗，殷所以兴，作《商颂》。

《韩诗章句》与后汉刻石之文都与《史记》同说。

细谙几家之说，可肯定《商颂》曾与正考父发生过关系，然而太史公说正考父作《商颂》以美襄公，则实属大误。正考父曾佐戴公、武公、宣公祖孙三代。戴公卒于周平王五年（公元前 766 年），而襄公即位则是周襄王二年（公元前 650 年），上下相距一百一十六年，前百年的人怎能为后百年的人唱颂歌！① 一些学者坚信太史公不会有误②，以为"百龄以上之寿，古多有之，窦公张苍即其明证"③。但是，太史公明称正考父是宋襄公的大夫，为何孟僖子在宋襄后的一百多年谈到正考父时④，却不提及此事呢？而且照此说来，正考父显然是一位享有高龄的老学者、老作家了，但作为他的信而好古的远孙孔丘，为何也不曾谈到他呢？更令人难解的是，宋襄公时的人却引用《商颂》劝告襄公！《国语·晋语》记宋襄公的从兄弟大司马公孙固语襄公说："《商颂》曰：'汤降不迟，圣敬日跻。'降，有礼之谓也。"如果说《商颂》确是宋襄公时的制作，一则公孙固不会作为圣言引来劝襄公，再则即使引时，也只说"颂曰"便可，何必冠一"商"字呢？

回头我们再来看《鲁语》与《毛传》的记载。《鲁语》提到"校"《商颂》一事，颇引起学者的异议。王国维氏认为，汉以前初无校书之说，"校"当读为"效"，效者，献也。当是宋人作之，正考父献之。钱玄同氏则直认为这段话是汉朝人的笔墨。其实，先秦是有校书的。

---

① 唐司马贞《史记索隐》云："考父佐戴武宣，则在襄公前且百许岁，安得述而美之？斯谬说耳！"

② 其实《史记》中此类错误甚多。近代学者有专著考证。就《商颂》而论，司马迁也并不坚信为《宋颂》。《孔子世家》说："古者《诗》三千余篇，及至孔子，去其重，取可施于礼义，上采契、后稷，中述殷周之盛……"《大史公自序》："汤武之隆，诗人歌之"。

③ 皮锡瑞语。本文所驳主要是皮锡瑞与王国维的观点。另外还有现代学者所持的一些观点。下文，非特殊情况者，概不加注出处。

④ 《左昭七年传》：孟僖子云："正考父佐戴、武、宣。"

《尚书·多士》云："唯殷先人，有册有典。"校书是随着典册的出现而产生的。《鲁语》之所谓"校"《商颂》、"辑"《商颂》云者，说明宋国所保存的《商颂》、竹简残脱十分严重，不校不辑，便不能成章——这就是《毛传》所谓得《商颂》于周太师的缘故。当然在校的过程中，也难免补阙改疑。因此，《商颂》存有周人的笔痕也是可以理解的。值得注意的是闵马父提到了《商颂》的作者——"先圣王"，可肯定鲁大夫决没有把《商颂》认作"宋颂"，校也决不能解作"写"或"宋人作之，正考父献之"。

"宋颂"论者说：卜辞称汤曰大乙，不曰汤；而《商颂》则曰汤、曰烈祖、曰武王，这与商代的称谓是不相类的。

案：武汤之称，商代实有。卜辞云："□□□卜出贞，今日衾□武唐……允……"（铁，67，4），"卜上甲、唐、大丁、大甲"（铁，214，4），"唐"即"汤"之本字。①《齐叔弓钟》"成汤"作"成唐"，可断言"武唐"即是"武汤"。《殷本纪》说："于是汤曰：'吾甚武。'号曰武王。"由卜辞证之，汤之称武王，始于商代，并非两周人信口之称。至于"烈祖"之称，并不是什么专用名词，其意就是"威烈的先祖"，这怎能也到卜辞中去找呢？

"宋颂"论者说：万舞是周乐非商乐，而《商颂》却说"万舞有奕"，由此证明《商颂》非商诗。

案：这种说法是很难站住脚的。我们不能因商代古籍除《商颂》外未曾提到"万舞"，而就断论万舞为周乐，正如不能因没有见到尧舜时的文献，而就否定尧舜的存在一样。更何况事实证明商代就有万舞呢？据《墨子·非乐上》引武观云"万舞翼翼"，则知夏代已有万舞。《邶风·简兮》云"方将万舞"，又云"左手执籥，右手秉翟"。鲁诗说"翟羽可持而舞"。《左隐五年传》云："考仲子之宫，将万焉，公问羽数于众仲。"《春秋宣公八年》："辛巳，有事于大庙，仲遂卒于垂。壬午，犹绎，万入，去籥。"（谓去舞人左手所执之籥，但存右手所秉的翟羽）可知万舞就是一种持羽而舞的大舞。《周礼春官乐师》郑玄注"皇舞"云："皇，杂五彩羽，如凤皇色，持以舞。"皇、万一声之转。

---

① 王国维有考证，见《观堂集林·殷卜辞所见先公先王考》。

万舞，就是皇舞。丁山先生已有过详细的考证①。皇，甲骨文作堂（续，3，10，1，铁拾14，4），象万舞之时舞人所秉的翟羽形。由此可知，万舞非周家的私有，实是先代的遗乐。

《宋颂》论者说，魏王肃云"夏后氏驾两，谓之丽，殷盖以一骖，谓之骖，周人又益一骖，谓之驷"。而《商颂》则云"八鸾锵锵"，纯为周制，非商诗明矣。

案：这本是清代学者皮锡瑞的观点，早已被地下文物打得粉碎。可是现代一些学者还在不断引用。在殷墟发掘中，多次发现殉葬车马。武官村殷大墓中发现有四辆车和十六付马骨。小屯第十三次发掘发现车马坑五处，其中完整的一处埋着一车四马。最近几年在殷墟西区发现好几处车马坑，都是一车二马。可见车马并无定数。考古学专家王璋如曾对王肃的话发表议论："这段话好象是殷代一车三马，到周代才是一车驷马。其实一车驷马，在殷代已经很通行了。"②

"宋颂"论者云：卜辞称国都曰商不曰殷，而《商颂》则殷商错出，名称之异，正表明《商颂》非商诗。周人称商王国为殷，乃是出于敌忾。

案：卜辞称国都曰商，同样《商颂》称国都也不曰殷。正好说明，《商颂》是商诗，为何能说是名称之异？《商颂》三处用殷，具系指国号。如果说商王朝根本不称殷，为何《商书》中却屡见不鲜呢？如："殷降大虐"（《盘庚》），"降监殷民"（《微子》），"天既讫我殷命"（《西伯戡黎》），难道这全是出于周人的伪作吗？然而周初的训诰中，称殷之处，却不见得都有敌忾之意。如："皇天上帝，改厥元子大邦殷之命"（《召诰》），"殷王亦罔敢失帝，罔不配天其泽"（《多士》），"在昔殷先哲王，迪畏天显小民，经德秉哲"（《酒诰》）。周人称殷之处，乃是如此客气，究竟"敌忾"二字，从何而起呢？

"宋颂"论者云：《商颂》说"奋伐荆楚"，商时尚无楚国，为何能有伐楚之事？与《商颂》相应，《鲁颂》则有"荆舒是惩"之语，可知《商颂》《鲁颂》具指宋、鲁同随齐桓公伐楚一事而言——"召陵之师为

---

① 详见《中国古代宗教与神话考·天命论与皇、帝、王霸之古史退化观》。
② 《中国考古学报》第二期。

中夏攘楚之第一义举，故鲁僖、宋襄归侈厥绩，各作诗介之宗庙"。

案："召陵之师"，决非中夏第一次攘楚。在周成王时的《令殷》与《禽彝》铭文中，就有"王于伐楚""王伐楚侯"的记载，周昭王时也曾南"伐荆楚"，而且"召陵之师"是以和解而告终的，那有什么可歌颂的呢？关于《商颂》中荆楚之称，也可能是出于正考父或周太师之笔——或许在校的过程中，因原稿字迹残阙，正考父等度意填补，或是将旧称改为新名，这并非无可能。但是决不能因一名称之故而否定它是商代之作，正如《木兰辞》存有唐人笔迹①一样，并不能因此就否定它是北朝民歌。至于否定商时楚国的存在，则更是错误的了。卜辞云："辛卯，妇楚……"（明义士 2364），"妇楚来"（乙 3086），丁山先生认为此是武丁时卜辞，楚是氏族的徽识②，楚民族夏前活动在黄河流域，后被夏民族战败，才退到长江流域③，此后曾多次向中原进犯，故太史公说："或在中国，或在蛮夷，弗能记其世"。近年曾在江西清江县发现商代遗址，说明商代势力确已达到长江以南④。在

---

① 唐武德七年始定武骑尉到上柱国十二等为勋官。每升一等为一转，最高则是十二转，而《木兰辞》则云"策勋十二转"可知为唐人之笔。再如"万里赴戎机"等六句，特别是后四句，平仄对仗具近格律诗，显然是出自唐人手笔。

② 《甲骨文所见氏族及其制度》十六页。

③ 卜辞云："𢆉于南单，𢆉于三户，𢆉于楚"（粹 76）。李学勤认为楚即《定之方中》中卫文公所徙的楚丘（见《殷代地理简论》。据陈梦家考，其地三面分别与韦、雇、昆吾为邻（《殷墟卜辞综述》乙辛伐人方地图，未画昆吾，但此地在河南濮阳，实与楚为邻，故补）。据《国语·郑语》，韦顾、昆吾俱属祝融氏之后，都在黄河流域。由此可以断论，楚地定是祝融氏之后芈姓的古居地。据甲骨文与古籍所载，在黄河流域古以楚命名的有三地，一在商西，一在河南滑县，一在山东曹县。这当是古楚民族活动过的地方（胡厚宣有《楚民族源于东方考》，可惜未得一见）。我认为夏禹所战的三苗就是楚。楚姓芈，芈读如咪，现在在夏民族的故乡山西晋南一带，以及广东客家尚唤猫为咪，苗、芈一音之转。因此三苗即三芈，当是楚民族的几支力量（范文澜也认为三苗即楚，不知所持论据是否与本人同）。三苗被战败后，窜入南蛮建立了楚国——关于这个问题，笔者另有专文，此处不多赘述。

④ 见《文物》1975.7《江西清江吴城商代遗址发掘简报》。

春秋时代，楚国的官吏仍沿袭着商代的旧称①，与中原各国殊异。可知《商颂》所云"奋伐荆楚""有截其所"，并非虚言。当然目前尚缺乏资料，不能确定武丁伐楚的具体时间、地点与规模，也没有这么一个东西为《商颂》"奋伐荆楚"作坚证，只能凭一些零碎的资料来推测。但是如果因甲骨文没有伐楚的记载，而就否定事实的存在，那么甲骨文中同样也很少见到关于周人的卜辞，但亡殷者却是周。这又该如何解释呢？

《宋颂》论者云：《商颂》说"命于下国，封建厥福。"这是指周初封建微子于宋而言，商代则不会有什么"封建厥福"。

案：这是对《商颂》的曲解。《商颂》固然不容易弄通，各人理解不同，解讲各异，也并不足怪。但此处上连"天命多辟，设都于禹之绩，岁事来辟（来朝），勿予祸适"，下接"商邑翼翼，四方之极（中）"，显然是说的商受天之封而建国。因此商邑为四方之中，诸侯来朝，理所应当。这怎能和宋国扯到一起呢？如果说本人的理解有问题，那我们就来看春秋时人是怎样解释的吧。《左襄二十六年传》记蔡太师子朝之子声子的一段话说："《商颂》有之曰：'不偕不滥，不敢怠皇，命于下国，封建厥福。'此汤所以获天福也。"非但没有把"下国"解作"宋国"，而且还说此是指汤而言。声子去宋襄之时，只有八九十年。如果《商颂》真是出之宋襄，难道声子还不该清楚吗？

"宋颂"，论者云：《商颂》说"陟彼景山，松柏丸丸"，《左传》说"商汤有景亳之命"，景亳就是景山与北亳的联称。据《水经注》得知景山在汉己氏县北。此地距汤都北亳（商邱一带）不远，商自盘庚之后，皆都河北，不得远度大河去伐景山之木。只有宋国居商丘，离景山仅百数十里，周围数百里内，又别无名山。则伐景山之木以造宗庙，于事为宜。

案："商汤有景亳之命"的景亳，决非景山与北亳的联称。《左昭

四年传》与此同举者有八地①，皆系指历代王侯会诸侯之地，各指一处，并无两地联称之例。景亳也当指一地。景宜训为大。与《诗经》"景行行止"的景字同义。② 景亳即大亳——商王朝每迁一地，必立亳社，因此到处留下亳或博、薄的地名。此处当指成汤所都之亳。据新出土史料，其地在今河南郑州。③《史记正义》以为景亳因景山而得名，实属望文生义之辞。《商颂》景山，也应是泛指大山，与《定之方中》的"景山"同义。④ 若说是指汉己氏县的景山，其地则在曹县东三十里许⑤，春秋前期，属于曹国的版图。宋灭曹在鲁哀公八年，即公元前487年。宋建宗庙，为何能跑到曹国去伐木呢？而且还要讴歌异国风光，实令人不解！"宋颂"论者还强词夺理谓商邱周围数百里内，别无名山，只有景山可谈。殊不知在曹县城南八十里，就有曹南山，距商邱不到三十里，《曹风》所咏"荟兮蔚兮，南山朝隮"，即指此言。王充谓其为"雨一国之山"。鲁僖公十九年，宋、曹、邾曾在此会盟，此山远比景山有名。曹县西北六十里又有左冈，"冈阜连属，林木交映"⑥，距商邱约一百五十里许，比景山距商邱只远十里

---

① 《左昭四年传》："夏启有钧台之享，商汤有景亳之命，周武有孟津之誓，成有歧阳之蒐，康有酆宫之朝，穆有涂山之会，齐植有召陵之师，晋文有践土之盟"。

② 《小雅·车舝》："景行行止"，朱熹注："景行，大道也。"

③ 参看1978年第二期《文物》，邹衡《郑州商城即汤都亳说》一文。1956年在郑州商城北曾发现了几批周代的陶文，已发表的十一个陶文中，有一个字迹不清，有一个是佥字。其余九个都是"亳"字。1978年4月4日《光明日报》载，最近又在郑州商城发现亳字陶文，证明此地即汤所都之亳。

④ 一些学者据《左闵二年传》所载，以为宋桓公迎卫遗民渡河而南，是渡过现在的黄河，徙居于山东曹县东南的楚丘，因此将《定之方中》"景山与京"释为曹县的景山，实误。卫文公所徙楚丘在今河南滑县境内（黄河古道在其西北），此地距曹县景山约有三百余里。诗人怎么会把此二地连在一起呢？因此此处景山，实谓大山。

⑤ 《山东志》卷三六："己氏县故城……今为楚邱集。"《太平寰宇记》："景山在……楚邱北三十八里。"《山东通志》卷二六："景山，在县（曹县）东南四十里故楚邱城北。"

⑥ 见《读史方舆纪要》卷三十三。

左右。就是退一百步说，曹国应许宋国到他们国里伐木，宋人为何非跑到景山去伐木不可呢？

如果一定要把"景山"（专名）与《商颂》联在一起，那么在殷墟北偏西的鼓山（也叫滏山）古代就叫景山，此地在武安县东二十里。①距殷墟约九十里强，是太行山第四陉。山岭高深，林木茂密，为历代军事要地。殷王朝在此地伐木有什么不可以的呢？

值得注意的是《商颂》所描写的建庙规模，相当可观，如"松桷（椽）有梴（长貌），旅（众）楹有闲（大貌）"。而正考父时，周尚无建造大庙之制。比正考父晚六七十年的藏哀伯曾谏鲁桓公说："清庙茅屋……昭其俭也。"②可知桓公时尚以"清庙茅屋"为美德，但在商朝建造大庙则是很平常的——近代曾有人以商代不会有木质建筑否定《商颂》为商诗。近几年在殷墟已发现王宫庙庭建筑五十五座，建筑物由夯土墙、木质梁柱、门户廊檐以及屋顶等部分构成。有一座规模较大的宫殿，就有三十个柱础，这与《商颂》所咏完全相符。③ 地下史料有力的证明，《商颂》确为商诗。

"宋颂"论者云：商颂所用的成语，不与周初诗类，而与宗周中叶以后的诗相类，语句也多和周中叶后的诗相袭，以此可证《商颂》非商诗。

案：《诗经》中诗句语汇相袭者很多，疑此当出于乐师或《诗经》整理者之手。而且仅凭《商颂》与周诗相似，来确定《商颂》的时代，也是没有说服力的。如：

---

① 《山海经·北山经》："景山，有美玉，景水出焉。"郝懿行云：即《淮南子·地形训》所云之景山。《淮南子·地形训》："釜出景"，高诱注："景山在邯郸南，釜水所出……今谓之釜口。"《元和郡县志》："鼓山亦名滏山，滏水出焉，亦名滏口，即太行之第四陉也。"《读史方舆纪要》："滏山在（武安）县东南二十里。"

② 《左桓二年传》。

③ 近几年出版的一些历史书中，多说《殷武》最后一章是追述武丁时的建筑情况的。但是，商代建筑在初周多已付之兵火，而且宋人在大河南，距安阳有四五百里地，会由何而应起联想呢？实误。

其自西来雨？其自东来雨？其自北来雨？其自南来雨？

与

鱼戏莲叶东，鱼戏莲叶西，鱼戏莲叶南，鱼戏莲叶北。

何其相似也。是前者袭后者呢，还是后者袭前者呢？论者是否也要断定它们为同时代之作呢？出乎意料，前者见于殷墟甲骨，后者见于汉代民歌，中间相隔了一千多年，而前者被后人所知却后于后者一千多年！能否因此而说它是古董商的伪造呢？

而且，说《商颂》不与周初诗类也是不符合事实的。请看下表：

置我鞉鼓。奏鼓简简，衎我烈祖。……鞉鼓渊渊，嘒嘒管声，既和且平，依我磬声。于赫汤孙，穆穆厥声。（《那》）	设业设虡，崇牙树羽，应田县鼓，鞉磬祝圉。既备乃奏，箫管备举。喤喤厥声，肃雝和鸣，先祖是听。（《有瞽》）
嗟嗟烈祖！有秩斯祜，申锡无疆，及尔斯所。（《烈祖》）	烈文辟公，锡兹祉福。惠我无疆；子孙保之。（《烈文》）
我有嘉客，亦不夷怿。（《那》）方命厥后，奄有九有。（《玄鸟》）	我客戾止，亦有斯容。（《振鹭》）
绥我眉寿，黄耈无疆。（《烈祖》）	自彼成康，奄有四方。（《执竞》）
自天降康，丰年穰穰。（《烈祖》）	绥我眉寿，介以繁祉。（《雝》）
猗与那与。（《那》）	降福穰穰。（《执竞》）
于赫汤孙（《那》）	猗与漆沮。（《潜》）于皇武王（《武》）

谁能说这些诗不相类呢？

"宋颂"论者还说：文学发展是先简后繁，先古奥后流畅，今见到的《商颂》反而繁且流畅，而周颂却简而古奥。可断然地说：《周颂》早，《商颂》晚。

案：以诗的简繁，断定诗的时代，这是很不合理的。西周《大雅》诗中的多数篇章，繁于东周的风诗，周初的《七月》远长于《陈风·株林》(毛诗以此为三百篇之最后一篇)。如果不对具体事物作具体分析，一味地拿先简后繁、先古奥后流畅的尺码衡量历史上的文学作品，那么，《孔雀东南飞》只有搁在杜甫名下才适宜，《史记》除非晚清不能产生，《离骚》也该是近人的伪作，樊宗师也应是周公的外甥了。《商颂》繁而周颂简，是有多方面的原因的。

首先，中华民族幅员辽阔，其东西南北文化发展并不平衡。商民族源于东海而挺入中原，全面继承了先进的夏民族的文化。到商代中期，已发展到相当的高度，产生了《盘庚》那样洋洋大观的散文。周则是一个后起的民族，地处西北黄土高原，与戎狄熏鬻等蛮夷为邻。约当商康丁、武乙时期，周被蛮夷所迫，才迁到岐山之南的周原，与商民族发生关系。武乙末年，周部落酋长朝见了商王。在商朝的支持下，周对邻近的戎狄大动干戈，扩大领地，逐渐强大起来。但是在周王朝建立的初期，其文化比之商人，仍然是望尘莫及的。这从周金文与殷甲骨文中即可窥见一斑。周金文虽晚，而有一些字却保存着比甲骨文更原始的写法，这一方面固然是由于书写工具不同的缘故，但另一方面则是周初文化落后于商文化的实证。

其次是辞与声的问题。元赵悳在《诗辩说》中，有一段解释《周颂》为何简短的文字，姑抄来以补兹文：

《周颂》章句，与风雅之体不同，其音不必协，其句不必齐，其章亦不可分也。盖尝考之，乐记曰：清庙之歌，一倡而三叹，有遗音者矣。此正谓《周颂》也。按：古乐录有辞有声，倡者举辞，和者举声，"一倡而三叹"，则和声之最多者也。今其三和之谱不存，而一倡之辞独载，此其所以寂寥简短，牙龃龉，而不可易知欤。

此段文字，颇有见地，望读者细审。近人王国维曾考证《周颂》，提出《周颂》声缓的理论，已得到学术界的公认。由于声缓，奏一首颂诗时间很长，因此乐师在记辞时，就根据乐奏时间的长短，将一首诗分为几首。据王国维考证，《周颂》中《昊天有成命》《武》《酌》《桓》《赉》《般》就是大武乐的整套。高亨考证，《闵予小子》《访落》《敬之》《小毖》，实是一篇。① 如果将这些诗复原，也就是说将被分开的数章，再合在一起，那么它们不但不短于《商颂》，有些甚至还要长些。

"宋颂"论者还提出了一些不足辩驳的证据，在现代人看来已是很幼稚可笑的了，因此我不再多费笔墨。

二

我认为《商颂》实为商代所有，现存五篇，乃是经过正考父整理甚至加工过的。但其基本精神仍存，本色尚在。

一、先秦古籍中，凡提到《商颂》者，没有一处认为是宋国的作品的。《国语》所载，已见前述，与此相应，《左传》中也有类似的记载。《左昭二十年传》记齐晏子的一段话说：

> 诗曰："亦有和羹，既戒既平。鬷无言，时靡有争"先王之济(成)五味，和五声也，以平其心，成其政也。

这几句诗引自《商颂·烈祖》。"鬷嘏"，《中庸》引作"奏假"，与《那》"汤孙奏假"同义。于省吾《双剑誃诗经新证》谓"奏假"即"奉格"。奉，祭也；格，享也。诗的意思是："有调好的和羹，五味俱全，味道很平和。我来祭享，没有什么可讲的，因为时势很安定和平。"由此看来，晏子所云的"先王"，定是指主祭者而言。若是宋国任何一个国君主祭，晏子绝对不会称他先王的。因此这儿指商的先王是无可疑义的。在先秦诸子中，引诗多者无过于荀卿，荀子是先秦儒家的最后一位大师，子夏的五传弟子。在《荀子》一书中，多次提到《商颂》与《周

---

① 王国维说见《观堂集林》卷一，高亨说见《中华文史论丛》第六册。

颂》，却很少见到引《鲁颂》者。显然荀子并不把《商颂》与《鲁颂》一样看待。

二、《那》篇说："我有嘉客，亦不夷怿"。《烈祖》又云："约軝错衡，八鸾鸧鸧。以假以享，我受命溥将。"这里说的"嘉客"和乘车"以假以享"的客人，显然是助祭的诸侯。难道周时的宋国会有诸侯为他助祭吗？而且还要在这些诸侯面前说："我受天命多么广大呀！"——这是绝对不可能的。只要我们把《商颂》几篇联起来细谙它的口气，那便会看到，像"肇域彼四海，四海来假""岁事来辟，勿予祸适""商邑翼翼，四方之极""莫敢不来享，莫敢不来王""殷受命咸宜，百禄是荷"这种凌驾于一切人之上、得天独厚的气势，非商王绝不能当。

三、《商颂》的称谓与用词，与周诗有所不同。如《玄鸟》"商之先后"，"先后"指商的先王，在《盘庚》中则云"古我先后，惟图任旧人共政""古我先后，罔不惟民之承"，而在《周书》与周诗中却找不到这种称谓。再如《殷武》"天命降监"，"降监"即下视的意思，在《商书·微子》则有"降监殷民"，而在周诗中多用"天监"，不用"降监"。名称用词之异，正说明《商颂》实商诗。

四、功臣从享，在《周》《鲁》二颂中未曾见到，而《长发》则提到祭功臣阿衡之事，此与《盘庚》所云"予念我先神后之劳尔先""兹予大享于先王，尔祖其从与享之"相符，也与甲骨文所见者相符。① 商时之所以功臣从享，其中一个原因是这些功臣的后代，都身居要位，所以盘庚说："我顾念我的先祖劳驾你的祖先。"若到周时宋国，这种情况早已不复存在，还如何谈得上功臣受祭的事呢？而且在这首诗中，提到阿衡时，同时指出是在"中叶"。阿衡是汤的大臣。此处的中叶系指成汤之世是无可疑义的。据《殷本纪》与《宋世家》，自玄王至于汤得天下是十有四世，自汤王至于宋襄公是二十九世，既使到戴公也有二十五世。时间相差如此之远，宋人如何能称汤为"中叶"呢？如果说此处所谓"中叶"的时间计算不包括宋人自己在内，那么宋人连

① 卜辞云："已酉卜𣪊贞，出于黄尹五牛。贞𢛳黄尹三牛"（林，1. 13. 191），郭沫若《卜辞通纂考释》与《殷契粹编》中俱有考证，云黄尹即阿衡。

这么点勇气也没有，其何以敢自称"受命溥将"，"百禄是何（荷）"呢？由此可断言《商颂》绝非《宋颂》。

五、《国语·鲁语》记展禽语云："商人禘舜而祖契。"此说必起于简狄为舜次妃的传说盛行之后。展禽是公元前七世纪人，与宋襄公差不了几年，在当时尧、舜的地位已威赫显哉了。而在《商颂》大禘诗中，却没有只字道及舜，反而说商是上帝的儿子，有娀氏所生。其时代之差，可得而知。再则《左文二年传》云："宋祖帝乙。"帝乙在殷末期，曾出师南方，大战蛮夷于洪泽湖畔，时达半年之久，奏凯归来，实有功可歌。而在《商颂》五篇中，竟没有半个字提及帝乙，而且根本没有提到商以后的事。其非宋时之作甚明。

六、《商颂》中某些人名，与春秋先秦传说不合，而与甲骨文合。如《长发》："有娀方将，帝王子生商。"娀，甲骨文称"戎母"或"东母"。① 戎（娀）乃是她的本名。而自春秋以降，却逐渐演绎为"有娀氏有二佚女""长曰简狄"等等。商，卜辞中称作"商公"②，当即商先公夒的尊号。而在两周却没有这种称呼。因此后儒将此商字解作国名，实误。卜辞与《商颂》之合，正说明它们是同时代的产物。

七、《商颂》多每句用韵，与《风》《雅》隔句押韵不同。如《那》第六句至第十二句同韵，第十三、十四句同韵，第十五至第二十句同韵，最后两句一韵。其余四篇，多与此相类。诗三百篇中虽也有每句用韵的诗篇，但毕竟是少数。不像《商颂》如此普遍。这正是《商颂》与《风》《雅》非同一时代的标志，它代表着诗歌发展的一个阶段。

八、就《商颂》与《鲁颂》比较而言，《鲁颂》每篇数章，每章首句

---

① 此处用丁山说。详见《中国古代宗教与神话考》73 页。

② 卜辞云："癸巳卜，贞，在獵，天邑商公宫"（菁华 10，1，与此类似者还不少。不引）。《后汉书·郡国志》刘昭注引《山海经》云："禹使大章步自东极至于西垂。"《淮南子·地形训》："禹使太章步自东极至于西极。"按：大章当即《商颂》"帝立子生商"的商。古"商""章"通。《吕览·勿躬》引管子曰"臣不若弦章"，《韩非子·外储说》作"弦商"，可证。《山海经》产于南方，《地形训》本于《山海经》。在中原传说中则有契而没有大商之名。甲骨文中有"商公"有"夒"而没有契之称。疑契与简狄同为后起之名，或因"简契有载"而得名。尚待进一步研究。

多与上章同。如《驷》每章都以"驷驷牡马"开头，《有驳》三章具以"有驳有驳"起首。《泮水》前三章首句具用"思乐泮水"，《閟宫》前五章（除第四章十六句外）每章十七句，后数章稍有变化。大体上是较整齐的。《商颂》则或分章，或不分章，每章几句也无定数。就内容而言也不相类。《诗辨说》云："三颂之中，《周颂》《商颂》皆用以告神明，而《鲁颂》乃以为善颂善祷。"有些学者，抓住《閟宫》最后一章与《殷武》最后一章相类似这一点，强说《商颂》全部像《鲁颂》，实是见木不见林。

《商颂》全部，俱显盛世之德，毫无亡国之思，大有"只有天在上，更无山与齐"的气势，绝非正考父之流所能为。望研究者细审。

（载《山西大学学报》（哲学社会科学版），1980 年第 1 期）

【评 介】

刘毓庆，男，1954 年生，山西省洪洞县人，1978 年考取山西大学中文系中国古典文学专业研究生，师从学者姚奠中，学习先秦文学，毕业后留校任教。1996 年晋升教授，同年考入北京大学中文系，师从褚斌杰教授，专攻先秦文学，以《从经学到文学——明代〈诗经〉学史论》获文学博士学位。现为山西大学文学院教授、博士生导师，兼任国学研究院院长。刘毓庆长期从事先秦文学史、《诗经》学、山西地方文化等领域的研究，成果卓著。其发表论文百余篇，出版学术著作《古朴的文学》《朦胧的文学》《泽畔悲吟——屈原：历史峡谷的永恒回响》《诗经图注》等十余部。

刘毓庆的《诗经》研究始于二十世纪七十年代末，其《诗经》研究的代表作《雅颂新考》是作者从 1978 年到 1981 年陆续完成的关于《雅》《颂》研究的系列论文。作者在继承传统《诗经》学研究成果的基础上，运用文化人类学方法，兼采文字学、宗教学、神话学、历史学、考古学和民俗学材料，考察了周民族的起源、发展、壮大及建立周王朝的历史，对《颂》的性质、《雅》《颂》各篇的写作年代、《商颂》作时，以及上古诗歌功能等问题进行了深入探索，提出了创新性的观点。

刘毓庆对《雅》《颂》诗的深入探讨对二十世纪五六十年代《诗经》研究有较多突破，近世学者大多从文学角度出发，高度评价作为"民间文学"的《风》诗，与此同时把《雅》《颂》简单化看作"贵族文学"，否定了《雅》《颂》的价值，从而把《诗经》的研究变成了《国风》研究。《雅颂新考》正是从改变研究视角开始的。《雅颂新考》所做的工作主要有三个：（1）对周族和周代发展史的探讨；（2）论证"雅""颂"的名称、性质和作者；（3）对"雅""颂"诗中字句的考订和训释。

该书在探讨周族和周代的发展史时，用了"因诗求史，以史证诗"的方法，而所用的"史"，除了传统文献外，还包括神话传说、古文字、考古文物在内的丰富史料。故其对《大雅》之《生民》《公刘》及《文王之什》诸篇的新考皆多胜说。《〈大雅·生民〉新考》完全从神话角度进行考证，提出"姜嫄即月母即西王母""'（姜嫄）履迹'为求爱求子仪式""弃子为生瓜形怪胎""后稷发家为发现新种""邰非周之起源地"诸说。《〈大雅·公刘〉新考》则对周族迁徙的路线进行了细密的考证。前人多认为是由邰到豳的，但这种说法，于情理不合。刘氏在大量资料的基础上提出"公刘三徙说"，证明公刘举族迁徙是从甘肃北部敦煌、安西一带出发，曾三次迁徙，三次迁徙以"于胥斯原""于京斯依""于豳斯馆"为标志。即第一站迁徙于"胥"（其地在今甘肃古浪之北），第二站迁徙于"京"（其地在今宁夏固原南，甘肃平凉北，汉代称为乌氏县），第三站才到达豳（其地在今陕西旬邑县一带），并认为公刘时为石器时代。《〈大雅·绵〉诗新考》，根据商、周、犬戎（狄）的关系和甲骨文相互印证，考订太王迁岐是因失去了商的保护而被犬戎所迫。

刘毓庆《诗经》研究的另一个贡献在于借助对《雅》《颂》时代的考证，理清了西周早期历史的重要脉络。史料的缺乏，记载的纷乱，致使学界对周族发展过程中许多重要线索未能完全搞清。前辈学者如郭沫若、孙作云、杨向奎、夏传才等，针对这个问题已经取得不少成果，但也遗留下许多难点与空白。《雅颂新考》中的前四篇在前人研究的基础之上有了新的创获。它勾勒出了周族早期的历史线索："后稷时代，周族由母系制转入了父系制；公刘的时代，周族由氏族公社开始分为家族，私有制开始萌芽；古公的时代，周族则拉开了文明的序幕，开始了文明世界的创造。"这里不仅理清了历史脉络。在具体史实考证方面，更见刘氏的慧眼与功力。如周族起源于邰（今陕西武功县）之说，刘氏用五个证据批驳了该说之非，并借助《山海经》《穆天子传》等古籍，考订出周人起源于"青海高原与甘肃北部敦煌、酒泉一带"。更令人眼前一亮的是对公刘迁徙路线的考证。《〈文王之什〉新考》中的"文王东进三步"说，提出文王攻商，分三步进：第一步联合虞、芮，讨伐密须，扩大疆土，建立巩固的岐周根据地；第二步攻灭邘、崇，营建丰邑，向东发展；第三步进一步东进，联合东南，收复晋南，对商形成包围之势。以上新说，不仅解决了古史中的难题，而且让我们对《诗经》有了更深切的体会。

作者对《雅》《颂》的断代和发展演变的探讨，亦有成绩。该书《雅颂诗的断代》一文，以文本为基础，以诗证诗，参以金文和其他史料，比较分析得出结论：《周颂》、正《大雅》、正《小雅》，分别代表着西周贵族诗歌的早、中、晚三个阶段。"《周颂》为西周早期下接西周中期的诗"，"正《大雅》为西周中期诗"，"正《小雅》为西周晚期宣王朝诗"。然后对具体诗篇一一作了考订，并指出大、小《雅》中有东周作品的事实。作者对"雅""颂"作了史的研究，深化了对诗义的理解，同时也使西周的历史发展轨迹更为清晰了。

《雅颂新考》中，还有一部分是属于诗的研究，特别是诗歌史的研究。《从雅颂诗看诗之功能的演变与赋比兴的发展》一文认为：诗的本义是"志"，是记事；而歌的本义是"永言"，是抒情。大体说来，《周颂》《大雅》属于前者，《小雅》属于后者。诗歌的发展，是由记事（《周颂》）到叙史（《大雅》）到抒情（《小雅》）。在写作方法上，《大雅》只达到了赋的阶段，还谈不上比兴，比兴来源于民歌（《风》）。刘氏还认为"采诗"制度是存在的，通过考订，他认为宣王前不曾有采诗之制，周宣王是采诗之制的设立者，从而形成了我国历史上最早的一场民歌运动。

作者关于雅颂诗的研究，影响比较大的是《商颂非宋人作考》一文。关于《诗经·商颂》的时代问题，学术界已打了两千年的官司，到二十世纪"疑古派"的兴起，更是主张《商颂》应为《宋颂》，为宋襄公时之作。后经王国维的考证，几乎成为定论。该篇根据新出土的文物和有关资料，从十个方面驳斥了《宋颂》论者，断定"《商颂》为《宋颂》"实属错案，又从八个方面论证了《商颂》为商代作品。该篇曾以单篇论文的形式发表于《山西大学学报》1980 年第 1 期上，发表后在学术界引起轰动，中国人大复印资料《中国古代、近代文学研究》期刊全文转载，赵沛霖《诗经研究反思》一书摘录该文的提要。该文发表之后，学术界对《商颂》产生时代问题的看法就再也不是一边倒了。

刘毓庆运用的考据学是我国传统的学术方法，综观《雅颂新考》，除了运用传统的考据学方法之外，作者还非常注重"二重证据法"，即注重地下文物考古资料，注重甲骨文，特别是金文的印证，从而使他的研究取得突破。如主张《商颂》为《宋颂》论者有条重要证据："魏王肃云：夏后氏驾两谓之丽，殷益之以一騑，谓之骖；周人又益一騑，谓之驷。而《商颂》'八鸾鸧鸧'，纯为周制，非商诗明矣。"事实胜于雄辩，刘氏用殷墟多次发掘之殉葬车马有一车四马的事实，说明该说的无据。除此而外，他在研究中还借助西方一些理论成果如民族学、神话学、民俗学等理论，拓展了研究思路。在《〈大雅·生民〉新考》中，提出西方的周和东方的商不仅方位相生，而且形成了精神上文化上的日月对照之势的观点，这种分析方法受列维·斯特劳斯结构论的影响。从《诗经》研究史的角度看，当代的《诗经》研究已由注释型、分析型向综合型转换，刘氏利用多种学科理论进行综合研究，代表了当代《诗经》研究的方向，值得重视与借鉴。

刘毓庆《诗经》学论著：

刘毓庆著，《雅颂新考》，山西高校联合出版社 1996 年版。

刘敏庆编著，《诗经图注》，丽文文化事业股份有限公司 2000 年版。

《诗经》对中国语言文化
隐喻品性形成的影响

王长华

　　《论语·季氏》载孔子谓伯鱼:"不学《诗》,无以言。"这句当时看似普通之极的话头却谶语式地预言了《诗经》与未来中国语言文化关系的发展前景。两千多年过去,当我们今天把中国语言文化隐喻品性作为一个问题来考虑的时候,我们惊异地发现,春秋以前的古老典籍虽然并非仅有一部《诗三百》,但是作为语言文本,《诗经》以外的其他任何典籍都未能像《诗经》那样对中国语言文化隐喻品性的形成产生如此巨大的影响。描述和说明这一影响关系,正是本文企图完成的任务。

一

　　很久以来,人们就普遍抱有先秦文史哲不分,《诗》也就是"史"的看法(见司马迁《报任安书》《太史公自序》,章学诚《文史通义》),这是《诗经》学研究中以诗证史的经学传统的史学根据。《诗经》与大体产生于同一时期的《易》《书》等语言文本共同具有记事、记录功能,无论从文字概念的考辨,还是从各文本内容本身的审查看,这种说法都是有一定道理的(参见马亚中《对〈诗〉的一种再认识》,载《文学遗产》1991 年第 3 期)。但是,问题还有另外一面。如果从发生学角度看,以《诗经》为代表的中国古代早期语言文本中的诸多方面,常常与原始宗教和巫术活动相关,与王道政治,与实际生活中诸如婚配繁衍等相关,也就是说与现实的功利需求相关。《书》是古代王侯重臣的言行记录,是中央朝廷的政令文告,其功利特征自不待言。《易》

为占卜记录，占卜在当时是一项极为重要的生活内容，现实功利是《易》产生的基础。就连我们现在众口一词称之为文学的《诗经》，其中差不多每一首都是为了某一具体功利目的而创作出来的。没有纯粹为审美而设的文告政令和卦爻辞，同样也没有纯粹为审美而创制的诗篇。这一现象说明，产生于先秦时代的几个早期语言文本既不具有文体区别的根本意义，也不能在表现内容和表现目的上找出彼此间本质性的区别。

但是这并不意味《诗经》和《易》《书》就是完全等同的。我们以为，它们之间的不同仍然是存在的，那就是《诗经》与《易》《书》在表现大体相同的对象时所选择的表现方式方面存在着较大的差异，在这里，意义恰恰就存在于表达方式之中。目前通行的许多文学史类著作在谈到《书》的文学特征时，一般都要提及《书》中形象的比喻，像《盘庚》"若颠木之有由蘖，天其永我，命于兹新邑"，《微子》"今殷其沦丧，若涉大水，其无津涯"，《牧誓》"尚桓桓，如虎如貔，如熊如罴，于高丘"等。但这样的证据是否还能不加限制地例举下去，回答是否定的。再看《易》，《易》作为一部占卜之书，其卦爻辞中有时也用一些形象描述来表达某种神秘的观念，常举的例子如《明夷》"明夷于飞，重其翼，君子于行，三日不食"，《渐》"鸿渐于陆，夫征不复，妇孕不育"，《中孚》"鸣鹤在阴，其子和之，我有好爵，吾与尔靡之"等等。但是这种明显带有比兴意味，有的几乎可以与《诗经》中的诗句乱真的卦爻辞究竟在《易》中占有多大比重，我想只要稍微细心地翻阅一遍《易》，读者就会马上得出数量极少的结论。而《诗经》在这一点上与《书》《易》大不相同，据统计，《诗经》中明显用比的约有140多处，《毛诗》注明用兴的约116篇。此外《诗经》中"不言'如'，又非兴句，而可知为譬喻者，约一百四十多联。"（见上海古籍出版社1981年版《朱自清古典文学论文集》上，第266页）通过这样一个简单的比较，我们就可以看出，《诗经》与其他大体同时代的语言文本相比，具有多得难以计数的蕴含隐喻的描写，量的悬殊导致了《诗经》与《书》《易》在语言表达方式上的质的差异。由此可见，古人所谓"象之所包广矣，非徒《易》而已，六艺莫不兼之"（章学诚《文史通义·易教下》）的话粗看起来大体不错，而一经仔细审查，便不免露出诸多不可尽信的曲折。《诗经》中大量譬喻语言①的运用，是《诗经》区别于其他同时代语言文本的一个重要标志，也是它有可能对日后中国语言文化隐喻品性造成影响的重要的内在因素。

二

确认《诗经》中大量运用譬喻语言，其广泛程度远远超出同时代其他语言文本，这是《诗经》有可能对中国语言文化隐喻品性的形成产生影响的内因。有了这个内因，我们再看社会历史是如何提供外部条件，以促成这桩史无前例的语言婚配的。

章学诚说："夫《诗》之流别，盛于战国人文，所谓长于讽喻，不学《诗》，则无以言也。"（《文史通义·诗教上》）章氏虽然不时显露经学家眼神，但这话却说得准确实在。早在儒家开山孔子心目中就已经认定《诗经》不仅可以兴、观、群、怨，事父事君，而且"专对"的外交也离不开它。也就是说，从从政、外交，以至个体道德培养，《诗经》都是必不可少的。如果我们检讨一下春秋战国时期若干有代表性的典籍，就可以清楚地了解《诗经》对当时语言文化发展所产生的巨大影响了。

先看《左传》。《左传》用《诗》可分为两类，一为赋《诗》，一为引《诗》。据统计，《左传》所记赋《诗》，仅见于今本《诗经》的就有53篇，其中《国风》25，《小雅》26，《大雅》和《颂》各1。所记引《诗》共84篇，其中《国风》26，《小雅》23，《大雅》18，《颂》17。赋《诗》引

---

① 本文使用"隐喻语言"一词以概括《诗经》中运用包括比、兴两种手法在内所造成的一切具有譬喻意义的语言。兴含比意，甚至可以说兴的意义主要应落实在比上。这在刘勰《文心雕龙·比兴篇》中已言之甚明，所谓"比显而兴隐"是也。这一说法首先被唐人孔颖达采纳。近人朱自清（见《诗言志辨》）、黎锦熙（见《修辞学比兴篇》）等均主此说。著名学者王元化先生在《文心雕龙创作论》中更进一步认为，如果将比兴二字连读连用，那么比兴也就是形象之意。联系《诗经》与中国语言文化发展关系实际，可知《诗经》运用比兴手法以创造诗篇中生动的艺术形象，而《诗经》对中国语言文化的影响主要在隐喻性一端，这种隐喻品性的核心内容正是形象性。

《诗》两项相加，去其重复，《左传》用《诗》共计 123 篇，占全部《诗经》305 篇的三分之一强。（参见《朱自清古典文学论文集》上，第 251 页）。这个数字已相当有说服力地证实《诗经》在当时流传应用的广泛和深入了。《左传》用《诗》涉及到从政外交和修身各个方面，而其中又以外交用《诗》为最多，且也最具代表性。关于《左传》中记载用《诗》的具体情况，学者多有论及，此处不赘。本文所关注的是这 120 多篇诗何以被用？这一点向来未能引起研究者足够的重视。从《左传》用《诗》的实际情形看，赋《诗》者或自唱或借助乐工演唱，赋整篇诗的未见一例，大多数情况是仅赋某诗的一到二章。而引《诗》所引数量更少，多不过一章，少则三两句而已，且常常是随心所欲，即景生情。用《诗》章节或多或少，对用《诗》者而言，其标准只是意足便止，"赋诗断章，余取所求"（《左传·襄公二十八年》），"诗所以合意"（《国语·鲁语下》）。可见当时人们已经自觉地认识到了这一点。但是，既然用《诗》者考虑的仅仅是己意，那么用《诗》者理解的诗意，不仅有可能违背诗人的原意，也有可能与听诗人的理解发生抵触乃至冲突，《左传·襄公二十七年》齐国庆封在鲁国宴会上失仪，《襄公十四年》载卫献公让师曹唱《巧言》最后一章，师曹有意朗诵了一遍，因此惹出了大乱子，都是由理解的歧异引发不良后果的极典型的例子。用《诗》人赋诗，听《诗》人理解或不理解，应对成功与否，都是历史事实中的正常情况。可是我们如果细细斟酌《左传》中赋《诗》引《诗》的多数个案，就不难发现，双方对所赋所引《诗》的理解与否，能不能达成共识，真正起作用的是诗中的譬喻意义如何同眼前的现实问题相联系，也就是说怎样在诗中所用譬喻意义的基础上再引发出一种与眼前现实问题相契合的譬喻意义。有话不能直说是历史现实对问题解答提出的隐喻期待，而《诗经》中的大量比兴寄托正好有能力满足这种期待。《左传》中用《诗》诸例所显示出的就是这种历史语言文化与《诗经》的接榫，中国语言文化由此而开隐喻先河。

再看《论语》。如果说《左传》中的用《诗》主要偏重在从政、外交方面的话，那么《论语》用《诗》则多驻心于个体道德的增进和培养，这也就是后人称孔子说《诗》为"诗教"的主要原因。为了以《诗》为教，孔子一开始就给《诗经》定下了格，叫做《诗三百》，一言以蔽之，曰思无邪"(《论语·为政》)。无邪，归于正也。正与邪在孔子心目中不仅是是与非，而且是对与错、好与坏，这无疑是个十足的道德标准。以《诗》为教，强调个体道德培养，孔子对《诗经》也就有了独到的说法和解法。《论语》中两处记载孔子论《诗》的例子是很有代表性的：一是《学而》篇载孔子与子贡论《卫风·淇奥》。子贡问孔子："贫而无谄、富而无骄，何如?"孔子回答："可也；未若贫而乐，富而好礼者也。"以下子贡引出《淇奥》中"如切如磋，如琢如磨"两句诗。这个引证受到孔子高度称赞，于是称子贡为"告诸往而知来者"。子贡断章引《诗》，是把自己认定和孔子教导的两种人格作为高低有别的两种人格境界，而引《诗》意在说明道德培养是一个不断增进的过程。"如切如磋，如琢如磨"在原诗中已经含有明显的譬喻意义，子贡随手拈来，以说明个体道德培养不断前进的必要和重要，这便是喻意之外又引出一重喻意了。能够用《诗》中譬喻语言以譬喻眼前所论事理，这岂不是"告诸往而知来者"？另一著名的例子见于《论语·八佾》。"子夏问曰：'巧笑倩兮，美目盼兮，素以为绚兮。何谓也?'子曰：'绘事后素。'"诗句出于《卫风·硕人》，本写庄姜相貌及服饰之美。那么，由"素以为绚"引发出孔子的"绘事后素"已经隐含了一重譬喻，而后子夏把"绘事后素"又通过互渗联想譬喻为"礼后乎?"这明白无疑地是在前一譬喻的基础上又引出的一重新譬喻。孔子所主张、所欣赏的就是这种联想式譬喻解《诗》法，因此盛赞子夏是给了他启发的人，也是少见的有资格和自己讨论《诗经》的人。《论语》说《诗》共计16条，并非每条都像上述两例这样典型，但它在总体上体现出以个体道德为讨论对象和借《诗》设喻两个重要特征，这是我们对《论语》用《诗》特点的一个基本断定。

春秋战国时代占主导地位的文体是散文，《左传》和《论语》分别代表历史散文和哲学散文两方面军。当然，历史散文中不只有《左传》，哲学散文中也不只有《论语》，但是就《诗经》在当时的流传和应用看，像《国语》主张的献诗陈志和以《诗》为教，与《左传》中的引《诗》的文化意义没有什么根本不同，甚至我以为《战国策》中大量哲理寓言的出现，也极可能与《诗经》广泛流传，经过一段时间的沉积之后，中国语言文化隐喻品性初具规模有关。在哲学散文中，特别是在孔子之后的儒家哲学散文里，断章引《诗》，譬喻说理，始终未改孔子《论语》立下的家法。因此可以说，《左传》《论语》用《诗》，基本代表了春秋战国时代《诗经》流传和应用的大致情形。

通过上述分析，我们看到春秋战国时代《诗经》被广泛应用于从政、外交、道德培养各个方面，从重大政治历史事件，到点滴日常生活细节，各种语言操作中都保留有《诗经》譬喻语言影响的痕迹，《诗经》被泛语言化，以及由此带来的汉语言日趋隐喻化的大势正在形成。

三

《诗经》一经结集，就对春秋战国时期的语言文化产生了巨大影响。我们知道，作为汉民族轴心时代的春秋战国，几乎在一切领域都具有开创风气、奠定基础的功绩，语言文化也不例外。但从春秋战国时代文体发展并不充分这一事实看，这一时期的语言文化还没有真正成熟和定型，它仍在期待着汉以后的历史为之提供机遇和条件。因此，《诗经》对中国语言文化隐喻品性形成所施加的影响，也只有经过汉代以及汉以后才真正全方位、立体化地展示出来。

汉代经学大师董仲舒曾经说过一句极其著名的话，叫作"诗无达诂"。仅从中国诗学角度审视，董子的话差不多具有真理性。诗学发展的实践告诉人们，任何把诗当谜面，而企图挖空心思寻找出谜面下面唯一正确的谜底的作法肯定是徒劳的。正是基于对诗持有这样一种理解，《诗经》才有可能从理论到实践全面借助经学和经学家进入广阔的社会政治领域，从而发散性地影响汉代以及汉以后的中国语言文化走向。

经学是汉代语言文化中的重头戏，而在汉代经书中，《诗经》又遥居首位。西汉武帝时期，齐、鲁、韩今文三家《诗》设学官、立博士。东汉《毛诗》古文经大盛。今文三家《诗》失传，今天很难了解三家解诗的原貌。但根据班固的记载，我们仍然可以窥其大概。《汉书·儒林传》载："自武帝立五经博士，开弟子员，设科射策，劝以官禄，讫于元始，百有余年，传业者浸盛，支叶藩滋，一经说至百余万言，大师众至千余人。"政治的引诱使经师卖力说《诗》，但"一经说至百余万言"也总得有个说道，这个说道在当时就是根据个人理解挖掘"微言大义"，附会现实政治，而《诗经》中之所谓"微言大义"主要也就包含在可作多种解说很难一言定准的大量譬喻话语中。这一作法不仅是今文三家的家法，同样也是古文《毛诗》的传统。如果说今文《诗经》在把诗篇的譬喻语言引入广泛的社会政治隐喻话语系统的方式与古文《毛诗》略有区别的话，那么这个区别仅仅在于，今文附会现实政治，而古文则附会古代历史。其实古代历史是现实政治的过去，现实政治又是古代历史的未来，两者殊途而同归。就《诗经》对社会政治语言的影响而言，《汉书·儒林传》中记载的王式的作为无疑是最具代表性的例子。王式"为昌邑王师。昭帝崩，昌邑王嗣立，以行淫乱废，唯中尉王吉、郎中令龚遂以数谏减死论。式系狱当死，治事使者责问曰：'师何以亡谏书？'式对曰：'臣以《诗》三百五篇朝夕授王，至于忠臣孝子之篇，未尝不为王反复诵之也。至于危亡失道之君，未尝不流涕为王深陈之也。臣以三百五篇谏，是以亡谏书。'使者以闻，亦得减死论。"王式身为昌邑王师，他对昌邑王不采用王吉、龚遂上书直谏的方式，而是兜一个圈子，绕一个弯子，用他自己的话说叫"以三百五篇谏"，拿《诗经》当谏书，这一事实很耐人寻味。首先，王式为何偏拿《诗经》谏昌邑王，这其中的理由还是由于《诗经》中存在大量可供后人解读的譬喻语言的缘故。因为这些譬喻意幽难明，这才使王式有可能解读出"忠臣孝子""危亡失道"云云。可以说王式的作法是以《诗》为兴，以《诗》作比，来暗示、启发、诱导昌邑王。其次，王式以《诗》谏君的作法，居然赢得了法官的理解和支持，最终"亦得减死论"。可见当时拿《诗经》当谏书，以隐喻方式兜售《诗经》譬喻话语，使《诗经》广泛应用于社会政治领域，也是得到了社会政治包括法律和公众意识在内的广泛接受和认可的。《诗经》作为汉民族最早的譬喻话语范本堂而皇之地进入理性判断的社会政治语言之中，这是《诗经》影响中国语言文化隐喻品性形成过程中极其重要的一环。

语言文化的变迁是自上而下全民的精神活动。如果说汉代经学为了附庸现实政治，有意识地将《诗经》的譬喻语言纳入社会政治话语，使支配性语言文化在相当大的程度上由逻辑走向隐喻的话，那么散潜在民间远离意识形态的日常生活话语，作为非支配性语言文化，也在其自身运行发展中从实用走向隐喻，与支配性语言文化不期然而然地构成事实上的呼应。论者一再提及，东汉著名经学大师郑玄家中两个婢女用《诗经》中的诗句进行交谈的一段趣话是耐人寻味的。人与人之间的谈话，其目的无非是为了交流信息、传达情感、增进了解，正常而奏效的作法是倾心相交、直言相告，但是两婢女却"赋诗言志"、互打哑语。历史家记录下这一事实，其关注点怕是更看重经学的兴盛和繁荣，而我们从这里发现的却是一块中国语言文化隐喻品性大显露的活化石。

综上可见，汉代语言文化在继承春秋战国语言文化传统的基础上，从经学注释到日常生活，从支配性语言文化中心到非支配性语言文化的民间边缘，都以惊人的速度、罕见的方式，全方位完成语言文化中理性逻辑判断与隐喻触类旁通的亲合，从而使中国语言文化日渐向隐喻化发展，而促进两者亲合，促进这一发展的中介和动力就是《诗经》。

四

《诗经》从春秋战国到汉代末年，不断对中国语言文化施加隐喻影响。春秋战国时期各种场合下的赋《诗》引《诗》，直接导致了《诗经》的泛语言化。而在汉代，随着经学的兴盛和发展，语言渐趋泛政治化。但在政治化的语言文化中，由于《诗经》的加入和影响，隐喻因素愈益占据重要位置。《诗经》之所以对中国语言文化隐喻品性的形成构成影响，是和经学的繁荣昌盛有直接关系的。可以说，离开经学的昌盛、繁荣和发展，就很难想象一部《诗经》能对中国语言文化的发展走向产生如此之大的推动力和制约力。东汉末年，随着经学第一阶段发展归于没落，《诗经》对中国语言文化的影响也大致告一段落。自春秋战国至汉代末叶，是中国语言文化从发展走向成熟的时期，也是《诗经》对中国语言文化广泛施加影响的时期，这是我们在本文前面重点讨论这两个时期《诗经》与中国语言文化亲缘的主要理由。毫无疑问，《诗经》对中国语言文化隐喻品性形成所产生的作用和影响是贯穿中国古代社会始终的，并不仅仅被限定在春秋战国和两汉时期。但是，限于篇幅和笔者本人的能力，此处无法对汉以后各期《诗经》对中国语言文化施加影响的全貌作详尽的描述和分析，故对汉以后我们只采用抽样法评点、说明之。

朱自清先生在《诗言志辨》中曾将汉以后有比喻意义的诗（朱氏称为"比体诗"）分为四类，所谓咏史之作、游仙之作、艳情之作和咏物之作。其比意为，咏史诗以古比今，游仙诗以仙比俗，艳情诗以男女比主臣，咏物诗以物比人。从中国古典诗歌创作演进的角度看，这些比体诗中使用的比喻手法，与其说来自《诗经》，勿宁说更接近楚辞，这一点自刘勰以降人们早已再三指出。但是，如果从语言文化发展和思维逻辑演进的顺序看，最初为后世比体诗奠定比喻意义基础、设构比喻意义框架的仍需追溯到《诗经》。别的不说，仅就譬喻意蕴的道德色彩而言，后世比体诗的走向也明显是经学一路。"故后妃方德"（《文心雕龙·比兴》）可以说是明白无疑地启发了艳情诗中的以男女比主臣。而"有匪君子，如金如锡"（《诗·淇奥》）也理应被视为咏物诗以物比人的不祧之祖。由《诗经》譬喻语言而及经学的附会政治，由经学释《诗》而及后世比体诗，这不能不看作《诗经》作为语言文本对后世另一语言文本发生影响作用的结果，尽管这个影响是非直接的。

初盛唐是一个青春浪漫的时代，只有这样的时代才可能出现科举考试以诗赋取士这富有想象力的创举。在唐代，数量相当可观的诗人作家是靠"赋得"写出可打高分的诗赋文章而官至卿相的。即便狂放不羁浪漫有加如李白者，走的也是"三十成文章，历抵卿相"（《上韩荆州书》）一途。但令人费解的是，科举取士这一纯粹的政治行为，为何却以难切实际的诗赋形式来判别参赛者的高低优劣？要想给这样的问题提供明确的答案是极其困难的，而且这也并非本文的主要任务。但是我以为，诗赋取士绝非唐初统治者一时头脑发昏，即兴发挥的产物，而是有其充分的内在理由的。诗人陈子昂曾在《与东方左史虬修竹篇序》中批评齐梁诗歌"彩丽竟繁，而兴寄都绝"，主张恢复诗歌反映现实的古代传统，要求诗人在诗中表达自己的政治见解政治抱负。这种要求和提倡与先秦时代士人献诗言志、陈诗言志虽不能说如出一辙，可起码也应该说是有精神承上启下的连续性和一致性的。但是诗人在诗中、特别是在应试诗中表达政治见解、抒发政治抱负很难达到像在策论中那样的直接和犀利，以譬喻语言出之，让当政者琢磨和领会就势必成为正常和必然的表达方式。这样一来，就使纯粹政治行为的选拔官吏和浪漫之极的吟诗作赋之间终于发生了关联。因此，我以为唐人的诗赋取士是中国隐喻语言文化在新的历史条件下的创造，它虽然不能说是《诗经》直接影响下的产物，但其中隐含的隐喻文化精髓仍然应该追溯到《诗经》。基于这一理由，我们把唐代诗赋取士看作《诗经》影响下出现的隐喻语言文化的亚形态怕是不会被视为太过离谱的吧。

一个民族的早期语言表达方式是受这个民族的早期思维方式制约的，而这种语言表达方式一旦成型之后，就又反过来制约该民族的思维方式发展，甚至语言变化的价值认同。《诗经》作为汉民族早期的譬喻语言文本，它的产生以及它对客观事物选取的表达方式都是和汉民族早期的思维方式紧密相关的。但自打《诗经》结集，先是经过春秋战国时期的泛语言化运用，然后又经过汉代经学的半强制性推广，它的譬喻语言系统便借助意识形态向社会各层面大面积蔓延，以致最终跃居社会支配性话语地位。由于它担当的特殊社会角色，楷模、标准也一起成为它的属性和功能，因此它对后世语言表达的价值规定也同时具有足够的制约作用。这一点在宋代以后风行起来的诗话文评中表现得尤为明显。古典诗文评以羚羊挂角、无迹可求，以草蛇灰线、神龙见首不见尾等等为高格，相反而视直、白、露为下品。站在语言文化学的立场上，如果我们也公平地把古典诗文评作为一种历史语言文本来看待，那么它所体现出的隐喻语言价值认同，也同样有理由被当作《诗经》影响中国语言文化发展过程中产生的亚形态之一种。

抽样且又评点，周到细致既不可得，完整准确更不可能。但仅仅这走马观花、管窥蠡测，已经足以使人看出《诗经》对汉以后中国语言文化隐喻品性形成所施加的影响了。

（载《天津师大学报》（社会科学版），1993 年第 6 期）

【评　介】

王长华，男，1956 年 6 月生，汉族，河北威县人，1978 年考入河北师范大学中文系，1982 年、1988 年分获文学学士、硕士学位；1996 年毕业于华东师范大学，获历史学博士学位。长期致力于《诗经》与中国古代文学与文化研究，曾任河北师范大学中文系主任、文学院院长、中文学科带头人。出版学术专著《春秋战国士人与政治》《孔子答客问》《诗论与子论》等多部。在《文学评论》、《文学遗产》、《文艺研究》、《文献》、《文艺理论研究》、《光明日报》、《二十一世纪》(中国香港)、《孔孟月刊》(中国台湾)、《中国文化月刊》(中国台湾)、《东方汉文学》(韩国)等国内外重要专业报刊发表《诗经》研究学术论文。兼任中国诗经学会会长、中国古代文学理论学会副会长。

王长华教授多年来专注于《诗经》研究，既继承了夏传才等老一辈学者的研究成果和方法，同时也特别注重《诗经》研究的理论创新。综观他的《诗经》研究论著，大多是大处着眼，主要涉及《诗经》诗歌与历代社会历史、《诗经》学史、《诗经》学术文化价值、《诗经》的审美与创作规律等学术命题，在研究视角上，则多将《诗经》及其中诗篇与周代特殊的历史文化背景结合起来，将《诗经》学史与特定时代的文化结合起来，揭示其独特的学术文化和审美价值。其研究论著很少局限于就作品论作品，而多是从宗教文化层面、创作审美角度出发去把握其中的规律，总结和生发出《诗经》创作中内涵的理论范畴，并将其提升到文学史和美学理论的高度。如其《墨子的〈诗经〉观》《余冠英的〈诗经〉研究》等作，就是从中国古代和现代《诗经》研究史的角度切入，分别对墨家的"诗学观"与余冠英先生的《诗经》研究成就进行了客观的分析与评价。他认为"墨子非儒而不非《诗》，从《诗经》的结集行世言，它早于孔子，可以说与孔子无关；从《诗经》神圣而成为经典言，那又是孔子身后之事，也与孔子无碍。这样，与孔子大体同时而稍后的墨子非儒反孔而不非《诗》反《诗》就没什么不好理解的"。他对墨子与《诗经》关系的判断是有说服力的。而其对余冠英先生《诗经》研究的得失，也能斟酌于当时的时代背景与学术风气，也是颇有见地的。其《〈诗经〉研究的新视阈 ——首届〈诗经〉国际学术研讨会综述》则是在全面把握 20 世纪 90 年代中国学术折中于"中""西"学术话语的总体特点的前提下，对当时的《诗经》研究所进行的概括和总结，同时也有立足当时对《诗经》研究前景的预判。这些论文体现了作者极强的学术自觉意识，可以说是王长华教授《诗经》研究的历史意识的真切显现。

王长华教授还在全面继承闻一多、孙作云等学者研究成果的基础上，推动了《诗经》的意象研究。以往学者对《诗经》中的物象的研究，还只是停留在名物研究的层面，而且只涉及其中的动物、植物、宫室等类别。既不全面，也未将物象与诗意的呈现联系起来。晚近学者对《诗经》比兴的讨论，虽也初步涉及"象"与"意"的关系，但还停留在修辞的层面上。王长华教授的论文《〈诗经〉的意象及其审美经验》，立足《诗经》作品的归纳，对其创作中的审美经验作了深入的研究和总结，论文将《诗经》的意象予以分类，具体有装饰性意象、描述性意象、排比性意象、比喻性意象、扩张性意象五种。这一分类对理解《诗经》诗篇的创作规律颇具启发意义。在分类分析的基础上，作者得出结论认为：《诗经》的意象选择清一色的自然和自然景色，从严格意义上说并没有被作为主体的对象，而是作为这个主体的朋友而与主体平起平坐的。这就深入而形象地揭示了《诗经》意象的根本特征。

《诗经》中有无史诗？这一直是学者们关注的问题。其实这个问题的产生根源，是以西方的史诗观考量《诗经》的观念。王长华教授的《艰难的对话——〈诗经〉史诗与荷马史诗的比较》一文分析指出："产生于地中海东部、以海岛为生存环境的希腊人，一开始就富于开放性和冒险精神，他们长于想象，有足够的精力和才能编织和叙述悠长的故事。而中国古人身处大陆型地理环境之中，他们以农耕和种植为基本生存方式，封闭而自守，自我中心，勤农耕而务实际，重人事而疑鬼神，重实际而黜玄想，循规蹈矩，严谨而规范。由此而影响文学创作，造成两种文学风格上的明显差异：荷马史诗描写场面开阔，故事叙述细致周详，且浪漫流动而有章可循。而《诗经》中的'史诗'则表现为描写具体准确，语言简练实用，总体上严整有余而气势不足。"这就跳出了以往学者在探讨史诗问题时的固有的思维模式，从民族性格、地理环境和文化特点的角度探讨中国文学形式与风格形成中的独特性，主张不必拘泥于以"西"律"中"的条条框框，对《诗经》史诗的形成及其形态特征给予了比较合理的解释，表现出作者对文学的文化品位的深刻思考与洞察。

《诗经》是中国最重要的文化元典，其影响是多方面的。王长华教授以研究子学和史传的思维研究《诗经》，通过细致的梳理，指出《诗经》对中国语言文化隐喻品性的形成所产生的巨大影响这一事实。其论文《〈诗经〉对中国语言文化隐喻品性形成的影响》，通过比较《诗经》与先秦时期其他典籍在周秦时代中国人语言风貌形成中的不同作用后指出："《诗经》作为汉民族早期的譬喻语言文本，它的产生以及它对客观事物选取的表达方式都是和汉民族早期的思维方式紧密相关的。但自打《诗经》结集，先是经过春秋战国时期的泛语言化运用，然后又经过汉代经学的半强制性推广，它的譬喻语言系统便借助意识形态向社会各层面大面积蔓延，以致最终跃居社会支配性话语地位。"这一观点，跳出以往对《诗经》价值判断上的学科思维窠臼，在还原经典生成和传播的原始语境的同时，将《诗经》文本的经典性影响从汉语特性形成和思维方式的层面呈现了出来。这在《诗经》经典性的研究方面具有重要的理论启示作用。

除上述之外，王长华教授还借助中国诗经学会这个学术平台，组织有关学者和研究力量整理出版《诗经》研究文献，编辑出版《诗经研究丛刊》，召开《诗经》研究学术会议，在推动《诗经》研究深入发展、培养《诗经》研究后备人才等方面做出了突出的贡献。

王长华《诗经》学论著：

王长华撰，《〈诗经〉的意象及其审美经验》，见《天津师大学报》1987 年第 3 期。

王长华撰，《〈诗经〉对中国语言文化隐喻品性形成的影响》，见《天津师大学报》1993 年第 6 期。

王长华撰，《墨子的〈诗经〉观》，见《文艺理论研究》2000 年第 2 期。

史诗与颂史诗

——关于中国有史诗与《诗经》无史诗的思考(节选)

廖　群

中国人有没有史诗？这是一个"五四"以来便展开争论却始终悬而不决的老问题。问题之所以如此复杂，就在于论者们已不约而同的将"中国人有无史诗"的问题集中成了"《诗经》有无史诗"的问题。曰"有"者因为在《诗经》中找到了《大雅·生民》等几篇能见出周先公先王一定创业史绩的作品，曰"无"者则认为这几篇作品称不上真正的史诗。这样，史诗问题便成了《诗经》研究中又一热点话题。要把握《诗经》的文化品性和基本特征，这是一个无法绕过去的问题。而要回答这一问题，则先让我们从这场讨论中的矛盾谈起。

(一)《诗经》史诗讨论的尴尬

黑格尔在《美学》第三卷讨论东方的史诗时，竟白纸黑字，毫不客气地断定："中国人却没有民族史诗"，这无疑大大伤害了我们的自尊心。于是，有些研究者出于反驳，在《诗经》中找到了《生民》《公刘》《绵》《皇矣》《大明》等歌颂周先公先王创业史绩的诗章。偏巧黑格尔又是在《诗经》德译本出来的前一年辞世，没有见到我们这部辉煌的诗集，这更为驳论加重了砝码。从此，"史诗"出现在《诗经》论著的概念体系中，相应地也引发了一系列的分析论证和讨论争议。

有无史诗需要去找，原是因为这概念本不是从《诗经》中产生。"史诗"一词源于希腊文 Epos，原义是平话和故事，当初亚里士多德集中讨论悲剧和史诗，第一次将"史诗"作为文艺学概念提了出来。他指出史诗是"用叙述体和韵文来模仿的艺术"，其情节"也应按照戏剧的原则安排，环绕着一个整一的行动，有头、有身、有尾"，并强调"史诗诗人应尽量少用自己的身份说话，否则就不是模仿者了"。后来，黑格尔在《美学》中更系统、具体地论述史诗的性质，在肯定了"史诗就是按照本来的客观形状去描述客观事物"的同时，又特别指出史诗是"一个民族的传奇故事"，本质上属于"从混沌状态中醒觉过来""民族信仰和个人信仰"又还没有分裂的过渡时代，从而为这个概念赋予了具体的精神属性和时代感。

应该说，任何一个理论概念的提出，总来自某种普遍的现象，"史诗"正是对世界范围内曾经大量出现的史诗作品的总结和概括，至少黑格尔的史诗概念是如此(亚里士多德限于历史条件只涉及了希腊史诗)。而联系着特定内容的形式和概念一经提出和成立，也就获得了相对稳定性，后来者若欲使用这一概念，便须循名责实，与那概念所指涉的特定内容和形式发生了共鸣。于是，《诗经》中《生民》等作品究竟是不是史诗，寻其直接参照，便不可避免地与许多民族都有的长篇民族史诗相遇了。将《生民》等称为"史诗"的矛盾和论证的尴尬也就随之而来了。

比如有学者虽然是在承认中国有史诗(即《诗经》有史诗)的前提下展开论述，却又不得不承认一般人所谓史诗是世界文学史中的经典作品荷马史诗或者荷马史诗式作品，它们与《诗经》中史诗并非同一价值蕴涵规范下的史诗，两者都有史诗之名，以循名责实为出发点的比较，将进行得异常苦涩和艰难。

还有的学者固然首先肯定了《生民》等的史诗性质，理由是它们产生于野蛮和文明交替时期，是艺术发展尚不发达阶段的产物；诗本身具有鲜明生动的形象和一定的故事情节(关于此，可资证明的材料十分有限——笔者注)；它们符合马克思提出的史诗的三个必要条件：神化、歌谣和历史传说(只是条件，却非本质——笔者注)然而下文大量篇幅却又论述了《诗经》中没有出现真正史诗的原因，诸如因为早熟，那些关于祖先的传说还没有经过足够时间的广泛流传便被送进了庙堂；我国古代很早便开始了有文字记载的历史；祭祀活动作为统治阶级少数人的事情割断了《生民》等与民众的联系等。总之，论证的结果几乎又否定了一开始提出的论点或前提。

可见，一旦真正进入理论分析，问题便显而易见了。认为《诗经》中无史诗的自不必说，即使是仍持肯定态度的也无法否认《生民》等确实不像史诗概念所指涉的史诗作品这一事实。只是碍于感情上的因素，不愿意或不便承认罢了。

科学研究是不能感情用事的。既然确实在"《诗经》有史诗"这一命题上感到拙于认证，既然感到《生民》等篇与真正的史诗确有距离，又何必勉为其难？

（二）史诗，一个必然的文化现象

不过，在具体分析《诗经》作品不类史诗的特征和性质之前，需要首先澄清的问题是，说《诗经》无史诗并不等于说中国无史诗，在这一点上，我们同样不能同意黑格尔的妄断。

其实，史诗对于每一个曾经处于由野蛮向文明时代过渡阶段的民族而言，并没有"有"或"无"的问题。正如神话作为原始先民运用特定思维条件和方式认识世界的结果，是每个民族都有的童年的梦；史诗同样是人类特定阶段别无选择的文化现象。就世界文学范围来看，不只是希腊，不止一部荷马史诗，世界上许多地区和民族，接续着神话时代，都出现过一种民间口头传唱的长篇叙事的诗歌形式，这些诗往往讲说关于本民族或部族起源、生存、繁衍和发展的一系列重大历史事件，以及在历史上对民族生死存亡起过重要作用的民族英雄的不凡业绩。荷马史诗《伊利亚特》和《奥德赛》便是以特洛亚战争为背景、以主将阿喀琉斯和英雄俄底修斯为主要人物、贯穿众神和英雄种种事变的大型史诗作品。此外，像印度有关于国王罗摩在猴王哈奴曼帮助下战胜十首罗刹王的"圣书"《罗摩衍那》和表现婆罗多国两大氏族王位之争的史诗《摩诃婆罗多》，英国撒克逊族有关于英雄贝奥武甫为本族杀死火龙并献出生命的长诗《贝奥武甫》，日耳曼民族有关于英雄父子战场交战故事的长诗《希尔德·布兰特之歌》，芬兰有写卡列瓦拉的英雄们与北方黑暗国斗争的《卡列瓦拉》，亚美尼亚有叙述萨逊家族四代英雄反抗异族统治的《萨逊的大卫》，中美印第安人有叙述民族起源、迁徙、定居、征战一系列事迹的《波波尔·乌》，非洲几内亚有讲述曼丁歌国王松迪亚塔联合十二国讨伐侵略军历史业绩的

《松迪亚塔》等等。

这是多么不同的地区和民族，却在大致相同的发展阶段，不约而同地出现了内容性质和形式规模极其相仿的史诗作品，那么，史诗就绝不可能是诗神缪斯对某个民族艺术灵感的特别惠顾，而应有某种历史的必然可循性了。

史诗，顾名思义，便是以诗叙史。这当然首先要萌动于人类的历史意识。说起来，在茹毛饮血、乱婚杂处的洪荒时代，幼稚的人类是无暇也无须晓彻自己的来历和归属的（因为尚无集团意识），在他们脑中恐怕只有一些零星杂乱、颠倒无序的关于物我关系的认识，关于神的错觉，关于日出日落、月缺月圆的困惑和猜想。后来，近亲杂婚的不良后果呼唤着不同血缘群体之间进行通婚，而这种新生的外婚制对于严格区分血缘集团的客观要求，则导致了氏族的产生。氏族集团的不同自然要归原于血缘上祖先的不同，这便有了氏族和婚姻集团的标志——图腾，从而使人类开始有了历史意识，产生了关于图腾与本氏族关系、渊源等的传说。而氏族集团一经形成，共同的血缘关系，共同的劳动和生活，特别是与其他集团频繁的斗争把氏族成员的命运紧紧连在一起，这在客观上便决定了其他成员必须维护内部团结，保护氏族的古老传统——氏族秩序往往赖习惯法维持，这也就必须让氏族成员了解自己氏族神圣的来源，先辈的创业和形成的传统，从而进一步对叙史提出了要求。

历史，记录着人类从久远年代走来的一个个足迹和发生过的各种重大事件，而在还没有产生文字或文字记载条件极不充分的情况下，其传播的渠道只能是口述耳听，这一切都要依赖记忆。说到记忆，诗歌这种有一定韵律、节奏和语句规律的语言艺术形式自然是最便利的工具。其实，在有文字之前，人们传播知识的最主要手段也正式编成诗进行讲唱，我国一些早期典籍诸如《周易》《尚书》仍较多杂有韵文，显然是上古遗风，古印度的《吠陀本集》是诗集，"吠陀"二字，"知识"之义。道理很简单，"古者文字之未兴，口耳之传渐则忘失，缀以韵文，斯便吟咏而易记忆"（章太炎语）也。

宣讲民族源流和史迹，是氏族集团增加凝聚力必不可少的精神活动，而这种历史，其载体又必然是一种诗的形式，用诗讲史，这不就是史诗吗？据我国民俗学提供的材料，诵唱史诗，正是许多曾经处于人类发展初级阶段部落集团集会活动的重要项目，并相沿成习。比如云南白族的《打歌》又称《踏歌》便是在大型宗教祭祀活动中大家边舞边唱的古歌，这篇唱歌以问答方式，从开天辟地、人类起源，一直唱到祖先的事迹。当地白族人说，打歌是传古的，俗称"老人不传古，小人失了谱"。彝族举凡年节喜丧，起屋盖房，春播秋收，甚至接生起名字，都要请毕摩(巫师)讲诵神话和历史。景颇族的"齐瓦"也是集巫师歌手于一身，熟悉浩瀚的"穆瑙齐瓦"(历史的歌)，每逢节日庆典，便将这集历史文化大成的百科知识唱颂给族众。其实，那部《埃奴玛·埃什》，作为巴比伦人最早的史诗，讲诵它就曾是新年大仪式中的一个重要项目，荷马史诗也曾是行吟诗人在节庆集会活动中说唱的重要内容。

这表明，史诗的确曾是早期人类载负精神文化成果的基本形式和人类特定历史阶段必然的文化现象，一切必然要从这个阶段走过的民族，都不会遗漏这个环节。中国人也是从这个阶段走过来的，怎么会没有史诗呢？

事实上，中国人也确曾有大型的史诗作品。如上所述，无论是白族的"打歌"，彝族毕摩所唱的歌，还是景颇族的"穆瑙齐瓦"，无疑都是史诗作品，如果再从近年陆续整理出的一大批长篇民族英雄史诗来看，这个结论更是不成问题的。最著名的像藏族的《格萨尔王传》，叙述英雄格萨尔王一系列除暴安民的传奇经历，现今仍在经常演唱的就有三十多部。蒙古族的《江格尔》叙述英雄江格尔及身边的勇士们结义、婚姻、征战的传奇故事，共六十多部，长达十万余行；新疆柯尔克孜族的《玛纳斯》，更多达二十余万行。这些英雄史诗无论就其艺术想象、英雄本色、曲折引人的情节还是长篇巨制的规模，都完全可与荷马史诗、印度史诗相媲美。此外，像彝族阿细人的《阿细的先基》、哈萨克族的《阿勒帕米斯》、纳西族的《创世纪》、苗族的《古歌》、维吾尔族的《乌古斯传》等等，可谓举不胜举。

而且，即便是我国上古时代，也同样可以肯定有过史诗作品，只不过由于我国民间传唱的东西在有文字后曾受过官方政治文化较多的洗涤，上古文献又经历过不小的劫难，证明起来有点曲折罢了。我国先秦曾出现过一篇千古奇文，这便是《楚辞·天问》。它奇就奇在全以问题组篇，一口气问了一百七十多个关于天地诞生、人类起源、历史传说的问题。过去，鉴于作者屈原的政治遭遇和他其他作品的抒情特点，论者们遂将《天问》也指认为屈原呼天问地的"泄愤"之作。有的则以为表现了作者对传统观念大胆怀疑和勇于批判的精神，然接触到作品本身，我们却发现其中有大量知识性提问和以问作答的叙事成分。比如"九州安错，川谷何洿？东流不溢，孰知其故？东西南北，其修孰多？"如果说怀疑和批判，这是怀疑"东流不溢"的事实还是批判川谷低凹的状貌？大地东南西北，究竟谁长谁短，这不明明是知识提问？再比如，"禹之力献功，降省下土方，焉得彼涂山女，而通之于台桑？"这是怀疑禹与涂山女遇合的事情吗？可下文紧接着"闵妃匹合，厥身是继"，又肯定了禹与涂山女"匹合"然后生育夏启的说法。显然这又是在以提问的方式叙述大禹的行迹和轶事。联系到我国已整理出的史诗有不少正是以问答方式叙事和传播知识的，诸如"天用哪样造，地用哪样造？天是哪年生，地是哪年降？"（彝族《史诗》）不能不使我们设想，《天问》或许也有某种"传古"的性质？或者起码是在"传古"古歌基础上写出的？从《天问》如此庞杂的提问以及确实提供了丰富的神话和传说材料及线索看，这是完全可能的。近年，已有不少学者注意到了《天问》的这一特点。日本学者星野清孝便提出《天问》"乃古代史诗的传承歌词"，伊藤清司也认为"《天问》并非一人一时的创作文艺，而应是楚国社会里所形成的一种口诵古史诗"。① 他们由此否定屈原的著作权是大可不必的，即使是民族集体创制的史诗，也总有一个集大成者；由此断定这是纯粹的史诗，也还有失准确，它毕竟常常只问不答，不处在当时的环境，人们还无法完全接受到内里的知识信息。但我们由此断言这是在当时民间史诗基础上所作的拟古诗，由此证明中国上古时代必有史诗，却是绰绰有余的。

其实，《诗经》同样也能证明这个结论。《大雅·生民》等几篇通过赞美先公先王事迹以祭祖的作品虽然不具有史诗性质（详后），但

---

① 引自家井真《〈楚辞·天问〉篇作者考》，见《神与神话》，台湾联经出版事业股份有限公司。

所用材料必有所自。它们都是单篇祭祖诗，在《诗经》中的编排亦无史序，不过若试着将这些单篇按时间先后连缀起来，周族发展的历史线索还是清晰可见的，其中也有个别具体的细节。值得注意的是，它们所述史绩有些明显还处于没有文字记载或文字记载极不方便的历史阶段，那么，后人又是凭着什么来记忆、追述，直到可将这些材料改写为祭诗的时代？那背后若没有长期流传的叙史的口头民间歌谣，是不可想象的。

只是为什么取材于史诗经过改写进入《诗经》的这些诗却失去史诗的模样和性质了呢？

（三）诗与歌，造型艺术与音乐

这得先从诗与歌起始的分野说起。我们今天已习惯于将有一定节奏、韵律和格式化语句的语言艺术作品笼统称为诗歌或诗，这其实是诗与歌在同为韵文短句的前提下概念混淆互用的结果，考其始，二者实有性质的不同。

关于"歌"，据闻一多先生考察，原始人最初因情感激荡而发出的有如"啊""哦""哎"或"呜呼""噫嘻"一类的声音，这既是音乐的萌芽，也是歌的起源。从文字、音韵学的角度讲，"歌"其实就是"啊"，二者皆间从"可"声（歌从哥，哥从可；啊从阿，阿从可）。古诗叹词多用于"猗""我"或"兮"，三者声原相同，只是有若干不同的写法。①

"诗"最初的涵义却不同。汉人每训"诗"为"志"，《说文》："诗，志也"。其实，"诗"与"志"原为一字。古文"诗"作"言出"，从"言""出"声。"志"从"心"，亦"出"声。考"志"的古义，却是记忆，从心从止，止于心上，便是一种心记。后来有了文字，"志"才又由心记发展出记载乃至记载之书等新的涵义。《国语·晋语九》："志有之曰：'高山峻原，不生草木，松柏之地，其土不肥'。"注谓"志，记也"。这样推断起来，"诗"的本义，也应是记忆，只不过"在心为志，言发为诗"，诗即是一种负载记忆的口诵形式。

---

① 见《闻一多全集》第一卷，上海开明书店。

如此说来，歌与诗本分属于艺术的两大系统。歌隶属于音乐范畴，是主体内在心理情绪的流溢，偏于主观表现。尽管歌也有富于再现功能的词语符号，与纯以声音组合来表情的乐曲不同，但歌中的词语仅是主观情绪表现的诱导材料和区限规定，本身并不主要地发挥再现作用。因此，歌的词语一般比较凝练含蓄，不避重沓叠荡，更讲求形式规律，重视声音效果，以期更多的诉诸听觉和流动感来达到情感表现的目的。

诗作为记忆的韵语形式，则隶属于再现艺术。对往事的记忆和追述，其对象便是外在于主体心性的客观存在。诗将这种客观状态以词语为媒介记录下来，呈现出来，是要让人们认知对象，本质上便排斥主观情绪的介入。而且，词语所表征的客体本身便是认知对象，对它们实在内容的要求势必压倒对声音、重叠、复沓等表情形式方面的追求，因此，记述性的诗往往没有长度限定，展开描写也较为具体自由。

不难发现，史诗是典型的"诗"的艺术。它是一个民族历史的记忆和传诵，客观性、认知性、具体呈现性便是它的本质特征。一开始提到的亚里士多德关于"史诗"的界定，诸如对"一个整一行动"的"模仿"，"诗人应尽量少用自己的身份说话"，就强调了史诗的外在客观性，黑格尔在论述史诗的一般规定时，也首先指出了这种特性，他特别提到"它的外在显现方式就是一件事迹，其中事态是自生自发的，诗人退到台后去了。史诗的任务就是把这种事迹叙述的完整"。"史诗提供给意识去领略的是对象本身所处的关系和所经历的事迹"。正因为对这种客观认知性的强调，黑格尔甚至将古老的格言或道德箴规都归于宽泛史诗的范畴，并解释"这种掌握方式之所以具有史诗性质，是因为这类格言所揭示的不是主体的情感和纯粹个人的感想"，而是为全体民族成员提供认识。① 当然，格言之类毕竟还缺少真正史诗的许多必要条件，但由此可见黑格尔对史诗客观性本质的牢牢把握。

正是从对历史这种客观外在性以及具体呈现性的认定出发，黑

---

① 见《美学》第三卷，商务印书馆。

格尔在论述诗(抒情诗,即"歌"——笔者注)不同于偏于再现的造型艺术时,却指出"史诗和造型艺术还比较接近,无论他表现给我们看的是对象的实体性和普遍性,还是按照雕刻一般绘画刻画出来的生动的现象"。① 这显然又是在史诗与一般的诗(即歌)之间划出了界线。

总之,诗与歌在根本性质方面分属于艺术创造的内外两个方向。当然,就"诗""歌"语词称谓而言,早已没有分界,有些诗虽称诗,性质却相当于"歌",而早期有些传古的"古歌",虽也能歌,性质却相当于"诗",我们在此将二者加以理论区分,无非是想说明在韵语形式这个艺术门类中一开始就有着两大分野,即偏于表现主观心理情感的诗歌和偏于描摹客观生活、叙述事件发展的诗歌。前者近于主表情的音乐,后者近于主再现的造型艺术,史诗显然属于后者而非前者。

而我们要讨论的《诗经》,尽管称"诗""诗三百",今日呈现的又只是语言文学形式,当年却是地道的歌集,其音乐功能远远大于文学功能。这一点,我们在本章第一节已做了专门论述。现在还需要进一步指出的是,《诗经》不但是一部歌集,还是配合礼乐之制而诞生的一部抒情专辑。如前所述,礼是周人在传统祭礼基础上创立的一整套体现伦理等级关系的祭仪、日常典礼仪式及种种规范,乐则是在不同典礼场合分别上演吹奏的歌舞曲乐。《诗经》中的歌正是礼乐之乐中重要的组成部分。典礼上和乐歌唱的和适于演奏的音乐形式,以及伦理情感熏陶的需要和宗旨,决定了这部歌集有意识地创作和采入的便多为抒情短歌。于是,言志(怀抱之志)抒情,偏于主观,便成了《诗经》艺术的最大特色。

在这样一部以主观抒情为其基本特征的音乐作品集中,却要去找以客观再现为本质特性的史诗作品,岂不南辕北辙?

(载《诗经与中国文化》,东方红书社 1997 年版)

---

① 见《美学》第三卷,商务印书馆。

【评　介】

廖群，女，祖籍湖南，1959 年出生于山东济南，1977 年考入山东大学中文系，1982 年毕业，获文学学士学位并留校任教。1987 年研究生毕业，获山东大学文学硕士学位；2004 年获博士学位。读书期间师从著名学者董治安教授，专攻中国古典文学研究。山东大学中文系古代文学与古典文献学学科有着悠久的历史和厚重的学术积淀，尤其是在先秦两汉文学研究领域，更是名家辈出。如陆侃如、冯沅君的中国诗史与中古文学研究，高亨的先秦文学与文献研究。这使廖群在读本科和研究生时就喜欢上了先秦文学研究。她长期在这一领域辛勤探索，20 世纪 80 年代就开始在《文史哲》《文学遗产》等刊物上发表上古神话、《诗经》、《楚辞》等方面的研究论文。用她自己的话说："专心于先秦两汉文学研究，若从 1984 年读硕士研究生算起，迄今竟有整整三十个年头了。"三十多年来，她出版的专著有《诗经与中国文化》《先秦两汉文学考古研究》《先秦两汉文学的多维研究》《中国审美文化史·先秦卷》等多部，她也成为这一领域公认的实力派学者。

廖群在《诗经》研究方面也有显著的成绩，是 20 世纪八九十年代《诗经》研究的中坚力量。综观她的《诗经》研究论著，有如下几个方面值得注意：

第一，善于继承前辈学者的研究成果，在总结学术史得失的基础上对《诗经》学有关问题进行深入探索。廖群学在山东大学，任教于山东大学，教学相长于山东大学。她很注意撰文总结和继承山东大学优秀的文史学术传统。如《高亨〈老子〉研究的考古新证——兼论文献考察与考古发现的互证问题》就是总结高亨治学中的善于利用考古材料解决问题的方法，廖群曾说："高亨先生从不轻易下结论，任何说法都是在有证据证明的基础上提出的。"这一点在她的《诗经》研究中也表现得很突出。她的研《诗》之作，每立一题，大都言之有据，避免空论。

第二，大处着眼，小处落笔，力求宏观与微观的有机结合，将殷周历史文化大背景与《诗经》诗篇的研究结合起来，发现其中的因果关系。如其代表作《诗经与中国文化》一书的上篇，就很典型。第一章《牧野之战：中国文化的转折与起点——孕育〈诗三百〉的文化土壤》是从周人礼乐文化制度的确立与《诗经》的关联说起；第二章《〈诗三百〉：周文化的奇葩——〈诗经〉文化现象论》则是从《诗三百》文本包含的礼乐文化特征反向推论其生成的内在原因；第三章《从〈诗三百〉到〈诗经〉：文本阐释中的三部曲》抓住春秋"赋诗言志"、孔子以《诗》为教、汉代以《诗》为经这三个要点，结合春秋战国以至秦汉政治文化演变，论述了《诗三百》的经典化过程及内在原因。

第三，善于总结历代《诗经》学的已有成果，结合西方学术理念和理论，提出新的《诗经》学范畴。廖群在新近出版的专著《先秦两汉文学的多维研究》后记中说："除考据学属于传统方法外，考古学、文化人类学均是新时期以后繁荣和复兴的，传播学、接受美学、叙事学则刚好都是 20 世纪七八十年代由西方传入中国、90 年代盛行开来的。各种机缘，使我陆续接触和尝试到这些视角和方法。"比如《诗经》的史诗问题，一直是学界争论的焦点问题，古今学者都有论述，提出了很有启发性的观点。廖群的《颂史诗：关于〈诗经〉中"史诗"的一个新概念设想》就是在前人研究的基础上结合西方口头诗学理论，提出了"颂史诗"的概念，既丰富了《诗经》史诗研究，又拓展了口头诗学理论。再如《中国表情文学传统的滥觞——〈诗经〉现实主义艺术问题再审视》一文，则是结合《诗经》诗篇抒情特质对以往学者们关于"现实主义"创作方法的有关论述的补充和拓展。

第四，丰富和发展了王国维、闻一多、孙作云等学者运用考古学资料研究《诗经》的方法，提出"文学考古"的新范畴。她利用近年来的考古学新成果解决了诸多先秦两汉文学史问题，包括《诗经》研究中的一些疑难问题。这样就为文学史的考古学视角研究立了一面旗帜。如关于《诗经》学史上《毛诗序》的作时、作者问题，上博简《孔子诗论》的释文虽不能提供解决此问题的直接材料，但廖群通过比较《孔子诗论》与《毛诗序》的论说观点间的差异性，证明《毛诗序》中"孔子作"说的不正确，"作于孔子之前"说也同样不可取。

第五，受 20 世纪八九十年代学风的影响，注重对《诗经》诗篇进行文艺学和美学的研究，在《诗经》歌唱体式与章法句法、艺术表现传统、《诗经》诗篇的审美文化品格等方面，提出了富有启发意义的观点。廖群《"代言""自言"与"刺诗""淫诗"——有关〈国风〉的两种阐释》一文，对《诗经》结集前后不同情况的分析，借鉴接受美学理论，认为"作为最早的歌集，《诗经》中的作品都经历了由歌到辞，由口头到书面的发展过程，而其中《国风》中的民歌部分，更经历了由作歌到传唱到汇集到写定的发表—传播—载记历程，这个历程本身便包含了自言与代言两个环节，两种出发点和两种表达形式"。再如《诗经与中国文化》一书认为《诗》情与《诗》境之"和"是中国文化尚"和"精神的最好体现等，都符合《诗经》实际，为《诗经》文艺学研究开出新话题。

总之，廖群的《诗经》研究，适逢 20 世纪八九十年代《诗经》研究的再度繁荣期，因而其研究成果既有时代的整体特征的印记，同时作为她的先秦两汉文学研究中的一个重要组成部分，因而也具有她鲜明的学术个性。

廖群《诗经》学论著：

廖群著，《诗经与中国文化》，东方红书社 1997 年版。

廖群著，《先秦两汉文学考古研究》，学习出版社 2006 年版。

用《诗》的发展过程(存目)

傅道彬

【评　介】

傅道彬,男,1960 年生于吉林省蛟河县(今吉林省蛟河市)。
1982 年考取华中师范大学研究生,1985 年毕业,获硕士学位。在此
期间,师从石声淮教授。1988 年获历史学博士学位,博士导师为张
舜徽教授。后为哈尔滨师范大学教授、首都师范大学特聘教授、博士
生导师,曾任黑龙江省文联主席、黑龙江省文学学会会长、中国文学
艺术界联合会第十届全委会委员。

傅道彬的学术研究涉及中国上古文化、先秦文学史、《诗经》、
《周易》及文学批评等多个领域,总体特点是既重视文献资料的整理
与考证,又长于理论上的概括和提升,其研究成果常给人视野开阔、
学养厚实、耳目一新之感。1990 年以来,先后出版了《中国生殖崇拜
文化论》《〈诗〉外诗论笺——上古诗学的历史批评与阐释》《晚唐钟
声》《歌者的乐园》《中国文学的文化批评》等学术著作,主编了《中国
古典才子佳人小说》《钱基博学术文选》《中国古典诗歌艺术精神》等,
并在《中国文化》《文化研究》等海内外刊物上发表论文多篇。《光明日
报》、《新华文摘》、中国台湾《中国文化月刊》等报刊多次引述并评论
其学术观点,称其"学术上独张一军,理论上有创造性突破"。傅道
彬的《诗经》研究开始于 20 世纪 80 年代初,据他的自述:"1982 年考
入华中师范大学的古典文学专业研究生,跟随著名学者石声淮教授学
习先秦文学。与一般的字词串讲、内容分析之类的讲授方法不同,先
生的《诗经》课是以歌唱为主的,《诗经》三百零五篇先生皆能咏歌之。
先生的歌声委婉而深长,苍劲而悲凉,在先生的歌声中,语言的障碍
消除了,精神的距离拉近了。那一刻,远古先民仿佛跨越时空歌唱着

向我们走来，我们也渐渐走近属于'诗三百'的时代与生活。从那时开始喜欢上了《诗经》，硕士和博士论文都是围绕《诗经》展开的。"①这里描述的课堂上石声淮先生唱"诗三百"的场景，令人联想到春秋时期的宴会歌《诗》、赋诗言志等"用诗"的场景。因与《诗经》的相遇很特别，也使傅道彬最初研究《诗经》的成果很特别。如《用诗时代的形成及其意义探讨》(《华中师范大学学报》哲学社会科学版1988年第4期)并未从《诗》文本的训释与《诗》篇主题及创作手法等传统《诗经》学的研究路径进入此一领域，而是特别选择了春秋以来"用诗时代的形成及其意义"这一问题，作者认为"广泛的用诗加强了《诗》的权威性，《诗》的真理性是在用诗的过程中造成的，而不是《诗》首先具有了真理性才被应用"。"《诗》是经过众多的无名语言大师们加工的语言，这种蕴涵丰富的语言就承担起这个使命。具有这种意义的《诗》为担负外交使命的行人和贵族阶级子弟所掌握就是十分必须的了。"另外，作者还指出《诗》文本的编辑也是因为《诗》可以满足社会的需要。这就从"用诗"的角度对《诗》文本的编成和经典化原因给予了合理的解释。

由于20世纪80年代正是《诗经》研究走出"文革"误区的时候，加之西方的各种新的学术思想被翻译介绍与传播，学术界气象为之一新。傅道彬的《兴与象：中国文化的原型批评》(《学习与探索》1989年第5期)等论文就是对当时的学术新风气的回应。作者在文中运用了荣格等学者的"原型批评"理论，以《诗经》中的鸟类兴象和风雨意象内涵的揭示为例，对"兴"象的特征与原型意义进行了深入的挖掘。这是对闻一多、孙作云、赵沛霖等学者关于"隐语""图腾""兴象"研究的进一步发展。其《晚唐钟声》一书分析唐诗意象的原型特点，对《诗经》诗篇也多有涉及。

傅道彬是较早关注《诗》外之诗，并对其进行搜集考释和研究的学者，具有跳出《诗经》论《诗经》的特点。其代表作《〈诗〉外诗论笺——上古诗学的历史批评与阐释》之中卷"《诗》外卷"与下卷"释诗

---

① 傅道彬《诗可以观：礼乐文化与周代诗学精神》之《后记》，中华书局2010年版，第354页。

卷"是其博士学位论文，就是对《诗》外诗进行文献学考察的专门之作。作者不取传统的"逸诗"概念，不同意传统的"《诗经》是我国上古诗歌总集"的观点，提出的"《诗》外诗"的概念有两个方面的内容：就文献而言是《诗经》之外见于甲骨、金文及历史文献的古代歌谣；就时间而言则包括了《诗经》之前与之后的诗。"释诗卷"分卜辞、《易》诗、史书、诸子、金石、逸诗、余部七部分著录并解题、考释《诗》外诗共一百多首。通过对这些诗文本的钩稽与阐释，就为我们研究《诗》的起源和《诗经》与《楚辞》之间诗歌的发展演变提供了材料。其中对《易》卦爻辞中的歌谣、《诗》外诗与史诗、《诗》外诗与巫术宗教之关系等问题的探讨都对正确揭示《诗》文本的生成背景及功能等问题很有启发。

2000 年后，傅道彬的研究仍以《诗经》为中心，他在以上研究成果的基础上，继续就周代礼乐文化、城邦社会、文言变革、政治运作模式等与《诗经》的关系展开持续深入的研究，成果于《中国社会科学》等杂志发表后，引起学界的广泛关注和好评。后结集为《诗可以观：礼乐文化与周代诗学精神》一书，因这些成果超出本书论述范围，兹不详述。

最后，傅道彬在《诗经》研究方面的贡献还在于他培养出了多名专门研究《诗经》及其相关问题的博士，为《诗经》学的传承提供了后备人才。

傅道彬《诗经》学论著：

傅道彬著，《〈诗〉外诗论笺——上古诗学的历史批评与阐释》，黑龙江人民出版社 1993 年版。

傅道彬著，《诗可以观：礼乐文化与周代诗学精神》，中华书局 2010 年版。

《诗·大雅》若干诗篇图赞说及
由此发现的《雅》《颂》间部分对应

李　山

　　这里要说的"若干篇章"，是指《诗经·大雅》中下列篇什：《大明》《思齐》《绵》《皇矣》《生民》《公刘》等。"图赞说"是说这些篇章都是周王大祭祖先时，对宗庙壁图上祖先人物及其业绩的述赞之辞。图赞说这一新提法能够成立，必须有两方面的证明，一者为西周王室庙寝制度方面的，一者为诗篇内容方面的。前者，是这样一问题：王室宗庙中有壁图吗？后者则是：这些诗篇是在赞图吗？

　　关于前者，我们有来自金文方面的两条证据。一条是周厉王时器《善夫山鼎铭文》，曰："佳卅又七正月初吉庚戌，王在周，各（至）图室。"另一条是宣王时器《无叀鼎铭文》，曰："佳九月既望甲戌，王各于周庙，述于图室。"据有关学者解释，文中"图室"，即金文中常见的"大室"，因其有先公先王图像，故又称"图室"。① 材料虽只有两条，却极具说服力。上古宗庙灵寝一般有壁图绘饰，又可为文献所佐证。典型而常识的一例即屈原《天问》。此篇古有"呵壁"之说，所"呵"之"壁"，即楚先公先王祠堂灵壁。此说出自东汉王逸《楚辞章句》。王逸楚人，其以"呵壁"说解《天问》，容有异见，然而楚宗祠中有壁图，其事当有所本，不应轻易否认。又《左传·宣公二年》："晋灵公不君，厚敛以彫墙。"注："彫，画也；彫，本亦作雕。"可见图绘墙壁是春秋时的习尚。更能直接说明问题的，是《孔子家语·观周篇》一段记载。文曰：

---

① 曲英杰《西周王庙考》，《第二次西周史学术会议论文汇编》（打印本）。

> 孔子观乎明堂，睹四门墉（墙壁），有尧舜之容，桀纣之像，而各有善恶之状、兴废之诫焉。又有周公相成王，抱之负扆南面以朝诸侯之图焉。

据此可知，东周的宫殿内是有壁图的。此处的"明堂"固然是东周建筑，但殿堂中有壁图，很可能是延续着西周旧制，因为东都雒邑的营造本与宗周镐京同时。退一步说，即使孔子所观的明堂是东迁后建造，它也应与西周宫殿有着制度上的渊源关系。明堂未必就是宗庙，但王国维《明堂殿寝通考》尝言："明堂之制……为古代宫室通制，故宗庙之宫室亦如之。"①虽是就宫室建筑形制而言，但也未尝不可以方诸其他设施，因为"古者庙、寝之分，盖不甚严"②，祖宗神灵寄居之所，往往又是君王重大政事活动的场地。另外须加说明的是《孔子家语》这本书。一般认为《家语》系魏王肃伪托。然而，《观周篇》的这段材料，却不可视为王氏的向壁虚构。伪书未必全伪，是文献学上的一条常识，而考古发现，又可以证明孔子观周所见于实有据。1979 年发掘的陕西扶风杨家堡四号西周墓生土墙壁上，人们曾发现过带状的二方连续的白色菱形图案③，正可做《家语》此说可信的支持。

受两条金文材料启发，我们发现，《诗经》的古代注释家们，似乎已经说到过西周宗庙灵寝中有图像的事实。例如《周颂·清庙》，是一首赞颂宗庙肃然清静的诗，王先谦《诗三家义集疏》引《尚书大传·皋陶谟》曰："《清庙》升歌者，歌先人之功烈德泽也，故欲其清也，……苟在庙中，尝见文王者，怵然如复见文王。"又引同书《洛诰》篇云："庙者，貌也；以其貌言之也。"因此郑玄在笺释《清庙》篇时谓："庙之言貌也，死者精神不可得而见，但以生时之居立宫室，象貌为之耳。"所谓的"象貌"，依我们的理解，不大可能是塑像，而更可能是图像之物。至今考古文物发现，不可谓少，然而在出土的周

---

① ② 王国维《观堂集林》第一册，中华书局影印本 132、133 页。

③ 罗西章《陕西扶风杨家堡西周墓清理报告》，《文物与考古》1980 年 2 期。

代器物中，几乎见不到作为纪念或崇拜对象的塑像之物。从当时精湛的青铜铸造工艺看，那时不是没有这种能力。周人祖先崇拜意识极强，然而对他们的考古却居然见不到神像之类的遗物，实在叫人纳罕。这方面的阙如默示着什么可不去管，但这阙如，却鼓励着我们将"庙者貌也"之"貌"，视为墙壁上的画图。这仿佛是一种传统，如后世西汉鲁灵光殿以及见诸山东嘉祥的东汉武梁祠等①。其"庙者貌出"之类的形象，也都是施诸墙壁上的。

稍有问题的，我们引证的两条金文，出自西周较晚时期的铜器，而我们所要说明的几首诗篇，一般理解，其创制时间要在西周较早时期。那么，较晚的金文资料，是否能够证明西周较早时期宗庙中就有壁图呢？我认为是这样的。理由是：祖宗祭祀，渊源古老；而庙堂设施，又十分讲究因循古制，一般不随意更张。如此，西周宗庙有"图室"，不当至厉、宣时期而始有。而且，从艺术史的发展角度看，西周初期就有壁绘庙寝墙壁的事情，也并非不可能。据考古发掘，早在殷商之前就有壁画。在甘肃秦安大地湾，人们发现过"地画"；在宁夏固原店河齐家文化居址，人们发现过存留在墙壁上的图案；在辽宁西部红山文化区域一座被称之"女神庙"的遗址中，人们发现过"彩绘墙壁"的残块；而在更晚近的殷墟遗址中，人们曾发现过描在灰白壁面上的红色花纹和黑色圆点；在洛阳东郊的殷人墓穴里，又曾出土这一被称为"画幔"的东西，黑、白、红、黄诸色绘制的几何纹饰，其色彩经数千年依然分明可辨②。以上发现，只是上古漫长壁画艺术历史残缺的线索，即使如此，西周以往的壁画实践所积聚的艺术能力，也可以清楚地看出。色彩与线条，对图画而言，是必不可少的，这在殷商以前的绘画家，就已经不成问题；将线条和色彩有效而不失表现力地敷之于墙壁，并非易事，然而这也没有难倒古人，他们做得相当

---

① 鲁灵光殿，是西汉时建筑，殿堂中有壁图，反映在东汉作家王延寿的《鲁灵光殿赋》中，该赋见《文选》卷十一。武梁祠石像艺术可参看容庚《汉武梁祠画图录和考释》及朱锡禄《武氏祠画像石》等书。

② 参见王伯敏主编《中国美术通史》第一册，山东教育出版社 1987 年版，第 116 页。

不错。如此，西周较早时期，宗庙墙壁上有绘饰的人物图像，就不是空穴来风、突兀而至。他们只是在接续并光大着的一种艺术形式。"绘画之事，杂五色，……青与白相次也，赤与黑相次也，玄与黄相次也。……杂四时五色之位以章之，谓之巧。"见诸《周礼·考工记》的这段文字，载录的应是周历代画工们使用色彩的心得。虽是言色彩，线条已在其中，虽是泛言绘事，壁画已在其中矣。

西周较早时期已有在宗庙墙壁绘图的能力，已如上述。现在说《大雅》那几首诗篇为壁图赞辞的理由。

有三重证据可以证明，《大雅》中《大明》等若干篇章，系西周宗庙祭典中述赞壁图的诗篇。

第一，从诗篇对诗中人物特定的称谓方式，可以推断诗为赞图之作。

在《大明》和《皇矣》这两首诗中，出现了"大任有身，生此文王""维此文王，小心翼翼""有命自天，命此文王"及"维此王季，因心则友"等诗句。这里须加注意的是，限定"王季""文王"的"此""维此"两个限定词，都是近指性的。如果诗篇是讲史性的对过去时代人、事的叙述，稍加措意就可以看出，这样来称述，是极不妥当的。诗篇不可能是两位先王的"墓前讲话"之类的辞，这为诗篇文义所不许。唯一合理的解释是，诗人用"此"、"维此"的近指词，来修饰"文王"和"王季"时，他是有所面对的，而所面对者，当然不会是文王、王季本身，而是"祭神如在"的替代物，这就是宗庙中壁图。这两首诗言及了诸多先人，《大明》中有文王、武王、大任、莘女；《皇矣》篇上帝而外，又有大伯、王季以及文王。由此可以料想，环布在宗寝灵壁上的人物，是成组成群存在的。而在诗篇，由于主题的限制，其赞颂的人物，却是有主次之分的。"此""维此"云谓，正应对着将诗中主人公从图像群中区别出来的要求。我们甚至从"维此""此"的用语中，仿佛看到诗人当时口唱手扨的具体情景！

第二，由诗篇特定的画面感，可以推断诗篇为赞图之辞。

首先应当清楚的是，《大雅》这几首诗，虽也必不可少地涉及了历史事件，但其立意的总体倾向，却并非叙述故事，而是要赞颂往事背后的某种意谓。《大明》篇固然歌唱了文、武两代先王前后相继、终于克商的史事，但诗更着意的是两代贤王之上，尚有两代贤德的母亲，即大任和莘女。代有贤妇又代出贤子，这就不是人间意志所左右的了，在诗人，这是天意的体现。所以，诗一开始就唱："明明在上，赫赫在下。"又说是"天位（立）殷适（敌），使不挟四方"。唱文、武，赞任、莘，归趣则在赞美周家的膺承天命。又如《皇矣》篇，周文王的伐崇征密，诗明确地表示，这是在"不识不知"地"顺帝之则"，而周人终于能在岐阳之地"四方无拂"地坐地生根，诗人则更明确地认定是出于"皇矣上帝，及眷西顾"的意志。再如《生民》一篇，种种后稷难以理喻的神奇描述，实际是在显示周族农耕德行的天赐要基。粗略地勾勒人物及事件，乃是为着显示其背后的意义。在《绵》和《公刘》这两首不涉天命虚言的篇章里，对周人迁豳徙岐、如火如荼地理田作室的描绘，说到底，也是在以感念的激情，推本着周族所以昌达的祖先功德。强烈的观念色彩与感念之情，决定着这些诗篇本质上的抒情特征。在这里，事摄于情，义主宰事，事项虽多，却不是叙事的体式。对此，《生民》篇是绝好的例证。诗篇详细地述说了后稷初生后几次被丢弃的情形，然而对他为什么屡被丢弃，却曾无一言道及。如此地缄默，致使此处的事件，只是片断，无以成就为一个因果相联的故事整体。荷马史诗曾将希腊人对特洛伊征战的起因，归咎于该国王子拐带了他们的倾国美人。史诗不是理由的理由，是故事的周全所必须，是叙述得以展开所必须。而《生民》的省略，只有将其理解为诗篇的创作不是满足听者的故事兴趣，才是通顺的。后稷的屡弃而不死，显示着天意，也许对诗人来说，这就够了。

不是追忆和重构故事的过程，于是历史的事件便不是在情节冲突里展开，而是在画面中呈现；画面感强烈，是几首《大雅》诗篇造艺上最显著的特征。请看如下章节。

《大明》尾章：

牧野洋洋，檀车煌煌，驷原彭彭。维师尚交，时维鹰扬。

《绵》四、五、六章：

迺慰迺止，迺左迺右，迺疆迺理，迺宣迺亩。自西徂东，周
爰执事。

迺召司空，迺召司徒，俾立室家。其绳则直，缩(束)版以
载，作庙翼翼。

捄之(装土)陾陾(象声词)，度(投)之薨薨，筑之登登，削
屡(隆起处)冯冯。百堵皆兴，鼛鼓弗胜。

《皇矣》尾章：

临冲(战车)闲闲(摇动貌)，崇墉言言(高大貌)，执讯(俘
虏)连连，攸馘(割下的耳朵)安安。(纷沓貌)是类(祭天仪式)
是禡(师祭)，是致(安抚敌国社稷神)是附(安抚敌祖先神并为之
立后)，四方以无侮。

《生民》三章：

诞寘之隘巷，牛羊腓(庇护)字(喂奶)之。诞寘之平林，会
伐平林。诞寘之寒冰，鸟覆翼之。鸟乃去矣，后稷呱矣。实覃
(长)实訏(曲折)，厥声载路。

《公刘》三章：

笃公刘！逝彼百泉，瞻彼溥原。迺陟南冈，乃觏(观看)于
京。京师之野，于时(是)处处，于是庐旅；于时言言，于时语
语。

上述章节，强烈的画面感，来自联翩出现的物象，人群活动的场
景以及川原地理的方位等等。一个十分突出的印象是，诗人在歌唱他
的人和事时，好像正在"看着"什么。靠着想象和虚构，诗人也完全
可以用语言营造出艺术的画面。但在这里，诗人并不是用想象的头脑
去构造着他诗中的人物、故事，而是在用观看的眼睛去扫描、述说并

赞叹着他的场景和事件。与此相伴，诗篇的画面是平面性的，缺少纵深度和立体感。这主要表现在对画面中的人物行为活动描写的节制。例如《大明》篇中，"师尚父"（即姜尚）在"肆伐大商"中的英雄行为，照理说是诗人驰骋想象的好对象，然而却只以一句"时维鹰扬"的赞叹语虚笔带过。看得出，姜尚的勇武感动着诗人，但"师尚父"作为画面中重要角色，却缺少人物活动中的性情、意志等深度的性格内涵。因此，在诗的画面中，作为一个人物，"尚父"只是一团光彩，与"煌煌"的"檀车"、"彭彭"的"驷騵"等一起，构成一个平面的战斗图景。

更典型也更能说明问题的是《公刘》篇中"京师之野……于时言言，于时语语"几句。在这里，歌唱着往事的诗人，与荷马的盲目不同，他更像是一位聋馈。他只能"看见"群集的古人在"言言""语语"，却"听不见"他们在言语些什么，而且竟然不用想去补偿一下自己的耳力所不及。同样，像"迺召司空，迺召司徒"以及"绳直""版载"的情形，"鸟乃去矣，后稷呱矣"的情形，更像是目击之辞，而不像是对千百年以往之事的悬拟之辞。而一句"迺慰迺止，周爰执事"的概说，诗人仿佛就站在那往古生活场景的一旁。

诗人并不缺少想象力，同时他也并不聋聩。《绵》中"捄之陾陾"那一章各种象声词的联翩使用，就充分表明诗人对声音的敏感和想象力的表达。诗人不聋而聋，想象而不想象，都暗示着这样一种情况：他受着创作对象及歌唱情境的限制。如果我们将诗篇的画面特征，与它们是对宗庙壁图的述赞这一点联系起来考虑，就能得到一种豁然的理解。西周王家宗庙对所有有资格进入其中的人而言，都是公开的。如果壁图对"师尚父"勇武的形象已有鲜明的摹写，赞图的诗人就没有理由再啰嗦他是如何勇武的。实际上，拈出"鹰扬"的字眼，就已经很精彩地传达出人们对壁图形象的观感了。同"言言""语语"的点到为止，也正显示诗人的述赞得体。公刘迁豳，是遥远的往古之事，如果壁图上只刻划了祖先们对话的表情，试问有哪个诗人敢在宗庙中的观众们面前，虚诌出古人在说些什么？

诗人也不是不能发挥他的想象，但这要在限制的范围内，要看是否合适。《绵》中祖先树版筑墙的图景，就非常适宜诗人用想象为其配上"鼖鼓弗胜"的声响。唯有如此,方能酣畅地表达出观图者当时被激起的情感共鸣。画图表现历史,有些事情能入画,有些则不宜图写。在《皇矣》篇中,高潮性的诗章,不是战争厮杀的正面描述,而是上文所举的献俘场景。正面杀伐的阙如,也须从述赞壁图的角度来理解。如果绘图者不想使他的祖先有刽子手嫌疑,自然就不会去展示战争血流漂杵的惨状。献俘典礼,则最宜图饰周家的胜利。

至此,我们可以说,诗篇平面的画面感,正由于它们是宗庙壁图的语言拓本。

第三重诗篇为图赞的证据,是诗篇表述地理名谓时,所显出的方位意识。这种方位意识表明,《大雅》这几首诗最初的创作与演唱,都是在宗庙中进行的。理由是,这些诗篇在言及地理方位时,一如对"文王""王季"的修饰,往往也用近指性限定词。我们知道,文王以上的周人先祖活动的岐阳、古豳之地,距宗周镐京都有百里以上的距离。然而,《绵》在言及周人初至岐原时谓:"爰契我龟,曰止曰时,筑室于兹。"《郑笺》:"时,是;兹,此也。""时""兹"系近指。而句中"爰",又属"于焉"合音,即"在此"之意,如此,同篇中"爰及姜女""周爰执事"之"爰",皆系近指性副词。《公刘》篇在道及豳地时称"于胥斯原","胥"为"观察"义,"斯原"即"此原","斯"亦系近指。篇中"于时处处"诸句,又与"筑室于兹"同义。近指限定词的使用,十分明确地暗示出,歌唱着祖先业绩的诗人,就站在祖先当年创业的土地上。在上文引述的《公刘》篇"逝彼百泉"一章中,出现了"百泉""溥原""南冈"等古豳之地的"小别名",如此突兀地称举这些小地名,只有身处其地才是可以的,否则便会使听者感到莫名其妙。古人一般在祖先发祥之地建立宗祠,以时配祭,而岐周之地古有宗祠庙宇,又为现代考古发掘所证明。如此,诗篇诵唱于宗庙之中,就越发显得确定不疑。我们还可以这样的设问来强化此处的判断:试想,诗人及其他祭祀者来到祖宗故地时,如此处尚有先王庙宇,诗人首先应盛赞这些宫殿如何壮观、雄伟等等,然而诗篇却丝毫没有这方面的表现,相反,倒是(对)他们最不可能看到的祖先建造宫殿时的劳作场景,极尽夸张之能事。这只有一种可能,就是他们凭藉了某种记载,这"记载"就是宗庙中的画图。

有此三证,《大雅》中《大明》《绵》《皇矣》《公刘》《生民》等若干诗篇为宗庙壁图述赞之诗,当属可信之论。

下面接着说雅、颂之间的"对应"问题。"对应"的发现,是由图赞说"启发"出来的。宗庙中赞图歌诗,当然是祭祀活动才有的情况。而述赞壁图的目的,在于以祖先功德教育后代,这也是显而易见的。图赞的诗篇,是唱给活人听的。然而问题是,祭祀活动,不可能没有献给祖灵的乐歌。这不禁使人去想:现存《诗经》中有没有同时献给神灵的诗篇呢?这是发现"对应"的思路。沿着这思路,我们在《周颂》里居然找到了与《大雅》相应的篇章。如《大雅》有《生民》一篇,是选述周人始祖后稷的,而《周颂》中竟有《思文》诗,也是颂美后稷盛德的。《周颂》中有《天作》篇颂美太王、文王两代先王迁岐定居的壮举,而《大雅》中恰好有《绵》《皇矣》两首诗篇,分别述赞太王和文王(及其父亲)是如何徙岐安居的。至此可以说,"对应"的确切含义是:有些内容一致的雅颂诗篇,在创制的当初,本系同一祭祖大典的乐歌,只是由于其间存在着"神听"与"人听"的分别,才一归于颂,一归于雅。雅颂之别,是后人的科判。

有什么理由说这里的对应,不是巧合而必为同一典礼制作的结果呢?诗篇内容可以为证。对应的篇章,在思路上是一致的,在内容上是互为表里的。先看《思文》与《生民》一组。《思文》曰:

> 思文后稷,克配彼天。立我烝民,莫匪尔极。贻我来牟,帝命率育。无此疆尔界,陈(通"田")常于时(这)夏(华夏)。

诗内容大体可分为两层:颂扬后稷的至德,表达祭祀者继续祖业的志向。"莫匪尔极"的"尔"字,表明诗是唱给神听的。再看《生民》篇内容。《思文》说后稷"贻我来牟"是上天的意志,而《生民》一则曰姜嫄"履帝武敏"而受孕,再则曰后稷出生无灾无害是上帝在"以赫厥灵";而盛赞后稷生而知之的稼穑天赋,又是诗通篇的大旨。《思文》称"立我烝民,莫匪尔极",极赞始祖农耕稼穑对生民的大德。后稷的稼穑本领如何?请看《生民》第五章的叙说:

诞后稷之穑，有相之道。茀（拔除）厥丰草，种之黄茂。实
方（大）实苞（茂盛），实种（丛生）实褎（长大貌），实发实秀，实
坚实好，实颖（芒）实栗（粒饱满）。即有邰家室。

正是后稷的"有相之道"，所以周人才有"家室"。这就是"烝民"
得"立"。《思文》说"贻我来牟，帝命率育"，意谓来牟谷物是上天所
赐，《生民》对此则有详细的表述：

诞降嘉种，维秬（黑黍）维秠（一壳二粒），维穈（赤苗谷）维
芑（白苗谷）。

看来《思文》所说的"来牟"并不专指麦类作物，而是五谷"嘉种"
的代称。《思文》是献神曲，是祭典正歌，而《生民》则对祭典本身有
生动的铺陈：

诞我祀如何？或舂或揄，或簸或蹂。释（淅米）之叟叟，烝
（同"蒸"）之浮浮。载谋载惟，取萧祭脂，取羝以軷（祭路神）。
载燔载烈，以兴嗣岁。

诗篇在行将结束时，忽然描述祭祀过程，这在诗篇自身是缺少照
应的，是突兀的。前人将此处所描述的祭祀活动，说成是后稷的始立
祀典，明显与文中"我祀"之语相抵牾，因而是生硬不通的。实则，
此处所谓的"我祀"，就是指《思文》"克配彼天"的后稷祀典。对祭祀
贡品及过程的表白，尤其为两诗同典的硬证。

再看《天作》与《绵》《皇矣》对应的情况。与《生民》《思文》间的对
应不同，《天作》对应着两首《大雅》诗篇。这是由祭祀内容所决定的。
《思文》只享后稷，而《天作》则配祭两位先王。诗曰：

天作高山，太王荒（垦治）之。彼作矣，文王康（安居）之。
彼徂矣岐，有夷（平坦）之行（大道）。子孙保之！

诗中出现太王(即古公亶父)和文王，很显然是二神同祀。诗中"彼徂矣岐，有夷之行"句，在断句上，古来有不同的读法。此处依于省吾《泽螺居诗经新证》为断。又于先生训"矣"为"与"，训"徂"为"沮"，两句意"谓沮水之测，与岐山之下，有坦夷之道也"①。现在先说《天作》与《绵》的对应关系。

《绵》主要写"未有家室"的太王率族人迁徙岐下的历史。诗言"自土沮漆"又言"率西水浒"，与《天作》"彼徂矣岐"合若符节。诗盛言周人在周原疆田理界、"筑室于兹"的活动，正呼应着《天作》"大王荒之"的"荒"字。《绵》七章言"柞棫拔矣，行道兑(通畅)矣"，也正可视作对《天作》"有夷之行"的绝好分说。而诗最后一章结穴于文王联合虞、芮盟国，周始强大，实际是在说太王的迁岐，为文王的事业奠定了基础。这又与《天作》的思致十分吻合。

下一首与《天作》相对应的《皇矣》篇，是接着《绵》的思路而来的。何以见得？诗的开篇方式即可为证。诗一开始就写对岐山的开荒，这分明是太王的业绩，而诗却不说出太王，正是承着《绵》篇而作的省略。而诗篇在一开头就表出上帝对周人的"眷顾"，又与周人"文王受命"的信念相关②。《绵》的主脑是详叙太王的"荒"治岐山，而《皇矣》的重心则落在《天作》"文王康之"的"康"字上。"康"字，《毛传》无训，《郑笺》以"安居"释之。古人开拓生存土宇，往往与征战相联，所以《皇矣》写周王在"上帝"主使下的大肆征伐，与《天作》的"康"字之义，非但不矛盾，而且相互补充。《天作》以"子孙保之"的叮咛作结，此义在《皇矣》中更有着意的宣示："无矢我陵，我陵我阿。无饮我泉，我泉我池。度其鲜原，居岐之阳，在渭之将，万邦之方，下民之王。""保之"之义，由此愈显得语谆意切。这里易生疑议的是，《天作》只是言及太王、文王两位，而《皇矣》篇中却多出一位

① 于省吾《泽螺居诗经新证》，中华书局 1982 年版，第 76 页。

② 《史记·周本纪》："季历取大任，皆贤妇人，生昌，有圣瑞。"《正义》曰："《尚书帝命验》云，季秋之甲子，赤爵衔丹书人于丰，止于昌户。其书云……季历只是太王的次子，据说只是由于他的儿子昌(即文王)生而有"圣瑞"，太王才将王位传给他。可信与否当别论，起码后世周人是这样认为的。

王季。问题并不难解释。诗赞美王季，只是从他的德性着笔，没有什么具体的作为，笔墨不少，但从全诗看，实际是在为文王的德性张本。而且，岐山先公先王的庙里，不可能没有这位文王父亲的形象，赞图的诗篇，也就不可避免地要道及这位过渡人物。

有一个问题倒是值得提出来讨论。按着"对应"的说法，《大雅》中《公刘》《大明》及《思齐》等篇，就应该能从《周颂》中找到相应的篇章，然而却没有。这个问题的解决，须同古代宗祀制定结合起来才行。先说《公刘》一诗。此诗无相应的《周颂》篇章与之对应，这当与后稷的祖庙在豳地有关。诗叙公刘迁豳的历史，但公刘究竟从何地移居，却是一个颇有争议的问题。《生民》称后稷"即有邰家室"，近人一般认为邰地在今陕西周至县西北的渭水谷地。然据钱穆《西周地理考》研究，周族发祥地，实在今晋南汾水沿岸地区。在大陆新近出版的《西周史》一书中，许倬云教授认为："由商周冲突的纪录看来，周人祖先当以原在汾域较为可能。"①这就是说，公刘的迁豳不是从今陕西的周至县来，而是从较为遥远的山西来。按古人宗教生活的习惯，公刘迁豳后，必当为祖先立庙。这在诗中有内证。《公刘》四章"于京期依"数句，自明清学者何楷、钱澄之、马瑞辰以来，都认为是写"宗庙始成"之礼。即是说，迁入陕西境内后，周人最早的包括后稷在内的祖宗庙宇，就在古豳之地。古人祭神，除始祖外，新鬼大而故鬼小，按"庙祧"之法②，公刘的祖灵应当附寄在始祖的庙内，祭后稷时一并献礼。这很可能就是《周颂》没有专为公刘献祭诗篇的原因。如此，祭公刘而无颂诗相对，正好暗示着《公刘》与《思文》《生民》为同一祭典诗篇的事实。

《大明》一篇的主旨，上文已经说过，重在述赞王季和文王两代成功婚姻背后的天意。诗篇最后以武王伐商胜利作结，正是周人天命荣宠，代有贤王的必然结果。这首诗没有颂诗与之相对，也是必然的，因为它叙述的婚姻关系的缔结，这不是宗庙祭礼的内容。然而宗

① 许倬云《西周史》，北京三联书店1994年版，第43页。
② 有关"庙祧"之法，《礼记》中多有记载，可参看清陈奂《诗毛氏传疏》《周颂》有关部分对这个问题的疏释。

庙壁图，却可以有这方而生活的图景。因此可以说，《大明》篇是对壁图上更广阔的生活内容的述赞。《思齐》一篇，我们认为也是赞图诗。其"雍雍肃肃"意象，"丕显亦临"的"临"字语意，很可能传达的是诗人仰瞻壁画的观感。按古人男女尊卑的观念，不会单独为她们行祭，而《周颂·雍》篇"既右烈考，亦右文母"的诗句，更确凿地说明，先姚是附祭男祖的。如此《思齐》没有《周颂》与之相对，也就自然而然。

"对应"是读《诗》的一种新思路。顺着这思路我们发现，对应并不限于上述情况。分别编排在雅、颂各部之首的《文王》和《清庙》两篇，也存在着对应关系。

这要先从《文王》篇说起。此诗大旨是盛赞文王为周邦开立的基业，使子孙"本支百世""丕显亦世"。诗一言"文王陟降，在帝左右"，再言"祼将于京"，很明显与祭礼有关。值得注意的是，诗对祭礼过程与祭人群的描写。诗三章言："思皇多士，生此王国，王国克生，维周之桢，济济多士，文王以宁。"显然"多士"即文王的"本支""孙子"。至第四章又说"有商孙子""侯服于周"，第五章继写他们"厥作祼将"的助祭情景。这样，《文王》描述祭祀场面，实即写了两群人：一是文王的子孙，即"济济多士"；一是助祭"祼将"的殷商后裔。

现在再看《清庙》。诗开头言"穆穆清庙，肃雍显相"，赞美庙堂清幽肃静，诗不是献神的，而是献神前的序曲。这又与《文王》篇重在写祭祀人群，意谓相应。句中"显相"之"相"，前人多以助祭者为释，通观全诗，不如解作"庙者貌也"，即壁图中庄严肃穆的祖先形象为妥。理由是，下文有对助祭者的专门描述。继之，诗又言"济济多士，秉文之德，对越在天"明显地是在表文王子孙。接着又写"骏奔走在庙，不显不烝，无射于人斯"，《郑笺》释"奔走"者为助祭者是正确的。"骏"通"逡"，《齐诗》本篇正作逡。逡的意思是疾敏。《礼记·大传》谓：助祭者"执笾豆逡走"，可见"逡"正是对助祭者的表述。"无射"之"射"，又作"斁"，《周颂·振鹭》有"在彼无恶，在此无斁"句，据《诗序》，也说是助祭者。子孙众多，敌国后裔顺服，正是文王事业得到光大的表现。两诗内容如此密迩相联，能说它们不是同一祭典的作品？

还有一种宽泛的"对应"现象。《周颂》及《大雅》诗篇多与祭祖相关，而《大雅》中又有若干诗篇，虽不是用以献神的，却与祭祀活动有关联。它们有的是写祭祀正典之后，招待"宾尸"的，如《凫鹥》；有的是颂美祭祀活动中的周王的，如《既醉》，等等。它们应与《周颂》《大雅》所表现的某次重大神事活动有关，只是单从内容上无法判断具体与哪首诗对应而已。

"图赞""对应"两说如能成立，它的发现，对三百篇的研究，其意义应当说还是很大的。其一，真切地了解《大雅》那若干首历来被视为"史诗"作品的创作实际，是真正文学地读解这些诗篇的前提；"史诗"这个外来的概念应予扬弃，正在于它总让(人)产生隔膜。其二，某些雅、颂作品可以合读，由此周家宗庙礼数，认识全新。同时，如果有谁发现关联着雅、颂诗篇某一首创制时间的证据，那么，他所证明的，将不仅是该篇自己，而是牵连着的多篇。其三，同一典礼上的制作，今见诸雅、颂各部，原来是后人编派的结果。雅、颂的名目是后立的，经学家对雅颂的定义，须重新认识和修正。

现在，也许是这样的问题已摆在了我们的面前：祭祀大典中献神与述祖的诗篇成套制作，系振古如兹，还是到某一时期才有的增创？如是后者，它又意味着什么？

（载《文学遗产》，2000 年第 4 期）

【评　介】

李山，1963 年生，河北高碑店市人，文学博士，现为北京师范大学文学院教授、博士生导师，兼任中国诗经学会副会长。李山主要从事先秦两汉文学与文献研究，其《诗经》研究始于在北京师范大学，师从启功、聂石樵二位先生，攻读博士学位期间，博士学位论文即是与《诗经》有关的选题。李山教授《诗经》研究方面的代表性成果有《诗经的文化精神》(1995 年)、《诗经新注》(合著，2000 年)等。

总体来看，李山的《诗经》研究是在 20 世纪 90 年代初中国文化主体性大讨论和中国古代文学研究范式转型的大背景下展开的。在师从著名先秦文学研究专家聂石樵先生攻读博士学位期间，李山开始其《诗经》研究。其研究理念受到当时学术思潮的深刻影响。这表现在以下几个方面：

一是努力继承传统《诗经》学和夏传才、聂石樵等老一辈学者重视《诗经》文本及基本文献的优良传统，在正确解读《诗经》文本的基础上开展研究。《诗经新注》就是由聂石樵先生主编，李山、雒三桂共同合作完成的一个在解说《诗》旨等方面颇有新意的注本。聂石樵先生在该书《前言》中说："我们今天研究《诗经》，应该在总结前人研究成果的基础上，舍其所短，取其所长，开拓新路子。即舍弃墨守家法、凭空立说，吸取其精于训诂、于诗之本文求诗义的方法，用唯物史观，从文学反映社会生活的角度进行评价。"这个注本，的确体现了聂先生在《前言》中所说的研究思路。由李山教授完成的《雅》《颂》部分看，显然是继承了"于诗之本文求诗义""文学反映社会生活"的研究理念的。

二是由周代文化（分封制、礼乐制度等）与《诗经》的内在关系入手，全面揭示《诗经》诗篇的题材内容、形态特征、创作动机、流传情况等。李山的《诗经的文化精神》一书是在其博士学位论文的基础上修改而成的，该著与叶舒宪《诗经的文化阐释》、廖群《诗经与中国文化》、刘怀荣《赋比兴与中国诗学研究》等著作一道被视为90年代"文化热"背景下的"《诗经》文化研究"的代表性著作。全书采取"纵向"与"横向"两个维度对《诗经》各部分诗篇的"文化精神"进行了深入的阐发。所谓"纵向"，是在继承传统《诗经》学和20世纪学者的研究成果的基础上，对《诗经》诗篇予以断代研究。在确定特定诗篇的时间坐标的前提下，考证其作者的身份，揭示其主题、创作动机、社会功能等，并由此涉及周代不同时期诗歌发展状况等先秦诗歌研究的宏观命题。如该著第六章"《雅》《颂》诗篇创作年代通考"，就是在《诗序》、郑玄《诗谱》、朱熹《诗集传》、何楷《诗经世本古义》、魏源《诗古微》、方玉润《诗经原始》、孙作云《论二雅》等对《诗经》断代研究的基础上，对《周颂》《大雅》《小雅》有关诗篇的具体创作年代进行了考定，并揭示其创作的仪式背景和社会政治文化背景。由此得出如下的推论：

　　《诗经》创作大致集中于四个时期内，也就是说呈现着四个高涨期。第一个时期，是从周武王至周康王数朝，时间约五六十年，其篇章为《周颂》中的若干首诗。故人艳称"周公制礼作乐"，但征诸史实，其诗篇远没有古人所认定的那样多。第二时期从周昭王至周恭王三朝，此期时间较周初为长，而穆、恭两朝又是此期诗篇创作的鼎盛年代，《周颂》及《大雅》篇章都问世于此时。这是一个被时间尘封了的创作高涨期，如果本篇考证有些价值的话，也主要在于对此期《诗经》创作高涨期的重新发现。第三个时期为西周晚期及东周早期，历经厉、宣、幽、平四朝，其中又以宣王朝及夹在东、西周两个时代之间为时十余年的"二王并立"时期为此期诗篇创作两个相对集中的时间段落。"二王并立"时的《诗经》创作，也是本文首次提出的。第四个时期是国风时期。……

　　以上的推论体现了作者由具体诗篇断代向《诗经》诗篇整体发展进程描述的研究思路，不论是对具体诗篇的重新考证，还是对《诗经》诗篇创作年代的整体性把握，都对前人进行了超越。只是作者认为《国风》创作年代全在东周时代，对此问题无须讨论，还有商榷的余地。

　　所谓"横向"的研究，是指《诗经的文化精神》中对传统的《诗经》题材研究的深化和拓展。传统的《诗》学批评大多以《诗经》编辑体例为纲，以地域文化为切入点，分别讨论二《雅》及十五《国风》的内容及风格特征。进入 20 世纪 80 年代以后，"题材"理论模式的引入，使《诗经》研究也打破了传统的以地域空间论主题及风格的局面。李山对《诗经》题材及其文化内涵的研究，是"题材"研究理论在《诗经》研究上的深化和拓展。比如对农事诗的研究，以往学者多拘泥于其中反映的奴隶与奴隶主之间的阶级关系，或者只是将其视为研究周代农业生产、土地制度、赋税制度等历史状况的史料。李山的研究则是从周人以农立国的史事出发，结合《夏小正》《月令》等文献，梳理"农事"与"周德""周政""周礼"之间的内在逻辑关系，揭示出《周颂》与二《雅》中的农事诗生成和存在的农事礼仪背景，还探讨了《七月》等农事诗中蕴含的"天人合一"文化内涵，指出《七月》具有"表达着人在艰苦的劳动中获得的自我确证"的诗性特征。其对于战争诗、宴饮诗的研究，也都多有开拓和深化。

除以上所述之外，李山的《诗经》研究，还特别关注《诗》文本生成、传播和演进的礼乐语境，这对以往只注重《诗》文本本身的研究思路是一种拓展和延伸。《〈诗·大雅〉若干诗篇图赞说及由此发现的〈雅〉〈颂〉间部分对应》一文，就是从西周王室庙寝"图室"制度出发，结合《诗经·大雅》中的《大明》《思齐》《绵》《皇矣》《生民》《公刘》等"史诗"文本中存在的"述图"特征，指出这些诗篇为"图赞"。也就是说，这些篇章都是周王在举行大祭祖先典礼之时，对宗庙壁图上祖先人物及其业绩的述赞之辞。此文提出的观点颇为新颖，但仍体现出其继承中创新的治学思路。"图赞说"显然受到汉代郑玄"以礼说诗"和王逸以"呵壁之作"解说《天问》的思路的影响。而其通过揭示金文记载的"宗庙图室制度"与大雅诸诗"述图"特征的内在联系，对周族史诗"演述"的礼仪场域的复原，则充满了灵动的学术想象。

李山《诗经》学论著：

李山著，《诗经的文化精神》，东方出版社 1997 年版。

从汉四家诗说之异同看《毛诗序》的时代

马银琴

一 引 论

关于《毛诗序》的时代与作者问题，《四库全书总目》在罗列十数家观点之后，称之为"说经之家第一争诟之端"。纵观《诗经》研究史，此言诚不为过。尽管四库馆臣考稽众说之后作出了一个结论性的判断："定序首二语为毛苌以前经师所传，以下续申之词为毛苌以下弟子所附。"但问题并没有被真正解决。时至今日，《诗序》的时代与作者，仍然是《诗经》研究争论的热点之一。

对《诗序》中的文辞，迄今有多种称名，或称"小序""大序"；或称"首序""续序"。另外还有"古序""后序""下序"等等说法。称名不同，其实则一。今为行文方便，以《关雎序》中"风者，风也"至末一段为"大序"，其余为"小序"；"小序"之中，以首二句为"首序"，如"《关雎》，后妃之德也""《鸿雁》，美宣王也"等；首二句之后续申之词为"续序"。

《诗序》存废问题争论了千百年之后，张西堂在其《诗经六论·关于〈毛诗序〉的一些问题》一文中，对《毛序》作了彻底否定。他归纳《毛序》的"谬妄"有十：（一）杂取传记；（二）迭见重复；（三）随文生义；（四）附经为说；（五）曲解诗意；（六）不合情理；（七）妄生美刺，（八）自相矛盾；（九）附会书史；（十）误解传记。① 平面地去看《诗序》，上列种种"谬妄"的存在不可否认。也正是《诗序》本身存在

---

① 《诗经六论》，商务印书馆 1957 年版。

的矛盾，为废序者提供了充足的理由。然而，事情远远不是那么简单。《毛诗》后出于齐、鲁、韩三家而独显，《诗序》经历强烈冲击而仍流传不息。这个过程本身便已极有说服力地证明《毛序》存在的历史合理性。《诗大序》出自汉人之手，这已是诗经研究者之共识。那么，争论最多的小序，它究竟是什么时代的产物呢？在前人的论述中，具代表性的有以下诸说：

郑玄《华黍序》笺云："孔子论《诗》，《雅》《颂》各得其所，时俱在耳，篇第当在于此。遭战国及秦之世而亡之，其义则与众篇之义合编，故存。至毛公为诂训传，乃分众篇之义，各置于其篇端。"

《后汉书·儒林传》："谢曼卿善《毛诗》，乃为其训，宏从曼卿受学，因作《毛诗序》，善得风雅之旨，于今传于世。"

《经典释文·序录》："孔子最先删录，既取《周诗》，上兼《商颂》，凡三百一十一篇，以授子夏，子夏遂作序焉。"又引沈重云："案郑《诗谱》意，大序是子夏作，小序是子夏、毛公合作，卜商意有不尽，毛更足成之。或云，小序是东海卫敬仲所作。"

程大昌《诗论》："凡诗发序两语，如'《关雎》，后妃之德也'，世人之谓小序者，古序也；两语以外，续而申之，世谓大序者，宏语也。"

郝敬《毛诗原解》："盖古人有诗即有题，或国史标注，或掌故记识，曾经圣人删正，决非苟作。"

《四库全书总目》："《序》首二语为毛苌以前经师所传，以下续申之词为毛苌以下弟子所附。"

王礼卿《诗序辨》："盖采诗者必知诗之所为作，而后可以其实状致之大师；大师必悉其事义之本然，而后可依其义类，决其为正乐、散乐、房中、燕射、聘祭之乐章，而上之国史；国史必序其所为作之事义，以垂诗教，而教国子；传诗者亦必本之于《序》，以讲明其本意，而推衍其微旨。是自采诗以至传诗，皆不得离于《诗序》所述之要领。"①

　　胡朴安《诗经学·大序小序》:"孔门弟子,传《六经》之学者,厥惟子夏。《诗序》虽非子夏自作,必出自子夏,可断言也。……《毛诗》之序,渊源于子夏,叙录于毛公,增益于卫宏等。"②

　　陈允吉《〈诗序〉作者考辨》:"《序》首二语,为毛亨以前经师所传,以下续申之词,为其后治《毛诗》者补缀而成。"③

　　由上可见,多数学者以为:《诗序》非出自一人之手;《诗序》以首序为根柢,续序是在首序命意基础上进一步的解说,应为后人增益之辞。从《诗序》本身来看,这种说法是符合实际的。张西堂所列十大"谬妄",亦多因续序而来。本文下面的论述,即以此为基础展开。

二　关于汉四家诗说

　　秦火之后,先秦典籍大多残损不全或亡佚不存。但在同时,《诗三百》却被完整地保存下来。关于其原因,《汉书·艺文志》的解释非常清楚:"孔子纯取周诗,上采殷,下取鲁,凡三百五篇,遭秦而全者,以其讽诵,不独在竹帛故也。"《经典释文·序录》亦云:"孔子最先删录,既取周诗,上兼《商颂》,凡三百一十一篇,以授子夏,子夏遂作序焉。口以相传,未有章句。战国之世,专任武力,雅、颂之声为郑卫所乱,废绝亦可知矣。遭秦焚书而得全者,以其人所讽诵,不专在竹帛故也。""口以相传"的方式是《诗》遭秦火而得全的根本原因,同时也是导致诗文、诗义讲授歧异的原因。汉代齐、鲁、韩、毛四家之诗正是因此而起的。

　　据《史记》《汉书》,《齐诗》之传始自齐人辕固生,景帝时立为博

---

① 　载中国台湾孔孟学会主编《诗经研究论集》,(中国)台湾黎明文化事业股份有公司 1981 年版。

② 　《胡朴安学术论著》,浙江人民出版社 1998 年版。

③ 　《〈诗序〉作者考辨》,《中华文史论丛》1980 年第一辑。

士；《鲁诗》之传始自鲁人申培，其传授源流上溯可由申公、浮丘伯而至荀卿，文帝时立为博士；《韩诗》之传始自燕人韩婴，《新唐书·艺文志》著录《韩诗》二十二卷，曰："卜商序，韩婴注。"其学或可溯自子夏，文帝时立为博士；《毛诗》因赵人毛苌所传而得名。《毛诗》之传，古有二说，陆玑《毛诗草木鸟兽虫鱼疏》云：

> 孔子删《诗》，授卜商，商为之序，以授鲁人曾申，申授魏人李克，克授鲁人孟仲子，孟仲子授根牟子，根牟子授赵人荀卿，荀卿授鲁国毛亨，亨作《训诂传》，以授赵国毛苌，时人谓亨为大毛公，苌为小毛公。

又《经典释文·序录》引徐整云："子夏授高行子，高行子授薛仓子，薛仓子授帛妙子，帛妙子授河间人大毛公，毛公为《诗故训传》于家以授赵人小毛公，小毛公为河间献王博士。"又《东门之杨》正义云："毛公亲事荀卿。"是《毛诗》之学亦应出自子夏—荀卿一派。《毛诗》至平帝时立为学官，不久即废，主要是以私学形式流传于民间。东汉以后，三家诗学失其传人，遂以寝微。《齐诗》亡于魏，《鲁诗》亡于晋，《韩诗》唐时犹存，宋元以降，仅有《外传》十卷流存；《毛诗》得郑众、贾逵等人传授，后马融作《毛诗注》，郑玄作《毛诗笺》。《毛诗》赖郑笺之力得大行于世，流传至今。

关于汉代今文三家诗，《史记·儒林传》云："韩生推《诗》之意而为《内外传》数万言，其语颇与齐鲁间殊，然其归一也。"班固以为三家诗"或取《春秋》，采杂说，咸非其本义"，是亦以三家诗同等看待。因此，"其归一也"可以代表汉代史家对今文三家诗的看法。清人魏源在《诗古微·齐鲁韩毛异同论上》中说："三家遗说凡鲁诗如此者韩必同之，韩诗如此者鲁必同之，齐诗存什一于千百，而鲁韩必同之，苟非同出一原，安能重规迭矩？"①据陈乔枞《三家诗遗说考》、王先谦《诗三家义集疏》所钩辑的三家遗说，魏源之言不诬。这是今文三家诗之间的关系。今文三家与《毛诗》之间的关系则颇为复杂。在汉

---

① 《诗古微·齐鲁韩毛异同论》，《清经解续编》本。

代经学史上，三家诗在相互争胜的同时，对古文《毛诗》的攻击显得尤为突出。《毛诗》晚出，司马迁未及见，班固则仅云"又有毛公之学，自谓子夏所传，未得立"，未加评说。由上文所云各家诗之授受源渊，鲁、韩、毛三家似乎均可追溯到子夏—荀卿一派；《齐诗》源流史无记载，然荀子曾在齐国稷下讲学，三为祭酒(学宫之长)，齐人所传《齐诗》，或亦出自荀卿，至少应受荀子的影响。这就是说，至少在史籍记载中，四家诗具有同出一源的倾向。马瑞辰《毛诗传笺通释例言》已云："三家《诗》与《毛诗》各有家法，实为异流同原。"那么，在具体诗义的解说方面是否能够找到四家同出一源的证据呢？

魏源在《诗古微·齐鲁韩毛异同论中》中这样论述三家诗与《毛序》的异同：

夫诗，有作诗者之心，而又有采诗、编诗者之心焉；有说诗者之义，而又有赋诗、引诗者之义焉。作诗者自道其情，情达而止，不计闻者之如何也；即事而咏，不求致此者之何自也；讽上而作，但薪上瘾，不为他人之劝惩也。至太师采之以贡于天子，则以作者之词而论乎闻者之志，以即事之咏而推其致此之由，则一时赏罚黜陟兴焉。国史编之以备蒙诵、教国子，则以讽此人之诗存为讽人人之诗，又存为处此境而咏己咏人之法，而百世劝惩观感兴焉……

三家特主于作诗之意而《毛序》主于采诗、编诗之意，似不同而实未尝不同也。……三家虽主作诗之意，而亦间及编诗、奏诗之意，似自违而非自违也。《毛序》虽以采诗编诗之意为主，然……合众作而推其义例，可见序诗者与作诗之意绝不相蒙，作诗者意尽于篇中，序诗者事征于篇外，是《毛传》仍同三家，不以序诗为作诗，似相抵而非相抵也。……至若编诗以教万世，则视采诗教一时者，其义尤赜，正风正雅诸乐章既以播之朝廷、乡国，其余亦备国子蒙瞍讽诵之明，……大序所谓"国史明乎得失之迹，哀刑政之苛，吟咏性情以风其上"，盖国史掌世系、择劝戒以授之蒙瞍，……虽非诗人言志之初心，适符国史美刺之通例，此则齐、鲁、韩、毛各有所得，观其会通以逆其志，未始不殊途同归者也。三家之得者在原诗人之本旨，其失者在兼美刺之旁义；毛诗之得者在《传》与《序》各不相谋，其失者在卫《序》。郑笺专泥《序》以为传，是故执采诗者之意为作诗者之意，则凡太师推其致此之由，归本于上者，皆谓出诗人之口……而且执编诗立教为作诗者之意。……又甚者执国史诵诗者之说为作诗者之说，如论《常棣》则斥《国语》而忘《内传》，论《关雎》则斥三家而诬本旨……①

　　将《毛诗》与三家遗说相比照可以发现，魏源的这段论述的确指出了一个非常重要的事实：人们往往"执采诗者之意为作诗者之意"，甚至"执国史诵诗者之说为作诗者之说"，却不知"三家特主于作诗之意而毛主于采诗、编诗之意，似不同而实未尝不同也"。但是，魏源也只是看到了问题的一个方面。三家诗与《毛诗》的关系并非仅仅只是平面地"似不同而实未尝不同"，在历史的纵向发展中，它们之间的关系似乎要更复杂一些。下面我们通过对具体诗篇的比较来详细讨论这个问题。

三　汉四家诗说异同考

1.《周颂》

　　关于《周颂》的解说，三家诗中，《鲁诗》之说保存得最为完整，见于蔡邕《独断》，录之于下：

　　《清庙》一章八句，洛邑既成，诸侯朝见，宗祀文王之所歌也。《维天之命》一章八句，告太平于文王之所歌也。《维清》一章五句，奏象武之歌也。《烈文》一章十三句，成王即政，诸侯助祭之所歌也。《天作》一章七句，祀先王公之所歌也。《昊天有成命》一章七句，郊祀天地之所歌也。《我将》一章十句，祀文王于明堂之所歌也。《时迈》一章十五句，巡守告祭柴望之所歌也。

① 《诗古微·齐鲁韩毛异同论》，《清经解续编》本。

《执竞》一章十四句，祀武王之所歌也。《思文》一章八句，祀后稷配天之所歌也。《臣工》一章十五句，诸侯助祭，遣之于庙之所歌也。《噫嘻》一章八句，春夏祈谷于上帝之所歌也。《振鹭》一章八句，二王之后来助祭之所歌也。《丰年》一章七句，蒸尝秋冬之所歌也。《有瞽》一章十三句，始作乐、合诸乐而奏之所歌也。《潜》一章六句，季冬荐鱼、春献鲔之所歌也。《雍》一章十六句，禘大祖之所歌也。《载见》一章十四句，微子来见祖庙之所歌也。《武》一章七句，奏大武，周武所定一代之乐所歌也。《闵予小子》一章十一句，成王除武王之丧，将始即政，朝于庙之所歌也。《访落》一章十二句，成王谋政于庙之所歌也。《敬之》一章十二句，群臣进戒嗣王之所歌也。《小毖》一章八句，嗣王求忠臣助己之所歌也。《载芟》一章三十一句，春耤田祈社稷之所歌也。《良耜》一章二十三句，秋报社稷之所歌也。《丝衣》一章九句，绎宾尸之所歌也。《酌》一章九句，告成大武，言能酌先祖之道以养天下之所歌也。《桓》一章九句，师祭讲武类祃之所歌也。《赉》一章六句，大封于庙，赐有德之所歌也。《般》一章七句，巡狩祀四岳河海之所歌也。右诗三十一章皆天子之礼乐也。①

这段文字，与《毛序》的差别主要表现在字句形式上；而在内容方面，除《闵予小子》与《访落》二诗鲁说明确系于成王而毛仅云"嗣王"之外，其余几与毛诗全同。据《诗三家义集疏》，《齐诗》之义存者有如下数条：

《维清》，《春秋繁露·质文》云："武王受命作《象乐》，继文以奉天。"

《昊天有成命》，《汉书·郊祀志》匡衡奏言："承天之序，莫重于郊祀，故圣王尽心极虑以建其制……昔者周文武郊于丰鄗，成王郊于雒邑。"又博士师丹议云："周公加牲，告徙新邑，定郊礼于雒。"（王先谦案曰："衡丹奏议并言'成王郊祀天地于雒邑'，

---

① 蔡邕《独断》，《百川学海》本。

当即据《齐诗》此篇为说。")

《时迈》,《仪礼·大射仪》郑注:"《时迈》者,太平巡狩祭山川之乐歌。"

《思文》,《汉书·郊祀志》云:"周公相成王,王道大洽,制礼作乐,郊祀后稷以配天。"

《载芟》,《南齐书·乐志》云:汉章帝时,"玄武司马班固奏用《周颂·载芟》以祈先农。"

《酌》,《汉书·礼乐志》:"周公作《勺》,《勺》,言能勺先祖之道也。"

以上齐说存者均与毛、鲁义同。于《周颂》之义,韩说未见存者;而据《韩诗》佚文对诗章字句的解释,韩说亦当与毛义同。因此,四家关于《周颂》的解说,证明它们同出一源。

2.《鲁颂》

《鲁颂》四篇,《毛序》均以为颂鲁僖公之辞。三家说如下:

杨雄习《鲁诗》,其《法言·学行》云:"昔正考父尝晞尹吉甫矣,公子奚斯尝晞正考父矣。"

班固习《齐诗》,其《两都赋序》云:"昔皋陶歌虞,奚斯颂鲁,皆见采于孔氏,列于《诗》《书》。"

曹植习《韩诗》,其《承露盘铭序》云:"奚斯颂鲁。"

据《左传》,奚斯为鲁僖公时人,是三家皆以《鲁颂》为公子奚斯颂鲁僖公之辞。《毛诗》续序以为《鲁颂》为史克所作,与三家说不同,然首序所云"颂僖公",则与三家相同。

3.《商颂》

《商颂》五篇,据《国语·鲁语下》闵马父之语,本应为殷商时代的祭祀乐歌,西周末、东周初,宋大夫正考甫将其整理加工后献于周太师。据《毛诗》,《商颂》各篇首序以说解诗用为内容,《那》之续序云:"微子至于戴公,其间礼乐废坏,有正考甫者,得《商颂》十二篇于周之大师,以《那》为首。"与《国语》之说相近而改《国语》"校商之名《颂》"为"得《商颂》"。三家诗的说法如下:

司马迁习《鲁诗》,《史记·宋微子世家》太史公曰:"襄公之时,修行仁义,欲为盟主。其大夫正考父美之,故追道契、汤、高宗,殷所以兴,作《商颂》。"

《礼记·乐记》郑注用齐诗,云:"《商》,宋诗也。"

《后汉书·曹褒传》李注引《韩诗薛君章句》云:"正考父,孔子之先也,作《商颂》十二篇。"

是三家诗均以《商颂》为宋诗,乃宋大夫正考父所作。此与《毛序》之说看似矛盾而实不矛盾。通过比较《商颂》各诗与《周颂》《大雅》各诗之间的异同可知,《商颂》中的确保存了商诗的成分,但是同时,它的确又表现出了西周末年诗歌的特点,它应是正考父对商诗的再创作。因此,《商颂》与正考父之间本身便存在着"得"与"作"两种关系。《毛序》之正考父"得《商颂》"突出了继承一方面的内容,而三家诗之"作《商颂》",则强调了加工与再创作的内容。这应是传诗者因关注点不同所导致的不同说词,也就是说,这和《毛诗》古文经学重传统与今文三家诗求新义的不同学术精神有关。

4.《大雅》

《大雅》三十一首,据《诗三家义集疏》,《旱麓》《思齐》等十六首诗歌"三家无异义",《文王》《绵》等四首三家说不可考。取三家诗义可考者与《毛序》排比,列为下表(表一):

表一

篇名	毛序	鲁说	齐说	韩说
棫朴	文王能官人也。		《春秋繁露·郊祭》:文王受天命而王天,先郊,乃敢行事,而兴师伐崇。其诗……以此辞者,见文王受命则郊,郊乃伐崇。	

续表

篇名	毛序	鲁说	齐说	韩说
皇矣	美周也。天监代殷莫若周，周世世世修德莫若文王。	徐干《中论·务本》:《诗》陈文王之德，曰"惟此文王"。		
生民	尊祖也。后稷生于姜嫄，文武之功起于后稷，故推以配天焉。	《周本纪》"后稷母有邰氏女，曰姜嫄……"《索引》:《诗·大雅·生民》篇所云，是其事也。		
假乐	嘉成王也。	《论衡·艺增篇》:《诗》言"子孙千亿"，美周宣王之德能慎天地，天地祚之，子孙众多，至于千亿。		
公刘	召康公戒成王也。成王将莅政，戒以民事，美公刘之厚于民而献是诗也。	《周本纪》"公刘虽在戎狄之间，复修后稷之业……周道之兴自此始，故诗人歌乐思其德"《索引》:即《诗·大雅》篇"笃公刘"是也。		
泂酌	召康公戒成王也。言皇天亲有德，飨有道也。	《艺文类聚·职官部》二引扬雄《博士箴》:公刘挹行潦而浊乱斯清，官操其业，士执其经。		

续表

篇名	毛序	鲁说	齐说	韩说
卷阿	召康公戒成王也。言求贤用吉士也。		《易林·大过之需》：大树之子，百条共母。当夏六月，枝叶盛茂，鸾皇以庇，召伯避暑，翩翩偃仰，甚得其所。又《观之谦》：商冈凤皇，朝阳梧桐，……陈辞不多，以告孔嘉。	
板	凡伯刺厉王也。	《后汉书·李固传》：《诗》云："上帝板板，下民卒瘅。"刺周王变祖法度，故使下民将尽病也。		《后汉书·李固传》李注：《诗·大雅》凡伯刺周厉王反先王之道，下人尽病也。
抑	卫武公刺厉王，亦以自警也。			孔疏引《韩诗翼要》：卫武公刺王室，亦以自戒，计年九十有五，犹使人日诵是诗而不离于其侧。
桑柔	芮伯刺厉王也。	《潜夫论·遏利篇》：昔周厉王好专利，芮良夫谏而不入，退赋《桑柔》之诗以讽。		

续表

篇名	毛序	鲁说	齐说	韩说
云汉	仍叔美宣王也。宣王承厉之烈，内有拨乱之志，遇灾而惧，侧身修行，欲销去之。天下喜于王化复行，百姓见忧，故作是诗也。		《春秋繁露·郊祀》：周宣王时，天下大旱，岁甚恶，王忧之。《诗》云……	《北堂书钞·天部》引《韩诗》注文：宣王遭旱仰天也。

分析上表，三家诗说与《毛序》的关系大约有以下四种情况：

一、三家说与《毛序》基本相同。这一类诗有《板》《抑》《桑柔》《云汉》四首。

二、三家诗说与《毛序》首序并不矛盾，其分歧集中在申说首序的续序上。我们把《毛诗》首序与续序分开来，可以发现三家之说与《毛诗》续序相似的性质，它们都可被作为《毛诗》首序命义基础上的进一步申述与发挥，三家之说与《毛诗》首序之间都可找到各自发生联系的结点。整体来看，三家诗说申述之时多从诗本身出发，将《毛诗》首序所表达的思想内容回归到具体的事件之上，而《毛诗》续序则以首序为依托，更多地保存了首序的内容，较三家诗说更多地反映了礼乐制度下诗歌的社会功能。在《大雅》中，这一类诗歌有《棫朴》《皇矣》《生民》《公刘》《洞酌》等五首诗歌。

三、因为作品内部的原因而造成异说的，有《卷阿》一首。《卷阿》之诗，非一人一时而作，从诗章之内容到形式，均可分为前后两部分，前六章中，或有周初歌咏的成分，后四章则明显表现了西周后期的特点。《毛诗》首序或保存了周初人们对诗歌的看法，而《齐诗》立说的根据明显为后四章，所表达的应是西周之后人们的观点。

四、诗义存在根本的分歧。此类诗《大雅》中仅《假乐》一首。据《诗三百年表》考证，《假乐》应为西周后期的作品，故《鲁诗》"美宣王"之说更近事实。《毛序》之"嘉成王也"或为传授过中发生的讹误。

5.《小雅》

《小雅》八十首诗，六"笙诗"三家不入，《诗三家义集疏》标明"三家义未闻"者约有十七首，四家诗义基本相合者三十三首，三家诗义可考而与《毛序》异者十六首。其余数首《诗三家义集疏》虽有钩辑但三家诗义仍含糊不清。今仅取三家诗义可考而与《毛序》异者列为下表(表二)：

表二

篇名	毛序	鲁说	齐说	韩说
鹿鸣	燕群臣嘉宾也。既饮食之，又实币帛筐篚，以将其厚意，然后忠臣嘉宾得尽其心矣。	《史记·十二诸侯年表》：仁义陵迟，《鹿鸣》刺焉。	《乡饮酒礼》郑注：《鹿鸣》，君与臣下及四方之宾燕，讲道修政之乐歌也。	《后汉书·明帝纪》：召校官子弟作雅乐，奏《鹿鸣》，帝自御埙篪和之，以娱嘉宾。《魏志》曹植疏：远慕《鹿鸣》君臣之宴。
伐木	燕朋友故旧也。自天子至于庶人，未有不须友以成者。亲亲以睦，友贤不弃，不遗故旧，则民德归厚矣。	蔡邕《正交论》：迨夫周德始衰，颂声既寝，《伐木》有鸟鸣之刺。	《易林·央之震》：君明臣贤，鸣求其友，显德之政，可以履事。	《文选》谢混《游西池诗》注引《韩诗序》：《伐木》废，朋友之道缺。劳者歌其事，诗人伐木，自苦其事，故以为文。

续表

篇名	毛序	鲁说	齐说	韩说
采薇	遣戍役也。文王之时，西有昆夷之患，北有玁狁之难。以天子之命，命将率遣戍役以守卫中国。故歌《采薇》以遣之……	《周本纪》：懿王之时，王室遂衰，诗人作刺。蔡邕《和熹邓后谥议》：家有《采薇》之思。	《汉书·匈奴传》：周懿王时，王室遂衰，戎狄交侵，暴虐中国，中国被其苦，诗人始作，疾而歌之。《易林·暌之小过》《采薇》《出车》，《鱼丽》思初，上下促急，君子怀忧。	
出车	劳还率也。	蔡邕《谏伐鲜卑议》：周宣王命南仲吉甫攘玁狁，威蛮荆。	《汉书·匈奴传》：懿王曾孙宣王兴师命将以征伐之，诗人美大其功，曰：……	
杕杜	劳还役也。		《盐铁论·繇役篇》：古者无过年之繇，无踰时之役。今近者千里，远者过万里，历二期不还，父母愁忧，妻子咏叹。……此《杕杜》《采薇》之诗所为作也。	
庭燎	美宣王也。因以箴之。		《易林·颐之损》：《庭燎》夜明，追古伤今，阳弱不制，阴雄坐戾。	

篇名	毛序	鲁说	齐说	韩说
鹤鸣	诲宣王也。	《后汉书·杨赐传》：野无《鹤鸣》之士。	《易林·师之艮》：鹤鸣九皋，避世隐居，抱道守贞，竟不随时。	
祈父	刺宣王也。		《易林·谦之归妹》：爪牙之士，怨毒祈父。转忧与己，伤不及母。	
白驹	大夫刺宣王也。	蔡邕《琴操》：《白驹操》者，失朋友之所作也。其友贤居任也，衰乱之世君无道，不可匡辅，依违成风，谏不见受。国士咏而思之，援琴而长歌。		《艺文类聚》二十一引曹植《释思赋》：彼朋友之离别，犹求思乎《白驹》。
黄鸟我行其野	刺宣王也。		《易林·巽之豫》：黄鸟采蓄，既嫁不答。念吾父兄，思复邦国。	
节南山	家父刺幽王也。		《汉书》董仲舒对策文：周室之衰，其卿大夫缓于谊而急于利，亡推让之风而有争田之讼，故诗人疾而刺之曰：……	

续表

篇名	毛序	鲁说	齐说	韩说
小弁	刺幽王也。太子之傅作焉。	赵岐《孟子章句》：伯奇仁人，而父虐之，故作《小弁》之诗。	《汉书·冯奉世传赞》：谗邪交乱，贞良被害，自古而然。故伯奇放流，孟子宫刑，申生雉经，屈原赴湘。《小弁》之诗作，《离骚》之词兴。	
宾之初宴	卫武公刺时也。幽王荒废，媟近小，饮酒无度，天下化之。君臣上下沈湎淫液，武公既入而作是诗也。		《易林·大壮之家人》：举觞饮酒，未得至口，侧弁醉詈，拔剑斫怒。武公作悔。	《后汉书·孔融传》李注引《韩诗》：卫武公饮酒悔过也。
采菽	刺幽王也。侮慢诸侯，诸侯来朝，不能锡命以礼数，征会之而无信义，君子见微而思古焉。	《白虎通·考黜篇》：以其进退有节，行步有度，赐之车马代其步；言成文章，行成法则赐之衣服，以表其德。《诗》曰：……		
黍离	刺幽王也。不能膏润天下，卿士不能行召伯之政。	《国语》韦昭注：《黍苗》，道召伯述职，劳来诸侯也。《左传·襄公十九年》杜注：《黍苗》，美召伯劳来诸侯。		

分析上表，可将三家诗义与《毛序》之不同归纳为四种情况：

一、三家从诗人之义出发解释诗义而《毛序》则说解诗歌的仪式之用。此类有《鹿鸣》《伐木》《采薇》《出车》《杕杜》等五首诗歌。

二、三家求诗之本义而《毛序》"以一国之事系一人之本"，将诗歌与当时政治联系起来。在解释诗歌的创作、采集时代及诗义等问题时，《毛序》与三家之说可提供互为补充的材料作依据。这一类诗歌有《黄鸟》《我行其野》《采菽》《黍苗》等。

三、三家之说可作为《毛诗》首序的进一步申述与发挥。如《鹤鸣》《祈父》《白驹》《庭燎》《节南山》等。

四、诗义分歧，相互矛盾。有《小弁》《宾之初筵》二首。

6. 十三《国风》

十三《国风》共一百三十五首诗，除大部分"三家无异义"或三家之说与《毛诗》大体相合之外，有十来首诗三家之说无绪可考，二十六首诗三家之义与《毛序》之说不同。今以其说异者列为下表(表三)：

表三

篇名		毛序	鲁说	齐说	韩说
	柏舟	言仁而不遇也。卫顷公之时，仁人不遇，小人在侧。	《潜夫论·断讼狱》：贞女不二心以数变，故有匪石之诗。	《易林·屯之干》：仁不逢时，复隐穷居。	
邶风	燕燕	卫庄姜送归妾也。	《列女传·母仪篇》：卫姑定姜者，卫定公之夫人公子之母也。公子既娶而死，其妇无子，毕三年之丧，定姜归其妇，自送之至野……乃赋诗曰：……	《易林·萃之贲》：远送卫野，归宁无子。	
	终风	卫庄姜伤己也。遭州吁之暴，见侮慢而不能正也。		《易林·颐之升》：终风东西，散涣四分。终日至暮，不见子欢。	

续表

篇名		毛序	鲁说	齐说	韩说
	凯风	美孝子也。卫之淫风流行，虽有七子之母，犹不能安其室，故美七子能尽其孝道，以慰其母心成其志尔。		《易林·咸之家人》：凯风无母，何恃何怙，幼孤弱子，为人所苦。	
邶风	匏有苦叶	刺卫宣公也。公与夫人并为淫乱。	《后汉书·张衡传》：深厉浅揭，随时为义。又云：快捷方式邪至，我不忍以揭步。干进苟容，我不忍以歙肩。虽有犀舟劲楫，犹人涉卬否，有须者也。		
	静女	刺时也。卫君无道，夫人无德。		《易林·师之同人》：季姬踟蹰，望我城隅。终日至暮，不见齐候。居室无忧。	
鄘风	墙有茨	卫人刺其上也。公子顽通乎君母，国人疾之而不可道也。		《易林·小过之小畜》：墙茨之言，三世不安。	《周礼·媒氏》郑注引此诗，贾疏云：诗者，刺卫宣公之诗。
	桑中	刺奔也。卫之公室淫乱，男女相奔，至于世族在位，相窃妻妾，期于幽远，政散民流而不可止。		《汉书·地理志》引诗"送我淇上"云：卫地有桑间濮上之阻，男女亦亟聚会，声色生焉，故俗称郑卫之音。	
	相鼠	刺无礼也。卫文公能正其群臣，而刺在位，承先君之化，无礼仪也。	《白虎通·谏净》：《诗》曰："相鼠……"此妻谏夫之诗也。		

续表

篇名		毛序	鲁说	齐说	韩说
卫风	氓	刺时也。宣公之时，礼义消亡，淫风大行，男女无别，遂相奔诱。华落色衰，复相弃背，或自乃困而自悔，丧其妃耦，故序其事以风焉。美反正，刺淫泆也。		《易林·蒙之困》：氓伯以婚，抱布自媒。弃礼急情，卒罹悔忧。	
王风	黍离	闵宗周也。周大夫行役至于宗周，过故宗庙，室尽为禾黍，闵周室之颠覆，彷徨不忍去之而作是诗也。			《御览·羽族部》引曹植《令禽恶鸟论》：昔尹吉甫信后妻之谗而杀孝子伯奇，其弟伯封求而不得，作《黍离》之诗。
	葛藟	王族刺平王也。周室道衰，弃其九族焉。		《易林·泰之蒙》：葛藟蒙棘，华不得实，谗言乱政，使恩壅塞。	
	大车	刺周大夫也。礼义陵迟，男女淫奔，故陈古以刺今大夫不能听男女之讼焉。	《列女传·贞顺篇》：楚虏息君，纳其适妃。夫人持固，弥久不衰，作诗同穴，思故忘亲。		
郑风	清人	刺文公也。高克好利而不顾其君，文公恶而欲远之，不能，使高克将兵而御狄于境。陈其师旅，翱翔河上，久而不召，众散而归，高克奔陈。公子素恶高克进之不以礼，文公退之不以道，危国亡师之本，故作是诗也。		《易林·师之睽》：清人高子，久屯外野。逍遥不归，思我慈母。	

篇名		毛序	鲁说	齐说	韩说
郑风	东门之墠	刺乱也。男女有不待礼而相奔者也。		《易林·贲之鼎》：东门之墠，茹芦在阪。礼义不行，与我心反。	
	出其东门	闵乱也。公子五争，兵革不息，男女相弃，民人思保其室家焉。		《汉书·地理志》：郑男女亟聚会，声色生焉，故其俗淫。《郑诗》曰："出其东门，有女如云。"……此其风也。	
	溱洧	刺乱也。兵革不息，男女相弃，淫风大行，莫之能救焉。		《汉书·地理志》：郑男女亟聚会，声色生焉，故其俗淫。《郑诗》曰……此其风也。	《御览》八百八十六引《韩诗内传》：溱与洧，说人也。郑国之俗，三月上巳之日于两水上，招魂续魄，拂除不祥，故诗人愿与所说者俱往观也。
斋风	鸡鸣	思贤妃也。哀公荒淫怠慢，故陈贤妃贞女，夙夜警戒相成之道焉。		《易林·夬之屯》：鸡鸣失时，君骚相忧。	《御览》九百四十四引《韩诗》：《鸡鸣》，谗人也。
	载驱	齐人刺襄公也。无礼义故，盛其车服，疾驱于通道太都，与文姜淫，播其恶于万民焉。		《易林·屯之大过》：襄嫁季女，至于荡道。齐子旦夕，留连久处。	

篇名		毛序	鲁说	齐说	韩说
秦风	无衣	刺用兵也。秦人刺其君好攻战、亟用兵而不与民同欲焉。		《汉书·赵充国辛庆忌传赞》：山西天水安定北地处势迫近羌胡，民俗修习战备，高尚勇力鞍马骑射，故《秦诗》曰："王于兴师，修我甲兵，与子皆行。"其风声气俗自古而然。	
陈风	宛丘	刺幽公也。淫荒昏乱，游荡无度焉。		《汉书·地理志》：妇人尊贵，好祭祀，用史巫，故其俗巫鬼，《陈诗》曰：……此其风也。	
	衡门	诱僖公也。愿而无立志，故作是诗以诱掖其君也。	蔡邕《述行赋》：甘衡门以宁神兮，咏都人以思归。		《韩诗外传》卷二：虽居蓬户之中，弹琴以咏先生之风，有人亦乐之，无人亦乐之，亦可发愤忘食矣。《诗》曰……
曹风	羔羊	大夫以道去其君也。国小而迫，君不用道，好絜其衣服，逍遥游燕，而不能自强于政治，故作是诗也。	《潜夫论·志姓氏篇》：会在河伊之间，其君骄贪啬俭，灭爵损禄，群臣笑让，上下不。诗人忧之，故作《羔裘》闵其痛悼也。		
	下泉	思治也。曹人疾共公侵刻下民，不得其所，忧而思明王贤伯也。		《易林·蛊之归妹》：下泉苞粮，十年无王，荀伯遇时，忧念周京。	

续表

篇名		毛序	鲁说	齐说	韩说
豳风	七月	陈王业也。周公遭变，故陈后稷先公风化之所由，致王业之艰难也。	《潜夫论·浮侈篇》：明王之养民也，忧之劳之，教之诲之……《七月》诗，大小教之，终而复始。		
	东山	周公东征也。周公东征，三年而归，劳归士，大夫美之，故作是诗也。		《易林·屯之升》：东山拯乱，处妇思夫，劳我君子，役无休止。	

分析上表，可以将三家说与《毛序》的不同区分为以下几种情况：

一、三家解说诗歌本义，《毛序》则通过"以一国之事系一人之本"的方式将诗歌与伦理政治联系起来。《邶风·终风》《凯风》《静女》《鄘风·桑中》《郑风·出其东门》《溱洧》《秦风·无衣》《陈风·宛丘》《衡门》等九首属此类。

二、三家之说为《毛诗》首序的进一步申述与发挥。《邶风·柏舟》《匏有苦叶》《鄘风·墙有茨》《相鼠》《卫风·氓》《王风·葛藟》《郑风·清人》《东门之墠》《齐风·鸡鸣》《桧风·羔裘》《曹风·下泉》《豳风·七月》《东山》等十三首诗属此类。

三、诗义分歧，相互矛盾。如《邶风·燕燕》《王风·黍离》《大车》《齐风·载驱》。各诗实际情况又有不同，具体分析其内容可作如下判断，《燕燕》应为卫君送其妹远嫁之诗，《毛序》及鲁、齐二家说均误（韩说不可考）；《大车》以鲁说为长，《黍离》《载驱》则以《毛诗》首序之说更近事实。

7."二南"

"二南"二十五首，《周南·樛木》等诗三家说不可考，《周南·螽斯》《召南·鹊巢》《采蘩》《采蘋》《殷其雷》《摽有梅》等六首诗四家说相合。今列三家之说与《毛序》异者如下（表四）：

表四

	毛序	鲁说	齐说	韩说
关雎	后妃之德也。……乐得淑女以配君子，忧在进贤，不淫其色，哀窈窕，思贤才而无伤善之心焉。	《十二诸侯年表》：周道缺，诗人本之衽席，《关雎》作。《史记·儒林传叙》：周室衰而《关雎》作。	《后汉书·明帝纪》：昔应门失守，《关雎》刺世。	王应麟《诗考》引《韩诗序》：《关雎》刺时也。
葛覃	后妃之本也。后妃在父母家，则志在于女功之事，躬俭节用，服澣濯之衣。尊敬师傅，则可以归安父母，化天下以妇道。	蔡邕《协和婚赋》：《葛覃》恐其失时。		
卷耳	后妃之志也。又当辅佐君子求贤审官，知臣下之勤劳，内有进贤之志而无险诐私谒之心，朝夕思念，至于忧勤也	《淮南子·俶真训》高诱注：思古君子官贤人，置之列位也。		
桃夭	后妃之所致也。不妒忌，则男女以正，婚姻以时，国无鳏民也。		《易林·否之随》：春桃生花，季女宜家，受福多年，男为邦君。	
兔罝	后妃之化也。《关雎》之化行，则莫不好德，贤人众多也。			《文选》桓温《荐谯元彦表》"兔罝绝响于林中"刘良注：殷纣之贤人退处山林，纲禽兽而食之。

续表

	毛序	鲁说	齐说	韩说
芣苢	后妃之美也。和平则妇人乐有子矣。	《列女传·贞顺篇》：蔡人之妻者，宋人之女也。既嫁于蔡而夫有恶疾，其母将改嫁之，……终不听其母，乃作《芣苢》之诗。		《文选》刘孝标《辨命论》李注引《韩诗诗薛君章句》：《芣苢》，伤夫有恶疾也。
汉广	德广所及也。文王之道被于南国，美化行乎江汉之域，无思犯礼，求而不可得也。			《文选》曹植《七启》李注引《韩诗叙》：《汉广》，说人也。
汝坟	道化行也。文王之化行乎汝坟之国，妇人能闵其君子，犹勉之以正也。	《列女传·贤明篇》：周南之妻者，周南大夫之妻也。……生于乱世，不得道理而迫于暴虐，不得行义然而仕者，为父母在也。乃作诗曰：……		《后汉书·周盘传》李注引《韩诗》：《汝坟》，辞家也。
麟之趾	《关雎》之应也。《关雎》之化行，则天下无犯非礼，虽衰世之公子，皆信厚如麟趾之时也。			《文选》王融《曲水诗序》张铣注：麟趾，美公族之盛也。

续表

	毛序	鲁说	齐说	韩说
草虫	大夫妻能以礼自防也。	刘向《说苑·君道篇》:孔子对哀公曰:"恶恶道不能甚,则其好善道亦不能甚;好善道之不能甚,则百姓亲之也亦不甚。"《诗》云:……诗人之好善道也如此。		
甘棠	美召伯也。召伯之教,明于南国。	《燕召公世家》:召公之治西方,其得兆民和。召公巡行乡邑,有棠树,决狱政事其下。……召公卒,而民人思召公之政,怀甘棠不敢伐,歌咏之,作《甘棠》之诗。	《初学记·人事部》引《乐动声仪》:召公,贤者也,明不能与圣人分职,常战栗恐惧,故舍于树下而听断焉。劳身苦体,然后后与圣人齐,是故《周南》无美而《召南》有之。	《汉书·王吉传》:昔召公述职,当民事时,舍于棠下而听断焉,是时人皆得其所。后世思其仁恩,至乎不伐甘棠,《甘棠》之诗是也。
行露	召伯听讼也。衰乱之俗微,贞信之教兴,强暴之男不能侵陵贞女也。	《列女传·贞顺篇》:召南申女者,申人之女也,既许嫁于酆,夫家礼不备而欲迎之。……遂不肯往……而作诗曰……	《易林·大壮之姤》:婚礼不明,男女失常。《行露》反言,出争我讼。《无妄之剥》:《行露》之讼,贞女不行。	《韩诗外传》:《传》曰:夫《行露》之许嫁矣,然而未往也。……君子以为得妇道之宜,故举而传之,扬而歌之……

续表

	毛序	鲁说	齐说	韩说
羔羊	《鹊巢》之功致也。召南之国化文王之政,在位皆节俭正直,德如羔羊也。		《易林·离之复》:羔羊皮革,君子朝服辅政扶德,以合万国。	《后汉书·王涣传》李注引《韩诗薛君章句》:诗人贤仕为大夫者,言其德能称,有絜白之性,屈柔之行,进退有数也。
小星	惠及下也。夫人无妒忌之行,惠及贱妾,进御于君,知其命有贵贱,能尽其心矣。		《易林·大过之夬》:旁多小星,三五在东。早夜晨行,劳苦无功。	
江有汜	美媵也。勤而无,嫡能悔过也。文王之时江沱之间有嫡不以其媵备数,媵遇劳而无怨,嫡亦自知悔也。		《易林·明夷之噬嗑》:江水沱汜,思附君子,伯仲爱归,不我肯顾,侄娣恨悔。	
野有死麕	恶无礼也。天下大乱强暴相陵,遂作淫风。被文王之化,虽当乱世,犹恶无礼也。			《旧唐书·礼仪志》:平王东迁,诸侯慢法,男女失冠昏之节,《野麕》之刺兴焉。

续表

	毛序	鲁说	齐说	韩说
何彼襛矣	美王姬也。虽则王姬,亦下嫁于诸侯。车服不系其夫,下王后一等,犹执妇道,以成其德也。	三家之说:郑玄《笺膏肓》:言齐侯嫁女,以其母王姬始嫁之车远送之。		
驺虞	《鹊巢》之应也。《鹊巢》之化行,人伦既正,朝廷既治,天下纯被文王之化,则庶类蕃殖,搜田以时。仁如驺虞,则王道成也。	蔡邕《琴操》:邵国之女所作也。……及周道衰微,礼义废弛,强陵弱,众暴寡,万民骚动,百姓愁苦,男怨于外,女伤于内,内外无主,内迫情性,外逼礼义,叹伤所说,而不逢时,于是援琴而歌。		

"二南"各诗,《毛序》与三家说之关系有以下两种情况:

一、《毛序》说解诗歌的乐章义而三家诗说解诗本义,此类诗歌比例最大,包括《关雎》《葛覃》《卷耳》《桃夭》《兔罝》《芣苢》《汉广》《汝坟》《麟之趾》《召南·小星》《野有死麕》《驺虞》等十一首诗歌。

二、《毛序》与三家均说解作诗本义,义相近而又有别。如《召南·甘棠》《行露》《羔羊》《江有汜》《何彼襛矣》等。此应为传授中产生的异说。

四 结 语

综合上文对四家诗说的分析，大约有三十首诗歌三家之义不可考，除此之外，《毛序》与三家诗说的关系可以归纳为以下几种：

一、"三家无异义"或三家之说与《毛序》大体相合。这一类诗歌所占比例最大，约有一百八十首左右，包括《周颂》《鲁颂》的全部和大、小《雅》，《国风》的大部分作品。它们的内容比较复杂，有说诗本义而同者，有说诗的仪式之用而同者，有"以一国之事系一人之本"而同者。

二、三家之说与《毛序》的分歧集中在续序上，它们与《毛诗》首序之间没有矛盾。恰恰相反，三家之说可作为对《毛诗》首序的申述与发挥而与首序统一起来。三家之说与《毛诗》续序性质相同而具体说法不同。整体来看，对这一类诗歌，《毛诗》续序以首序为依托，基本保存了首序的思想并做了进一步的阐述，而三家则多从诗本义出发，将首序所表达的思想还原为具体的事件来做进一步的阐发。大约有二十三首诗可归入此类。

三、《毛序》说诗歌的乐章义或仪式功能而三家说诗之本义。这一类诗歌共有十六首，包括《小雅·杕杜》等五首与《周南·关雎》、《召南·驺虞》等十首。另外，《商颂》五首亦可勉强归入此类。

四、《毛序》通过"以一国之事系一人之本"的方式表达"采诗观风"制度下诗歌特有的美刺功能，与诗本义无涉；三家诗则从诗本身出发理解诗义。这一类诗歌大约有十三首，均在《小雅》与《国风》中。

五、三家与《毛序》均说作诗之义而其说各不相同。分析四家论诗之义，除《大雅·假乐》《小雅·小弁》《王风·黍离》《大车》等诗三家说与《毛诗》诗义根本对立之外，其余各诗四家的说法均较接近，如《小雅·宾之初筵》之卫武公刺"饮酒无度"与"武公饮酒悔过"、《召南·甘棠》之"美召伯"与"思召公"、《何彼襛矣》之"美王姬下嫁诸侯"与"齐侯嫁女，以其母王姬始嫁之车远送之"、《邶风·燕燕》之"庄姜送归妾"与"定姜归其妇"等都是极易混淆而致误的说法。由此可以推测，这一类真正存在歧义的各家之说，或因传承中错讹致误而产生。

根据上面归纳的结果，一、二两种情况共约二百多首诗歌，占《诗经》总篇数的三分之二。这些诗说的存在为齐、鲁、韩、毛四家之诗具有同源关系提供了最有力的证明。第五种情况中各家相互矛盾的说法，应因传承中的讹误所致。秦汉时代，师徒相授中出现讹误之说是经常发生的事情。《史记·儒林传》即有"言《诗》虽殊，多本于申公"之语。退一步来讲，即使各家严守师说，传承中没有出现伪误之说，这一类诗歌也仅有十三首，与四家诗说相同的二百多首诗歌相比，它所占的比例是很小的。因此，四家诗在说解这十三首诗歌之义时产生的矛盾，不足以为它们同出一源的说法提供反证。下面我们重点来分析三、四两种情况。

王师昆吾《诗六义原始》一文已论证诗文本是为满足礼乐制度下仪式的需要而编辑出来的。我们知道，人们观念之中对诗歌的理解与诗歌在当时社会中发挥的功能与作用密不可分。在诗歌从属于礼乐、服务于仪式的时代，人们除了创作专门用于仪式、讽谏的诗歌之外，还采集当时歌谣加以整理，人为地赋予它某种仪式功能或讽谏意义，诗歌本身的意义如何不是他们着意探求的目的。当时的人们仅从自己的需要出发去使用诗，而很少从诗人之义出发去理解诗。这一点从《仪礼》有关仪式用乐的记载以及《左传》大量的赋诗、引诗中可以看出。《毛诗》首序的解诗精神正与此相通，如《毛序》关于诗歌乐章义或仪式之用的说解，直接反映了周代礼乐制度下乐歌的仪式功能；《毛序》"以一国之事系一人之本"的方式，将采自民间的情诗恋歌与时政联系起来，冠之以美刺之义，则与《汉书·艺文志》所载周代采诗制度下"观风俗、知得失、自考正"①的政治目的直接相关②。随着春秋末年礼乐制度的崩坏，"聘问歌咏不行于列国"，诗教逐渐从乐教的从属地位解放出来向纯粹的德教转化。孔子是为了"复礼""正乐"的目的而删定诗文本的，这一举动却在客观上为诗教的独立创造

---

① 《汉书·艺文志》。

② 关于《毛诗》首序解诗方式与周代礼乐制度之间的对应关系，拟作另文专门讨论，此处从略。

了条件，使诗教从此走上了伦理化而非礼乐化的道路。诗教的独立使诗歌在周代礼乐制度下承担的社会功能失去了依托的土壤，在此时的社会环境中，不可能重新产生出如《毛序》这般与周代礼乐制度契合对应的诗说系统。因此，我们认为，《毛序》首序的产生，至晚在周代礼乐制度尚未崩坏的春秋末期之前。

《史记·孔子世家》说："三百五篇，孔子皆弦歌之，以求合《韶》《武》《雅》《颂》之音。"① "吾自卫返鲁，然后乐正，《雅》《颂》各得其所。"② 孔子删诗，本是"复礼""正乐"活动的组成部分。因此，在他删定诗文本的过程中，与周代礼乐制度契合对应的《诗序》必然得到充分的重视。此后，《诗序》便通过儒家诗教的师弟相授而被保存下来。后儒说《诗序》出自孔子，或说出自子夏，虽与事实不符，却也并非全无道理。充斥于先秦子书中"断章取义"的引诗是礼乐社会中"聘问歌咏行于列国"的余绪与变形，同时也是儒家诗教的结果；它所重视的，仍为用诗之义而非作诗本义。在《毛诗》一系传承旧说并作进一步申述的同时，儒家后学亦有人开始从诗本身出发去理解诗义，由此出现了突破传统说法的诗学流派，发展到汉代，形成了齐、鲁、韩三家之说。前文云，史籍记载今文三家或出自战国末年的荀子。由此处的论述可知，这种说法在时代上是可信的。今文三家与古文毛诗之间的不同，一在文字，二在诗义。表现在文字上，今文，以《鲁诗》为代表来说，"总的倾向是《毛诗》从古而《鲁诗》从今，而古字有假借之法，字多假借，《毛诗》保留了较多的假借字，不如《鲁诗》入时"。③ 表现在诗义解说上，《毛诗》以先秦旧说为依据，保存了许多与周代礼乐制度一致的内容，三家诗则审时度势，更以谶讳说诗，亦远较《毛诗》"入时"。在今古文相互争胜的斗争中，今文三家攻击古文《毛诗》"伪托古书""不知时变"，在说明《毛诗》注重传统、保存传统的同时，也反映了今文三家突破传统、追求时变的特点。今古文经学不同的学术精神亦形成了两种不同的治学方法：三家诗重章句，阐发大义；《毛诗》重训诂，解释字词。种种不同表现得过分明

---

① ② 《史记·孔子世家》。

③ 陆锡兴《诗经异文研究》，上海师范大学博士论文。

显，竟因此掩盖了他们之间原本存在的一致。通过上面的分析我们发现，三家诗说在突破传统的同时仍然更多地继承了传统，在对绝大多数诗歌之义的说解中，保持了与《毛序》一致的看法。四家诗说绝大多数情况下的一致与三家诗另立新说时仍与《毛诗》首序"似不同而实未尝不同"的事实，都为它们同出一源提供了最有力的证明。这一共同的"源"，就是产生于周代礼乐制度之下，经孔子、子夏及其后学的师徒相授而保存下来的《毛诗》首序。

出土于阜阳的汉简《诗经》，其写定年代之下限为汉文帝十五年。据整理者解释，阜阳汉简《诗经》也是有序的，其序残片极少，"这固然由于破坏所致，但很可能也同它本身比较简短有关。也就是说，当时阜诗的序可能只有今本毛诗的首序。它大概是春秋战国以来儒家学派传授诗义时所用的统一的'提纲'"。① 这一推论，正与上文的看法相合。

（载《文史》，2000 年第 2 辑）

【评　介】

马银琴，女，1972 年生，宁夏隆德人。2000 年毕业于扬州大学，以《西周诗史》为学位论文获博士学位，博士导师为王小盾教授。马银琴曾供职于中国社会科学院文学研究所，自 2015 年起，为清华大学人文学院教授、博士生导师。马银琴是新生代《诗经》学者中的代表人物，她从读博士期间开始至今，一直以《诗经》为研究中心，是名副其实的"《诗经》博士"。她在《诗经》研究方面的代表作是专著《两周史诗》《周秦时代〈诗〉的传播史》，以及《从汉四家诗说之异同看〈毛诗序〉的时代》等重要论文。概括而言，她在《诗经》研究方面，能够聚焦热点问题和关键问题，展开研究，主要表现在以下几个方面：

第一，在对《诗经》诗篇创作时代、诗文本的形成历史等问题上，取得了突出成绩。一般认为，《诗经》大多数篇章为集体创作，很难确定其作者和时代。同时，《诗经》也不是一次编成的，其文本的累积经历了较长的历史时期。这都是古今《诗经》研究者特别关注的问

---

① 　胡平生、韩自强《阜诗汉简诗经简论》，《文物》1984 年第 8 期。

题。马银琴的博士论文《西周诗史》，就是在前人研究的基础上，将《诗经》作品的产生放在西周礼乐文化的大背景下，通过对有迹可循的西周各王朝诗歌创作状况的考察，揭示西周时代至东周初年以《诗》为名的诗文本产生、形成的历史过程。

第二，进一步讨论了《毛诗序》的时代与作者问题，认为《毛序》首序的产生，至晚在周代礼乐制度尚未崩坏的春秋末期之前。《毛诗序》因此可为《诗经》作品断代的重要依据。同时也提出运用"谥法""铭文""套语与词义"作为诗篇断代标准。

第三，继承王国维、高亨、杨向奎等学者的思想，以周代礼乐制度形成演变的描述为切入点，对"西周早期的乐歌"进行断代研究。作者联系周人开国历史、考辨周公制礼作乐的真实性，分武王、成王、康王三个阶段着重考察了产生于这一时代的二十多首仪式乐歌。指出在康王"定乐歌"的活动中，这些仪式乐歌得到整理，出现了以《雅》《颂》为名的乐歌文本。

第四，以西周礼乐制度的演进为主线，考证研究"西周中期的乐歌"。马银琴首先通过对礼器制度、职官制度、土地制度以及祭祖礼、射礼等制度、礼仪在西周中期以前的嬗变，证明自周初即已开始的"制礼作乐"，是经历了好几代人的努力，至西周中期的穆王时代才成熟和完善起来的。在此基础上，考证出了创作或写定于穆王时代的十六首仪式乐歌。她认为，就诗文本的形成而言，这一时期在既有的以祭祖颂功为内容的作品之外，燕享乐歌作为一种新型的仪式乐歌种类进入了诗文本。康王时代产生的《雅》《颂》文本，经过穆王时代的编辑与整理，在内容与篇幅两方面都进一步扩大。诗文本是为仪式的目的编定的，但它对当时社会生活的影响却远非仪式目的所能涵盖。

第五，从西周后期王室衰落与宣王中兴的社会背景分析入手，重新考定和讨论了厉王变大雅、宣王中兴时期的仪式乐歌以及宣王后期的讽刺诗。所谓"正小雅"，即宣王重修礼乐时产生的仪式乐歌。除此之外，与《雅》《颂》分立的、以诸侯国风为内容的、被称为《诗》的文本也在这一时代产生出来。尽管这次对诗文本的整理仍然是以仪式歌奏为目的而进行的，但是，由变风变雅进入仪式而带来的颂赞之歌与讽刺之诗的合流，使诗文本的性质与功能发生改变。由此开始，诗教逐渐从乐教中脱离出来而走上了以德教为中心的发展阶段。

第六，对两周之交的诗歌创作及周平王时代对诗的整理情况进行了深入研究。在廓清两周之际周"二王并立"的史实，并进一步考察此期数量众多的怨刺之诗与平王东迁后产生的仪式乐歌"二南"的基本状态之后，详细考证了邶、鄘、卫以下十三风的时代。

第七，马银琴在许廷桂、赵逵夫等学者研究的基础上论证指出，周平王时代曾对诗文本进行过大规模的编辑和整理，当时以《诗》为名的《风》《雅》合集已经产生，而《颂》仍然以独立的形式流传于世。除此之外，《商颂》也经正考父的整理而进入《诗》的文本之中。

同时，她还在广泛吸收闻一多、傅斯年以及现当代学者研究成果的基础上，考察了先秦时代"歌"与"诗"的分立与合流现象，以及被称为"四诗"的"南""风""雅""颂"名称的来源。观点新颖，论据充分。

概括而言，马银琴的研究有如下几个特点：

一是善于抓住《诗经》研究的关键问题，且每论必以梳理学术史入手，首先明确前人研究的得与失，然后在综合考虑各种观点的基础上提出自己的看法。如《从汉四家诗说之异同看〈毛诗序〉的时代》一文，先概述古今学者关于《毛诗序》时代及作者的所有代表性观点，并评其优劣，吸收其合理成分，然后展开更深入的论述。

二是尽可能就所谈问题全面搜集文献资料，并能在真正吃透理解的基础上详细梳理排比材料，理清楚材料之间的逻辑关系，然后进行考辨和论证。如《从汉四家诗说之异同看〈毛诗序〉的时代》一文，以四个表格，详列毛诗序与三家诗在具体诗篇解说上的异同，条分缕析，最后得出结论：四家诗虽有小异，但大体相同，应当有共同来源。虽然征引的都是旧材料，但因为理出了其中隐含的内在逻辑，这就使得出的结论很有说服力。

三是在学术理念上既不刻意趋新，也不因循守旧，力求实事求是。研究者的学术理念的形成，既受到时代风气的影响，也取决于学者自身的学养和个性。马银琴的研究起步于20世纪90年代，其时正是《诗经》研究界，乃至整个中国学术界在学术理念上综合中国传统学术思想、马克思主义理论、西方学术理念三大资源而尝试形成自己体系的时期，加之她个人的学术兴趣，以及"好学的习惯使她始终保持朴素的研究风格，总是从材料出发，脚踏实地地作论证"①。所以其《诗经》研究成果也体现出鲜明的不事张扬、注重实证的个性。

马银琴《诗经》学论著：

马银琴著，《两周史诗》，社会科学文献出版社 2006 年版。

马银琴著，《周秦时代〈诗〉的传播史》，社会科学文献出版社 2011 年版。

① 王小盾为马银琴《周秦时代〈诗〉的传播史》一书所作之《序》，社会科学文献出版社 2011 年版，第 1 页。

二十世纪《诗经》研究论著提要

二十世纪《诗经》研究论著提要

　　说明：二十世纪是中国学术完成现代化进程的关键时期，就《诗经》研究而言，也是如此。此期各阶段《诗经》研究论著层出不穷，成果十分丰硕。"提要"部分力求与正文的"档案"部分及"大事年表"相互补充，尽可能全面地、多层次地展现二十世纪《诗经》研究成果。"提要"以著作为主，论文为辅，选择各个时期最有代表性，且相对易得的成果予以提要介绍。但限于篇幅及个人识见，挂一漏万之处势所难免，恳请学界前辈同好批评和谅解。

　　廖平《诗纬新解》，存古书局，1918 年版。
　　本书著成于 1914 年，分三部分，第一为推灾异，第二为泛历枢，第三为含神雾，篇末列《补遗》。作者的用意是取《诗纬》三编，并详细为其解说。书中涉及"四始""五际""六情"等内容，以及《诗讳》在篇什配用方面的原理，所论都能根据秦汉以来旧籍所述，详为推阐其意。书中还附有其弟子黄镕对师说的补证，也征引宏富，命意渊博，诠释精详。纬书意在翼经，是汉代学术的产物。今天看来，纬书虽然略显荒诞，但其中对诗意的解说在当时和后世都产生了一定的影响，其说所本为《齐诗》，廖氏详而论之，其书虽是旧有的经学研究的路数，但亦可见一家之学。

　　[法]格拉耐著《中国古代的祭礼与歌谣》(1919 年)，有张铭远译本，上海文艺出版社 1989 年版。
　　该书是西方汉学界第一部深入研究《诗经》的专著，作者是著名社会学家，以独特的视角审视和评价《诗经·国风》，书中的观点和方法极富新意，具有文学、社会学、民俗学、民族学、神话学等综合研究的性质，是后来盛行的文化人类学《诗经》研究的肇始，至今具有重要的参考意义。作者运用法国社会学研究理论和西方民俗学的研究方法，从详细分析文本入手，深入论证《国风》中的诗篇与中国古代的节庆、歌舞、求爱、劳动生活等的内在联系，不仅揭示了诗篇的创作背景与主题，还描绘出了一幅幅中国上古社会生产生活的风俗画。该书法文版出版于1919年，英文版出版于1932年，日文版1942年出版，直到二十世纪八十年代，才有汉译本问世。此书所用研究方法和理论，对二十世纪后半期中国学术界的《诗经》研究影响很大。

谢无量《诗经研究》，商务印书馆1923年版。后收录于《谢无量文集》第七卷，中国人民大学出版社2011年版。

谢无量与胡适同时代，其是最早的用现代学术观念、方法研究《诗经》的学者之一，《诗经研究》一书是以现代学术方法研究《诗经》的一部专著。全书共有五章，内容涉及《诗经》总论、《诗经》与当时社会之情势、《诗经》与周代社会历史考证、《诗经》的道德观和《诗经》的文艺观。其研究方法和同时代的胡适等学者相似，书中最具现代意味的部分，当推对《诗经》所反映的社会思想及伦理道德的研究，以及对《诗经》文学价值与文艺观的论述。谢无量的《诗经》研究，旨在拨开经学的"迷雾"，还原《诗经》的文学性，同时也涉及诸如《诗序》作者、孔子是否删诗等《诗》学公案问题。夏传才先生《二十世纪诗经学》中把谢无量的《诗经研究》归《诗经》学概说性类专著之中，指出《诗经研究》是最早的一本把《诗经》视为文学作品的著作。其观点和研究方法对现代《诗经》学的开创有着先导之功，不应被时代湮没。

谢晋青《诗经之女性的研究》，商务印书馆1924年版。

该书的著述动机明显受到女性主义批评等新思潮的影响，分别对《周南》《召南》《邶风》《鄘风》《卫风》《王风》《郑风》《齐风》至《秦风》《陈风》等篇章中的女性作品进行研究，开我国《诗经》女性研究之先河，在《诗经》研究史上有重要的意义。书中从女性视角出发，详细论述了《诗经·国风》中涉及的恋爱、婚姻、家庭观念等问题。作者认为，《国风》出自平民阶层，其中有关妇女问题的共计八十五篇，最多的是描写恋爱问题的诗，其次是描写女性美和女性生活之诗，再其次是描写婚姻问题和失恋问题的诗。

胡朴安《诗经学》，商务印书馆 1928 年版。

胡朴安幼习经史，精研经子，长于文字训诂之学，参加同盟会，又入"南社"，三十年代前后曾任教于中国公学、复旦公学等。其《诗经学》著于二十年代，是二十世纪早期系统研究诗经学的一部专著。该书在总结历代《诗经》研究成果的基础上，发凡起例，论《诗经》大旨及历代《诗经》学的变迁大势。书中先概述《诗经》的命名、作诗采诗删诗、大序小序、六义、四始、诗乐、诗谱、三家诗、读《诗》之法、赋诗引诗等基本问题，以及汉代以后历代《诗经》学得失，后又分节概述《诗经》的文字学、文章学、礼教学、史地学、博物学等。所涉内容广泛，为后世《诗经》学及诗经学史的研究奠定了基础，体现了胡朴安在学术研究方面守正与创新并存的特点。

傅斯年《诗经讲义稿》，收入《傅斯年全集》，台湾联经出版公司 1952 年版。有中国人民大学出版社 2004 年版单行本。

《诗经讲义稿》是 1928 年作者在中山大学任教授时讲授《诗经》时的讲义稿，生前未出版，后于 1952 年收入《傅斯年全集》。该书涉及《诗经》的基本情况与《诗经》学重要问题，融考证与注疏为一体，发幽阐微，提出许多富于创新性的学术见解。既是讲稿，又是有心得的学术著作，语言通俗易懂，深入浅出，堪称典范。作者是从重建中国新史学的高度上研究《诗经》的，是现代《诗经》学的建构期运用"历史语言学"观点和方法研究《诗经》的创始者，主张从《诗经》时代的历史和语言出发解读《诗经》。其具体的观点和研究方法都具有很强的示范性。

刘大白《白屋说诗》，大江书铺 1929 年版。作家出版社 1958 年重印。

刘大白深受新文化运动的影响，大力倡导"白话诗"，他对《诗经》的研究，立足点也在于为"五四"新文学张目。其《白屋说诗》收录关于《国风》诗篇主题及句法章法等问题的论文和"笔谈"多篇，该书可以说是一部立足新的文学观念的诗歌评论集，分"说毛诗"和"杂说"两部分，附录《抒情小诗序》《蛮歌序》等四篇。刘大白解《诗》方法与胡适、俞平伯等学者相似，其主要特色是好以后代的诗歌与《诗经》作对比，以此来揭示《诗经》，尤其是《国风》诗篇的文学性。刘氏此著可以说是二十世纪现代《诗经》学著作中真正从文学角度解说《诗经》的开端，影响后来者甚大。

黄节《诗旨纂辞》《变雅》，中华书局 2008 年校订本。

二书是黄节在北京大学中文系讲授《诗经》课程时的讲稿，早年由北京大学自行印行的线装本，中华书局据此校订重印。《诗旨纂辞》起于《周南·关雎》，讫于《唐风·采苓》，主要是对《国风》诗篇的注释和解说。《变雅》起于《六月》，终于《雨无正》，是对《小雅》诗篇的注释和解说。二书体例大体相似，均是先列原诗，逐章引传、笺及孔疏训释文字，然后以"节案"的方式罗列辨析汉唐以来及宋儒、清人的有关解说，明其源流，并下附己意。每诗之后附"引诗"，遍辑秦汉以后诗词歌赋直接引述该诗原文之文字，使读者明乎该诗在后世之影响。又附"诗辞"，搜罗各代诗人化用该诗典故之文字，借此可知后世诗人对该诗语言及手法之继承。末尾辑录该诗中的联绵词，并引证相关文献，厘定其具体形式。黄节为中古文学研究大家，故能于解《诗》之时运用此法。这与西方学者提倡的"互文性"研究有暗合之处。此外，这两种书解说诗旨，虽以申述毛、郑为要，但具体观点上兼采汉宋，博综明清，时有过人之论。其不足之处是：第一，未及《诗经》全部；第二，体例不纯。这些情况，校订者已指出。

陆侃如、冯沅君《中国诗史》，大江书铺 1931 年版。

陆侃如、冯沅君的《中国诗史》虽是一部中国古代诗歌通史，但该书上卷第二篇《诗经》研究部分在二十世纪《诗经》研究史上具有重要的地位，不可不提。书中的《诗经》研究涉及《诗经》的编辑(作品来源、体式分类、编排体例等)、诗篇的断代、《诗经》的文学史意义等重要问题。例如书中举出证据认为"采诗"说是汉人的臆度，"删诗"说亦不可靠，在此前提下提出"献诗"说，认为《诗经》中的诗篇是民间男女所歌，由公卿列士所献，最后经鲁国的师工谱为乐章汇总而成的诗歌总集。在《诗经》分类问题上，作者通过对"六义""四始"的辨正，提出"二《南》独立"说，又根据王国维所倡之"《邶》《鄘》二风有目无诗"说，提出了"十一国风"说。这些观点都发人所未发，极富启发意义。另外，著者还对《诗经》中的部分诗篇的创作时代进行了考证，大多言之有据，为后来的研究打下了基础。

蒋善国《三百篇演论》，商务印书馆 1931 年版。

蒋善国为王国维、梁启超弟子，精于文字训诂之学，其学有继承传统的一面，但也深受白话文运动影响。曾编选《古辞》及古代民间歌谣选本，以达到为"白话文学"溯源的目的，阐释其合理性。其《三百篇演论》一书著于 1921 年前后，书中引证资料宏富，全面阐明《诗经》的价值，分为八个部分：《诗经》的编纂，汉代四家的《诗经》解说，《诗序》问题，逸诗的考证，《诗经》的体例，"四始"与"六义"，《诗经》的艺术性与余论。该书所论涉及《诗经》研究的外围和内在诸多方面，是现代《诗经》学史上的重要著作。

朱谦之《中国音乐文学史》，商务印书馆 1935 年版。

朱谦之所著《中国音乐文学史》，是二十世纪学术史上第一部考察中国文学与音乐关系的专著，过去未被论《诗》者所关注。该书第三章"论诗乐"专门讨论《诗经》与音乐的关系，此章第一节题为"《诗经》全为乐歌论"，指出《诗经》是"我们有诗以来的第一部乐歌的总集"。《颂》《雅》大部分是为祭祀或礼乐仪式而创作，但《国风》则大多是徒歌。今天看来，朱谦之认为《诗经》是乐歌总集的观点或有可商之处，但其从音乐角度入手，尝试还原《诗经》诗篇产生的原始礼乐语境，以及《诗》结集后用于典礼仪式的情况的做法，却是很有启示意义的。

闻一多《风诗类钞》，上海开明书店 1948 年版。又见《闻一多全集》，湖北人民出版社 1993 年版。

《风诗类钞》著成于二十世纪三十年代中期，该书是作者《诗经》

研究的代表作。作者提倡"必须用《诗经》时代的眼光读《诗》",首先要恢复《诗经》时代的风俗文化,在此背景下,再根据人类文化学的观点和方法重新编次和注释《国风》。是书卷前有《序例提纲》说明编次和注释的根据、原则和方法。全书分甲、乙两部分,甲篇收《国风》40篇,乙编收《国风》全部作品160篇,并按诗歌主人公的性别分为"男词"和"女词",无法按性别分类的收入"附篇"。在此分类的基础上,作者运用考古学、民俗学、音韵学、艺术学的知识,密切结合《诗经》时代的特点对作品做注释和名物、制度考证,间有诗句串讲和题旨分析。这部书所开创的文化人类学研究的新方法,产生了很大的影响。

朱自清《诗言志辨》,开明书店 1947 年版。

朱自清《诗言志辨》是二十世纪《诗经》学建构期的经典之作。该著将《诗经》及有关问题置于中国诗歌史的大背景上予以历史的审视,虽然所论皆由具体问题入手,但往往能见微知著,将《诗经》学的问题上升到"诗史"的高度,总结出有益于中国诗歌批评史的规律。书中所收四篇长文分别涉及"诗言志""比兴""诗教"和"正变"四个重要诗学命题,作者运用字形分析法、归纳法重新阐释《诗》学范畴,细心地爬梳从上古时代至春秋战国时期的"诗言志"说,下至汉代以降的"诗教"说,又论述了《诗》之"比兴"与《诗》之"正变",立足《诗》而又跳出《诗》,打通和贯穿四条诗论发展的历史脉络,着重从批评史的角度阐明了"诗言志"的中国诗学传统,具有很强的立体感。在今天看来,书中的观点仍有很高的学术价值。

屈万里《诗经释义》,台湾"中华文化出版事业委员会"1952 年版。又收入《屈万里全集》,台湾联经出版公司版。

屈万里出身中研院历史语言研究所,精于文字训诂之学,十分留意甲骨文、金文等新出土文献,且有专门著述,因此治学力行王国维所提出的"二重证据法",其学整体上呈现出"守正求新"的特点。所著《诗经释义》是一部以传统训诂学方法注解研究《诗经》的有功力的著作。该书注解《诗经》文本,综合融会清代学者的研究成果、现代诗经学诸家的新解以及个人研究的创见，注释简明扼要，在训诂上引证甲骨金文等出土文字资料，对诗篇中词语训释时有个人的发明，代表了台湾地区《诗经》研究的最高水平。作者逝世后，其《全集》编委会又补充了他在该书所作的眉批，改名《诗经诠释》。

于省吾《双剑誃诗经新证》，1935 年初版。后修订更名为《泽螺居诗经新证》，中华书局 1982 年版。

本书为著名古文字学家于省吾治《诗》成果之汇总，分上中下三卷，上卷据 1935 年出版的《双剑誃诗经新证》删订而成。中卷包括《文史》第一、二辑上发表的《泽螺居诗经札记》《泽螺居诗义解结》，有所删改。下卷是有关《诗经》考证的 5 篇论文，如《诗"履帝武敏歆"解》等文，以文字训释入手，引证宏博，视野开阔，亦多创见。每卷之首，列有细目，颇便查检。于氏治《诗》，极善利用古文字研究成果和地下发掘的古文字、古文物资料，对《诗》篇文本的关键词进行校订和注释，常能发人所未发，为研究《诗经》开辟了新的途径。

朱东润《读诗四论》，商务印书馆 1940 年版。后修订重编为《诗三百篇探故》，上海古籍出版社 1981 年版。

朱东润《读诗四论》包括序言和 4 篇论《诗》论文。其中最早发表的是《国风出于民间论质疑》(《武汉大学文哲季刊》1932 年卷十九)，作者对《国风》诗篇进行整体考察，指出风诗的作者从身份、地位、穿戴、言行等看都是贵族，得出结论认为《国风》之半为统治阶级之诗，谓其出于民间之说不可信。其《诗大小雅说臆》讨论大、小《雅》诗篇的创作时代、二者的区别和其中所反映的时代精神，也多有启发。《古诗说撷遗》钩稽有关材料，讨论儒、墨二家与《诗》的关系，还涉及解《诗》要考虑到作诗者之志、引诗者之志等问题，很有新意。《诗心论发凡》则认为读《诗》者应当摆脱前人之说的束缚，从文本出发探求古代诗人的性情，突出诗的特质。《诗三百篇成书中的时代精神》论"三百篇"所体现的时代精神。全书所述观点，以"《国风》不出于民间"说最为著名、影响最大。

张西堂《诗经六论》，商务印书馆 1957 年版。

张西堂《诗经六论》是作者 1931 年到 1933 年在武汉大学、1953 年到 1956 年在西北大学讲授《诗经》时写的论文的结集，"六论"包括：《诗经》是中国古代的乐歌总集、《诗经》的思想内容、《诗经》的艺术表现、《诗经》的编订、《诗经》的体制和关于《毛诗序》的一些问题。张氏此著论述每一个专题都能先列举以往诸家观点，在此基础上通过分析比较诸家之说的异同，最后做出按断或小结，观点多有启发性。如第一篇论《诗经》所录当全为乐歌，即使是风诗也绝不是徒歌。据作者自序，此篇最初发表于 1934 年《师大月刊》第十四期，其观点与顾颉刚的看法一致，很有启示性。该书征引资料丰富详备，是一部《诗经》研究的重要参考书。

人民文学出版社编辑部编《诗经研究论文集》，人民文学出版社 1959 年版。

该书是一部具有二十世纪五六十年代时代特色的、带有总结性的《诗经》研究论文集，收录二十世纪五六十年代最具代表性的学者所撰写的重要的《诗经》研究论文 19 篇，这些文章的作者如高亨、曾仲珊、孙作云、华钟彦、黄焯、管汀等，是影响颇深远的《诗经》研究学者。所以，这部论文集是了解五六十年代《诗经》研究状况的重要文献。

吴闿生《诗义会通》，中华书局 1959 年版。

传统的《诗经》研究往往以文字音韵训诂为基础阐发诗义，吴闿生《诗义会通》就是一本注释《诗经》的著作。虽然表面上看走的是清代马瑞辰、陈奂等学者的路子，但其书训诂字词多结合出土文献，校勘异文，疏通诗义，在此基础上探讨诗旨，亦不拘一家，所采虽以《诗序》《毛传》为多，但却多有创新与发挥，对诗篇大义的疏通、创作旨趣的揭示、修辞构思的提示、诗歌艺术的影响等都有中肯的意见，体现出了著者独立思考的精神。全书注释采用小字夹注的方法分写在有关的诗句之下，最后以按语的形式阐述诗篇大义，并附录介绍历代学者，尤其是宋代和明代学者评点《诗经》、对具体诗篇艺术性的见解和评语，对于有异说的诗篇，还附有作者本人的断语。正如其在书序中说，其解诗力求"以意逆志，察情得理""返本归真"，客观上也有凸显《诗经》诗篇文学性的效果。

[瑞典]高本汉《诗经注释》，董同龢译，台湾中华丛书编审委员会 1960 年初版，中西书局 2012 年再版。

高本汉（Bernhard Karlgren）是著名汉学家，在欧洲享有很高的声誉。他不仅精通汉语音韵，而且熟悉中国古代经典，也是研究《诗经》的名家。《诗经注释》是他在《诗经研究及诗经的韵律》《国风注译》《大雅注译》《小雅注译》的基础上汇集而成的一部解说《诗经》的著作。其特点是：（一）不把"三百篇"当"经"看；（二）摆脱了《诗序》的羁绊；（三）采用旧说不主一家；（四）处理假借字极其谨慎，不轻言假借。该著解释诗文本非常详细，重点通过字义训释疏通而及于句意，再及于章意，进而对全诗的主题做出合情合理的概括。对许多诗篇的解释与《毛传》《郑笺》以来的传统观点不同，很有启发意义。用译者的话说，"这是二十世纪中期承历代诗学发展而产生的一部有时代性的书。它固然是高氏的一家之言，同时也确实是诗学在整个学术潮流中向前迈进了一大步的表现"。"高氏已经做出来的，大体上也就是五四新文化运动以后中国学人在'用科学知识和方法整理国故'的口号下想要做的。"（《诗经注释》译序）即使在今天看来，该著的学术方法和具体观点也有很多可取之处。

[日本]白川静《稿本诗经研究》，1960 年油印本。

日本学者白川静《稿本诗经研究》是二十世纪六十年代海外《诗经》研究的代表性著作。该书以日本古代歌谣的内容，推论《诗经》一些诗篇意向的含义，认为《诗经》不是个人的抒情诗，而是古老宗教观念和礼俗的再现。作者对甲骨文、金文有精深的研究，长于文字训诂之学，对中国上古时代的历史、风俗也有极深入的了解。因此他以语言学、历史学、民俗学的方法研究《诗经》，尤其注重金文在阐发《诗经》一些诗篇中的重要参考作用，是日本把金文与《诗经》研究相结合的先行者。他的研究对二十世纪七八十年代以后的中国学者研究

《诗经》也有很大的影响。

金开诚《诗经》，中华书局 1963 年版。

金开诚《诗经》是中华书局推出的经典普及丛书系列中的一种，该书篇幅虽然不大，其用意也是向一般读者介绍《诗经》的基本知识，但其学术含量却不低，可视为对六十年代以前《诗经》研究和《诗经》学史研究的一个通俗化的总结。该书包括 5 章：《诗经》在我国文学史上的地位，关于《诗经》成书的一些问题，《诗经》的思想内容，《诗经》的艺术成就，从诗到"经"和《诗经》的传授。金开诚长于古典文学文献学，兼治文艺学，《诗经》一书不大段引证材料，用通俗的语言总结概述《诗经》研究的成果，有很高的可读性，对于普及《诗经》及有关研究成果产生了良好的效果。

孙作云《诗经与周代社会研究》，中华书局 1966 年版。

孙作云《诗经与周代社会研究》是对闻一多《诗经》研究的延续，该书是作者运用图腾说、社会历史理论研究《诗经》的论文的汇集，连附录共 15 篇。全书所收论文大体可分为两类：第一类解说《诗经》诗篇，作者在训诂解说上继承旧说而又不受前人之说束缚，能结合诗篇产生的历史文化背景时有创见；第二类是以《诗经》为史料，研究揭示《诗经》产生的周代社会的历史状况与社会性质，即以《诗》证史，为当时史学界"西周封建"说作了进一步的论证。

陈世骧《原兴：兼论中国文学特质》，刊《中央研究院史语所集刊》第三十九本，1969 年版。又收入《陈世骧文存》，辽宁教育出版社1998 年版。

作者有感于著名汉学家高本汉的话："纵观横看中国文学史，汉有一部晚出的著作能比《诗经》更重要，更具影响力。"因此，这篇长文的主要目的是追索《诗三百》作品从原始面貌如何展开为丰富、上品的抒情诗的过程，进而考察其艺术成就，和它对后世传统的文学批评标准的贡献。作者站在世界文学的角度，抓住"兴"这个关键，熟练运用比较诗学的方法，揭示了《诗三百》所包含的不同类型的诗篇(《颂》《雅》《风》)的共同特点。第一，它们都包含了强烈的舞蹈精神。第二，早期带着自然流露的情绪和呐喊的舞蹈才是真正的"诗"的原始形态。作者认为，《诗三百》虽多是周代作品，但其典型胎胚是来自原古进化的诗歌的标本，即兴，兴之成分即此标本初型。该文从具体观点到研究方法，都对之后的研究者有许多有益启示。

潘重规《敦煌诗经卷子研究论文集》，新亚研究所 1970 年版。

敦煌《诗经》写本的发现为《诗经》研究提供了新的材料。从 1911 年刘师培发表两篇关于敦煌本《诗经》的提要始，学界不断有新的研究成果问世。著名敦煌学者潘重规的《敦煌诗经卷子研究论文集》就是其中重要的成果之一。该书不仅为英法所藏的 25 件写卷撰写题记，而且还首次公布了 8 件写卷(p. 2660、p. 2669、p. 2978、p. 3737、p. 4072、p. 4634、p. 4994、Дх. 01366)。他还概括性地提出了敦煌《诗经》卷子之价值：(1)可觇六朝唐代诗学之风气；(2)可觇六朝唐代传本之旧式；(3)可觇六朝唐人抄写字体之情况。其说多为后人遵从并承袭。

李辰冬《诗经研究方法论》，台湾水牛出版社 1976 年版。

中国台湾学者李辰冬《诗经研究方法论》一书，运用统计学的方法研究《诗经》，在方法论方面具有一定的启示性，但文学作品不是自然现象，文学研究也不能等同于自然科学研究，统计数据研究法还要考虑到研究对象的复杂性，不能将其绝对化。基于此，该书的一些具体结论容有商榷的余地。如经作者统计研究，发现《诗经》诗篇中的地理、人物、时代、史事、体裁、名物、诗句、风格、声韵、起兴、人格的出现频率都内在地统一，因而他断定《诗》三百篇都是周宣王朝的大臣尹吉甫所作。这和《诗经》诗篇在主题、风格、功用等方面的差异性的实际情况严重不符。观点虽不可取，但倡导《诗经》研究中应当运用学科交叉方法的意识却值得肯定。

高亨《诗经今注》，上海古籍出版社 1980 年版。

该书是二十世纪重要的《诗经》注本之一，也是著者一生研究《诗经》的总结性成果。高亨为文史大家，精于文字声训之学，贯通经史，尤其留意于《诗经》研究，成绩突出。《诗经今注》是在系统研究《诗经》的基础上，对诗篇主题、文本进行诠解，自不同于一般的注本。其最大的特点是注释分析要言不烦，深入浅出，在诗旨和字词的训释方面颇多新意。由于受时代风气的影响，书中运用阶级分析法对某些诗篇主题的解说尚有可商之处。

袁梅《诗经注译》，齐鲁书社 1980 年版。

该著是作者对《诗经》的注释和翻译本，体例上原文与译文相对照，注释兼采众说而能出以己意，题解部分结合诗文本所反映的作者及时代信息，知人论世，详细分析主人公的创作心理，揭示诗篇中情感抒发的内在逻辑。

赵制阳《诗经名著评介》，学生书局 1983 年版。

中国台湾赵制阳《诗经名著评介》是一部研读和评论《诗经》学名著的论文集。作者多年来以此为题，发表了一系列专论，先后汇集为《诗经名著评介》三集。第一集出版于 1983 年，第二集出版于 1993 年，第三集出版于 1999 年。三本书共汇集论文 46 篇，近 80 万言。著者自述其心得体会和著述动机为：揭示原著重点，推崇前贤业绩，检讨得失、原委，消除偶像观念，重视研究方法，掌握基本问题，捋清历史线索。

周策纵《古巫医与"六诗"考：中国浪漫文学探源》，台湾联经出版公司 1984 年版，上海古籍出版社 2009 年版。

周策纵是著名华裔历史学家，长期在美国多所大学执教，其《古巫医与"六诗"考：中国浪漫文学探源》主要论证了古代的巫、医与诗的关联，从对《周礼》"六诗"（风、赋、比、兴、雅、颂）的巫文化起源的揭示中试图还原《诗经》诗篇的来源。上篇"从《诗经》里的葛藟论古代的求生祭'高禖'与郊祀"，主要探讨了《南山》《葛生》《樛木》《葛薖》《采葛》《生民》等诗与高禖祭礼的关系；中篇"巫医的工作与古史"9章主要从《山海经》《左传》《说文》等传世文献与甲骨文等出土文献中钩稽材料，阐明上古时代巫医制度的种种情形，并说明其职掌与诗歌和古史的关系；下编"古巫医对乐舞及诗歌发展的贡献"共8章，分别探讨了巫医和风、赋、比、兴、雅、颂的起源皆有内在关联。

陈子展《诗经直解》，复旦大学出版社1983年版。

陈子展是《诗经》研究名家，其《诗经直解》在其《国风选译》和《雅颂选译》等旧作的基础上加工润色而成，重点在于揭示《诗经》各篇的题旨及创作情况。全书包括正文、译文、章旨、今按（即解题）和简注5个部分。每首诗题目之下，列《毛诗序》，并记章句。之后就是译文和解题及简注。本书征引各家诗说，材料丰富，其中最重要的是"题解"，涉及作品的创作动机、主题、作时等多方面的问题，常常是在对前人主要说法的评论和分析中，提出个人新见。该书学术性与资料性并重，是一部非常有价值的著作。

夏传才《诗经语言艺术》，语文出版社1985年版。

《诗经语言艺术》是夏传才在河北师范大学讲授《诗经》学史的讲稿，撰写过程较长，于1985年由语文出版社出版，1990年由台湾云龙出版社出版繁体竖排本，又有1998年增订本，内容作了扩充，大多章节都系重写，题名为《诗经语言艺术新编》。该书主要探讨《诗经》的语言和诗体问题，涉及诗篇的重章叠唱、叠字叠句、自然韵律、"六义"、赋比兴艺术、"言志"与"美刺"，以及民族史诗等。是从语言学角度研究《诗经》的重要著作。

张震泽《诗经新论》，陕西人民出版社1985年版。

张震泽《诗经新论》是较早运用现代文学理论研究《诗经》的著作之一，作者运用包括现实主义的创作方法、艺术形象的塑造等理论，探讨了《诗经》诗篇的表现方法、语言艺术和体裁、章法、句法、韵律等重要问题，运用综合分析的方法全面总结《诗经》的艺术成就。其突出特点是摒弃了以往多从赋、比、兴入手讨论《诗经》艺术性的传统模式，力求在理论上有所创新。

向熹《诗经语言研究》，四川人民出版社 1987 年版。

向熹《诗经语言研究》是比较全面、系统研究《诗经》语言及有关问题的专著之一。作者长于文字训诂之学，书中除考察《诗经》文字、词汇、句式、语法之外，还涉及诗篇的押韵、章法和修辞方法等，作者长于归纳材料，并在掌握大量材料的基础上得出了一系列新的结论，均颇得《诗经》语言运用之真味。作者还著有《诗经词典》，《诗经语言研究》可以说是其姊妹篇，其中所论的问题，读者也可以从《诗经词典》里得到更多的印证材料。

袁宝泉、陈智贤《诗经探微》，花城出版社 1987 年版。

该书是作者历年所写有关《诗经》的 10 篇论文的结集。前 7 篇主要讨论《诗经》中一些流传较广、影响较大的名篇，涉及诗作的主题、创作特点等问题，观点时有新意，间或可采；后 3 篇从宏观上讨论《诗经》，涉及某些《诗经》学专题，其中否定"《诗经》民歌说"的观点是对朱东润"《国风》出于民间说质疑"的继承和补充。

胡平生、韩自强《阜阳汉简诗经研究》，上海古籍出版社 1988 年版。

《阜阳汉简诗经研究》是整理研究阜阳出土《诗经》文本的一部力作。1977 年在安徽阜阳双古堆一号汉墓发现一批《诗经》残简，其中包括今本《诗经》中的《国风》近 60 篇和《小雅》的《鹿鸣》《伐木》等篇，但无一篇完整，有的仅存篇名。原简每首诗有篇题和字数，某一篇《国风》后有尾题。该著收录原简照片，且录出释文，经二位著者整理研究，认为阜阳汉简《诗经》在文本及解说等方面不同于通行的"四家诗"，从中可以看出汉代传授《诗经》的学派不止齐、鲁、韩、毛四家。此著对于《诗经》文本校勘及《诗经》学史研究均具有重要参考价值。

冯浩菲《毛诗训诂研究》，华中师范大学出版社 1988 年版。

冯浩菲是古典文献学专家，长期关注《诗经》训诂，成绩突出。

其《毛诗训诂研究》是从训诂学角度研究毛诗及其历代研究著作的专著，内容主要是考察汉代以来诗文本训诂成果的内容、体式、条例，并尝试总结其中的规律和训诂理论。其研究特点是分类细密，得失并论。

董治安《诗经词典》，山东教育出版社 1989 年版。

董治安是古典文学献学专家，治学范围很广，也精于《诗经》学，有多篇论《诗》文章。该词典是一部读者阅读《诗经》的重要工具书，同时也以词典的形式呈现了《诗经》中单音节词占优势的词汇概况。书中共收录《诗经》中的全部单字、单音词、兼收意义不可分割的复音词和结构稳定、使用频率较高的词组共 3896 条。词义的训释以《毛传》《郑笺》为依据，兼收后代《诗经》词义训诂成果，对有歧义者出以编者的按断。

赵沛霖《诗经研究反思》，天津教育出版社 1989 年版。

赵沛霖《诗经研究反思》是一部较早自觉研究《诗经》得失的学术史著作。作者在书中尝试总结论述自汉代至二十世纪八十年代各个阶段对《诗经》作品及基本问题研究的成绩与不足。作者曾著《兴的源起——历史积淀与诗歌艺术》一书，是以文化人类学的方法探索中国诗歌的发生。《诗经研究反思》也是以新的观念与方法追踪学术发展脉络，评断是非，力求为《诗经》研究找出具有时代高度的新起点。

曾运乾《毛诗说》，周秉钧整理，岳麓书社 1990 年版。

该书是曾运乾在中山大学、湖南大学讲授《诗经》的讲稿，最初于 1945 年由其弟子整理成书。书中讲解《诗经》240 多篇，曾氏说诗，广采毛郑以下诸家如朱熹、戴震、王念孙、王引之、陈奂、马瑞辰、魏源、王先谦等，择善而从。曾氏长于音韵文字训诂之学，常以训诂为基础阐发诗意，训诂与义情密合无间。著名学者杨树达曾赞其诗说"精审之至！令人击节叹赏"（《积微翁回忆录》）。此书虽然是二十世纪五十年代旧著，学术方法上也是传统小学的路子，但因其释义精审而有极高的参考价值。

[美]王靖献《钟与鼓——〈诗经〉的套语及其创作方式》，谢谦译，四川人民出版社 1990 年版。

美籍华人学者王靖献运用由帕里和劳德创立的口头诗学理论(简称为套语理论)研究《诗经》的著作。该书的研究建立在中西比较文学的基础上，引入了西方关于口头诗歌研究的新理论，同时也吸收了中国传统《诗经》研究的方法和成果，提出了许多新观点。该著为《诗经》研究注入了新鲜的活力，提供了研究的新思路，同时也对比较文学研究具有一定的示范作用。

程俊英、蒋见元《诗经注析》，中华书局 1991 年版。

《诗经注析》完成于 1987 年，是一部集传统《诗经》训释与现代研究方法为一体的《诗经》注本，作者在《诗经》文本注释上古今兼收，独出新义，每诗标出其韵部，又在解题中着重对诗义、主题、艺术特点进行揭示，还钩稽材料，阐发具体诗篇对后世文学的影响，学术阐释和艺术鉴赏并重。其最显著的特点是"就诗论诗"，力求从文学的角度解说诗篇，是二十世纪后期最受欢迎的《诗经》注本。

吴厚炎《诗经草木汇考》，贵州人民出版社 1992 年版。

该著是以现代植物分类学为据，通过考辨定名及性状描述，使读者认识《诗经》草木真实面目的专书。作者感于历代《诗经》注疏训释草木"或过于简约含糊，或失之芜杂而不能中的，有的还囿于经学，牵强附会之辞时见"(《诗经草木汇考·自序》)的现状，通过对近百种有关古文献的征引、梳理和归纳，力图对《诗经》中所见的 100 多种草木进行全面科学的定名，为读者阅读《诗经》提供参考。该著是一部有参考价值的《诗经》草木研究著作。

郭晋稀《诗经蠡测》，甘肃人民出版社 1993 年版。巴蜀书社 2006 年再版。

该书收录了郭晋稀二十世纪五六十年代在西北师范学院讲授和研究《诗经》的讲义和论文。著者长于古音韵学，有《声类疏证》行世。《诗经蠡测》解诗，也以声韵、训诂、史实和文学理论并重，是对传统学术方法的继承与创新。其中对《诗经》研究中疑而未决的问题，如"二南"创作时代和产生地域、《诗经》诗篇的错简、《诗经》中的组诗等问题的考证与诠释，都极富新意。书中引证材料丰富，方法科学，言必有据。有很重要的参考价值。该著 2006 年由巴蜀书社再版，重新整理了篇次，增补了赏析文章和论文，使全书更加完善。

王宗石《诗经分类诠释》，湖南教育出版社 1993 年版。

王宗石《诗经分类诠释》是一部在体例上有创新的《诗经》注本，该著将《诗经》作品按内容重新分类，并对其文本加以校勘和诠释。每一首诗的诠释，包括题解、原文、译文和引证小注 5 个部分。凡注释与传统解释不同，或著者的新见均用小注说明来历和根据，旧说新见泾渭分明。对具体诗篇的主旨、创作动机和艺术特点等多有独到见解。

张树波《国风集说》，河北人民出版社 1993 年版。

本书汇集诸家解说国风诗篇之说，客观上以"集说"的形式系统地反映了历代有关《国风》诗篇的研究成果和演变轨迹。全书以十五国风诗篇次序为纲，每首诗先录原文，而后有诗注、诗世、诗人、诗旨、诗章、诗简、诗文、诗韵、诗体、诗艺 10 个项目。具有内容丰富、编排系统、查阅方便等优点。

杨合鸣《诗经句法研究》，武汉大学出版社 1993 年版。

杨合鸣《诗经句法研究》是《诗经》语言形式研究方面的专书。该书继承此前学者的有关研究成果，从句法入手研究《诗经》，着重对一些特殊句法作了深入探讨。著者不是孤立研究《诗经》句法，而是采用句法与训诂相结合、与诗篇主题相结合、与具体语境相结合、与其他文献相似句法相结合等方法，使《诗经》句法类型的归纳建立在可靠的基础之上。

傅道彬《〈诗〉外诗论笺——上古诗学的历史批评与阐释》，黑龙江教育出版社 1993 年版。

该书包括 3 部分：用《诗》卷、《诗》外卷、释《诗》卷。著者认为，三百篇结集以后并未因其文学意义流传，而是为着"授之以政""使于四方"的经世致用的目的风行于春秋战国社会，从而形成一个"用《诗》的时代"。用《诗》的特征是"《诗》在诗外"。书中还指出，《诗》之外还有诗，上古时代的"诗"不仅是情感的抒发，而是同宗教、哲学、历史、文学等相关的综合文化现象。既然如此，就应该对上古诗进行广义的分析与批评，打通《诗》里《诗》外。释《诗》卷收录卜辞、《易》、史书、诸子、金石材料中的逸诗数十首，逐一解题并考释，是"用《诗》卷""《诗》外卷"的理论探索的文献学支撑。作者视野宏阔，文献与理论兼具，许多观点很有启发意义。

董治安《先秦文献与先秦文学》之《诗经》部分，齐鲁书社 1994 年版。

该书收入《〈诗经〉绪说》《从〈左传〉〈国语〉看"诗三百"在春秋时期的流传》《关于战国时期"诗三百"的流传》《战国文献论〈诗〉、引〈诗〉综录》《〈诗·唐风〉五篇释义》《漫谈〈叔于田〉〈大叔于田〉的夸饰特色》6 篇《诗经》研究论文，这 6 篇文章涉及《诗经》的成书、春秋战国《诗经》学、以及《唐风》与《郑风》有关诗篇的主题时代等问题。还有《先秦文献所载古乐舞史料综录》《先秦文献所载古乐律史料综录》两篇论文，则是研究先秦诗歌起源与形态的力作。这些论文有一个共同的特点，就是在穷尽性辑录材料的前提下进行归纳和论证而得出结论，体现出一丝不苟、严谨厚实的学风，是少有的《诗经》研究的力作。

叶舒宪《诗经的文化阐释——中国诗歌的发生研究》，湖北人民出版社 1994 年版。

叶舒宪是国内新时期以来最早译介荣格及弗莱原型批评理论的学者，在神话学、文学人类学研究方面成绩突出，为中国文学人类学学会会长。该书是一部用文化人类学方法探讨《诗经》和中国诗歌起源的著作，可以视为对闻一多以来《诗经》研究的继续。作者的学术专长是文学人类学、原型理论等，故该书尝试用"三重证据法"重新审视《诗经》"六义"，旨在探索中国诗歌的发生问题。书中引证丰富，中西兼有，通过对《诗经》与原始文化关系的深入考辨，提出了许多新颖独到的见解，富有理论色彩，令人耳目一新。

雒启坤《〈诗经〉与西周春秋社会》，北京师范大学 1994 年博士学位论文。商务印书馆 2002 年出版时，更名为《诗经散论》。

该著以《诗经》与周代社会的内在关联为主线，借助上古史研究的新进展，旨在纠正二十世纪三十年代以来《诗经》研究中的一些错误认识和偏颇，立论严谨，言多可采。全文共 7 章，第一章"《诗经》的母体——西周、春秋社会"简要回顾学界对"封建"制度的讨论，指出西周、春秋社会的主要特征是：领土国家的概念远未出现；"国"与"野"的居民成分十分复杂；宗法家族制在社会上占主导地位；家庭公有制占主导地位，私有制的发展极不完备；社会阶级、集团关系松散、复杂多样；人口稀少，生产力水平低下。这些认识较以前对周代社会性质的判断显得更客观一些。在此基础上，作者分析考证《国风》主要作者群体是"国人"，而非"野人"，这是对朱东润、徐中舒观点的发挥。作者不满于学界对孔子"兴观群怨"说的解说，结合西周、春秋社会实际，对"兴观群怨"的对象、发生机理等问题作了延伸性论述，指出其本义是贵族以诗歌创作参与社会政治活动和社会生活的实践。除此之外，该著对祭祀诗、宴饮诗，以及《国风》与周代地域文化等问题的论述也颇多新意。

周蒙《诗经民俗文化论》，黑龙江教育出版社 1994 年版。

该著是周蒙从民俗文化学角度研究《诗经》的系列论文的结集。该书所收论文虽撰写于不同时期，但均能立足诗文本，结合其他相关材料，就《诗经》诗篇文本中所遗存民俗文化现象入手，揭示了其中反映的祭祀礼俗、宴饮礼俗、禁忌礼俗、先兆礼俗、人生礼俗、称谓礼俗、节日礼俗等，以及它们所承载的文化意蕴和宗教文化根源。该著是对二十世纪三十年代法国学者格拉耐及五六十年代日本学者白川静《诗经》社会学、民俗学研究方法的一种继承。

季旭昇《诗经古义新证》，文史哲出版社 1994 年版。

季旭昇《诗经古义新证》包括上编字句训诂编、中编名物制度编和下编篇章通解 3 部分。该书综合运用了古文字资料和考古学新资料，主要是殷周金文和甲骨文，对《诗经》诗篇文本中一些有歧义和疑义的字、词、句进行重新考辨，由小及大，涉及《诗经》中的名物、制度、史地、风习、人物、动词、形容词、虚词以及句意等。

张松如《商颂研究》，南开大学出版社 1995 年版。

张松如《商颂研究》共 3 编，是作者从六七十年代以来《商颂》研究成果的汇总。上编从对诗篇的注释入手，以训诂和释义为基础，探讨了《商颂》5 篇诗的时代和内容，训诂释义结合甲骨文资料是其特点。中编是对《商颂》作年的考证，系统梳理了"商诗""宋诗"两说争论的过程，具体地反驳了魏源、皮锡瑞的 20 条论据和王国维的考释，大多持之有据，言之成理，能够自成其说。下编论述了《商颂》的认识价值和艺术特点及其意义，也颇多启发。

蒋见元、朱杰人《诗经要籍解题》，上海古籍出版社 1996 年版。

该著收录从汉代到二十世纪八十年代研究《诗经》的重要著作共 60 余种，每种典籍皆撰写提要，概括介绍其著者、主要内容、体例及解说《诗经》方面的优点和缺点，旨在以提要的方式向读者展现 2000 余年来《诗经》研究的重要成果。书中对收录的《诗经》要籍的概述简明扼要，纲目清楚，对其优劣的评介也客观公允。书末还附有张祝平编的《历代诗经研究书目》，以便读者检索。总之，这是一部质量很高的《诗经》学史研究的参考书。

刘毓庆《雅颂新考》，山西高校联合出版社 1996 年版。

刘毓庆长期从事《诗经》研究，《雅颂新考》是作者早年关于《雅》《颂》研究的系列论文集，大部分撰写于 1978—1981 年。主要是结合《雅》《颂》文本考察周民族的起源、发展、壮大，建立周王朝的历史，还考察了《颂》的性质、《雅》《颂》的写作年代、《商颂》的作者以及上古诗歌功能等问题。能广泛运用宗教学、神话学、历史学、考古学、文字学和民族学的材料，具有文化人类学方法的特征。

王洲明《先秦两汉文学与文化》，山东大学出版社 1996 年版。

该著为作者历年发表论文之汇集，据作者序言所述，书中所收《周代礼乐文化与〈诗经〉品格》部分是为中国诗经学会"诗经研究丛书"所撰，本是一部专书，但因文库出版推迟，故收入此书。此部分由 15 篇专论组成，分别是：《中国早期认识论与〈诗经〉的特点》、《周代礼乐文化与〈诗经〉》（上、下）、《周代宗法制度与〈诗经〉》、《周代敬德思想与〈诗经〉》、《周代伦理道德与〈诗经〉》、《周代士人忧患意识与〈诗经〉讽刺诗》、《周代地域文化与〈国风〉的风格》、《论〈诗经〉比兴手法兼及诗歌意境的起源》、《论〈诗〉〈骚〉艺术空间观点的不同》、《论楚辞对〈诗经〉抒情方式的突破》、《论郑玄〈诗谱〉的贡献》、《论郑玄对我国古代文论的贡献》、《汉代〈诗〉经化过程中的复杂现象》、《汉代齐诗传授的特点》。这些论文涉及《诗经》学研究的多个问题，其中最有特点的是对《诗经》与周代礼乐文化关系的论述。

刘怀荣《中国古典诗学原型研究》，台湾文津出版社 1996 年版。

该书在著者博士学位论文《兴与诗：古典诗歌功能与特质的原型研究》（1992 年）的基础上扩充而成，全书共 9 章，分两大部分，第一部分包括前 6 章，在全面回顾和梳理以往关于赋、比、兴研究的基础上，立足《诗》文本，结合《诗》篇产生的文化语境，对赋、比、兴以及与此相关的"诗教""诗言志"等命题的本义进行了深入的揭示。作者指出赋之本义与贡物助王祭的"赋牺牲"古制有关，比为原始舞蹈形象，而兴，则是一种民间祭祀。赋、比、兴本为巫文化产物，最初都与祭祀有关，而各有侧重。该书第二部分包括第七、第八、第九 3 章，分别梳理和描述了赋、比、兴与中国诗学的发展演变之间的关系，认为"在中国文化中，能够体现出独特的民族性并能对文学和文化同时发生深远影响的思维方式当以赋、比、兴为典型"。这些观点都很有启发意义。

杨向奎《宗周社会与礼乐文明》，人民出版社 1987 年初版，1997 年修订版。

该著虽是一部探讨周代社会性质与礼乐文明的历史著作，但其立论紧扣《诗》《书》《礼》《易》，尤其是《诗》，故列于此。书中上卷从周人氏族来源及其活动空间入手，对西周建国及国家形态、宗教信仰、社会思潮、风俗人情等问题进行了深入讨论。下卷核心是周人立国之本的礼乐文明，分析论证了周代以前礼的起源与礼的社会功能，指出周公制礼作乐的实质是对前代礼的加工与改造，其主要贡献和创新是将德与礼联系起来，赋予各种典礼以德行的内涵。周公还将礼与诗、乐、舞结合起来，使礼成为维系国家和世道人心的有效制度与重要手段。作者还指出，周代的礼乐文明经过了孔子的加工与改造，他改革了礼，修正了乐。周公使原始的礼、乐进入人类社会，孔子则用礼乐丰富了社会生活的内容，使礼不再是苦涩的行为标准，它富丽堂皇而文采斐然，它是人的文饰，也是引导人生走向理想境界的桥梁。在论述上述问题的过程中，涉及《诗》各部分的时代、《诗》与礼乐之关系、《诗》的编辑流传等重要的问题。因此说，该著是一部《诗经》研究的重要参考书。

廖群《诗经与中国文化》，东方红书社 1997 年版。

该著立足《诗经》与中国文化的关系，上篇先探讨上古文化尤其是周代礼乐文化对《诗经》的孕育及《诗经》经典化的过程；下篇讨论《诗经》的经典性，包括二《雅》作者关心现实的政治怀抱、《风》诗偏重现实而又强调含蓄的抒情言志方式、追求中和之美的审美品格等，对中国文学与中国文化的形塑作用。作者研究先秦文学有年，故能将《诗经》置于先秦两汉文化的大背景上加以考量，既揭示了《诗经》诗篇生成的历史文化语境，同时也准确地描述了《诗经》的经典性及其影响。书中还提出"颂史诗"等新的概念范畴，令人耳目一新，是一部有质量的学术著作。

李山《诗经的文化精神》，东方出版社 1997 年版。

李山《诗经的文化精神》是在其博士学位论文基础上修订而成，

该书的基本立意是从殷周文化传统入手探讨《诗经》诗篇的主题与诗歌艺术，着意从早期中华文明的大背景下探求《诗经》主题的文化精神。书中揭示了农事诗所显示的天人关系，宴饮诗所体现的"和"的精神，战争诗所反映的文明与野蛮的冲突和周人对战争的态度，婚恋诗所揭示的礼与俗的对峙及其历史动向等，均令人耳目一新。该书还考证了部分《雅》《颂》诗篇的创作年代，并通过一些诗篇论证了殷周之际思想观念变化等。

陈戊国《诗经刍议》，岳麓书社 1997 年版。

陈戊国《诗经刍议》是作者历年研究《诗经》的论文集，该著以《论三家诗胜义及四家诗盛衰》《论以礼说〈诗〉》和《论〈诗三百〉形象类型及其审美意义》3 篇论文为主干，论述了三家诗优胜于毛诗之处，并从三家诗自身的弊病、毛《传》郑《笺》的优点与古籍流布的厄运出发，阐述了四家诗盛衰的原因。作者为礼学专家，故研究当中主张对言礼之诗以礼说解，并纳入以诗说《诗》的轨道。这是对郑玄以来"以礼解诗"的研究思路的继承。同时，书中对《诗经》的题材领域与形象类型也做了全面的总结，颇多新见。

迟文浚《诗经百科辞典》，辽宁人民出版社 1998 年版。

该著是一部《诗经》综合性辞典，书名"百科"，体现了编写者"追求内容上的丰富性，学术见解的兼容性，征引资料的准确性，以及叙述方式上的客观性，为广大读者提供一部可供长期使用和保存的工具书"(《诗经百科辞典·前言》)的撰述目的。正文包括译析篇、词语训释篇、草木篇、什器篇、史地篇、研究篇 6 大部分，涉及《诗经》注释学、语言学、名物学、史地学及研究史等内容。

姜亮夫、夏传才、赵逵夫、郭维森等《先秦诗歌鉴赏辞典》中《诗经》部分，上海辞书出版社 1998 年版。

该书是由上海辞书出版社组织国内研究《诗经》的老、中、青数十位学者集体撰写的《诗经》鉴赏的普及性著作，体例上首列诗篇原文和译文，次列简注，然后列赏析性文字。因撰稿人大多对《诗经》

有研究，因此赏析文字能博采古今《诗经》研究者的观点，注重从诗篇的作者、作时、主题、意象、章法、用词进行独到的阐发，且兼顾诗篇对后世文学和作家的影响。该书多次重印，对普及《诗经》起到了重要作用。

刘运兴《诗义新知》，山东教育出版社 1998 年版。

据作者自述，该书用时十年之久，为作者对《诗经》文本训释心得之汇集，共得 300 作条。在体例上，该书不同于一般的注本，只择取作者认为前人注释存在误解或模糊不清者，另行考证，出以己意。作者立三例以统全书：一为"重文本而略演绎"，二为"重求索而略讼争"，三为"重诗辞而略诗艺"。书中训释词义，引证广博，不仅涉及《诗》之传、笺、疏，而且旁及出土文字、器物，及史传诸子之相关者，故所释之义多能与诗篇之题旨吻合，发前人之未发。

[日本]田中和夫《汉唐诗经学研究》，李寅生译，香港天马图书公司 1999 年版。凤凰出版社 2013 年重印。

田中和夫为日本《诗经》学会、中国《诗经》学会会员，从二十世纪七十年代开始研究《诗经》，其论文曾获中国《诗经》学会首届优秀成果二等奖。《汉唐诗经学研究》一书讨论了"兴"的起源、刘向与郑玄的《诗》学、《文选》《玉台新咏》中的郑卫之音、《汉书》颜师古注关于《诗经》的解释，以及《毛诗正义》的体例等《诗经》学史研究的问题。该著的特点是"在宏观研究指导下进行微观探讨，在一个个具体问题上，从搜集资料，逻辑论证，到树立结论，做得扎实、精细、毫无空论，体现了日本学者严谨的学风"（夏传才《汉唐诗经学研究·序》）。

袁长江《先秦两汉诗经研究论稿》，学苑出版社 1999 年版。

本书就先秦两汉诗学的 13 个热点论题，一篇一题，每个专题都是在梳理前人研究的成果及脉络的基础上提出个人见解。内容涉及《诗经》发生学、儒家《诗》学、"六诗"、"六义"和汉代《诗经》学 4 部分，可以说是一部汉代以前的《诗经》学史。

吴万钟《从诗到经：论毛诗解释的渊源及其特色》，北京大学 1999 年博士学位论文。有中华书局 2001 年版本。

该论文旨在借助先秦至汉初解说《诗》的材料和记载探讨《诗序》和《毛诗故训传》解说《诗三百》的基本模式及其学术渊源。作者认为，说《毛诗》是古文，主要是指其继承了先秦诗学，而不是仅从文字上来区分的。毛亨于汉文帝时作《故训传》，采取和吸收了汉代以前的旧说，而非凭空而撰。见于《左传》《国语》等典籍的引诗、赋诗与解诗风气，直接成为《毛诗故训传》解诗的资源。《毛传》独标兴体，则是其注解的一大特色，体现了先秦以来"天人合一"的思维方式，而不主要是一种文学技巧。《毛传》解说婚恋诗，常结合周代的婚姻礼俗来立意，主要突出其社会功能。作者还利用先秦到汉代的毛《传》对同类诗篇主题解说上的历史变迁，试图解释《诗三百》逐步走向经典化的原因。这些观点都有比较充足的证据，因而具有较强的说服力。

杨仲义《诗骚新识》，学苑出版社 1999 年版。

该书是作者研究《诗经》《楚辞》的论文集，由旧说辨妄、风骚传统、风骚审美、"风"旨辩证、屈骚析疑 5 个部分组成。讨论《诗经》的论文涉及《诗经》学史、诗篇审美特征和主题等问题，大多有所依傍，立论严谨，多有新意。

陈元锋《乐官文化与文学——先秦诗歌史的文化巡礼》，山东教育出版社 1999 年版。

该书从论证殷商时代乐官的职能入手，指出乐官在先秦诗歌的起源与演变过程中担当了重要的角色。西周乐官制度正式确立，乐官具有 5 大职能：即诗乐习礼的教育职能；赞礼肄业的典礼职能；诵诗讽谏的政治职能；省风知气的生产职能；审音辨诗的创作职能。这些职能均与诗的产生与传播密切相关。作者还认为，《诗经》就是周代乐官化的范本。《诗经》中存在着以声乐为主导的诗歌演化序列，即由舞容、舞曲、舞诗的声歌重于器乐到作歌、作诗、作诵，再到诗、乐、舞初分。与此相关，《诗经》诗篇有"声用"与"义用"之分，且

"声用"先于"义用";《周礼》"六诗"主要是指《诗》之"声用",而"乐语"则强调《诗》之"义用"。由"六诗"到"六义",意味着赋、比、兴新义的发生。

扬之水《诗经名物新证》,北京古籍出版社 2000 年版。

扬之水《诗经名物新证》是二十世纪《诗经》名物研究方面具有示范性的著作,该著继承了传统的《诗经》名物研究的成果,又大量吸收了考古发现的新材料,对《诗经》作品(共 16 首)涉及的名物进行了详细的考证和说明。书中涉及《诗经》名物的类型丰富,如农业、建筑、天文、祭祀、礼仪、音乐、战争以及车马、服饰等日常生活用品和有关技术等。其最大的特点是密切结合考古材料并绘图对有关名物加以描述和说明。读其书,能带领读者回到《诗经》有关诗篇创作的现实语境中去,加深了对诗篇创作情况的理解。书中文字优美,饱含感情,将考证与讲解、描述相结合,是学术性和可读性相结合的学术成果的典型。

聂石樵、雒三桂、李山《诗经新注》,齐鲁书社 2000 年版。

该著是一部广泛吸收新时期《诗经》研究成果的注本。聂石樵在本书《前言》中指出:"五四运动以后,《诗》学的发展有三处趋向:一是沿袭朱熹的方向进行研究,其代表为顾颉刚、张西堂;二是根据金文的研究,在名物训诂方面作深入的探求,其代表为于省吾、林义光;三是运用唯物史观,从社会发展的角度,并以名物训诂为基础进行研治,其代表为郭沫若、闻一多。我们今天研究《诗经》,应该在总结前人研究成果的基础上,舍其所短,取其所长,开拓新路子。"雒三桂、李山为聂石樵博士,其学位论文皆以《诗经》为题。因此,其老师这种求新的研究思路,贯穿于全书。体例上,每诗先列原文,有"注释",博采古今要说,简要注释疑难词汇,并总体阐发每章大意,做到了局部与整体的兼顾。有"解题",在全面吸收《诗序》以来各理说法的基础上,对每一首诗的主题、作者、创作动机、创作时间及地点等加以考证。书中特别注重对周代金文等新文献的利用,对前代及现当代论《诗》者的观点也时有驳正。

陈桐生《史记与诗经》，人民文学出版社 2000 年版。

陈桐生《史记与诗经》属于综合性的《诗经》学术史著作。该著从《史记》与《诗经》互文性关系入手，一方面论证司马迁的诗学观点及其渊源以及由此衍生出来的一系列诗学基本问题；另一方面探讨《诗经》对司马迁宇宙观、思维方式以及《史记》取材方面的巨大影响。作者对"四始"本质的概括非常独到，有创新意义。

姚小鸥《诗经三颂与先秦礼乐文化》，北京广播学院出版社 2000 年版。

该书是集中探讨《诗经》"三颂"与周代礼乐文化关系的专著，作者继承杨公骥、张松如、杨向奎等学者的观点，认为周初制作礼乐对商乐多有借鉴，《商颂》所体现的殷周文化的融合在华夏文化形成的历史上颇具典型性；《大武乐章》写武王向祖先报告自己的赫赫战功及其所体现的基本精神；《三象》是歌颂先王的业绩，体现了对礼乐传统的阐释和借鉴；《周颂》农事诗写它与礼乐制度的关系和演变；《鲁颂》写其文化特点及其与礼乐制度的关系。

朱炳祥《中国诗歌发生史》，武汉出版社 2000 年版。

该著是一部用文化人类学方法探讨上古诗歌发生机制著作，但也涉及《诗经》的赋比兴与雅颂文化内涵的揭示。作者在充分吸收闻一多、孙作云、叶舒宪等学者研究成果的基础上，立足《诗经》诗篇，兼及史传诸子及其他相关材料，从"歌""诗"发轫与分途入手，指出中国诗歌发生的第一形态是巫术咒语歌，《诗经》之赋、比可当之；第二形态是图腾亲情歌，《诗经》之兴为其代表；第三形态是神话叙事歌，《诗经》之风为其代表；第四形态是宗教祭祀歌，《诗经》之颂为其代表。这些观点大多从归纳材料中得出，很有新意。该著体现了二十世纪末《诗经》研究多元化的趋势。

许志刚《诗经论略》，辽宁大学出版社 2000 年版。

该书是作者继《诗经胜境及其文化品格》(台湾文津出版社 1993 年版)之后研究《诗经》的第二部专著，包括《诗经》与周代的礼乐文化、《诗经》与周代宗教文化、《诗经》文本、语境及其他三编。上编立足《诗》《礼》相须的原则，指出周人内在的和谐精神与外在的威仪美在《诗经》诗篇中的显现，及周代诗人的心态、思想与诗歌表现之间的关系。中编立足雅颂诗篇与宗教祭祀仪式的依存关系，探讨《诗经》诗篇的宗教文化背景。下编立足风诗的地域性与传播方式的多样性，对有关《风》诗的创作语境予以揭示。

贾海生《周初礼乐文明实证——〈诗经·周颂〉研究》，西北师范大学 2000 年博士学位论文。

该文对《周颂》31 首诗及有关的问题，诸如诗之所用及背景、作时、作者等各个方面都提出了新的看法，并进行了合乎逻辑的论证。第一章根据古代文献的记载，对周公所作乐舞的数量、结构、依据的历史事实、使用的歌诗及以乐舞行礼的程式作了全面的清理。作者认为周公在摄政六年制礼作乐时，先制作了表现武王武功的武舞《象》和表现周公、召公分职而治的文舞《酌》，合称《大武》，摄政七年洛邑告成为祭祀文王又制作了表现文王武功的武舞《象》。这三套乐舞都是根据具体的历史事实制作的，旨在表现周王朝的文治武功，实际就是《吕氏春秋·古乐》所说的"三象"。周公所作三套乐舞在行礼用乐的实践中或分用或合用，形成了三种固定的程式。其中合用的程式完全可以代表西周初期文学创作和艺术创作的最高水平，根据古代文献的记载将这一程式展现出来，就是一个分场次的歌舞剧。第二章以《尚书》为依据，旁搜有关文献，对洛邑告成时周公举行礼作了全面的考察，同时也对用于典礼的《周颂》诗篇作了全面的检讨。考证出了洛邑告成，周公南郊祭天及以后稷、先王配享所用诗歌，明堂祭祀文王所用诗歌，文王庙、武王庙祭祀典礼所用诗歌。可知周公不仅制作了礼乐，而且还身体力行以为后世法。第三章据文献和铜器铭文的记载，论证成王亲政后祭祀典礼举行情况。考证出成王行烝祭、登基典礼所用乐歌，率诸侯朝见文王庙、武王庙及行飨礼时所歌之诗。以此可见成王行礼恪守周公手定的制度。第四章通过对颂诗性质的分析，认为《执竞》一诗是康王祭祀武王的乐歌，并据铜器铭文和学者们的研究成果断此诗为康王五年三月祭祀武王之诗。

邵炳军《周"二王并立"时期诗歌创作时世考论》，西北师范大学2000年博士学位论文。

该文认为，在两周之际，先后出现了周幽王与丰王伯服、周幽王和丰王伯服与天王宜臼、天王宜臼与携王余臣等三次"二王并立"的政治格局。这三次"二王并立"的局面，实自周幽王八年以前开始，直到前760年携王被杀，历时17年之久。这是两周之际的历史发展进程中的关键问题。如果说《诗·小雅·正月》诗人所谓"赫赫宗周，褒姒灭之"以"女祸"为西周覆亡的导火线的话；那么，由此引发的周幽王废后黜嫡的王位继承权之争便成为西周覆亡的催化剂，而以西申侯为主导所组成的三国军事联盟则成了周幽王的掘墓人。两周之际的诗人们以这一特殊的政治格局为背景，创作了一批以"骊山之难的反思和西周覆灭的挽歌"为主题的诗歌。其中，周大夫家父的《节南山》，周大夫凡伯的《板》《召旻》和《瞻卬》，卫武公的《青蝇》《宾之初筵》和《抑》，均是这一时期诗歌创作的代表作。《节南山》作者家父为家氏姬姓，望出晋国之家邑；家氏之族世为晋室公族，其以家氏世族而为宰夫世官，仕于周幽王、平王两朝；家父即《十月之交》周幽王朝之宰夫家伯，故亦可称之曰宰夫家伯父。周幽王骊山之难后，家伯父又为天王宜臼之宰夫。《节南山》一诗描写了亡国之象，表达了诗人无所适从的茫然心态，其创作动机是究周幽王之失而谏周平王以史为鉴，当作于周平王元年(前770年)。《板》《召旻》和《瞻卬》三诗的作者均为同一凡伯，他为历仕周幽王和周平王两朝的王室卿士。其所作的《瞻卬》一诗，描写了亡国之象和宗族土地所有制的异化现象，刺周幽王宠褒姒、友戎狄、仇诸侯以致宗周覆亡的罪行。而《瞻卬》与《召旻》两诗所反映的社会现实又各不相同，《瞻卬》一诗的具体创作年代当为周平王元年(公元前770年)，而《板》与《召旻》才是周幽王九年(公元前773年)至十一年(公元前771年)之间的作品。"共伯和干王位"即共伯和践天子位称王以摄行天子事，"干王位"之共伯和即卫武公；周厉王太子静即位后(公元前827年)，共(卫)伯和归国；在周平王与周携王"二王并立"时为周平王司寇，死后谥号为武，故曰卫武公。《青蝇》是卫武公刺周幽王听信谗言而伤贤害忠之诗，描写了宗周覆灭的亡国之象，表现了一位肱股老臣对周王朝的正统继承人——天王宜臼的耿耿忠心，寄寓了一位周王室执政卿士期望周平王以史为鉴、中兴祖业的政治热情，其当作于周平王元年(公元前 771 年)。《宾之初筵》所写为周平王由西申归宗周后燕群臣的盛典之乐，歌颂了周平王从携王及犬戎手中收复镐京的重大胜利，其必作于周平王由西申归宗国、卫武公入相于周之后，具体年代当在周平王元年至三年(公元前 770—前 768 年)之间。《抑》是卫武公对周平王所作的诫勉诗，他赋诗谆谆教诲幼主，是肱股老臣的政治嘱托，故《抑》大致作于周平王元年(前 771 年)或五年(前 766 年)，当为其绝笔。

张祝平《朱熹诗经学论稿》，吉林人民出版社 2000 年版。

该著的宗旨为综合研究朱熹《诗经》学体系，作者指出，朱熹《诗》学体系的主要内容是"淫诗说"，其目的仍然是以诗为教。朱熹的贡献在于一改《诗序》以来的附会史事的解诗之风，转而以诗篇文本入手，结合前人之说，解说其主题，阐发其义理。朱熹《诗集传》之所以能在宋以后广为流传，与元代确立其为制义的标准有关。另外，作者还指出朱熹的"淫诗"说对明清艳情文学的发展起了推波助澜的作用等。

二十世纪《诗经》研究大事编年

二十世纪《诗经》研究大事编年

说明："大事编年"旨在通过对二十世纪《诗经》研究历程中出现的重要学术发现、学术潮流、学术争鸣、学术论著、学术团体、学术交流、学术会议、学术人物等的梳理和排列，呈现一个世纪的《诗经》学发展脉络，凡正文或"解题"部分重点介绍的，此处从略。

1900 年前后，罗振玉、刘鹗发现甲骨文，此后对上古史和《诗经》研究产生重要的推动作用。敦煌文书面世，其中的《诗经》写本成为《诗经》文本校勘的重要材料。

1905 年，刘师培《毛诗荀子相通考》《公羊齐诗相通考》发表于《国粹学报》第 11 期、12 期。

1907 年，刘师培《诗经"风"字解》发表于《国粹学报》第 28 期。

1908 年，薛蛰龙《毛诗动植物今释》在《国粹学报》（博物篇）连续发表。

1909 年，章炳麟《六诗说》发表于《国粹学报》第 52 期。孙仲容《诗不殄不瑕义》发表于《国粹学报》第 57 期。

1911 年，丁以此《毛诗韵例》、李详《诗》发表于《国粹学报》第 71 期、81 期。

1916 年，王国维撰成《乐诗考略》，由上海仓圣明智大学印行。

1917 年，胡适《文学改良刍议》在《新青年》发表。

1919 年，傅斯年《宋朱熹的〈诗经集传〉和〈诗序辨〉》发表于《新潮》第 1 卷第 4 期。五四运动爆发。

1921 年 12 月 10 日，胡适致信钱玄同，论《诗经》研究大旨，见《胡适书信集》上册（1907—1933），北京大学出版社 1996 年版，第 295~296 页。

1922 年，程俊英《诗之修辞》发表于《学衡》第 12 期。

1923 年，谢无量《诗经研究》由上海商务印书馆出版。

1924 年，谢晋青《诗经之女性的研究》由上海商务印书馆出版。

1925 年，胡适《谈谈诗经》在上海《时事新报》的"学灯"副刊发表，周作人的评论《谈〈谈谈诗经〉》在《京报周刊》发表。由此引起关于《诗经》研究的讨论。

1926 年，王书文《论诗经的改革》在《绵延半月刊》发表；金受申《诗经研究法》、胡朴安的《论诗经》、刘雁声《关于诗经问题的讨论》等文在《益世报》(北平) 发表。刘师培《毛诗词例举要》(详本) 印行。

1928 年，日本学者饭岛忠夫《书经诗经之天文历法》由陈啸仙释译并发表于《科学》第 13 卷第 1 期。

1929 年，罗振玉《敦煌古写本毛诗校记》印行；黎锦熙《三百篇之"之"》发表于《燕京学报》6 期。郭沫若《〈诗〉〈书〉时代的社会变革与其思想上之反映》发表于《东方杂志》第 26 卷。

1931 年，顾颉刚主编的《诗经》研究专辑《古史辨》第三册由朴社印行。周绍凑《对于〈《诗》《书》时代的社会变革与其思想上之反映〉的质疑》发表于《读书杂志》第 1 卷第 4 期、第 5 期。

1933 年，黎锦熙《三百篇"主""述"倒文句例》发表于《师大月刊》第 2 期。张寿林《清代诗经著述考略》连载于《燕京大学图书馆报》。

1935 年，闻一多《诗经通义》刊于《清华学报》第 10 卷第 3 期。日本学者森谷克己《〈诗经〉〈孟子〉〈周礼〉上的中国古代田制及税法》一文由司印昌翻译发表于《师大月刊》第 22 期。于省吾《双剑誃诗经新证》印行。

1936 年，卢元骏《诗经中古代社会风俗考》一书由上海民智书局出版。日本儿岛献吉郎《毛诗考》由隋树森释译，由上海商务印书馆出版。

1937 年，闻一多《诗经新义》刊于《清华学报》第 12 卷第 1 期。王云五等编《诗经选读》由上海商务印书馆出版。

1938 年，日本学者野尻抱影《诗经的星》由张我军翻译发表于《北平近代科学图书馆刊》1938 年第 5 期。

1942 年，朱自清《经典常谈·诗经第四》由重庆国民图书馆印行。

1944 年，郭沫若《由周代农事诗论到周代社会》发表于《中原月刊》第 1 卷第 4 期。

1953 年，詹安泰《诗经里所表现的人民性和现实主义精神》发表于《人民文学》7、8 期合刊。

1956 年，憩之发表《〈周颂·噫嘻〉篇的解释》(《光明日报》文学遗产版面)，引起关于周代社会分期的热烈讨论。

同年，李嘉言《关于诗经及我国现实主义的形成问题》发表于《奔流》第 6 期。杨公骥《周代诗歌研究》发表于东北师范大学《科学集刊》。

同年，高亨《诗经引论》发表于《文史哲》第 5 期，《诗经选注》由五十年代出版社出版。引发对"如何运用马克思主义理论研究《诗经》"的讨论。讨论文章有：陈赓、赵齐平《读〈诗经引论〉》(1956 年 11 月 18 日《光明日报》文学遗产版面)、王乃扬《读高亨先生〈诗经引论〉》(《文史哲》1956 年第 9 期)、张可求《从〈诗经引论〉〈诗经选注〉来看高亨先生的学术思想》(《山东大学学报》1959 年第 1 期)。

1957 年，郭晋稀《试从〈诗〉〈骚〉的创作方法谈中国古典文学中的现实主义与浪漫主义》发表于《西北师范学院学报》1957 年第 1 期。聂石樵《论〈诗经〉的人民性》发表于《文学遗产增刊》第 4 辑。孙作云《诗经恋歌发微》发表于《文学遗产增刊》第 5 辑。陆文郁《诗草木今释》由天津人民出版社出版。

1959 年，苏联学者费道连柯《〈诗经〉和中国诗歌传统》一文由宁希渊翻译发表于《山西师范学院学报》1959 年第 2 期。胡念贻《〈诗经〉中的颂赞诗》发表于《光明日报》282 期文学遗产版面。

1966 年，孙作云《诗经与周代社会研究》由中华书局出版。

1977 年，安徽阜阳双古堆一号汉墓出土简本《诗经》，经学者们研究，简本《诗经》不属于汉代齐、鲁、韩、毛四家诗，而是另有师承。蒋立甫《关于〈诗经〉研究的几个问题——兼斥"彻底扫荡论"》发表于《安徽师范大学学报》当年第 4 期。

1979 年，钱锺书《管锥编》由中华书局出版，其中的《毛诗正义》六十则是《诗经》美学研究的开拓之作。

1980 年，高亨《诗经今注》由上海古籍出版社出版，引起学界讨论。

1981 年，袁愈嫈《诗经全译》由贵州人民出版社出版，引起学界对《诗经》普及问题的讨论。

1983 年，陈子展《诗经直解》由复旦大学出版社出版。

1987 年，赵沛霖《兴的源起——历史积淀与诗歌艺术》由中国社会科学出版社出版，引起学界对比兴实质的讨论。

向熹《诗经语言研究》由四川人民出版社出版，该书被誉为"《诗经》语言研究的集大成之作"。

1993 年，湖北荆门郭店一号楚墓出土一批战国楚竹书，其中《缁衣》、《五行》、《性自命出》、《六德》、《语丛》(一、二) 与《诗经》有关，是重要的研究材料。

第一届《诗经》国际学术研讨会在石家庄召开，中外代表 150 人参会，会议收到论文 94 篇，论文集于次年由河北大学出版社出版。

1994 年，台湾第一届经学学术会议在台湾师范大学召开，本次会议以《诗经》为中心。朱守亮教授的论文对第一届《诗经》国际学术研讨会的论文进行了总体评价。

6 月，雒启坤以博士学位论文《〈诗经〉与西周春秋社会》，于北京师范大学获得文学博士学位，导师为聂石樵教授。

同年，香港学者李家树《传统以外的诗经学》由香港大学出版社出版。

同年，叶舒宪《诗经的文化阐释》由湖北教育出版社出版。

1995 年，第二届《诗经》国际学术研讨会在北戴河召开，中国《诗经》学会正式成立，夏传才任会长，顾易生、董治安、褚斌杰任副会长、赵沛霖任副会长兼秘书长。学会编印《会务通讯》，定期向会员通报《诗经》研究的动态和最新进展。中国诗经学会与韩国、日本、新加坡诗经学会建立了学术联系。

同年，学会组织编辑出版《诗经文库》丛书第一辑 16 种，及《诗经要籍集成》(精选汉至清 120 种《诗》学要籍)。

同年，台湾季旭升《诗经古义新证》(台北文史哲出版社)、余培林《诗经正诂》(三民书局)出版。

1996 年，鲁洪生《第二届诗经国际学术研讨会述评》刊于《河北师范学院学报》第 1 期。王洲明《周代礼乐文化与诗经的品格》由山东大学出版社出版。

6 月，李山以博士学位论文《诗经的文化阐释》，于北京师范大学获得文学博士学位，导师为聂石樵教授。

1997 年，第三届《诗经》国际学术研讨会在广西桂林召开，中外学者 302 人参会，收到论文 152 篇。

1998 年，张松如、郭杰《周族史诗研究》由长春出版社出版。韩国诗经学会举行全会。日本诗经学会与中国诗经学会举行学术交流活动。

1999 年，第四届《诗经》国际学术研讨会在山东济南召开，270 人参会，其中国外学者 70 人，收到论文 160 篇。

同年，韩国《诗经研究》创刊号出版。6 月，韩国吴万钟以博士学位论文《从诗到经——论毛诗解释的渊源及其特色》于北京大学获博士学位，导师为费振刚教授。

同年，中国诗经学会"第一届学术研究成果奖"评选结果公布：一等奖：季旭升《诗经古义新证》。二等奖：王洲明《先秦两汉文化与文学》，田中和夫《汉唐诗经学研究》，徐送迎《〈万叶集〉恋歌与〈诗经〉情诗的比较研究》，廖群《诗经与中国文化》，许志刚《诗经胜境及其文化品格》，鲁洪生《诗经学概论》，华锋、边家珍《诗经诠释》。论文 11 项，作者分别是夏含夷、姚小鸥、石川三佐男、李玉梅、刘怀荣、张祝平、侯美珍、蒋秋华、滕志贤、黄震云、杨朝明。三等奖 14 项，均为论文。这次评选大体将学会成立以来中外中青年学者的优秀论著呈现了出来。

2000 年，上海博物馆购藏战国竹简《孔子诗论》释文公布，引起学界热烈讨论，之后成为《诗经》学研究热点。

马银琴以博士学位论文《西周诗史》于扬州大学获得博士学位，导师为王小盾教授。

贾海生以博士学位论文《周初礼乐文明实证——〈诗经·周颂〉研究》于西北师范大学获博士学位，导师为赵逵夫教授。

邵炳军以博士学位论文《周"二王并立"时期诗歌创作时世考论》于西北师范大学获博士学位，导师为赵逵夫教授。

后　记

　　陈平原先生在《中国现代学术之建立》一书的导言中说："'学术史研究'既是一项著述计划，也是一种自我训练。将学术史研究作为一种'自我训练'，故强调'亲手触摸'，对动辄抬出甲乙丙丁、一二三四的'治学准则'很不以为然。至于作为一项研究计划，同样不信任首先确立理论框架，而后逐步演绎开去的思路。我更欣赏'法从例出'的策略：在剖析个案的过程中，不断反省原有的构想，逐渐形成自己的眼光与立场。在这里，个案的选择至关重要，因其决定了最初的视角。"（北京大学出版社 1998 年版，第 21 页。）由此看来，学术史的研究，对每个领域的研究者而言，都是一项基础的"自我训练"。《二十世纪〈诗经〉学档案》于我而言，就是如此。

　　承担这项工作，还要感谢陈文新老师。早在 2005 年，因为编撰《中国文学编年通史》的《周秦卷》，通过邮件、电话往来，我就结识了陈文新老师。工作任务完成后，书很快出版了，2006 年后半年我受邀到武汉大学参加了陈老师组织的编年史的总结交流会，与陈老师和他的团队有了更深的接触。在和陈老师交往的过程中，他在学术上的执着、勤奋和严谨，给我留下了深刻的印象，使我受益匪浅。2013年前后，陈老师来信，说起他主持策划的"中国学术档案大系"系列丛书，希望我能承担《诗经》的部分。因为我的博士论文和博士后出站报告均与《诗经》有关，加之西北师范大学中文学科历来有《诗经》研究的传统，黎锦熙、郭晋稀、霍旭东、汤斌、赵逵夫等前辈学者，以及郭令原、贾海生、赵茂林等同学和同事，都有重要的《诗经》学研究成果。这些年来，我也一直和同事王浩副教授为本科生开设《诗经》导读课程，为硕士生开设先秦诗歌演变等课程。考虑到这些原因，我高兴地答应了陈老师。

　　诚如陈平原先生所言，学术史研究这类工作"个案的选择至关重要"。经过一段时间的思考之后，我初步确定了二十世纪《诗经》研究"个案"（入选者及其代表作）的纲目，制订了体例和撰写计划。2014年5月，靳婷婷考取了我的博士生，谈及此事，她表示愿意参与这项工作。考虑到博士生学术训练的必要性，因此吸收她参加。全书共四部分内容：1. 二十世纪《诗经》学概述；2. 选文及评介；3. 二十世纪《诗经》学论著提要；4. 二十世纪《诗经》研究大事年表。我们商定，我确定正文入选学者及代表作的纲目，撰写1、3、4部分，由她负责搜集第2部分资料，并撰写部分"述评"的初稿，由我来修改定稿。初稿于2015年初基本完成，但因为行政工作繁杂，加之承担了其他的研究工作，使修改时断时续，费时费力。我对初定的"个案"也进行了调整，因为书稿字数和原文的授权限制，对录入的原文进行了大幅删减，并对入选者做了适当调整。对靳婷婷撰写的"评介"初稿文字也进行了多次修改补充，其中章太炎、傅斯年、梁启超、王力、赵逵夫的述评由我重写，刘师培、张松如、赵敏俐、廖群、傅道彬、马银琴的选文和述评由我完成。拖延至今，方才完成书稿，真是愧对陈文新老师。

　　二十世纪是《诗经》学，同时也是中国学术完成现代转型并取得丰硕成果的重要时代，虽然夏传才先生的《二十世纪诗经学》与赵沛霖先生的《现代学术文化思潮与诗经研究——二十世纪诗经研究史》对此已经有详论，但这次通过重新梳理二十世纪《诗经》研究史料，还是有不少新的收获。当然，限于"档案"书系的体例和我的学养，本书一定还有不少遗漏、不足，甚至是错误，敬请学界的师友们指正和赐教。

　　特别感谢武汉大学出版社的胡程立老师，当我提出可否早点出版本书以满足靳婷婷博士毕业科研条件的想法时，胡老师高效率地解决了签订合同、安排出版等事宜，给予了很大的支持。书稿进入出版程序后，责任编辑郭静老师提出"档案"收录论著无论完整与否，均需作者授权。经我多方努力，仍有多位学者未能取得联系。为避免"侵权"之嫌，只能采取"存目"方式，不录原文，保留评介。因为郭老师工作调整，出版时间有点推后，社里最终安排学术分社的陈帆老师负责拙稿出版事宜。陈老师多次来信，对稿子提出了多处中肯的修订意见，付出了心血，感激不尽。

又在此过程中，感谢复旦大学吴格先生协调朱东润先生亲属同意授权，徐志啸先生协调陈子展先生亲属同意授权；感谢吉林大学侯文学教授、本校田河教授协调于省吾先生亲属吴振武教授同意授权，吴先生更是鼓励有加，奖掖后学的胸怀令我感动。中国《诗经》学会会长王长华教授、易卫华博士惠赐学会所编全部《诗经研究通讯》电子版，支持本书的编写。还有赵敏俐教授、傅道彬教授、廖群教授、刘毓庆教授、马银琴教授、方铭教授、雷汉卿教授也给予指导和协调支持，在此特致谢忱。

还要感谢我的硕士研究生熊秀蓉、祖晶晶、杜冰丹、陈凡、姬芮芮、祁洋、赵军贤、王亮亮，他们在本书最后完成阶段，帮我查找和录入资料，提高了工作效率。2018 年的春季学期，我为文学院古代文学专业硕士生开设"20 世纪《诗经》学史"的课程，使我有机会对相关内容进行再思考，对充实这本书中的观点起到了促进作用。

韩高年

2018 年 2 月 4 日凌晨 2 点初稿

2018 年 2 月 15 日农历初夕改定

2019 年 5 月 8 日晚定稿